Biblioteca Antonio Gala
Novela

Antonio Gala nació en Córdoba en 1936, se licenció en Derecho, Filosofía y Letras, y Ciencias Políticas y Económicas, y desde 1963 se dedica exclusivamente a la literatura.

Ha cultivado todos los géneros: la poesía (*Enemigo íntimo* —Premio Adonais—, *Sonetos de La Zubia*, *Testamento andaluz*), el relato *(Solsticio de invierno)*, el ensayo, el guión televisivo (*Si las piedras hablaran*, *Paisaje con figuras*), el periodismo (en los últimos años en *El País* y *El Mundo*), la conferencia, etc., aunque ha obtenido sus mayores éxitos en el teatro: *Los verdes campos del Edén* (1963), Premio Nacional Calderón de la Barca; *Los buenos días perdidos* (1972), Premio Nacional de Literatura; *Anillos para una dama* (1973); *Las cítaras colgadas de los árboles* (1974); *¿Por qué corres, Ulises?* (1975); *Petra Regalada* (1980); *Carmen, Carmen*, musical estrenado en 1988, etc. Se le debe también el libreto de la ópera *Cristóbal Colón* y adaptaciones teatrales de Claudel, Albee y O'Casey. Sus obras han sido traducidas a las lenguas más importantes. *Dedicado a Tobías*, *La soledad sonora*, *Cuaderno de la Dama de Otoño*, *Troneras* y *La casa sosegada* son recopilaciones de artículos. Con su primera novela, *El manuscrito carmesí*, obtuvo el Premio Planeta 1990. En 1992 publicó *Granada de los Nazaríes*, en 1993 *La pasión turca*, en 1995 *Más allá del jardín* y *Carta a los herederos*, en 1996 *La regla de tres*, en 1997 *Poemas de amor* y en 1998, en coedición con Espasa Calpe, *El corazón tardío*. En 1999 apareció su novela *Las afueras de Dios*, en 2000 *Ahora hablaré de mí*, un relato que reconstruye los recuerdos del autor, y en 2001 su última novela, *El imposible olvido*, publicada por Editorial Planeta.

Antonio Gala
Más allá del jardín

Planeta

© Antonio Gala, 1995
© Editorial Planeta, S. A., 2002
   Còrsega, 273-279. 08008 Barcelona (España)

Diseño de la cubierta: adaptación de la idea original del Departamento
de Diseño de Editorial Planeta
Ilustración de la cubierta: «Jardines de Aranjuez», de Santiago Rusiñol, Museo
del Prado, Madrid (foto Oronoz, VEGAP, Barcelona, 1998)
Fotografía del autor: © Ricardo Martín
Primera edición en esta presentación en Colección Booket: enero de 2002

Depósito legal: B. 45.516-2001
ISBN: 84-08-04176-2
Impreso en: Litografía Rosés, S. A.
Encuadernado por: Litografía Rosés, S. A.
Printed in Spain - Impreso en España

«Yo quería ver el otro lado del jardín», le dijo Wilde a Gide en los años últimos.

JORGE LUIS BORGES, *Atlas*

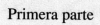

Primera parte

1

LAS RAMAS DEL FRONDOSO LAUREL salpicaban con manchas de luz y de sombra la figura, vestida de claro, de Palmira Gadea. El mediodía de abril era una fulgurante cúpula azul sin una sola nube. Un olor, mezcla de muchos, llenaba el aire cálido: avanzaba y retrocedía a oleadas muy lentas, sin que se supiese con exactitud desde dónde venían ni por qué.

En la conversación de Palmira y su cuñado Ciro Guevara, se había producido otra pausa. Palmira, con una pierna cruzada sobre la otra, fingía distraerse balanceando su zapato escotado en el pie derecho con el talón desnudo. Bajo él, un perro labrador negro dormitaba con abandono. Numerosos pájaros dialogaban entre las ramas del bosquecillo de algarrobos próximo. Una especie de sorpresa ante la perfección del lugar, del clima y de la hora, y también una especie de humildad invitaban a los dos cuñados al silencio. Sus frases surgían con largas interrupciones. El ruido de la podadora eléctrica, y a veces el de las tijeras del jardinero, bastante lejano e invisible, las ritmaba.

—Hace una mañana tan preciosa... —dijo por fin Palmira—. Nadie creería que esté pasando nada malo en el mundo. Yo, desde luego, no lo creo.

Se hallaban sentados ante una gran mesa redonda de mármol en un lugar del parque cercano a la puerta principal de la casa. Ciro bebía un martini muy seco, y jugueteaba con el palillo donde estuvo pinchada la aceituna; Palmira, una copa de vino frío que sostenía con delicadeza por el vástago. En su dedo anular destellaba una esmeralda. Las palomas, seguras de su impunidad, picoteaban sobre el albero junto a ellos.

—El mundo entero —agregó después de un momento— es un valle soleado y tranquilo a nuestro alrededor. Qué suerte, ¿no es verdad? En el fondo, el mundo es un jardín como éste.

Ciro la miró sin intentar contradecirla. Conocía desde su infancia el jardín de los Santo Tirso, y a Palmira, también. Al mundo había tardado quizá un poco más en conocerlo, pero le bastaba para saber que el parecido entre él y el jardín era extraordinariamente remoto. Aprovechó que Palmira miraba alrededor con un aire de reina satisfecha, y la observó. ¿Qué tenía que ver esta mujer rayana en los cincuenta años, con la muchacha de dieciocho que él había besado por primera vez en aquel mismo jardín? La de ahora poseía el mismo pelo, rubio rojizo y crespo, de la de ayer, los mismos ojos pardos que la luz convertía en dorados o verdosos. Pero había envejecido demasiado: sus ojos se movían como si les urgiera apoderarse de todo; su piel no era ya la de entonces, ni su voz, que la edad había hecho más grave, casi masculina; la mano, más afilada, dejaba con elegancia la copa sobre el mármol, pero unas diminutas manchas oscuras la agraviaban... ¿Besaría él los labios de esta mujer que tenía casi enfrente? Los agrietados labios... No; sin duda alguna, no. Sonrió sin querer. El tiempo no había pasado en balde. El jardín, sin embargo, sí era el mismo. Alguien se había ocupado de cuidarlo mejor que a su dueña. Quizá su dueña... Volvió a oír las tijeras del jardinero, y eso lo trajo a la realidad.

—Prefiero este jardín —comentó.

—¿Cómo? —preguntó Palmira distraída.

—El mundo —añadió Ciro— no es tan tranquilo, ni tan ordenado, ni tan limpio.

—Todo mi mundo es éste. Siempre lo ha sido y siempre lo será.

No lo había dicho con desafío ni con rotundidad, sino como un simple hecho que se constata. Ciro bajó los ojos. Sobre la tierra de albero cruzaba una fila de hormigas precisa y recta, cuyo quehacer le resultaba incomprensible. Palmira levantó su copa y lo miró por encima de ella.

«A Ciro los años no lo han machacado. Tiene las sienes de un gris dorado casi; no ha perdido pelo; su cuerpo se mantiene esbelto, y lleva la ropa mejor incluso que antes. La edad de ambos es casi la misma; pero los hombres envejecen mejor... O quizá es que no necesitan mantenerse jóvenes con la misma ansiedad que nosotras... Su cara, marcada por unas cuantas arrugas bien dispuestas, es agradable y noble. Sonríe aún de un modo encantador. Nadie puede dudar que, detrás de este Ciro, está el mismo de hace treinta años.»

—Ya sé que has hecho todo lo posible por conservar la casa y el jardín —comentó él.

—He hecho mucho más de lo posible.

Palmira sintió de pronto la mano de Ciro sobre su cintura. Fue en los rústicos bancos del cenador. El aroma de los jazmines y las damas de noche, de las daturas amarillas y de las hierbaluisas era muy espeso. Ella respiraba con dificultad. Oía su respiración, y sintió ese rostro, que ahora se inclinaba un poco sobre la copa de martini, muy cerca del suyo. Cerró los ojos. Ciro tardó unos segundos más de lo que ella esperaba en besarla. Palmira levantó obediente los labios. Luego, recostó la cabeza con desmayo sobre el ancho hombro de él...

¿Besaría ahora los labios que rozaban el borde de la copa cónica del martini? Creía que sí. Sí. Estaba segura de que sí. «Y él me besaría a mí, salta a la vista.» Qué cosas se le estaban ocurriendo... De repente le sobrevino un extraño sofoco, como si la circulación de la sangre se hubiera detenido; un hormigueo desde los pies a la cabeza. Se le escurrió del pie el zapato. Cayó sobre el perro, que se irguió alarmado. Ciro la miraba con las cejas fruncidas. Ella sonrió sin fuerza, recogió el zapato con el pie, y acarició con él al perro, que se adujó de nuevo sosegado... ¿Qué le pasaba? ¿A qué venía este insólito ataque de pudor? ¿Desde cuándo no se ruborizaba? Se incorporó.

—Manuel —llamó—. Manuel.

Casi gritaba. El perro trató de levantarse. El jardinero no la oía. Lo iba a mandar en busca de un abanico... Volvió a sentarse. Tomó un periódico de encima de la mesa y lo agitó delante de su cara.

—Comienza a hacer demasiado calor. —Sospechaba, aunque no era verdad, que había enrojecido. El sofoco no cedía—. Willy ya debería estar aquí.

—¿Quieres que te traiga algo de la casa?

—No, no, deja.

Se distrajo. La corbata de Ciro era bonita. Quizá demasiado llamativa. Subía y bajaba la nuez mientras bebía. «Los americanos son así. También la chaqueta, con su única abertura en el centro de la espalda. De la espalda tan poderosa...» Sintió un leve mareo como el que sentía de niña en la feria, nada más pisar la calle del Infierno, entre el movimiento incesante y el miedo a los cacharros, en los que nunca le apetecía montar, pero montaba. Con Ciro había montado en uno donde caía un telón ocultando a las parejas. «El tren del amor, o la mariposa del amor, o no sé qué...» ¿La besó? «Me besó. Ahora está más interesante, más cuajado, más hombre...»

—Willy se retrasa más cada día.

—Aún es pronto. Quizá haya venido yo antes de lo debido.

Era evidente que la camisa la había comprado hecha. El cuello caía bien, pero no era una camisa a la medida... Se abanicaba aún con el periódico. Parece que el sofoco se calmaba. El albero había empolvado un poco los zapatos de Ciro, y más los suyos.

—Qué disparate —dijo ella—, de ninguna manera. Estoy encantada de haber tenido este rato para charlar contigo. Siempre nos vemos en presencia de Willy. Desde entonces.

—Este perro —comentó Ciro, un poco violento— no lo teníais antes.

—Eso demuestra cuánto hace que no vienes. Es un anciano. Tiene más de doce años. Juba —llamó en tono normal. El perro no se movió. Subió la voz—: Juba.

El labrador se puso con trabajo sobre sus cuatro patas. Miró a su ama con los ojos velados por cataratas. Le acercó su gran cabeza negra sin una mancha. Ella le alargó un trocito de queso.

—¿Es hembra? —preguntó Ciro sorprendido.

—Qué mala memoria histórica —rió Palmira—. Juba es un nombre masculino.

—Ya. En California hay un río que se llama así. Desemboca cerca de Marysville. Estuve allí hace un par de años.

—Te has convertido en un verdadero americano —Palmira coqueteaba—: lo que no existe allí no existe en ninguna otra parte. El nombre del perro no se escribe con Y sino con J. Se lo puse por el rey Juba II, no por el que colaboró en las guerras púnicas. Fue un tío guapísimo. Hay un retrato suyo, en bronce muy oscuro, en el museo de Rabat. Recuerdo que, cuando Willy y yo lo vimos, lo habían ya cerrado, y nos lo abrieron por amistad con el ministro de Cultura. Fue rey de Mauritania, y Augusto lo casó divinamente. Nunca mejor dicho: lo casó con Cleopatra, la hija de la faraona y Marco Antonio, que era aún divina... Cuando me trajeron a éste de cachorrillo (cuánto tiempo hace, qué horror), pensé que no podía llamarse más que Juba. Otelo me gustaba también, pero era más corriente. Y los celos son una pasión que nunca me hizo gracia...

«Sigue siendo la misma marisabidilla de antes —se dijo Ciro mientras sonreía—. De menuda me he librado.»

«Ciro está guapo. Siempre lo fue; pero los años le han dado la seguridad que no tenía, y cierto empaque, y una forma tan cariñosa, tan atractiva de sonreír...

13

Willy también sonríe (o sonreía) muy agradablemente... ¿Cómo habría sido la vida con Ciro? Por descontado, él no se habría ido a Los Ángeles.» Lo que dijo fue:

—Está muy mayor. Como yo —sonrió con malicia a su vez—, como todos.

—Tú, no —dijo Ciro—. Tú estás completamente igual. No he visto a nadie nadar y guardar la ropa mejor que tú. Eres la misma chiquilla que me encontraba los fines de semana durante el bachillerato. Parece mentira que tengas la edad de mis hermanas. Y la mía casi. —«Me lleva un año»—. Nosotros sí que estamos destruidos.

—No querrás piropearme.

—Por supuesto que no. No lo necesitas. No hay más que verte.

«Y sigue tan halagador y tan simpático. ¿Desde cuándo Willy no me dice ninguna cosa medianamente amable?» «No seas tonta, no te puedes quejar.»

—Juba está sordo, sordo del todo y casi ciego. —Le alargó ahora un colín—. No es que lo maleduque —se justificó—: es que me da tanta pena. Hemos pasado juntos muchos tragos, no todos dulces. Y ahora ahí lo tienes, ajeno a todo, encerrado en sí mismo, pendiente sólo de su hora de comer. Bueno, también de la llegada de los niños. Da ganas de llorar. Que un ser tan vivo, tan alegre, tan valiente, tan enamorado (porque ha sido mi principal enamorado) —añadió con un mohín un tanto pícaro— se haya convertido en este extraño mueble casi insensible...

El perro la observaba con atención. Bajaba los ojos turbios hacia sus manos, y los volvía a alzar. ¿Qué veía? ¿A quién veía? Ciro, que era oculista, pensaba que estamos presos de los ojos: «Todos, hasta los perros, que tienen tanto olfato. No es raro que vivamos en la era de la imagen. Lo reducimos todo a imágenes e imágenes: hasta las fórmulas matemáticas... ¿Qué es, si no, esta conversación con Palmira? Imágenes antiguas; pasar las hojas de un viejo álbum de fotografías, que ni siquiera ya nos pertenece... Dios quiera que no tarde Willy.» Palmira continuó:

—Quizá él me adivina mejor que nadie, a pesar de su sordera y su ceguera. Los humanos somos más torpes que los perros.

—O más egoístas —dijo Ciro.

—Más egoístas, desde luego. Por eso decimos que el amor es ciego: porque no nos conviene ver ciertas cosas, y, por el contrario, nos conviene justificar las equivocaciones... Juba puede que sea ciego, pero su amor no lo es.

¿Por qué hablaba ahora de amor? No era nada oportuno. Trató de arreglarlo. Abrazó la gran cabeza del perro, que empezó a mover el rabo con demasiada fuerza, y golpeó la pierna de Ciro, que retiró unos centímetros su silla. «Siempre la misma: cuando acariciaba a alguien, o estaba especialmente cariñosa con alguien, es porque le brindaba la faena a otro a quien ni siquiera miraba. No cambiamos.»

Palmira se levantó y cortó una pequeña rama seca —apenas tres o cuatro hojas— del laurel.

—Los jardineros no son de hecho los dueños del jardín. Manuel es buena gente, pero también está algo mayor. Esto le está viniendo grande. —Volvió a sentarse—. Puede que a mí también.

¿Estaba provocando de nuevo una galantería? Por si acaso, Ciro comentó:

—Este jardín y tú tenéis las mismas dimensiones y la misma virtud: estar fuera del tiempo. ¿Desde cuándo es de tu familia?

—Desde el XVIII. Pero ha cambiado mucho desde entonces. Todo cambia, todos cambiamos... A pesar de lo que dices tú, *flatteur*.

«Sí, en lo que nos empeora», pensó Ciro.

—Por la mañana estaba de flores la rosaleda como no podrías imaginar.

No agregó con cuánta ilusión las había cortado, con la cesta y los guantes y la tijera grande, para llenar los floreros de la casa. La visita de Ciro, después de tantos años, la había puesto nerviosa. Sin saber por qué. Entre ellos, ¿qué sucedió? Apenas nada: cosas de los dieciocho años. Compañeros de siempre, las familias amigas, viéndose sin cesar, se habían enamorado. ¿Se habían enamorado? Cosas de los dieciocho años, cuando no se sabe lo que se quiere... «Y también cuando se quiere sin necesidad de saber nada.» Salían, se reían, se besaban, alardeaban uno de otro. Hasta que llegó Willy de la universidad inglesa. Willy, más hecho, más preparado, con un futuro más claro entonces. Sin darse cuenta, se interpuso entre ellos... Ahora quedaba sólo el misterio de qué habría acaecido con Ciro. Nada más. ¿Nada más? Las rosas estaban también ensimismadas en los floreros, como Juba: cortadas, pero maravillosas; agonizantes, pero espléndidas. Habría que tomar ejemplo de las rosas... «Todos estamos siempre despidiéndonos de algo: de cada momento, de la vida quizá...» ¿Por qué le daba por esas trascendencias? Bobadas... Se volvió a levantar.

—Manuel poda los mirtos, y deja los recortes sobre la bordura. Luego se secan y hace horrible. Mira que le habré dicho veces que pase un rastrillo. —Sacudió los mirtos del arriate. Cortó una rama verde y se la acercó a la nariz mientras regresaba a la mesa—. Te doy otro martini. —Del carrito tomó la coctelera y rellenó la copa de Ciro. Después sacó la botella de fino y se sirvió en su copa. La levantó—. ¿Brindamos?

—Sí. ¿Por qué? —preguntó Ciro, con su cóctel en alto.

—Por nuestro nuevo encuentro. —Brindaron—. ¿Cuánto te quedarás?

—Tengo mucho que hacer. Después de celebrar vuestras bodas de plata, no creo que me quede mucho más.

—Nuestras bodas de plata. Es igual que una broma, ¿no te parece a ti?

—Lo que parece una broma es que yo, tan noviero, no me haya casado todavía.

16

¿Noviero? ¿Qué quería darle a entender? ¿No se estaría pasando Ciro? «Ojalá llegue alguien. No; que tarden aún.» Este encuentro la rejuvenecía. Una mujer con ganas de gustar es siempre joven. Dejó los labios sobre el borde de su copa un momento más largo de lo imprescindible. Miró fijamente a Ciro, pero él desvió los ojos. «Es tímido. No; es prudente.» Se escuchaba el ruido de las tijeras de Manuel recortando los arrayanes. «Noviero. Qué palabra.» «Ciro ha sido siempre muy mujeriego —se decía en la familia—: se casará a los cincuenta años con la que menos le convenga, ya veréis. Con una americana de pelo color de estopa y guantes cortos: un horror.» Se había producido una pausa un tanto violenta. Ciro la interrumpió:

—Qué bien se está aquí. Qué placidez. Dan ganas de quedarse para siempre. —Para siempre: ¿a qué aludía?—. Los Ángeles es todo lo contrario.

—Quizá te haya llegado la hora de volver definitivamente.

—¿A morirme, quieres decir?

Palmira soltó una pequeña carcajada. «A todo lo contrario. Qué torpes son los hombres. Hay que ponerles todo tan clarito.»

—Pareces muy feliz. ¿Lo eres? —preguntó Ciro de sopetón.

—Lo soy. —Había respondido demasiado de prisa. ¿Lo era?, se preguntó a sí misma. «¿A qué se refiere?» Después de un momento, denunciando sin caer en la cuenta lo que pensaba, añadió—: Willy y yo lo hemos aprendido todo juntos, ¿no sabes? El amor, la comprensión, la tolerancia, el respeto, la diversión y la camaradería. Todo.

—¿Y quién fue el maestro, y quién el discípulo?

—Los dos hemos sido las dos cosas, el uno para el otro.

—Enhorabuena.

¿Había un tono de guasa en la voz de Ciro? Era preciso no dejar ni una fisura, que no sospechase que ella vacilaba. Insistió:

—Hemos hecho juntos todos los descubrimientos. Y seguimos haciéndolos, te lo prevengo. De la mano.

—¿De la mano de quién?

—Yo de la suya y Willy de la mía. Siempre. —Sí, había un tono de guasa. No estaba creyendo nada de lo que ella le decía. ¿Se lo creía ella acaso?—. Siempre —repitió—, sin el menor fallo.

—¿Crees que tu marido fue también virgen al matrimonio?

¿A qué venía eso? ¿Había hecho un leve hincapié en el *también*? Y el caso es que, al parecer, lo preguntaba en serio. No tenía derecho. Bueno, al fin y al cabo era hermano de Willy. Sonrió, para contestar, sólo por un extremo de la boca.

—Creo poder asegurarte que sí.

—¿Habéis hablado de esto alguna vez? —Los ojos de Ciro se reían.

Le volvió el sofoco. Por nada, porque la pregunta no significaba nada. Era un sofoco de dentro afuera. Tendría que consultar con el médico. Álvaro Larra la conocía bien... Pero ahora tenía que contestar sin hacerse la asustadiza. Miró de frente a Ciro.

—Naturalmente que sí. Y mi marido me ha dicho la verdad.

¿Qué sabía Ciro? Quizá no era la verdad lo que le había dicho Willy. Pero ahora eso, ¿qué importaba? ¿Qué le importaba a ella, después de veinticinco años, que Willy se hubiese acostado con otras antes de casarse? «Ni antes, ni después.» Habló con voz un poco agitada:

—Cualquier cosa que hubiese hecho antes del matrimonio yo se la habría perdonado. Sin embargo, no le habría perdonado la mentira.

Se encontraba ligeramente ridícula. No era éste el tipo de conversación que hubiese esperado mantener con Ciro, y además tenía la impresión de que él se burlaba... ¿La estaría provocando a la infidelidad? Se abanicó más fuerte con el periódico.

—Pero ¿qué harías si te enteraras que tu marido tiene un apartamento donde se ve con otra?

—Qué cosas tienes, Ciro. ¿Qué iba a hacer? No creérmelo. Hay cosas que son sencillamente imposibles. ¿O es que opinas que nosotras somos tontas? Como no te has casado, no sabes el grado de intimidad que proporciona el matrimonio: no hay quien sea capaz de mantener un secreto semejante. Y Willy, menos. Es la criatura más descuidada y más sincera que hay.

Ciro la miraba ahora de hito en hito. Se le había quedado en los labios una leve sonrisa; para eliminarla, cuando se dio cuenta, bebió un sorbo de su cóctel. Conocía a este tipo de mujeres. En casi todas las ocasiones se muestran progresistas, porque saben que sus maridos, o quien sea, las frenarán con moderación para que todo continúe igual. Están tan seguras de que los de su alrededor respetan las *convenientes convenciones* que se toman la libertad de infringirlas de cuando en cuando sin pasarse, o quizá sólo la de amenazar con infringirlas.

—En esta casa todos somos sinceros. No hay recámaras. Debes saber que yo soy muy avanzada en mis ideas. Mis hijos, ya lo verás, gozan de una libertad absoluta.

«Porque tienes la certeza de que no la usarán nunca. Una certeza que hoy en día no goza de la menor base.»

—Y yo soy muy clara —continuó Palmira con una voz todavía un puntito más alta de lo necesario—. No soy una hipócrita. Estamos a finales del milenio. Me gusta hablar de todo lo que haya que hablar. Ya ves cómo te he contestado a unas preguntas una chispa impertinentes. Por lo general, nadie pregunta eso.

—Perdóname.

Palmira hizo un gesto de absolución. «Ciro pretende algo. Lo he notado desde el primer instante.» Aquel fuego incipiente, aquel fuego infantil no se había apagado. ¿Por qué, si no fuera así, *huyó* él a Norteamérica? ¿Por qué no venía a Sevilla más a menudo? Con ojos suavizados miró a Ciro. «Pobre Ciro, lo que ha tenido que sufrir.»

Ciro, por dentro, se reía. Encontraba a Palmira antigua y provinciana. Se desenvolvía entre certidumbres. «Hablo de lo que haya que hablar», había dicho. ¿Quién iba a cometer, ante ella, la intrepidez de abordar temas que no querría ver abordados? Desde que llegó se estaba preguntando si Palmira tenía trastienda y era, por tanto, una especie de lagarta, o si, por el contrario, era espontánea, y en consecuencia un poco tonta. No parecía haber evolucionado mucho desde los dieciocho años. «Qué cara puso al escuchar la palabra *virgen*.»

Palmira continuó:

—Ya lo comprobarás. Willy y yo somos muy francos. Absolutamente. En casa todo el mundo lo es. En eso consiste mi única imposición: nada de dobleces ni de retorcimientos. Somos sencillos y sin complicaciones. Vivimos en una capital de provincia donde no suceden cosas terribles... —«¿A qué llamará cosas terribles?», se preguntó Ciro—. Ahí está la base de nuestra compenetración. Fíjate cómo será que contratamos a un matrimonio filipino, y tuvo que irse (bueno, lo despedimos) simplemente porque no lo entendíamos. No sabíamos qué pensaban en cada momento. Y es tan incómodo... Yo sé a la perfección lo que piensan Willy y los niños. Y a ellos les pasa igual conmigo.

—Pues qué maravilla. Ahora entiendo que seas tan feliz.

«Lo está diciendo con segundas, porque tan feliz, la verdad, es que no soy. Pero no me da la gana dárselo a entender, para que crea que lo añoro, o que me arrepiento de no haberme casado con él... Me está poniendo nerviosa. Y, por si fuera poco, no le contesto bien; me siento poco convincente. Se acabó. Hay que cambiar de tercio... Yo creo que ha bebido una copa de más. Habría tomado alguna antes de venir, y los martini, que se suben prontísimo. Los americanos es que no saben hablar de nada si no están cargaditos... Incluso yo no me encuentro normal. Dios mío, que venga alguien.»

—Señora. —Como si la hubieran escuchado, desde la casa principal se acercaba el mozo de comedor con chaquetilla gris de cuello azul marino.

—Diga, Damián.

—La llama don Hugo Lupino.

—Recojo la llamada. Gracias, Damián. —Manipuló un teléfono portátil que había sobre la mesa—. Sí, Hugo... Bien, todo bien, todo en orden... Sí, claro que lo confirmo. Hasta después. —Cerró el teléfono—. Es un admirador: se excede el pobre. Un muchacho argentino. Magnífico pintor. Te gustaría ver lo que hace. En América tendría mucho éxito.

—¿Y por qué está en España?

Palmira se mordió los labios, pero reaccionó. Ciro se estaba pasando de la raya.

—Pues mira, porque habrá alguien aquí que le interesa lo suficiente como para quedarse.

Ciro le sostuvo la mirada unos segundos.

—No me extraña —afirmó.

Juba se levantó con más ligereza que cabría esperar y corrió hacia la casa.

—Son los niños.

Palmira suspiró como quien se quita un peso de encima. Y así era: el diálogo con Ciro había empezado a preocuparla. Nadie en Sevilla le hubiese hablado así: sin duda era el contagio de la brutal sinceridad de los americanos. Y luego mucho referirse a la *privacy* para defender sus recovecos. Los ladridos del perro se convertían ya en quejidos de alegría. Ciro giró para ver acercarse a sus sobrinos. No los habría reconocido; ni tampoco al perro, que se había quitado años de encima y saltaba alrededor de los jóvenes. El muchacho, agachándose, lo acarició.

—Es vuestro tío Ciro. ¿Os acordabais de él?

Los muchachos besaron mecánicamente a su madre. La chica se quedó mirando al visitante y, con una sonrisa muy abierta que le iluminaba toda la cara, se acercó a él.

—El tío Ciruelo.

—Niña, no seas ordinaria. Perdónala, Ciro. No sé quién le habrá enseñado semejante tontería.

—Tú, mamá —dijo la muchacha y se volvió a su tío—. En casa hablamos mucho del tío americano. Ninguna familia española está completa si le falta el suyo.

Ciro besó a los dos chicos y se quedó entre ellos contemplándolos con afecto.

—Qué barbaridad. Los casados —se refería a Palmira— tenéis siempre un anuario delante de las narices. Hasta ahora me parecías la niña que conocí, y ahora eres la madre de estas dos espingardas. No te envejecen, pero te ponen en tu sitio. —Se dirigió a Álex—: ¿Sigues cazando las moscas tan bien como antes?

—Sí —contestó el chico asombrado.

—¿Cómo es posible que te acuerdes de semejante porquería? —Dijo Palmira y miró a su hijo—. Nunca me dijiste que aún te dedicabas a cazar moscas.

—No me *dedico* a eso, mamá, o por lo menos no sólo a eso.

Los chicos venían de la universidad. No habían tenido clase. Él estudiaba Biología, y ella, Derecho. Llevaban el mismo curso, porque el muchacho perdió un año haciendo, sin ganas y sin éxito, Periodismo. Su vocación no estaba aún muy clara. Los dos se comían todos los aperitivos y se servían un refresco.

—Los niños no beben alcohol, cosa que me alegra. Nosotros sí bebíamos, ¿te acuerdas?

Ciro los observaba. No se le escapó un gesto que hizo Álex con las cejas, pero dudó si era de un desdén cariñoso o de un tolerante hastío. Los muchachos no eran guapos. Espigados, pero tampoco muy altos. El varón, un poco desteñido, como de un rubio ceniciento y piel muy clara, con facciones aún sin cuajar, le recordaba a los hermanos de Palmira: los Gadea eran así, sosainas, con hombros estrechos y anchos de caderas. «Culoncetes» o «peras limoneras», como les llamaban las hermanas Guevara. La chica era más morena, con un ojo levísimamente asimétrico: «Un ojo vago, seguramente mal corregido», pensó Ciro. Como el mayor de los Gadea: «Uno, vago, y el otro, maleante», le decían en el bachillerato. Aun así, le recordaba a sus propias hermanas: afable, un poco en otra parte siempre, algo hermética, pero simpática.

—Helena (con H, ¿eh? Me horrorizan esas Elena a la española) es mejor estudiante que Álex; pero Álex es más rápido que ella. Los dos son maravillosos.

—Puedes estar contenta —ratificó Ciro.

—Lo estoy. De ahí lo que antes te decía: cuanto ocurra más allá del jardín nos debe traer siempre sin cuidado. No comáis más, que vamos a almorzar en cuanto papá llegue, y perderéis el apetito. —Los muchachos le daban a Juba trozos de pan y queso—. No maleduquéis al perro, por favor. Él tiene sus horarios, como todo el mundo. Hay edades a las que no se puede comer sin ton ni son.

Los chicos se apartaron jugando con el labrador. Poco después volvió Helena, no sin que antes Palmira le hubiese cuchicheado a Ciro:

—Son perfectos. Yo hago por ellos con gusto mi papel de mujer florero. Porque lo cierto es que me habría gustado estudiar algo, ser algo concreto, en vez de este batiburrillo en que me he convertido. —Lo decía, con un perceptible orgullo, a la espera de que se le llevase la contraria, cosa que no hizo Ciro—. Te participo que, si observas cierto despego hacia mis hijos, es totalmente intencionado. Prefiero parecer una madre desnaturalizada a una madre pegajosa.

—Quizá no se trate de parecer —comentó Ciro—, sino de ser: de ser lo que más te apetezca, quiero decir.

—Ellos necesitan tener desde el principio su propia vida, independiente y sin agobios maternales, que son siempre tan catetitos y tan inútiles. Yo no les voy a durar toda la vida... A veces temo que Álex sufra, por culpa mía, un complejo de Edipo. Por eso me distancio. Tiene tal confianza en mí, tal preferencia. Es una amistad casi amorosa. Nos sentamos, y tenemos larguísimas charletas. Me lo cuenta todo. Me da miedo, te advierto. —Se quedó pensativa unos segundos—. Ellos se casarán, y habrán de casarse por amor, como yo hice. —Lo había subrayado con la voz, lo cual sugirió que no estaba tan segura; por eso quiso dejar las cosas aún más claras—. Bueno, en mi caso el amor coincidió con la conveniencia. Debido en gran parte a mí.

Soltó una breve carcajada. Helena acababa de sentarse.

—A Juba le ha dado una tos muy rara, mamá. Deberías llevarlo a su veterinario.

—Llevadlo vosotros, que ahora tenéis más tiempo. Pero no le ocurre nada: sólo que es mayor y está lleno de achaques, ¿qué le vamos a hacer? Es ley de vida. —Se volvió hacia Ciro—. No sé cómo los chicos en Sevilla aprueban las asignaturas. Acaba de pasar Semana Santa, y ya está aquí la Feria. Luego, el Rocío, y el Corpus, y las fiestas de Triana que siempre me han encantado, y la Virgen de los Reyes... Todo sigue igual: esta ciudad es una verbena permanente. —Miró un reloj que llevaba colgado de una cadena al cuello—. Papá se retrasa.

—No; ya viene —dijo Helena.

En efecto, Willy Guevara se acercaba desde la casa. Alto, robusto, cordial, acogedor y decididamente tolerante. Llevaba botos y una ropa gastada. Saltaba a la vista que venía del campo. Abrió los brazos a su hermano, y lo estrechó con una exuberante ternura. Ciro se sintió en aquella casa, por fin, junto a alguien conocido de veras, seguro y aliado. Luego Willy besó a su mujer, y cogió entre sus manos la cara de su hija dándole dos, tres, cuatro besos.

—Papá —se quejó ella desasiéndose.

—¿Y Álex?

—Voy, papá. —Álex llegaba seguido del perro, ya con un trote cansado—. ¿Qué tal la mañana?

—Bien. Cargante, como todas, pero bien. Esta sequía —se dirigió a Ciro— nos está matando.

—¿Tomas algo? —le preguntó Palmira.

—Una cerveza.

—Rápida, porque la comida va a pasarse. No sé qué nos habrá preparado la pobre Magdalena.

Mientras bebía, Willy pensó que la pobre Magdalena habría preparado lo que su mujer le hubiese repetido no menos de cinco veces la noche anterior. El lujo de Palmira era fingir que no se enteraba de nada de la casa. Una elegante aspiración suya consistía en entrar al comedor con los invitados, y preguntar al mozo: «¿Qué hay de comer, Damián?» Ella, por la mañana, había preparado de antemano el solomillo y el *mousse* de chocolate. Sin la menor necesidad, porque a *la pobre* Magdalena le salían mejor; pero cualquiera se lo hubiese hecho ver a la señora... A Ciro, nada más llegar de América, sus dos hermanas solteras le habían puesto al corriente de lo que él ya se imaginaba.

—Tu cuñada Palmira tiene una mente activa y una voluntad dominante —eso le dijo su hermana Soledad—. Nunca estudió en la universidad porque, en nuestra clase, no estaba bien visto todavía. Se hizo enfermera, pero dama enfermera de la Cruz Roja, de las Luisa de Marillac, o sea, una tontada. Estudió idiomas, pero todos bastante mal, aunque es osada hablándolos. Sabe cocinar a las mil maravillas, pero lo oculta como una deshonra, no comprendo por qué... Pudo haber sido cualquier cosa, nadie podría negarlo; sin embargo, en la actualidad es una interesante mujer de sociedad en una capital de provincias cerrada y engreída, y muy propensa a mirarse el ombligo: la capital y Palmira, las dos. Ella dice en broma que es una mujer florero: no sé de qué se ríe, porque eso es exactamente lo que es. Organiza actos, da cenas, se reúne con mucha gente, les aconseja y cosas así. Y todo con el dedo meñique: le bastan y le sobran un listín de teléfonos y unas órdenes bien dadas. En eso es admirable: habría sido una gran ejecutiva, o una buenísima secretaria de empresa. Yo la admiro, no creas. Estoy segura de que es muy fuerte y muy comprensiva; ahora, también lo estoy de que, si no es necesario llegar hasta ahí, se conforma con ser superficial y bastante pesada. Ella está hecha para casos extremos.

—Pero qué paciencia —le había dicho Ciro a su hermana.

—Que los visitantes y los turistas la soliciten y la consideren una perfecta anfitriona no deja de ser un enorme alimento para su vanidad —había rematado Soledad.

Y Lola, la pequeña, que ya no lo era, continuó la información:

—Recibe gente muy extraña, y va a conferencias, a exposiciones, a presentaciones de libros... O sea, que ha llegado a tener ciertas lagunas en su incultura. —Se echaron a reír, cómplices, las dos—. Pero lo que ella no sabe es que su verdadera arma en la ciudad consiste en su conducta intachable, en su apellido y en todas esas cualidades vulgares que tanto menosprecia. El resto, a la gente le trae al fresco: es lo que los de siempre consideran *las manías de Palmira Gadea*. Esa murga de Los Amigos de los Museos, de Los Amigos de la Ópera... Son esnobadas que hay que perdonarle porque es una excelente esposa, una excelente madre y una excelente ama de casa. Si ella me oyera, me mataba. Y además, una mujer que ayuda y aconseja a toda su familia, a la que buena falta le hace: no te puedes figurar cómo se han vuelto los hermanitos de Palmira. Hay Gadea que ya debiera estar bajo siete llaves. Y el mayor, el conde, es un sinvergüenza capaz de vender hasta el segundo apellido, que es el que nadie quiere. —Lola se reía a carcajadas, que contagiaban a Soledad—. Lo cierto es que los demás Gadea son menos convencionales que Palmira, en contra de lo que ella se cree. Ella está persuadida de que en Sevilla puede recomendar a éste o a aquél, y ejercer grandes influencias. Está equivocadísima: la gente no le hace ningún caso, salvo que se trate de asuntos sin importancia. Quiero decir los que no afecten al dinero: menudos son aquí.

Soledad recogió su turno:

—Nuestra cuñada mira por encima del hombro a Willy porque es el que trae a casa la pasta, que sus sudores le cuesta tal como está la agricultura y la ganadería. No ve la pobrecilla que la influencia de que tanto presume se apoya enteramente en él. Ella actúa como un ministro del Interior expidiendo pasaportes de ciudadanía sevillana, que nadie respeta, a los de fuera. Y como un ministro de Exteriores, haciéndose la consulesa. Una sandez, porque el dinero hoy lo es todo, y ella perdió la ocasión de tenerlo cuando los Gadea decidieron vender la hacienda de olivar del Aljarafe a una urbanizadora, cosa que les proporcionó unos cuantos, muchísimos, miles de millones. El conde de Santo Tirso, el mayor, para rematar la operación, sugirió poner un restaurante o un hotel de lujo en la casa grande. Y a eso sí que se opuso con uñas y dientes Palmira: se quedó con ella y con el jardín a cambio de su participación en los beneficios de la venta. No sé cómo el pobre Willy aceptó un negocio tan malísimo: cargar con esa selva y una casa con tantísimos metros cuadrados de tejados, toditos llenos de goteras. Los otros hermanos se quedaron en la gloria: salieron a más millones y se sacudieron de encima lo peor...

A Ciro se le había ido el santo al cielo y llevaba demasiado tiempo contemplando, casi sin verla, la gran casa, de ocre y de cal, serena y vieja como el perro; el jardín, o mejor dicho, el parque interminable, cosas tan fuera de época, tan caras de mantener, y desproporcionadas para una familia corta y, por añadidura, tan unida. «Al parecer: no es oro todo lo que reluce», le había dicho la deslenguada Lola... Un mirlo y dos gorriones bajaron a picotear sobre la mesa redonda de mármol.

—Sé lo que estás pensando, Ciro —dijo Palmira con suficiencia—. Vamos dentro ya. —Se cogió de su brazo—. Pero yo he llegado al convencimiento de que el espacio es el único lujo que nos queda. —Avanzaban, Palmira y Ciro, juntos hacia la casa; detrás, el padre entre los muchachos—. Éste es mi ambiente, Ciro; ésta es mi vida. No tengo por qué transformarlos por el hecho de que la gente, o el mundo, o la vida, se transformen... Hay flores que sólo crecen en espacios cerrados y acotados, en tierras preparadas con cuidados y abonos. Las flores silvestres son bonitas, lo sé; pero no comparables a las de este jardín. Quizá porque es el mío... Puede que yo esté equivocada: siempre he vivido en él, como esas flores, y he crecido en él, y lo mejor y lo peor que me ha pasado, me ha pasado en él... Tú opinarás igual que todo el mundo.

—No; yo no opino nada, Palmira. —Subían la ancha escalera exterior de piedra.

—Sí, sí; opinarás como todo el mundo. Y tienes tus razones. Pero, por fortuna, son las mías las que han prevalecido. —Se detuvo un instante—. Escúchame: al destino no hay que tratarlo como a un amo, sino como a un igual. No hay que darle demasiada importancia: ésa es la única manera de ganarle la partida.

Ciro, sin saber por qué, pensó que Palmira trataba de igual a igual a su destino porque éste, quizá como el de él mismo, no era mucho más grande que ella. Y, sin embargo, no estaba seguro.

Después de atravesar el vestíbulo y una gran sala, llegaron ante el comedor. El mozo abrió las puertas correderas.

—Gracias, Damián —dijo Palmira—. ¿Qué hay hoy para comer?

2

EL MISMO DÍA en que comenzó aquel ambiguo escarceo (ella nunca hubiese reconocido que era otra cosa), Palmira dijo con voz soñadora:

—Tenemos que encontrar una bebida para nosotros solos. Incluso un idioma exclusivo. Tenemos que entendernos sin que los demás se enteren de nada. Así jugaba yo de pequeña con alguna íntima amiga: los otros se quedaban *in albis*, ignorantes de nuestra complicidad.

—Bien, ¿y qué beberemos? —había preguntado Hugo con intranquilidad.

Como si lo trajese ya pensado, Palmira respondió:

—Vino tinto con zumo de naranja.

Ahora Hugo preparaba la bebida. El sol que se abría paso por el ventanal del estudio iba adormeciendo su luz, que tamizaba un estor crudo. Era una luz sin sombras ya, uniforme, favorecedora. Palmira nunca acudía más temprano allí. Fumando un cigarrillo lo veía manipular las dos botellas, los hielos, el batidor. Hugo era un hombre hermoso. Alguna porción pequeñísima de sangre no enteramente blanca le atirantaba la piel, le engrosaba los labios, le rizaba con gracioso desorden el pelo negro y brillante, le blanqueaba hasta la exageración los dientes. Unos pantalones gastados ceñían sus caderas estrechas y marcaban sus piernas: los muslos, las rodillas, los músculos gemelos.

«Aún recuerdo algo de mis estudios de anatomía.» No llevaba camisa. Había tratado de ponérsela pero lo disuadió Palmira. «*Sans façons*.» Su torso, de color canela, se ensanchaba hacia los hombros redondos sobre unas clavículas delicadas, unos pectorales espléndidos y unos brazos potentes. «No parece un artista: parece un atleta. Le tengo que preguntar si todo su cuerpo es de ese color... No, ¿cómo voy a preguntarle eso? Estoy loca. ¿Qué iba a pensar?... Bueno, probablemente lo que piensa ahora.» Se acercó con un vaso en alto en cada mano: «Delgadas, largas, fuertes.» La bebida tenía, al trasluz, un color atractivo. Hugo sonreía. Hugo sonreía casi siempre.

Palmira lo había conocido en una exposición. Él acababa de llegar a Sevilla. Venía de Madrid. «No me gusta esa ciudad: es ruidosa y está llena de marchantes.» Hacía unos meses que había dejado Argentina: Buenos Aires, claro. Tenía el porte petulante de todos los que llegan de allá. «Cuando hay relámpagos en Buenos Aires, los porteños salimos a la calle y miramos arriba, porque es Dios que nos está sacando una fotografía.» Su risa era magnífica, aunque no la prodigaba. «No tengo motivos.» La exposición en que se tropezaron era mala, y peor la puso la opinión de Hugo:

—Todo está empastado, vacilante. La pintora no tiene ni la menor idea. Pinta como si fregara una puerta. Una puerta que ni siquiera fuese suya. No sabe qué decir con la pintura.

—Es prima de mi marido —le advirtió Palmira.

—¿Qué le vamos a hacer? El parentesco no mejora las cosas. —Y Hugo rió con aquella risa que desarmaba cualquier impertinencia. A los ojos de Palmira, por lo menos.

De eso iba a hacer un año. Palmira entonces no entendía nada de pintura; ahora creía que empezaba a entender. De la pintura de Hugo, sobre todo: grandes manchas sombrías, en las que un rompimiento dejaba ver colores delicados de anémonas o de anochecer. Se reunían un par de veces a la semana. Él la acompañaba a los *eventos* de Sevilla, que tampoco eran tantos. Lo recogía ella con su coche pequeño y, después de tomar un vaso de su bebida, salían hacia su destino. Palmira adoraba los minutos en que estaban a solas en el estudio —desamueblado, grande, soso—, al que ella había convertido en íntimo trayendo algunas cosas no caras —«algún detallito de color»—: una colcha india, una alfombra gastada, unas grandes flores de papel. Palmira era bastante rica en teoría, pero en la práctica presumía de buena administradora y, en efecto, lo era. «Incluso bastante agarrada», se decía por Sevilla.

Para ninguno de los dos se trataba de una amistad amorosa. Palmira se habría horrorizado si alguien le hubiera dicho que estaba enamorada de Hugo. «Es una relación cultural.» *Caro amico*, era el principio de sus cartas cuando le dejaba algún recado porque en el estudio no había aún teléfono. No se arriesgaba ni un paso más allá. Nada la habría sorprendido tanto como tener que elegir, por ejemplo, entre Willy y Hugo. Ni por asomo se le ocurría que pudiese llegar a separarse de Willy. Esto era otra cosa «completamente distinta»: el arte, las ideas, el enriquecimiento «en una ciudad cuyo principal defecto es ver a la misma gente a diario y vayas donde vayas. Claro, siempre que vayas donde debes ir». Además, Willy fomentaba y animaba esa amistad reciente, que le eximía tener que salir de casa después de llegar del campo agotado y sin más propósito que ducharse y ver la televisión en el gabinete tapizado de rosa.

Para Palmira todo era novedoso en aquella persona extranjera, de treinta y cinco años, plena y pendiente de ella. Desde niña, había admirado a quienes se resistían a formar parte de la *sociedad* de la que formaba parte ella; a los que les traían al fresco las jerarquías, las conveniencias y las ortopedias que ella no tenía más remedio que aceptar a regañadientes, fastidiada, aunque no demasiado, y deformada ya. Habría sido feliz patrocinando un *salón artístico* donde poner, al servicio de algo más elevado que el dinero, sus conocimientos, sus amistades y el ímpetu que tenía pocas cosas en que emplear. Pero ¿quién habría manifestado el menor interés en asistir a aquel salón? Por desgracia, nadie: ni su sociedad, ni los artistas que tanto desconfían de ella.

—Jugar a dos bandas es extraordinariamente complicado. Ya me lo dijo un día Jehudi Menuhin tomando una copa en casa después de su concierto. «Es usted un pontífice, señora, o sea, el que hace puentes.» Dos bandas, ahí es nada: muy difícil —repetía Palmira, que en realidad no jugaba ni a una sola banda, empeñada como estaba en llevar bien su desmesurada casa.

Una anécdota lo ratificaba. Un claro mediodía, por la calle Sierpes, encontró a un pintor muy conocido, muy consagrado. Estaba con una mujer que resultó ser la suya, y con unas zapatillas de paño a cuadros que horrorizaron a Palmira, aunque se apresuró a calificarlas como «una excentricidad de la bohemia». Sintiéndose, como solía, representante de su ciudad, los abordó y los convidó a tomar café en su casa: no quiso excederse invitándolos a almorzar. Les mandó un coche, y los recibió con un par de amigas. Los trataba como si los conociese de hace tiempo. Las amigas estaban encantadas y encantadoras, si bien ignoraban del todo la importancia de aquel pintor de aspecto pueblerino, que tanto les había ponderado Palmira. La mujer del pintor miraba el techo, los muebles antiguos, los cuadros de género, como si calibrara el dinero de la dueña. El pintor no habló apenas. Palmira, de repente, con un aire infantil, sacó un álbum de firmas de hacía cuarenta años, y le pidió al artista, que desconocía en qué casa estaba y quiénes eran aquellas señoras, «un dibujo: nada, una pequeña cosa, un recuerdito». El famoso, que era además tímido y muy pesetero, la miró en el colmo del asombro y con un temblor en las mejillas. Después de un momento lleno de tensión, que las damas confundieron con la emoción estética, trazó una circunferencia sobre la página en blanco, y sin fecha ni firma se la entregó a Palmira. Ella le dio las gracias rendidamente, pero pensó que aquel hombre era tonto.

De Hugo no podía decir lo mismo. Para Palmira, Hugo había sido la revelación, «la epifanía». «Sigo siendo pontífice para él, a pesar de todo.» Era, como tenía que ser un artista: raro, incomprensible, impredecible, y a veces dejaba transparentar un menosprecio por la *sociedad* que ella, dignamente, se veía obligada a ignorar, aunque en el fondo lo compartía. Tal era su contradicción.

Palmira sabía —adivinaba— que el mundo de los artistas (aquel famoso pintor había sido la prueba) es tan reducido y despreciable como el de los comerciantes; pero prefería molestar a los comerciantes ponderando con exageración a los artistas, y no a la inversa. A éstos los sentía mucho más cerca de su corazón. Cuántas veces les habría dicho a sus hijos y a todos los que querían escucharla, ante una gélida indiferencia, y cuántas más aún habría pensado, que a ella lo que de veras le hubiese satisfecho era ser cualquier cosa relacionada con el arte. Desde actriz de teatro hasta pintora o escultora. Ahora se lo repetía con devota admiración, y quizá con excesiva frecuencia, a Hugo. Por ejemplo, cada vez que éste le mostraba un cuadro nuevo. Él la miraba desde arriba, sonriendo despectivamente sin que se le notara.

—Tú estás —le decía— en el peldaño intermedio que hay entre una mujer inteligente y una mujer creadora. Pero ignoras todo sobre la soledad, exterior e interior, buscada e impuesta, que hace falta para crear.

—No tienes ni la más pequeña idea de cómo soy.
—Y Palmira se recogía en sí misma, como un gusano de seda que envolviese en su capullo un último secreto.

Hugo tenía permiso para decirle las mayores inconveniencias. Ella disfrutaba, porque estaba segura de que no se las decía en serio. «Los artistas son así. No respetan las convenciones, se saltan a la bartola las barreras, pronuncian palabras que nadie osaría pronunciar en sociedad, y viven en su propia galaxia... Por eso los intento comprender —bueno, los comprendo—, y percibo con claridad que la animadversión de los comerciantes hacia los artistas (ahí estaban los dos bandos en que Palmira dividía su mundo, un mundo en que predominaban desesperantemente los primeros) se basa en esencia sobre la cuestión del dinero. A un artista rico lo respetan los comerciantes como si fuese uno de ellos por la soberana razón de que ha logrado el éxito. Y, en reciprocidad, un artista rico no odia a los comerciantes por la soberana razón de que ha de contar con ellos para obtener sus ganancias y hasta para invertirlas.»

Su actitud respecto a Hugo estaba clara: quería ayudarle, pero él no la ayudaba a cumplir tal tarea. Su cuñada Lola Guevara le había dicho: «Tu amigo el pintor padece un complejo de superioridad y, para mayor inri, es argentino. De forma que va a durar en Sevilla lo que la risa al negro.» Hugo era —ella lo había oído decir por activa y por pasiva a sus amistades— un fracasado. Su actitud altanera y sus extrañas cualidades, que en Sevilla nadie más que ella conocía, eran no sólo inútiles, sino perjudiciales en una sociedad de comerciantes. Palmira trataba de convencerlo de que se dejara ayudar, de que se adaptase, de que no fuese «tan mordaz, tan crítico, tan personalísimo, tan directo»; de que por una parte no apareciera tan soberbio con los comerciantes, y por otra no apareciera tan modesto en lo referente a su pintura. Sin embargo, Palmira, muy en el fondo, coincidía con Hugo, sin saber con exactitud si porque le gustaba, o le gustaba porque coincidía.

En uno de sus primeros coloquios, Palmira se lo había dejado ver con discreción: si quería triunfar en Sevilla, debía contar con ella. Cuando Hugo le contestó que no quería triunfar en Sevilla, sino envolverse «en su luz de oro y en sus colores en los que la luz toma partido, a los que se agarra, donde descansa»; cuando Hugo le contestó que «la luz plata, neutral e indiferente de Madrid lo había decepcionado», y que llegó a Sevilla para tropezarse «con la gloriosa suya, participante, decidida y rotunda», Palmira le dijo que sí, que estaba bien, que entendía todo eso de la luz, pero que a nadie le amarga un dulce. Y que lo que tenía que proponerse era triunfar en Sevilla.

—Hasta ahora yo sólo he tratado con gente consagrada —le comunicó una tarde, y era cierto.

—Pues sigue haciéndolo: lo pasarás mejor —le replicó Hugo con el ceño fruncido.

—No seas susceptible, *caro amico*. Si a todo el que te dice una verdad lo consideras hostil, no avanzarás nada en ninguna dirección. Te lo digo yo que te llevo *muchísimos* años.

—No exageres.

—*Muchísimos* —repitió, complacida por la contradicción de él—. Si estoy a tu lado, es precisamente para colaborar en tu consagración. Se trata como de un destino. Me enorgullezco de ello. Pero me irrita (bueno, me molesta) que tú no aceptes y que no obedezcas (bueno, atiendas: contigo hay que andarse con pies de plomo) mis consejos ni mis directrices (está bien, mis observaciones). Verbigracia, antes de que expusieras en Sevilla, tendríamos que presentarte en sociedad: hacerle a Sevilla el obsequio de enseñarle a tu persona (ya sabes cómo es la gente de paleta en el fondo); reprocharle que no te haya conocido hasta ahora... Y luego yo te sugeriría temas, actitudes que deberías tomar, nombres ante los que esmerarte... O sea, yo sería la más entregada de los marchantes.

—Es como si quisieras consagrarte tú a través de mí.

Palmira puso el grito en el cielo, entre dolida y asustada:

—¿Cómo se te ocurre semejante disparate? Yo soy la única señora de Sevilla, incluida la duquesa, que sabe tratar de tú a tú a los artistas y comprenderlos. Pero tú lo haces más difícil que ninguno: ¿cómo voy a ayudarte?

—Es que ni tienes por qué ayudarme, ni me estás ayudando. Lo acabas de decir: sólo tratas a los consagrados, a los triunfadores que no te necesitan. Yo tengo bastante con pintar en mi estudio y con ver desde lejos Sevilla.

—Pero Hugo: tú eres exactamente la excepción. Por eso hablé así antes.

—No soy ninguna excepción, Palmira. Hoy estoy especialmente sensible, pero creo que nadie puede ayudar a nadie sin tener en cuenta lo que quiere y cómo es. A ti te gustaría que yo fuese como tú; sin embargo, no me conoces ni lo más mínimo, ni te tomas el trabajo de intentarlo. ¿Por qué tengo yo que procurar que la sociedad, la buena sociedad sevillana, me acepte? —Lo que se derramaba de sus labios era más que desdén—. ¿Qué me importan a mí tus amigos o tus iguales?

—Pero entonces, ¿para quién pintas tú?

—Para mí.

—¿Sólo para ti?

—Sólo. Y tú no me ayudarías nunca a ser, sino a conseguir. Para mí la pintura es a la vez un trabajo y mi vida. Y a un trabajo no tiene por qué exigírsele que sea refulgente, sino que te satisfaga y que honorablemente te mantenga.

—Me está pareciendo que a ti te encanta compadecerte, hacerte el incomprendido, llorar sobre tus desgracias. Te encanta más aún que triunfar, y desde luego muchísimo más que dar la batalla... Yo debo de ser idiota, porque por ese llanto tuyo —en el rostro de Hugo se produjo una alarma—, por esa continua queja tuya que no te permite hablar más que de ti, es por lo que me considero más próxima, por lo que más te quiero... Reconozco que mis hijos no han salido a mí, no son nada artistas. Ni dóciles tampoco, no creas: estoy acostumbrada a la oposición, conque... Tú eres más dócil que ellos.

—Salvo en lo esencial, en lo que soy completamente inamovible —dijo Hugo levantándose.

—Pero ¿qué es lo esencial? —Se levantó también y, frente a Hugo, alzó la mano y la puso en su hombro. Notó la diferencia de estatura. Repitió la pregunta—: ¿Qué es lo esencial?

—Lo que más nos separa.

Hugo dio media vuelta, se situó cerca del ventanal, de espaldas a Palmira. Ella vio recortarse su silueta sobre la luz poniente. Algo en su interior le repitió una vez más que aquello no era un amor «puro y del alma»; que anhelaba que Hugo se volviese y la tomara en sus brazos por la fuerza. Y se vio —eso sí por vez primera— un poco anticuada y un poco ñoña al no osar enfrentarse con la realidad, ni alcanzar de él un sentimiento comparable al suyo. En un fogonazo se imaginó cómo era en ese instante: una mujer mayor —«¿Mayor? Sí»—, a espaldas del hombre que le gustaba, no muy favorecida, con un marido con el que sólo compartía un rutina vagamente soportable... Se entristeció. Se acercó muy despacio a su amigo y le puso ahora las dos manos sobre los hombros. «Entre el pobre Willy y Hugo hay la misma diferencia que entre una sonata tocada con torpeza al piano y una sinfonía a toda orquesta.»

—No te enfades conmigo —musitó.

—No me enfado —dijo Hugo sin volverse—. Es que nuestras vidas no pueden ser más distintas. Yo me quemo, y tú eres una mujer muy fría que lo acaricias todo con los guantes puestos.

Palmira, rodeándolo, se situó de nuevo frente a él.

—¿Estás seguro? —dijo, mientras con las manos desnudas le acariciaba las mejillas y el mentón, no muy bien afeitados.

—Tú eres muy sevillana, y ya os voy conociendo. Cuando invitas a tu casa a los amigos que han asistido contigo a un concierto, para homenajear al concertista o al cantante, van con gusto y se toman una copa. Pero a ninguno se les pasa por la imaginación dar la fiesta que tú das, ni pagar su copa. Van a tu casa como se va a un zoo, o ni siquiera: van por verse entre ellos, por presumir de que entienden de arte o de que los educaron en la música... No te engañes, Palmira. Mal puede interesar el concertista a quienes no les interesa ni el concierto. ¿Para qué voy a hacer yo aquí una exposición? Sevilla es una ciudad convencida de que en ella se termina el mundo.

—¿Y no es cierto? —le provocó Palmira—. Por algo estarás tú aquí.

—¿Ves cómo te pones en cuanto se toca tu ciudad? Antonio Machado, que os conocía bien, puso Castilla donde debió escribir Sevilla. —Recitó riendo—: «Sevilla miserable, ayer dominadora, / envuelta en sus harapos desprecia cuanto ignora.» —Palmira recibió el insulto en pleno pecho. Se llevó a él la mano—. Ésa es la postura que no os deja crecer. Leéis para que os vean los demás, para que os vea Sevilla; vais a las óperas donde sale Sevilla, pero lo único que se llena de verdad en la temporada son las peluquerías; tenéis a Sevilla por baremo y medida de todas las excelencias; estáis encantados de ser sus herederos y de que sea sólo vuestra, y nada de lo que suceda fuera de ella os importa un rábano.

—¿Cómo puedes hablar así? Yo tengo un piso en Londres, al que estás invitado. Y una casa en Sanlúcar: ¿qué me dices de Cádiz? Yo vivo fuera del casco urbano. Yo viajo, durante un mes como mínimo, fuera de Europa en general...

—Estoy convencido de que siempre has viajado pensando lo que contarías al volver, y pensando también que, como Sevilla, nada. Como si Sevilla fuese el ombligo del mundo.

—Cuando está claro que el ombligo del mundo eres tú, ¿no? —Palmira, sin querer, miró el ombligo de Hugo, rodeado de suave vello negro, sobre la cinturilla del vaquero. Desvió los ojos y se echó a reír—. Eres imposible. Tienes la virtud de que, cuanto más simpática quiero estar contigo y cuanto más inmejorables son mis intenciones, estoy más lejos de ti que nunca, sencillamente porque tú te alejas.

—Es que me pone nervioso que presumas de avanzada dentro de este agujero.

—¿Sevilla, un agujero? ¿Y qué haces dentro de él?

—Descuida, yo saldré. ¿Y que qué hago? Mirar, embeberme, curiosear, admirar la belleza. O sea, tratar a Sevilla como lo que es: un sitio hermoso más. Sois los sevillanos los que lo estropeáis transformándolo en un colmo del que nadie pueda permitirse salir. Cerrar es siempre provinciano; desconocer lo exterior o menospreciarlo es siempre esterilizador.

—Da gusto oírte —dijo Palmira con sinceridad—. Antes los pintores eran medio analfabetos: pintaban y listo; ahora habláis como los ángeles explicando vuestra alma y vuestra pintura.

—Gracias —replicó Hugo con retintín—. Tú eres mi amiga y yo tu amigo. Ojalá siempre lo sigamos siendo. Pero, porque lo somos, te digo no que seas una cateta, sino que eres la mitad de lo que podrías ser. Has leído más que tus amigas, a las que por cierto tienes como protegidas o como discípulas, pero no muchísimo más. Has reflexionado más que ellas, pero no demasiado. Has visto más mundo, sí, pero siempre detrás de una ventanilla; no te has metido en él hasta los dientes; no has vibrado; no has palpitado; no te has muerto por nadie, ni has resucitado para nadie.

—En un periquete me has puesto como un pingo —dijo Palmira tras una pausa, poniendo cara de Dolorosa—. Si todo eso es verdad, será como mucho culpa de mi destino o mía, pero no de Sevilla. Sírveme otro vaso más de nuestra bebida... Mira, yo las grandes ciudades las detesto; estoy de paso en ellas. A mis amigos de Madrid no dejo de compadecerlos: viven tan ajetreados que no les queda tiempo para cultivarse, a pesar de tantas ofertas culturales. ¿Cómo se va a ir a un concierto o a una exposición con la serenidad necesaria, después de un trayecto asqueroso y de un aparcamiento imposible? Aquí hay dos o tres *eventos*, como decís vosotros, por día, y ya resulta un poquito agobiante, no se puede ir a todos. Yo voy a los artísticos, no a los rastrillos y otras operaciones parecidas que mezclan caridad y lucimiento. Eso sí que lo encuentro provinciano. No lo autorizo yo con mi presencia. Tengo mis propias caridades.

—¿Soy yo una de ellas?

Un golpe de lágrimas empapó repentinamente los ojos de Palmira, a la que el vino con naranja no dejaba de emocionar.

—Oh, Hugo. Cuánto daño puedes hacer si quieres.

Hugo la tomó de los brazos y luego le pasó las manos por la espalda. Ella creyó que la iba a abrazar, pero no fue así. Se separó de él decepcionada. Hugo sonreía y le dijo:

—Me estabas dando la razón: los sevillanos tienen una doblez provinciana y una moral acomodaticia e hipócrita.

—¿Cómo eres capaz de decir semejantes atrocidades de todos los habitantes de una ciudad? ¿Qué forma de generalizar es ésa?

—Hablo de lo que más abunda a tu alrededor. Perdona, no es mi intención herirte. Ya sabes que te quiero. Tú eres mi puente levadizo con Sevilla: cuando te vas tú, me quedo aislado.

Palmira sintió una corriente cálida en su corazón. «Una vez más, pontífice.»

—Nunca me iré, lo sabes.

—¿Quieres acompañarme esta noche a un bar progre?

—¿Progre en Sevilla? —preguntó Palmira con ironía.

—Sí; también hay una Sevilla real, con los pies puestos en el suelo, que trabaja o está en el paro, que es feliz o desgraciada, es decir, que está en mitad del mundo. El hecho de que entre tú y los tuyos no pase nunca nada no quiere decir que, fuera, los otros sean así también.

—¿Que no nos pasa nada? Lo que ocurre es que hacemos como si no nos pasase. Qué mala vista tienes. Un primo de la duquesa, sin ir más lejos, está ahora mismo preso por secuestro y por tráfico de drogas, así que fíjate. ¿No te suena el *self control*, hijo mío? —Cambió de tono—. ¿Y qué vamos a ver en ese bar: niñatos bebiendo cervezas o cubatas?

—Vamos a ver la vida, si tú quieres.

—¿La vida es ahora progre? La vida es todo, Hugo.

A Palmira le estorbaba la ingenuidad de Hugo y le irritaba que le llevase la contraria; pero reconocía que estaba guapo cuando se ruborizaba, y cuando se le tensaban las cejas, y cuando alzaba las manos tan viriles y fuertes.

—Óyeme: en ti, como la mejor sevillana que eres...

Palmira lo interrumpió:

—No soy ningún arquetipo. Te juro que no me parezco a nadie, y me molesta que no lo creas así.

—Bien, eres única. A pesar de todo, como sevillana, lo absolutamente retrógrado en ti es lo instintivo. Luego, hay una cierta reacción consciente que te mueve a ser progresista, comprensiva, más abierta y curiosa.

—Gracias por permitirme tener esa reacción.

—Pero en todo es así. En cualquier tema del que se trate.

—Pues menos mal que no conoces a la familia de mi marido. Ellos sí que tienen miedo a ser distintos y a llamar la atención. Hay dos hermanitas solteras que... En mi familia nunca hemos sido así.

—Sí —dijo en voz baja Hugo—, ya he oído hablar de tus hermanos.

—Sabe Dios lo que habrás oído. Barbaridades. Qué ciudad ésta. A mí la mayoría me considera un fracaso. Bueno, a mí y a toda mi progenie, que es mucho más vieja que la suya. —Palmira se excitaba—. Y los que no me consideran un fracaso es porque creen que no puede fracasar el que no intenta nada. Qué sabrán ellos. Mira: mis antepasados eran gente ilustrada, con mucho tiempo libre y con alguna afición. La de mi padre eran los pájaros de la zona; fue un espléndido ornitólogo. Ellos se dedicaban plenamente a sus aficiones, traían libros del extranjero... Pero su empleo del tiempo no servía para nada, ya ves tú. Así acabamos. Hoy mis hermanos son lo bastante ricos como para tener aficiones superfluas. Sin embargo, no las tienen... ¿Qué habrás oído decir de ellos? ¿A quién le extrañará que se hayan hecho *brokers* con su dinero y el de los demás? En algo tendrán que ocuparse, caramba. —Su voz le vacilaba como la de quien está a punto de llorar, de airarse definitivamente—. Antes todos éramos inútiles, pero también inofensivos. O lo procurábamos. Ahora es distinto. O no lo es, no estoy segura... Los tiempos son distintos. A mi familia entonces la acusaban de estirada, de distante, de fría: los Santo Tirso éramos cuidadosos y conservadores, porque entendíamos que algo había que conservar: la lealtad al linaje, por ejemplo, y a las cosas que formaban parte de la familia mucho antes que nosotros. —No, no se iba a airar: había casi un sollozo más abajo, en su garganta—. Hoy mis hermanos son campechanos y contaminadores, y yo soy sólo *la tonta del jardín*. Porque a todo el mundo le importa un pito todo. Y si vendieron lo que había sido de la familia tantos siglos, ¿cómo no van a vender lo que es de los demás y al precio más alto que pueda conseguirse?

Se hizo un silencio. ¿Estaba Palmira de parte de sus hermanos? ¿Los defendía, o los atacaba? ¿Los justificaba, o los aborrecía? Mientras se lo preguntaba, Hugo tomó un pincel, y lo dejó en seguida. Cuando volvió a hablar, la voz de Palmira había cambiado, y recuperado con un gran esfuerzo su tono ligero de antes.

—En mi familia somos muy personales, muy insólitos: dicen que somos locos. Y, a pesar de ello, nos llevamos mejor unos con otros que los Guevara. Porque tenemos cosas diferentes que contarnos y que compartir, llegado el caso.

—Cosas diferentes... —A Hugo, al que la conversación no le divertía, se le fue el pensamiento hacia el cuadro en que trabajaba antes de llegar ella, hacia el sosiego de su sesión. En realidad, había olvidado la cita con Palmira, y trabajaba cuando ella lo interrumpió.

La tarde había declinado ya del todo fuera. Aspiró el perfume de Palmira, en el que, al final, había una presencia de nardos—. Cosas diferentes —repitió con cierta intensidad en la voz—. Por ejemplo, ¿respetas la homosexualidad de veras, como te he oído pregonar? Di, ¿la respetas? ¿Respetas el derecho a abortar, o simplemente pasas por alto todo lo que a eso se refiera, por tu comodidad, y porque no te afecta? ¿Por qué no te pronuncias claramente, sí o no, sobre algunas cuestiones, a las que rodeas y rodeas hasta acabar por marearlas y marearnos?

—¿A quién mareo yo? Esta noche estás terrible. Quizá no debería de haber venido... Por lo pronto, sabes que tengo un tapicero mariquita, que me cuenta sus noviazgos y sus amoríos, a pesar de que yo continuamente se lo digo: «Eso a mí no me importa, no me lo cuente usted.» Y es porque tiene confianza en mí, y me ve digna de él y respetuosa, no como tú, y amiga.

—Un tapicero mariquita... Te hace gracia porque con él hablas de cosas de las que no hablarías con nadie de tu mundo —dijo con desprecio Hugo—. Pero ¿te presentarías en público con él? ¿Lo abrazarías de encontrártelo por la calle?

—Qué cosas tienes: claro que no. Pero no por mariquita, sino por tapicero. Una no va por ahí abrazando tapiceros. No por nada, sino porque no es imprescindible. Él me ayuda a poner mi Cruz de Mayo: es una persona de muchísimo gusto; diseñamos entre los dos las galerías de las cortinas de un salón, o el baldaquino de una cama; pero de eso a... Puede contar conmigo. Incluso sería amiga suya si me atrajera como amigo, ¿ves? Pero no es así. Tampoco tengo, para ser progre, que fingir un sentimiento no real.

—Está bien: ¿vienes o no al bar progre? Yo no voy a seguir pintando: se ha pasado el momento.

—Pero, querido, tengo una cena ahí al lado, en casa de la duquesa. He quedado ahí con mi marido.

—¿Y has venido a verme por eso, porque te cogía de paso?

43

—Sabes a la perfección que no es verdad.

—Bueno, pues como la duquesa se retira a las doce (lo sabe toda Sevilla), a las doce estaré en la primera esquina a la derecha saliendo del palacio. Le pides permiso a tu marido y te vienes conmigo.

—Qué audaz eres —dijo Palmira conmovida—; pero en audacia no me ganas. Hablaré con Willy; no le importará: en estas cenas, él empieza a dormirse bastante antes de llegar al postre.

—¿Hasta las doce entonces?

—Ah, cómo eres. Parece que estamos representando *El Tenorio*. Y el caso es que me encanta.

Más que una plaza, era la confluencia casi en ángulo recto de dos calles. La fachada del palacio, nada grandiosa, ocupaba uno de los lados. La noche era apacible y delicada. Un perfume de últimos azahares la estremecía. Por un balcón entreabierto se descolgaba la voz de un hombre, procedente de una televisión o una radio, cantando flamenco sobre un punteo de guitarra. El olor y el cante no perturbaban el silencio. Cuando a las doce y cuarto salieron del palacio Palmira y Willy, ya Hugo los esperaba. Willy se despidió de ellos con un gesto cansado. Luego, Palmira tomó el brazo de Hugo y avanzaron en dirección contraria por una calle angosta. Sobre las losas de la acera se escuchaban sus pasos. Palmira señaló con la mano el balcón del que salía el flamenco, y una luna creciente allá arriba, entre la doble línea de fachadas.

—Sevilla —murmuró en voz baja, y apoyó con suavidad la cabeza en el brazo del hombre.

—Es verdad. Qué inasible y qué inexpresable —respondió él.

—Un escritor ha afirmado que aquí, por decir las cosas indecibles, se dejó sin decir las otras. Hay que tener cuidado con Sevilla.

—Vamos en coche —comentó Hugo—, por si te apetece irte antes que a mí.

Palmira sintió una decepción, no sabía bien por qué.

El lugar en cuestión estaba no lejos del río. Se apearon enfrente. Triana, como deshabitada, se veía encendida, debajo del cielo oscuro y claro al mismo tiempo. Luces sonrosadas rielaban en el agua. Se detuvieron un momento en la ribera, entre palmeras, no lejos de un monumento a un cantaor. Un perrillo canela y cojo corrió cerca de las piernas de Palmira. La noche estaba quieta y dulce; sin embargo, un olor salobre ascendía del agua. El puente de hierro, el de toda la vida, se reflejaba a la derecha, y sus luces mojadas en el río eran más largas, más temblorosas, más hondas que las de arriba, más inquietas también y misteriosas. «Como mi corazón», pensó Palmira. A la izquierda, la masa de la Torre del Oro, y a ambos lados una paz contagiosa y un ansia de vida, como si el famoso Arenal hubiese impreso su huella inextinguible y toda la historia de la ciudad, dolorosa y vital, estuviese presente. Cruzaron a la línea de fachadas, en donde ya cerraban algunos bares. A Palmira, excitada por la curiosidad, y como devuelta a una juventud transgresora —la suya no lo había sido—, le palpitaba con fuerza anormal el corazón: como sucede cuando se ve algo que no está hecho para que lo veamos; como le sucedía a ella cuando, al terminar de comer, en Sanlúcar, pasaba por delante del dormitorio de su padre y, a través de la puerta entreabierta, asomándose apenas, intuía que su padre se estaba desnudando para la siesta, o yacía tendido semidesnudo encima de su cama.

—Aquí es —dijo Hugo.

Era una puerta no muy grande, anodina, detrás de la que era difícil imaginar ninguna transgresión.

—Sésamo, ábrete —murmuró Palmira.

Hugo la dejó pasar. Vieron unas perchas pendientes de una barra donde, quizá en invierno, colgarían los clientes sus abrigos. Ahora no existía ninguna ropa colgada ni nadie que atendiera. En la pared opuesta, una puerta más pequeña aún con una mirilla y un timbre al lado. Lo pulsó Hugo. La mirilla se abrió y dos ojos observaron a los recién llegados. Tras la puerta abierta, un sonriente portero o camarero les saludó con un brillo de connivencia en la mirada. Entraron en el local, mientras Palmira se reprochaba no haber leído el nombre en una placa de latón embutida junto a la puerta de fuera.

—¿Cómo se llama esto?

—*Cariátides* —respondió Hugo.

El pasillo que habían seguido se ensanchaba en una pista de baile rodeada de asientos, pero nadie bailaba. La gente bastante joven sentada alrededor cuchicheaba y reía muy alto. Todos —no, todos no— eran hombres. Uno de los laterales de la pista lo ocupaba casi por entero la barra del bar, donde otros clientes, silenciosos, tomaban sus bebidas apoyados de codos o de espaldas contra el mostrador. A Palmira le parecía que respiraba mal. Quizá era la oscuridad, los focos de luz negra, o la música muy potente, que le latía dentro como si le resonara en el estómago.

—Aquí hablar es difícil.

—¿Cómo? —preguntó Hugo.

Palmira movió la cabeza desistiendo de ser escuchada. Se acercaron a la barra. Palmira pidió un agua mineral, quizá como reacción ante un ambiente que no entendía; Hugo, whisky con coca-cola. Poniendo el oído cerca de su boca, Palmira voceó:

—No creo que aquí pudiera conseguirse nuestra bebida.

—¿Por qué no? —Hugo hablaba como si el local le perteneciera—. ¿La quieres?

—No; ya he bebido bastante. La duquesa nos ha ofrecido dos vinos magníficos.

Referirse a la duquesa aquí estaba muy fuera de lugar. Se arrepintió de haberlo hecho. Observó que, entre los sentados, un chico besaba a una chica mientras, por encima de su hombro, los miraba a ellos dos. O quizá sólo a Hugo.

A la altura de la barra había un escenario mínimo. Al ver que ella se fijaba, Hugo le aclaró:

—Ahí, los fines de semana bailan los travestidos, o cantan imitando a las folclóricas: un karaoke muy especial.

Palmira afirmó con la cabeza y empezó a comprender. Para no quedar como una pusilánime, avanzó sola y se asomó a una sala grande, en penumbra, con divanes al pie de las paredes y unas figuras masculinas de falsa piedra, que soportaban capiteles en la cabeza, fingiendo ser columnas, hasta el techo. Señalándolas con la mano, comentó Hugo:

—Las cariátides.

—Son atlantes, querido. Si no te importa, las cariátides son mujeres.

—Aquí da lo mismo. —Hugo sonreía—. Estos atlantes se travisten llegado el caso.

—Me lo figuro. Y esa escalera tan aparatosa, ¿dónde conduce?

—A los servicios en todos los sentidos.

—¿Qué quieres decir?

—A los aseos, y a un cuarto completamente en tinieblas donde los que entran saben muy bien a lo que van.

—Entonces no les pasa lo que a mí —dijo en voz baja Palmira.

Era miércoles y no había mucha concurrencia. El ambiente no era desagradable. Alguna risa se oía de vez en cuando, quizá un poco excesiva, y los de la barra miraban a su alrededor y se sonreían si se tropezaban con otra mirada; pero en general estaban allí inmóviles, con el vaso en la mano, y un cierto aire altivo de reinas destronadas. Palmira se interesó por ellos.

—¿Tú crees que se divierten?

—No sé si vienen a divertirse aquí —contestó Hugo.

—¿Vienes tú con frecuencia?

—Sólo de vez en cuando.

Las muchachas, muy jóvenes, se desenvolvían con una enorme naturalidad, «si es que la naturalidad puede ser enorme», pensó Palmira. Y, en tono despectivo, preguntó:

—¿Esto es lo que tú consideras progre? Esto lo aceptaría hasta mi tía la monja.

—No se trata de aceptarlo, se trata de entenderlo. Hasta que todo el mundo no sea tratado como igual, no habremos adelantado nada.

—Pero eso no quiere decir que todos seamos iguales; en todo caso será un pacto. Como la democracia: todos iguales frente a la ley, pero ni un paso más allá. Si fuéramos todos iguales en todos los sentidos, todos seríamos peores. O eso creo yo. —Se hizo una pausa. En la sala de las columnas (en la «sala hipóstila», como había dicho Palmira) la música llegaba amortiguada—. ¿Quieres que bailemos?

Sin responder, Hugo tomó a Palmira de la cintura, y bailaron sin prisa un ritmo que quizá la requería. Palmira marcaba la velocidad de los pasos, y Hugo se daba cuenta de ello. La gente no se sorprendió de ver una pareja algo desigual, como si estuviera hecha ya a toda clase de asombros. Y fue mientras bailaban cuando llegó Palmira lo más lejos que le era dado llegar. No se explicó lo que le sucedía, pero supo que no podía estar en ese sitio ni un momento más. No es que le molestara, es que comprendía con toda claridad que no pintaba nada allí, que no era aquél su sitio, que aquellas personas no tenían nada que ver con ella, ni con su vida, ni con su modo de ver y de querer las cosas. Apartó las manos de Hugo y dejó caer las suyas a lo largo del cuerpo. Después de una pausa, miró a su pareja con seriedad, depositó una mano sobre su mano, y le dijo:

—Se me ha hecho tarde: aún me queda camino hasta llegar a casa. Este lugar es simpático; quizá hace un poco demasiado calor. Gracias por haberme traído. Llámame cuando quieras.

Se movió con tanta rapidez, que cuando Hugo intentó seguirla y despedirse, ya Palmira había salido. Oyó ponerse en marcha el coche. Al salir a la calle, levantó la mano para decir adiós en un gesto baldío. Regresó despacio al bar. Estaba claro que todo había sido una equivocación suya, un juego en el que no había ganador y, en cualquier caso, una impertinencia. Recogió su vaso de la barra, y mientras lo apuraba le ordenó al camarero:

—Lo mismo, por favor.

—Al instante, don Hugo —le dijo el camarero cordialmente.

3

Había sido un día demasiado largo. Ya no era tan joven, se dijo; necesitaba descansar. Aparcó el coche nada más pasar la verja que estaba, como de costumbre, abierta. Miró el jardín en paz. Ya había pasado la época de celo de los mochuelos y no cantaban aún los grillos. Una brisa suave meneaba las ramas más altas. A ras de tierra, todo estaba inmóvil. La luna daba la impresión de correr velozmente entre unas nubes rojizas y horizontales; eran las nubes las que bogaban a impulsos del viento, que arriba debía de ser más fuerte.

Llegó hasta la casa, y no advirtió hasta entonces que se había dejado en el coche el bolso con las llaves. Suspiró. Cada día se le olvidaban más cosas. Notaba como si con frecuencia tuviera la cabeza en otro sitio. «No estás donde repicas», le reprochaba de niña el ama que la había criado y acompañado después toda la vida. El ama... Tendría que hablar con ella mañana. Ahora no la veía, como antes, a diario. Subiría sin falta a su habitación. Quizá contribuyera a aclararle las ideas.

Pero ¿qué ideas? Sacó el bolso del coche. Deseaba tenderse en la cama. Un día muy largo: Ciro, Hugo, la duquesa... Se hallaba desconcertada sin saber por qué. Willy estaría ya durmiendo. De haberse dormido boca arriba roncaría con el leve ronquido que ella llevaba soportando veinticinco años. Quizá fuese mejor que durmiera en uno de los cuartos de invitados; así no despertaría a Willy, ni él le impediría dormir. A Palmira le gustaba «emigrar» en ocasiones: dormir en su cuarto de soltera, o en otro dormitorio de la casa: siempre estaban dispuestos como para una revista. El ama se ocupaba. De no ser por ella, quizá Palmira no habría podido llevar un caserón tan grande: tan querido, pero tan gravoso, cada día más gravoso...

De repente percibió que se había sentado en un banco al pie de las tipuanas. No era cómodo, pero tenía respaldo. Se recostó y estiró las piernas; descansó la cabeza sobre el arrayán que sobresalía, y suspiró de nuevo. Se sabía hundida en uno de sus momentos bajos: en ellos hacía inconscientemente un gesto. Era un gesto que en su infancia vio hacer a Araceli, la repasadora: sin dejar de coser, concentrada en su tarea aún, detenía un segundo la mano con la aguja, la levantaba y espantaba una mosca inoportuna. ¿Era real esa mosca que la fastidiaba, que la distraía de su quehacer, que le apartaba la mente de donde había de tenerla? La mosca pertinaz... Los momentos bajos se reiteraban más desde hacía unos meses. «¿Qué me está ocurriendo? ¿De dónde proviene este desánimo, esta tentación de abandonarlo todo?»

«La vida está vivida y la canción cantada», había leído en alguna parte. «Sí, pero ¿qué canción? Si miro hacia atrás no descubro los instantes de enardecimiento y de felicidad a que tiene derecho toda vida. ¿Cuáles han sido los míos? No; no debo preguntármelo en los momentos bajos; la respuesta sería demasiado desoladora. ¿Tendré entonces que seguirme mintiendo? Ésa es una palabra demasiado fuerte...» Levantó la cabeza. La luna navegaba segura por el cielo. Si se acercara al pretil, vería la ciudad extensa, iluminada, pacífica, descansando de su alegría para recogerla al día siguiente.

Lo hizo y la miró un largo rato. Vio una Sevilla desfigurada y confusa, salpicada de luces que desconocía, de anuncios de neón, y de puentes. Ancha y baja, emanando un sonido continuo e irreconocible, como ella misma para Palmira que la amaba tanto. A las luces reflejadas en el río las había inmovilizado la distancia. Una nube estrecha, muy prolongada y más clara que las otras, se abría como un velo que no acababa de caer sobre la ciudad. «En el fondo, todo está como siempre. Pero ¿eso es bueno?»

De cuando en cuando, Palmira, como si de pronto despertara, se sorprendía reflexionando que en algún lugar real le sucederían a una gente real hechos reales. Pero en seguida espantaba esa oscura mosca de que su vida carecía de realidad; en seguida retornaba los ojos hacia su mundo, hacia ese jardín tan vasto y aromático. Quizá el jardín requería más cuidados, y era desmoronadizo; quizá en su mundo todo estaba prendido con alfileres; sin embargo, era el suyo. Una vez espantada la mosca amenazadora, volvía a enfrascarse en él... Esta noche, no obstante, después del artificial y contradictorio día, a Palmira la abrumaba la certeza de que jamás le ocurriría nada «terriblemente auténtico». Y esa certeza, que la tranquilizó durante muchos años, había terminado por hacérsele insoportable.

La luz de la luna creciente proyectaba sombras en el jardín, se sentó en el mismo banco de antes. Las sombras tenues se estremecían produciendo una sensación de vida. Pero ella sabía que no era así: la vida era otra cosa... Presenciaba ahora el jardín —su jardín— como una imitación, algo no del todo tangible, que se interponía entre la vida y ella... «Tengo que rechazar tales pensamientos; pero no soy capaz de hacerlo.» Levantaba la mano; sacudía la mosca empecinada; pero la mosca volvía y volvía y volvía... Recordaba una temporada en que ideas semejantes a éstas, pero con menos cuerpo, la habían empujado a un «ataque de mística», como lo calificó el ama haciendo reír a Willy. Durante unos pocos meses asistió a diario a una misa temprana, se le fue la cabeza en oraciones, procuró investirse de una humildad reglamentada y rectilínea, visitó a su tía en su convento, concurrió a horas de meditación y a oficios religiosos, alternó con gente humilde, mucho más necesitada que ella de los consuelos de la religión... Se dispuso, en una palabra, al éxtasis y a la transverberación, es decir, al final del proceso, como siempre que emprendía algún camino. Pero ese final no se produjo; insensiblemente fue dejando las postraciones y los meticulosos exámenes de conciencia. Comprendió que tampoco aquello era real.

Ahora le vino a la memoria, sin motivo aparente, una estúpida nana que el ama le cantaba y ella se la cantó luego a sus hijos en noches en que se sentía más maternal que nadie.

> *Duerme, Palmira, duerme.*
> *Duerme, mi cielo,*
> *y tendrás sueñecitos*
> *de terciopelo.*

Se rebelaba contra los sueños de terciopelo. Se rebelaba contra los sueños en general. Era hora de coger la verdad por los cuernos y de dejarse atravesar por ella. Palmira no era tonta. Controlaba y dirigía el orden perfecto del jardín; pero había unos breves instantes en que, sin que pudiera evitarlo, la asaltaba, igual que un fogonazo, una duda: la de que, al no estar encajado ese orden en otro superior y más grande, no podía llamársele orden al suyo de ninguna manera. Esta noche era una de esas odiosas ocasiones.

Pero había siempre, en medio de tales ocasiones, un trasfondo de esperanza. A ráfagas, sin detenerse a ratificarla ni a interrogarse sobre ella, la invadía una seguridad: la de que, en un día aún imprevisible pero ya determinado, saldría de allí y se tropezaría con algo que ni siquiera imaginaba. Un amor, o una felicidad casi mortal. Sería un encuentro de manos a boca con ella misma. Sería... Pero no ocurría nada, y regresaba con su decepción a cuestas a su vida pasada y ordenada, a la rigidez rigurosa y previsible, como la de una cárcel, del jardín. Regresaba para sentir, igual que esta noche, una sensación de ensayo, de provisionalidad, de algo previo a otra cosa decisiva y enigmática: como una broma que no pudiera durar mucho más; una broma que tampoco era terrible sino llevadera, pero de ninguna forma definitiva, o sea, junto a la cual no se podría morir... Se espantó de nuevo la mosca con la mano. Se levantó. Cortó una rama seca de una gran copa de piedra con gitanillas. «Este Manuel...»

Ciertos días se le iba una tarde entera —en que paseaba sola, o se había quedado a leer en su sala de estar y no leía— imaginando otras existencias posibles en otros jardines, siempre en otros jardines. No fantaseaba sobre existencias humildes, necesitadas, enfermas, sin dinero. «A mí el dinero no me ha interesado jamás: la mejor prueba son esta casa y este jardín.» Recordaba entonces a una mujer mayor que en Madrid le habían presentado. Leía el porvenir hurgando con la mano en la nuca de la persona que la consultaba. Esa vieja lisiada le había advertido que estaba y estaría casi hasta el final ocupada y preocupada por el dinero, y que sólo el hecho de haberlo tenido siempre disfrazaba su ferviente ansiedad por él. Hacía años de eso. Palmira sonrió ante el recuerdo y su inverosimilitud. Nadie habría podido hacerle creer que la extraña vidente tenía toda la razón: tan poco se conocía a sí misma.

«Lo que me ocurre es que va a reiniciarse uno de esos períodos en que me siento perezosa y fría, indiferente a lo que ocurra en torno mío.» Una indiferencia de la que no lograban sacarla ni la cariñosa cordura de Willy, ni la presencia de sus hijos, ni la sinceridad un poco brutal del ama. Ni siquiera el riesgo de asomarse a lo que siempre había considerado «abismos prohibidos»: la posibilidad del adulterio, la ficción de un apasionamiento, el dejarse llevar —como por una ola evitable— por el deseo de otros cuerpos distintos del de Willy, enmudecido ya para ella. Sus conversaciones con Ciro y Hugo hoy, tan poco carnales, tan controladas por su mente y por su corazón, eran una evidencia. «El torero llama al toro, lo cita, lo atrae, sólo para esquivarlo después y darle muerte.» ¿Por qué había pretendido demostrarse a sí misma que aún gustaba?

«¿Seré de verdad hipócrita? Quizá no quiero enterarme de nada para eludir mi responsabilidad.» Pero ¿de qué no quería enterarse? ¿Cuál era aquella zona oscura? «No adivino nada tenebroso cerca de mí de lo que me aparte, o a lo que me resista a arrimar una luz.» Si Hugo se refería a lo esencial de las estructuras de su mundo —y el de él—, ella las suponía: no era preciso alejarse mucho para ver el desorden; al lado mismo de su casa se daría de manos a boca con conflictos y tormentos y tragedias y crímenes e injusticias. Pero esos eran problemas colectivos que, aunque se enfrentara con ellos, no estaba capacitada para resolver. En consecuencia, los olvidaba. ¿No serían ellos la zona oscura? No... Alguien le había dicho en cierta ocasión: «No hay otro animal vertebrado que extermine con tal salvajismo, con tal brutalidad e indiferencia a los miembros de su propia especie.» Lo había comprobado: bastaba ver la televisión o echar una hojeada a los periódicos. Era terrible, pero ¿qué podía hacer ella? ¿Qué ganaba nadie con que ella perdiera el apetito?

También había tenido su época de caridades. No se acordaba si se lo había sugerido a Hugo esa misma tarde. Llevaba a las Tres mil Viviendas y luego al Tardón y a Árbol Gordo bolsas con garbanzos, con lentejas, bonos de comida y limosnas. Cuando vio que su familia más protegida tenía un frigorífico mayor que el de ella misma, dejó de ir. Se convenció de que ésas eran labores del Estado, que para eso existía. Unas cuantas amigas suyas lo hacían como una especie de coartada moral que las autorizaba, lavándolas como un nuevo bautismo, a muchas componendas. «Ya están más riquitos los pobres», se decían, y miraban a otra parte... Casi se echó a reír cuando le vino al recuerdo la primera vez que fue a hacer una visita con las de san Vicente de Paul. Era abril, como ahora. Llevaba un traje azul con lunaritos blancos y un cuello también blanco de piqué. Bonito y serio, quizá demasiado para su edad: aún estaba soltera. Por eso se colocó en el bolsillo un pañuelo de seda rojo. Le había tocado visitar a un semiagonizante en El Pumarejo. Entró en una habitación imposible, que daba al patio comunal. El techo era muy bajo, y sobre un jergón, cerca de la cocina, se encontraba el enfermo, amarillo como la cera, al que su mujer había incorporado para que les produjese, a ella y a su cuñada Maca que la acompañaba, una primera impresión menos desastrosa. Venciendo la repulsión que le subía como una náusea desde el estómago, alargó la mano y cogió una del moribundo. Padecía un cólico miserere o algo por el estilo. La palma de aquella mano estaba hundida y verdosa; los huesos de los dedos se desperdigaban alrededor. «¿Cómo se encuentra?», le preguntó con un hilo de voz—. «Ya ve la señorita —la voz era hueca, y gris y sin presencia—: sin poder peer, sin poder eructar, sin poder hacer de cuerpo...» Notó que, de seguir un momento más allí, acabaría vomitando. Quizá las compañeras que hacían tales visitas descubrían en ellas un morboso camino de santificación. Ella, no. Puso sobre una caja que hacía de mesilla de noche todo el dinero que llevaba, y se fue. Nunca volvió a ver, ni en pintura, a san Vicente de Paul.

Ahora se le quedó la memoria detenida en aquel tiempo. El tiempo en que era una muchacha de dieciséis, de dieciocho años. Pudo haberse dedicado a cualquier cosa. Fue una de esas adolescentes llena de vagas ansiedades artísticas, que no se deciden a elegir una concreta de ellas para entregarse por completo —si es que en tales asuntos cabe la elección—, y a través de ella expresar sus anhelos, sus temores, sus ideales, sus nobles y amorosos pensamientos. Tal adolescencia confusa le duró mucho a Palmira Gadea... Había escrito, mientras duró, bastantes —malos— versos, y también había recibido otros, como el de un guapo italiano, compañero suyo en un cursillo que hizo en

Roma, con quien paseaba bajo los atardeceres cerca del Tíber, hasta que al pie del puente Pincio se propasó mordiéndole los labios con inhábil lujuria... Había comenzado a estudiar piano, hasta que la longitud y la monotonía del solfeo la disuadieron: tenía mejores cosas en que emplear su tiempo, y además cuántas llegan a ser unas medianas concertistas... Había dado clase de ballet; pero en Sevilla aquello no tenía porvenir ninguno y, por otra parte, era mayor para tamaño esfuerzo... Había dibujado en el colegio; con tizas de colores sobre cartulinas oscuras, que aún conservaba bien guardadas, metidos papeles de seda entre una y otra: quizá si hubiese seguido trabajando, si se hubiese esforzado... Total, no había hecho nada...

> *Duerme, mi cielo,*
> *y tendrás sueñecitos*
> *de terciopelo.*

Si se hubiese comprometido... Si hubiese tenido un trabajo cualquiera: de secretaria, de azafata, de mecanógrafa, de telefonista... Pero en su época esos destinos no estaban hechos para ella. «Como si tener una vida propia y negarse a vivir por delegación fuese algo que está o no de moda...» Qué deprimida se sentía. Más que otras veces. Y qué sola. «¿A qué viene martirizarse tanto con lo que ya es irremediable? ¿Por qué angustiarse con la irrevocabilidad de lo pasado? Irremediable, irrevocable: qué palabrotas.» Debería irse a dormir, pero estaba segura de que le sería imposible; la mosca enemiga iba a insistir en dar vueltas alrededor de su cabeza, con o sin luz, en cuanto cerrase los ojos... Era mejor despejarse aquí en el jardín.

Rebosaba su cuerpo —y no sólo su cuerpo— de una energía no utilizada, sino oprimida e inmóvil como el vapor de una olla a presión, que ha de salir por algún punto para evitar que el cacharro reviente. Y la espita por la que apenas escapaba una mínima parte de su fuerza era tan chica y tan vulgar: «Me he convertido en una modosa y bastante mayor ama de casa, aunque llena de ínfulas si me comparo con las otras...» Unas alteas, grandes como árboles, se recortaban contra el cielo. El rumor del tráfico había ya cedido. Un aroma denso, como de alcoba, subía de la tierra, de los rosales, de los mirtos; palpitaba en el aire, alrededor de ella... «Mañana habrá pasado el mal momento: tengo demasiado quehacer.» Para impedir que los ojos se le llenasen de lágrimas, miró hacia arriba. Cuántas estrellas en el cielo... Eran como una polvareda que alguien levantara galopando. Nunca, en ningún sitio, vio tantas estrellas como desde su jardín... «Pero esta noche todo me contradice. Recuerdo que, hace años, un astrónomo me dijo: "Todo el mundo afirma que en su pueblo se ven más estrellas que en ninguna otra parte; es porque, lo mismo que en el campo, sin luces artificiales queda más libre el cielo de enseñar sus tesoros." Es decir, que todo es apariencia. Todo, apariencia.»

¿Tenía, pues, razón la niña que ella había sido cuando imaginaba la vejez como una edad ya muerta en que los días son exactamente iguales los unos a los otros? No, quizá no: ¿qué sabe de vejez una niña? ¿Qué sabe nadie del frío del invierno hasta que llega? No obstante, cuánto diera Palmira por volver a empezar. O quizá no: estaba tan cansada... Si se tropezara de pronto allí, cerca de los arriates de agapantos que tanto le gustaban, con la niña que fue, ¿la reconocería? Y la niña, ¿se reconocería en ella? «No he crecido tanto; quizá por eso me quedé, para mí sola, con la casa, con el jardín y con el ama...» Pensó acercarse, antes de ir a la cama, al laberinto de tuyas que su bisabuelo había dibujado y mandado construir en un extremo del jardín. La atrajo la sensación de volver a sentir el miedo de la infancia, las voces con que sus hermanos la asustaban, que sonaban a la derecha y a la izquierda y al frente, distintas y a la vez... No: el verdadero laberinto había sido su vida, y en él sí que se había perdido... A ratos, sólo a ratos. Sospechaba que en todas las vidas acaecía lo mismo. Eran momentos bajos que había que desechar. Sólo momentos: no podía quejarse. Como el viejo canario que había muerto hacía ocho años. Tarsicio se llamaba. Un mediodía le abrió la jaula. Un mediodía en que decidió que era atroz para un ser que podía volar verse encerrado, dedicado a cantar a unos oídos que nada significaban para él. Le abrió la jaula. Lo soltó. Revoloteó Tarsicio feliz por el jardín. Y unos minutos después regresó a la jaula... A Palmira primero le irritó su cobardía; después se hizo cargo: la libertad exige mucho y es muy grande, como un desierto amenazado por el hambre y la sed. Y por la pérdida de la libertad también...

Empezaba a encontrarse más tranquila. Fue hacia la casa. Le pareció ver una sombra alargada que salía de entre los morales del paseo. «Es mi padre.» Lo murmuró en voz baja. Su padre fue un hombre muy alto, muy guapo, muy inteligente; su madre una mujer enfermiza, que salía muy poco de sus habitaciones: había pasado más tiempo y más a gusto con su ama que con ella. Esta noche, en la que se había planteado qué podría haber sido de ella de ser algo, se preguntó también, para terminar, qué hombre habría sido su padre sin el peso de una mujer siempre embarazada y siempre enferma. Vanas preguntas... Miró la sombra crecer al aproximarse. Era la de una simple seflera. Su padre amó tanto a los pájaros que la gente lo tomaba por loco. Sin embargo, no lo absorbieron del todo: era aficionado a la pintura y a la música; leía poemas; quizá los escribía. Cuando leyó uno de ella, encontrado por casualidad entre las páginas de un libro que Palmira había leído y olvidado en la biblioteca, levantó los ojos del papel y le sonrió: «Supongo que los primeros son siempre así. En los versos hay que procurar lo que los gitanos para sus hijos: que no tengan buenos principios, sino buenos finales.»

«¿Cuáles serán mis finales, que esta noche advierto más cercanos que nunca? Quizá no tendré ni siquiera finales...» Por última vez repitió el gesto de espantarse la mosca aborrecida. Volvió la cara hacia la sombra de la seflera. «Buenas noches, papá. Me alegro de que sigas aquí.» Introdujo la llave en la cerradura, abrió sin ruido y, sin ruido, después de dar la luz, cerró la puerta tras de ella.

4

Era un éxito. Estaba siendo un éxito. Todo el mundo se lo manifestaba. Hasta los más reacios a reconocer un éxito ajeno, que son tan abundantes. El jardín se mostraba suntuoso: con luces de un color dorado —«Por favor, nada de colorines»— entre las enramadas, y algún que otro foco suave para las áreas más amplias de sombra. Junto al laberinto habían instalado dos torres de luz bastante discreta: Palmira tenía miedo de los jóvenes en la oscuridad. Tres bufés, dispuestos con tacto y atendidos por suficientes camareros, estaban a disposición de los cerca de trescientos invitados. Aparte de su familia y la de Willy, no poco numerosas, asistían los amigos de mucho tiempo, los compromisos más recientes y los compañeros más íntimos de sus hijos. Dos orquestas de músicas distintas, de acuerdo con las edades de la concurrencia, y un tablao flamenco instalado en las caballerizas, brindaban oportunidades para todos, o casi todos, los gustos. A la gente se la veía animada: comía, bebía, bailaba y se divertía extraordinariamente. O, a simple vista, tal era la impresión. A Palmira con eso le bastaba: estaba fingiendo por la fiesta una atención que no sentía.

Aquella mañana, al cepillarse los dientes, había notado un dolor, como de un nervio, en una muela. «Pasará, como siempre. Esta noche le diré a Chaves que me dé hora para su consulta.» Pero el dolor no había pasado. No era insoportable, pero ahora mismo se rozaba la muela, resentida y latente, con la lengua. Siempre había presumido de buena y de bonita dentadura. Sus visitas a Chaves eran espaciadas y protocolarias. La había cogido de improviso este dolor, precisamente hoy. Tomó un analgésico y no quiso decir nada a nadie. Ni a Willy, por supuesto. «Ir con esa embajada...»

Willy no había esperado al desayuno para ofrecerle su regalo. Lo llevó al cuarto de baño y se lo tendió cuando se enjuagaba la boca. Era un aderezo antiguo de amatistas montadas en gruesa plata. Costoso, singular y elegantísimo. Se lo agradeció de todo corazón.

—¿Dónde estaba escondida esta preciosidad?

—Donde menos te imaginas: en casa de Anselmo.

Anselmo era un anticuario muy roñoso y muy viejo, que les hacía mucha gracia. Iban a su tienda a menudo. Mironeaban cuadros, candelabros a los que tan inclinada era Palmira, tallas que el viejo siempre atribuía al duque Cornejo (así llamaba él a Duque Cornejo) o a la Roldana. Su fama de entendido y de listo provenía de que jamás vendía a nadie aquello que le interesaba. Tenía la certidumbre de que el cliente trataba de engañarlo y de que, fijara el precio que fijase, siempre el objeto en cuestión valdría más caro.

—¿Cómo has conseguido que te lo vendiese?

—Pidiendo antes el precio de media docena de cosas, y resignándome a regañadientes, por fin, a llevarme la que desde el principio me gustó.

Mientras se colocaba los pendientes, a través del espejo le sonrió Palmira:

—No te conocía yo tales habilidades. De ahora en adelante irás tú solo a comprar lo que sea.

Ella temió no estar a la altura de las circunstancias cuando, después de tomarlo de su tocador, le tendió a Willy su regalo: unos gemelos de oro y lapislázuli.

—Al fin y a la postre, te los debía. Perdóname: no he hecho más que aprovechar la ocasión.

Lo decía porque, unos meses atrás, en uno de los

fervores de ama de casa que le entraban, intentó limpiar a fondo unos gemelos de Willy, regalo de bodas de un matrimonio alemán. Quizá mantuvo demasiado tiempo los gemelos en la solución de unos polvos, por otra parte muy bien recomendados. El caso es que el lapislázuli había perdido su color, y ahora era de un gris sucio y feísimo. Willy, que ya había olvidado la peripecia, se echó a reír al recordársela, y besó a Palmira en la mejilla.

Luego se habían desayunado con los niños. Helena les regaló una bandeja grabada con la fecha de hace veinticinco años y la actual; Álex, un marco también de plata, en el que había una fotografía de su boda, que ahora resultaba rancia y un poquito cursi. Rieron todos al verla, menos Palmira.

—No es posible que fuésemos así —dijo—. Tú, Willy, estás mejor: la moda de los novios se reduce a la longitud de los faldones del chaqué, pero lo que es yo... —Se levantó para poner derechas las velas de dos candelabros de la mesa.

—Mamá, ¿ni en el día de tus bodas de plata vas a dejar que se tuerza una vela? —le preguntó riendo Álex.

—Dispensad. Reconozco que cada día soy más insoportable.

—No digas eso ni en broma —le reprochó Willy, mientras le oprimía una mano.

Al atardecer se celebró la ceremonia en el oratorio de la casa, decorado con flores sólo blancas del jardín. El retablo barroco era de un verde seco, y las tallas y los cuadros, iluminados con la luz de la cera, producían una espectacular, y al mismo tiempo sencilla, emoción estética. Oficiaba el mismo cura que ofició en la primera boda: un capellán de la catedral, menudo, arrugado y con unas diminutas manos femeninas. Cuando hizo las preguntas de rigor, Palmira se sorprendió tomándolas en serio. Lo que era una pura evocación, de la que había que salir cuanto antes porque la gente que no cabía en la capilla tomaba ya copas en el jardín y en la primera planta, fue para ella inesperadamente algo en lo que merecía la pena meditar. ¿Se habría casado ella otra vez con Willy? ¿A estas alturas, si pudiera hacer lo contrario, ratificaría su matrimonio? Por su cabeza, sin razonarlas, atravesaban ponderaciones opuestas: unas, en las que destacaban la lealtad que veinticinco años había fortalecido, el abandono, la total seguridad en Willy, casi la confabulación con él; otras, la monotonía en que el amor se había convertido, la ausencia de exaltación y de avidez, el pacto de ambos en una manera de amistad incapaz de sustituir los calientes vaivenes del deseo. Todo pasó por su cabeza en un segundo. Miró a sus hijos sonriéndoles desde el lado del Evangelio. No vaciló antes de contestar el *sí quiero*, el *sí otorgo*, el *sí recibo*. Pero volvió la cara atrás hasta físicamente. Y revivió cuánta había sido su fruición en el amor por Willy, cómo lo había amado con un afán hostil en ocasiones, dañándolo a veces, celándolo, mortificándolo. Quizá ella estaba hecha para amar así, cualquiera que hubiera sido el objeto de su amor. Ahora tal desesperación, que fue bastante pasajera, y tal búsqueda ardorosa de la fusión, se habían esfumado. Ahora sin duda comenzaba el amor de verdad generoso. Por eso Palmira dijo sí *sonriendo*... Pero se preguntó si ese amor generoso debería de seguirse llamando lo mismo que el primero.

A partir de ahí todo fue un éxito. Desde la escalinata de la casa veía a la gente evolucionar, reunirse en grupos, separarse, acercarse a las pistas de baile o a los bufés. Iban bien vestidos y daba gloria verlos. Era el homenaje que lo mejor de la ciudad les estaba rindiendo. Había joyas antiguas: las mismas acaso que vieron las fiestas de sus abuelos o de sus bisabuelos, puede que en otros cuellos de otras familias que hoy, en otras orejas, en otras manos. Hasta era posible que alguna invitada reconociera el aderezo que Willy le había regalado por la mañana... Qué más daba. Todo continuaría estando bien.

Palmira se encontraba cómoda dentro de un traje

de gasa marfil con dibujos en azul oscuro y un chal de la misma tela con volante. Se lo había cosido un modista muy notorio en la ciudad. Desde arriba lo veía soltar una carcajada, con su inconfundible aspecto de empleado de banca. Palmira alzó la mano para saludar a su hermana Gabriela, la menor de la casa y la que mejor se llevaba con ella. Gaby le tiró un beso y le dio a entender, con gestos exagerados, que había perdido a su marido, o quizá que éste estaba poniéndole los cuernos. Palmira se volvió hacia Willy y, sin saber por qué, se colgó de su brazo. En el mismo momento casualmente divisó a Hugo Lupino —«Hoy cada cosa está en su sitio»—, que sorteaba a unos y a otros y que, por fin, se detenía para hablar con alguien que daba las espaldas a la casa. Hugo le preguntaba algo al invitado. No, no era un invitado: era Álex. Cada día andaba peor de los ojos: tendría también que graduarse la vista. Álex le señalaba una dirección, y ambos se alejaron juntos por ella. Palmira se propuso interrogar a Hugo sobre cuándo había conocido a su hijo. La dueña de un restaurante, al que encargaba alguna comida demasiado numerosa que no pudiera organizar personalmente, se arrojaba, como de costumbre, de un grupo en otro jadeando, como si llegase siempre tarde, obligándose a ser maravillosa, ingeniosa y espléndida; pintada igual que si fuese la última vez que iba a pintarse, y actuando igual que si a cada minuto se lo jugase todo. «Cuánto cansancio intentar de continuo ser deslumbradora cuando se tienen tan pocas posibilidades de deslumbrar. Aprende.»

Allí estaba la sociedad sevillana, dejándose retratar para los periódicos locales; quizá para alguno nacional también. Las viejas morenas teñidas de rubio; las mujeres de los intelectuales —que no conocían más que de vista a la élite social, pero que se negaban a reunirse sólo entre sí— interesándose, para darse aire, por imaginarios amigos, importantes y ausentes... La vino a besar una mujer mayor que traía hecha la *toilette* de los cadáveres. Era una advenediza, mujer de un prestamista y madre de tres maduritas incasables, que un par de años atrás nadie conocía, ni habían coincidido con nadie en ningún colegio. Empezaron con una tienda de comestibles, tapadera de la usura y del empeño de las joyas de los venidos a menos. Cuando se arruinó Lupe Esquivias, aquella vieja se portó bien con ella. A cambio, la introdujo con sus hijas en los mejores sitios. Vendieron la maldita tienda; sacaron coche de caballos en la feria; se aficionaron a la ópera, al Pineda y al Aero; invitaron a unos y a otros con largueza, y se convirtieron las cuatro en grandes señoras, quizá en exceso, como si hubiesen aprendido a serlo en algún curso acelerado... Pero aquella noche todo era tolerable.

Sus dos hermanos más jóvenes acababan de abrazarse. Por alguna parte andarían las dos mujeres de cada uno, que quizá terminaran a la greña la noche. Ella sabía que suscitaban mucha envidia en la ciudad. En primer lugar, porque habían obtenido —la gente decía comprado— la declaración de nulidad de sus primeros matrimonios, y ambos habían vuelto a casarse por la Iglesia, como Dios manda: Palmira había sido la madrina de las dos segundas bodas. Los sevillanos hablaban de su ambigüedad moral y de la contradicción que suponía tener un título pontificio, tíos obispos y monjas en la familia, y terminar anulando sus matrimonios. «Me parece muy bien que intentaran rehacer sus vidas de acuerdo con las leyes eclesiásticas.» En segundo lugar, porque habían amontonado dos fortunas inmensas. Cuando le hablaban de los más que turbios negocios de sus hermanos, que utilizaban sus influencias con los políticos, a los que destinaban parte de sus beneficios, Palmira siempre comentaba: «Las reglas de moral en los negocios están bien; hay que respetarlas, pero sobre todo hay que ser inteligentes. Quienes lo son de verdad no cometen torpezas. A mí la inmoralidad me parece, en principio, una falta de inteligencia.» Siempre defendió, nadie sabe si muy convencida, a esta pareja de hermanos, a los que adoraba. (No así al mayor, al que llevaba el título: nunca le perdonó querer transformar la casa en que todos habían nacido en un restaurante o un hotel de lujo.) De ahí que, cuando alguien cometía la impertinencia de aludir a la cuerda floja en la que andaban, Palmira replicase: «Tonterías: son demasiado listos para saltarse la ley. Ya veis que ninguno ha sido acusado ante un tribunal. ¿Dónde están sus procesos?» Y cuando la gente dudaba si su listeza consistía, más que en no apartarse de la ley, en no ser descubiertos, concluía Palmira: «En las dos cosas. En el fondo, son la misma, ¿no?» —Y con un gesto de desprecio ponía punto final a la conversación—: «Todo eso es pura envidia.»

La espina más aguda que su familia le clavaba era, con todo, Mencía, su hermana mayor. Se había separado por las buenas de un marido medio tonto, bebía como una esponja, y se corrió la voz —Palmira se negaba a escucharla— de que era lesbiana. «La infeliz Mencía.» Hoy la buscaba sin dar con ella. Le vino a la memoria aquella noche en que ella se había permitido en una fiesta aconsejarle que dejara de beber. Mencía se le encaró rabiosa: «Yo hago lo que me sale de los ovarios, queridita. No tengo que rendir cuentas a nadie. Por eso soy más feliz que tú: menos ordenada, claro, menos razonadora, menos estable que tú, muchísimo menos, pero más feliz y más realizada, que es a lo que aquí venimos y para lo que estamos. Así que déjame.» Dejada se quedó. Palmira le temía a los grandes vasos de vodka de su hermana, pero no reflexionó ni un momento sobre la cuestión que le había planteado esa noche de hacía seis o siete años. Y nunca había dudado ni que Mencía pudiese obtener la felicidad a un precio que le parecía tan alto, ni siquiera que la felicidad fuese la más alta aspiración de un ser humano... Se esforzaba ahora en localizarla: tardó bastante en conseguirlo.

Vio, en cambio, a la duquesa. Llevaba una falda larga de flores y una blusa de sedilla rosa con botones de perlitas. De no saber que era la duquesa, se habría dicho que aquella señora vestía un conjunto prestado por su asistenta. Palmira no pudo dejar de sonreír. Seguía saludando desde el último rellano de la escalera, con la cabeza o con las manos; besaba a quienes subían a darle la enhorabuena; agradecía los regalos que fueron llegando en los últimos días; no trastocaba unos nombres con otros, y se demoraba en una referencia especial a lo regalado por cada cual, con lo que todo el mundo quedaba satisfecho. «Hace falta mucho entrenamiento para ser considerada una anfitriona perfecta.»

No habían regresado aún Hugo y Álex. Al que sí atisbó ahora fue a Fernando, un compañero de su hijo, amigos desde niños. Palmira imaginaba que Fernando se había enamorado —secreta, incluso inconscientemente— de ella. No eludía juguetear un poco con él; se sentía tan halagada por las atenciones del chico de veintidós años radiantes; se sentía tan halagada e intocable a la vez... Había llegado a convencerse de que no corría con él peligro alguno; de ahí que le permitiera proximidades y se permitiera ella coqueteos que con los mayores ni toleraba ni otorgaba. La verdad era que, a menudo, se descubría pensando en Fernando hasta en momentos demasiado íntimos. Últimamente se deleitaba ante los armoniosos y tersos cuerpos de los jóvenes. El balcón de su dormitorio daba, después de una franja de jardín, al campo de recreo de un colegio de muchachos de clase alta. Allí jugaban al baloncesto: esbeltos, musculosos, ágiles y alegres... Hacía dos semanas, un día en que la siniestra mosca la acosaba incesante, sin saber por qué ni por qué no, viendo a los chicos resplandecientes, se había echado a llorar. ¿Qué le estaba pasando? Con angustia, se interrogaba sobre la razón de aquel seísmo en su vida...

Por fin divisó a su hermana Mencía. Iba del brazo de Teresa, una mujer algo más joven —bueno, quizá mucho más joven— que ellas. Siempre había sentido por Teresa una grave prevención. Era una viuda de fuera; ni siquiera estaba nadie seguro de que fuese exactamente viuda. Vestía con un gusto admirable, ésa era la verdad. Hoy iba de blanco, con una ancha banda negra, y dos grandes rosas carmesí: una en la cintura y otra bajo la oreja derecha. Tenía la tez dorada, y el pelo de casi idéntico color al de la piel. La gente la llamaba la gitana rubia, y sin que se supiese cómo, «aunque alguien afirmaba que por vías urinarias», se había ido metiendo entre lo mejor de la ciudad. Desde su puesto, Palmira contemplaba los que subían y bajaban en la escala social, tan trémula y comerciable, de Sevilla. El hijo del rey de los abanicos, con su almacén de la calle de Francos, ahora presumía de musicólogo y era el *chevalier servant* de las actrices y cantantes que actuaban en Sevilla. «Dios quiera que no se tome tres copas, o dará el numerito metiéndole mano a algún amigo de Álex.» Una ex diputada, ex concejala y ex consejera de televisión, casada con otro homosexual, ahora, por las conmociones de la política, volvía a ser lo que era antes, o sea, nada. «Está otra vez tan mona, muy rejuvenecida: le va bien abstenerse de esas murgas.» ... Pero sus ojos regresaban a Teresa. Esta noche estaba muy guapa; miraba fijamente a Mencía como miraba fijamente —era una de sus técnicas de seducción— a quien le hablase, de manera que le transmitía la convicción de que en ese minuto no existía para ella otra persona en este mundo.

No pudo evitar Palmira acordarse de lo que había ocurrido unos meses después de la llegada de Teresa a Sevilla. Los Tavera, ganaderos de toros bravos como Willy, habían invitado a una tienta a un grupo de amigos. Fatigados del ajetreo de la mañana, se habían retirado los más íntimos a la casa, para descansar un par de horas. Willy juró y perjuró que no estaba cansado, y a Teresa, con los nervios de la novedad, no la había ni rozado el cansancio. Vestía unos pantalones marrones y una blusa amarilla que dejaba transparentarse el sujetador. Cierta imprecisa tensión impidió dormir a Palmira. Cuando bajó al salón, se encontró a Teresa y a Willy tomando un whisky, uno frente al otro, con la mayor naturalidad. Palmira se sirvió un vaso, y, al pasar por detrás de Teresa, se dio cuenta que algunos botones de la blusa estaban desabrochados; además los cojines del sofá no seguían con el mismo orden de colores de antes. Mientras bebía muy despacio, observó las caras de los dos: había tanta indiferencia en ellas que seguramente tenía que ser fingida. Cuando Willy encendió el cigarrillo que iba a fumar Teresa, ella le sostuvo la mano de una forma que repercutió en el estómago de Palmira como un golpe de gong. No había dicho nada a nadie de aquello, ni a partir de entonces había observado nada; pero, a ciertas horas, justificaba que Willy se sintiera atraído por un cuerpo nuevo, distinto del de ella y que se le brindaba... Los ojos de Palmira estaban recorriendo ahora la esbelta estatura de Fernando.

Debía mezclarse con los invitados, y se lo dijo a Willy. En primer lugar entró a la planta baja de la casa, abierta del todo, iluminada, florida «como un paso de Semana Santa», había dicho el ama. Todo en orden. Al fondo cruzó, subiendo desde las cocinas, precisamente el ama. Palmira le arrojó un beso con la mano. Salió luego al jardín. Calzaba unas sandalias de tiras doradas. Sonreía con placidez a derecha e izquierda, y dejaba caer la frase amable y exacta que de ella se esperaba. Todos eran amigos. «No sé si amigos es la palabra justa.» Sonreía. Volvía a sonreír. Estaba convencida de que quienes aspiraban a ser amigos de ella no la merecían, y en consecuencia no la alcanzaban. Quizá se prohibía enterarse, sin embargo, de que aquellos otros, de quienes ella habría querido ser amiga, no le daban suficiente importancia. En la fiesta de esa noche había gente de uno y otro grupos, pero predominaban los del primero. Y estaban también los recientes, tan dudosos y casi impuestos. «Hay una edad en que ya no se hacen verdaderos amigos: una se queda con los que tiene, o sola. Los flechazos de la amistad, a estas alturas, son más escasos que los del amor.» Se preguntó dónde estaría Hugo. Y después qué hacía allí toda aquella gente; qué significaban para ella; qué significaba ella para los que la rodeaban, la estrechaban y la besuqueaban.

—Está precioso todo —le dijo de pasada la duquesa—. Te envidio la capacidad de organizar algo con tanta gente. Yo, con más de ocho, me trabo y no doy una. Y la casa es una maravilla, no me acordaba bien. La forma en que está tapizado el salón oro viejo es muy divertida.

—Gracias. Viniendo de ti es más de agradecer —dijo Palmira.

«El salón oro viejo no le ha gustado a la duquesa.» Siempre que se dejaba llevar por el tapicero mariquita, como en este caso o en el del baldaquino de su dormitorio, se pasaba bastante. Por supuesto que las galerías plisadas de las cortinas y los alzapaños llenos de borlones hacían un poquito *cocotte*; pero qué caramba, lo había hecho a propósito. Si no se captaba, no era culpa de ella. Palmira tenía lo que llamaba «el valor de exagerar». Y una ilimitada confianza en sí misma. «Por lo menos, así ha sido hasta ahora. No será la duquesa la que me haga cambiar.»

Le puso con suavidad una mano en la espalda a Fernando, que se dio media vuelta.

—¿Has visto a Álex?

—Ahora estoy deslumbrado —dijo el muchacho sonriente—, no te veo más que a ti. —Ella le alargó la mano y Fernando la rozó con los labios—. ¿Quieres que lo busque?

—No, no; pero quédate conmigo, así me salvarás de algún latazo.

Lo decía por Clara Zayas, la solterona sevillana por excelencia, que se acercaba arrobada del brazo de su reciente marido. Con cuarentaitantos tacos se había casado —y por amor: parece que no había duda— con un señor de Burgos, tan rico como ella, soltero como ella, y de su edad. Clara, por si fuera poco, estaba milagrosa y ostentosamente embarazada. A Palmira todo aquello le parecía obsceno. «Hay cosas que no se pueden hacer pasada cierta edad... ¿Tener el primer hijo? Por ejemplo. ¿Enamorarse? Sí, tampoco enamorarse.» Cuando desvió los ojos para no detenerlos en los enamorados talluditos, tropezaron con los de Fernando, pendiente de los suyos. Se inquietó. «Bueno, esto es otra cosa. Es como un pasatiempo, un caprichillo, nada... Ni lo de Hugo tampoco. Son gente bella, que pasa alrededor y que miramos.» Se rió por dentro. «Además hoy las relaciones prematrimoniales han desbancado al adulterio. Cuánto perjudican a las mujeres —y bien sabe Dios que no lo digo por mí—, que antes eran las que ilustraban y educaban sexualmente a los jóvenes... Qué coincidencia.» Volvió a reír por dentro. Entre unos arbustos floridos vio la silueta, esbelta todavía, de Isa Bustos. Ya habría cumplido setenta años. Hacía treinta que adiestró a sus tres hermanos y a muchos otros chicos, en las lides amorosas. Palmira la saludó con cariño agitando su chal. Isa, con un gesto expresivo, le ponderó al hermoso galán —Fernando— que la acompañaba.

—C'est un beau garçon —casi gritó—. Te lo envidio. —Y desapareció con su traje, entre fucsia y violeta, detrás de las espíreas, sola, con una copa en una mano y una rosa en la otra.

Por un segundo le pareció ver a Willy con Teresa. No tendría la menor importancia, ni el peligro estaba en verlos juntos, sino en dejar de verlos. Pero ¿por qué le preocupaba más no ver a Álex? Imaginó el lugar en que podía estar con Hugo, y avanzó hacia allí del brazo de Fernando. Helena, vestida de azul claro, bailaba en una de las pistas con un muchacho anodino. «No recordaré nunca su cara por mucho que me empeñe.» Cerca de ella bailaba también Andrea Saavedra. Llevaba varios años casada con su pareja de baile, que había sido futbolista. Fue una boda muy sonada, pero el ruido se acabó poco a poco. «Andrea está loca por ese cuerpo. ¿Cómo se llama él? Curro Fernández... No sirve para nada, ni hace nada. Bueno, ser guapo, conservarse guapo, que es bastante.»

—Siempre desconfío de la gente demasiado perfecta.

Lo había dicho sin querer en voz alta. Fernando la miró, como siempre, atento. Iba de gris oscuro, con una camisa azul de rayas y una corbata azul y verde. «Guapo. Va a ser un hombre muy guapo. Es un hombre muy guapo.» Pero no podía librarse de la opinión de que los demasiado guapos sólo se aman a sí mismos, de que acarician su cuerpo junto al de la mujer, de que se miran en ella, de que se buscan a través de ella. «¿Y qué hombre no actúa así? ¿Es que Willy es distinto? ¿Es que su deseo no es puramente mecánico, y más masturbatorio que antes todavía?» Desvió la mirada. Se apretó, simulando tropezar, contra Fernando, que la miró desde arriba con una sonrisa de ángel sin malicia.

Oyó de pronto a Curro y a esa loca de Andrea Saavedra reír en alto. Sintió una necesidad como de acercarse y desenmascararlos. «Lo suyo no es amor. Es en Andrea la posesión, por ella sola, de algo que los demás desean poseer; y es en Curro dejarse poseer a cambio de sentirse sin cesar deseado. ¿Acaso esa turbia confusión de sentimientos es amor? No. ¿Pues qué es el amor entonces?» Le daban ganas de llorar, ganas de gritarles: «Cuando termináis de restregaros con las caricias más animales del amor, ¿qué hace el macho? Se pone su ropa interior de seda ante el espejo; se atusa su hermoso pelo largo y rubio; se mira a sí mismo con aprobación; se coloca de perfil para destacar su vientre liso y su pecho perfecto, y enciende un pitillo que le pasa a la burra de Andrea. A ella la necesita para que lo lisonjee y lo refleje; pero ella, burra, ¿para qué lo necesita?»

«Sólo para vivir. Sólo para que le pase ese pitillo después de haber hecho las caricias más animales del amor.»

Palmira apresuró el paso. ¿Por qué se había alterado tanto? ¿A quién buscaba ahora, por ejemplo? ¿A Álex o a Hugo Lupino?

Los encontró juntos, sentados en el borde de la fuente de los bambúes. No había nadie por allí.

—¿Me permitís descansar un ratito con vosotros? No sabía que os conocíais.

—Es que no nos conocemos —repuso Álex, con un poso de descorazonamiento, o acaso de ironía, en la voz.

Hugo soltó una carcajada excesiva.

—¿Quieres tomar algo? —preguntó a Palmira Fernando.

—Un poco de vino tinto con zumo de naranja, si es posible. —Miró a Hugo—: ¿Y tú?

—Un whisky con coca-cola, por favor —contestó Hugo dirigiéndose a Fernando—. Y gracias.

—No hay de qué. Ahora os lo traigo.

—Te acompaño —intervino Álex. Y se alejaron los dos muchachos.

—Tu hijo es encantador.

—Y su amigo, también —comentó Palmira.

—Sí; los dos. Da gusto tratar con gente educada.

«Ya empiezan los sarcasmos.»

—Con constancia, todo el mundo puede llegar a serlo.

Mientras mordía una hoja de bambú, arrancó unas ramas secas, dejándolas caer. «Qué estúpida manía la de tratar de remediarlo todo, de rectificarlo todo, de reglamentarlo todo. Cada día me parezco más a mamá: tienen razón los chicos.» Los chicos, para ella, eran siempre sus hermanos, y los niños, sus hijos.

—Llegar a ser educado, sí; pero, total, ¿qué es eso? Habría que aspirar a mucho más. ¿Es bueno o no para un artista desenvolverse en un ambiente donde las artes no son más que una quimera?

—¿Quieres decir *como éste*? Conozco aquí muchos ejemplos de gente aplaudida desde pequeña que no ha llegado absolutamente a nada. El mundo está lleno de niños prodigios fallidos. Por el contrario, muchos arrinconados, inadvertidos, incluso tratados a baquetazos se han abierto camino, a mordiscos y patadas, y han llegado a la meta.

—¿Cuál es la meta aquí?

—Cada cual tiene la suya.

—Estás muy seca conmigo esta noche.

—Sí; por eso he pedido tinto con naranja —dijo Palmira con una intención muy marcada y escupiendo la hoja de bambú.

—No habría estado bien que yo pidiera igual.

—Tienes razón, perdona. Hagamos las paces.

Le alargó la mano, que él estrechó. A Palmira le habría complacido más que se la hubiera besado.

—¿No quieres que te presente a nadie? Si pintases retratos, sería una ocasión irrepetible.

—No pinto retratos. Además no sé si vale la pena ser presentado a esta pandilla de...

Lo interrumpió Palmira:

—No te desmandes, Hugo. He conocido a argentinos que se darían con un canto en los dientes por estar esta noche aquí. En todas las sociedades, por lo menos en las mejores, hay espacio para la gente ociosa y refinada. Es la que hará de levadura; pero hay que saber utilizarla. Para averiguar si una sociedad es de verdad valiosa, hay una sola prueba: que los creadores admitan a los frívolos, o incluso que reconozcan sus normas (también los frívolos las tienen), y que los frívolos ofrezcan un ambiente agradable a los creadores. O a los artistas, si tú quieres.

—Lo que dices es cierto, y lo dices muy bien. Perdóname tú a mí. Además se trata de *tu* fiesta.

—No estoy segura de que lo sea, ni de que se deba celebrar un cuarto de siglo de casada: es una exorbitante manera de proclamar la edad.

—Hay personas que están por encima de todas las edades. —Hugo bajó la voz para decirlo.

—Eso no me lo repites dentro de un cuarto a solas —rió Palmira, pero le había temblado el corazón.

Fernando se acercó con las bebidas. Álex se había quedado con otro grupo.

—Si me lleváis mi vino con naranja, os cogeré del brazo a los dos, y seré verdaderamente la reina de la noche.

Así lo hicieron. Se aproximaron al grueso de los invitados. Entre ellos se hallaba Ciro, con una rubia platino americana que lo acompañaba en su estancia en Sevilla. ¿Estaban muy acaramelados, o era una simple y recelosa impresión de Palmira? ¿Por qué le afectaban las actitudes más afectuosas, o la mayor proximidad de unos cuerpos con otros? ¿Se habría vuelto pudibunda y gazmoña? «Qué horror. Tengo que recapacitar sobre este asunto.»

Durante el resto de la noche se debatieron en su interior dos datos contrapuestos. Tenía presente, por una parte, la puesta de largo de Helena en el mismo jardín. Las muchachas decidieron vestirse de flamencas; ella lo había aceptado: llevaba un traje verde y amarillo. Veía bailar a las parejas, y la reclamaban los jóvenes, pero por primera vez ella se sabía diferente. Hacía sólo cuatro años de eso. «No; seis ya. Qué barbaridad.» Se daba cuenta de que su posición era allí la de un testigo, y se encontraba incómoda. Por el contrario, hoy, sí que estaba en su sitio: con más años; en una conmemoración que no servía para disimularlos; con una penumbra de sentimientos que la escamaba y no le gustaba un pelo. Pero en su sitio. Y no sabía por qué. Quizá porque empezaba a aceptar lo inevitable. «¿Qué es lo inevitable? ¿Qué es lo imposible de ser recuperado?» Ella tenía consciencia de lo que esperaba —¿de veras la tenía?—; pero no sabía, por el contrario, lo que la esperaba a ella. Manoteó delante de su cara como quien espanta una mosca obstinada. Y continuó sonriendo hasta la madrugada a todos los invitados que tuvieron la gentileza de acercársele.

5

La noche de su fiesta, Palmira quedó citada con el ginecólogo. La clínica era como todas: impersonal y luminosa. Sin embargo, el despacho en que la recibió irradiaba intimidad y sosiego. Estaba empapelado en verde claro, con un dibujo vertical de color tostado. Un sillón de cuero crudo y un gran sofá tapizado en tela gruesa con un dibujo semejante al del papel. Una mesa baja y luces, a través de una ventana, de un patio interior silencioso.

Álvaro Larra encendió el cigarrillo de Palmira.

—Habías dejado de fumar, ¿por qué has vuelto? Ya sabes que no soy un Torquemada en ese campo... Bueno, un Torquemada desde luego que no: a él le encantaba prender los grandes puros de los autos de fe. —Sonrieron los dos—. ¿Estás preocupada por algo?

—No debería de haber venido. Quizá te voy a hacer perder el tiempo.

—Si vas a empezar con evasivas, sin duda. Dime todo lo que te pasa o lo que crees que te pasa. Todo. Con el mayor número de detalles posible. Sé perfectamente que no eres una hipocondríaca.

—Hasta ahora, no... En fin. Desde hace unas semanas tengo sensaciones raras: cosas que, juntas, no había sentido hasta ahora.

—¿Cuáles?

—No te lo podría decir... No se trata de esto o de lo

otro. Es un conjunto de síntomas; es un cambio interior. Como si hubiera empezado a ver las cosas de otro modo, y eso me produjese alteraciones de humor, de manera de comportarme, qué sé yo... Me noto débil y me noto nerviosa. Lo que antes aguantaba incluso con buen gesto ahora me exaspera. Hasta en Willy y en los niños veo continuamente los defectos, el lado malo, la falta de atenciones conmigo... Supongo que siempre han sido así. Quizá es que ahora esté más necesitada de afecto; pero ¿por qué? Tú sabes que nunca he sido una mujer sobona. —Tuvo una pequeña sonrisa—. Bueno, entiéndeme... —El médico aprobaba con la cabeza y la invitaba a seguir—. Duermo mal. Debo de tener sueños desagradables que me despiertan y que no recuerdo; sin embargo, se me quedan ahí, detrás de la puerta, amargándome el día, las mañanas sobre todo. Me encuentro muy cansada. —Se le quebraba la voz—. No sé si será anemia, o que tengo baja la tensión, o...

La interrumpió el doctor:

—Ya te diagnosticaré yo, Palmira, no empieces a ser sabia. Continúa.

—Es posible que de todo tenga la culpa tanto tiempo libre. Willy cuenta menos conmigo cada vez; los niños no me necesitan; no trabajo obligatoriamente en nada; no se me impone un horario estricto... No lo sé: te diría que me encuentro melancólica, si eso no fuese una cursilería. Se me va el alma hacia atrás. Pienso en mi infancia mucho, en mis padres, en lo que iba a ser de todos, en el paraíso en que todo se transformaría... Y se me llenan a menudo los ojos de lágrimas. ¿Ves? Ahora mismo. —Sacó un pañuelo del bolso y se lo pasó por los ojos—. Y luego esos sofocos, como una bofetada de calor. Igual que, cuando niña, si alguien me contaba algo subido de tono o me reprendían por una mentira. Ahora nadie se ruboriza por nada, y menos a mi edad. Pero así es como lo siento, y no necesariamente por una causa determinada, sino de pronto, sin venir a qué. Después me invade un sudor frío, como si me fuese a desmayar. Es tan molesto... Perdona, te estoy dando la lata con estas tonterías.

—Ahora sí has dicho una. Respóndeme: ¿tienes a veces insensibilidad y hormigueos en las manos y en los pies, en la piel en general? ¿Te duelen las articulaciones? ¿Se te hinchan los tobillos?

Palmira se echó a reír:

—Si crees que estoy embarazada, me atreveré a decirte con rotundidad que no.

—Lo que creo es precisamente lo contrario. Tú, contesta.

—Pues sí, la verdad: los hormigueos, las articulaciones, los tobillos... Y dolor en la espalda, como si hubiese estado mucho tiempo parada de pie. Ese dolor que tunde en las semanas santas al ir a acostarse, después de haberse tragado de esquina en esquina todas las procesiones de un día.

—¿Te molesta el cuello?

—Ya sabes que las cervicales siempre fueron mi punto flaco. A pesar de la gimnasia y de los rayos infrarrojos. Pero es que ahora me duele la cabeza, y siento vértigos que jamás he sentido. La última noche en que nos vimos acabé agotada: lo que hubiera dado por poder recostarme a ratos. Yo, que tan difícil he sido siempre de retirar: la última en tirar la toalla y tomarme la espuela.

—¿Te notas irritable?

—Mucho. Y me desconozco. El control siempre ha sido una virtud de mi familia (claro, con alguna excepción: siempre las hay): nadie se huele qué pasa por dentro de nosotros. Pues ahora tengo una espantosa propensión a los ataques de ira. Se me pone como una venda roja delante de los ojos, y no respondo de lo que pueda decir. Luego me arrepiento tanto que la sensación de culpabilidad es más desagradable todavía que el pronto que he tenido. Pido perdón de rodillas; me remuerde la conciencia; me pongo insoportable tratando de que la gente olvide mis malos modos... Un horror; porque la gente perdona, sí, pero no olvida.

Y me sucede con quienes más quiero: con los niños, con el ama que ya sabes lo querida que me es... Y, si hago un esfuerzo por mantener la calma, me aumenta el desequilibrio y todo se empeora. Unos cambios de genio como una enloquecida. Hay momentos en que pienso que lo estoy, y entonces me deprimo, y lo único que me apetece es meterme en mi cuarto, no ver a nadie, no saber nada de nada, y cerrar las persianas y correr las cortinas... —Fruncido el entrecejo, se mordía los labios—. Álvaro, ¿qué me pasa?

—Algo tan sencillo que tú misma tendrías que haberte dado cuenta. El tiempo, Palmira: te ha pasado el tiempo. Empiezas a entrar en tu edad crítica.

—¿Quieres decir que...?

—Sí.

Con un desanimado hilo de voz, Palmira preguntó:

—¿Y estas alteraciones me van a durar toda la vida?

—No, qué disparate. Te durarán un poco, mientras tu cuerpo se acostumbra a su nuevo estado.

—Pero ¿me cambiará la personalidad? Estoy muy asustada, más de lo que parece.

—Lo único que cambiará es el oficio que va a tener tu cuerpo de ahora en adelante. Se trata de que adquiera la gran madurez. Pero tienes que mirar, por eso, hacia el futuro, no hacia atrás. No sientas nostalgia de ti misma. Ahora es cuando vas a comenzar a vivir para ti: tu vida propia, tu vida personal. Y para eso hay un proceso de adaptación; en definitiva, no deja de ser un adiós a la etapa anterior, en que vivías, como si dijéramos, asomada a tu ventana, pendiente de los otros. Ahora vas a vivir más contigo, dentro de ti. Si quieres.

—¿Cómo si quiero?

—Porque tendrás la ocasión de elegir... Pero no debes preocuparte. Te doy mi palabra. Si hubieses tenido una vida difícil, la menopausia la haría aún más difícil; sin embargo, a una mujer como tú: instruida, activa, sin problemas económicos ni de otro tipo, se le pasará el momento crítico con toda rapidez y sin el menor inconveniente.

—¿Y los sofocos?

El doctor de echó a reír:

—Estáte tranquila. Los de alrededor no los notan. Es una simple dilatación de los capilares superficiales de la piel, similar a la que se produce cuando nos da vergüenza de algo. Nada más. A esa fogarada, a ese calor repentino, te acostumbrarás de tal manera que, cuando dejes de sentirlo, ni te darás cuenta. Dirás un día: «¿Y mis sofocos? ¿Qué se hizo de ellos? Con lo que acompañaban...» —Se inclinó hacia Palmira—. Mira, amiga mía: dos terceras partes de la población femenina de tu edad se encuentran tan bien y tan contentas como en las mejores fases de su vida.

—¿Y la otra tercera parte?

El médico volvió a reír:

—La otra tercera parte tiene algún año de dificultades. Depende de su preparación, de su fuerza, de su serenidad, de sus compañías... Tú tienes una vida familiar y sexual satisfactoria; eres una mujer privilegiada en cuanto a tu instrucción y en cuanto a tu equilibrio. Vas a sufrir por unos meses esos leves síntomas que hasta ahora te parecían enormes porque ignorabas su causa. Y se acabó. No pasa nada. Todo lo natural es en el fondo inofensivo si se lo acepta bien.

Hubo una pausa.

—¿No es natural la muerte? —preguntó Palmira como para sí misma.

—Sí. Y opino que la muerte es en verdad indolora.

—¿No es morir —continuó Palmira ensimismada—, de alguna forma, lo que me has dicho que me pasa? Una parte de mí se está muriendo...

—Morimos cada día —murmuró el médico—. Se muere a cada instante. —Palmira pareció no haberle escuchado.

—Al entrar aquí —miró como perdida el despacho que se le había antojado tan acogedor—, las sombras de las cosas eran diminutas, y saldré con las sombras alargadas. Se va a ir el sol. Me da miedo. Creí que el verano iba a venir por fin, y resulta que se acabó el verano, y que la noche está a punto de dejarse caer como una red maligna...

—Si te da por la poesía, te advertiré que el otoño es la estación más fructífera, más productiva y más hermosa. Keats dijo que el otoño también tiene su música.

—También...

—Yo estoy convencido de que es, o puede ser, largo, jugoso, dorado y más dulce y entrañable que todos los veranos juntos. Te lo digo como lo siento. Como lo siento yo, que estoy en él.

—Los hombres son distintos. Pero saberse inútil...

—No te pases de la raya, Palmira. Si quieres que te lo defina en dos palabras, tu caso es el siguiente: termina la biología, o sea, lo animal, y empieza la biografía, o sea, lo más humano.

Palmira vacilaba. Resbalaban sus manos, sin posarse, sobre los brazos del sillón, sobre su bolso. Sus ojos resbalaban también.

—Las mujeres que tienen un trabajo, cuyas horas están repletas, seguro que han de vivir mejor su mala época.

—Probablemente. Búscate tú un trabajo si te parece bien; pero ya tienes bastante con llevar tu casa y tu jardín. A muchas mujeres que conozco les parecería agotador.

Quizá Palmira no le oía.

—Es injusto que, al llegar a una edad en que nos deberían poner una condecoración, nos sucedan estas cosas terribles.

—¿Qué hay de terrible? ¿No estás exagerando? Y no generalices; no hay dos climaterios iguales: eso te lo puedo jurar.

—Si partimos de que nos hacemos todas un poco hombres... Ya no podemos engendrar...

—Mejor. Por fin. Después de tanta píldora.

—Les dejamos de interesar a los varones, que no nos olfatearán, ni nos piropearán más.

—Hablas de un modo... Ahora es probable que seas tú la que puedas elegir. —El médico rió y puso una mano sobre la de Palmira.

—Ya no me pintaré, ni me perfumaré, ni me bañaré para gustarles...

—¿Lo hacías para eso? Es como si hubieras tenido un harén de señores. No me lo puedo creer.

—No es perder la *feminidad*, entre comillas, lo que me asusta. Hoy en día, la feminidad así entendida se reduce a la peluquería, al maquillaje, a la ropa interior más a propósito, y a los modistas: es decir, a lo que se echa encima un travestido. No, esa parafernalia no me importa perderla, porque es de quita y pon. Es la condición de mujer, lo que soy, lo que en esencia soy, lo que me aterra perder.

—Eso lo serás siempre. No vas a convertirte en otro ni en otra. Para Willy, por ejemplo, lo serás siempre. Aunque, en apariencia, algo empiece a fallar.

—¿El qué?

—En apariencia sólo, y tú lo sabrás. Resultar interesante, interesada, atractiva y cariñosa, supondrá tener ganada la mitad de la partida.

—¿Cómo la mitad? En estas circunstancias, seguir siendo atractiva ya es un logro tremendo, un trabajo *full time*. Y encima, la mitad.

—Está Willy también.

—Déjame a mí de Willy —musitó Palmira casi inaudiblemente.

—¿O él no envejecerá? Para un hombre bajo de forma ante su propio envejecimiento no resultará muy alentador vivir junto a una mujer que se ha rendido a su edad.

—O sea, que esta barbaridad que me sucede ni siquiera me libra de la obligación agotadora de seguir siendo atractiva. Y para Willy.

—Salvo que te dejes bigote y te vuelvas un ogro, ¿por qué iba a liberarte de eso? En buena parte, en eso consiste la condición de la mujer. Que no es sólo parir, sino atraer.

Palmira sufrió uno de sus sofocos, como una oleada de calor de julio.

—¿Y sentirse atraída, no? ¿Y gozar también una,
no? Qué cómodos los hombres. Hasta el final. Hablas
de su zozobra ante su pareja envejecida: ¿es que no la
sentimos también nosotras? ¿Es que somos de otra
raza diferente a la vuestra: una raza que está a vuestro
servicio? Es el colmo, señor.

—Cálmate. Y escucha. Envejecer es algo muy interesante para todos. Es un proceso del que formamos
parte, no algo ajeno que se nos impone desde fuera.
Podremos convertirnos en viejos imbéciles, o en viejos
portentosos. Eso a ti y a mí nos queda lejos, pero no
está mal que nos vayamos preparando: se envejece
desde muy pequeñito... Ahora es cuando estás de veras
liberada, Palmira. No te extrañe que te tambalees
como un cautivo al que han desatado, al que le quitan
el apoyo de sus propias cadenas.

—¿Liberada? Sí, sí, ya lo estoy viendo. ¿Quién me
abrirá las puertas de ahora en adelante, y me dejará
paso?

—Te prohíbo decir tonterías, Palmira. Estás saliendo por los cerros de Úbeda.

—Soy una mujer vieja.

—A los doce años te parecían viejas todas las monjas mayores de treinta. Y en todo caso, si te empeñas...
Pero serás una mujer, no un travestido. Quien envejece con gracia y comprensión, es siempre joven y como
tal será considerado. Ahora, quien se transforma en
una vieja (o en un viejo) gruñona y malhumorada no
podrá quejarse de que nadie la estime ni la respete.
Todo depende de nosotros: de ti, puesto que de ti se
trata. Si te dedicas a deambular por tu enorme casa de
habitación en habitación sin pegar sello, desarreglada
y aislada de los tuyos, lo seas o no, te sentirás muy vieja. Si permites que la gente se desinterese de ti porque
te has hecho aburrida y triste y arbitraria, y nadie te
toma en serio ni te pide consejo, lo seas o no, te sentirás muy vieja. Si atribuyes todo lo que te pasa a ese te-

mible trance llamado menopausia, como si se hubiese puesto todo tu mundo boca abajo, y tú no te ocupases de volverlo a poner en su posición de antes, lo seas o no, te sentirás muy vieja. Si lees en los ojos de los demás que te tienen por una pobre mujer gris, descontenta y resentida, y no reaccionas frente a tal opinión, lo seas o no, te sentirás muy vieja. ¿Y sabes por qué? Porque serás muy vieja. Porque habrás dejado de interesarte por ti misma, y no podrás reclamar para ti el interés de nadie. —A Palmira le resbalaban lágrimas por las mejillas. Se las limpió con los dedos—. Se dice que la obsesión de nuestra época es la de asir el fuego de los dioses, y beber su ambrosía, y mantenernos eternamente jóvenes; siempre ha sido así. Los griegos, a las ideas abstractas, las convertían en bellísimos y juveniles dioses con forma humana; pero en nuestra época esta pasión se ha convertido en una trampa, una trampa mortal. ¿Tú no has visto que los hombres y las mujeres de nuestra edad saltamos y corremos y nos estiramos la piel para reparar los estragos del tiempo? ¿No has visto que los jóvenes se disfrazan de jóvenes para parecerlo más, y que su juventud no sea tan perecedera? Pues, ante eso, ¿qué harán los viejos de verdad? ¿Lamentarse de haber perdido la vida, de haber desperdiciado su tesoro, de no haber exprimido hasta la última gota el fruto verde y ácido de la juventud? No, Palmira; en el río de la vida no se puede nadar contracorriente: él nos lleva, pero el éxito consiste en dejarse llevar con alegría. Yo soy mayor que tú, y he pasado por eso.

—Para los hombres todo es distinto.

—La vida es unisex, querida amiga mía. —Le palmeó con cariño las rodillas, y se apoyó en el respaldo del sillón—. Además estas conversaciones no son propias de un consultorio, a no ser el de un siquiatra, sino de una cafetería, o de un salón de té, o de un confesonario... Cuando quieras, tomamos una copa. Pero sin llorar, porque te pones más guapa que nunca. No te pasa nada que no esté ahí dentro de tu organismo.

Un organismo que ha evolucionado con normalidad, y que hace su camino... Llámame cuando suceda algo nuevo, una molestia nueva. Quizá la haya, no te alarmes. Es que no te lo quiero advertir hoy para no influirte. Te veo muy susceptible y muy propensa a dejarte influir.

Se levantaron los dos al mismo tiempo. Palmira se tiró de la falda con un gesto lleno de encanto. Miró al doctor y, mientras la besaba, le dijo:

—Entró aquí una mujer apetecible; se despide una vieja.

El médico soltó una carcajada. Palmira se contentó con sonreír.

—Esto no es el gabinete de un prestidigitador. —Le acarició la mejilla—. Yo no veo la diferencia. En cualquier caso, si lo necesitas, te recetaré un tratamiento de estrógenos: pero no soy muy partidario. Mejor te mandaré una manteleta y un bastón. Muchos recuerdos a los chicos y a Willy.

6

PALMIRA TENÍA LA CONCIENCIA de estar haciendo mal. Sin embargo, se alegraba ahora de haber conservado estas viejas cartas de amor y estas viejas fotografías que repasaba despacio entre sus manos. Se detenía en las firmas de unas u otras, y se preguntaba de quiénes eran. Tenía que indagar en su memoria durante qué momento de su vida había despertado tales tiernas, prometedoras, exigentes e inconmovibles frases de predilección. Tenía que rastrear el aspecto de aquellos pretendientes, su planta, su estatura, su simpatía y el color de sus ojos. De alguno recordaba, como un *flash*, las gruesas cejas y la nariz respingona aún inmadura; pero había olvidado el óvalo de la cara, la implantación del pelo, si lo tenía o no rizado, claro u oscuro. De otro recordaba las orejas un poco de soplillo, o acaso sólo grandes y siempre enrojecidas cuando ella lo miraba; pero había olvidado el porqué lo miraba. Barajaba las fotografías, buscando entre ellas alguna que pudiera darle pistas sobre los autores de las cartas. No obstante, las fotografías eran aún menos expresivas que el papel. Y eso, a pesar de que las cartas se asemejaban todas: todas hacían alusión a salidas anteriores, a una ilusión, o a un proyecto, o a una fantasía forjados en común. «¿En común? ¿Por qué no queda entonces nada de ellos en mí? ¿Por dónde desaparecieron? ¿Qué ha sido de aquellos amigos pretendientes que se referían a veraneos en la playa, a noches de luna, a bailes lentos, a ideales comunes? ¿Comunes? ¿Por qué entonces no puedo recordarlos por más que me esfuerzo y lo procuro?»

Entre las fotos resbaló una de Ciro. Dedicada: «A Palmira, con mucho cariño, para siempre.» Un Ciro guapo, de contornos algo indecisos aún, rubio, «qué rubio era», de facciones muy clásicas. «Para siempre...» Con qué facilidad emplea el amor, o sus ensayos, o sus espejismos, las más grandes palabras. Para siempre. Y aquí estaba ella, en su vestidor, sentada en una silla baja de anea que había conservado desde niña, con la mano en la barbilla y el codo en el muslo, sin acordarse apenas de nada, ni de ella, ni de quienes la amaron. ¿La amaron? Qué sabemos. Y con cada uno la vida hubiese sido de una manera diferente. ¿Cómo acertar? ¿Y para qué? La silla baja de anea había durado más que todos los sentimientos. A este paso, duraría más que ella. Hizo un gesto brusco. Cayeron a su alrededor, por el suelo, los testimonios muertos —¿muertos del todo?— de las cartas y de las fotografías.

Vio a un muchacho que ahora era pediatra, con el que había coincidido no hacía mucho, y se lo habían presentado, y ninguno de ellos dio señal de haberse previamente conocido. «Y no nos conocemos», aclaró su hijo Álex cuando lo vio con Hugo. No, no nos conocemos. Ni a los otros, ni a nosotros siquiera. Ahí estaba Fede Rubio, que entonces era casi un niño y luego fue pediatra. Y todo, ¿por qué? Y todo, ¿para qué? Porque lo que de verdad estaba allí era la silla baja de anea, las fotos y las cartas. Porque ni siquiera Palmira estaba convencida de estar allí, sentada, con la mejilla apoyada en la mano, profundamente triste. ¿Por haber abierto ese cuartel enemigo? ¿Por haber abierto ese cajón de uno de los armarios, cuya llave extraviaba de vez en cuando? ¿Sólo por eso, o ya antes? ¿Cuántos años sin abrir el cajón? Quince, veinte. O dos o tres. Eso también se olvida. «La tristeza es la huella que en nuestras manos abandona la felicidad», acababa de leer en una de las cartas. Ahora estaba segura de que su pretendiente la había copiado de algún libro; entonces le pareció maravillosa. «Qué dulces son los recuerdos que el amor deja cuando pasa.» Mentira. Es mentira. Si los deja, jamás son dulces; pero no suele dejarlos...

Sonrisas, gestos de amistad, gráciles gestos de las fotografías. Gestos y sonrisas ante paisajes compartidos en días compartidos. Ferias, excursiones, bailes, guateques... Miradas compartidas. ¿Dónde fue todo aquello? ¿Cómo es posible olvidar tanto? Ahí están estas cartulinas mal enfocadas, estas fotos borrosas, los trajes en los que el tiempo pesa y desfigura, tan enemigos, tan precisos y sin embargo tan ajenos... Y de pronto, una cara, unos ojos mirando fijamente a la cámara, unos brazos cogidos de los de dos compañeros. El rostro más hermoso, el que más había atentado contra ella y con más daño; al que había tenido que negarse: aquel torero del principio que la forzaron a olvidar. «¿Dónde habría ido a parar aquella oreja que me arrojó una tarde de gloria en la Maestranza?» Qué tópico todo, qué desastre todo: un torero, para luego casarse con un ganadero. Las cosas son así. ¿Son así, o las hacemos? No, no las hacemos, no tenemos suficiente poder. Ante esa cara, ante esa esbeltez, sintió un vacío en el estómago. La hermosura del torero que jamás consiguió olvidar del todo: todavía notaba una mano apretándole la garganta... Ahora estaba más gordo, y calvo, y más lejano: también era ya ganadero. Había muerto el de la fotografía: el toro bravo del tiempo, negro y buido, lo mató. Y ella, la que la recibió una tarde, o mejor, la que se la quitó a una amiga, había muerto también. Palmira se echó a llorar sin ruido. Dos lágrimas permanecieron un momento en sus pestañas y se deslizaron luego pesadamente mejillas abajo. Sorbió por la nariz como si fuese una niña pequeña...

No sentía ira, ni demasiada pena. No tenía amor ni

odio: sólo un poco de miedo. Agradecía a la vida lo que fue, lo que la llenó de alegría y de esperanza, a pesar de que luego no se cumplieran sus promesas. El amor, aunque fuese sólo de un día, no se paga con el olvido, ni siquiera con amor solamente: se paga devolviendo a la vida la riqueza con que nos sobornó. Pero qué difícil devolvérsela a ciegas. Porque Palmira no era ya la que amó, si es que amó, a quienes le escribían ansiando ser correspondidos, o temiéndolo acaso; a quienes se fotografiaron con ella o para ella. No era hoy la de ayer: era la que evocaba. La que evocaba voces, risas, compulsiones, pasiones contenidas, novelerías, leves contactos de codos, de rodillas, de labios; angustias por una llamada de teléfono que tardó, y de una cita frustrada, de la prohibición de un adulto sensato...

De un adulto sensato: las tías viejas, la madre vieja, el ama que se había ido haciendo vieja antes de tiempo y se pasó a los otros, a los viejos, cuando ella más la necesitaba. Las monjas viejas que la sorprendían hablando de niños con una compañera de pupitre; los capellanes viejos, ante los que se acusaba de pensar demasiado en este o en aquel amigo de sus hermanos... «La vida es como esa araña que llaman viuda negra, cuyas reproducciones me han dado siempre tanto asco: una araña que devora a sus machos y que luego se enluta por ellos. O que quizá se enluta antes de devorarlos, porque de antemano sabe que los va a devorar.» Ahora caía en la cuenta, del todo y de repente, porque era vieja ya. Para sus hijos, que se habían ido distanciando, lo quisiera reconocer o no; para su marido, al que, cuando atraía, era de un modo formal y despegado del que distaba la pasión miles y miles de kilómetros... Su marido —para él no requería mirar foto ninguna— que volvió de Inglaterra como un ángel: alto, delgado, sonriendo con una lejanía que provocaba el deseo de abreviarla, con un abrigo largo abierto y una corbata desceñida, y una maleta con ruedas en la mano, en aquel aeropuerto de Tablada, donde fue a recibirlo con Ciro, y donde se dio inmediatamente cuenta de que era aquel Willy con quien se casaría, o no se casaría con nadie en este mundo. Y ahora era ella la vieja.

Abrió las puertas y se vio de frente, de arriba abajo, en el tríptico de espejos. Se miró a los ojos, tan iguales a los de ayer, quizá con el borde del iris más apagado o más grisáceo. Se atusó las cejas. Se pasó los dedos por las pestañas húmedas; por las sienes, tirando levemente hacia atrás para tensar la piel; por los labios, agrietados pero jugosos todavía... «Todavía.» Sintió la molestia de la muela; recordó sin insistir que tenía cita con el dentista. «No importa, ya no importa. Dicen que una es sólo vieja si se siente vieja. Es un falso consuelo. Ningún joven estaría de acuerdo.» La imagen del espejo le replicó que, se sintiera o no, llegaría un momento, una aciaga tarde, quizá con luces de tormenta, o en una madrugada de insomnio, o en el último baile de una fiesta, en que los demás la verían vieja. Los de su edad; porque los jóvenes sabían que lo era, tan injustos como ella fue, y tan precipitados en calificar a los mayores. Pero se defendía, cerró los ojos y se defendía: «En algunos aspectos soy aún más joven que mis hijos; aunque en otros sea más vieja que el ama, por ejemplo. Yo me encuentro más cómoda con la gente a la que le llevo unos años, no muchos... O sí, muchos: las amigas de Gaby, las amigas de Helena, los compañeros de Álex. Es la compañía de la gente ilesa la verdadera fuente de la juventud.» Sonrió, pero la imagen del espejo no sonreía. La imagen del espejo estaba convencida de que la compañía de jóvenes torpes, egoístas, insensibles y sin gracia es lo que más hace sentirse viejo en este mundo: viejo, torpe, egoísta, insensible y sin gracia, como opinan los jóvenes. «Casi todos los de ahora son así.» Se horrorizó de haber tenido ese mal pensamiento. Porque comprendió, mirando a la imagen del espejo, cuyos ojos ahora sí parecían sonreír con maldad, que pensar de esa forma es justamente lo que da el definitivo pasaporte para entrar de hoz y coz en la tercera edad.

Cerró las puertas con brusquedad. Reunió las cartas y las fotos. Las guardó en la alta caja de carne de membrillo en donde estaban. Cerró también la caja, y se fue a ver al ama.

—Vamos, Juba —le gritó al perro sordo, que dormitaba en un rincón, y que teniendo menos años era más viejo que ella.

La habitación del ama estaba al final del pasillo. Tocó en la puerta y esperó a oír la voz, opaca y cansada ya, del ama. Cuando oyó «pasa», entró. El ama llamaba de tú a todos. La esperaba —porque tuvo la certidumbre de que la esperaba— sentada en un alto sillón de orejas lleno de macramés, ante su mesa camilla con faldas de fieltro y un tapete de ganchillo encima. Hizo ademán de levantarse. Palmira le puso una mano sobre el hombro y la besó con ternura en el pelo, blanco y muy menudamente rizado. «Igual que una negrita», le decía de pequeña para hacerla rabiar. «Violeta, llámame señorita Escarlata», le gritaba con una voz gangosa antes de huir de la zapatilla que el ama, por principio, le arrojaba. Como si le hubiese adivinado el pensamiento, la anciana, volviendo la cabeza, le preguntó:

—¿Qué te ocurre, señorita Escarlata? ¿No tienes otra cosa mejor que hacer que visitar mojamas?

—No, no tengo nada mejor que hacer —le contestó Palmira, y se colocó junto a la mesa en una silla alta y dura «que la ayudaba a mantener el tipo», según la expresión del ama. «Hoy las muchachas se sientan y se desencuadernan. Una señorita tiene que serlo hasta para limpiarse las legañas»—. A ver, ¿de qué nos ha servido sentarnos bien, tiesas como husos, sin que se nos notara que estábamos jodidas?

A Palmira le encantaba emplear ante el ama, como una niña perversa, palabras gruesas. Era como si, con la coprolalia, se quitara un corsé, o se quitara años y volviese a la infancia a través de su osadía de las malas palabras.

—Hay cosas bonitas que no tienen que servir para nada.

Pasó un minuto largo. Por el balcón entraba una luz perfumada.

—Ama —dijo Palmira—, me siento vieja como un penco.

—Vaya por Dios, hija, qué prontito salió el tema de la conversación. —Abandonó una mano, descarnada y arrugadísima, sobre la alta caja de carne de membrillo—. Aquí están los testigos de siempre, ¿no es así? —Palmira dejaba hablar al ama que tenía la inexplicable virtud de anticipársele—. No contestes. Tú, no contestes. Sigues siendo la misma borriquita coceona que eras de chica. Con más años y más mañas, pero la misma. —Por el balcón entró un aroma más fuerte. A Palmira la asaltó un sofoco—. Quién me iba a decir que presenciaría cómo te llegaba a ti, Dios mío, igual que a todas, la última desazón. —No la miraba, no había apartado la mano de la caja de carne de membrillo—. Yo lo estaba esperando de un día a otro. Te miraba a esos ojos tan preciosos, a ver si en el fondo un brillito o una falta de brillo me decía... Pero no. Y ahora vienes a mi cuarto con esta caja, que tiene más delito que la cananea, llena hasta el borde de testigos falsos. Vamos a ver. —Le tomó una mano entre las suyas—. Esta mano está fría. —Se miraban, por fin, la una a la otra—. Tienes que aprovechar el tiempo que viene para tomar las decisiones más importantes que tengas que tomar.

—¿Cuáles? No seas faramallera, ni graja escarabaja.

—Qué sé yo. Las importantes. Dentro de ti sonará una voz: escúchala. Tienes que hacer balance, igual que si tú no fueras tú, sino que te vieses desde fuera. —En ocasiones el ama tomaba aires de bruja, y la voz se le hacía más mate aún, más profunda, más oscura—. Son años de silencio, años para escuchar... Menopausia, ¿no, hija? Qué palabra tan fea y tan difícil. En mi pueblo había una mujer más vieja que la torre y un día me dijo señalando al cielo: «Mira, niña, cincuenta y tres años aprendiendo a decir *aroplano*, y ahora todo el mundo dice avión.» Lo mismo me ocurre a mí con la palabrita esa, que significa no algo que pasa, sino algo que no pasa y no va a pasar más, fíjate tú. Hoy en día la vida es tan larga que la mitad de la de una mujer viene después de este momento que tanto te acobarda. Niña mía, bonita. —Le acariciaba la frente, los párpados, la comisura de los labios—. Pero nadie nos educa ni nos prepara para este largo viaje. Qué tontos y qué tontas. Las mujeres, infelices, como decía tu madre, nos pasamos la vida avergonzándonos de todo: de tener novio y de que nos deje el novio; de empezar a tener la regla y de empezar a no tenerla... De todo. Y después de tanto ir de un lado para otro, pasamos de ser unos animales que no piensan y pueden tener hijos a ser unos animales que piensan y no tienen más hijos. ¿Qué te parece? Di.

—Una cabronada. Pero que conste que yo he pensado siempre, no como tú.

—Ah, te parece una cabronada que, en vez de tu vagina, sean importantes tu corazón y tu cabeza.

—¿Es que tú crees que no los he usado hasta ahora?

—No seas sabihonda, niña. Yo he tenido menos hijos que tú: sólo uno, y se me murió; por eso pude darte la leche a ti. Pero, a pesar de todo, sé más que tú. Porque he dispuesto de mucho tiempo a solas para reflexionar. Tú ahora te crees que nadie te va a necesitar: por eso sufres. ¿No dices que siempre has usado el corazón y la cabeza? Entonces ¿por qué le das tanta importancia a que se ciegue un pozo? Porque lo único que has hecho en tu puta vida es tener dos hijos. En lo demás, no has dado golpe.

—Esta casa la llevo y la he llevado yo, ¿te enteras, tía?

—Ni tía, ni sobrina. La llevo yo, y la anterior, también. Por eso cuando cumplí los cincuenta no sentí que sobraba. Iba a seguir haciendo lo que había hecho toda mi vida: tus hijos son más míos que tuyos... Cómo sería, que ni me enteré que ya no me visitaba el nuncio, ya ves tú...

—Qué asquerosa. ¿Estás insinuando que toda mi vida ha sido una equivocación?

—Si lo ha sido, tiempo es de remediarlo. Aunque yo creo que no: qué niña más mal encarada. Quedarse frente a frente con uno mismo una temporadita a nadie le hace daño. —Le besó la mano; luego la apretó contra su mejilla—. No te sientas vieja, que ni eres ni lo estás. Algunas noches sueño que te estoy dando de mamar y me muerdes con tus dientecillos los pezones. Vieja tú, qué cosa.

—¿Estás segura de que no?

—Mírate en este espejo, que es más claro. —Palmira buscó uno con los ojos—. En éste, digo. —Se señalaba ella: quedaron frente a frente—. Eres una pollita; pero, cuando te llegue la hora, no vayas a envejecer a tropezones: anda como es debido, paso a paso, bien derechita, con alegría y naturalidad. La vida de una hembra da para mucho: niña, mujer, amante, esposa, madre, abuela, y ama al final: una barbaridad. Demasiados cambios, y todos notándose por fuera: ¿en qué te parecías tú cuando te quedaste embarazada a cuando tenías doce años? ¿O cuando tus pechos servían para poner al rojo a ese Willy del diablo a cuando servían para dar de mamar a mis dos niños?

—O cuando no servían para nada. Qué estafa. Tu época era otra; la sociedad de hoy es una hija de la gran puta: nos engaña y nos lleva con los ojos vendados al degolladero, maldita sea su alma.

—Aceptar el desengaño de ese engaño no es sencillo: requiere su mijita de tiempo.

—Qué de prisa ha sucedido todo, ama. Qué pronto se ha hecho tarde, coño.

—Tan de prisa, no. Ahora, en lo que tienes razón, es en una cosa: el mundo prefiere que las mujeres ocultemos nuestras mudanzas. Todo ha de pasarnos de puertas para dentro. Menos el cambio de soltera a casada, al que se le da mucho bombo porque es el camino hacia los hijos. —El ama sonreía.

—Dios mío, qué poco le interesamos los individuos

a la naturaleza: a ella sólo le importa continuar; que dejemos las crías y que nos vayamos a tomar por el culo después.

—La desfloración de la casada (si es que es aún virgen, que hay quien ya tiene el virgo donde Sansón perdió el flequillo), la concepción, el embarazo, el parto y la crianza: eso es lo que le importa al mundo de nosotras. Pero, óyeme bien, lo que nos importa a nosotras viene luego: cuando llega el último paseo. Ahí ya elegimos quiénes queremos ser.

—¿Elegimos? Todo lo bueno que me pase de ahora en adelante, o me lo busco yo o nadie va a buscármelo. Si me apetece algo, tendré que alargar yo la mano y agarrarlo.

—Quien siembra vientos recoge tempestades... No, no es así. Ahora podrás hacer lo que no has hecho nunca: tener en el bar tu propia botellita de lo que a ti te guste; jugar tus partiditas de mus o de lo que sea sin contar con Willy; irte al bingo cuando te dé la gana: incluso divorciarte.

—¿Divorciarme? Qué leche, lo único que faltaba: a la vejez viruelas, ama.

—Era un decir —se reía por lo bajo—. De todos modos, cuanto hagas va a estar mal visto por quienes siempre creyeron que tú eras su esclava, y que tu mayor felicidad consistía en estar pendiente de ellos día y noche. Qué pocos están hechos a que una tome sus propias decisiones.

—Pero es que *ellos* siguen siendo mi marido y mis hijos.

—Sí; pero según eso que tú llamas la naturaleza y que yo llamo la vida, ya no te necesitan, y tú a ti misma, sí. Ahora serás tú quien, cuando te convenga, te apoyarás en ellos.

Los ojos de Palmira miraban fuera del balcón. Ya era de noche, y su mirada se perdía en las sombras. Habló en voz baja, como si se quejara:

—Sin embargo, a mí me ha gustado siempre gustar lo más posible.

—Pues procura seguir gustando. Quizá te cueste un poco más, pero...

—¿Y me abrirán las puertas y me cederán el paso? ¿Se levantarán para que me siente en un autobús? ¿O tendré que mantener a capa y espada mi puesto en una cola?

—Lo mejor es que no te pongas en ninguna cola y que no tengas que coger un autobús. —El ama abrió de par en par la puerta del balcón que se había entrecerrado mientras soltaba una carcajada, que sonó sorprendentemente joven—. Tú, gracias a Dios, eres muy rica; yo he hecho esas cosas y muchas más. Hasta que llegó un día en que, sin alzar la voz, me dejaban pasar y sentarme y hasta colarme saltándome la vez. Pero no era porque hubiera dejado de tener la regla, sino porque me había convertido en una vieja pelleja sin marcha atrás. Y tardé en darme cuenta, porque eso no es algo que se vea como *lo otro* deja de verse... —Su mirada se perdió también en la oscuridad del jardín—. Una tarde iba despacito por la calle Cuna mirando escaparates, y venía en dirección contraria una criada con dos niños pequeños, que correteaban delante de ella dándose gritos y tirones. La criada les dijo: «Niños, dejad pasar a esa ancianita.» Yo me volví, pegada a la pared, para dejarle paso también. Pero no había ancianita ninguna. Al volverme hacia el escaparate y reflejarme en él, me di cuenta: la ancianita era yo.

Palmira y el ama se miraron. No sabían si reír o llorar. Las dos al mismo tiempo se tomaron las manos y quisieron besárselas. Se oyó el golpe que se dieron sus cabezas al tropezar. Y unánime la risa de las dos.

7

Había transcurrido la hora de la siesta, pero Palmira seguía adormilada, en el primer patio de la casa, casi tendida en una mecedora inmóvil. La vela estaba descorrida, y las glicinas en flor trepaban hasta los balcones. Las grandes macetas de aspidistras brillaban bajo la luz, que se resistía a declinar, entre los filodendros y los poblados helechos reflejados en las losas enceradas de piedra de Tarifa. La fuente de azulejos del centro salpicaba el silencio, en mitad de las cintas blanquiverdes y de las hortensias de hermosas hojas. Las arcadas, sobre columnas de mármol blanco, daban sombras a las entradas de las habitaciones a las que pronto se mudaría la familia desde el piso superior; pero aún era abril y el calor no arreciaba. Todos habían salido a la feria horas antes. Palmira se quedó gratamente sola. La tarde, como una carpa azul, desprendía una luz armoniosa.

La mecedora se movió apenas. Abrió los ojos Palmira y contempló aquella hora delicada. Todo estaba donde debía estar. Ella, también. Volvió a cerrar los ojos. Un ruido indistinto llegó del traspatio, donde vivía la servidumbre. La exquisitez de la hora no se quebrantó a pesar de él. Alguien regaba el suelo empedrado. Se oyó una risa contenida y un siseo que mandaba callar. Palmira abrió otra vez los ojos. Los dejó recorrer los grabados con la historia de Esther y Asuero que decoraban las entrepuertas, la colección de cerrojos que su tía la monja tanto había apreciado y que por ella no mandaba retirar, las tres cabezas romanas encontradas en el antiguo olivar y erguidas ahora sobre elegantes pedestales cuyo mármol se recortaba contra los altos zócalos de azulejos verdes y azules. Sobre su falda descansaba abandonado un libro. No tenía gana de leerlo. No tenía gana de nada. Esperaba quizá una llamada de Hugo; pero no estaba nada segura de que se produjera, ni siquiera de que la deseara. No habían quedado en firme; sin embargo, ella esperaba —mejor sería decir casi temía— que Hugo telefonease. De ahí que se hubiera sentado no lejos del salón donde estaba el teléfono: no quería que nadie lo cogiese antes que ella.

Miró, a su espalda, para comprobar que el aparato estaba bien colgado. «Qué tontería.» De la falda, junto al libro, cogió las gafas de lejos. «Sin ellas, y hasta con ellas, veo cada día peor.» Se las puso. El teléfono estaba colgado. «A qué clavos tan frágiles se aferra el corazón cuando no tiene nada que ganar. Y acaso nada que perder.» Vio que un rayo de sol entraba por la ventana del lado opuesto, y descansaba en la rosa enhiesta en un vaso sobre una consola negra. La rosa roja contra la pared blanca, donde aún no daba aquel rayo oblicuo de sol. A pesar de las gafas, la flor le pareció un manchón de sangre aún sin coagular. Se estremeció. Cerró los ojos un momento. «Qué horrible.» Espantó la mosca aciaga con el gesto habitual. «Cómo la distancia, o la vista cansada, o la vida —qué sabe nadie— pueden transformar la infinita delicadeza de una rosa en un cuajarón gélido.» Seguía con la cabeza vuelta. La flor, de repente en apariencia, pero no de repente, perdió sus fuerzas y no fue capaz de seguir soportando los pétalos. Los dejó caer pesadamente. «Pero ¿qué es una rosa sino sus pétalos?» Al desprenderse, levantaron una invisible polvareda de perfume. Lo percibió Palmira. «Quizá es el olfato el único sentido que aún tengo ileso.» Lo olió, y se dijo que tal póstuma bocanada de olor era la más perfecta que ninguna rosa da jamás. Sin explicarse por qué, mientras dejaba en el suelo el libro que tendía a escurrírsele, recordó una historia que le había contado Hugo.

Era la de una pintora brasileira que había conocido en Uruguay, donde exponían ambos en la misma sala. Parece que se había encaprichado de él. Sonia Cala era su nombre, verdadero o artístico, daba igual. Aspiraba a casarse con Hugo, no se sabía cómo; iban a ser muy felices; viajarían por el mundo pintando. Los cuadros de ella consistían en flores muy ingenuas, en menudos rostros asombrados de negritos entre verdes casi fosforescentes, en pájaros impredecibles que parecían a punto de romper a cantar. Estaba casada ya con un anticuario muy mayor y muy conocido en São Paulo. Sin duda se trataba de una boda de conveniencia, porque ella hacía una vida muy libre, y vagamente aludía a ciertas costumbres sexuales del marido: «Cosa frecuente en mi país —añadía—. Aquí casi todo el mundo hace el amor por vías rectas —reía mientras miraba a Hugo con malicia y con intensidad—; yo prefiero hacerlo por vías rectales.» Sus manos aleteaban delante de su cara, también menuda y dulce, del color de la canela, con enormes ojos negros y sedosos. Su cuerpo era escurridizo y liso, como el de un adolescente. Una noche, en una cena entre colegas, anunció su boda con Hugo, sin precisar la forma en que se desembarazaría de su marido, y se comprometió a regalarle veinticuatro camisas como principio de su ajuar. «Un hombre ha de cambiarse de camisa por lo menos dos veces al día.» Esa noche, a manera de anticipo, se presentó con un regalo para él: un candelabro para siete velas; en cada cazoleta estaba labrada la cabeza de un fraile con una expresión diferente, que pretendía ser la de cada uno de los siete pecados capitales. Sobre el tercero, el de la lujuria (que se giraba con codicia a su derecha, hacia algo, la ansiedad de lo cual le torcía la boca), Sonia Cala posó su dedo índice, largo y amulatado: «Éste es el que prefiero.» Aquella noche la pasaron juntos en el modesto cuarto donde Hugo vivía... No le había contado él a Palmira cómo la pasaron. Palmira ahora entresoñaba el cuerpo liso, terso, tan moreno, entre los brazos tan fuertes de Hugo, y brumosamente conjeturaba cómo lo poseyó por ese lugar por el que jamás se le habría ocurrido pensar que ella pudiese ser poseída...

A la mañana siguiente —seguía la historia de Hugo—, el dueño de la galería lo llamó a su despacho. Al contrario de lo que era su estilo, estuvo muy serio con él; en realidad, vino a recomendarle que retirara sus cuadros del local. Sin que se mencionase, quedaba claro que era por sus relaciones con Sonia; lo que no quedaba tanto, era si los celos evidentes que sentía estaban originados por Sonia o por él. Se lo preguntaba Hugo, cuando entró la pintora en el despacho. Traía el pelo tirante y húmedo aún, y lo besó en la boca. «¿A quién?», había preguntado Palmira. «A mí —respondió Hugo—. A mí, primero; luego, al dueño de la galería»: un uruguayo de unos cuarenta firmes años, de aspecto germánico, con un hermoso pelo gris y unos ojos muy claros. Hugo agregó que había vivido unas semanas —las que restaban para concluir su exposición y una mediana prórroga— muy enriquecedoras en todos los sentidos. Palmira no se atrevió a preguntar en cuáles. «Ni cómo terminaron las relaciones con semejantes promiscuos...»

Pero ahora sí se lo preguntaba. Incluso se respondía en cierta forma. Se movió sobre la mecedora para acomodarse en ella. Recostó la cabeza en el alto respaldo de caoba. Era un mueble predilecto de su tío Alfonso Beltrán: tío abuelo, para ser más preciso: un viejo guapo, robusto y lleno de vida cuando lo conoció de niña. «Quizá no era tan viejo», se corrigió hoy Palmira. Fue ajándose a ojos vistas, como una planta que nadie regase. El ama le contó después el porqué: su romance con Dolores, *la Ventolera*, una bailaora de postín, soberbia como una sultana. Se enamoró tío Alfonso perdidamente de ella, y la retiró de los tablaos. «Los hombres son así —comentaba el ama—: cuando te

101

quieren por algo, lo primero que exigen es que dejes de ser o de hacer eso por lo que te empezaron a querer.»

La Ventolera le juró, hundiéndole los ojos en sus ojos, que nunca volvería a bailar «por nada de este mundo ni del otro», y que a ella le bastaba con su amor, «que era lo uniquito que ponía por delante del baile». Tres años pasaron, y la pareja seguía siendo la más feliz de Sevilla. Por estos mismos días, con el mes de abril en flor, en la Venta de Eritaña, una noche tomaban copas tío Alfonso y tres amigos íntimos. Por la ventana se introducía de rondón en el cuarto el hálito de la noche admirable. Los cinco tomaban manzanilla, bromeando y riendo. Se hizo de repente el silencio que precede a las trascendentales decisiones, y que dejó la noche en suspenso. Lo rompió uno de los amigos, de apellido inglés. «Alfonso —dijo—, es un momento tan maravilloso que lo único que falta para que sea ideal es ver bailar a *la Ventolera*. Por ahí suena una guitarra. Estamos los cabales: amigos desde hace más de cuarenta años. Bailar para nosotros no es bailar para nadie. Permíteselo, Alfonso.» A *la Ventolera* le temblaron los pies debajo del velador de mármol. Alfonso la miraba: «Tú, ¿qué dices?» «Yo, Alfonso, ¿qué voy a decir? Lo que tú mandes.» También al amante le tentaba la noche y el deseo de volver a presenciar la solemne majestad del baile jondo de su mujer. Quizá añadió por eso: «Estamos como solos —con un gesto señaló a los tres amigos—: ellos son igual que hermanos. Si quieres, baila. Yo te levanto la promesa.» «Haré lo que tú mandes; pero prefiero no bailar, Alfonso.» Y se cerró su rostro, un poco redondo y estremecido y muy apasionado, bajo el pelo negrísimo y tirante sobre el que relucía un clavel. «Yo me conozco. Prefiero no bailar.»

Insistieron los tres amigos y tío Alfonso tomó su partido, excitado y jadeante: «Baila, Dolores... Si bailas, te daré lo que me pidas.» Pero *la Ventolera* se callaba. «Es la noche en que más te quiero, y fíjate si te habré yo querido... Ya no puedo pasar sin que me bailes. Dolores, si tú me quieres, baila.» *La Ventolera* se levantó como se levanta una torre —el ama lo contaba con el calor de quien lo hubiera visto—, y saltó desde la silla al velador de mármol. Con el pie echó abajo botellas, cañas, jamón, queso, aceitunas, todo, todo revuelto. «El guitarrista», dijo con voz de cueva. Cerró los ojos y se ensimismó. El rostro se le puso más oscuro aún, más cerrado también. En el pelo le titilaba la luz, como si se le hubiesen prendido allí una constelación. Tío Alfonso temblaba. Los amigos estaban convencidos de que asistían a un misterio sagrado, a una iniciación religiosa. Una vez hubo llegado el guitarrista, *la Ventolera* alzó los brazos y soltó el chorro caliente y feroz del baile que durante tres años —rebosándole del corazón y del vientre y de los huesos— había reprimido. Bailó como nunca había bailado: con hambre atrasada, y con sed, y con largueza, contando lo que no había aprendido todavía, retornando de veneros a los que no habían ido a beber. Cumplía así un deber natural, igual que la que pare y recibe a su hijo en los brazos, igual que la que se entrega por fin abierta como una granada. Bailó, y luego, humildemente, saltó otra vez a la silla, ya casi tropezando, y se sentó con la cabeza gacha.

«¿Qué quieres, *Ventolera*? —le preguntó tío Alfonso—. Lo que te prometí delante de testigos lo cumplo ahora. Te doy lo que me pidas, aunque sea la mitad de mi finca de Carmona. Te doy la finca de Carmona entera.» La escena parecía la de Herodes y Salomé. Dolores *la Ventolera* negaba con la cabeza sin levantar los ojos. «No tengo hijos. Todo lo que tengo para ti, *Ventolera*.» La bailaora alzó primero las pestañas y luego la mirada, baja aún la cabeza, que seguía negando. Con voz de niña, que al principio no entendieron los hombres, le respondió a tío Alfonso: «Quiero un anillo de bombillitas. Eso es lo único que de ti quiero.» Esos anillos los vendían en la feria, en los puestos del serrín; valían si acaso una peseta; eran de un metal malo y de un culo de botella con una platilla por debajo. Se lo ponían las hijillas de los pobres y movían a la luz las manitas para que rebrillaran... Tío Alfonso se sintió insultado. ¿Quién conoce a su amante? «Te he regalado —dijo— joyas muy buenas. ¿Para qué quieres tú un anillo de bombillitas?» *La Ventolera* se puso de pie: había cambiado tanto que no se la reconocía. Era una emperatriz y una fiera a la vez. Alzó el brazo, y plegó los dedos de la mano derecha, dejando sólo erguido el dedo corazón en un gesto obsceno. «¿Que para qué lo quiero? Para ponérmelo aquí, y que cuando yo haga esto —y lo voy a seguir haciendo hasta que me muera— lo vea toíto el mundo... Vamos —le dijo al guitarrista—. A bailar.» Y salió arrastrando una cola de soberbia que tardó mucho en desaparecer. Tío Alfonso no consiguió volver a hablar con *la Ventolera*. Ella regresó a los tablaos como si no hubiese sucedido nada. «Se ve —concluía el ama— que ella era de esas mujeres que no tienen más que una palabra.»

Ahora Palmira se demoraba en conjeturar cómo habrían sido esos tres años de tío Alfonso: los años del amor, del fervor, de la locura del cuerpo cimbreante de la bailaora. «Son destinos envidiables... ¿También el de tío Alfonso? También.» Se iluminaba la cara de Palmira, a pesar de mantener cerrados los ojos... Él se fue esmoreciendo poco a poco, perdiendo poquito a poco la cabeza y el cuerpo. Se convirtió casi en impalpable. Hasta que, por su bien, sus sobrinos decidieron ingresarlo en una casa de salud de Málaga. La última de la familia que lo vio fue Palmira. Lo visitó en nombre de su madre que, como solía, estaba enferma. El tío Alfonso agonizaba suave, pacífica, fatigosamente. «Nos tiene edificadas —le participaron alegres las monjitas—. Su tío nos admira. Se pasa noche y día con el rosario en la mano y los ojos perdidos en el cielo raso, en éxtasis. Edificadas, ya le decimos.» Entró Palmira en la habitación y se encontró con un rebujito menudo, blanco y de color de rosa, con ojillos azules. No la reconoció, ni se fijó en ella. Tenía, en efecto, un rosario de cuentas de algarroba en la mano, y lo pasaba con la velocidad con que los árabes pasan los suyos de paciencia. Palmira se inclinó para besarle la frente, y escuchó lo que en voz imperceptible murmuraba el anciano: «Pasa tú, pasa tú, pasa tú... —y al llegar a la cuenta del gloria, inclinaba la cabeza y decía—: pase usted. Pasa tú, pasa tú, pasa tú... —y luego— pase usted.» Palmira, a punto de llorar, se echó a reír. Se despidió de las edificadas monjas, y esperó en el hotel a que la avisaran. Cuando a la mañana siguiente llegó, tío Alfonso, el amante de *la Ventolera* que no supo serlo bien, acababa de morir. Una monjita joven sollozó cuando Palmira le trazó una cruz sobre la frente. Le dieron el rosario de cuentas de algarroba... Pero ahora sólo le importaban a Palmira aquellos tres años de amor irreprochable, invasor, ejemplar y codicioso, cuya huida le devastó a su tío el cerebro.

Se inclinó y cogió el libro del suelo. Juba, el labrador, tumbado a sus pies, despertó y le lamió la mano. Del libro se había desprendido el separador. No se molestó en reponerlo. Ni siquiera recordaba qué libro era; no habría podido contestar si alguien se lo hubiera preguntado. «¿Por qué? ¿Qué me está sucediendo?» Ella, «que era más casta que santa Inés», afirmaba riendo su confesor, «y con eso no descubro ningún secreto sacramental»; ella, que acariciaba, como le había reprochado Hugo, con guantes puestos, ¿por qué no dejaba de pensar en besos, en abrazos, en cuerpos retorcidos, enlazados, rampantes, superponiéndose, entregándose, gozándose, comiendo juntos y embelesados del fruto del bien y del mal, que significaba ahora para ella toda la vida, y que en tan contadas ocasiones había probado. Nunca sintió lo que sentía ahora («Éramos pocos y parió la abuela», habría dicho el ama): una inquietud sexual, una curiosidad, una comezón. Como si alguien le hubiese dado un plazo muy breve para resolver algo y hubiera de ponerse en marcha con urgencia. No se entendía a sí misma. Le daba vueltas la cabeza, que volvió a recostar sobre el respaldo. Fue para plantearse esta cuestión, para meditar en ella, para lo que se había quedado sola. Pero no soñaba en Willy cuando se imaginaba una escena de amor; sentía desprecio por él, por su cuerpo que nada le inspiraba hace ya tanto. Y no la distraía ningún prejuicio; no le estorbaba ningún escrúpulo. A la santa Inés le parecía todo más sencillo que nunca: no el sentir o el padecer de amor, sino el hacerlo: con los pies, con las manos, con los pechos, con la boca, con todos los orificios del cuerpo... Era como un retroceso físico y sentimental: volver a una curiosidad que no había sido suficientemente satisfecha... Se veía a sí misma incluso —cosa que apenas le había acontecido antes— haciendo los gestos solitarios de la masturbación.

«¿Qué me sucede? ¿Me atrevería a contárselo a Willy?» No; pero sí a Hugo. A Hugo, que no llamaba. Fue a ponerse de pie, pero no lo hizo. Respiró hondo con los ojos cerrados, y le vino al recuerdo, muy confusamente al principio, después con precisión, una escena vivida hace dos años... Ahora sí decaía la luz. El patio estaba en sombra. Se incorporó y corrigió la posición de una maceta descentrada respecto al arco correspondiente. Luego pasó la mano con miramiento por las hojas, y regresó a la mecedora de tío Alfonso... Tenía ella entonces, dos años atrás, un período de languidez; se había convertido, con tanta marcha normalmente, en perezosa y desentendida. La asaltaba el tedio desde por la mañana. No le apetecía ver a nadie, ni que nadie la viera. Sería el mes de junio, porque eran las nueve de la tarde y aún había bastante luz. Se adentró en el laberinto del jardín. Las tuyas emanaban una agradable humedad y una luz verde propia. Acariciaba las paredes vegetales con los dedos de la mano derecha. No podía perderse ni a ojos ciegas: conocía el dibujo del laberinto desde niña. Anduvo muy despacio, hasta llegar al centro, donde a los dos lados de una larguísima mesa de piedra, habían dejado de surtir agua las dos pequeñas fuentes, con sus dos niños sosteniendo en brazos dos peces tan grandes como ellos. «Alguien debería preocuparse de que funcionaran...

Pero como no lo haga yo, y yo no tengo fuerzas, se quedará sin hacer.» La luz descendía deslizándose por los altos y gruesos muros de verdor. El cielo, arriba, todavía era de un azul muy intenso; pero ya el piso estaba en sombras. Palmira, con la cintura apoyada contra el borde labrado de la mesa estaba contemplando con dejadez el albero, compacto bajo sus zapatos blancos y marrones, cuando escuchó unos pasos. No retiró los ojos del albero sino un poco más tarde. Era Willy. La miró de un modo que no le pareció en principio demasiado especial; en seguida fue como si indagara en ella sobre algo que él ya sabía. Luego se acercó; le pasó los brazos por la cintura, y la apretó con un golpe de caderas contra la mesa. «Me haces daño», dijo Palmira. Él no dejó de apretarla. Le subió un brazo por la espalda hasta los hombros, hasta el cuello, y la besó en la boca. «¿Qué te ocurre?», le preguntó ella, casi espantada, desasiéndose. «¿Es que me tiene que ocurrir algo para besarte?» Willy sonreía. Bajó el brazo derecho, la tomó por las corvas y la depositó sobre la mesa. «Estará sucia», advirtió Palmira. «Así la limpiamos», murmuró Willy.

Lo que ocurrió después fue un disparate. Palmira —esa tarde lo recordaba con morosidad— se resistió hasta cierto punto en que, sin saber cómo, se abandonó al poderío que la sometía. Un Willy arrollador, impetuoso, lento —es decir, muy distinto— la poseía con gestos eficaces y complacientes. Es lo único que recordaba, y ahora se reconvenía por no recordar más. Cuando concluyó todo, ella tenía el pelo suelto, y hubo de buscar los peinecillos de concha alrededor de la mesa. Cada zapato estaba en un lado opuesto, y la ropa interior, desperdigada. Era la luz lo único que no se había movido. Cuando la miró Willy, caídos los pantalones, ella estuvo a punto de echarse a reír y cogerlo del brazo. «No lo hice, qué idiota.» Miró para otra parte. En los días que siguieron, se interrogaba a menudo sobre lo que hacía mal para no merecerse la repetición de semejante obsequio; nunca se interrogó sobre lo que había hecho para merecerlo el día del laberinto... Pasó el tiempo, y fue olvidándose de aquel acto inusual e inolvidable. Había reingresado en la normalidad. «¿Y cuál es la normalidad de un matrimonio?»

En el patio se había ido la luz. Un reflejo como de agua que los ladrillos de cerámica y las piedras enceradas dibujaban, lo inundó todo. «El hombre se alivia como quien se ducha o como quien come con hambre un bocadillo, y satisface así su instinto genético; la mujer se presta a prepararle el bocadillo, o se queda preñada y satisface así su instinto de maternidad.» ¿Para eso había servido todo? Se sentía engañada. Sonia Cala, *la Ventolera*, ella misma aquel día enigmático supieron lo que era el amor: no una gimnasia, no una paciencia, no un afán de que aquello se acabe, sino la correspondencia que incrusta un cuerpo en otro, una dádiva en otra, un placer en otro placer. «El amor inútil y antibiótico», sonrió Palmira con tristeza... Vio que una luz se encendía en los balcones de arriba. No tenía gana de cenar; no tenía tampoco ganas de decir que no cenaría, ni de que cenaría cualquier cosa aquí abajo. Le estaba agradecida a la tranquilidad de hoy, que iba a agotarse. Mañana había prometido a Álex ir con él a los toros. ¿O era a la inversa? Era una corrida de la casa la que se toreaba, y Willy estaría en el callejón de la Maestranza.

Álex —no se había vuelto a acordar hasta ahora— llegó la madrugada pasada totalmente borracho. Se despertó Palmira porque lo oyó chocar con el negrito veneciano que hacía de soporte a la correspondencia no lejos de su dormitorio. Creyó prudente no darse por enterada. Ahora se preguntaba si había sido un modo de que no fracasase el principio de autoridad, o porque le era simplemente más cómodo. No andaba para problemas, y el niño tenía suficiente edad para saber ya lo que hacía. «Álex, a veces, se comporta de una extraña manera. De pronto, como si se alejase de espaldas camino del horizonte, dejo de comprenderlo y hasta de verlo. Entonces me pongo a pensar en el tiempo en el que era un niño muy rubio aún, de ojitos sorprendidos, que iba siempre tras ella lo mismo que un cachorro...» ¿Todos habían cambiado, menos ella?

Ella se evocaba a menudo en esa misma época, en que le dio por lo griego y le puso a sus hijos unos nombres que marcaban juntos con claridad su obsesión. (Un año después, a Helena le habría puesto Triana.) Empezaba una vida nueva entonces; ahora, se terminaba. No se le podía exigir que comprendiese a todo el mundo. Cada vez era mayor su propensión a cerrar los ojos para no enterarse de nada. Los niños se habían hecho mayores —un hombre y una mujer— demasiado de prisa. «¿Qué me habría dicho Álex si, esta madrugada, le hubiese reñido por llegar como una cuba de la feria? Me habría dicho que eso era más normal que no haber ido, que es lo que yo hice.» Los niños eran bastante responsables. Quizá hablaban más con su padre, y a escondidas, cosa que a ella la sacaba de quicio. «Siempre me han tenido de su parte. Quizá no soy tan zalamera ni tan besucona como Willy con ellos, pero nadie me gana en comprensión y en generosidad... Las leyes de la vida: los cachorros crecen y se van. Lo estamos viendo cada tarde en los documentales de televisión. Nacen, maman, juegan con la madre, mientras el padre —ojos que te vieron, paloma turca— ha desaparecido, se adiestran a su lado y se largan, o los tiene que echar la madre a topetazos. Ley de vida...» Además no era para reflexionar sobre este tema para lo que ella se aislaba hoy.

Pero ya había marcado un camino a sus rememoraciones. Recostó de nuevo la cabeza, y se le fue la imaginación, como en un sueño vertiginoso, a su propia niñez y a los sueños de su propia niñez. Todo en colores tenues, en colores pastel. Sueños de una mujercita, que es lo que ella había sido siempre «y aún sigo siendo». Sueños de cine en tecnicolor; no de esas películas que ella vio en blanco y negro, y que ahora coloreaban, como si eso fuese un milagro posible. Ella las había coloreado en su tiempo mucho más y mejor, dentro de su corazoncillo adolescente. ¿Adolescente? ¿Y ahora no? Apretados los párpados, soñaba en sus historias eternas de cine: en piratas violentos y violenta y silenciosamente enamorados, violadores sin escrúpulo y dóciles a la mano femenina tan dócil, forzudos y a la vez exquisitos, apasionados y llenos de ternura, bestiales con todo menos con ella... Navegando en galeones fingidos, con las velas de atrezo al viento de los ventiladores, entre oleajes falsos y forillos pintados, para mayor comodidad de la protagonista, ella caía en brazos de aquellos Hércules tórridos que, entre abordaje y abordaje, crimen y crimen, se arrodillaban ante su amor. Y ella, muy siglo XIX, andaba entre Olivia de Havilland y Virginia Mayo o Ivonne de Carlo. Era una lograda mezcla de las tres, con más picardía en la cara naturalmente, con mucho más palmito andaluz, y sabiendo de antemano el luminoso final de la historia, cosa que siempre ayuda tanto a quien la vive... Comenzó a mecerse muy levemente en la butaca. Quien la hubiera visto habría creído que en realidad dormía: se le había quedado una sonrisa, posada como un pequeño pájaro, en los labios. De alguna manera indescifrable, Palmira era feliz.

La hacía feliz, como si nada fuese irremisible aún, acordarse de lo que tanto la había fastidiado en su hora: los camisones con los que se tenía que duchar en el carísimo colegio de monjas francesas, el silencio obligatorio en la clase y en los tránsitos, la escasez de libros permitidos, la prohibición de amistades particulares... Y el orgullo de ser presidenta de las Hijas de María, con su cinta azul al cuello y la medalla ovalada de plata que la distinguía de todas las demás. Aún tenía la duda de si había sentido o no el picorcillo de la vanidad, y si su devoción y su compostura habían sido completamente auténticas. En cualquier caso, si tuvo que vencer su propia personalidad, entonces tan rebelde, para que se fijaran las buenas madres en ella, más sacrificio suponía y más merecimientos. «Dadme más que más merezco es tu lema», le recriminaba el ama. Pero Palmira nunca se había devanado los sesos con escrúpulos ni con ideologías... Esta noche le venía a las mientes lo que el *bon père Lucien* les había predicado en unos ejercicios espirituales, aunque quizá no en el mismo sentido que hoy se le representaba a ella: «El castigo peor de Satanás es que está imposibilitado para amar. Lo que lo define es eso: no poder amar.» «¿Tendrá que ver algo con mi actual situación?» No; ella sabía muy bien que era capaz de amor. (Hugo no había llamado. Se volvió hacia el teléfono, indiferente y sordo.) Por descontado que lo era. Se veía a sí misma intacta aún; ilesa, a pesar de todos los sobresaltos. La vida había pasado junto a ella como si fuese de otra. Ella continuaba siendo la pequeña Palmira, tan premiada y añorada aún por las monjitas, tan niña modelo, con sus versos a lo divino escritos en francés, con su cuerpo menudo y su melena rubia recogida con grandes lazos blancos, con su uniforme siempre recién planchado y limpio: la envidia de todas y el orgullo —hasta cierto punto— de sus hermanas... Claro que era capaz de amor. Incluso demasiado. El libro que había vuelto a poner sobre su falda resbaló de nuevo. Resbaló de nuevo despertando a Juba. Al recogerlo vio el nombre: *Las ruinas de Palmira*. «Fue una bobada coger éste.» El título no significaba nada. Lo había tomado de la biblioteca de su padre unas horas antes sólo porque estaba entre los prohibidos. ¿Nada más que por eso? No creía en mensajes, ni en premoniciones, creía en lo que estaba al alcance de sus ojos y de sus manos: su amor difuso todavía, pero ya entero; vacilante, por ejemplo, entre Ciro y Hugo, pero ya seguro de que sería correspondido por el que ella eligiese... Sin embargo, ¿no fue todo en su vida pura divagación y novelería? «¿Todo?» «Sí; todo.»

Sintió de súbito miedo como quien despierta de un bello sueño y tropieza de manos a boca con una realidad aciaga. Era de noche ya. En todos los sentidos. El libro le ardía en las manos y lo dejó caer. Ante sus ojos y ante sus manos se irguió la amarga verdad próxima. No le habían hecho los recuerdos ningún bien. Tendría que aprender, en esta nueva vida, a hablar un nuevo idioma. Con las mismas palabras, pero cargadas de un sentido diferente: un sentido desprovisto de recuerdos, igual que quien inicia un viaje por un país desconocido: es él mismo, y su paso y su equipaje son los mismos, pero no así el panorama, ni los bosques, ni la lengua que hablarán los que con él se encuentren. «¿Es eso perjudicial? ¿Iniciar otra vida es peligroso?» Palmira, tan acostumbrada a darle la vuelta a los argumentos, no lo creía así. Las flores no dependen del nombre que se les dé, ni tienen por qué sugerir nada aparte de lo que son: ligeras, puras, coloreadas, aromáticas; el jardín puede vaciarse de recuerdos y seguirá siendo el jardín; las estrellas, de las que alguna veía más allá de la vela del patio recogida, no tenían por qué cargar con significados anteriores: les basta con brillar, yertas y trémulas, prendidas en el oscuro techo de la noche, frágiles e impertérritas. Lo que hubiese acaecido bajo ellas, o cerca de las flores, o en los senderos del jardín, no era difícil olvidarlo. Palmira estaría encantada de empezar otra vez.

¿Encantada? Recordó algo que había visto no muchos días atrás. Fue en el club Pineda. Un grupo de mujeres mayores trataban a toda costa de demostrar su vigencia; pretendían ser aún objeto de codicia sexual. Le habían impresionado tanto que todavía las estaba viendo ahora... Ocuparon el lugar de los piratas, de las monjas, de las estrellas, de los ávidos gestos del amor. Y las veía maquilladas y vestidas de maneras atroces. Con trajes ceñidos que apenas cubrían lo que no era posible que ningún hombre deseara ver. Con talles apretados, con pechos abruptamente sostenidos, con escotes estucados para allanar arrugas, y caras retocadas, operadas, pintadas sin recato, y manos disfrazadas con pulseras de oro sobre los tendones marcados y las motas oscuras denunciadoras de la edad verdadera, y los bamboleantes cuellos de tortugas centenarias... «Qué pánico me dieron.» Iban gritando su necesidad de ser deseadas, solicitadas, poseídas. Y los hombres las desechaban apartando la cara de ellas como se aparta de un enemigo cualquiera. Palmira se pasó la mano por la frente. «Eso, no. Eso, nunca. Son como taxis libres con la luz verde sobre la sien; con la luz verde de la disponibilidad ante el primero que las solicite. Pero los hombres que las consideran, que las detienen, que abren sus portezuelas, aún son mayores que ellas. Porque, para disputarles a las otras mujeres los hombres más jóvenes y atractivos, tendrían que seguir siendo ellas jóvenes y atractivas. Qué lucha tan cruel: continuar... El amor auténtico es cosa de la juventud...» «No, de ninguna manera, ¿por qué? No sólo se ama el cuerpo y no sólo ama el cuerpo.» «Pero, desde luego, los cuerpos viejos y a duras penas restaurados sí que no se aman. Hay que tener cuidado cuando llegue la hora. Los seres que pueden acompañar a esas ruinas mantenidas a fuerza de retoques son seres derrotados, borrachos, hundidos, peligrosos, capaces de robarlas y degollarlas en cualquier descampado...» Palmira sintió un estremecimiento. Se incorporó al tiempo que, desde el pie de la escalera, Ramona, la doncella, le decía que la cena estaba servida, y Juba la miraba con sus ojos azulosos pendientes de los de ella.

Palmira, despierta y asustada, se negó a comer sola. Le brotaba una angustia en el estómago, que la soledad ante la mesa puesta y la comida le iba a acentuar.

—Ramona, por favor, vaya al cuarto del ama. Dígale que me gustaría cenar con ella si es que aún no ha cenado, y, si lo hizo, que venga a hacerme compañía.

Después, erguida, con su recuperada dignidad de siempre, con la seguridad y el empaque que da el convencimiento de ser obedecido, subió las anchas y lujosas escaleras del siglo XVII. Mientras lo hacía, tomó la firme decisión de irse a Londres con Willy en cuanto pasara esa terrible feria.

8

Entró en La Maestranza cuando saludaban al presidente las cuadrillas después del paseíllo. Iba delante de Álex, llamando un poco la atención a fuerza de no querer llamarla. Como esas actrices que, para guardar su incógnito, se calan unas gafas de sol tan grandes que a la fuerza se las tiene que mirar. Álex, siempre que acompañaba a su madre, se sentía un poco avergonzado. Palmira lo intuyó y se volvió a él en un gesto de ánimo. Dentro de la aparente indiferencia que caracterizaba a su hijo, en los últimos meses se había aficionado, si bien no con pasión, a lo que consideraba las mayores expresiones de las raíces andaluzas: el cante, la guitarra y los toros. No se las daba de entendido, pero el único calor que desprendía su vida, un tanto misteriosa y sombría, lo suscitaban esas tres fuentes. Tenía su abono a las corridas en una localidad más popular; pero hoy se había resignado a acompañar a su madre. Tal resignación tenía doble mérito: se lidiaba una corrida de la ganadería de su padre —una desventura para Álex, tan enemigo de la notoriedad—, y el espectáculo se retransmitía por televisión.

Por si las cámaras los enfocaban, Palmira se hizo el propósito de mantener una postura no demasiado relajada durante toda la corrida, y una sonrisa que no resultase excesivamente boba. En realidad, a Palmira le encantaba que la nombrasen en los periódicos, aunque acostumbrara a hacerse de nuevas cuando la telefoneaban sus amigas diciéndoselo. Y hasta fingía irritarse:

—A lo que aspiro es a que me dejen en paz de una vez. En este pueblo cada día se puede ir a menos sitios sin que se enteren todos. Lo que me intriga es quién lo cotillea. Qué peste de periodistas.

Su actitud respecto a los toros tampoco estaba muy clara. Era miembro —y la había presidido— de una sociedad protectora de animales. Sin embargo, desde muy niña, asistió a las corridas, por lo que las llevaba en la masa de la sangre. Con tío Alfonso Beltrán, o con algún otro pariente —no con su padre, que no era en absoluto partidario—, se la veía palmotear o agitar su pañuelo en las contrabarreras o en los palcos. Se acordaba muy bien de una temporada en la que fue a los toros con un hermano de su madre, tío Carlos Argüeso, que fue poco después alcalde de Sevilla, hombre arrechado, de aspecto macareno, nacido para llevar bien los troncos de caballo y las señoras, y para llevar mal las finanzas municipales. Palmira asistía a los toros con él y con un ex torero de la escuela sevillana, rubio y no mucho más alto que ella. Entre los dos, la niña no perdía ripio de las corridas; alzaba los ojos a uno y otro lado para atisbar los gestos de complicidad que, en contadísimas ocasiones, desembocaban en un ole o en una brusca exclamación de rechazo. Había aprendido a ver los toros en silencio, formando parte así de la tradición de la plaza, tan respetuosa y atenta con los diestros... Pero ¿quería eso decir que era defensora de la fiesta? «Yo ni ataco los toros, porque me atacaría a mí misma, ni los defiendo.» Entonces ¿qué postura tomaba? Le habían preguntado en algunas encuestas: al fin y al cabo era mujer de un ganadero. Con habilidad, Palmira concluyó un armisticio: lo que le gustaba de las corridas era el arte. Si la lidia se desarrollaba con él, se dejaba arrebatar por su estética, por el placer de su ritmo y su armonía; si carecía de arte, se ausentaba de allí: cerraba los ojos, y prefería que al toro lo matara, sin tanto sufrimiento, un matarife. «La diferencia básica entre la tauromaquia y la carnicería consiste en un humo perceptible sólo por entendidos. No hay nada tan aburrido y gris como una mala corrida, y las malas corridas son cada día más frecuentes; apenas si las hay medianamente buenas. Por eso voy muy poco a los toros. En mi época... (Esa alusión a *su época* tenía que ser eliminada de las declaraciones.) Cuando se lidian toros de la casa es lógico que asista, aunque fuese sólo por buena educación y por solidaridad matrimonial.» Evitaba siempre hablar, aunque algún gacetillero chismoso le sugiriera el tema, de sus jovencísimos amores con aquel torerito que tenía futuro, pero que, cuando el futuro se transformó en presente, y aun en pasado, no lo llegó a tener.

Sacó del bolso el abanico y miró al frente. El sol decoloraba la ropa del gentío en los tendidos: todo era blanco y celeste muy claro. La tarde estaba reclinada y apacible. No hacía calor. Pepe Lucena, *Zapaterito*, esbelto, muy moreno, vestido de esperanza y oro, ponía ya las banderillas a su primer toro, que había trastabillado delante del capote y no había querido ni ver a los caballos. *Zapaterito* actuaba con dificultad: era un toro abanto y bravucón, al que una mosca descomponía. No lo había fijado bien a la salida y, cuando conseguía que dejara de trotar por el albero, miraba a un lado o a otro lado, imposibilitando el momento de la reunión. El maestro mandó a gritos a sus peones que se convirtieran en estatuas para no distraer al toro. Quinientos cincuenta y cuatro kilos de esquinada mansedumbre y *Cuernostorpes* de nombre.

—¿Quién le habrá puesto ese nombre tan feo? —comentó con Álex, que se encogía de hombros—. Lo peor que tiene no es, desde luego, el nombre. Es malísimo. Yo creo que imposible de lidiar.

—Burraco —gritó una voz muy ronca.

Pepe Lucena, a trancas y barrancas, como pudo y Dios le dio a entender, ponía sus garapullos. En el segundo par, el toro repuchó y cabeceó luego de una manera muy fea. En el tercero, salió de naja, y el matador tuvo que perseguirlo. El callejón estaba lleno de nerviosismo, y de idas y venidas. Un peón le trajo a Palmira el capote de paseo de Lucena, con una Esperanza de Triana bordada en colorines.

—Te va a brindar el toro —le había dicho nada más sentarse Álex.

—Dios no lo quiera: lo que nos faltaba.

Pero así fue. Pepe Lucena, sonriente, se les acercó montera en mano.

—Va por usted, que es la gloria bendita de Sevilla y la ganadera más guapa de España.

Le arrojó la montera, que, grácilmente, Palmira cogió por el aire entre el aplauso de los espectadores próximos. El diestro intentó llevarse a los medios a *Cuernostorpes* que se negaba a abandonar la querencia y había aprendido mucho. Trató de darle unos pases por bajo para que humillara y respondiera mejor a la muleta. Fue en vano. El toro levantaba la cara para quedarse pendiente de un tendido, o de la punta del capote de un peón, o de un grito en una contrabarrera.

—Qué horror de toro —murmuró Palmira.

El esfuerzo de Lucena, apenas ligaba una mínima tanda de pases, se veía recompensado por el público, que lo quería mucho. Palmira aplaudía con los que aplaudían; pero la maldad del toro era irremediable. Miraba a Willy, que aparecía sereno en su burladero, con la barbilla apoyada en el puño, y el puño en la madera. Willy no la había mirado, que ella supiese, desde que entró. No lejos de ella, tropezó su mirada con la de Teresa, la joven viuda, que llevaba en el aladar derecho unos claveles y tenía un ramo en la falda. Resultaba muy guapa y nadie habría dicho que no se trataba de una buena aficionada sevillana.

Palmira se resistía a mirar al ruedo, donde la faena, de plomo e imposible, se alargaba. Su malhumor crecía y ella misma vacilaba al diagnosticar su causa: ¿era por el pésimo toro de su ganadería cuya muerte le habían brindado, o era por Teresa de la que un cre-

117

ciente resquemor la separaba, o por tener que sonreír como una mema ante la función que sucedía delante de sus narices?

Sonó un aviso. Pepe Lucena buscó la espada de acero, y se dirigió despacio, con la cabeza baja, hacia el maldito toro. La única esperanza que quedaba era ya la del verde de su vestido. A Willy, sin embargo, no se le movía ni un músculo de la cara. Palmira, «a pesar de que yo tengo también el mío», envidiaba el autocontrol de su marido. Álex doblaba y desdoblaba sin cesar el programa con los datos del festejo, hasta que lo rompió.

—*Estáte* quieto, por favor, o acabarás poniéndome nerviosa.

—¿Y por qué crees que hago yo lo que hago? —le había replicado Álex.

Era el segundo intento de matar de Lucena. En el primer pinchazo ni siquiera soltó el estoque. Éste fue otro metisaca. No había forma de que el toro se cuadrara. Sonó un segundo aviso. Y, en el silencio que siguió al clarín, una gran voz desentonada: «¡*Zapaterito*, a tus zapatitos, hijo!»

La tercera y la cuarta intentona fueron simples espolonazos que el toro ni acusó. Por fin, a la quinta, logró Lucena una media estocada, más o menos caída. La rueda de peones mareó a *Cuernostorpes*, pero nada más.

—Mátalo a tiros, pero mátalo —dijo en voz baja, pero intensa, Palmira, sin dejar de sonreír.

Había llegado el turno de descabellar. El toro se tapaba la muerte. A la cuarta tentativa con el verduguillo, el torero logró acabar con él. La plaza se desahogó por fin gritando.

—Dios mío, qué marranada —comentó Palmira sonriendo aún.

—Los toros no son una ciencia exacta —repuso Álex.

—Ni los ganaderos, por lo visto, tampoco.

Lucena se acercaba a recoger su montera.

—Devuélvesela tú —le dijo Palmira a Álex.

Su hijo la miró entre sorprendido e irritado; pero ella se la tendía sin posibilitar la negativa. Álex, que no había tirado ni una piedra de niño; que no había jugado al fútbol, ni practicado deporte alguno: ni peso, ni disco, ni jabalina, ni pértiga; cuya afición, hasta que le atrajeron las tradiciones andaluzas, eran los libros sólo, sin ponerse de pie por temor al ridículo, arrojó como pudo la montera a la plaza. Dio en la cabeza del apoderado de Lucena, que la traspasó al diestro, cuya cara no estaba para bromas.

La pitada que acompañó al toro mientras se lo llevaban las mulillas fue apoteósica. Willy, en su puesto, imperturbable, se pasaba por la frente un pañuelo inmaculado. Teresa acariciaba sus claveles, reservándolos para mejor ocasión. Álex tenía el ceño fruncido, y estaba dispuesto a no hablar con su madre en lo que quedaba de corrida. Palmira ardía en deseos de que todo acabase de una vez, no sólo por el mal rato que ella estaba pasando, sino porque conociendo a Willy, se figuraba su decepción. Hizo, por tanto, lo que solía hacer cuando algo real y presente dejaba de interesarle: se puso de todo corazón a pensar en sus cosas.

Sabía que Hugo estaba en la plaza. Y Ciro también, por supuesto, como acompañante de aquella rubia platino americana que al final les había presentado. No era su mujer; no era su novia; era, según él, una especie de buena amiga, o de enfermera, o de auxiliar, o de Dios sabe qué. «Tan americana como el Cañón del Colorado, con sus guantecitos calados y sus trajes de colores pastel y su tez sonrosada y su voz insoportable y su inglés a medio masticar, resulta más cursi que un olivo alicatado.»

Sí; era la primera vez que venía a España. No; había asistido en México a una corrida de toros. Sí; la feria le parecía maravillosa, maravillosa, y los caballos, maravillosos, y la animación, maravillosa. Pero no entendía absolutamente nada de nada. La primera noche se había emborrachado de vino fino y pasó dos días sin poder salir del hotel. Ciro tenía con ella una extraordinaria paciencia. Le había buscado —bueno, en realidad, se lo había pedido prestado a Palmira— un traje de flamenca. Palmira, no sin mala intención, le dejó uno verde lechuga, desangelado y sin almidonar, que a la pobre americana le caía como un tiro y le dejaba las canillas al aire. Pero ella, cuyo nombre era Connie, procuraba mantener el tipo haciendo de tripas corazón, con el secreto propósito —sospechaba Palmira— de pescar a Ciro. Que, por cierto, mejoraba por horas.

Desentendida de lo que ocurría en el ruedo, buscaba con los gemelos a Hugo donde se había hecho a la idea de que podía estar. Tardó en dar con él. Lo localizó, por fin, entre los amigos de su hijo. Fernando también estaba allí, con sus labios gruesos y a la vez de buena raza, su perfil griego y las mangas de la camisa remangadas. Hugo hablaba con él con mucha animación.

—Qué casualidad. El pintor que te presenté el otro día en casa está con tus amigos.

—De casualidad, nada —dijo con brusquedad Álex sin mirarla—: le he dado yo mi entrada.

A Palmira se le escurrieron de la mano los gemelos. Su hijo se los recogió del suelo a la vez que el abanico.

9

Los niños no asistían al almuerzo de despedida de su tío Ciro. Palmira comprendió que no le decían la verdad del porqué. Que estaban preparando exámenes era una burda excusa. Cada vez los entendía menos. No deseaba imponérseles, y además tenía la dolorosa impresión de que lo que opinara ella les importaba un pito. Le venía a menudo a la memoria la frase del ama: «Los hijos dan más lata con barba que con babas.» Pero ¿y Helena? Hacía semanas que no había mantenido con ella una conversación coherente. La niña, que parecía haber tenido vocación de misionera, lo cual daba bastante miedo a Palmira, la había extraviado de una manera definitiva al salir del colegio. Regresaba por las noches demasiado tarde y no siempre en condiciones normales. Palmira empezaba a desconocer a sus hijos. Hoy, mientras se servía del segundo plato después de Connie, se propuso hablar con Willy seriamente de ellos.

En su casa se servía la comida con un protocolo ligeramente anticuado. Damián, el mozo, llevaba guantes blancos, y una doncella con cofia le ayudaba. Sin embargo, la comida en sí no era excelente: nunca se habían distinguido por su calidad las cocineras de Palmira, ni Palmira. Y la cantidad tampoco era exorbitante: las bandejas solían ofrecer pocos excesos. «La gente que viene a comer aquí no creo que esté hambrienta», solía decir Palmira. Los niños, mientras estuvieron en época de crecer, tomaban alimentos sólidos y baratos: nunca quiso su madre malcriarlos en ese sentido. De las bebidas, el responsable era Willy. Se bebía un vino de Rioja, blanco o tinto, embotellado para el matrimonio, según rezaba la etiqueta; pero era flojo e insulso, y está claro que no a todo el mundo le apetece ingerir etiquetas. Que Palmira era una buena administradora, nadie lo discutía en Sevilla; pero en su casa no se comía demasiado, ni demasiado bien.

Alargó la mano y puso derechas dos velas del candelabro que tenía más cerca. Se reprochó el gesto nada más iniciarlo, pero era superior a sus fuerzas. Lo que consiguió fue no ponerse de pie para enderezar una del candelabro que le quedaba más lejos. Sonrió a Connie. «Es inútil regañarle al servicio: o no tienen ojos en la cara, o prefieren martirizarme dejando las cosas como quedan después de quitarles el polvo, si es que lo hacen. Tuercen los cuadros o las velas por la misma razón que dejan un hilo de estropajo en la bañera o un pelo en la sopa: como prueba de que han limpiado a fondo. El servicio doméstico es un servicio sin domesticar. Enemigos pagados, como dice el ama.» No había visto al ama desde hacía dos días... Palmira dividía a los criados en buenos y malos: «Los buenos son los que no limpian la plata, y los malos, los que se la llevan.» Mantener en condiciones relativamente tolerables una casa tan grande era absorbente y carísimo. «A medida que pasa el tiempo lo noto más.» Se volvió hacia Damián para indicarle con los ojos que sirviera más vino.

Aquella americana de pelo de estopa no era nada simpática. Se había llevado —o se llevaría: bastaba con darle una ojeada— a uno de los hombres más atractivos de Sevilla. Y además para ella todo tenía un sabor demasiado fuerte, y se atrevía a decirlo: las verduras recién cogidas del huerto, la carne que no era congelada. «Es repugnante que ellos, acostumbrados a sus basuras, opinen que nuestras comidas naturales son intragables, y nuestro pescaíto, fritanga verbenera.» Sonrió nuevamente a Connie. Los cuatro hablaban en inglés. Willy se sentaba, como siempre, frente a Palmira; a su derecha, Connie, y, a la derecha de la anfitriona, su cuñado. Ciro vestía de claro, un traje de lino que le sentaba bien. Connie venía hecha una facha, llena de colorines tipo anémona y de volantitos, y con una flor y un velo en la cabeza.

Palmira intentaba que Ciro retrasara un par de días su vuelo.

—Irte el miércoles... ¿Por qué no te quedas hasta el fin de semana?

—El fin de semana lo emplearé para readaptarme. Le temo al *jetlag*. Los vuelos largos siempre me producen cierto trastorno físico: por mucho que nos empeñemos, el cuerpo no está hecho para semejantes proezas. Es como si se quedase un poco atrás y se hiciese el remolón.

—Pero, hombre, eso no es óbito... —empezó a insistir Palmira, y se dio cuenta de que otra vez había metido la pata—. Digo que no es óbice para que te quedaras hasta el miércoles.

Se desentendió de la respuesta de Ciro. Sabía que empleaba mal determinadas palabras y, sin embargo, no podía eludir pronunciarlas. Decía impóluto por impoluto —Willy se lo había repetido cien veces—, y obnibulado por obnubilado. Incluso en tres ocasiones había pronunciado *ostentóreo*. Tendría que andarse con más tacto en adelante; pero eso mismo se había dicho antes dos docenas de veces. Menos mal que con esta gente no importaba. Miró la boca perfecta de Ciro masticando cuidadosamente la carne. De veras era muy agradable verlo... Frente a ella, Willy conservaba muy poco de lo que la enamoró: era un hombre grandón, grueso, con una cara ancha de emperador romano de la decadencia. —«Bueno, vamos a dejarlo en cónsul.»— Aún conservaba sus ojos grandes, casi femeninos, de largas pestañas que sabía manejar a su antojo, para seducir y convencer. Aún conservaba sus manos grandes y nerviosas, hechas a los arreos y atalajes, y su estatura que, al ponerse de pie al final del almuerzo, seguiría asombrando a Palmira, porque así, sentado frente a ella, era más bien corriente.

Connie se había metido en un berenjenal contando la historia de su familia, que a nadie le interesaba. Tenía un hermano pianista y dipsómano, y otro que se había convertido al catolicismo. Lo contaba como dos terribles tragedias. En contra de lo que a Palmira le había parecido entender, mal por lo visto —que pertenecía a una familia mormona—, era una judía dedicada a mediar en grandes operaciones, de armas sobre todo. O eso creyó deducir Palmira, a la que Ciro por lo menos encontraba en el almuerzo enormemente distraída. Y es que Ciro la recordaba demasiado presente, captadora de cada palabra de cada conversación y de cada gesto de todos los que hubiese a su alrededor. Doce años la habían transformado. Hoy percibía su alejamiento en el cuchillo abandonado sobre el plato, en el tenedor con que trazaba rayas sobre el mantel, en los ojos que hace un instante habían mirado a Willy con la misma indiferencia que si aquel sillón estuviese vacío. Ciro se preguntó si se encontraría enferma, o ante una grave dificultad económica. Se reprochó no haber interrogado en confianza a su hermano: siempre se había llevado bien con él, de un modo especial después de que le birló la novia. Ciro sonrió a pesar suyo. «Somos ya demasiado mayores para dar marcha atrás. La ausencia y la distancia nos ha colocado en una situación muy diferente. La desaparición del trato diario siempre produce un abismo que deviene insalvable. Ni Willy ni Palmira me han preguntado, por ejemplo, mi verdadera relación con Connie.» Era una mujer que en Los Ángeles pasaba por elegante y muy eficiente, y con la que quizá a Ciro no le quedase otra salida que casarse —sería el tercer marido de ella—, aunque había llegado a la conclusión, por experiencia propia, de que se trataba de una de las mujeres más frígidas de este mundo. Ciro volvió los ojos a Connie y la comparó con Palmira. Palmira siempre alardeó de eficacia; pero comparada, con Connie era una zapatilla rusa: una aficionada mientras que la otra, una profesional... Le dio pena su cuñadita, metida en aquel agujero de Sevilla, malgastada, reducida a unas obligaciones tradicionales y muy femeninas: su casa, su marido y sus hijos, todo dentro de su jardín.

En ese momento Willy se interesaba por el trabajo de Connie, si bien de una forma superficial y por pura educación: no sospechaba a quién se dirigía. Cualquiera hubiese visto el esfuerzo con que Palmira procuraba atender a la conversación. Pero sólo la alcanzaba un vago murmullo como si los otros tres se hubiesen alejado de ella, y ella estuviese sola haciendo, igual que de niña ante el horror de la institutriz, bolitas de pan. Se había abstraído sin proponérselo. No lograba despegar los ojos del mantel. Era de hilo crudo con unos filtirés muy difíciles y unos bodoques simulando los pistilos de flores bordadas en realce. Una labor muy complicada y rigurosamente inútil. En parte lo había bordado ella; hasta que se cansó y lo terminaron dos hermanas bordadoras que vivían en el barrio de Nervión. Era el mismo mantel que puso el día que el arzobispo comió con Willy y con ella. Que no tomaba vino, dijo al tiempo de servirlo. Willy un poco después hizo un gesto, abriendo los brazos, mientras contaba algo de su visita a Roma (Palmira pensaba que era una redundancia hablarle del papa al arzobispo, pero, en fin, allá Willy), y volcó su vaso de tinto que fue derecho al arzobispo.

—Monseñor había advertido que no quería vino —dijo Palmira, para salvar la situación. Los tres rieron, y la comida terminó felizmente.

Odiaba ese mantel. Era un símbolo de todo cuanto ella había empezado sin conseguir rematar. De un manotazo tiró al suelo todas las bolitas de pan que inconscientemente había estado haciendo. Después miró a Ciro, que a su vez la miraba. Sonrieron los dos muy pobremente. Una falsa complicidad los reunía. Él pensó: «No es nada feliz.» «Le encantaría quedarse. Tiene la sensación de que su vida ha sido una equivocación», pensó ella. Quizá las dos reflexiones eran intercambiables. Palmira giró la cabeza a su izquierda y contempló el perfil de Connie, que hablaba con Willy de negocios.

—Debías haber traído a Connie a la Semana Santa —le reconvino a Ciro—, en lugar de a la Feria. —Palmira sabía que Connie enfermó en la primera corrida, y que salieron de prisa y corriendo de la plaza en cuanto el picador le puso al toro en lo alto la primera puya, y brotó el chorro de sangre desde el morrillo—. Las vírgenes la hubieran divertido más.

—No estoy seguro —replicó Ciro—. Primero, porque es judía. Segundo, porque, a la tercera virgen, habría opinado que se repetían, y que las sacaban dos o tres veces con mantos de distintos colores. Además a Connie, tan exquisita a pesar de lo que puedas creer —estaban hablando en español entre ellos dos—, el echarse a la calle para ver los pasos en las callejas o desde las esquinas en medio de la bulla, la habría espantado. A ella le gusta la Sevilla cerrada que se le abre, o sea, la Sevilla clasista. La relativa democracia de la Semana Santa me temo que no sea lo suyo.

Volvieron al inglés. Ciro contó, más o menos, lo que había comentado Palmira.

—Oh, no, Dios mío —agregó Connie—. La religión forma parte para mí de la privacidad. Esa religión ostentada y paseada me provoca escalofríos. Creo que la gente hasta canta flamenco a las imágenes, y toca las palmas como en un tablao, y bebe y se emborracha.

—Bueno —gimió casi Palmira—, también come algo para resistir. El olor de Sevilla es una mezcla entonces de azahar y aguardiente, de sudor y de incienso y bosta de caballo, todo junto. El sudor de los costaleros, que son los que llevan los pasos, apoyados en el morrillo (esa cosa que usted vio cómo le atravesaban al toro el otro día), su fatiga es lo que permite el vergel que va arriba. Todo es cuestión de ritmo en las procesiones de Sevilla: el meneo de los palios, el temblor de los Cristos, de los faroles, las flores y las velas: cada cosa tiene su movimiento. También la gente; también la música de las bandas, y los tambores y cornetas... Mire usted —se había animado sin saber cómo—, Andalucía está acostumbrada a demasiados dioses: cada cultura que aportó por aquí trajo los suyos. Y ella se ha levantado muchos siglos cada mañana preguntando: «¿Cómo se llaman los dioses de hoy?» Ha lavado las sabanillas de los altares y las sábanas de su cama; ha limpiado las aras y las piedras; se ha acostado con los recién venidos, y se ha puesto a cantar. No es que sea escandalosa, ni pagana, ni que carezca de intimidad: es que celebra lo que siente, lo eterno, lo inmutable: el retorno de las jóvenes vírgenes al mundo, de la alegría y del equinoccio de la primavera. Andalucía no es puritana ni hipócrita, señora: es aficionada a la vida alegre y a los dioses alegres, aunque lloren de pena y se mueran crucificados: para consolarse están los mantos recamados, las marchas y las luces. Las Cruces de Mayo son aquí de flores y de mantones de Manila, con canarios y cacharros de cobre, con encajes. La religión se pone al servicio de la vida. Aquí todo se aseda, y se hace llevadero, hasta el idioma.

—Menos los toros —corrigió Connie.

—También los toros. Para matarlos se visten los hombres de seda y oro. Y se los mata danzando y medio en juego. Es una fiesta llena de ritos minuciosos y centenarios, jerarquizada y elegantísima. A quien no le guste, peor para él. O para ella. Jugarse la vida por gusto...

—O por necesidad —corrigió esta vez Ciro.

—Parece mentira que seas de familia ganadera —amonestó Willy a su hermano riendo.

—Por necesidad no se juega nadie la vida —añadió Palmira—. Se la juega por algo más grande. No es por salir de pobre por lo que un muchacho aquí se hace torero. Y eso de más cornás da el hambre es una tontería. ¿O es que todos los mendigos nacen, por principio,

toreros? Se torea para sentarse en la mesa con los señores; por la misma razón por la que antes se hacían
curas los hijos de las cocineras. Y por tener novias de
una clase más alta, y por ser admirados y solicitados.

—Qué impresión de clasismo le estarás produciendo a nuestra amiga —le recriminó Willy.

—Ella también lo es. Escuche, Connie: hoy son toreros los que, hace cuatro siglos, se iban a conquistar
América. ¿O aquello se hacía también por hambre? ¿No
embarcaban pensando ya en la vuelta, en la casa de piedra, en el escudo sobre la puerta, en la nobleza o qué sé
yo? Este país es orgulloso y bastante incomprensible.

—Como todos quizá —intervino Ciro.

—No lo dirás por Norteamérica —insinuó Palmira,
a la que Willy replicó:

—Estados Unidos es un país de países: una verdadera olla podrida.

—Y tan podrida... No, en serio: éste también —continuó Palmira—. ¿Quién es aquí estrictamente ni
moro, ni judío, ni cristiano? Pero yo hablo de Andalucía ahora. Mire usted, Connie: Andalucía ha sido tan
grande que, para ella, el progreso es el regreso. —Calmó una cierta protesta de los hombres—. Lo siento,
pero es así. Andalucía tiene un notable menosprecio
histórico. Es quizá lo más opuesto que haya a Norteamérica. («¿Por qué odio de tal manera a Connie?») No
aceptaría ni regalado el *american way of life*. Ni regalado. La gente andaluza rebaja el techo de sus necesidades con tal de rebajar las fatigas que le cuesta satis-
facerlas. Menuda lección de actitud filosófica: aquí se
trabaja para vivir, y no al contrario. Las civilizaciones
laboriosas nos producen alergia. Nuestro ideal es el
ocio: el ocio con dignidad, que decía Cicerón, y que no
se confunde con el paro.

—Estás citando a Gala —la interrumpió Willy.

—Para eso escribe: para que se le cite.

—Y para que tú te despaches a gusto —le amonestó su marido en castellano, si bien con una sonrisa ti-
tubeante en los labios.

—Oh, sí. Yo sé que Andalucía —reconoció Connie— es un pueblo primitivo y muy sabio. Lo que no sé es si está vigente su actitud y si tiene algún sentido hoy en día. Por lo que pude observar hay mucha pobreza y mucha... ¿cómo se dice? —se volvió a Ciro—: Mucha gitanería.

—Un mendigo andaluz sería un rey en Nueva York, por ejemplo, señora —alardeó Palmira, fuera de toda contención—. Un rey, porque sabe sacarle su hermoso jugo a la vida, a su clima, al olor de su tierra y de sus mares, a su gazpacho o a su pescaíto frito, que ya inventaron los fenicios aquí.

—Sin embargo, la emigración es muy considerable —murmuró Connie—. Ciro, sin ir más lejos.

—Ya no tanto —intervino Willy limando la tensión que se masticaba más que la carne—: ¿a qué sitio iban a ir los andaluces que estuvieran peor que aquí?

—A mí me quitaba antes muchas noches el sueño —la voz de Palmira emanaba una repentina sinceridad— el pensar en mis gordas andaluzas en Düseldorf, en Hamburgo, en Ginebra o Dios sabe dónde. Sin hablar el idioma, sin poder sentarse en sus sillas de anea contra la pared enjalbegada, sin paredes que enjalbegar, sin salir a la acera al caer de la tarde o al mediodía en el invierno, sin su tacita de café bien espeso; acompañando a maridos taciturnos, y echando de menos todo lo demás: la vida entera. Porque no hay gente como la andaluza para añorar su aire luminoso y tibio, su tierra dadivosa, ni para marchitarse lejos de ella. ¿Qué hacían mis mujeres sino morirse allí donde las llevaban? No soy capaz de imaginar tortura más horrible. Qué injustos han sido todos los políticos con ellas.

Ciro admiraba ahora la expresión de Palmira: sus cejas elevadas, su barbilla tensa, sus labios crispados, sus manos quietas al borde de la mesa, dominadas y educadas. Nunca la había escuchado hablar así. Suponía que no sólo era por molestar a Connie, sino por una fibra suya desconocida habitualmente. Willy también miraba a su mujer con divertida y asombrada curiosidad en los ojos. Después de una pausa Palmira agregó:

—Un día, hace unos meses, yendo a Madrid en coche con Macarena mi cuñada, al pasar por Despeñaperros hablábamos de este tema poniendo gasolina en una estación de servicio. La atendía un hombre muy mayor. Al cobrar y devolverme el cambio, con una expresión triste, me dijo: «Desengáñese usté, señora: de Despeñaperros parriba tó es Alemania.» Tenía razón. Para el desarraigo puede que no existan lugares preferibles.

—¿Usted no podría vivir fuera de Andalucía? —Connie lo preguntaba con una expresión de entomóloga.

—Estoy completamente segura de que no. Puedo pasar fuera unos días, alguna temporada, porque Andalucía es una tierra para soñarla, para echarla de menos: una tierra que se agranda en el recuerdo. Pero luego he de volver aquí, para beber aquí y poner los pies en esta tierra a la que pertenezco... E incluso para echarla de más (fíjese lo que le digo), porque no todo lo andaluz me gusta. Pero no importa, tengo que volver. No creo que lo que yo llamo vivir pudiera hacerlo en otra parte. —Habían concluido de tomar el postre—. Ahora, si les parece, vamos a tomar el café en el jardín. A la sombra se está estupendamente.

Se sentaron en el bosquecillo de algarrobos bajo el verde brillante y casi negro de sus hojas. La tarde era tan transparente que se podían percibir los detalles más lejanos: las sencillas rosas ensimismadas tras las mesas del arrayán, los alhelíes temblorosos en sus varillas, los abejarucos que surcaban el aire con sus colores. Una oropéndola cruzó, muy baja, ante ellos.

—No sé si todos los andaluces cuentan con lo suficiente para decir lo mismo; pero su Andalucía, Palmira —dijo Connie, mientras sorbía el café de su taza y contemplaba su entorno— es indiscutiblemente portentosa. Y tan intensa, por lo menos, como su café: el nuestro le parecerá seguramente agua sucia.

—Guayoyo lo llaman en Caracas —dijo Willy, adelantándose para evitar otra salida de tono de Palmira.

—A mí, por el contrario —añadió Connie—, me parece un derroche envidiable tener, en mitad del mejor suburbio de Sevilla, este desproporcionado jardín y esta casa extraordinaria.

—Y sin dinero: una postura muy andaluza —repuso Palmira con una media sonrisa.

—Pero terriblemente costosa, supongo —insistió la americana.

—Hay cosas a las que no se les puede poner precio: su valor no lo tiene.

—Si algún día decide usted ponérselo, le ruego que se acuerde de mí. Quizá podamos hacer un bonito negocio.

—Para mí, se lo juro —concluyó Palmira—, sería el negocio más feo de mi vida.

10

PALMIRA Y WILLY llevaban bien su estancia. Poco tiempo después de que ella se quedase con el palacio y el jardín que tanto habían admirado a la judía americana, Willy compró un piso en Londres, en una casa bien construida y bien situada. Era un bajo con grandes ventanales a una plaza arbolada y tranquila. No muy grande, pero suficiente: es decir, lo que un matrimonio normal habría deseado para vivir en permanencia.

Antes de decidirse por Londres, vacilaron, pero Palmira puso punto final a la vacilación:

—Roma es igual que esto —discutían en Sevilla—; París está en la mayor decadencia; nada, por Dios, de Bélgica: Bruselas sería la ciudad más aburrida del mundo si no existiese Suiza, y además los belgas son igual que los franceses, pero con un cuerno solo; las ciudades alemanas nos quedan lejos, en todos los sentidos, y son sólo para los cerveceros. Lo idóneo, Londres: es lo mejor del otro mundo, porque lo mejor de éste es Sevilla, y de paso los niños cuando vayan practicarán su inglés.

Aquella noche habían cenado con un escritor, Lewis Greeneway, a quien atendieron hacía unos años en Sevilla con la delicadeza y la amabilidad que convertían a Palmira en la embajadora sevillana de muchos países. Una embajadora a la que sin duda algunos olvidaban al ausentarse; pero con el escritor inglés no había sido así. Les escribía por Pascuas, y les telefoneaba para informarse sobre ellos de vez en cuando. Esa noche insistió en invitarlos en un restaurante pequeño y muy selecto no lejos de la casa donde vivía. Lo acompañaba un joven secretario, o algo por el estilo, de una belleza extrañamente morena: sus cejas tendían un trazo hacia las sienes, lo que le almendraba los ojos verdosos, cuyos párpados se plegaban en la comisura exterior de una forma exquisita; una onda de pelo muy negro, casi azul, le sombreaba la frente; sus manos eran delgadas y de largos dedos. «Dedos de pianista...» Es un muchacho formado para despertar el amor. Quizá nuestro amigo Lewis es, de momento, su amante; Palmira no supo si alegrarse o entristecerse. Lewis era un hombre de unos cuarenta y cinco años, de un aspecto completamente vulgar y con un espíritu encantador. Conversaba despacio, con aplomo, gesticulando con gracia, y dando la oportunidad, que casi nadie aprovechaba, de intervenir.

—No tiene arreglo. El hombre, más que mono, es un pez que se muerde la cola; que se la muerde y luego se la come. Un pez autófago, de sangre gélida, y de pasado y porvenir inciertos. Se trata de una especie con cuya desaparición la tierra nada perdería. Salta a la vista... ¿O es quizá un testigo? Pero ¿de qué y a quién tendría que dar el hombre su testimonio? ¿A quién le importa? El testimonio de un extraño animal que se autocorona, se autodestruye, y piensa que es inmortal mientras comete atrocidades sin sentido.

Los tenía prendidos de sus labios. Después de la cena fueron a tomar una copa a casa del escritor. Era un piso amplio con las paredes tapizadas de libros.

—Es la mejor decoración, y la más necesaria para mí.

Tenía algunas pequeñas esculturas magníficas, y los muebles que Palmira adoraba. «Los únicos que un hombre soltero puede permitirse en su casa: diametralmente contrarios a los muebles franceses.» Las alfombras eran, asimismo, soberbias, y todo tenía el aire de una casa amable, vivida, silenciosa, y muy buena colaboradora de quien la habitaba.

Palmira no podría decir cómo había derivado hasta allí la conversación. Lo recapacitaba ahora, mientras se daba una crema de noche en el baño de su apartamento. Volvieron bastante tarde. Willy se acostó en seguida. A Palmira le parecía oír sus débiles ronquidos. De todas formas, no se había hecho demasiadas ilusiones: su marido se dejaba machacar por el sueño cada vez más temprano. «Casi se lo agradezco.» Se planteaba cómo había la conversación desembocado en tal extremo: en una casa de Londres, entre gente refinada (en efecto, el joven Patrick era músico) durante una sobremesa respetable, y en la vivienda de un hombre con el que no les unía intimidad alguna. Sin embargo, así había sido. Quizá latiera por el aire el sentimiento entre los dos más jóvenes, y asimismo esa especie de picazón o tensión genital (Palmira hace tiempo que se atrevía a llamarla así) que ella sentía cuando se encontraba con un hombre atractivo. Y esa noche, por motivos bien distintos, se había encontrado con dos.

—Actualmente —comenzó Lewis— todo el mundo está de acuerdo en que la actividad sexual es buena para las personas. En realidad sólo se la considera destructiva cuando se la reprime y se la obliga a salir por todas partes como un gas. Nadie parece fijarse en los móviles que ocasionan, aquí en Londres, sin ir más lejos, tantas violaciones, tantos asesinatos, tantos abusos sobre mujeres y contra niñas. La revolución sexual yo creo que ignora por lo menos la mitad de lo que es verdaderamente el sexo. Y les aseguro que no soy un retrógrado, ni un hombre que respete al pie de la letra las normas que nos rigen. Sin embargo, identificar el sexo con un jardín bien cuidado, bienoliente y fructífero, es una falacia, o una verdad a medias, que quizá sea peor que una mentira. De esto es de lo que tratará mi próxima novela.

Palmira, al escuchar la palabra jardín, prestó más

atención. Se hallaba distraída contemplando la joven belleza de Patrick y, por otra parte, no estaba segura de comprender del todo el culto idioma de Lewis.

—Es como si se hubiese extraído de la sexualidad, para domesticarla, sus más peligrosos elementos: la obsesión, los celos, la hostilidad, la culpa. Nos conformamos con un sexo para andar por casa: benigno, sano, afectuoso y metódico. Sería igual que adquirir un frigorífico a cómodos plazos. El amor se edita en libros de bolsillo, baratos y transportables. Pero es sólo la calderilla del amor: convertirlo en familiar y previsible, a la manera del jardín de nuestra casa. No obstante, el amor o el sexo son una selva airada y arriesgadísima. No es un grifo inagotable, que, manejado con parsimonia, nos dé hijos y nos ayude a mantenerlos: es un océano que nos arrebata a no sabemos dónde. Por eso, opinar hoy que la sexualidad nos expone a graves desventuras se considera que es adoptar una actitud reaccionaria. Para mí lo reaccionario es quitarle al sexo su veneno como se hace con los reptiles en India. Eso es modificarlo esencialmente. Un río es un río en el estiaje y en la avenida que lo desborda e inunda y daña sus alrededores; cuando deja de ser río es cuando se le somete a esclusas y pantanos. Así, la libertad del sexo es turbulenta. Y no es que yo crea que hay que renunciar a ella, sino que hay que ejercerla con todas sus consecuencias y con mucho coraje: haciéndose responsable de lo que se elige y se practica.

Lewis miraba ya a uno, ya a otro de sus oyentes. Y, después de una leve pausa, en la que tomó un sorbo de su copa de whisky, continuó:

—Es mentira que el amor pueda ser exclusivo sin ser posesivo e incluso abusivo. Es mentira que el amor pueda ser sólo sonriente y benévolo, como un amigable cayado en que nos apoyamos. ¿No es una atrocidad poner la sexualidad como cimiento de la institución de la familia? Así le va ahora: no hay más que ver la cantidad de divorcios que se producen, los suicidios de jóvenes que no se ven integrados en ellas, y las rebeliones y las rupturas de cuanto pretende imponerse. Antes la sexualidad se entendía como una fuerza bruta, incontrolable como los huracanes o los maremotos; como una fuente de posibles y naturales violencias. Los matrimonios quedaban sujetos a la observación de los miembros mayores; y a los jóvenes, en cuya edad la amenaza es más probable, se les apartaba de las esposas de los otros, poniéndolos bajo la égida de algún patriarca, o bajo un aprendizaje o un servicio militar. Había de protegerse de la agresividad del sexo a las mujeres y a los niños educados por ellas: se vigilaba el gineceo. Pero ahora la juventud tiene un gran predicamento; todo el mundo anhela ser joven; los viejos ni gobiernan ni son escuchados, y al sexo se le ha dado vía libre confiando en que circulará obedientemente por la izquierda (o por la derecha, si se trata del Continente), y que respetará los semáforos y los pasos de cebra y los pitos de los guardias de tráfico... Todo eso es una vana esperanza. Hoy la familia se va al garete porque no es un lugar seguro para las mujeres ni los niños. Ni ellos ni quizá nadie busque esa seguridad. El Estado tiene que ocuparse de ellos, sancionar, castigar, ordenar, porque las permisiones han ido demasiado lejos. El jardín del sexo no era un lugar a salvo; el sexo ha saltado las tapias, ha crecido, se ha convertido, como era natural, en una selva oscura, igual que la de *La Divina Comedia*. El sexo es una cosa distinta del amor. Las parejas no se aman hasta el fin; no copulan entre ellas hasta el fin. Mientras no se reconozca ese fracaso del sexo emasculado (qué gran contradicción), todo estará en peligro. En esta sociedad de consumo, afortunadamente, no ha sido vencido aún el sexo: campa por sus respetos, levanta su bífida lengua envenenada, lanza su dardo emponzoñado, y no se deja dominar por leyes, por amables sentimientos, ni buenas intenciones.

Palmira se había sentado en el inodoro, y continuaba poniéndose la crema en la cara y en las manos. Le había impresionado el ardor con que Lewis, con quien nunca mantuvo una conversación profunda, defendía su tesis, que ella dudaba en calificar de progresista o de retrógrada, pero que algo en su corazón le advertía que estaba, fuera lo que fuese, cargada de razón.

El joven Patrick miraba con ojos devotos y bellísimos a Lewis. Incluso Willy, tan alejado por lo general de cualquier razonamiento serio, aprobaba con la cabeza de vez en cuando y, en un par de ocasiones, lo había sorprendido Palmira mirándola de reojo. Ella pensó entonces, aunque no osara decirlo, que el amor humano no coincide con el celo animal. ¿O lo había dicho? Ahora no se acordaba. El amor humano no es, por un lado, único —monógamo, como dijo Lewis—; pero, por otro lado, no depende del apareamiento, ni de los orgasmos, ni de los hijos tan siquiera. Puede sobrevivir a la separación y hasta a la muerte. Pero se trata de casos tan insólitos...

—¿Suele hacerlo? ¿Se ha probado que lo haga? —se planteaba retóricamente la cuestión Lewis alzando las cejas con ironía—. Qué pocos ejemplos de matrimonios que superen los tifones del sexo. Qué pocos aquellos en que el amor perdure, ignorando y sobreponiéndose a tantas trampas, lazos, redes, abismos como el sexo le tiende. Por descontado que hay mujeres (esposas), más o menos de nuestra edad (las de la edad de Patrick conservan todavía la ilusión de la perennidad), que se sacrifican. Quiero decir, que aceptan las normas morales (yo las clasificaría de inmorales y ciegas) que las empujan a olvidar aquello que desean, y a aceptar aquello que las molesta y las humilla: la insatisfacción mantenida a lo largo de años, las frecuentes violaciones de que son objeto por parte de sus maridos, la falta de apetito para seguir practicando el juego sexual con ellos una vez cerrado su ciclo gestatorio, si así puede llamarse... Yo tengo (y vosotros supongo que también) numerosas amigas resignadas. —Palmira estaba segura de que no la había mirado al enunciar tal frase—. De ellas obtengo buena parte del material de mis novelas. ¿Por qué no se les reconoce el derecho de rechazar sexualmente a sus maridos? ¿Por qué sus negativas, justificadísimas por su edad, por sus circunstancias, se consideran una invitación al adulterio y al abandono? Si todo es tan *normal* —su voz subrayó la palabra—, ¿por qué no se edifica una relación nueva, al final del matrimonio, sobre valores nuevos, más espirituales y amistosos?

Esta pregunta hizo que algo se quedara suspendido en el aire. Los cuatro bebieron en silencio de sus vasos. Lewis los miró de uno en uno. Al llegar a Patrick, sus ojos se enternecieron.

—Nuestra sociedad, tan hedonista, no comprende que haya que envejecer con dignidad. Los viejos ricos compran cuerpos jóvenes; fomentan como pueden, o reponen, la furia sexual de su juventud ya tan pasada. Los maridos mayores no desean tampoco a sus mujeres; si tienen dinero, se procuran otras más atrayentes, menos gastadas, no maltratadas por el tiempo, no usadas por ellos y, por tanto, portadoras de cálidas sorpresas... Todo eso demuestra que el sexo no es un jardín de rosas —«otra vez el jardín»—; que el sexo estará siempre, por altas que sean las bardas con que se lo cerque, más allá del jardín.

Ahora, frente al espejo, pensaba Palmira que Lewis tenía razón, mucha razón. Quizá sus expresiones eran demasiado fuertes, sobre todo para un *gentleman* británico, pero expresaban algo verdadero. «O quizá Lewis no es un *gentleman*.» Por otra parte, también tenía razón el dicho inglés de frente alta, riñones bajos: acaso la gente muy espiritual y creativa se caracterice por una actividad sexual un tanto animalizada. Una compañera de colegio le había dicho que Menéndez Pelayo se acostaba con mujeres de mala vida haciéndoles leer en voz alta versos de san Juan de la Cruz, mientras él bebía coñac en taza y servido dentro de una tetera... Pero eso era otra cosa: eso era hipocresía, tan vinculada siempre con el sexo; con el sexo, que aterra a las personas débiles y vence a los que no se reconocen vencidos de antemano.

138

«Los cuerpos jóvenes, los deseables cuerpos jóvenes...» Su memoria le trajo la esbeltez y la gracia de Patrick. ¿Estaba loca? Su sexo en decadencia, ¿le hacía sentir una atracción anormal? ¿Por qué ella no pensaba en el amor como una sucesión de gestos benévolos, sino como un desbordado cataclismo de apretones, de mordiscos, de penetraciones fastuosas? Algo le estaba sucediendo, en efecto. Oía los ronquidos de Willy, con quien había venido a Londres para reanudar unas relaciones más cálidas y más estrechas. Todo había sido en vano. Y esta misma noche, al compararlo con el joven Patrick, se le había estrujado el corazón. Consideraba injusto, más injusto de lo que podía expresar, que se envejecieran el cuerpo y el alma. Pero no era menos injusto que se diese por sentado que las mujeres otorgaban menos importancia que los hombres al físico de sus parejas. Como si las mujeres fuesen tontas o cegatas o incapaces de establecer comparaciones... Quizá algunas aún no liberadas, quizá las sometidas económicamente tendrían que resignarse al cuerpo arrugado y fofo y roído de sus esposos, o quizá eran erotizadas por el poder y el dinero, que a veces, por qué no, ocupan el puesto de las hermosas facciones y los cuerpos garbosos. Pero ¿qué duda cabe que las mujeres independientes y con posibles, o sea, las que pueden elegir, prefieren los cuerpos bellos, las pieles tirantes, las carnes no caídas y prietas? Los hombres que dominan a sus mujeres, los hombres que roncan como Willy (aunque sea suavemente), las tratan como a niñas bobas, que no saben nada de nada; que no saben ni distinguir siquiera. Ya estaba harta Palmira de que esos hombres como Willy —la verdad era que ella pensaba sólo en Willy— no diesen importancia a su propio aspecto; que exigiesen ser aceptados en la cama y fuera de ella como son, abandonados, sin cuidarse, afeitándose y limpiándose los dientes por la mañana para ir a su trabajo, no al acostarse para hacerle a su mujer el amor o como se llame lo que le hacen.

Ah, no. Pero eso sí que no. Es falso que las mujeres

sean indiferentes a la belleza juvenil. Es falso que prefieran siempre a un hombre hecho y derecho, o hasta deshecho ya. Los muchachos, ni en Grecia se consideraban sólo aptos para los hombres o para las muchachas; allí servían para los dos sexos; como algo triunfalmente apetecible a todos los ojos y para todos los gustos, como un verdadero objeto de placer... (El rostro de Patrick, la mirada verde de Patrick, las manos ingrávidas de Patrick, y cuanto se adivinaba de él bajo la ropa...) Y era antes también una mujer mayor la que los iniciaba en los misterios y en las tareas del amor. ¿No se desprendía el sabor de la vida, la fruición por la vida, del aspecto de Isa Bustos, por ejemplo? ¿Por qué recordaba ahora a Hugo, también a Hugo? «¿Cómo va a ser él igual que Willy? ¿Acaso es igual el Willy de hoy que el que yo conocí hace veinticinco años? ¿Tengo que aceptar a un Willy imaginario hasta la muerte, cuando el que yo elegí no existe ya?» «Es posible, pero, como dice Lewis, construyendo una relación distinta, más respetuosa, más variada, más digna y más alegre.» No podía seguir siendo *la esclava del señor*. Más esclava que cuando era joven, porque entonces se atrevía a rechazar alguna noche los avances de Willy, mientras que ahora su inseguridad la obligaba a resignarse en todo caso, esporádico caso, a ellos.

Y, no obstante, eso de «hasta la muerte», quizá ni así, quizá ni con una relación nueva. A Palmira le ocurría, lo que, por lo general, les ocurre a los hombres: se sentía atraída por un tipo de sexualidad armónica, bien terminada, lenta y preciosa. Ignoraba cómo había llegado a hacerse más exigente: era un proceso sólo interior; pero habría preferido, sin dudarlo, el amor con un joven atractivo, a pesar de todos los riesgos que en este caso se acentúan, al amor más sereno que la gente suele considerar más propio de su edad...

Palmira no había dejado ni un instante de mirarse en el espejo, pero sin verse, repitiendo mecánicamente el masaje facial de abajo arriba. Y de pronto se vio. Se vio como era hoy, con sus desperfectos y con sus deterioros: los que había eludido ver noche tras noche, desde hace mucho tiempo; los que se había ocultado con meticulosidad a sí misma.

Ella también envejecía, roncase o no como Willy. Ella percibía el irregular funcionamiento, incluso la desobediencia de sus miembros, y el rencor de sus coyunturas. Se sentía a sí misma como un viejo armario que cruje de cuando en cuando, cuya madera ha secado en exceso el verano, aunque siga cumpliendo su deber de preservar la ropa de las polillas últimas. «¿Las últimas?» Se le saltaron las lágrimas y su imagen se enturbió en el espejo. «Te detesto, ¿por qué lloras ahora?» Lloraba por su juventud que ya no estaba; por sus dientes, que desde aquel primer día que batieron su alarma habían ido empeorando y perdiendo alguna partícula, por cuyos filos pasaba la lengua y notaba su aspereza como un continuo y presente memento. Lloraba porque le había tomado la obsesión de lavárselos sin cesar ante el temor de tener mal aliento, como el que tenía Willy. Lloraba porque le había empezado a oler el sudor de las axilas, y requería el desodorante que tanta risa le daba siempre en los anuncios de la televisión. (En su axila derecha le había brotado una verruga no muy grande, pero que jamás había estado allí.) Lloraba por sus mejillas a punto de descolgarse, que ahora con las dos manos alzaba y recomponía, y por sus pechos descolgados, y por el vello en zonas donde no existía antes, y por la raleza creciente de su pelo... Habría que remediarlo todo, acaso podría remediarse todo, pero el hecho es que allí estaba el estropicio. «Sí, por supuesto, me cuidaré, me teñiré, me operaré, haré lo imprescindible...» No sabía si para Willy, o para ella misma, o para sus amigas, o para todo el mundo. Pero tendría que ser así: tendría que saltar esa oscura barrera y volver a la luz. «No hay nada irrecuperable todavía.»

Fue ante el espejo de cuerpo entero y se miró desnuda. No irrecuperable, pero sí al borde de empezar a serlo. Su melena tenía aún su hermoso color de miel rojiza y veteada, pero ya no pesaba tanto ni era tan abundante como fue; no, ni muchísimo menos. La sacudió con furia; metió los dedos entre ella y lo dejó caer sobre la cara; echó hacia atrás la cabeza... Su cuello era aún esbelto y largo; pero las huellas de la edad, malditos aros, lo ceñían. ¿Qué hacer con ellas? Siempre se dijo que en las manos y en el cuello se notaban irreparablemente los años... ¿Qué hacer entonces? ¿Qué hacer? ¿Qué hacer? Los pechos estaban bien trazados: su línea no era mala, nunca lo fue, pero aparecían derrotados, usados, cargados de cansancio... Se volvió: las nalgas eran redondas, pero nada las sostenía: la desnudez era por eso obscena. La cintura, marcada, pero carnosa, y cuanto más la apretase más se le notaría. La piel era clara, y la del cuerpo había resistido bastante bien, bastante, pero estaba tachonada de pecas y manchitas, de rojeces y asperezas. ¿Quién le había dicho hace muy pocos días que el agua de Carabaña era buena para las manchas de la piel...? ¿Y su cara? La miró con avidez en el espejo, pegada a él. El cutis ya había absorbido la crema, casi del todo. Su piel era como de lino: de un lino crudo, que hubiese sido lavado durante años, y planchado después con una plancha no bastante caliente. Estaba llena de diminutas arrugas que el maquillaje, más necesario cada hora, disimulaba. Las patas de gallo, los surcos que descendían desde la nariz hasta la comisura de la boca, un fruncimiento en el labio superior que no había visto nunca, otro en medio de la barbilla... Se miró con avidez y se retiró del espejo con temor. Luego, inclinada la cabeza sobre el lavabo, rompió a llorar ruidosamente.

Desde el dormitorio llegaban, ahora más sonoros, los ronquidos de Willy.

11

Mientras Palmira estaba en Londres, el ama había cumplido años. Palmira se propuso traerle un buen regalo, pero el mal tiempo y una desidia que la hizo quedarse tumbada en el piso todo el día, sobre la moqueta, viendo caer la lluvia al otro lado de los ventanales, consiguieron que volviese a Sevilla sin el regalo para el ama. Por eso, al día siguiente del regreso, se dirigió a unos grandes almacenes: el ama no se daría cuenta de la procedencia del regalo; Palmira lo empaquetaría bien en papeles ingleses.

Le compró un buen jabón, cosa que el ama adoraba, un traje de chaqueta de verano, serio y animado a la vez por el cuello y los puños, y un jersey abierto de algodón color fucsia. Compró también otras chucherías para el resto del servicio porque, tal como estaban las cosas, no quería sembrar discordias. Mientras echaba una ojeada por la planta de señoras, se iba preguntando si tal mujer o tal otra eran más jóvenes o mayores que ella. «Esto se ha convertido en una verdadera manía: tengo que salir de ella.» Y le sorprendió que, contra lo que acostumbraba a sucederle, nadie la miraba. «Es porque voy vestida de trapillo y porque esta hora es muy de marías.» La mayoría eran mujeres que compraban ropas veraniegas o que subían y bajaban las escaleras mecánicas con agilidad y con algún niño pequeño, del que estaban pendientes, de la mano. Palmira odiaba ese juego al que se había aficionado en los últimos meses de calcular edades y compararlas con la suya, de la que, por otra parte, restaba hasta a sus propios ojos, cinco o seis años. En muy pocas ocasiones se decía la verdad, e incluso se habría ofendido si alguien, dando la vuelta a su carnet de identidad, se la hubiese mostrado. «Suficiente desdicha tengo con lo malísimamente que he salido en la foto.»

Miraba, pues, a las otras mujeres, y sacaba una conclusión: era mayor que las que veía más ocupadas que ella. Lo cual demostraba que la edad es un concepto relativo, y que mantenerse más joven, o un poco más joven por lo menos, es una cuestión de esfuerzo, de trabajo, de dinamismo y de vigencia. Se recriminó por los días de Londres —«tumbadaza en la *chaise longue* o sobre el suelo, mirando las escocias del techo»—, y se propuso trabajar todos los días en el jardín. Una vez más, como siempre, en el jardín encontraría la salvación.

Se hallaba pagando ante una caja cuando se le acercó un hombre de unos cuarenta años, correcto de vestimenta y de modales.

—¿Me permitiría, señora, tener una conversación de unos cuantos minutos con usted? Quisiera proponerle algo que de seguro le resultará muy interesante.

—Si es para ofrecerme la compra de algo, no ha elegido el lugar adecuado. En una u otra planta, aquí hay de todo.

—No se trata de eso. ¿Puedo invitarla a un café en la cafetería?

Era evidente que el señor, por correcto que fuese, no la identificaba. «No será de Sevilla.»

—Perdone, pero llevo mucha prisa. Se me ha hecho tarde. Mi casa ni siquiera está en la ciudad.

—Escúcheme un instante: unas primeras palabras. Si le interesa, podremos continuar el día que le convenga. —La actitud de Palmira, entre curiosa y resignada le autorizaba tácitamente a hablar—. Soy director de una agencia de publicidad. He venido esta tarde aquí para echar una ojeada a muchísimas señoras. Busco alguna que me convenza para ser protagonista de un espot de televisión. Nos lo ha encargado una marca andaluza con proyección nacional e internacional: una casa importante.

—¿En qué? ¿Importante en qué campo?

—Si le parece, lo dejaremos para una segunda toma de contacto. Lo que deseo comunicarle ahora es que he venido observándola desde que entró en la planta, y me ha seducido su manera de pasar por las mesas donde está el género, de examinarlo levemente, de moverse entre los maniquíes y las perchas. Es usted, señora mía, la que me conviene para el anuncio. Serán precisas unas pruebas de fotogenia, pero la costumbre me dice que las sobrepasará con creces. Después, le será ofrecido un sustancioso y encomiable contrato.

—Comprenderá usted —tartamudeó Palmira intentando disimular su asombro, y claramente halagada por la propuesta— que no me es posible ni comenzar a tratar del tema sin saber lo que se me propone que anuncie.

Fuera lo que fuese —Palmira pensaba en una urbanización junto al mar, en un perfume, en unos nuevos y exquisitos bombones, o en algo por el estilo— la vida le daba la respuesta a la cuestión de la edad que se estaba planteando. «Soy la más joven, la más atractiva, la más deseable —para un anuncio se emplea, por supuesto, a una mujer con presencia y con garra, con físico y con química— de todas las que hay aquí. Me lo está diciendo un hombre con experiencia en su negocio; no un simple piropeador, sino un profesional.» Pero era imprescindible comprobarlo:

—¿Y cómo sabré que todo esto no es una broma insulsa?

El hombre le mostró su tarjeta: Gumersindo Lozano, director gerente de Promovies.

—Promovies —aclaró— es la empresa de publicidad.

—Pero yo tendré que consultar con mi marido y mis hijos. Y también con mis abogados. Quizá salir en televisión anunciando algo (¿y qué algo?, insisto) no le esté permitido a alguien como yo. Sin duda usted, que se ha fijado en mí, por eso mismo lo comprenderá... Le estoy muy agradecida, pero no soy yo la que debe decidir... Claro, en último termino, sí; pero he de escuchar opiniones. Si me da su tarjeta...

—Yo podría telefonearla. O visitarla.

—Prefiero hacerlo yo, si no le importa. Le hablaré, o le hablarán en mi nombre, como la señora de... —Balbuceó, observó el color del vestido que llevaba— la señora del traje verde agua. ¿Lo recordará? ¿Sí? Pues hasta pronto. La señora del traje verde agua.

—No deje de telefonearme, por favor. Se llevará una gratísima sorpresa.

El señor se despidió con una inclinación de cabeza, no exenta de gracia; Palmira quedaba doblemente tocada. Un ascenso de su entusiasmo, tolerable pero espléndido, le arreboló las mejillas. Sus dudas de Londres, la historia siniestra de sus visibles menoscabos, el sentirse envejecida y arrinconada, carecían absolutamente de motivos. A su edad (y no a ninguna otra más joven) a su edad de ahora mismo, le proponían anunciar algún producto maravilloso en televisión. Había hecho bien en no darse por vencida. El corazón le redoblaba gozosamente en el pecho. Pagó la suma que la joven cajera, a la que ni siquiera vio tan joven, le indicaba, y salió de los grandes almacenes taconeando con un ritmo que ella misma admitió haber perdido hacía ya tiempo.

Con despreocupación entró luego a comprar unos dulces en una confitería a la que el ama la llevaba de pequeña. Y luego, en una joyería de la calle de San Eloy, para que le arreglaran una sortija cuya piedra se había soltado y que llevaba en el bolso por casualidad. El caso es que se le hizo tarde; pero volvería a Santo Tirso con una alegría recuperada. Pasó antes —«será un momento sólo»— por las callejuelas del casco antiguo para hacer un encargo a unos ceramistas que copiaban los modelos clásicos. Ya no se encontraba nada parecido en los alfares de Triana. Los de toda la vida fabricaban ahora azulejos y cacharros que lo mismo imitaban a los de Talavera que a los de Manises; a los de Puente del Arzobispo que a los de Paterna. «Todo está embarullado y hecho un lío.» Palmira quería precisamente una imagen de las viejas patronas, santas Justa y Rufina, para embutirla en la tapia del jardín próxima al cenador donde ella leía a menudo por las tardes. La tapia estaba ya envejecida y desconchada; era bonito el almagre desvaído que la matizaba, pero se remozaría al añadirle unos cuidados azulejos de diseño barroco. «Se rejuvenecerá como yo. Sí, lo mismo que yo.»

Tardó más de lo previsto en elegir guirnaldas y columnas salomónicas, el dibujo de las dos santas con la Giralda en medio, los colores de las túnicas y de los mantos. Cuando los ceramistas la despidieron a la puerta donde había aparcado el coche en su vado, ya estaba a punto de atardecer. Tuvo después que atravesar la plaza donde se alzaba el palacio de la duquesa: toda atiborrada de coches. Imaginó que había una cena o un cóctel, y sintió un pinchazo en el corazón al no haber sido invitada. Palmira no era realmente una esnob —se hubiese caído redonda si alguien con criterio se lo reprochara—, pero tampoco era del todo sencillita. Le agradaba contar con la fidelidad de la duquesa; quizá no asistir a todas sus cenas, pero sí estar al tanto de las que daba, y a quiénes, y con qué finalidad. «Esto es una traición a la que, solapadamente o con descaro, aludiré muy pronto.» La tarde, sin embargo, se había portado demasiado bien como para que se la amargara la deslealtad ducal. Más que nada, considerando —como no vaciló en considerar Palmira— que la cena sería, sin ninguna duda, para gente de segunda clase. De esa a la que la duquesa se veía en la obligación de agasajar de cuando en cuando. Y que, por si fuera poco, su estancia en Londres, había impedido que se la comunicara. Así lo dio por hecho. De todas formas, estuvo a punto de resarcirse de ese amago de desilusión subiendo al estudio de Hugo Lupino. Pero otra punzada en el corazón la avisó de que le convenía hacerse de rogar para venir una noche a darle los gemelos de coral que le trajo de Londres. (A Hugo sí se los había comprado en una apresurada tarde sin lluvia en que fue a Portobello.) Por cierto, aún no le había entregado el cheque, de una cifra ligeramente mayor a la pedida por él, por el cuadro que le compró y que se negó en rotundo a llevarse si no se lo cobraba. «Tú eres un profesional de la pintura, mi querido amigo. La única manera de que continuemos nuestra cálida amistad —lo de cálida le pareció muy oportuno— es el recíproco respeto a lo que cada uno de nosotros representa.» Al quedarse sola, se había cuestionado qué era lo que representaba ella; pero después de una ligera reflexión, se contestó que su estatus: una clase social inteligente y bien preparada, un comprobado buen gusto y, en definitiva, lo que significaba *ser persona* en Sevilla.

Rozó un neumático con un guardacantón, incluso puede que el embellecedor, lo que le dio una sensación de dentera muy desagradable. Se alegró de vivir fuera de aquella bullanga insoportable. Y salió por fin del laberinto de callejas en que el tráfico era antiestético e imposible. Cuando aparcó delante de su casa anochecía. Al subir al Aljarafe, el cielo le ofreció una banda morada y melocotón alargada de extremo a extremo sobre nubes de color cárdeno y debajo de otras de un azul violáceo. Por el contrario, sobre Sevilla una guerra de azules y de grises, de nubes desparramadas y silenciosas en contraposición al lujoso poniente del que recibían aún una remota luz, la emocionó. Aquella silenciosa majestad, aquel boato efímero la compensaban de su larga tarde, apretada y nerviosa, en la ciudad. La ciudad que, desde el jardín, veía más embrujada y más embrujadora que nunca, reclinada y perezosa bajo las luces cambiantes, «como una mujer que tiene la certeza de ser eternamente joven y eternamente deseada». Así lo pensó Palmira en un instante, con un nudo en la garganta, y se reprendió por volver siempre al mismo tema. Tocó el timbre de la cancela —solía hacerlo para avisar su llegada, aunque usara en seguida sus llaves—; abrieron desde arriba, y apareció Ramona para recogerle los paquetes.

—Lleva a mi dormitorio todos menos éstos. —Se refería a los del ama, que decidió por fin dejar sin envoltura—. Tira estos papeles, y anúnciale al ama que, en cuanto me refresque, subo a verla. ¿Han llegado los señoritos? ¿Ni han llamado? ¿Y el señor?

Todas las respuestas de la doncella fueron negativas. Era Palmira, como siempre, la primera en volver. Le habría dado tiempo a subir unos minutos al estudio de Hugo. Se miró con rapidez en el espejo del baño de invitados; se echó un poco de agua en la cara y en las manos; se atusó el pelo y, a través de la puerta batiente del pasillo de servicios, fue hasta la habitación del ama.

El balcón estaba abierto, y el sillón del ama en él. Del jardín, casi en sombras, subía el primer fresco del día y el aroma denso y profundo en que las noches de primavera suelen envolverse. No habían dado aún las luces. La puerta que comunicaba el saloncito con el dormitorio del ama se mantenía entreabierta, como si alguien se hubiera escondido apresuradamente en él. Ante la idea, Palmira sonrió. Un mazo de cartas, con el que habría construido aquellos solitarios en que se hacía a sí misma las trampas más feroces, yacía sobre una pequeña mesa auxiliar.

La distancia desde la puerta al balcón no le permitió a Palmira impedir que el ama se levantara. Se besaron y, con cariño, la obligó Palmira a sentarse en el sillón que la anciana le ofrecía. Ella ocupó la silla de alto y recto respaldo.

—Te he traído de Londres estas porquerías.

El ama recibió los regalos encantada. Como si no hubiese oído su procedencia, aseguró convencida:

—En estos grandes almacenes siempre tienen lo que se busca. Cuando los inauguraron, venía gente a comprar hasta desde Córdoba. Yo tenía una amiga que lo hacía un jueves al mes. —Palmira sonrió. «Qué difícil engañar al ama. ¿Por qué habré caído en la estúpida tentación de intentarlo? ¿Es que no la conozco?»—. Toda tu vida has tratado de embaucarme. Es cierto que, la mayor parte de las veces, porque tú misma andabas equivocada. Pero, como eras tan sabihonda, yo te creía, y las dos metíamos la pata juntas. —Palmira jugueteaba con la baraja de cartas. Mientras hablaba el ama, las barajaba y las descomponía—. La letra del pasodoble *Nardos* de *Las Leandras*, que, como era una revista verde, no le hacía a tu tía Montecarmelo ninguna gracia que cantáramos, tú la interpretabas a tu modo:

> Lleve usted nardos, caballero,
> se lo dice una mujer.
> Nardos no cuestan dinero
> y son lo primero
> para convencer.

Y con tu cara tan menuda y tan dura, me explicabas que los nardos *caballero* eran distintos, más grandes y más olorosos que los corrientes. —Palmira se echó a reír—. Y otra vez me preguntaste, ante las carteleras de una película que daban en el Pathé, que se llamaba *La cicatriz delatora*: «Ama, ¿por qué no se dice *La cicatriz de la vaca*?» Eras una niña un poco burra, pero que te planteabas problemas que a tus hermanos les traían sin cuidado. —La labor de ganchillo que hacía cuando llegó Palmira reposaba sobre la mesa. Sus ojos pequeños y grises brillaban entre las arrugas—. Como aquel día en que vino un torero ya retirado a pasar unos días a la casa. Se llamaba Victoriano de la Serna, y el tío Alfonso, a quien Dios tenga en su gloria, os quiso enseñar su pasodoble para que lo cantarais al recibirlo. El estribillo decía:

*Victoriano de la Serna, por tu arte
ningún torero podrá igualarte.*

Tú creíste que *Portuarte* era su segundo apellido, y protestabas muy bajito: «Los toreros siempre tienen un apellido sólo: éste tiene que ser muy raro». Y la verdad es que lo era: le daban ganas de torear a las diez de la mañana, mientras se afeitaba, y a las cinco de la tarde se le habían pasado. —Al ama, al reír, se le movía la tripa.

—No estoy nada convencida de que la burra fuese yo. A mí en el colegio no me enseñaban ni pasodobles, ni cine, ni nombres de toreros. Sin embargo, tú podías haber estado más al tanto de todo; pero siempre has sido una zopenca.

—Demasiado quehacer tenía yo como para ocuparme de memeces. —Dejó pasar un instante en silencio. ¿Se había levantado aire en el jardín? Arreciaba el olor y surgía un murmullo—. Claro, que ahora estoy aquí más al tanto que tú. Quería que lo supieras. Mientras has estado en Londres, hablé bastante con los niños. A mí no me la dan con queso, como a ti, o a su padre. A los niños les pasa algo, Palmira.

—¿A los dos? —preguntó Palmira sin ninguna alarma, acostumbrada a las del ama.

—A los dos. Cosas diferentes, como es natural. Pero a los dos. Tienen secretos, y, a su edad, la clase de secretos ya te la puedes figurar. Helena sale con alguien que no es de la pandilla de su hermano, ni siquiera de la universidad. Las muchachas de hoy no se sabe hasta dónde pueden llegar.

—Sí se sabe: al mismo sitio donde llegábamos nosotras, te enteraras tú o no.

—No te pongas moños. Vosotras erais más decentes, o más precavidas, o más interesadas, qué sé yo. Pero no os metíais en la cama así como así. —Después de una pausa agregó—: Si tienes potros, suéltalos, si tienes yeguas, guárdalas.

—Aparte de llamarnos yeguas a todas las mujeres, so cabrona, ¿quieres decir que Helena...?

—No quiero decir nada —la interrumpió el ama—. Sólo que debes hablar seriamente con ella. ¿No te acuerdas lo que le pasó a Leonor Ortiz? Su segunda hija vino una vez de vacaciones por Navidad, y ella la vio, y la encontró delgada, ojerosa, vomitona y rarísima. La metió en su cuarto y le habló. Le recordó que una madre lo es todo; que se pondría de su parte pasara lo que pasase; que si estaba embarazada, ella misma se lo diría a su padre; que era su amiga y que tuviera confianza en ella. «¿Te sucede lo que me temo, hija de mis entrañas?», le preguntó, trágica y temblorosa. La niña volvió la cara y le contestó: «Mamá, no seas pesada. Me he casado en noviembre.» Se había casado en Madrid por lo civil sin decírselo ni a sus padres. Leonor Ortiz y el infeliz de su marido no han levantado cabeza: habrían preferido que a la niña le hubiese hecho alguien una tripa y que se hubiese ido a refugiar llorando a mares entre sus brazos... Ahora te acuerdas, ¿no?

—Se me ponen los pelos como cabetes, y carne de gallina. Qué memoria tienes para lo malo, jodida bruja. Pero no estarás insinuando...

—No insinúo nada. Habla con Helena y habla con Álex. Álex está deprimido y se siente solo. Tiene un secreto que no va a compartir con nadie, pero a lo mejor tú deduces de qué se trata. Mentira parece que, habiéndolos tenido dentro, seáis las mujeres tan topas para lo que les pasa a vuestros hijos.

—Adiós, macho.

—Ellos son vosotras de otra manera. Y más jóvenes, claro.

—Eso es lo que te crees tú. Son hombres y mujeres autónomos como se dice ahora. A los padres, los hijos (no hoy, nunca) no les hacen confidencias. Antes se las harían a sus amigos o a algún desconocido: a ti, pongo por caso.

—¿Desconocida yo? Desnaturalizada, mala madre y mala hija.

—¿Qué padre sabe nada de las opiniones o de las

actividades de sus hijos? Dímelo. Tienen que enterarse por fuera de lo que ocurre en su propia casa. Pero, gracias a Dios, yo he tenido una suerte tremenda con mis hijos. Willy y yo les hemos dado una educación admirable. No harían nada en contra de nuestra voluntad. Fíjate cómo están los chicos de hoy: llenos de droga hasta los ojos. Y ya ves tú los niños. Porque, si se drogaran, se notaría. Ellos, no. Ellos llegan a su hora. Sacan sus asignaturas, nos respetan... Están en la edad de los novios y de las novias: es lógico que tengan secretillos.

—Yo no estoy hablando de eso. Siempre que te digo algo, sales con que tus hijos no se drogan: ¿es que ahí se acaba el mundo?

—Está bien, ya tendré con los dos una conversación.

—No; una conversación con cada uno. Pero prepáralo bien antes: no sea que te embarulles como sueles hacer y no saques nada en claro. A lo mejor no te cuentan nada, porque no es que te tengan por poco avanzada sino por retrasada, y por antigua, y por nada comprensiva.

—¿De quién me estás hablando, salamanquesa? No te creo. Yo acepto la primera las costumbres modernas. Yo estoy con el progreso y con la ecología y con la independencia...

—Quizá tus hijos estén hechos a tu imagen, y no sean mejores que tú, ni más inteligentes, ni, desde luego, más comprensivos; pero su vida, la forma de su vida, que no depende de ellos sino del aire que respiran, sí que es más ancha, más abierta y con muchísimas más hambres que la tuya... ¿Qué me dices de sus partes? Para ellos cuentan enormemente, y para ti, ya no.

—Eso es lo que tú querrías, camaleona; pero no lo verán tus ojos.

Se hizo una pausa larga. El murmullo que subía del jardín se instalaba entre las dos mujeres sin separarlas. Habló primero el ama.

—¿Te acuerdas de la primera vez que viste el mar?

Fue en Sanlúcar. Metiste la mano en él, te la lamiste luego, y te echaste a llorar... ¿Por qué?

—Porque era tan bonito que estaba convencida de que iba a saber dulce.

—Nunca me lo dijiste.

—Todavía no me fiaba de ti.

—Los niños tardan mucho en fiarse de alguien, y ahora tú quieres que tus hijos...

—Ama, no seas agorera ni petarda.

—No lo soy. Pero como no tengo nada en qué ocuparme porque tú me has quitado el mando de la casa, desde aquí veo mucho y oigo más.

—No me vengas con lo del mando. Eres una anciana provecta. A tu edad lo que hay que hacer es cuidarse y descansar de lo que se ha trabajado. El servicio de hoy es insolente y no sabe guardar las jerarquías; prefiero que trate directamente conmigo... —Se le afiló la voz a Palmira—. Ya me dirás qué iba a hacer yo si no me ocupase de la casa. Cada día siento más no tener un trabajo.

—Pues haz yemas como tu tía la monja, y las vendemos a las amistades. Por cierto, esta tarde telefoneó Montecarmelo.

—Su nombre es sor María Micaela.

—Bueno, como se llame, los dos son igual de raros. Quería que fueses hoy mismo a verla al convento. Supongo que para pedirte algo. Me avisaron porque no sabían qué decirle. Nadie sabe qué decirle a una monja, y preferí ponerme yo por si me daba algún recado. Pero buenas son las monjas para dar. Ni recados.

—Se levantó la veda: todo el mundo alzado en armas contra mí. La de llamadas que habré tenido durante los días de Londres.

—Pues mira, yo creo que ninguna.

Durante unos segundos se ensombreció la cara de Palmira: volvía a recelar que la ciudad entera estuviera dándole las espaldas. «El teléfono, antes, no paraba de sonar para almuerzos, cenas, cócteles, fiestas benéficas, tómbolas, estrenos de teatro, presentaciones de libros, exposiciones, todo. Poco a poco, se irá retirando esa marea...» Se había incorporado. Miró desde el balcón y sus ojos se hundieron en la móvil oscuridad que agrandaba los tamaños de todo: también de su soledad. Al ama no le costó adivinar lo que le sucedía.

—Ahora empezarán a dejarte más tranquila. —Palmira se volvió como si hubiese recibido un picotazo—. Por el calor, digo. La gente se va yendo. Aprovecha.

Palmira, sin retirar los ojos del jardín, cuyas formas, después de mirarlo un rato, empezaba a percibir a la difusa luz de la luna, contó al ama, para reivindicarse, lo del anuncio de televisión. El ama no dudó en echarle un jarro de agua fría:

—En esta casa nunca se han hecho anuncios. Ni que fueses una cómica. O una necesitada, que no tuviera más remedio que ganarse unos duros.

Palmira no quiso oírla más. Hizo una referencia a su charla con los niños y salió de la habitación.

Antes de dormirse aquella noche estuvo a punto de comentar también a Willy lo del anuncio. Creyó más prudente, sin embargo, reunir más datos antes de hablarle. Al día siguiente, desayunando, estuvo a punto de hacerlo de nuevo, pero logró contenerse.

A media mañana paseó por el jardín dando órdenes a Manuel. Le regañó por esto o por aquello, y le felicitó por lo maravilloso que se veía el jardín blanco. Allí todas las flores eran de ese color. Y el conjunto se ofrecía como una nevada aromática y caliente. Después entró en la casa, recogió la tarjeta que le había dado aquel hombre en los grandes almacenes, y se refugió en su cuarto con un teléfono. Marcó el número; preguntó por don Gumersindo Lozano; aclaró que le llamaba la señora del traje verde agua, y esperó un momento más alterada de lo que le habría gustado reconocer, con el corazón saliéndosele por la boca. «Soy tonta, desde luego... Hay que ver lo que es esto de la televisión. Estoy como una niña chica esperando a los Reyes Magos. Qué ilusión me hace, la verdad.»

—Señora —dijo la voz deformada del publicista—, muy buenos días. Me alegra que se haya puesto tan pronto en contacto con esta su casa. Se trata de un buen síntoma: acepta nuestra propuesta.

—Primero tiene que haber propuesta —replicó Palmira—. ¿Cuál es el objeto del anuncio?

Le parecía una conversación moderna y muy profesional. Quizá, en el fondo, la publicidad hubiese sido un trabajo excelente para ella. Solemne y triunfal, la voz del hombre dijo:

—Lejía.

—¿Cómo? ¿Qué ha dicho?

—Lejía. Una nueva marca de lejía, tanto para lavadoras como para otros abundantísimos usos domésticos. —Palmira se quedó de piedra. El señor Lozano continuó, imparable ya, informándola—. Nada más verla ayer comprendí que usted era la personificación española del ama de casa media y responsable: bien conservada, guapa todavía, en una palabra, representativa. Llegar a ser como usted es la aspiración más grande que cualquier mujer de sus años tiene. Sin excesos, con esa discreción suya, no ya joven sino en la edad perfecta, en la que una señora experimentada piensa más en su casa que en ninguna otra cosa de este mundo...

Seguía hablando Gumersindo Lozano cuando Palmira, que había dejado de escucharle, cortó la comunicación y se quedó, con el teléfono en el regazo, sin saber dónde poner los ojos.

12

La mujer del ex futbolista daba una copa en su casa. Willy se había negado terminantemente a ir. Palmira no insistió. Se le había ocurrido que quedaría bien llevar con ella a un hombre de banderas: eso le subiría la moral. Y Hugo era perfecto.

Por lo común, él la llamaba cada dos días hacia media mañana.

—He bajado a desayunar... —comenzaba como si hicieran falta explicaciones.

Quedaron en que ella lo recogería hacia las nueve. Tendrían tiempo de charlar un momento y acercarse después a casa de Andrea Saavedra.

Palmira, nada más llegar, depositó el cheque del cuadro encima de una mesa. Hugo no lo miró. La besó en las dos mejillas, y ponderó luego su traje: un sastre de brocado de oro azul y verde. Palmira esperó algo más personal, pero no vino.

—Míralo, por favor —dijo, señalando el cheque—. Necesito saber si está bien así. Entre nosotros no caben suspicacias, Hugo, por Dios.

El joven abrió el cheque doblado y lo volvió a dejar sobre la mesa:

—Es más de la cantidad en que quedamos. Yo no puedo aceptarlo.

—Déjate de gansadas. El cuadro vale bastante más que eso. Soy yo quien gana.

El cuadro no valía gran cosa: era una pintura dramática en blanco y negro, cuyo contacto con la *luz de Sevilla* resultaba imposible de averiguar. Formaba parte de los que Hugo denominaba la *Serie española*. Palmira había resuelto colgar uno en su casa para que la gente se fuese acostumbrando, dentro de lo posible. La exposición de Hugo iba a realizarse en el mes de octubre en una sala patrocinada por el banco del que los Santo Tirso eran clientes y quizá algo más.

Palmira se acercó a Hugo muy despacio. Abrió otra vez el bolso. Sacó el estuche de los gemelos. Dejó el pequeño bolso dorado en una mesa junto a unos tubos de pintura, a riesgo de mancharlo. Su propósito era ponerle a Hugo, en los puños de la camisa azul pálido que tan bien le sentaba, los gemelos de coral. El joven, no sin sorpresa, se dejó coger la mano izquierda. Palmira descubrió, con desencanto, que los puños tenían un solo ojal y un botón. No le quedó otro remedio que alargarle el estuche.

—Me avergüenzas —dijo Hugo después de ver su contenido—. Muchas gracias de todo corazón. Yo no sé cómo corresponderte.

—¿Corresponderme? Qué majadería. Somos amigos íntimos, ¿no?

Estaba todavía muy cerca de él. Notaba los músculos de sus brazos debajo de la chaqueta, y los del pecho bajo la camisa, como si los estuviese tocando. Había tenido su muñeca resistente y velluda entre las manos. Suspiró. Alzó los ojos y tropezó, arriba, con los de él: celestes, fríos y a la vez perturbadores. Tuvo la impresión de que, sin control, iba a dejar caer la cabeza sobre el pecho de él, a descansar sobre él, a abrazarle la cintura. Jadeaba levemente. Tuvo que cerrar los ojos. La sacó de su éxtasis la voz de Hugo:

—¿De qué manera podría corresponderte yo?

No parecía plantearse una cuestión supuesta, sino inmediata. La pregunta se quedó en el aire. A ella no podía contestarse más que con un gesto. Quizá él lo esperaba. Palmira se sintió a punto de rendirse sin palabras. Nunca había estado más cerca; nunca él la había excitado tanto. Se encontraba perdida y dichosa. Miró a la izquierda, hacia la cama donde él dormía, cubierta con la colcha india que le regaló al poco tiempo de llegar a Sevilla. Miró a la derecha, y vio, colgado, el apunte que Hugo había hecho de ella misma una tarde de diciembre en que hacía frío en el estudio, y Palmira, en broma, se había arropado con aquella colcha. Al día siguiente le regaló una estufa. En el apunte no se reconocía, pero ¿eso qué importaba? Se reconocía en la boca de él, en la barbilla partida de él... Miró al frente, al nivel de sus ojos, y vio la última corbata que le había regalado también: de un azul muy oscuro con unas vivas rayas rojas y verdes. Cerró por fin los ojos. Miró dentro de sí, y percibió cuánto deseaba el cuerpo que tenía delante. Volvió a suspirar. Se supo húmeda y frágil. Empezó a darle vueltas la cabeza. Dio un paso atrás. Haciendo un enorme esfuerzo se separó de él. Si él hubiese alargado los brazos, Palmira habría caído derrotada entre ellos. «¿Derrotada o triunfante?» No lo hizo. Eso le permitió retroceder tres pasos, cuatro, sin dejar de mirarlo. «Ya no vale pretender engañarme por más tiempo.» Recordó absurdamente al joven Patrick en Londres. Lo imaginó en brazos de Lewis, desnudos quizá los dos, tendidos en la buena alfombra persa quizá... Se imaginó a la mujer del futbolista: ahora estarían besándose hasta que empezaran a llegar los invitados. O acostados entre caricias, pasándose él la mano por el pelo tan rubio... Cerró lo ojos, y se pasó la mano por el pelo.

—¿Podría tomar algo antes de irnos? —preguntó.

—¿Quieres tinto con naranja?

Hugo le sonreía. Palmira lo miró no más de tres segundos a los ojos con toda la intensidad de su alma.

—No, algo más fuerte, si es que lo hay. Algo exclusivamente tuyo: también yo quiero ahora whisky con coca-cola.

Tenía mucha sed. Se lo bebió de prisa, y le pidió un poquito más: sólo un poquito, que se bebió de un solo trago. Hugo la miraba aprobadoramente, y la aplaudió.

El coche de Palmira —el pequeño, el grande no hubiese cabido por semejantes calles— lo condujo Hugo hasta el barrio de Andrea Saavedra. Vivía, en una casona con patio de mármol blanco y azulejos, en la Judería. Tuvieron que aparcar bastante lejos. Palmira había recostado la cabeza, fingiéndose algo mareada, o más de lo que estaba, sobre el hombro del joven.

Entraron en la casa del brazo, y apoyada ella con fuerza en él. Ya en el zaguán, Hugo, tomándole la mano con la suya, le preguntó si estaba bien. Ella afirmó como una niña un poco arrepentida y otro poco envanecida de lo que había hecho. Él le rozó con los labios la punta de la nariz, la tomó protectoramente de los hombros, y entraron. La cancela estaba abierta. Los invitados se habían repartido entre el patio y el salón del fondo, que daba a otro patio más pequeño de ladrillo. Estaban los de siempre.

La llegada de Palmira y Hugo fue saludada con un murmullo. Entre complacida y escandalizada, Andrea se acercó a besarlos. Al oído de Palmira, dejó caer una frase:

—Ya era hora.

Palmira detestaba las intimidades. Le sucedía como con los consejos: ni daba ni recibía los no solicitados.

—Hora, ¿de qué? —preguntó.

Andrea vaciló un momento.

—Hora, de que llegases al club de las bien acompañadas, mujer. Te esperábamos. Ya sabes cómo te quiere Curro.

Curro se acercó con un vaso en la mano: alto, radiante, rubio, insoportablemente parecido a un galán de cine americano. Después de saludarlos, se llevó a Hugo del brazo. Quería enseñarle unos retratos de los bisabuelos de Andrea. A Palmira le cayó como un tiro ese afán de enseñarle pinturas a un pintor. Y pinturas que nada tenían que ver con la suya, que era completamente abstracta. Andrea lo notó, y se sintió más firme.

—No te lo quitará por mucho tiempo. —Siguió con la mirada a los dos hombres que subían la escalera—. Qué encanto tiene tu pintor. Como pinte de la misma manera que se mueve, habrá que comprarle un cuadro antes de que se acaben.

Palmira no encontró más recurso que reír. Se dedicó a saludar a quienes estaban más próximos.

—Hace calor —le dijo Isa Bustos. Llevaba el pelo casi malva y vestía un vaporoso traje de gasa morada—. ¿Me acompañas al otro patio? Quizá allí podamos sentarnos.

Fueron entre los grupos, dando besos. Se reía fuerte y se hablaba muy alto. Al pasar, Palmira saludó a Clara Zayas, a la que encontró vieja y demasiado amartelada con su marido viejo. «Qué asco me dan.»

—He visto subir a tu pintor con el futbolista —le susurró Isa—: los dos son fabulosos. —Bajó aún más la voz, no para que no la oyeran, sino para indicar que iba a decir lo más importante—. Si te gusta el pintor, adelante; pero con moderación y con cautela, Palmira. No le des tres cuartos al pregonero. Y si no te gusta tanto, has hecho mal trayéndolo... Bueno, en cualquier caso, has hecho mal. Los maridos están para exhibirlos; los amantes, para disfrutarlos. Yo creo que, entre todos, vamos a conseguir perder aquí la poca vergüenza que nos queda.

—Entre él y yo no hay nada —murmuró Palmira sin mirarla.

—Eso lo supongo. Lo que no sé es si quieres o no que lo haya.

—No depende de mí. —Ahora miraba sobre el hombro de Isa, tan mayor y tan vigente a la vez; tan digna, sobre todo—. No depende sólo de mí —agregó.

—Pues por parte de él espero que no será, querida. Tú eres la mujer que más le puede ayudar en Sevilla. Los hombres en eso son mucho más interesados que nosotras; lo que pasa es que hasta ahora no se había dicho. Pero debes contar también con Willy y tu familia. Ellos no tienen que pagar el pato de tus caprichos.

—No es un capricho. Yo...

—No es que opine que no hayas de permitírtelo: soy la menos indicada. Por mí han pasado varias generaciones de sevillanitos. Sin embargo, la familia es otra cosa. Debe ser siempre otra cosa; debe quedarse a salvo. No te digo que te sacrifiques por ella, pero sí que no la pongas en un aprieto. Aquí nos conocemos todos: ¿a qué viene obligar a que se tome partido entre un marido y un amante? En realidad, ambos son compatibles con un poco de buena educación. Ahí tienes a Willy...

Palmira entendió que Willy había llegado. Se volvió a mirar y no lo vio.

—¿Qué tiene que ver Willy...?

Isa Bustos hizo el gesto de tachar su última frase:

—Los Santo Tirso, además de buena educación, siempre habéis tenido mucha habilidad. —Pasó un camarero e Isa Bustos tomó de la bandeja un whisky—. ¿Quieres algo?

—Estaba tomando whisky con coca-cola.

—¿Qué whisky? No conviene mezclar: ni hombres, ni whiskies.

—Ballantine, me parece.

—Éste es, señora —dijo el camarero alargándole un vaso e inclinándose a la vez.

Palmira vio cerca la cara del camarero. Era moreno, con ojos verdes, con patillas largas y dientes que enseñaba al sonreír por poco que lo hiciera. Se retiró con ese engallamiento que proporciona la certeza de que las miradas de las mujeres estaban clavadas en su espalda.

—Esta Andrea —comentó Isa con malicia— siempre tiene los más guapos de todos. Me gustaría saber de dónde los saca. En todo caso, no son para nosotras.

—No sé a qué te refieres.

—Sí, lo sabes, querida: al camarero. Conmigo no tienes por qué hacerte la ingenua. —Palmira tuvo un golpe de calor como los que últimamente le asaltaban. Sacó del bolso un abanico pequeño de carey y se dio aire con él—. Qué raro es todo para las mujeres —dijo Isa—: cuando llega nuestro principio de invierno es cuando pasamos más calor. Pero no te preocupes: también *ese* calor del sofoco desaparece, y un buen día te sorprendes más libre y más dominadora que nunca de tu temperatura. De *todas* tus temperaturas. Incluso lo que es más importante, de las de los demás.

Palmira no deseaba seguir la conversación en la que Isa insistía:

—¿Sabes si nos darán algo de comer? Si no, no debo beber más: estoy un poquito difusa.

—Nos darán cuatro puñetitas. Pero me ha parecido ver un lebrillo con gazpacho. Sea lo que fuere, no te pases: has de tener fría, por lo menos, la cabeza.

—Gracias por tu interés, Isa. —Palmira no quiso dejar pasar la oportunidad—. Y por tu experiencia.

—Aquí viene nuestro hombre. —En efecto, Hugo se acercaba. Isa bajó la voz—: Llévalo hacia el salón.

—Te estaba buscando —dijo Hugo a Palmira—. ¿Estás bien?

Isa se hizo cargo de la contestación, mientras le tendía la mano a Hugo:

—Perfectamente. Las dos estamos bien. Podríamos estar mejor, pero para eso es necesario tiempo.

Hugo se volvió con mirada escrutadora hacia Palmira, que aún se abanicaba.

—Vamos donde está la mayoría. —Palmira se levantó y echó a andar—. No conviene que nos quedemos mucho tiempo, me parece.

Al entrar en el salón, entelado en una seda gruesa de color rosa viejo, los detuvo Marta Ordaz, la marquesa de Olivares.

—Palmira, qué alegría verte. Tengo que contarte un proyecto maravilloso. —Hablaba con tal velocidad que a Palmira le dio un poco de vértigo—. Se trata de lograr que no haya pobres por las calles de Sevilla, ni inmigrantes, ni ninguna de esas cosas. Las sociedades benéficas se van a unir para acabar con la marginación, que es tan desagradable y tan injusta. Todas las sociedades: las de toda la vida y las modernas, las no gubernamentales y las muy gubernamentales. Hay que crear una especie de centro de acogida, dentro del que no se sientan excluidos, porque si no, no irían. Ha de estar por Triana o la Macarena, cerca de los comedores municipales. Necesitamos que nos ayudes a pensar qué local sería más conveniente. Y que te metas en el proyecto. Tú eres un motor magnífico. Para la rehabilitación y la reinserción y todas esas murgas... A Isa no le digo nada, porque ella no es partidaria de este tipo de actividades.

—Sí, lo soy —la contradijo Isa—. Te echaré una mano en cuanto consiga yo misma rehabilitarme y reinsertarme. Aunque quizá, con gente como tú, no me dé tiempo.

—Nos llamamos, Palmira —se despidió Marta Olivares—; pero ve ya pensando. Tú eres tan eficaz. —Se retiraba no sin antes echar una ojeada a Hugo—. Completamente eficaz, no hay más que verlo —añadió antes de desaparecer entre la gente.

—Espero que las sociedades benéficas de Sevilla —puntualizó Isa— cuenten con personas más inteligentes y más serias que la pobre Marta. Y, desde luego, mucho más generosas.

Sin hacer ningún comentario, Palmira cogió un whisky de la bandeja que un camarero le ofrecía.

—¿Podría comer cualquier cosa?

—Al fondo del salón hay un bufé, señora de Guevara. Si tengo un minuto libre, le traeré lo que pueda. ¿Va a seguir usted aquí mismo?

Palmira se apoyó levemente en Hugo.

—Sí, seguiré aquí. —Y añadió en voz más íntima—: La verdad es que no se me ocurre otro sitio mejor.

Hugo sonrió y le acarició el brazo. Los ojos de Isa Bustos le transmitieron a Palmira un consejo. Palmira se separó de Hugo.

—Me parece que he bebido demasiado.

—No interrumpas el bienestar: es una de las máximas budistas —le dijo Hugo.

—Aquí, joven —replicó Isa—, hay muy pocos budistas. Quizá alguna señora dice que lo es para que le declaren nulo el matrimonio; pero tú no hagas caso. —Lo miraba con fijeza—. Tengo entendido que te dedicas a pintar. Me gustaría saber si te sientes *devorado* por la pintura. Quiero decir, si la pintura es lo primero en tu vida, y no podrías vivir si no pintases.

Hugo prestó más atención que antes a Isa Bustos. Con seriedad, hasta que su cara, tan armoniosa, se abrió en una sonrisa:

—En efecto, es lo que más me importa.

—¿Y serías capaz de utilizar cualquier procedimiento que te llevara al éxito?

—La pintura y el éxito son cosas muy distintas. —Palmira cortó con su intervención el aparte. Hugo hizo un gesto de aquiescencia, y señaló a Palmira como si ella hubiese anticipado su respuesta.

—No tanto, no tanto —dijo Isa—. Los artistas no diferencian mucho lo que hacen y el éxito de lo que hacen. Conocí hace mucho tiempo a un poeta que identificaba el álamo y la canción del álamo: probablemente son inseparables... Yo no soy nada tiquismiquis, Hugo... ¿Te llamas Hugo? ¿Sí? Casi todos los argentinos que conozco suelen llamarse Hugo... Absolutamente nada tiquismiquis, en ningún sentido. Y apuesto siempre a los caballos ganadores. Los que hacen todo lo posible, pero llegan los quintos, no me importan. Pero, precisamente porque respeto esa cosa tan vaga que es el arte, desprecio los caminos sesgados. Alcanzar un éxito inmediato no es nada difícil: hasta yo podría improvisarlo. No para mí, que estoy ya harta, sino para otro que fuese principiante... Sin embargo, no merece la pena. O al menos, eso creo. Es el dedo de humo del tiempo el que señala y dice: éste sí, éste no... —Su largo dedo índice, huesudo, y un sí es no es temblón, señalaba en el aire—. Trabaja mucho, avanza sin mirar a los lados. El éxito o el fracaso aparentes son cosas sobrevenidas; despreocúpate tú, deja que los pongan los otros de momento.

—Ignoraba que fueses tan severa con los artistas —intervino Palmira sonriendo.

—Lo soy con los artistas y con los amantes. Son dos campos en los que odio a los aficionados. Pienso que uno ha de entregarse a crear y a amar con todas sus fuerzas y a tiempo completo. Engañar en cualquiera de las dos actividades es por entero imperdonable. Y engañarse, más aún.

—¿Y qué hay que hacer para estar seguro de que uno ni engaña ni se engaña? —preguntó Hugo.

—Jugarse del todo, o levantarse de la mesa y no jugar. —Y añadió Isa sonriendo—: Te lo digo yo, que he jugado muchísimo, y he ganado muchísimo, y he perdido todavía más de lo que jugaba. Y sin embargo, casi nunca he empleado en mi vida la palabra amor: ante eso hay que descubrirse.

Palmira saludó a un grupo en el que se encontraba uno de sus hermanos. Ahora se volvió hacia Isa y Hugo:

—Estoy convencida de que no hay nada de comer en esta casa. Cuando concluyáis vuestras altas reflexiones, quizá convenga que nos vayamos.

Palmira dudaba si estaba celosa de la brillantez de Isa o de la devoción con que Hugo la escuchaba. Isa, comprendiéndolo, le sonrió con afecto:

—Préstame a Hugo un rato. Cuando decidas irte, hazme una seña. Yo saldré con él y te esperaremos al lado de tu coche. ¿Comprendes? Es mejor que tú salgas sola. A cambio, lo único que te pido es que me dejéis en casa: os coge de camino.

—De camino, ¿hacia dónde? —preguntó riendo Palmira.

—Hacia la tuya. Tú no puedes conducir ahora. Y cuando te acabes ese nuevo whisky —Palmira lo había pescado al vuelo de una bandeja—, menos aún.

—Gracias, muchas gracias —dijo Palmira.

Miró a Hugo, levantó su vaso y se alejó despacio. Después habló con dos o tres personas que a la mañana siguiente no recordaría. Estaba cansada y le dolían las cervicales. Le hizo la contraseña a Isa Bustos; se despidió de Andrea Saavedra y de Currro, y salió de la casa. No se acordaba de dónde había dejado el coche. Tuvo que aguardar en la esquina más próxima a que salieran Isa y Hugo. Al parecer, habían simpatizado. Andaban lentamente, riéndose y del brazo. Tuvo un nuevo golpe de celos. «¿Cómo una mujer tan vieja está tan viva? ¿Qué hace para conseguirlo?» «Vivir, seguramente.»

Hugo condujo por donde Isa le indicaba. Aparcó a la puerta de un palacio del siglo XVIII.

—No te hagas ilusiones. Era mío, pero ahora está dividido en apartamentos. Yo vivo en uno de ellos. *Ciao*. Sed felices. Hacedme el favor de ser felices.

Esperaron hasta que abrió su puerta, y luego continuaron hacia el Aljarafe. Iban en silencio. Palmira se decía a sí misma una y otra vez que aquélla era una ocasión irreproducible. No obstante, no se le ocurría nada que hacer ni que decir. Pasaba el tiempo. Pasaban calles y carreteras conocidas. Se reprochaba esa inmovilidad, ese dar la guerra por perdida antes de arriesgarse en la batalla. «Ahora o nunca. Ahora o nunca.» Y era inútil. Algo se había dormido dentro de ella. Apenas quedaba tiempo. No se le iban de la memoria las palabras de Isa Bustos: «La familia es siempre otra cosa; debe quedarse a salvo.» ¿Esperaba que Hugo la besase? ¿Esperaba que la mano derecha de Hugo la apretara contra él? No sabía qué esperaba, ni si esperaba alguna cosa. El trayecto se hacía interminable y estaba a punto de terminar. El silencio se hacía también interminable, pero no terminaba.

Por fin, Hugo aparcó el coche a la puerta del jardín. Palmira descendió y abrió la verja. Desde el otro lado del coche se le acercó Hugo.

—Podríamos haber hablado —dijo en voz muy baja Palmira—. Quizá otro día.

—Sí; otro día —susurró Hugo, sin saber por qué no hablaban en un tono normal.

—Mañana mandaré a alguien por el coche. ¿Estarás por la mañana en el estudio?

—Por supuesto.

—Se me olvidaba decirte que hablé con un jefe de Telefónica. Te instalarán el teléfono dentro de una semana.

—Cuánto te lo agradezco. Sevilla sin ti habría sido totalmente distinta.

—Quizá mejor, ¿verdad? Parece que nos estamos despidiendo.

—Sólo hasta que tú quieras.

—Hasta muy pronto entonces.

—Hasta muy pronto.

Se besaron, como siempre, en las mejillas. Palmira quedó decepcionada. «Pero ¿por qué? ¿De quién?» Sin volverse, cerró la verja y se adelantó hasta la escalera de la casa. Cuando subía el segundo tramo, arrancó el coche. Sintió un desgarro, pero no muy grande. «He bebido demasiado y, en total, para nada.»

Durmió mal y se despertó con resaca. Mientras se desayunaba, ordenó a Damián que recogiera el coche. Álex, que entraba en el comedor en ese momento, se ofreció a llevar a Damián: así el mozo no tendría que usar el autobús hasta Sevilla. Él haría un par de cosas, y regresaría en el coche de su madre a la hora de comer.

—Gracias, Álex, eres un encanto —dijo Palmira mientras bebía su segunda taza de café solo—. Dale recuerdos de mi parte a Hugo. Fue muy amable acercándome anoche: no me sentía muy bien.

Álex no hizo ningún comentario. Vertió unas gotas de leche en su taza y a continuación, mientras miraba a su madre, se sirvió con lentitud el té.

Segunda parte

1

Algo le hace levantar la cabeza. Es una llamada,
pero nadie ha pronunciado su nombre. Un sonido ca-
rente de palabras. Tampoco se trata de música, aunque sí de un ritmo armonioso. Está sentada en su silla
baja de anea, que ahora es más grande, como hecha a
su tamaño. Siente el roce de una trenza en el cuello.
Con una mano infantil se la echa hacia la espalda. El
ama deja de mirar las agujas con que hace ganchillo, y
la mira a ella sonriendo, sin interrumpir la labor. Se
encuentra en una habitación cuyas paredes desaparecen entre los árboles... No, no es una habitación. Una
luz de día nublado, perla y sin sombras, lo envuelve
todo. Ve pasear a su padre, que da el brazo a una anciana solemne: la abuela que, en sus últimos años, no
había salido de Setúbal. Trata de levantarse de la silla,
pero no es necesario: su padre la saluda —no, le tira
un beso— desde lejos... Y el sonido aquel persiste en
sus oídos y en el aire, tranquilizador, como la rúbrica
de una paz imprescriptible.

Abre su mano infantil para responder a su padre, y
le cae sobre un delantal de cuadritos azules una extraña flor. Está compuesta por amatistas y topacios en
forma de cruz con los brazos cortos e idénticos. Una
cruz que respira, que late igual que un corazón. En
ella reside el secreto de la paz que aquel sonido apaci-
guante, como el ronroneo de un gato satisfecho cerca

171

de la lumbre, pregona... Una voz dentro de ella susurra: «Es nuestro Edén.» Allí conviven todos. Hasta el viejo Juba, que oye, con las orejas tiesas, el misterioso arrullo. ¿O no lo oye, sino que lo siente brotar, como ella, de su interior? En aquel lugar favorable las flores crecen ya agrupadas en bellos ramos que cabecean levemente: agapantos blancos con adelfas blancas; racimos de glicinas, con el verde apagado y vibrante de ramas de eucalipto...

Esa llamada de atención siembra de sonrisas el aire, las cortinas de terciopelo de color berenjena y grandes rosas que no había vuelto a recordar, los cojines no demasiado limpios y algo ruinosos del cuarto de los niños... Pero no es el cuarto de los niños. Allí está el teclado del viejo piano. Alguien invisible lo toca, y pulsa algunas teclas de los agudos a la vez que otras de los graves. El único sonido que percibe, no obstante, procede de otro lugar. Juba se yergue sobre sus patas traseras y apoya las manos contra el pecho de su padre, que acaricia la gran cabeza negra. Allí todos coinciden. No existe el tiempo. Lo ha detenido aquel bisbiseo al que las cosas se acompasan, y que como una espesa almohada amortigua el resto de los ruidos...

Quiere hablar con el ama, acercarse a la abuela por fin, besar de puntillas a su padre que se inclina. No le sorprende que lo haga sin moverse: no es necesario. El paseo de los dos personajes de oscuro, tan parecidos, se reanuda; al avanzar no aplastan la hierba: se deslizan majestuosamente. Ella mira la flor de pedrería, y se resguarda allí, en su centro, en mitad del silencio que, como un eficaz anfitrión, lo atiende todo, lo apacigua todo. La niña está segura de que quiere vivir allí, no salir de allí nunca. Dentro de ella la abuela de Setúbal dice: «No quiero cosas nuevas. Así está bien.» Dentro de ella promete su padre: «Cuando me vaya, no me iré.» Es la felicidad lo que adormece a la niña. Con la joya apretada en su mano, donde apenas cabe, deja caer la cabeza. Las trenzas rubias caen a un lado y a otro tocando sus mejillas. Dentro de ella canturrea una voz que es la del ama. Y aquel aire sonoro que puebla el bendecido mundo... La niña se ha dormido...

Cuando Palmira despertó supo que había perdido algo definitivamente: no sabía qué. Tampoco sabía, en medio de la oscuridad del dormitorio, dónde estaba. Poco a poco cayó en la cuenta de que estaba en Sanlúcar. Y escuchó el zureo de las palomas en los tejados próximos. Ese sonido le recordaba algo: el sabor de un postre comido un día afortunado de la infancia; un aroma dichoso, igual que el que se esconde en un frasco de perfume vacío y olvidado en el último cajón de una cómoda vieja: el perfume que fue testigo de un episodio demasiado feliz para que no nos dañe recordarlo. El arrullo de las palomas... «Ése era el sonido de mi sueño, el pronunciamiento de la placidez. Lo que me hacía feliz es precisamente lo que me ha despertado de la felicidad.» Pero ¿qué había soñado? El largo tiempo que cupo en un instante; la sensación de una infinita, de una inmutable lozanía que en la realidad no existe nunca... «¿No? ¿No son reales los sueños? ¿No son más reales que este dormitorio sin luz? ¿Será más real cuando abra las ventanas? ¿Lo hará más real la entrada del ama por la puerta del frente?»

Trató de volver a dormirse. El arrullo de las palomas fuera arreciaba. La consigna jubilosa del mundo no la dejaba retornar al sueño en el que todo había sido interpretado como debía ser. Cambió de postura una vez y otra... «En el sueño no aparecían ni Willy ni los niños... Los sueños no están para ser analizados; están para ser soñados fuera de la lógica, o al menos fuera de nuestra lógica. ¿Qué me transmiten ahora los zureos de unos palomos que pretenden montar a unas palomas? Unos zureos que ahora me impiden dormir y en los que hace un momento se concentraban la belleza y la explicación del mundo.» Entonces recordó la joya de topacios y amatistas que latía, más viva que una flor, con un botón de estambres y pistilos en los que palpitaba la sencillez cruel e inocente de la vida, la franquicia del ser... «Todo perdido: también la niña que soñaba, o mejor, que era soñada. Todo, todo perdido...» Abrió los ojos en lo oscuro. Por los intersticios de las ventanas se filtraban los dedos de la luz. Alargó los suyos y, a tientas, tocó el timbre. Supo que iba a hacer un día de calor.

Instantes después entró el ama, con Juba detrás de ella.

—Duermes como un ceporro. Bendito Sanlúcar, qué alegría. Son ya las diez. —Abría las dos ventanas—. Buenas tardes. En la terracita te he puesto el desayuno. Qué calor va a hacer hoy. Pero con una brisita, ya verás.

La luz, al dar en el exterior sobre un muro encalado, irradiaba un reflejo nácar de día nublado. «Lo mismo que en el sueño.»

Palmira corrió al baño lleno de sol. Se miró en el espejo mientras ponía la crema en el cepillo de dientes, y se diagnosticó: «Espantosa. Tengo la boca seca del somnífero.» Se enjuagó tres veces. Se refrescó la cara. Se lavó las manos. Se pasó un ancho peine por el pelo alborotado. Y salió a la terracita.

Ésta comunicaba con el cuarto de baño inverosímilmente. La casa de Sanlúcar tenía una arquitectura laberíntica, de peregrinos añadidos, que convertían lo que fue muy natural hace muchos años, en un dédalo sólo para iniciados. Una estrecha escalera de hierro comunicaba la terracita con el segundo patio, ocupado casi del todo por una altísima palmera y un par de naranjos. Por el tronco de la palmera ascendía una espesa buganvilla escarlata, y tres de las paredes estaban cubiertas con limones luneros. El suelo era terrizo, y los alcorques hechos a sardinel.

Palmira respiró hondo. El ama tomaría con ella dos o tres tazas de café. La sensación del sueño se repetía debilitada ya por este sol violento y el escape, lejano por fortuna, de alguna moto. Se desperezó. Al ver la cafetera con que el ama le servía le sobrevino, igual que una piedra en un remanso, el recuerdo de aquel otro desayuno con resaca hacía treinta y tantos días... No volvió a ver a Hugo. En Santo Tirso le dieron las señas de Sanlúcar. Había recibido dos o tres cartas muy breves, casi protocolarias. «Espero que descanses... Deseo que no tengáis ahí tanto calor como en Sevilla... Pinto menos que antes; quizá me falta estímulo...» ¿Qué efecto le producían las cartas, la letra veloz y grande de Hugo, su firma tan escueta? A solas, se llevaba los sobres a la boca, a la nariz, al pecho... No sentía gran cosa, la verdad. Ella misma se extrañaba de tal contradicción. Si rememoraba detalladamente los encuentros con Hugo, lo que la excitaba no era el cuerpo joven, el olor de sus poros, su vello, su estatura, no: lo que la excitaba era provocar su propia excitación, el deseo que le apresuraba los latidos del corazón y del pulso; que le vaciaba de sangre la cabeza, y le ponía una bruma caliente delante de los ojos. La Palmira de ahora permanecía fuera, como una testigo de excepción que prestara su testimonio casi en frío. «Igual que me sucede esta mañana con la niña del sueño. Qué duda cabe que era yo; pero ya no soy ella.» El tiempo en un caso, y en otro, la distancia, la separaban de sí misma.

—Es posible que me esté volviendo loca. En esta casa sería lo natural. —Había hablado por descuido en voz alta. Partía en ese momento un cruasán reciente.

—Cosas habrá más lejos —masculló el ama, sentada frente a ella.

—Esta noche... No, esta mañana he soñado.

—Igual que todo el mundo.

—Supongo que no.

—Tú es que tienes la manía de que no eres normal —dijo el ama. Dejó pasar unos segundos—. Y no lo eres.

—La normalidad no existe, ama. Ni tú siquiera eres normal. Cada persona es un universo. Cada persona tiene dentro de sí tres o cuatro o veinte personas diferentes.

—Pues vaya un manicomio. Come y déjate de bullas tan temprano.

Palmira comió: no le apetecía discutir con el ama, que además estaba al tanto de casi todo lo que a ella se le podía ocurrir. Lo habían hablado ya. «Todo, no. El ama no sabe nada, por ejemplo, de mis caprichos genitales. Los llamo así para simplificar la cosa. Quizá se los figura, porque a veces, durante alguna merienda, nos ha mirado a Willy y a mí con ojos desconfiados.» No; tampoco ahora iba a decirle que sus recuerdos se remontaban muy atrás: el sueño recuperado parcialmente era una débil prueba... No es que se remontaran a aquella segunda semana de vida —si es que aquello era ya vida— en que un bocetillo de corazón empezara a latir en el hueco que luego sería ella, o que ya era ella. No quizá tan atrás, pero sí muy atrás. En alguna ocasión había tratado de que Álex le confiara hasta qué punto retrocedía su memoria. «Cuando estaba embarazada de él, me ponía la mano sobre el vientre y le mandaba mensajes para que, después de los años, los evocara él... Pero Álex no se interesa nunca por semejantes indagaciones.»

—A veces recuerdo a personas que murieron antes de que naciera yo. O a personas que jamás he conocido —dijo cuando dejó de masticar.

—No me extraña: siempre te ha gustado llamar la atención.

—Sé, sin ir más lejos, cómo era la abuela Palmira.

—Sin ir más lejos, dice. Date prisa, porque el sol dará aquí dentro de nada... Eso no es cierto. No tenías más que seis años cuando te llevaron a que te conociera. Y, para más inri, ni llegó a conocerte...

—Papá nunca quería hablar de ese episodio. ¿Qué fue lo que pasó?

—Calla y come. Te lo he contado cientos de veces.

—Tantas, no. ¿Qué pasó? No seas asquerosa, y cuéntamelo otra.

El ama se sirvió una segunda taza de café.

—Es la cuarta que hoy tomo. Ya veremos por dónde sale.

—Por donde a todo el mundo. Cuéntamelo.

Después de pasarse la mano por el pelo, limpiarse con los dedos la comisura de los labios, arrellanarse en su sillón de hierro («hay que ver cómo pesan estos bichos»), y cerrar unos segundos los ojos, el ama comenzó:

—En tu familia todos han estado siempre locos. Principalmente las mujeres.

—¿Hablas de los Gadea o de los Argüeso?

—Hablo de los dos, en líneas generales; no quiero hacer a ninguno de menos. Claro, que lo de los Gadea no admite comparación. A los hombres, cuando llegan a los setenta, les da una cosa que los convierte en armarios de luna.

—Se llama arterioesclerosis cerebral.

—Lo que sea. Con lo listos que son, y en armarios de luna. En cuanto a las mujeres, no llegan tan lejos. Ellas, que tienen la bonita costumbre de no entrar en las cocinas (tú eres una excepción, no sé a quién has salido), un buen día, pasados los cincuenta y tres o los cincuenta y cinco, entran, cogen una pastilla de jabón, levantan la tapa de cualquier cacerola, y la echan dentro. Luego saludan muy amables a la cocinera y se van. La cocinera no tiene que hacer otra cosa que ir a quien sea responsable y decirle: «Oiga usted, que la señora ya está.» Es una tradición que no se pierde, hija.

Palmira se reía a carcajadas:

—Qué falta de respeto, zarrapastrosa. Cómo muerdes la mano que te da de comer.

—Lo que cuento es muy serio, no es cosa de reír. A tu abuela Palmira la cosa le pasó un poquito después. A los sesenta años, de repente, sin saber por qué sí ni por qué no, y sin tirar siquiera el jabón en la olla, perdió la suya y le dio por andar. Pero por andar sin el menor descanso. Al principio daba una cabezadita en un sillón; después, ni eso. Andó, y andó, y andó.

—Se dice anduvo.

—Se dirá como te dé la gana, pero andó. Tanto es así que, como en la casa de Sevilla y en ésta hay tanto recoveco, determinaron darle facilidades. Y tu padre se acordó de un palacio muy viejo que tenía en Setúbal, de donde sois oriundos. Arreglaron el palacio y le hicieron una especie de pasillo a todo alrededor.

—Un adarve.

—Como me interrumpas más no te lo cuento, salomona. Un pasillo para que tu abuela pudiera andar sin tropezarse. Porque es que andaba hasta comiendo. Y le pusieron una especie de señora de compañía que, como no estaba loca, de tanto ir detrás de ella para que no le pasase nada, reventaba pasados un par de años. Tú conociste a la última, María Zamora, que fue a parar a tu casa cuando murió tu pobre abuela al año y medio de acompañarla ella.

—Pero ¿cuándo me llevaron a mí, que es lo que importa?

—¿No dices que te acuerdas de tantas cosas? Seis añillos tendrías. Tu padre quiso que te conociese la abuela porque eras la única nieta que se llamaba también Palmira. Te llevaron en coche a Portugal. Nos llevaron, porque yo iba contigo. Y te sacaron por una transversal al pasillo o al adarve o lo que sea, para que la abuela, que era como un tranvía, pudiera tropezarse contigo de frente, a ver qué le pasaba. Yo lo observaba todo por un ventanillo. Hacía buen tiempo y era por la mañana. Habíamos dormido en el palacio, que era preciosísimo, casi dorado y casi blanco, según la cantidad de sol que le daba a las piedras...

—Venga, petarda. Me sacaron por una transversal.

—Sí; porque tu abuela seguía un itinerario, siempre el mismo. Se adelantó tu padre. Entre él y la María Zamora te empujaron un poquito. Tu padre dijo: «Es mi hija segunda. Se llama...» No le dio tiempo a más. Tu abuela lo miró con unos ojos de ascua, negros que daban miedo. Luego, no sé si llegó a mirarte a ti; el caso es que bajó el trole, quiero decir que hizo así con el brazo, tan largo y tan seco, y te apartó, y siguió su camino mirando a lo lejos, que es lo que le gustaba.

—¿Y yo qué hice?

—Echarte a llorar, ¿qué ibas a hacer? Menudo trago para una niña chica.

—Era tan alta, vestida de negro de arriba abajo, con una falda que le llegaba al suelo...

—Eso lo sabes porque yo te lo he contado.

—Lo sé porque la he visto esta noche. Me miraba con muchísima indulgencia.

—Pues estaría pidiéndote perdón, porque lo que es aquel día de mayo... Por supuesto, que si se considera que ella llevaba trece o quince años andando, bastante poco fue. No vivió mucho más. Una tarde (me lo contó María Zamora) iba a haber tormenta. Los cielos tenían como una congestión de arrebatados que estaban. Pues esa tarde, tu abuela descarriló, se metió dentro de la casa aunque todavía no era de noche, entró en el salón de recibir, y se sentó en un tronete que tenía encima de un estrado muy antiguo. «Señora condesa —le dijo María Zamora—, ¿qué le pasa a usted?» Como si fuera raro que alguien se sentara después de andar quince años. Pero ella me alegaba la falta de costumbre. Se sentó, me decía, la miró como si la reconociera, cosa que jamás había hecho, y miró también las cosas del salón: los cuadros, las armaduras, las panoplias, un tapiz buenísimo que había, y se miró las manos... Luego, despacito, sin levantar la voz, igual que se habla a un niño un poco falto, le contestó a María Zamora: «¿Cómo que qué me pasa? Que me voy a morir.» Y se murió. Sencillamente. Hizo así con la cabeza, y se murió. Como si al final recuperara la razón, de pronto, entera: hay que ver qué cosas. El cuerpo se lo trajeron aquí. Fue tu padre a buscarlo. Y está enterrado, con todos los demás locatis, en el panteón de la familia en San Fernando. Menuda juerga deben de tener allí.

Palmira y el ama hablaron mucho ese verano de los sucesos familiares: a Palmira le interesaba su niñez más que nunca. Se sentaban desde por la mañana, y

Ramona, que era la única que se habían traído de servicio, tenía que llamarlas a comer. Muchos días ni siquiera se cambiaba Palmira: almorzaba con el camisón y el salto de cama y un paipay de pleita, morado y verde, con el que se abanicaba. «A ritmo de Caribe», decía el ama entonando por lo bajini una habanera. Subían luego a las azoteas a tomar el café. Palmira adoraba los terrados de Sanlúcar, con tantos desniveles, tan enrevesados para quien no los conociera, con su lavadero donde se hacían las antiguas coladas y el jabón, y el cuarto del horno donde se cocía el pan, y un largo tendedero de invierno, y el palomar ahora desierto... Le traían el olor y el sabor de su infancia, cuando el veraneo duraba tres meses o más, y eran las deslumbrantes azoteas y los tenebrosos trasteros el reino reservado de los niños.

Se recostaban las dos mujeres en unas hamacas y charlaban sin cesar. O se estaban calladas mirando el alto cielo, o los jardines del convento vecino, o la luz que decaía sin sentir, allá abajo, sobre el mar no distante. A esa hora, a veces se iban a pasear despacio a Bajo de Guía, anochecido ya. Palmira llevaba una pamela grande de paja de Italia con una cinta blanca y flores, y unos trajes tan ligeros que no se habría atrevido a ponerse en Sevilla.

—¿Echas de menos tu jardín? —le preguntaba el ama.

—El jardín, sí; pero las bodas y las cenas, no. Qué tranquilas estamos aquí, cargando baterías. Cuando me asomo por el cierro del salón a la calle, o vemos desde la azotea el subeibaja de los tejados, me parece que aquí la gente vive más. Hay noches en que miro, desde Santo Tirso, las nuevas urbanizaciones encendidas, y me figuro a quienes las habitan soñolientos y cansinos. Allí sólo van a dormir, llegan sin mirar a ningún lado, bostezando, a la espera del sábado, en que lavarán el coche y se dispondrán para repetir lo mismo otra semana. Qué ciudad tan inmóvil es Sevilla. Como esas guapas que hacen curas de sueño para no enveje-

180

cer. Desde hace dos mil años ahí está, como una esfinge a la que se le hubiera olvidado su propio enigma, repintada, disimulando sus arrugas...

—Como todas —le decía con intención pendenciera el ama.

—Lo dirás por ti, cerda faramallera. Yo no tengo arrugas. Y, cuando las tenga, estaré orgullosísima. Como un torero de sus cicatrices, ganaditas a pulso.

—La hermosura no es más que flor de un día, hija, y más duro que conseguirla es mantenerla.

—Naturalmente lo dices por Sevilla. No entiendo cómo se puede vivir como los sevillanos: con la cara siempre vuelta hacia atrás y medio ahogándose. Cuando estoy en Sanlúcar, pienso que Sevilla es una ciudad de visita, lo mismo que un museo; una ciudad de paso, preparada para los turistas, pero no para enraizarse en ella. Hay quien se deslumbra con Sevilla, y quien se queda enganchado como por una droga: gente de fuera, a la que le cuesta mucho curarse de su adicción. Cuánto sopor, si te das cuenta; qué falta de cambio: la monotonía de las fiestas de siempre, las mismas personas que se repiten sin cesar, la misma superficialidad, la misma gracia *que no se puede aguantar*, un año y otro... Como esos tipos que cuentan siempre el mismo chiste que ya sólo resulta divertido a los recién llegados.

—En un momento has puesto a Sevilla a caer de un burro. Menos mal que yo nací en Osuna.

—A los sevillanos, no a Sevilla.

Vivían como a salto de mata. Leían los periódicos sin prisa y sin que las devorara saber la actualidad. A veces echaban un vistazo a los del día anterior. Comentaban los sucesos y las malas noticias; veían la televisión sin parar mientes en lo que veían. Y Palmira fumaba más que nunca, bebía más que nunca.

—Eso es que estás nerviosa —le recriminaba el ama—, por mucho que tú digas que Sanlúcar te amansa. Y mira que beber whisky con coca-cola... Vaya una moda. En mi vida te he visto beber eso. Sólo hay algo más raro todavía: el tinto con naranja. De bote, por si fuera poco. Qué asco, niña. ¿Por qué no bebes vino, o manzanilla, que es lo que manda Dios? A tus tías podían haberles dado tinto y naranja.

Un día leyó Palmira en alto un suelto de un periódico que comentaba que un ciclista cumplía, cuando arrancase la temporada próxima, 31 años, y que a tal edad el cuerpo no responde ya con las mismas garantías. Se detuvo en seco.

—Treinta y un años —repitió con un temblorcillo de resentimiento.

—Tampoco vas tú ahora a correr el *Tour* de Francia, niña. No creo que te vaya a dar a estas alturas por la bicicleta.

—No; si es que tengo la impresión de que aún no he llegado a esa edad. Como si todavía no hubiese tenido catorce años, ni veinte, ni veintiséis...

Quizá fuese el estar tan a solas con el ama; pero la mente de Palmira se había cerrado en banda. Tanto, que alguna vez ante el espejo se asustó porque no esperaba ver el rostro gastado que veía. «¿Cómo he podido vivir la adolescencia sin enterarme? ¿O se me habrá olvidado? ¿Cómo fue mi primera regla, cuando llamé al ama desde el colegio para contarle lo que me pasaba? "Dile a la madre que se ponga al teléfono —me chilló, eso sí lo recuerdo—. A la madre enfermera, no, a la superiora, que debe de ser tonta." ¿Por qué están tan borrosos los años anteriores al amor? ¿Qué fue del día de mi boda? ¿Por qué me acuerdo de mi desfloración en aquel hotel de Palma de Mallorca como si se lo hubiesen hecho a otra? ¿Qué es lo que tengo mío? ¿Qué me pasa? ¿Por qué los partos de los niños los veo tan retirados, si yo sé hasta qué punto me llenaron la vida?» Se lo contaba al ama, y el ama se conformaba con mover la cabeza, y con decirle, pasado un ratito:

—Todo eso es tuyo; tuyo y de nadie más. Hay un tiempo que uno va por un camino, y no sabe dónde la lleva, y se distrae andando, como tu abuela, y se olvida de los días en que andó (se dice anduvo, pero no me da la gana), y del camino también se olvida... Yo creo que eso pasa cuando una tiene algo importante que hacer, que no ha hecho todavía.

—A mí lo que me parece es que un día de éstos, entro en la cocina, saludo a Ramona o a ti o a quien haya, y echo el jabón en el puchero... Todo es como si no me hubiera pasado a mí. Como si estuviese contigo todavía de pequeña, y tú me contases lo que me iba a pasar, y yo hoy lo recordara como me lo habías tú contado. Tú eres para mí la pontífice de verdad.

—A mí no me llames porquerías —terció el ama.

—Mi puente con la realidad, mi única certidumbre...

Y se acurrucaba en el suelo a sus pies, y apoyaba la cabeza en sus rodillas, y le suplicaba que se inventara cuentos o le recitara responsorios y ensalmos. De cómo hay que mirar a la luna llena y rezarle la oración con el real en la mano; de cómo recoger en el menguante la leña para el fuego, y sembrar en el creciente, y cortarse el pelo o las uñas; de qué hay que hacer para que desaparezcan las verrugas, tocándolas con una llave fría dejada toda una noche en el brocal del pozo. «Tengo una en esta axila, ama: una verruguilla larga y delgada.» De qué conjuro se sirve una para hacer volver al amante descarriado; de cómo se purifica la sangre de las vacas. «Ése, díselo a Willy.»

Una tarde se le perdió un pendiente con un zafiro a Palmira. El ama, con mucho aparato, se arrodilló y la hizo arrodillarse:

—*San Antonio, que en Padua naciste*
y al monte subiste, y el escapulario se te perdió
y la Virgen tres voces te dio:
«Antonio, Antonio, Antonio, vuelve atrás,
y el escapulario encontrarás.»
Por el capillo que te pusiste,
por la cinta que te ceñiste,
por el ramo de azucenas que en tu mano floreció,
así florezca lo que pide mi corazón.

San Antonio bendito, que esta tonta encuentre su pendiente.

Y rezaron un Padrenuestro y esperaron. Porque, para saber si el santo contestaba afirmativamente, el ama había pedido con voz exigente:

—*Puertas abrir o cerrar,*
gente hablar,
perros ladrar,
golpes escuchar,
Antonio, Antonio, Antonio...

Cuando oyeron tres golpes en el techo, había anochecido, y Palmira dio un respingo.

—Vas a encontrar el pendiente —dijo el ama.

—La de los golpes es Ramona.

—Conque sí, ¿eh? —El ama se agachó, se arrastró a gatas unos pasos y recogió algo del suelo—. Pues aquí tienes el puñetero pendiente. Póntelo.

—No —respondió Palmira—, que vendrá el santo a tirarme de la oreja.

Aquella misma noche, al fresco ya, retó al ama:

—Tú que tanto sabes, ¿qué hay que hacer cuando se han cumplido cincuenta años, y se tiene la impresión de no haber vivido más que quince? ¿No hay unas hojitas de reclamaciones? ¿Por qué no se puede volver a empezar?

—Porque harías el ridículo dos veces —contestó el ama, y cerró de golpe su abanico—. El hombre es el único animal capaz de tropezar dos veces en la misma piedra. Eso dicen, ¿no? Pues la mujer es también capaz de coger luego la piedra y tirársela contra su propio tejado. Unas imbéciles: eso somos.

—¿Tú quieres a Willy todavía? —le preguntó de sopetón otra noche el ama.

Hacía mucho calor. No corría ningún aire. Del jardín de las monjas subía el olor de los jazmines y de los dompedros. Al lado de Palmira, en el patio, había una maceta grande de albahaca; ella la rozaba con los dedos, y se llevaba la mano luego a la nariz, a las cejas, a los pómulos.

—Willy va a venir este fin de semana: me telefoneó hoy para decírmelo.

El ama no insistió.

Algunos viernes llegaba Willy con uno de los niños, o los dos, si estaban en Sevilla. Por lo común, habían ido a Londres, o preparaban las asignaturas suspendidas, o alguien —Palmira no sabía quién— los retenía en Sevilla a pesar del calor.

—Los niños se me van de las manos —decía como para sí misma—. ¿Sabes qué pasa? Que los muchachos de hoy se han criado como si fueran los reyes del mundo. No había que contradecirlos, no se fuesen a frustrar las criaturas. Y ahora se comportan como niños de dos años. Quieren tenerlo todo con alargar la mano.

—Culpa tuya, que no les dijiste *hasta aquí* cuando era tiempo.

Palmira deseaba que viniesen; pero cuando llevaban dos o tres días ya, añoraba las mañanas en calma con el ama; las largas tardes con un poco de levante a solas; los anocheceres de coca-cola y whisky; las noches en que, antes de tomar el somnífero, leía sin fijarse, y retrocedía porque ignoraba quién era un personaje que el autor daba por conocido ya. «Nunca creí que una novela pudiera *distraerme* tanto: no me entero de nada.» A los visitantes, como ella los llamaba, que venían de Sevilla, les preguntaba por la casa y por el jardín, como si el jardín y la casa fuesen los familiares más allegados.

—Un día de entre semana —le decía al ama— cogemos el pendingue y nos vamos a Sevilla. De miércoles a viernes, en secreto. A ver cómo me cuida Manuel el jardín: está mayor y no me fío mucho.

El ama no le hacía demasiado caso:

—Es hablar por hablar, y nada más.

—Que te lo has creído, mala pécora. Yo me miro en el jardín como en un espejo. No consiento desidias ni descuidos. Hay que estar bien pendientes, porque si no se transforma en una jungla.

—Y tú en la mona de Tarzán.

—Y tú en una hipopótama... Menos mal que están todos aquí —le aseguró en seguida al ama bajando la voz. El ama no le preguntó quiénes—. Al fin y al cabo, esta casa es también suya... Sin embargo, los veraneos son un trastorno: la gente mayor está hecha a sus costumbres, y a este patio llegan los ruidos de la calle, quieras o no. No sé si a ellos les molestan, pero hay veces que no me dejan oírlos. Y como ellos no hablan alto ni se ríen en alto, hay que tener un oído muy fino... —De repente, cambió de conversación—. Me preguntaste si quiero a Willy el otro día. Él no me tiene más que a mí. Se ha incrustado en mí como las trepadoras que llegan a formar parte del tronco que las sostiene, como la buganvilla del patio. Los dos somos un ser resistente, ¿sabes?, y fuerte: nos protegemos bien. ¿Qué sería del pobre Willy sin nosotros?

Esta vez no entendió el ama, pero prefirió pedir aclaraciones en otra ocasión.

Una tarde llovía. No se llegó a ir del todo el sol; llovía sin prisas, sin ruido apenas, bajo el arco iris. Palmira se subió a la azotea y se dejó calar por la lluvia, que le ceñía al cuerpo el traje liviano que llevaba. Se descalzó, levantó la cabeza, abrió los brazos, se echó para atrás el pelo, y se abandonó al agua. El ama iba a regañarla por si se acatarraba, pero comprendió que aquello le hacía bien.

—Ama —le dijo al escampar—, querría que me dieras membrillo y queso hoy para merendar, y esta noche, de postre, leche condensada y moras. ¿Podría ser?

El ama le dio lo que pedía. Cuando estaba comiendo a cucharadas aquel empalago de color violeta, levantó los ojos con malicia y dijo:

—Willy es un hermano para mí: no le fallaré nunca.

—Eres tan distinta cuando estamos aquí, que el mejor día vas a pedirme que te dé de mamar.

—¿Lo harías?

—Sí; para eso me pagas.

Se produjo un silencio. Lo quebró Palmira:

—En realidad, lo único que me exijo respecto a él...

—¿Quién es él?

—No te hagas la tonta, que ya lo eres bastante: Willy. Lo único, es tener la fiesta en paz... Me molesta la sequedad vaginal y esas marranadas, pero no quiero corregirlo con medicamentos. Él no fue nunca un gran amante, según he deducido de lo que me dicen las demás, ni muy considerado, ni siquiera imaginativo. Y ahora es todavía más mecánico que antes.

—¿Qué dices de mecánicos? ¿Dónde están los mecánicos aquí? —rió el ama.

—Vete a paseo... Acaba de prisa y se duerme. Las veces que lo hace, que tampoco son muchas.

—Pero ¿qué es lo que hace? No entiendo nada.

—El amor, ama. O lo que sea eso. Yo creo que depende de si ha visto o no alguna revista pornográfica.

—Estás hablándome así a propósito para que no me entere.

—Se trata ya de los restos de un naufragio —murmuró Palmira—, de los restos maltratados del jardín... Hace mucho que no me pregunta si lo quiero.

—¿Y qué le contestarías si te lo preguntara?

—Pienso que él opina de mí lo mismo que yo pienso de él: un trabajo aburrido, una compañía aburrida, una mente aburrida. Y la verdad es que no tendría por qué ser así... El caso es que la auténtica vida se ha esfumado para los dos definitivamente.

Palmira se quedó, con los ojos abiertos, sin ver nada.

—A ti lo que te pasa es que eres idiota. —Sonó una campanita clara y decidida, tocando enardecidamente a maitines. Palmira apoyó la cabeza en el respaldo de la mecedora—. Estoy deseando ir a una misa al convento de al lado.

Palmira, a la que el ama intentaba entretener, no había escuchado.

—Hay una pregunta que tiene que ser respondida desde fuera: la más importante de todas. Es como emprender un viaje sola, y extraviarse en él sin perder la esperanza de que alguien aparezca en mitad de la noche... Es la certeza de que la vida renace siempre, de que el milagro se produce siempre, de que existe una incansable posibilidad de recuperación... —Después agregó con amargura—: Yo ya he dejado de aguardar la confirmación de quién soy; ya no espero la respuesta que ha de venir de fuera.

Estaban en el patio grande. Sobre los altos muros, arriba, Palmira entreveía las estrellas. La noche era tan clara que apenas se adivinaban. La luz de la luna lo blanqueaba todo, lo transfiguraba todo. Palmira, de improviso, se echó a llorar. El ama guardó silencio, embargada por un hondo respeto.

A la mañana siguiente fueron a la misa del convento. Sólo estaban las dos, y las monjitas las atisbaban detrás de una espesa celosía y una reja con pinchos. La capilla era íntima y enjalbegada, como una alcoba en que se ama.

—No sé si estas monjas serán alegres —comentó al salir Palmira.

—Tú te lo quisiste fraile Mostén; tú te lo quisiste, tú te lo ten.

—Deberían ser como su campanita. Cualquier religión diviniza la vida de la gente. Sin dioses, qué aburrimiento. Por eso hay tantas vírgenes y tantos cristos en Sevilla. Un cristo lleno de sangre ahora y en la hora de nuestra muerte, amén. Cada pueblo está influido por sus dioses: vive por ellos, con gozo o con temblor, según sus creencias. Pero quizá son todas falsas.

—Podías haberlo dicho anoche, y nos habríamos ahorrado el madrugón.

—No quería ahorrármelo. Además, voy a desayunar chocolate con churros.

Mientras tomaban el chocolate, sentadas a un velador en una plaza del Barrio Alto, le dio a Palmira «por filosofar en lugar de disfrutar del chocolate, que está buenísimo», dijo el ama.

—Todo el mundo sabe en qué consiste el infierno, y nadie en qué consiste el cielo. No hay ni uno que se crea eso del milagro de san Virila, al que se le pasaron trescientos años oyendo el gorjeo de un pájaro... ¿Por qué crees tú que interesa más el infierno que el cielo?

—Mujer, por más humano. El cielo es mucho más aburrido. Las músicas celestiales y las arpas y todo eso...

—Sí; entretenimientos para gente sensible. Lo del fuego y el crujir de dientes todos saben que es malo. Creo que nos identificamos más con el dolor que con el placer, sobre todo si es espiritual. Y además desconfiamos de que nada realmente placentero dure una eternidad...

—Es que no tenemos costumbre: no nos dan tiempo.

Con la segunda taza de chocolate, la emprendió Palmira con otro tema.

—La misa —dijo el ama— te ha hecho polvo. Cómo se ve que te educaron las monjitas, si es que lo consiguieron.

—La creación no fue sencilla ni limpia, ama, ni ordenada. El Dios creador se vio negro con ella. Algo salió del caos, pero después de qué lucha entre los elementos. Un horror: los volcanes vertiendo lava en el mar; las profundidades del mar levantándose y chocando unas con otras; la tierra, resquebrajándose; los tifones y las corrientes trasladando de sitio lo que se les oponía; el fuego consumiéndolo todo; el agua inundándolo hasta destruirlo. Yo, cuando me despierto de noche, si imagino el gran derrubio que fue la creación, no me vuelvo a dormir. Porque no sólo espanta por su estrépito, sino por su paciencia.

—No sé lo que es derrubio. Me estás quitando la gana de churros, y no me choca que padezcas de insomnio.

—Cuando me figuro el agua llevándose granito a granito la tierra es cuando mejor duermo, para que te jodas.

Unos días más tarde llegó Gaby, la hermana de Palmira, con marido y con niños. El ama y Palmira se pudieron ver menos. Palmira estaba irritable, deseando que se fueran los huéspedes. Y eso que el ama, en cuanto veía acercarse el coche de alguno, ponía una escoba boca arriba detrás de la puerta de la despensa, le echaba un puñado de sal por encima y la salpicaba de vinagre. «Los efectos de tal rito dependen siempre de la voluntad de las visitas. Ama, no sirve.»

—Los huéspedes, como el pescado, empiezan a apestar a los tres días —le dijo el ama al cruzarse con Palmira en un pasillo.

—Yo ya no tengo olfato —le contestó Palmira.

Afortunadamente los visitantes iban a la playa y se quedaban allí hasta la tarde. Pero al volver querían cenar fuera, en El Puerto o en Jerez, con conocidos. A Palmira se la llevaban los diablos; pero, a pesar de todo, se vestía con elegancia, se ponía una sonrisa deslumbrante y un buen perfume, y se echaba a la calle.

La víspera de irse los visitantes, se hallaban Gaby y Palmira con el ama en el salón de abajo que hacía oficio de biblioteca. Palmira se distraía hojeando antiguos libros encuadernados. Entre ellos, descubrió un álbum de fotografías. En el grueso cuero de la portada aparecía grabado el escudo de los Santo Tirso. También presidía en piedra la entrada de la casa de Sevilla, pero éste del libro se veía mejor perfilado y en colores.

—Un puente de plata sobre fondo de gules; un acetre con un hisopo que la gente confunde con el caldero de los Calderón; un florero con las tres azucenas, tan sevillano; y un tirso que parece la varita de san José.

—Es un escudo demasiado casero: parece una cocina —dijo Gaby a la que no atraían los antepasados.

—No iba a darnos la Iglesia un escudo con leones y espadas y cabezas de moros.

—Pues san Pablo tiene una señora espada, y algún papa, también.

—Y cabezas de moros y de indios y de judíos, menudos han sido esos santones —intervino el ama.

Al abrir el álbum, aparecieron viejas fotos amarillentas de muchachas en posturas variadas. No eran guapas ni feas.

—Tenían porte —dijo el ama.

—¿Quiénes son?

—Gaby, qué calamidad eres: las tías.

—Es que yo no conozco más que a la del convento.

Palmira le explicó lo que a ella le había explicado el ama:

—Las tías eran cuatro: tía María Egipcíaca, tía María de la Degollación de los Santos Inocentes, a la que llamaban Degol para abreviar, tía Áurea y tía Montecarmelo, que se hizo monja cuando era mayorcita. Tía María Egipcíaca y tía Degol se quedaron viudas y sin hijos bastante jóvenes. Sus maridos habían sido muy buenos amigos; pero ellas, sin que dieran explicación ninguna, dejaron de hablarse primero, y de tratarse después. Vivían en la calle Adriano en una casa de cuatro plantas: tía María Egipcíaca, en el primer piso, con la servidumbre en el tercero. Tía Degol, en el segundo y en el cuarto. Cuando iba algún sobrino a visitarlas, si pasaba antes por el primero que por el segundo, lo desheredaba tía Degol; si entraba antes en el segundo, lo desheredaba tía Egipcíaca. Por eso los sobrinos habíamos decidido visitarlas lo menos posible. Pero siempre se habló en la familia de los magníficos brillantes de tía Degol, y, pensando en ellos, las sobrinas nos acercábamos a verla, por si las moscas. Tú eras demasiado pequeña. Ella manifestaba una tácita predilección por Gonzalo, por el pelmazo de Gonzalo, futuro conde de Santo Tirso. A su muerte, él tendría quince años, el albacea le entregó una caja ancha y larga perfectamente envuelta. «Para Gonzalo», decía un tarjetón escrito por la mano de tía Degol. Gonzalo, a pesar de que la inteligencia no es su don principal, comprendió que, como estuche de brillantes, la caja era excesiva. Lo abrió con expectación, y encontró el traje de alcaldesa de Zamarramala, de la provincia de Segovia, título honorario que la tía tenía *ad perpetuam*. Alguna vez utilizó la ropa, por imperativo de su marido, que era de allí, en la fiesta de las Águedas. Cuando enviudó, pretextó el frío de febrero y no fue más.

»Tía Áurea, que vivió algunos años con su madre en Setúbal, era relativamente más normal que sus hermanas. Pero, cuando volvió a Sevilla, no pasó mucho tiempo sin que se la encontraran ahogada en su cuarto de baño.

—¿En la bañera? —recordaba Palmira haber preguntado de niña a Montecarmelo.

—No; en el lavabo —le contestó.

—Pero ¿cómo puede nadie ahogarse en un lavabo?

—Tía Áurea —le respondió tía Monte— era un poco especial. Tenía una tozudez de mula manchega. Cómo sería que lo que tú acabas de preguntar nos lo preguntamos todos, y ella ni muerta consintió en dar ninguna explicación.

Tía Monte tuvo un novio «británico», decía ella. Había venido para la instalación de una fábrica de cerámicas, cosa que le parecía una ridiculez a toda la familia, y tía Monte se enamoró de él como una demente, a pesar de llevarle ella nueve o diez años. O quizá por eso. Luego, el hombre resultó ser protestante, en contra de lo que le había dicho a ella, y casado, en contra de lo que le había dicho a todos. El desengaño de tía Monte fue mayúsculo. Estuvo un año en su habitación sin poner un pie fuera para nada. Después, como ya se había acostumbrado a la clausura, se trasladó al convento de las bernardas, y allí sigue con el nombre de María Micaela de la Santa Faz.

Parecía mentira que tanta pasión, tanto desconcierto, tan desesperada ansia de ser distinta, o tanta locura, según se mire, pudiera caber en las altivas cabezas, los gentiles y estirados cuellos, los juncales talles y el seno velado de las muchachas retratadas allí. Palmira tuvo un presentimiento de muerte y, mientras Gaby se reía de lo que el ama le estaba contando, cerró el álbum y supo que iba a tener uno de sus sofocos.

La distrajo de él la terquedad de una mosca —real en esta ocasión, no la imaginaria suya—, en la que Palmira pretendió vengarse de la que tanto la atormentaba. La mosca se sentía atraída por el sol de la tarde que hacía arder los cristales de poniente. Y volaba hacia ellos, y se alejaba luego, y retornaba. Con una bayeta, con la que limpiaron el polvo de los libros que sacaban de los estanterías, la persiguió Palmira. Intentó aplastarla contra el atractivo, fatalmente atractivo, sol del cristal. Y en la mínima memoria de la mosca debían de permanecer el fracaso de dos o tres golpes y su agitado horror. Se resistía a volar de nuevo hacia el sol, y se entretuvo en los cristales apagados de otra ventana. Pero, sugestionada, regresó al fin a los primeros, donde la esperaba el definitivo golpe de la bayeta que esa vez no falló. Se había cumplido su destino. Sobrevino un silencio. Y, mientras retiraba el cadáver de la mosca, le sobrevino también el sofoco a Palmira.

A la semana de irse Gaby, telefoneó anunciando su llegada Álex.

—Voy con Hugo, mamá. Lo he visto estos días. Ha estado en casa jugando al tenis y bañándose.

Después de un silencio poco perceptible, Palmira dijo:

—Has hecho muy bien invitándolo, querido. —Cuando colgó, se volvió hacia el ama—: Vienen Álex y un amigo suyo. Que no se nos olvide advertirles que Juba está cada día más viejo.

—No sé a qué viene semejante embajada. Seguro que estás pensando en otra cosa. Te conozco. A Juba le pasa lo que nos pasa a todos; no creo que necesites advertirlo.

—Quiero decir que se queda con frecuencia dormido detrás de un sofá o en un rincón de un patio, sordo y aislado el pobre. Y que a veces lo dejamos encerrado sin darnos cuenta, y, si no es porque él ladra asustando a cualquiera, nos pasamos la noche buscándolo en este caserón lleno de apartamentos, pisos semiindependientes, revueltas, recodos y escondites... Por favor, que miren antes de salir de una habitación sobre todo si entraron a ella con Juba. Acuérdate de aquella madrugada, cuando conseguimos encontrarlo en el lavadero después de dos horas y media, y se despertó tan tranquilo meneando la cola.

—Ignoro qué tendrá que ver Juba con esa visita, pero yo no me río, porque voy a acabar como Juba en el momento menos pensado.

—Lo único que te falta es tener cola.

—La tengo, pero no voy a ir por ahí enseñándola.

Tenía razón el ama: Palmira hablaba y actuaba de una manera extraña.

—Hay que limpiar la plata, ama: da grima verla. Enséñale a Ramona, que no creo que sepa. Y, sobre todo, guardarla luego en las bolsas de fieltro verde.

—Tiene que ser verde, ¿verdad, marimandona? Cómo te gusta jugar a ama de casa con los intelectuales, y a intelectual con las amas de casa. Te pirra ser muy tuya. ¿Y sabes lo que eres en el fondo? Una maruja.

—Ama, te prohíbo, óyelo bien: te prohíbo por lo más sagrado que vuelvas a gastarme esa broma.

—No es ninguna broma.

—Pues entonces, anabolena, zurriburri, bellaca, bucanera, te prohíbo que me hables más.

En realidad, durante el resto de ese día apenas si le

194

habló. Se lo pasó dialogando consigo misma sobre Hugo, si bien de una manera muy contradictoria. Comenzó con una premisa algo vulgar: a la ocasión la pintan calva, para continuar por otros derroteros.

—«Tú has desperdiciado los momentos impredecibles e irreversibles en que la dicha ya sembrada crece y hay que cortarla en flor.»

—«Ninguna vida está hecha más que de ocasiones perdidas, guapa. Si todas las ocasiones hubiesen sido aprovechadas, la vida sería una gran cacería.»

—«Sí, pero tú eres tonta. Si ahora te haces la indiferente, es porque perdiste el tiempo que se te concedió, y ahora te da vergüenza. A buenas horas, mangas verdes.»

—«Es que temía el rechazo.»

—«¿Y por semejante cobardía dejaste escapar la posibilidad de un amor consentido?»

—«Quizá no tuve hasta ahora la prueba de que lo fuese.»

—«Eso lo dices para excusarte; pero, de todas formas, ahora tendrás una ocasión muy clara. Pasado mañana verás entrar a Hugo por esa puerta.»

—«Pero con Álex.»

—«Déjate de pamemas. Cuando llegue la noche, él dormirá (es un decir) muy cerca de donde duermes tú, y estaréis solos. Puedes conseguir que te visite envuelto en el silencio de la noche: los amantes son siempre temerarios...»

—«Pero ¿es amante Hugo? Algo me dice que su calor es sólo externo; que dentro tiene un frigorífico, o quizá yo le parezco a él un frigorífico...»

—«¿Qué lío es ése? ¿Ahora vas a anunciar neveras en lugar de lejías por televisión?»

—«Es que presiento que algo oculta; que guarda un secreto indecible. Siempre al borde de contarlo, para luego retroceder.»

—«Pues consigue que te lo cuente.»

—«No sé, no lo sé: quizá el verdadero amante debe permanecer en la sombra a perpetuidad...»

—«Eso son los asesinos. Y te lo dices para hacerte la ilusión de que él te ama, aunque jamás te lo haya manifestado. Eres como tía Monte, o sea, más antigua que la cotonía.»

—«Lo he meditado: la decisión está tomada.»

—«Está bien, pero ¿cuál?... Si no me contestas, eres una estúpida. Todo en tu vida lo has hecho desde la barrera, sin arriesgarte, sin poner toda la carne en el asador. Todo, por si acaso te servía: enfermería, lingüística, ordenadores, algo de cocina, todo *por si acaso*. Pues bien, los pájaros no tienen alas por si acaso, y ninguno, por si acaso, anida en las casitas de madera que en tu jardín les pones. Las cosas, Palmira, hay que hacerlas apasionadamente, quemando el último cartucho, entregarse a ellas a fondo perdido, a lo que disponga el destino, a tumba abierta...»

La mitad cautelosa de Palmira siguió sin responder.

Por fin llegaron Hugo y Álex. Hugo estaba más moreno que nunca y más guapo que nunca con su camisa deportiva abierta y su pantalón corto. «Por el momento, ninguna decepción», dijo la parte osada de Palmira. La otra se negó a pronunciarse; se contentó con acomodarlos en habitaciones diferentes, a pesar de que Hugo se ofreció a compartir la de Álex.

—Para facilitar las cosas —añadió en un tono no excesivamente natural.

Álex enrojeció a ojos vistas. Lo atribuyó Palmira a que el gesto de Hugo le había parecido más inoportuno que cortés.

Cuando tomaban el aperitivo de la noche, aparecieron Willy y Helena sin avisar. Lo primero que Helena dijo fue que necesitaba un coche para volverse a Sevilla a la mañana siguiente porque tenía quehacer. Si había venido era por complacer «al pobrecito papá, que no quería viajar solo». Willy se quedaría dos días o tres, hasta volverse con los chicos. Por tanto, Helena podría llevarse el coche de su padre, salvo que los chicos se quedaran más tiempo. «Total: todos están fastidiándose, queriendo o sin querer, los unos a los otros. Y se nota.» En eso las dos partes de Palmira estuvieron de acuerdo: hay noches en que lo mejor es estar sola.

Por si fuera poco, Hugo no parecía tener el don de la pertinencia. Había estado con alguien («¿Con quién habrá sido, Dios mío? ¿Con qué lagarta?») en unas carreras en Pineda, y resolvió expresar durante la cena, sin más ni más, con aire de suficiencia, su opinión. El aire de suficiencia le sentaba a él, igual que a casi todo el mundo, como un tiro. Y su opinión le sentaba como un tiro a los demás.

—Al principio todo se desenvolvió con relativa normalidad —contaba—. Sin embargo, algo teatral se percibía, como esa falsa compostura de una forma de civilización que no es la auténtica. Igual que los reyes negros que llevan chaqué y chistera y cuello duro, o que los árabes montados en mercedes, a los que dan ganas de preguntar dónde aparcaron los camellos. En cuanto se supo quiénes eran los ganadores y repartieron las apuestas, surgió la deslumbrante realidad, y aquello terminó como el rosario de la aurora: entre peleas, chulerías, flamenqueos y todos los sevillanismos fáciles de imaginar. Si no es porque alguien trajo a unos cantaores y a unos guitarristas, de veras que hubiese llegado la sangre al río.

La respuesta fue un silencio general. Sólo Álex se atrevió a decir:

—El flamenco es una de las señas de identidad andaluza. Pero muy anterior a ella, si me permites decírtelo, lo es el amor a los caballos. Hay razas españolas envidiadas por el mundo entero. Sin ir más lejos, en la playa de Sanlúcar se celebran, desde hace siglos, unas carreras formidables.

El silencio volvió a instalarse, como un charco, encima de la mesa. Ramona sirvió vino, a modo de recurso, por orden de Palmira. Sin saber exactamente dónde iba a llevarla su observación, Palmira, para salvar el bache, rompió a hablar con urgencia:

—Con eso sucede como con todo. Como con las mujeres, por ejemplo. —Los comensales se cuestionaban dónde iría a parar después de semejante afirmación. Palmira continuó inconmovible—. Sí; hay que saber distinguir entre las mujeres que se aman y se respetan, por un lado, y las mujeres que se gozan y en el fondo se compadecen, por el otro.

—No veo la relación —aseguró Willy, portavoz de los otros.

—Bueno, significa que hay cosas innatas y cosas adquiridas. Unas, han llegado a formar parte de nosotros mismos: aquello que se ama; y otras, no, porque son accesorias y superficiales: aquello que se goza... —Palmira balbuceaba—. Es como las señas de identidad de que habló Álex, y el flamenqueo y las carreras a la inglesa de que habló Hugo. —Palmira se otorgó una inmensa ovación. El *impasse* había sido salvado, y conducida el agua a su molino—. Las mujeres que se dejan gozar, así por las buenas, son siempre culpables de lo que les sucede.

—No sé por qué —saltó Helena con una entonación claramente antipática. Palmira la observó con las cejas en alto.

—Porque ya se sabe que un hombre es siempre un hombre.

—Y que una mujer es siempre una mujer. Pero ¿qué das a entender con eso?

Palmira sabía que ganase o perdiera en esta discusión, como anfitriona era envidiable; pero la intervención de Helena le hizo albergar alguna duda sobre si como madre también lo era. De momento, calló.

—Tu madre es feminista —sonrió Hugo—, porque atribuye al hombre una debilidad congénita que le hace caer en las garras de las mujeres libres. Bueno, libérrimas...

—No, mamá es machista, porque lo que dice es que el hombre goza de una especie de privilegio, congénito también —era Álex quien hablaba y se dirigía a Hugo—: el de ser siempre el ganador en las carreras de caballos amorosas. —Miró a su madre—. Lo expreso así por juntar otra vez las dos conversaciones.

Palmira reconoció que sus hijos eran inteligentes, pero que no siempre estaban de su parte. A pesar de todo, obsequió a la reunión con una misteriosa y gran sonrisa. Willy le correspondió con otra, no exenta de complicidad. «Sí, complicidad; pero ¿a favor de quién, o en contra de quién?» Palmira permaneció perpleja bastante tiempo.

Hasta en su dormitorio, donde Willy estuvo aquella noche especialmente liberal. Mientras él trataba de demostrárselo, se ocupó Palmira en recordar los muslos de Hugo incluso contra su voluntad. «Willy ha engordado tanto... Sobre la cama desparramados, los malheridos restos de lo que fue un jardín.» Aquel ataque de pan tierno del «pobre Willy» no respondía a ninguna de las preguntas que Palmira, desde que llegó a Sanlúcar y aun antes, se estaba formulando.

Los muchachos varones bajaron a la playa; Helena, después de tomar un café bebido, se despidió y se volvió a Sevilla. Willy durmió hasta muy tarde. Palmira, como de costumbre, se desayunó con el ama. Hojeó con pereza un diario de Madrid. Se detuvo en un artículo sobre una cuestión cuyos términos ella apenas entendía: la electrónica, la cibernética... Por lo visto, en el final del milenio se iban a producir las mayores transformaciones que la Humanidad había experimentado a través de su historia entera. Pronto no tendrían razón de ser las naciones ni las ciudades. Por encima de ellas, se vincularía la gente en función de sus afinidades electivas, a través de cables, de conexiones, de una super red del sistema global. Palmira leía en voz alta; el ama ni siquiera la escuchaba: ni comprendía nada, ni le importaba: era demasiado mayor. Bancos de datos, centros electrónicos, agencias que difunden o piden información... La sociedad de masas se acaba: está en sus últimos estertores. Los medios de comunicación, a los que tanto se acusaba de estandarizar y uniformizar, se comportarán en sentido contrario: la individualización y los personalismos, con ofertas dirigidas a cada persona o a cada grupo voluntario y elegido. Y esa elección estará por encima de las fronteras, de las religiones, de las creencias, de las ideologías, de las economías incluso. Cualquier homogeneidad va a romperse. Ya no hará falta salir de casa para trabajar, ni para formarse, ni para distraerse, ni para comprar, ni para hacer ejercicio. La familia vuelve a verse ratificada. Vuelve a ser la célula central. «Salvo que se produzcan luchas intestinas. Hoy ya la televisión, con sólo cuatro o cinco canales, provoca litigios entre los miembros de una sola familia.» Se gobernará por medio de consensos establecidos a través de la red; los políticos serán superfluos, y también los votos, aunque podría votarse por medio de la interacción. Hasta el amor será posible hacerlo (con holografías, botones, corrientes, sensaciones y teclas) a solas con uno mismo...

«¿De qué servirán entonces las calles, los teatros, los cines, los cafés? ¿De qué servirá la distinción entre lo público y lo privado? ¿Quedará algo ciertamente privado, o el espionaje universal se ejercerá contra la voluntad de quien sea y en interés de quien sea? No estoy de acuerdo con la nueva forma de vida. Espero morirme antes de que se generalice... Tendré que hablarle a Hugo de que esta tecnología informática que leo inspirará un nuevo arte, una nueva actitud, otras vanguardias, otra pintura. ¿Tendremos todos que aprender un diccionario que está por estrenar? Demasiado tarde para mí... El ama ya va por la tercera taza de café, y me oye como quien oye llover.» La vigilancia electrónica del ambiente mejorará la situación de la biosfera y se producirá sin duda un nuevo renacimiento. «Yo tengo suficiente con el que conozco.» Parece que Europa se ha retrasado mucho en esta carrera desbocada hacia el futuro, y no se ocupa de instalar las grandes redes para transportar textos, imágenes o voces. Por doquiera se ha establecido la tecnología informática, pero EE. UU. y Japón van a la cabeza... «Por fortuna, eso nos dará un respiro. Si no, ¿qué será de Sevilla? Quizá ella y Venecia sean las ciudades que representan, más que ningunas otras, la postura contraria a esa barbaridad. Hay ciudades que personifican la moda, como París; otras, una expresión de la cultura, como Florencia o Córdoba; otras se representan sólo a sí mismas, cargadas con el peso de su propia belleza, no renovada secularmente, sino día a día... Así es Sevilla. El bullicio y la estrechez de sus callejas, un olor a tostadero de café repentino o al azahar de los naranjos urbanos (los que dan las *sevilian oranges* de la mermelada), la sonrisa de sus habitantes y la augusta superficialidad con que se cruzan felicitándose mutuamente por disfrutar semejante ciudad, la fascinación que ha ejercido a través de la historia, la picardía ya mística que por abajo o por arriba la definen, la gracia de su pronunciación del castellano, la hospitalidad con que recibe a quien va a exprimir y el salero con que consigue que encima estén agradecidos, la sugerencia de ser distinta y aun opuesta para cada mirada, es decir, todo cuanto es Sevilla, ¿no sobrevivirá?»

Palmira arrojó al suelo aquel periódico lleno de amenazas. Sintió el antojo de estar en su jardín, de contemplar los campos llanos de los alrededores de la ciudad que amaba, de color casi lila, y sus cielos imperturbablemente azules, salvo a estas alturas del verano cuando el calor los vuelve malvas; el antojo de divisar al fondo, contra el horizonte, una Sevilla recostada, envuelta en la calima, entre dos lomas amorosas, bajo un árbol de Júpiter donde rumorea al ardor del mediodía. Sintió el deseo de estar en las dehesas de Willy; de entrar en la casa por el pasillo ancho en que se abre el zaguán, con las cocheras bajo las arcadas a la izquierda del ancho patio empedrado, y a la derecha el caserío, y al frente la almazara ya inútil. Sintió el antojo de ver sus hermosos aperos de pleita, sus rondeles de esparto, sus prensas, las tinajas enterradas de gran boca redonda, los recipientes de cobre ennegrecido, el sotechado donde se disponían en distintos depósitos las aceitunas para la salmuera... Y retroceder después al patio sereno e inmortal, con sus cuatro palmeras y su almagre y su albero. Y salir al campo a caballo, y encontrarse con una punta de la ganadería y escuchar su mugido y observar a los toros tras unas pitas, y ver la vida sosegada moverse entre el monte bajo y las encinas polvorientas...

«Dentro de unas horas comenzará a atardecer allí. Un verde dulce se apoderará de la ciudad: un verde dorado, como de limón no bien maduro. Sin nubes, uniforme, acaso esperando que la temperatura excesiva del día se refresque un poco sobre las camas, sobre los balcones, sobre los cierros, sobre las aceras, sobre las mesas de mármol de los bares donde se bebe la penúltima copa... O esperando que suba acaso del río un soplo menos caluroso... Y la ciudad, mientras espera el milagro, se complacerá en sí misma, se jaleará a sí misma como una bailaora, o mejor, como un paso de Semana Santa que descansa un momento sobre sus costaleros ahora liberados, para volver a ponerse en marcha, meciéndose, en cuanto el sol salga otra vez para mirarla a ella, a Sevilla, la eterna versátil, la renovada idéntica...»

Ah, no quería vivir en esa ciudad nueva, en esa telépolis o como quiera que se llamara. Estaba furiosa sólo de pensarlo. Y la interrumpió el ama, que se había quedado colgada en su tercer café:

—¿Cuántas veces crees tú que se puede perdonar a un marido?

—Perdonar, ¿en cuestiones de qué? —preguntó Palmira.

—¿De qué va a ser? De faldas.

—Nunca. Ninguna vez.

—Y a una mujer, ¿cuántas veces se la puede perdonar?

—¿En cuestiones de qué? —insistió Palmira.

—De pantalones.

—Eso depende.

—¿De qué: de si son cortos o largos?

—No: del comportamiento del marido.

Las dos mujeres se echaron a reír.

Sirvieron un té helado, con hierbabuena y con limón, cuando los muchachos, un poco enrojecidos, llegaron de la playa y se ducharon. Willy se había levantado casi a la hora de almorzar; ahora era media tarde. Dispusieron el servicio en el segundo patio. Después de examinar a los tres hombres desde su cuarto de baño y de retocarse levemente, bajó Palmira la escalera de hierro que lo comunicaba con la terracita. Mientras lo hacía, reparó en la expresión admirativa de los ojos de Álex, fijos en Hugo.

—¿Lo habéis pasado bien? Me ocupé ante las jerarquías de encargaros un día olímpico...

Traía en la mano un libro ilustrado de mitología que estuvo curioseando. Le pareció un hábil modo de poner en su sitio a un argentino petulante, y de tomar venganza por lo de los caballos de Pineda. Y también una fórmula pasable de manifestar su cultura y su superioridad. No estaba, sin embargo, convencida de que fuese el método estratégicamente mejor para atraer a un hombre; pero, por lo pronto, Palmira no había encontrado otro superior, ni se encontraba con fuerzas para obviar éste. «Además la ocasión de aproximarme a Hugo la doy prácticamente por perdida», dijo su parte cauta, y casi se alegró. «Esto estimulará y acicateará el interés de él: una actitud de tácita indiferencia por quedarse a solas siempre excita», apuntó su parte más lanzada.

Willy había decidido invitarlos a cenar en un restaurante camino de Chipiona. No lo impidió ni la advertencia de Palmira de que los abrumaría «mucha gente espantosa». En consecuencia, dejó su libro de mitología sobre la mesa, se rindió a las circunstancias, y estuvo dispuesta diez minutos después.

El restaurante era grande y ruidoso. Palmira consiguió que los colocaran en un rincón, detrás de unas columnas. Sentó a Hugo a su derecha, y consideró que no eran aquéllas las peores circunstancias, a pesar de todo, para hablar de mitología. Willy y el niño encontrarían algún otro tema de conversación.

—Detesto —comenzó, pues— la actitud de los dioses varones, ya griegos ya romanos. Son de lo más machistas. Es evidente que las deidades responden a la opinión de la sociedad que las crea.

—También el catolicismo es machista —apuntó Hugo—. La prueba es lo escandaloso que resulta para él tanto las sacerdotisas anglicanas como que algunas de ellas prediquen la feminidad de Dios. Si no hubiera sido por la imprescindible necesidad de que al Redentor lo trajera al mundo una mujer, la Virgen María no hubiese existido. Y aun así la teratología ha hecho de las suyas: virgen antes del parto y en el parto y después del parto, concebida sin mancha, asumida por el cielo... O sea, una mujer completamente *light*.

—Yo me refiero a un machismo más activo que ése —comentó Palmira, a la que no complacía el cariz de la conversación—. Cuando los dioses se enamoraban de las hijas de los hombres o de los semidioses, no reparaban en barras hasta que las conseguían. Es por ahí por donde yo voy. No me preocupa que ellos adoptasen apariencias distintas para conseguir sus propósitos: lluvias de oro, águilas arrebatadoras, toros, corrientes cristalinas, cisnes, animales feroces... Pero cuando convierten a sus amadas en seres inferiores sólo para lograrlas me parecen unos cerdos tramposos.

Willy y Álex, en efecto, aburridos por el tema, hablaban de otra cosa. Hugo replicó riendo:

—Entonces no estaba tan mal vista la zoofilia. No hace mucho leí un libro que trataba de ella. Es de Eliano. Cuenta las historias de amor de un perro y la citarista Glauca; de otro perro y Jenofonte, un muchacho de Cilicia; de un áspid y un apacentador de gansos; de una foca y un buceador feísimo; de un delfín que se suicida al ver muerto a su amado, un efebo de Jaso... Y ésos sí que no eran dioses.

Palmira contemplaba con respeto a Hugo. Hizo un esfuerzo y continuó una conversación en la que ya no iba a ser deslumbradora:

—Bueno, son porquerías muy discutibles. Y en cualquier caso, las muchachas o los muchachos tendrían que dar su consentimiento. Pero ¿qué justifica que a Io la conviertan en ternera y la tengan trotando y pastando de un lado a otro del mundo? Esta misma tarde —cosa que era cierta— leía yo la historia de Teófane. Era hija del rey de Tracia, y extraordinariamente hermosa: su mano era, por lo tanto, muy solicitada. Pero se enamoró de ella Poseidón, el dios de los mares, y la secuestró, y la condujo a una isla desierta. Para despistar a sus pretendientes, la transformó en oveja y él se convirtió en carnero, hasta que se cansó de poseerla y ella tuvo el corderito del vellocino de oro, que tanta lata dio pasados unos años, a Jasón y a los astronautas.

—A los argonautas, mamá, no anticipes la historia —dijo Álex que en ese momento la escuchaba.

—Perdón, es verdad. Creí que papá y tú estabais charlando de vuestras cosas. Le comentaba a Hugo la rabia que me da que en la mitología se falte continuamente al respeto y a la libertad de elección de las mujeres. —Se había ruborizado un poco, y hablaba más de prisa.

—Y de los hombres —añadió Hugo—. Quizá a Ganímedes no le pidió Júpiter permiso para hacerle el amor, ¿no te parece, Álex? Los humanos, por hache o por be, siempre estamos al servicio de los dioses.

—Puede —terció, sobrepasada, Palmira—, pero dejadme seguir mi historia. Teófane convertida en oveja y el dios en carnero: hay una relativa igualdad de trato y de oportunidades. Sin embargo, cuando el dios retorna a sus reinos, ¿qué es de Teófane? Nadie dice que volviera a su ser original: se quedó hecha una oveja amamantando al corderito de oro. Suponeos la vida de la infeliz en esa isla, entre pastores toscos. Y peor si no lo eran todos y existía uno rozagante y cautivador. Porque ella, ya no humana, alejada de los suyos por el pasajero capricho de un dios, ¿qué iba a hacer? Quizá escuchar los caramillos y las siringas; o quizá recordara su palacio, también rudo, pero suyo y algo más agradable que esa antihigiénica vida a la intemperie; recordaría a sus pretendientes, a sus familiares; añoraría las conversaciones, las historias, las palabras a las que puede responderse, las caricias de sus amigas, las risas, las finas telas y las flores. Todo perdido por haber sido hermosa, fijaos. Y allí, en la isla, sin otra esperanza que la muerte, fuera de sí misma, con un hijo que no era de su especie, malograda, perdida, soñando bajo las estrellas con lo que habría podido ser para ella el amor...

—Yo creo que eso le pasa a mucha gente, querida —intervino Willy—. No hay que llegar a la mitología. Una parte de las chicas de hoy se casan con hombres que las transforman en seres inferiores a lo que ellas eran, y se pasan el tiempo soñando con una vida más apetitosa, más vibrante, más caliente y activa que la que llevan.

—Desde luego que sí. —Palmira saltó, como si le hubiesen dado una bofetada, sintiéndose aludida—. ¿Y eso te parece natural?

—De ninguna manera. He dicho sólo que es frecuente.

—Qué injusticia: el hombre se transforma en carnero para hacerle el amor a la ovejita, y el resto de las horas del día si te he visto no me acuerdo. —Palmira pensó que, con esa conversación, le había salido el tiro por la culata—. Me parece una solemne cabronada, en el más estricto sentido de la palabra.

—Quizá a esa mujer de la que hablas, no me acuerdo del nombre —comentó Willy—, también le hizo ilusión acostarse con un dios. Al principio de cualquier amor nadie sabe medir bien las consecuencias.

Los tres hombres rieron.

—Veo que estoy en desventaja —gruñó Palmira—. Nunca debí de salir con vosotros. Seríais *casi* capaces de convertirme en cualquier cosa, no ya en oveja, con tal de doblegarme.

—Estás estupendamente como estás —afirmó Willy—. ¿No es cierto, Álex? ¿No es cierto, Hugo? —Los dos muchachos afirmaron muy calurosamente, aunque quizá Hugo, o eso creyó notar Palmira, con mayor entusiasmo.

«No me hago ilusiones: al fin y al cabo, es el invitado.»

Lo fue por pocos días. Una vez que Palmira y el ama se quedaron solas, volvieron a su vida flotante, donde el tiempo transcurría sin ruido y sin prisa, y en la que Palmira retornaba a una infancia y a una adolescencia alentada por la total confabulación del ama. Confabulación que la aliviaba de sus sofocos, sus deseos repentinos de llorar y el disparadero en que de pronto su corazón se transformaba. Sin un orden previsto, sino a la buena de Dios, ambas mujeres rememoraban los personajes desaparecidos de aquellas épocas, es decir, todos, porque aun los que seguían vivos no se asemejaban mucho a lo que fueron.

—Recuerdo mejor yo —comenzaba Palmira— a mis hermanos o a mis amigas de entonces que me recuerdo a mí. No podría expresar nada de lo sola que me sentía, de los terrores que me abordaban, de las pesadillas, de lo que me producían (miedo y odio, en cualquier caso) las bromas horrorosas de los chicos cuando metían cigarrones en los bolsillos de mis delantales, o me perseguían con ratones muertos cogidos por el rabo. Todo eso me lo atribuyo porque lo he visto en otras niñas, pero no recuerdo qué era lo que pasaba entonces por mi propia cabeza y por mi propio corazón.

Se quedaba en silencio, cruzadas las manos sobre

la falda, sin mirar a ningún punto concreto. El ama dejaba pasar uno o dos minutos antes de hablar.

—Eras una niña preciosa, y la más lista de todos tus hermanos. No te llevabas mal con ninguno, quizá con Gonzalo un poco: al fin y al cabo era el mayor, y se creía con derecho a casi todo; no fue nunca simpático. Pero tu predilecto fue Eulogio, con mucha diferencia. ¿Te acuerdas de él? —Sonrió Palmira y afirmó con la cabeza—. Era un niño rubio y muy blanco, con venas azules en las sienes, en los párpados, en las muñecas, en el pechito. Tú decías que eras su novia: lo idolatrabas, lo protegías... No sé si te acuerdas bien, creo que no. Lo llevabas contigo a la casita que en la gran encina del jardín había mandado hacer tu padre, con una escala de palos y cuerdas por la que subíais y bajabais. La institutriz te reñía, porque a Eulogio no le estaba permitido usarla...

—La institutriz era una pesada.

—El pobre Eulogio no era del todo normal —condescendió el ama.

—Nunca he conocido un alma más pura que la suya. Su sonrisa sí que era inolvidable: de puro amor sin explicaciones, de comunidad con el universo.

—Sí, ya te digo que muy normal no era. Se quedaba oyéndote con la boca entreabierta, a ti que hablabas por los codos. No sé si te entendía o no, pero te seguía igual que un perro chico. Tú lo montabas en el columpio y lo mecías muy despacito para que él pudiera agarrarse sin peligro de caer... Murió de meningitis. Te lo ocultamos durante mucho tiempo. Yo te dije que lo habían llevado a Madrid a curarse y que volvería pronto; tú no lo creíste del todo... Un día, una noche, estábamos tú y yo rezándole a la virgen del Carmen grande, ¿se te ha olvidado esa imagen?, la que estaba en un altar al fondo del pasillo ancho de arriba. Antes de acostarte íbamos a desearle buenas noches a ella. Cuando aquella noche te dije «Pide también para que Eulogio nos proteja de todo mal», diste un grito tan fuerte que me asusté muchísimo; corrías de un

lado para otro como si te hubieras vuelto loca; llamabas a tu hermano a voces... Sólo mucho tiempo después, agotada, volviste donde yo me había quedado es-
perándote, la cara sucia de lágrimas, las pestañas
pegadas unas a otras, babeando como un animalito...
Fue tu primer dolor y tu primera muerte. No sé cómo
te diste cuenta de que nunca más volverías a ver a Eulogio. Los niños no saben qué es eso de siempre y de
jamás: para ellos los plazos son más cortos: qué noche
tan espeluznante para ti...

—Sí; me acuerdo de las lágrimas, pero no del dolor.

—Eras bastante chicazo. La institutriz quería que
fueseis niñas deportivas.

—La institutriz era una pesada.

—Os dejaba bañar las noches de luna en el mar y
os obligaba tempranísimo a hacer gimnasia al aire libre en Sevilla y aquí...

Las dos enmudecieron. De algún sitio venía una
voz de hombre cantando flamenco:

> *Yo ya no soy el que era,*
> *ni el que yo solía ser.*
> *Soy un cuadrito de penas*
> *pegaíto a la pared.*

La noche estaba serena y clara, amasada con un
perfume intenso y soñoliento. Nada se movía: los árboles parecían pintados, y las ramas de la buganvilla
escarlata, siempre balanceantes, permanecían inmóviles en el aire inmóvil.

—Odio la muerte —murmuró con viveza Palmira.

—No digas insensateces. Es como si dijeras que
odias la vida. Nadie se muere del todo mientras haya
alguien que lo recuerde. ¿No está esta casa llena de
gente? Yo los oigo... Hay veces que voy por los pasillos y los oigo apresurar el paso y adelantarme, o quedarse parados. A los que no viven, y también a los
que viven pero no están aquí. El otro día iba a subir
al segundo piso, muy poquito a poco, agarrada al pa-

samanos, escalón por escalón, y supe que detrás de mí subía tu madre. Me aparté para dejarla pasar, y pasó, y se abrió la puerta de cristales mucho antes de que yo la tocara... Tu madre murió poco después que Eulogio...

—Yo me di cuenta de que se había quedado ciega del todo, por la diabetes, el día en que insistió en que le abriera las ventanas del salón, que estaban de par en par abiertas. Pobre mamá. En seguida se fue.

—Tu madre era una señora, y una señora siempre sabe cuándo debe retirarse.

—Pero tampoco recuerdo ese dolor. Recuerdo lo exterior: las coronas de flores, el manto negro que te pusiste tú, los velos con que cubristeis los espejos, el portón cerrado... Supongo que olvidar es imprescindible para seguir vivo... Yo ahora soy demasiado joven para llamarme vieja, y demasiado vieja para llamarme joven. Todos aseguran que la adolescencia es la peor edad; pero yo pienso que esta mía es peor.

—Sea a la edad que fuere, crecer cuesta trabajo.

La noche las contagió de su sigilo y su indolencia durante un rato.

—Mi padre fue el hombre más alto y más guapo y más inteligente que yo he visto en mi vida. —Callaba el ama con los ojos bajos—. ¿Quién encontró el cadáver de papá?

—Un mozo que lo adoraba: Juan. —Se interrumpió un momento; luego añadió casi sin voz—: Él fue quien escondió y tiró la jeringuilla.

—¿Qué jeringuilla? —El ama no respondió—. ¿Qué jeringuilla, ama?

El ama comenzó a hablar lentamente, como si su voz se desperezase.

—Mira, antes o después tendría que saberse. Yo siempre he creído que algún amigo suyo lo supo, pero se lo calló: ¿para qué hablar de eso? Niña, tu padre se suicidó.

—Pero ¿qué dices? —exclamó Palmira en el colmo del desconcierto.

—Quizá creyó que había llegado esa enfermedad de la familia, y quiso darse prisa para que no lo pillara desprevenido. Juan sólo se lo contó al médico y a mí. Los tres estuvimos de acuerdo en decir que había muerto de un infarto. Don Bartolomé lo certificó así, pero en la mesilla de noche, cuando entró Juan con el desayuno había una caja de píldoras para dormir, de esas que tú tomas también, una copa de coñac, la jeringuilla y tres ampollas de insulina de las que se ponía tu madre... Don Bartolomé dijo que había pasado con dulzura del sueño al otro mundo. Él quiso hacerlo así, con el dedo puesto sobre los labios mandándonos callar, y nosotros lo obedecimos. No dejó ni un papel. Siempre fue el más discreto de los hombres. Pobre señor conde, qué fin tan solitario tuvo.

«En el mismo cuarto en que ahora duermo yo... Veo sobre el mármol rojo de la mesilla el plato blanco con la sobredosis de insulina, la jeringa apoyada en su borde con la aguja hacia arriba. En una bandeja al lado quizá la copa de coñac, que papá apenas bebía porque le daba espasmos sólo el olor (qué último trago tan amargo), y los barbitúricos, cuya caja ni siquiera se tomaría el trabajo de cerrar... Y me imagino la soledad infinita; el rito de despedirse de nosotros esa noche, de tocarnos acaso la frente con levedad, sin insistir, para que no percibiéramos su alteración; de encaminarse hacia la muerte en la plenitud de la conciencia, porque era la inconsciencia lo que él temía y quería evitar... Por las escaleras arriba, apoyado en la barandilla, pausadamente, tropezando en el escalón anterior al primer rellano que es unos centímetros más alto que los otros; por el pasillo adelante solo, definitivamente solo, sin detenerse ni un segundo ante el altar de la virgen del Carmen, igual que un animal doméstico que se aparta de todos los afectos, de los habitantes de la casa, de la cocinera que le dio de comer, de sus compañeros de juego, de todo, para ir al rincón oscuro del deshabitado cuarto de huéspedes, o al vestidor abandonado, o al armario entreabierto y vacío,

211

para morir, para morir, para quedarse a solas consigo mismo y realizar el acto más íntimo de todos: el acto de la muerte. Sin actitudes, sin frases últimas, sin gesticulaciones, sin una recomendación... En silencio y a solas. A morir para no resultar una carga sobre los hombros de nadie. A enfrentarse valerosa y humanamente, a solas, con la muerte.»

—Odio la muerte —repitió Palmira con los dientes apretados—. Para mí mi padre lo significaba todo... Cuando yo decía que Eulogio era mi novio, esperaba que él me diera en la cara un cachetillo y me reprendiese: «No digas bobadas, Eulogio es tu hermano.» «¿Y tú?», le preguntaba yo oprimiendo su mano entre mi hombro y mi cara. «Yo soy papá.» Cuando en el colegio me sentía aislada e incomprendida, cerraba los ojos y evocaba la sonrisa de papá y se me evaporaba la tristeza... Cuando estaba harta de todo, sacaba una de sus cartas de mi caja de carne de membrillo, y al ver la tinta verde con la que escribía se enjugaban mis males... —Dejó pasar un momento—. No; no le perdono que se quitase la vida. Yo lo hubiera cuidado hasta el final. Habría sido más para mí que nunca.

—Él quiso irse por su pie, sin dar la lata a nadie.

—Pero era el hombre mejor plantado de Sevilla.

—Por eso no le dio la gana que nadie lo viera de un modo más ruin y más penoso... También con él me encuentro algunas veces.

—Cómo me gustaría saber si yo le he defraudado...

—Tienes dos buenos hijos, que él idolatraba; tienes un buen marido, con el que siempre se llevó muy bien...

—Pero ¿y yo? ¿Yo no soy más que la madre de mis hijos y la mujer de mi marido? ¿No tengo vida propia? Entonces sí que todo ha sido un fracaso.

Palmira había levantado la voz. Se abanicó tan bruscamente que despegó dos varillas del abanico, y apagó con furia un cigarrillo en un cenicero que salió disparado de la mesa. El ama dejó transcurrir unos minutos. Luego, insinuó con suavidad:

—Si quieres, podríamos llamar a Camila.

—¿La vidente gorda medio gitana? —El ama afirmó con la cabeza. Los ojos de Palmira se alborozaron—. Sí, sí, que venga mañana. Pasaremos una tarde entretenida. Quién sabe, ¿no es verdad?

Camila llegó cuando la luz se iba. Era sonrosada, bajita y obesa, con los ojos muy pequeños y claros y el pelo teñido de color caoba. Llevaba un pericón que manejaba mayestáticamente y un pañuelo apretado en un puño con el que se secaba el sudor de la frente y de los párpados. Vestía un traje sin mangas estampado con grandes flores como la tela de una tapicería, lo que, acentuado por el tamaño de sus pechos y su vientre, la asemejaba a una cama de matrimonio. Del escote se sacó las cartas del tarot. Las dispuso sobre una seda blanca en que las llevaba envueltas. Palmira había colocado velas en el arriate del segundo patio.

—Qué teatrera eres —le dijo el ama.

—Es para evitar los mosquitos, estúpida. Creo que lo primero que le preguntaré a Camila va a ser tu edad. Si la acierta, será una prueba a su favor, porque tu edad ya sólo puede averiguarse con el carbono catorce.

—Ni sé lo que es eso ni me importa. Pero ten cuidado, porque no te llevo muchos más de veinte años, y a quien escupe al cielo en la cara le cae.

Ahora Camila movía las cartas y le retemblaban los gruesos brazos blancos. Sus ojos se concentraron de repente y se ahondaron. Pasó un largo minuto. Después puso el mazo de cartas ante Palmira.

—Con la izquierda. Corte con la izquierda y toque con la derecha los montones.

Principió con unas referencias al pasado no muy inexactas; pero a los Gadea los conocía todo Sanlúcar.

—Qué lejos se va usted —afirmó de pronto con una vocecita inverosímil.

—¿Quién? —preguntó Palmira volviéndose hacia el ama.

—Usted, señora. Lejísimos.

—¿De viaje?

—No aparece aquí que sea de viaje: el arcano del viajero no es éste... Huy, la torre: una decisión difícil que le cambia la vida... Hay que barajar más.

Mientras barajaba Palmira, la gorda miró al ama, o mejor, resbaló los ojos muy abiertos sobre el ama.

—Yo quiero que vea usted, Camila —le advirtió Palmira al tocar los montones—, alguna cosa de mi padre.

A la vidente se le puso de gallina la carne blanca de los brazos, que tomó un aspecto repulsivo.

—Si la señora admite que le diga la verdad, le contaría algo que ha sucedido cuando nos sentamos. Yo a su padre no lo conocí. He visto, como todo el mundo, fotos, porque era una persona de valía y de fuste... Pues cuando hemos entrado aquí en el traspatio, compareció un señor mayor bien erguido, benévolo, con paso elegante: vamos, lo que aquí llamamos un pintón. Ha salido por la puerta esa, que comunica con la planta baja y ha subido por aquella escalerita de hierro que no sé dónde da. Usted se acababa de acomodar en el sitio en que está. Él ha retrocedido unos pasos y le ha depositado en la falda el nardo que llevaba en el ojal de la chaqueta: lo ha olido, lo ha besado, y se lo ha puesto a usted con cariño en la falda... Y antes de desaparecer por la escalera, la ha vuelto a mirar, me ha mirado luego a mí, y ha hecho un ruido muy raro con los dientes, como una forma de señalar quién era. Después lo he dejado de ver.

Las miradas de Palmira y del ama se encontraron sin poderse desabrochar una de otra. Vacilaban entre la comprensión y la perplejidad.

—Pero ¿cómo fue ese ruido? —preguntó por fin Palmira con un hilo de voz y aún pendiente del ama.

—No quería decírselo para que no lo tomara usted a mala parte, señora. Porque era un rechinar de los dientes, una cosa muy rara... Y como dicen que en el infierno es eso lo que se hace...

214

—No, mujer —intervino el ama—. Lo del infierno es el crujir de dientes, o sea una especie de tiritera en medio de las ascuas.

Cuanto a partir de ahí dijo Camila fue corriente y sin interés: viajes, traiciones de amigas rubias y fortunas. En cuanto les fue posible, la despidieron con afabilidad hasta otro día, y Palmira, ya en la puerta, le puso unos billetes en la misma mano que estrujaba el pañuelo. Volvió corriendo al traspatio.

—¿Tú has pensado lo mismo que yo? —preguntó al ama.

—¿Qué otra cosa si no?

—¿Estaría esta gorda al tanto de algo?

—De ese asunto no sabe nadie nada. Ni tus hermanos. Sólo tú y yo.

—Y papá. —Se quedaron mirándose como antes, con las manos cogidas. Luego Palmira siguió con los ojos el trayecto desde la gran cristalera de la entrada a la escalerita de la terraza de su dormitorio—. Ha respondido a la pregunta que yo me hacía. Me ha ofrecido la flor.

—Pero se iba sin ofrecértela —gruñó malvada el ama—. Ha tenido que retroceder.

Palmira le gritó:

—Me ha dejado caer la flor, hija de la gran puta, déjate de maldades.

—Sí, es verdad, niña —el ama se reía—. Y me alegro. Pero no sólo Camila, cualquiera, hasta tú, puede ver lo que desea siempre que no tenga, como todo el mundo, legañas en los ojos. Dicen que la fe es creer lo que no se ve. La cosa funciona al contrario: sólo se ve lo que antes se ha creído.

En lo que coincidían las dos mujeres sin punto de discusión era en el sentido que había que dar al rechinar de dientes. El padre de Palmira, durante el verano, se echaba una siesta larga. Para ello, se ponía el pijama con la puerta entreabierta con el fin de dejar entrar un poco de luz desde el patio entoldado. Palmira atisbaba desde la ancha galería para ver el cuerpo semidesnudo, tan blanco y tan esbelto, de su padre. Su curiosidad era muy superior a toda regla de decoro. Alguna tarde la había sorprendido el ama en ese menester y la había regañado: «Las niñas buenas no fisgan ni acechan lo que hacen los mayores.» Palmira, entre el efecto de ver lo que anhelaba y la certeza de estar cometiendo un pecado, sentía que se le desbocaba el corazón hasta subírsele a la garganta. Por fin el padre se dormía, y la niña se sentaba no lejos de aquel cuarto en espera de que se despertase. Era entonces cuando se escuchaba el ruido: inaudito, torvo, nunca emitido por otra persona de la casa. Y ése era su secreto. Hasta que un día, con los ojos muy abiertos, le dijo al ama:

—Ama, papá relincha.

—Relinchar lo hacen los caballos, niña, no seas irrespetuosa.

La niña la llevó a la galería, y las dos escucharon impresionadas el rechinar de los dientes del conde. Cuando más tarde se lo contó el ama, el conde se reía. Y en adelante, al irse camino de su habitación a la hora de la siesta:

—Voy a relinchar un poquito, Palmira —le decía—. ¿Por qué no rechinas tú también hasta la hora del té?

Ahora, en la enigmática visión, como una consigna secreta, había repetido el ruido que constituía una complicidad entre ellos solos. La visión, por lo tanto, era auténtica, e irrebatible la satisfacción manifestada por la que había sido, desde su muerte, la vida de su hija.

Esa noche soñó Palmira con su padre, y se dio cuenta de que dormía, y de que soñaba, y de que sonreía su padre en el sueño, y de que ella también le sonreía. Pero ninguno de los dos habló palabra.

Palmira siempre fue la más exagerada de toda la familia. En cuanto llegaba abril quería vestirse de verano; en cuanto llegaba septiembre, quería abrigarse y volver a Sevilla.

Con los primeros día nublados, una mañana que amaneció lloviznando y se alzó al mediodía un poco de levante, metió cuatro cosas en la maleta, buscó a Juba que andaba por su exilio interior, mandó subir al coche al ama y a Ramona, y cogió la carretera camino de Sevilla.

Cuando cruzaron, ya en Santo Tirso, la avenida bordeada de cipreses que iba desde la reja exterior hasta la casa, Palmira corroboró que aquello era lo que más quería en el mundo; que allí estaba arraigada su vida verdadera; que, en el momento en que se hundiera Santo Tirso o se deshiciera de él, su corazón dejaría de latir, y estaría por fin muerta. Fue en ese instante cuando decidió ordenar en su testamento que sus cenizas se esparcieran por el jardín.

Su reencuentro con él, bajo un cielo de nubes blanquecinas y bajas, fue también un reencuentro con ella misma. En la encina grande del ángulo norte aún colgaba, en ruinas, la casita de madera con la plataforma donde ella se refugiaba o se escondía. En el nogal, una de las cuerdas del columpio se había roto, y el asiento colgaba, inútil, de la otra. Dio orden a Manuel de que lo repararan, y, de paso, mandó traer a un fontanero que arreglase las fuentes del laberinto.

Los jacarandás estaban verdes aún, y las tipuanas. Las palmeras, esbeltas, cabeceaban meciendo sus melenas. Los pacíficos de todos los colores exhibían sus flores primorosas no lejos de las crestas de gallo y de las bignonias anaranjadas. Los macizos de rosas emanaban una fragancia «realmente embriagadora, aunque decirlo sea una cursilería». Los jazmines constelaban los muros de la tapia con sus blancas estrellas, alternando con la dama de noche, y el indeciso verde de la flor de la dama aguardaba su hora de perfumarlo todo.

Las granadas y los membrillos estaban casi a punto. Deseó de todo corazón que avanzara un poco más de prisa el tiempo, para que las ensaladas de escarola las sirviesen salpicadas de granos rojos sobre las fuentes blancas; para que con el té le pusieran queso fresco y carne de membrillo; para que le asaran, sin motivo ninguno, una batata roja y cuatro o cinco castañas y bellotas... En eso consistía el otoño para ella; en eso había consistido siempre.

Cuando Manuel le dijo que el columpio estaba ya remediado, fue hasta él, se sentó, y encogió las piernas después de darle un primer empujón.

2

LA EXPOSICIÓN DE HUGO estaba constituyendo un gran suceso. Cada tarde se ponía un nuevo punto rojo junto a algún cuadro. Las críticas, provincianas, habían sido discretas. Palmira no dejó ni un cabo al azar. Las invitaciones fueron perfectamente dirigidas: no a demasiada gente, pero a la imprescindible.

—Son todos los que están, y están todos los que son —deslizó al oído de Hugo durante el cóctel, la noche de la inauguración.

Era a ella a quien la gente daba la enhorabuena, y ella, habilidosa, la trasladaba al pintor, alabándolo no como a alguien a quien se protege, sino como a alguien a quien se ha tenido la suerte de descubrir.

—Es el momento de hacerse con un cuadro —bajaba la voz al decirlo, como haciendo un favor que se escatima—. De aquí a unos años se habrán montado los precios en los cuernos de la luna. Con estos pintores que prometen ya se sabe: el espaldarazo de Madrid, donde expondrá en enero, y no lo volveremos a ver más.

Willy, que para el arte era bastante negado, le encargó que le comprara a Hugo el cuadro que más le gustase. Los amigos de Palmira se picaban los unos con los otros. La exposición, en consecuencia, llegó a estar casi toda vendida.

—Es mejor no subirse a la parra, querido —le aconsejó—. Más vale un éxito de ventas, sobre todo al principio, que largar un par de cuadros a un precio exorbitante. Hay que avanzar con los pasos contados. Tú déjame a mí, que conozco a Sevilla: no es muy rumbosa, pero sí suficientemente esnob. Con eso bastará.

Fueron semanas en que Palmira se encontró absolutamente necesaria, dinámica, eficaz, y, sobre todo, joven e inasequible al cansancio. Hugo acudía todas las tardes al local del banco donde colgaba su obra. Palmira sabía, pues, dónde encontrarlo y dónde invitar a una copa a los visitantes, hacer el artículo de la pintura y tener a su autor al alcance de la mano. Cuando la galería cerraba, ellos se quedaban juntos un rato todavía, incluso a menudo Palmira cenaba con Hugo, cada día más fascinado y más agradecido. Él la presentó a gente bullanguera y de su edad, que ella ignoraba que fuesen sus amigos. Algunos eran hijos de antiguos compañeros de adolescencia o de juventud: muchachos que tenían las facciones de sus padres, pero suavizadas por las de sus madres, y a los que ella podía identificar sin necesidad de saber su apellido. Muchachos más jóvenes aún que Hugo, más próximos por años a su hijo, que también acudía con frecuencia, y entre los que Palmira creía reinar, rejuvenecida y admirada.

A ella no le agradó nunca en exceso estar rodeada de otras mujeres. «Como la casa Domecq, yo no concurro a certámenes.» Por comparación —y a las comparaciones sí que era dada— se veía más baja, menos rubia, con alguna desventaja física. Alentaba la confianza de que, si hubiera competido con esas mujeres, habría triunfado sin demasiada lucha, pero nunca le apeteció declarar esa guerra. Prefería las amistades masculinas, y se desplegaba mucho mejor en un ambiente de hombres. Las conversaciones femeninas las consideraba baladíes, inconsistentes y nada subyugantes. Opinar sobre arte, sobre cuestiones abstractas, sobre el futuro de la pintura y sobre los caminos recorridos por la plástica hasta llegar donde se encontraba, la hacía completamente feliz, sobre todo si los hombres ante quienes opinaba eran menos conocedores aún que ella. El hecho de que, de cuando en cuando, una sonrisa levísimamente burlona de Hugo la frenase, no hacía más que espolearla. Cuando se quedaba a solas con él, inquiría la razón de su sonrisa.

—Lo que yo deseo es aprender de ti, ¿comprendes? —Se apretaba un poquito contra él—. Enséñame. No te cortes...

Se habían evaporado los meses de Sanlúcar, en que volvió, este año más que otros, los ojos al pasado. Se hallaba de nuevo en su ambiente habitual, en el que su misión era destacar y ejemplarizar; en el que se las sabía todas, y a Hugo lo contemplaba desde arriba, como a un niño que no ha aprendido todavía a lidiar el toro de la vida. O como a un forastero con el que hay que ser gentil y concesiva. Y, desde luego, como a un hombre guapísimo para el que ella había conseguido transformarse en imprescindible.

El día en que la duquesa, dueña de una impresionante colección de pintura antigua, visitó la exposición, Palmira estuvo particularmente expresiva y brillante. La duquesa, que no veía muy bien, se caló unas grandes gafas de concha y recorrió los cuadros de uno en uno. Cada dos o tres, miraba al pintor y después a Palmira por encima de las gafas; luego volvía a mirar la pintura, y no soltaba prenda.

—¿Qué te ha parecido? —tanteó ya en la puerta Palmira.

—Que estáis extraordinariamente compenetrados —respondió irónica la duquesa—. Más de lo que me habían dicho. Tienes que llevar una noche al pintor a cenar a casa. Me encantará que vea un lienzo de pared donde quizá cupiera una pintura suya. Que estudie la luz, y decida qué cuadro puede hacer. Es un espacio grande, por supuesto.

Palmira le dio las gracias; Hugo, también, besándole la mano. Pero Palmira se quedó pensando qué habría querido decirle la duquesa. Por primera vez en su vida, la había desconcertado.

Isa Bustos se hallaba fuera de Sevilla. La exposición estaba a punto de clausurarse cuando regresó. La noche de ese mismo día, con un traje de franela color hoja seca, se presentó en el banco. Había llovido un poco a primera hora. El sol no tuvo tiempo de secar las calles. Las farolas se reflejaban en el charol del suelo ligeramente encharcado. «Sevilla no está preparada para el agua.» Isa limpió la suela de sus zapatos en el felpudo de la entrada, a la que el pintor corrió a recibirla.

—Un éxito, ¿no es así? Me alegra mucho —le espetó—. Déjame ver las razones de ese éxito, aunque no sé por qué orden: si primero los cuadros y después Palmira, o al contrario. —Hugo recogió la indirecta, y abrió los brazos, dándole libertad—. Ver los cuadros acompañada de Palmira o de ti sería demasiado... Además he de participarte que no sé una palabra de pintura y que, a pesar de eso, me molesta muchísimo que me la expliquen. Yo entiendo que la pintura es como la rosa, ¿no te parece?: está ahí, y ahí se muestra, es una impertinencia demostrarla.

Se dirigió hacia la izquierda y, contra corriente, inició con calma el examen. Hugo, con un gesto, detuvo a Palmira, que ya se apresuraba a saludarla. Después de media hora, Isa se dirigió a ella y le tendió los brazos. Se saludaron muy efusivamente.

—La pintura es mejor de lo que me esperaba. A mi entender, claro, que no sé si coincide con el de los críticos... Es contenida y muy sensible, quizá demasiado sensible. Y por añadidura es decorativa: llega hasta el límite de lo que pueden aguantar las mejores burguesas de Sevilla. No me choca que haya vendido tanto. Aunque no podría chocarme: ya sé que tú te has expuesto aquí tanto como la pintura.

—Qué cosas tienes, Isa —rió Palmira.

—¿Y qué tal te han pagado? —Se evaporó la risa de Palmira—. No digas nada, ya lo veo: de ninguna manera. Lo has hecho todo por amor al arte, y nunca mejor dicho.

—¿Tú es que no crees en la amistad? —preguntó Palmira con la voz algo turbada, después de mirar a Hugo, entretenido en medio de un grupo de muchachos.

—Sí; más que en ninguna otra cosa. Fíjate si creeré que, por amistad hacia ti, estoy corriendo el riesgo de enfadarte... Palmira, ponerse en evidencia sin comerlo ni beberlo no me parece muy inteligente. Y yo sé que la inteligencia es lo que más admiras.

—No te comprendo.

—Te lo diré más claro: quien da pan a perro ajeno pierde pan y pierde perro.

—No soy ninguna niña, Isa.

—Eso salta a la vista. —Palmira, ofendida, dio un paso atrás—. No; no te asustes, lo digo porque cualquier niña de hoy lo hubiera hecho mejor que tú. Tu hija, por ejemplo.

—Sigo sin comprenderte. —Palmira se había cerrado en banda.

—Cuántas mentiras nos decimos para engañarnos. Cómo cerramos, cómo apretamos los ojos... Es preciso que mires con detenimiento a tu alrededor, Palmira. No sólo a Hugo, por descontado. Te has ido aislando tanto que ya no ves ni oyes. Tú estás allí, en Santo Tirso, en tu isla, en tu jardín, donde no llegan los ruidos de la ciudad ni de las calles. Si estás de acuerdo, te voy a dar un plazo: un mes, digamos. Estáte atenta, ábrete, escucha, saca conclusiones, acertadas o no, pregunta a tus hermanos o a quien sea... No sé qué decirte Palmira. No sé cómo decirte... Te veo muy feliz. Perdona, probablemente la felicidad consiste en no enterarse.

—Pero ¿de qué? —Palmira estaba algo más que intrigada.

—De nada, Palmira, de nada. Enhorabuena. Quizá por eso es por lo que la felicidad dura tan poco: siempre hay alguien tan torpe como yo que la interrumpe.

—Alzó la mano, en la que se había colocado ya el guante—. Adiós, Hugo. Espléndido trabajo *en todos los sentidos*. Nos veremos muy pronto. Adiós, querida. Saluda a Willy en mi nombre. Y perdóname otra vez: soy tan vieja que no me atrevo a separar los pies del suelo; me da miedo volar. Tú tienes tu razón, si es que la razón es lo que más nos sirve, lo cual dudo muchísimo. Quizá es razón lo único que me queda a mí, y hacerme la tonta fuese la mejor receta.

Salió, agitando la mano y esquivando un charco oscuro ante la misma puerta de la sala.

Fue el día de la clausura. Palmira había cenado con Hugo y un grupo de amigos suyos. «¿Por qué me desasosiegan? ¿No serán celos? Como mucho, celos amistosos: ellos no tienen al afecto de Hugo los mismos derechos que yo. Ellos, con sus manitas lavadas, vienen al olor del éxito; yo he hecho el éxito: desde las listas de los invitados hasta la atención personalizada de uno en uno... Ya sé que me pongo muy chinche. Bueno, ignoro por qué, pero me revientan. Y más me revienta tener que compartir con ellos a Hugo, pudiendo disfrutar nosotros mano a mano del triunfo, que es sólo nuestro.»

Después de cenar, «por fin», los dos se habían quedado solos en el rincón de una cafetería bastante pretenciosa. Las calles aparecían húmedas y desiertas, a pesar de no ser aún muy tarde. Ella habría preferido el bar o el patio del Alfonso XIII. «No conviene tenerlo todo. Isa es una buena consejera. No hay que alardear ni exhibirse; no hay que sobresaltar a nadie; no hay que despertar envidias. Por fin, solos.»

Sin embargo, la conversación languidecía. «Con los temas sobre los que he recapacitado que podríamos platicar y cambiar pareceres; con la de recuerdos que ya tenemos creados en común; con lo planeada que tenía esta entrevista después de todo... Es la hora de sacar beneficios, Palmira, hazte la fuerte, la potente, la acreedora. O hazte la víctima, la desatendida, la interrogante. Pero, coño, haz.» Nada, no se le ocurría nada. Como aquella noche en el camino de vuelta a casa. «Quizá no sea hora de hablar. Extiende la mano, déjala sobre ese horrible skai del asiento; él alargará la suya. O míralo con vehemencia a los ojos.» Pero ¿a qué ojos? Los de Hugo divagaban distraídos desde la entrada al fondo.

—¿Quién es esa señora?

—¿Cuál? —preguntó Palmira desabrida.

—Esa que está sola en la barra.

—Una que acaba de divorciarse del marqués de Monsancho. Es alcohólica y ludópata: una prenda.

—Tiene interés: las facciones tan marcadas, esa risa cruel... —La veía a través del espejo de la pared, entre botellas.

—Pues la pobre no sé de qué se ríe: le pasará lo que a las hienas. —«Ahora resulta que el niño pitongo se está fijando en otra. Para eso he aguantado a la charpa de sus amigos. Quizá debería haber coqueteado con alguno, maldita sea.»

De repente, casi sin darse cuenta, habló de la manera tácticamente menos acertada. Suelen hacerlo los amantes más o menos sinceros cuando tiran por la calle de en medio.

—¿Tú crees que tú y yo tenemos algo que decirnos?

Hugo la miró sorprendido. No vio ni el menor asomo de humor en el rostro de Palmira. Tenía que tomar, pues, en serio la pregunta.

—Qué cosas se te ocurren... —Se dio un respiro—. Compartimos tantas cosas... Hemos vivido momentos tan hondos... El arte une de una forma inigualable...

—Hay otras emociones que unen más. —«Ceguera. Isa Bustos me acusó de ceguera.» Situó su mano desnuda sobre el brazo de Hugo. En el local, pese a sus dorados, hacía frío. Sara Monsancho había pedido otra copa en la barra. Quizá, también a través del espejo, los estaba mirando divertida. «Una pareja desigual.» Palmira entera estaba allí, en su mano: tensa,

225

en su mano pálida, con minúsculas pecas, con la sortija de esmeralda y brillantes. «Una mano inútil que tiene detrás generaciones y generaciones de otras manos inútiles.» Aguardó un momento infinito. La mano de él descendió, por fin, sobre la suya. Pero no se detuvo: la palmeó con camaradería, fraternalmente, y ascendió luego al nivel de la mesa, y allí se quedó depositada. «Un estúpido y feo y falso mármol se antepone a tu mano»—. ¿No te parece? —insistió sin saber ya muy bien sobre lo que insistía.

—¿Qué, Palmira?

—No sé... —Recordó—. Que hay emociones que unen aún más que la del arte.

Hugo giró. Se colocó frente a ella. Sonreía apenas. «Qué guapo está el condenado. Se le notan como nunca las cuatro o cinco gotas de sangre negra, si es que tiene alguna. Por los ojos de acobardamiento, sobre todo... O quizá sea sólo cuestión de los climas, quién sabe. No me importa la sangre.»

—Puede; pero la emoción estética, ese empellón que a veces te corta el resuello y te llena de lágrimas los ojos, es la que más me importa ahora.

«Más claro, agua. Pero yo no estoy dispuesta a departir una noche más de arte. Llevo un mes a plato único. Nadie supo jamás que el arte me interesara tanto: ni yo.»

—Es lo mejor que te puede pasar, Hugo: tu carrera ante todo. —Se trataba de una constatación. No había ni la menor retranca en la frase: ninguna de las partes de Palmira Gadea, ni la osada ni la cautelosa, se lo habría permitido. Empujó ligeramente la mesa y se puso en pie—. Estoy cansada y mañana me espera un día atroz. No vale la pena que me acompañes: el coche está ahí mismo y tu casa muy cerca. Excusa que te deje en un sitio como éste. Aunque, en último extremo, ahí está la Monsancho. Hasta pronto.

Y salió.

«De perros.» Llegó a Santo Tirso, poniéndose a sí misma de vuelta y media, con un humor de perros. Por asociación, pensó en Juba y en sus doce años de fidelidad constante. ¿Lo habrían sacado a pasear un poco? Ahora la echaría de menos enroscado sobre su cojín en un rincón del vestidor. No la oiría llegar: mejor no despertarlo. Pero si, al quitarse los zapatos o con el chorro del agua de la ducha, se produjera un ruido fuerte, él se despertaría y movería toda la mitad de atrás de su cuerpo tan negro, como si se fuese a partir de alegría, con los ojos cegatos buscándola y ratificando con el olfato su llegada. La constancia de esos recibimientos regios les había restado importancia; no se sentía compensada, por ellos, de todos los sinsabores del día. «Ni siquiera compensada de que Willy esté roncando boca arriba, y haya echado de menos la manta gruesa que esta mañana pidió y que yo, carajo, olvidé mandar que le pusieran. Se le habrá ocurrido abrigarse con un albornoz o algo por el estilo. Con tal de que no sea con una cortina... No; no dormiré allí. Tengo demasiado mal café esta noche. Dormiré en otro sitio. Si acaso me llevaré a Juba conmigo.»

Desde el patio vio una luz encendida en el piso de arriba. Era su cuarto de estar. Ostentosamente encendido y con la puerta abierta. Willy no podía ser: lo derrocaba el sueño mucho antes. Salvo que se hubiese quedado dormido en su sillón. Aceleró la subida. No tenía ni la menor gana de intercambiar frases con nadie. Daría las buenas noches al niño que fuese, y se retiraría.

Era Helena. Estaba viendo la televisión. Al ver a Palmira, apretó el mando a distancia y la apagó. Se puso en pie.

—Buenas noches, mamá.

—¿Qué haces levantada a estas horas? ¿No hay mañana clases?

—Sí; pero tenía que hablarte.

—¿No te da igual mañana? Vengo muerta.

—Perdóname, pero es forzoso que sea ahora.

«Qué egoístas los niños. Cuando ellos quieren algo, ya puedes estar agonizando.»

—¿Necesitas dinero?

—No. —Helena sonrió—. Si quieres, puedes dármelo; pero no te esperaba para eso.

Palmira prendió un cigarrillo. Se sentó en el sillón de Willy. Se descalzó, recogió las piernas, y puso los pies en el asiento, dispuesta a escuchar. Le dijo a Helena *adelante* con las cejas.

—Estoy embarazada, mamá.

Palmira sintió un hormigueo en la cabeza. Se recostó en el sillón. Apagó el cigarrillo. «Me voy a marear.» Respiró hondo. Cerró los ojos. Ignoró lo que hacía el resto de su cuerpo. Había desplegado las piernas y puesto los pies en el suelo. «Qué frío, ya es noviembre.» No sentía las manos, que le temblaban. «¿Y el cigarrillo? No sé dónde lo he puesto.» Un dolor en la nuca y la sensación de vacío en la cabeza la embargaban.

—¿Te pasa algo? —Helena se acercó.

«Que si me pasa algo... Qué descoco. ¿Habré oído mal?»

—¿Cómo has dicho?

—Que si te pasa algo. ¿Puedo traerte algo?

—No, no, antes. ¿Qué has dicho antes?

—Que estoy embarazada.

Había oído bien. Helena continuaba de pie.

—Siéntate —dijo Palmira—. ¿Estás segura?

—Completamente. Me lo ha confirmado Álvaro Larra.

—Pero a mí no me ha dicho nada...

—Era un secreto profesional, mamá. Además he preferido decírtelo yo: me pareció más lógico.

—Sí, desde luego. —Mejoraba un poco—. ¿Y qué vamos a hacer?

—Nada.

—¿Cómo nada? ¿Lo dices así, tan fresca? Alguna

cosa habrá que hacer. Por lo pronto, voy a despertar a tu padre. Él tiene que saberlo.

—Papá no está. Se fue a Madrid hacia las seis. A no sé qué asunto urgente. Dijo que estará una semana. —Después de una pequeña pausa, agregó—: Además, ya lo sabe. Se lo dije cuando lo sospeché hace dos días.

—¿Y ni él ni tú me pusisteis al tanto? Pero ¿quién soy yo aquí? ¿El último mono?

—Preferí estar segura. Sabía que lo primero que ibas a preguntarme es si estaba segura.

—Y a tu padre, entonces... ¿Por qué?

—Necesitaba el apoyo de alguien.

—Ah, ni siquiera tienes el apoyo del culpable.

—No hay culpables, mamá, no seas antigua. Me refiero a alguien de la familia.

—Y has elegido a tu padre, es natural. —Se le venían abajo los esquemas. Ante la falta de importancia que le daban a ella, se aminoró la importancia que ella le daba a la noticia—. Pero nosotras somos mujeres: las mujeres nos entendemos mejor unas con otras...

—Tú estabas tan ocupada con la exposición de Hugo...

—¿Qué exposición de Hugo ni qué niño muerto? En estas circunstancias, lo primero eres tú. Pero ¿cómo es posible que ni tu padre me dijera nada? ¿Qué os he hecho yo? ¿Qué está pasando aquí? —Encendió otro cigarrillo—. Y tu padre coge el portante y se va a Madrid dejándome sola. Sola frente al peligro. —Había levantado la voz.

—Serénate, mamá. No hay peligro ninguno. Todo es normal, normalísimo. No pasa nada.

Ahora el corazón le palpitaba con furia. Lo estaba escuchando latir con sus oídos. Respiró por la boca. Se incorporó. Volvió a sentarse. Habló en voz baja, pero con gran intensidad:

—No pasa nada. ¿Te parece que es poco lo que pasa?

—Mamá, voy a casarme. Se adelanta la fecha de la boda y ya está.

—Muy sencillo. Tú lo ves muy sencillo. —Gritó de nuevo—. ¿Con quién vas a casarte?

—Con Ignacio, por supuesto. —Helena continuaba impertérrita.

—Pero ¿quién es Ignacio, Dios mío?

—El padre, mamá: Ignacio Soler. Te lo presenté el día de tus bodas de plata.

—Ya; aquel chiquito que no te dejó ni a sol ni a sombra... Sí, pregunté quién era. Un pelanas, Helena, un cazadotes… Trabaja en la recepción de un hotel. No tiene dónde caerse muerto. —Helena se levantó. Era la personificación de la serenidad, cosa que alteraba más aún a Palmira. Recogió un libro de la mesa.

—Por eso temía decírtelo a ti, mamá... —Iba a salir—. De momento, no va a caerse muerto. Ni él ni yo. Estoy enamorada de él, y él de mí. Trabaja en donde sea, pero trabaja —¿Lo decía con intención de insultarla?— Y lo de cazadotes es un anacronismo. Si estuvieses al día, mamá, sabrías que existen toda clase de maneras de tomar precauciones: para la dote y para los hijos. Yo llevo muchos meses viviendo prácticamente con Ignacio. Si no te has dado cuenta, es que estás ciega. Y lo conozco mejor que tú.

—Siempre decimos eso —murmuró Palmira con voz lastimera.

—Y hasta mejor que tú a papá cuando os casasteis. Y, si me apuras, incluso mejor que ahora mismo. —Palmira no daba crédito a lo que oía. Fue a hablar. Abrió la boca y volvió a cerrarla. Lo que ahora sentía era, por encima de todo, ira. Una mequetrefe le estaba dando lecciones a ella. Debería bajarle las bragas y darle unos azotes. «Las bragas... Qué adecuado.» Respiraba por la nariz con dificultad. Se oía su respiración—. Y existe también la separación de bienes. Y, en último término, existe hasta el divorcio. —Helena también había levantado la voz—. Pero, lo primero de todo: Ignacio no es ningún pelanas. Es un muchacho serio, de una familia seria: más seria que la nuestra.

—Eres una insolente, Helena. Te prohíbo... —La interrumpió su hija.

—Como me temía, esta conversación ha resultado infructuosa. No puedes prohibirme nada, mamá.

Palmira comprendió que la distancia entre Helena y ella era demasiada para salvarla con palabras. «¿Cómo demonios hemos llegado a estar tan separadas?» Y que la chica tenía a su favor la fuerza del sentimiento, la positividad del sentimiento. Mientras ella dijera cien noes, Helena le respondería con mil síes. Respiró hondo otra vez:

—¿Terminarás la carrera, por lo menos? —Se hallaba preparada para una nueva impertinencia: inclinó el cuello al hacha del verdugo.

—Naturalmente, mamá, ¿por quién me tomas? La terminaré y la ejerceré.

Palmira se asombró: quizá sí que para eso no estaba preparada.

—Pero, hija mía, si eres tan sensata, ¿por qué...? —Su hija la volvió a interrumpir.

—¿Por qué me he quedado embarazada? Porque eso resolvía de una vez los problemas.

—¿De cuánto tiempo estás?

—De un mes y pico.

—Todavía cabe la posibilidad... ¿No lo has considerado?

—En ningún momento, mamá. Y no creí que llegaras a plantear la cuestión. —Palmira recibió el reproche en plena cara. «En el fondo, me lo merezco. Mi hija es hija mía.»—. Estoy orgullosa y encantada de tener un hijo de Ignacio.

«Encima me echará siempre la culpa de haber *planteado la cuestión*. Qué descaro, Dios mío. Qué forma de ganarme la batalla. Y el caso es que no puedo llorar. Supongo que además, en estas condiciones, sería una ridiculez. Como la ridiculez de Laura Ortiz.»

—Que descanses, mamá —dijo Helena, y se inclinó para besarla.

—Tú también, hija mía. Que todo sea para bien.

Cuando se quedó sola, pensó a la vez dos cosas contradictorias: que el mundo entero se le venía en lo alto, y que en realidad el asunto no tenía demasiada importancia, bien miradas las cosas. Le parecía, más que nada, un error: un estúpido error.

Apagó la luz y dio la del pasillo. Fue a su dormitorio. La cama desierta le pareció anchísima. «Detesto a Willy por no habérmelo dicho: me lo pagará caro.» Descubierta y con un camisón amarillo muy pálido encima, la cama le produjo una sensación desoladora. Para paliarla, entró en el vestidor y llamó a gritos a Juba: el perro se le acercó loco de contento. Palmira se sentó en la silla baja de anea. La cabeza del perro estaba a la altura de la suya. La acarició distraída un momento, entre los transportes de gratitud del animal. Después se desnudó. No tenía ni el menor deseo de ducharse. «¿Para quién?» Se puso la ropa de noche. Se miró en el tríptico de espejos. «Una vieja que termina su historia y se opone a que una joven inaugure la suya.»

Se le había quitado todo el cansancio. Prendió un calentador que había en el rincón opuesto al de Juba. El perro había regresado al suyo y ocultaba el hocico entre sus patas. Palmira se sentó de nuevo, la cara sobre la mano, y el codo en la rodilla. «¿Qué va a pensar la gente? Toda la vida cumpliendo honorables requisitos, para dar ahora esta campanada que va a dejar sorda a toda Sevilla... Sorda, pero no muda. Estamos arreglados. Con razón me decía Isa que abriera bien los ojos. Seguro que ya estaba enterada... La hija de Palmira Gadea se casa de penalti. Anda, que si mis padres levantaran la cabeza... No, no soy una egoísta. No lo soy. Me preocuparía por el estado de ánimo de Helena si no la hubiese encontrado maravillosamente encantada de la vida y de ese berzotas que le ha hecho el hijo. Ella no me necesita para nada... Necesitaba más a su padre. Qué barbaridad. Es como para comer chinchetas en la puerta de un sastre... Y el ama lo ba-

232

rruntaba también, claro. Mañana me va a oír... O quizá ahora, porque con semejante noticia se tendrían que estremecer los cimientos de esta casa.»

—«No seas exagerada. Lo primordial es que sean felices.»

—«Qué felices ni qué ocho cuartos. Una niña llena de mimos, malísimamente acostumbrada, ¿cómo va a ser feliz con un frescales? Ella no es tonta: se convencerá a los cuatro días. Pues menuda diferencia hay de Montini a Papini. Relaciones prematrimoniales..., una marranada. Se creen que van a conocerse mejor por eso. Cuando el lobo asoma las orejas es cuando los papeles están ya en regla y bien firmados. Entonces llega la hora de la verdad. Separación de bienes y divorcio... Eso son paparruchas: actas de defunción.»

—«Quizá podría la boda apresurarse, y así la gente...»

—«Pero cuando una boda se improvisa todo el mundo se supone la causa. Tener un nieto sietemesino. Lo que faltaba... Un nieto así, de repente, sin hacerme a la idea. No me hace ninguna gracia: no creo que pueda quererlo. Por obligación no se quiere a nadie. ¡La voz de la sangre!, qué disparate. Ya veremos para qué sirve la voz de la sangre. Qué frialdad la de esta niña: es una Kelvinator... Si yo hubiese visto la pasión, el amor loco; pero no: todo pensado, todo calculado. Por lo menos por parte de él, sin duda; menudo debe ser el niño. Quién me iba a decir a mí que iba a tener por yerno al recepcionista de un hotel de segunda. Qué porquería. No me extrañará que la gente se harte de murmurar, porque el caso tiene tela marinera... A mí, precisamente a mí tenía que sucederme. Y en el peor momento. Yo, que me he sacrificado, que me he resignado, que he pasado por carros y carretas con tal de mantener en pie mi matrimonio y de andar por esta ciudad de mierda con la frente muy alta.»

—«Eres una idiota, Palmira. Lo mejor que puedes hacer esta noche es dormir.»

Pero sólo al final de la noche se adormeció. Y fue para entresoñar situaciones tan desagradables que se alegró de no recordarlas a la mañana siguiente. Su última reflexión consciente era que, sin saberlo, había estado toda la vida rodeada de egoístas y que, cuando despertase, telefonearía a Willy para ponerlo de vuelta y media. Con este acibarado pensamiento, se sumergió, entre dolores de cabeza, en la penumbra de un sueño inconsistente.

Cuando pidió el desayuno le dijeron que el señorito Álex estaba tomando el suyo en el comedor de los niños. «Llamarlo así, resulta hoy una befa aterradora... No ha querido tropezarse conmigo.» Mandó que le rogaran que viniese a verla.

Apenas había tomado su primera taza de café, cuando Álex golpeó en la puerta y entró. Se saludaron: ella sobre los almohadones, y él en pie.

—¿Me llamabas?

—Sí; es preciso que sepas algo trascendental que ha sucedido en esta casa. Te prevengo que no es, de ninguna manera, plato de gusto. Si te lo digo así, de sopetón...

—¿Te refieres a lo de Helena? —El pasmo de Palmira fue muy superior a lo que nadie, ni ella, podía imaginarse. Se le vertió un poco de café en el platillo. Para fingir naturalidad trató de hablar mientras se servía la segunda taza. No lo consiguió. Se quedó mirando a Álex con tanto resentimiento que el muchacho balbuceó—: Me lo dijo a la vez que a papá; iba esa misma tarde al médico. Pensamos que era mejor que tú no lo supieses hasta que...

—Hasta que hubiese dado a luz —le interrumpió Palmira.

—No te irrites, mamá. Tú estabas con lo de Hugo, que te hacía tanta ilusión. Decidimos esperar a la clausura: ¿para qué adelantar los hechos?

—Nunca esperé de ti este comportamiento. Entre

tú y yo siempre hubo una intimidad mayor que con cualquier otro miembro de esta extraña familia...

Se le ocurrió ofrecerle una taza de café. «Lo haré dentro de un momento.»

—Si no te importa, mamá, me voy. Tengo clase temprano. No te preocupes por nada. Helena sabe bien lo que quiere. Hasta después.

La besó en la mejilla, y salió cerrando la puerta tras él. «Aquí todo el mundo sabe bien lo que quiere, menos yo.» Se sentía cómica, trasnochada, grotesca. Mandó llamar al ama pero se arrepintió un segundo después.

El ama la miraba casi desde su misma altura. «Cómo ha menguado.» Llevaba en las manos un albero. «¿Qué trabajo estará haciendo esta mujer a estas horas?» Se había situado muy cerca de la cama, no a los pies como Álex, sino a la derecha de Palmira, que ocupaba también el lado derecho de la cama. Le habló muy bajito:

—Si me vas a decir que tu hija está embarazada, te lo puedes ahorrar. Lo sé desde antes de que lo estuviera. Y luego no me lo contó ella: lo deduje yo. No es tan difícil... El tema estaba cantado. Te lo advertí: «Habla con tus hijos; aquí pasa algo: habla con ellos...»

—Y hablé, cojones. Pero se conoce que el sinvergüenza ese hizo algo más que hablar, ojalá se muera.

—Cuidado, que es el padre de tu nieto. —Palmira intuyó que la escena divertía al ama. Se enfrentó con ella echando chispas por los ojos—. No te pongas basilisca, que a mí no me asustas. Y no me hagas a mí pagar los platos que han roto todos a los que no te atreves a cobrárselos.

«¿Es que no voy a tener a nadie contra quien rebelarme? Me la han jugado entre todos. Sí, entre todos, no sólo la niña moderna esa. Y encima me niegan el derecho a la queja. Me queda un último recurso.»

—Voy a telefonear a Willy. Puede que a estas horas lo coja todavía en el hotel. —Buscó un número en el listín, y lo marcó—. El señor Guevara, don Guillermo

Guevara... De parte de su casa... ¿Ya ha salido? ¿Saben ustedes si va a ir a almorzar?... No ha dicho nada, ¿eh? Él nunca dice nada... Cuando llegue, por favor, díganle que llame a Sevilla. Es muy importante. Que llame sin falta. —Desconectó el aparato—. Qué urgencia le habrá surgido a este berzotas en Madrid con la barahúnda que tenemos aquí encima de la testa.

—Qué anormalísima eres, hija mía.

—Ah, la anormal soy yo —separó, admirada y colérica, las sílabas.

—En lugar de procurar que el problema apiñe a toda la familia, en lugar de ponerte sin condiciones a la disposición de Helena, te preocupas sólo de tonterías. Para lo que sucede ya no hay remedio. —Interrumpió con las manos a Palmira antes de que hablara—. Está bien; hay uno; pero tu hija no lo acepta y yo le alabo el gusto: un hijo está por encima de todas las sandeces de este mundo. Ella sí lo comprende; sin embargo, tú no, por lo que veo. Helena no está arrepentida de nada: lo ha hecho a conciencia, y quiere seguir haciéndolo a conciencia. No te enfrentes con ella. Haz lo que ella quiera. Es su vida, no la tuya, Palmira, la que está en juego.

Palmira habló en un grito.

—La mía también, joder.

—No; están en juego tus chuminadas.

—¿Qué dices, ordinaria?

—Lo que oyes. Si tienes que romper con quien sea por ponerte del lado de tu hija, lo haces. Si tienes que quemar ese libro de teléfonos, lo quemas.

—Sí; a lo hecho, pecho: el lema de las madres solteras. No me prediques, ama; no me seas párroca. Llevo toda la noche en el berenjenal. Sé muy bien lo que no me han dejado otro remedio que hacer; pero eso no quita que me haya sentado como una patada en la espalda. Primero, el hecho en sí; segundo, cómo se han confabulado (cómo os habéis confabulado) todos en contra mía.

—Escúchame, Palmira. Si no hubieses estado tan distraída con la pintura —el ama hablaba con cierto retintín—, te habrías dado cuenta sin que te lo dijera nadie. Son casi dos meses de embarazo, niña, no diez minutos.

Palmira echó a un lado, de golpe, los cobertores de la cama, se calzó las zapatillas y fue hacia el baño diciendo:

—Ahora mismo me voy a Madrid. Es preciso que hable con Willy. Me han dolido mucho su silencio y su huida. En este momento habríamos debido de estar juntos. Quiero reprochárselo en persona, y ya. Y ponerme de acuerdo con él en qué es lo que nos corresponde hacer.

—Eso es muy fácil —el ama la había seguido y hablaba a través de la puerta entornada—: preparar la boda, conocer a los padres del muchacho, conocer mejor al muchacho, agradecerle...

El aullido con que la interrumpió Palmira se oyó en toda la casa.

—¿Agradecerle? Pero ¿por quién me tomas?

—Sí; agradecerle que no escurra el bulto y que se haga responsable de las consecuencias. —Alarmada por el silencio de Palmira, asomó el ama la cabeza. Palmira estaba llorando sentada en el inodoro con la cara entre las manos. Producía una impresión casi insoportable de desamparo. El ama se acercó a ella, le tomó la cabeza entre sus manos y la meció—. Ea, ea, mi niña. —El ama sabía cómo tratar las furias de Palmira: cuando brotaba el llanto brotaba la solución. Por eso la había provocado hasta hacerla estallar. Después del primer desahogo, Palmira reaccionó:

—Quita, bruja. —Fue al lavabo; se enjugó la cara; se lavó los dientes—. Dile a Ramona que me prepare un traje de chaqueta. Llevaré el gris de rayas con una gabardina. Y un maletín con otro traje, una muda y el neceser... Que no se olvide los zapatos y los demás accesorios: es una estúpida que siempre se deja algo. Y tú sal, que me voy a duchar.

—Será la primera vez que te veo en cueros —refunfuñó el ama mientras la obedecía.

El viaje fue un horror. Tomó un par de cafés y, ya llegando, un whisky. Durante las dos horas y media le dio tiempo de ver la cuestión no con mayor sangre fría —la sangre fría, en el fondo, no la había perdido—, sino con menos subjetivismo. Dejó de considerarla un atentado personal: dedujo que era una desgracia que le podía ocurrir a cualquiera, «como una teja que te cae en la cabeza y te liquida». Después pensó que no para todos se trataba de una desgracia: para Helena era, en realidad, lo más hermoso que le había pasado en su vida. «Vistas así las cosas...»

Se fue reconciliando con todos, menos con Willy, que le parecía, en lugar de un aliado, un alevoso, un bellaco y un mal marido. Bien estaban sus arrumacos con la niña, sus besuqueos y sus predilecciones; pero en un caso así se ha de contar inmediatamente con la madre. Y si a la niña, por la malísima formación que él le había dado, no se le ocurría, habría tenido que ocurrírsele a él. «No, Willy no tiene perdón.» Qué pena que el aviso del primer nieto hubiese sido tan poco similar al que ella imaginara: no tenía, ni por lo más remoto, nada de un regalo fantástico y, por añadidura, el otro, «mi socio como ahora lo llaman», era un cerdo que le había escamoteado la noticia en lugar de adornársela, de enjoyársela, de digerírsela. «No; en lo de Willy no hay pase que valga.»

Lloviznaba en Madrid. Tomó un taxi en Atocha y dio la dirección del *hotel de Willy*. Lo llamaban así porque, sólo cuando iba sin ella, Willy reservaba allí su habitación. Si viajaban juntos, lo que sucedía con alguna frecuencia, se instalaban en un hotel más convencionalmente bueno según el número de sus estrellas. Su marido no es que fuese al otro hotel por razones económicas, sino porque gozaba de una cocina bastante mejor, y a Willy le gustaba almorzar en el hotel para echarse su siesta en seguida (Madrid y el tumulto madrileño lo agotaban un disparate); incluso cenar en él y «coger la piltra» lo antes posible, porque por regla general madrugaba mucho, tuviese o no que hacer. Por otra parte, entre un hotel y otro no habría ni doscientos metros.

Desde que vio la fachada se sintió mejor. Palmira no solía hablar bien de Madrid, pero era por sevillanismo. En Madrid lo pasaba de miedo, y el gris de hoy con su suave agua casi invisible, y hasta el acierto de haber traído gabardina, y la torpeza con que la gente circulaba por las aceras y los pasos de cebra, no dejaban de hacerle compañía.

Se apeó del taxi con el pequeño maletín en la mano. Se encontraba diligente y ágil. El hecho de haber decidido hablar de viva voz con Willy; el hecho de haber tomado el billete y el tren sola, con lo de que ninguna manera estaba familiarizada; el hecho de contar con un pretexto tan relevante para enfrentarse a Willy cara a cara, después de tantos años en que la conversación más trascendental que tenían versaba sobre el color de sus corbatas, le proporcionaban a Palmira una seguridad (no una alegría, no, pero sí un peso específico) y la convicción de que por fin sucedía algo realmente esencial sobre lo que su opinión lo era también.

Empujó la puerta giratoria y se dirigió a la recepción. «El palurdo ese es recepcionista de hotel. Vaya una profesión... Por culpa suya, no querría estar antipática con éste.» Preguntó por don Guillermo Guevara. La llave estaba en el casillero. Sí; el señor había recibido una llamada desde Sevilla. No; no había regresado después de ella.

—Lo esperaré, porque supongo que vendrá a almorzar.

—Suele hacerlo, señora.

—Estaré sentada en el vestíbulo. Me gustaría darle una sorpresa. Cuando llegue, me manda usted un botones. Muchas gracias.

Pidió otro whisky —«con coca-cola, por favor»— a un camarero. Pasaban unos pocos minutos de las dos. «Willy y yo tendremos que estar ahora más unidos que nunca: dar la cara juntos, crear la sensación de que en la familia no se ha producido la menor fisura.» Se distrajo un momento. «Este ambiente es discreto y acogedor. Creo que deberíamos venir juntos aquí también. Se lo propondré a Willy. El otro hotel es más hacia la galería. Este no me disgusta... ¿Cuántos años lleva ya Willy viniendo aquí? Tres casi, me parece...» Sí, ahora tendrían que ser uña y carne, como al principio. «Pero la uña, yo... ¿Por qué nos vamos separando las personas? Y pensar que, si no hubiera sido por esta locura de Helena, habría podido suceder, a lo tonto, cualquier cosa irremediable entre nosotros dos...» Había bebido más de medio vaso cuando un botones la avisó.

—El señor Guevara y su señora acaban de pasar al comedor. —Miró al botones. Le dio tiempo a ver que tenía un lunar muy cerca de la boca y que el pelo le resbalaba sobre la frente antes de que todo se pusiese borroso—. Señora —oyó que le decía el botones. Pensó en lo poco que había dormido... Hizo un gesto enérgico al muchacho que se inclinaba sobre ella. El gesto le sirvió para sobreponerse.

—¿Dónde está el comedor?

—La acompaño, señora.

El comedor estaba al otro lado de la recepción. «Ni un paso en falso, ni un descuido.» Saludó con un movimiento de cabeza al recepcionista, que le señaló el lugar del restaurante. Las amplias puertas de cristal estaban abiertas. Divisó a Willy en una mesa del fondo. Sonreía. Frente a él, una mujer de pelo rubio no muy claro, vestida de gris con unas pieles finas, probablemente de visón, alrededor del cuello. Se acercó a la mesa un camarero a tomar la comanda. La mujer volvió la cara hacia Willy. Era Teresa. Dijo algo que lo hizo reír. Alargando la mano, Willy le acarició la mejilla. Ella besó aquella mano.

Palmira pidió en recepción el maletín que había dejado. Dijo algo semejante a una evasiva de una forma mecánica y bastante ininteligible. Permitió que el botones empujara la puerta giratoria. En la acera —quizá llovía más fuerte ahora— esperó que llegara un taxi. Tomó el de alguien, no supo si hombre o mujer, que se apeó para entrar en el hotel. Quien fuera la rozó con el hombro y le pidió perdón. Subió al taxi.

—A la estación de Atocha, por favor.

Sólo entonces, con el maletín delante de la cara, se puso a sollozar ardientemente.

3

Ni había comido, ni podía pensar en hacerlo. Durante el viaje de vuelta urdió escrupulosamente un plan, o así se le antojaba. Al principio del trayecto, miró a veces por la ventanilla para fingir que contemplaba el paisaje, despejado ya de la niebla. La presencia de un desconocido junto a ella le impidió abandonarse a lo que de verdad le apetecía: compadecerse a sí misma y llorar, llorar, porque era una mujer débil, honrada y engañada.

Quizá esa desfavorable circunstancia de no viajar a solas la salvó. Después de una hora, se irguió moralmente: la sostenía el rencor. Comenzó a darse cuenta de que el resentimiento era en ella más grande que el propio sentimiento. ¿Cómo pudo Willy, en apariencia tan sincero, tan incapaz de doblez, tan simplón, haberle ocultado a ella, tan sagaz y tan avizor, una relación de varios años? Porque no dudaba que, desde el principio, aquel hotel había servido para las citas amorosas de la pareja odiada. ¿Cómo utilizó Willy la confianza ciega de ella, y hasta el desprecio que no se le ocultaba que sentía por su mediana inteligencia, para encubrir un proceder tan bajo? Mientras ella se esforzaba en superar su época crítica y más difícil, procurando que todo a su alrededor conservase su aspecto de normalidad, Willy la abandonaba lanzándose a otros brazos más jóvenes. «Ah, los hombres no padecen años más peligrosos, o si los padecen pueden disimularlos. Si no, ¿por qué a un oso como Willy le es posible hallar una pareja como la de esa despreciable puta? ¿O es que hay mujeres que, con tal de tener a alguien encima, son capaces de cualquier deslealtad y cualquier crimen?»

Las hay, sí, pero no todas, porque ella había sabido contenerse. Ella era fiel, no a Willy que había dejado de existir, sino a ella misma. A pesar de que no le faltaron ocasiones para dejar de serlo. Ahí estaba Ciro («Bueno, no sé»), ahí estaba Hugo: habría bastado que chasquease los dedos para que cualquiera de los dos corriese a sus brazos. Ella, Palmira, la tonta, resistiendo a las tentaciones, en tanto que su marido, a la chita callando, con su blanda sonrisa de gran mosquita muerta, le ponía los cuernos...

Había segundos en que de nuevo le borboteaba la herida y la consideraba irrestañable. Se venía abajo. Se juzgaba la más desgraciada, la más ofendida, traicionada y humillada de las mujeres. Se reprochaba el haber carecido de perspicacia suficiente para rastrear el husmo de su desdicha. Se reprochaba que su exceso de confianza en sí misma y en la torpeza de Willy le hubiera impedido ver un poco más allá de sus narices... Esos reproches volvían a sacarla de su hundimiento. Y también el imaginarse el hervidero en que se iba a transformar su entorno de Sevilla. Palmira había tratado a tirios y a troyanos con la punta del pie; había sido dura y exigente. («Quizá exagero ahora. Quizá no tanto.») Su caída proporcionaría a los damnificados por ella y a los que la tenían entre ojos sobrado material para unos comentarios que no se habrían de agotar en toda la temporada. «Como mínimo.» Sus cuernos eran una noticia tan gustosa, que, por descontado, atenuaría los comentarios sobre el embarazo de su hija. «La familia Guevara Gadea no tiene hoy por dónde cogerla.»

Luego reflexionaba un poco más. Era muy probable que sus amigos, incluso sus hermanos, incluso el ama —de la que recordaba ciertas frases insinuantes en Sanlúcar—, incluso Ciro, que le había preguntado qué haría si su marido la engañase, era probable que todos tuviesen el convencimiento, o al menos la sospecha de que su marido la engañaba. Acaso Teresa no había sido la primera. Acaso esta situación se mantenía durante mucho más tiempo... ¿Y sus hijos? ¿Conocerían sus hijos el inicuo proceder de su padre? Después de lo de anoche era posible. ¿Y entonces? Entonces Palmira estaba sola, sola, sola como no lo había estado jamás. Se hundía otra vez en el mayor abatimiento, y de él otra vez la sacaba una especie de instinto de conservación que interpretaba ella como un claro designio de venganza. «Que cada palo aguante su vela, y que quien tal haga que tal pague.»

En consecuencia, su vida había transcurrido como una pura ficción, como una fantasmagoría en la que nada fue real: ni el amor de Willy, ni la solidaridad de sus amigos («¿Qué pensar de Isa Bustos?»), ni los vínculos de sangre, ni la devoción del ama, ni siquiera su propia madurez y su sagacidad. O sea, sólo le quedaba Juba, el cariño de Juba si es que, cuando llegara, no se lo habían arrebatado también... Se le llenaron los ojos de lágrimas por quinta o sexta vez y se caló las gafas oscuras con las que por casualidad había topado en su bolso, para disimular lo que consideraba la más baja de las rendiciones y la más visible confesión de su derrota.

Cuando se apeó en la estación de Santa Justa sabía con pelos y señales con quiénes debía hablar sin tardanza, y en qué orden tenía que llamarlos. Se prohibió derramar una lágrima más, y se afirmó en que los pasos de los próximos días no los desandaría nunca, a pesar de que marcaban una dirección nueva, inesperada e incógnita a su vida. «O quizá precisamente porque la marcan: nunca es demasiado tarde para comenzar. A la menopausia, ahora, se agregan argumentos más sólidos, más íntimos, mucho más concluyentes.»

A medida que se acercaba a Santo Tirso en su coche, que recogió en la estación, se confirmaba en sus decisiones. Santo Tirso era su *alter ego*, su campo privado e intransferible, y el único sitio en que Palmira era ella sobre todas las cosas, ratificada y fortalecida, como si las anteriores generaciones de Gadea que lo habían construido y habitado estuviesen de su parte alentándola. «Éste es mi reino. Aquí seré invencible.»

A quien le abrió la cancela, antes de advertir que no era Damián, sino Ramona, le ordenó que sus hijos y el ama acudiesen a la biblioteca: tenía que hablar con ellos. Ni siquiera se le pasó por la cabeza que los chicos pudieran estar fuera; pero no lo estaban. Entró un momento a su baño. «Desde ahora va a ser sola y enteramente mío: mejor.» Se reflejó en el espejo: vio con imparcialidad un rostro descompuesto por la tensión y por el viaje. «Quizá también por el ayuno. Pertenece a la recién muerta Palmira; la que hoy nace ha de estar en plena forma, o aparentarlo al menos.» Se maquilló escrupulosamente: no en exceso, pero sí con detalle. Se dio un toque en los ojos y en los labios. Se vertió un par de gotas de colirio que le blanquearan las córneas. Se pasó el cepillo por el pelo desordenado y húmedo. Se perfumó las orejas, el escote, las muñecas. Por fin, se despojó de la chaqueta del traje y echó sobre sus hombros un rebozo mejicano azul grisáceo. Luego bajó a la biblioteca. En ella la esperaban el ama y los dos chicos.

Helena y Álex estaban aún de pie. El ama se levantó al entrar Palmira. No les otorgó tiempo para que le dieran las buenas tardes; pero antes que ella, Helena rompió a hablar:

—Mamá, si piensas regresar al tema de anoche, es mejor que sepas de antemano que yo no estoy dispuesta a rectificar...

Palmira la interrumpió con un gesto enérgico.

—No seas presuntuosa, Helena: el tuyo no es el único rompecabezas de este mundo. Aquí cada cual tiene lo suyo. Vamos a sentarnos. —Lo hicieron los cuatro en el gran tresillo de cuero burdeos: Palmira y el ama en los sillones; los jóvenes en los dos extremos del sofá—. Quizá lo que voy a deciros no os sorprenda. O no todo lo que voy a deciros. Quizá no sea para vosotros una revelación, lo cual lo haría aún más penoso para mí... Pero no pretendo que esta charla familiar sea un resumen de agravios. Iré al grano. Por una serie de circunstancias más bien casuales, aunque fatídicas, he descubierto que vuestro padre tiene una amante. —Dejó pasar teatralmente unos segundos en los que nadie quebrantó el silencio—. Me resisto a pensar que vosotros o el ama ya estabais al tanto —los miraba de uno en uno—: eso sería haber tomado partido contra mí, cosa que convertiría este hecho en un verdadero parricidio. Os he convocado para comunicaros, porque sois los primeros que debéis estar enterados, a pesar de que Helena no haya obrado conmigo de la misma manera, que estoy irrevocablemente resuelta a separarme de vuestro padre. —Otro breve silencio se materializó en medio del tresillo—. Sin apelación. —Álex abrió la boca para intervenir—. No es mi voluntad oír vuestra opinión: se trata de un asunto personal.

En tanto que Palmira se dirigía a Álex, Helena consiguió intervenir:

—Nosotros también tendremos algo que decir, creo yo: la familia no eres tú sola, mamá.

—¿Cómo puedes hablar tú de la familia sin que se te caiga la cara de vergüenza?

—Mamá —era Álex quien balbuceaba—, tú estás en una edad delicada...

Palmira se volvió a él como si le hubieran asestado un picotazo:

—¿Quién te ha dicho eso?

—Papá, hace unos meses: que tuviéramos paciencia contigo porque...

—¿Paciencia conmigo, dijo él? —Los ojos de Palmira brillaron en la semioscuridad de la habitación, que nadie se había ocupado de iluminar. Una luz difusa y pálida entraba por las ventanas que daban al jardín—. Paciencia conmigo, ¿verdad? Pues bien, la mía con él se ha terminado. Y reacciono en mi *edad delicada* como habría reaccionado hace veinte años: la dignidad no tiene edad que valga. He decidido separarme y lo haré por encima del *sursum corda*.

Lo que dijo era cierto; pero esperaba, por parte de sus hijos, una resistencia más emocionada, una cordial rebeldía, una defensa a ciegas de su padre. No se produjo nada de eso. «Acaso no les he ofrecido ni la más mínima oportunidad.» Se puso en pie. Ahora sí dio las buenas tardes y salió de la biblioteca. Hasta que alcanzó la puerta, aguardaba que alguno de los chicos corriera a detenerla. Ninguno se movió. «Mejor así. No me habría inmutado.»

Mientras subía las escaleras hacia su cuarto de estar, donde ansiaba tomar un té, se preguntó cuál era la causa última del terremoto que había subvertido todo en su vida. No ya lo visible: el engaño de Willy, el embarazo —y el engaño también— de Helena, sino algo que hubiera fallado previamente, dando lugar a esta desbandada. «O quizá la desbandada se produjo hace mucho sin que yo me percatase... Pero ¿desde cuándo? ¿Desde qué día dejó Willy de interesarse por mí? ¿Desde qué día la niña que era Helena se dejó sobar y penetrar por ese imbécil sin contar con ninguno de nosotros? ¿Desde qué día Álex no fue más el niño besucón que era?... Todo se me ha ido de las manos sin darme cuenta. Y, de repente, los enemigos inverosímiles se levantan en armas contra mí. Contra mí, sí; porque entre ellos parece regir aún un misterioso entendimiento... No, no es todo producto de mi edad difícil, qué va: son hechos concretos, son declaraciones de guerra, son puñaladas que están ahí, incontestables y rotundas.»

El ama no había dicho esta boca es mía. Compareció sigilosa, con sus zapatillas de paño, en el cuarto de estar. Llevaba las manos cruzadas sobre el vientre y se quedó allí, quieta, a la espera de que le hablaran o la rechazaran. Sin tomarse el trabajo de mirarla, Palmira afirmó:

—Tú sabías algo. —Dio luego un sorbo de su taza de té.

—Lo que podías haber sabido tú y lo que tú misma me decías. Yo no soy persona de sacar conclusiones, pero no era peliagudo sacarlas. Ahora no sé qué decirte, no sé qué aconsejarte.

—Nada, nada. No lo necesito. —Depositó la taza sobre el platillo ruidosamente.

—¿Por qué no lloras?

—Porque no me sale del níspero.

—Espera un tiempecito. Haz primero la digestión de este bocado tan agrio...

—No voy a digerirlo nunca: lo tengo aquí, en el mismísimo gañote. —Se llevó la mano derecha a la garganta, mientras en la izquierda ostentaba un cigarrillo—. Hazme el favor de ocuparte de que se recojan la ropa y los objetos personales del canalla ese, y se lo envías todo a casa de sus hermanas solteronas.

—No hagas cosas irremediables, Palmira.

—Eso: que lo irremediable lo hagan los demás y yo lo sufra. —Los ojos le chisporroteaban—. Pero ¿de parte de quién estás tú?

—De la tuya.

—Pues con amigos así no preciso enemigos. —Dio el último sorbo a su taza de té—. Haz lo que te he pedido. Ya nos veremos. —La despidió con un movimiento de la mano. Después marcó un número de teléfono y preguntó por una de las dos señoritas.

Se puso Sole. Le declaró en cuatro palabras lo que sucedía, ante la incredulidad primero y luego el estupor, no adivinó si simulados o reales, de su cuñada.

Sole comprendió que no se trataba de una disputa de tres al cuarto. Le aconsejó que no se precipitase, que meditara bien sobre la situación; que pasara por alto lo que quizá no era más que un corto escarceo; que tuviese una conversación con Willy; que le concediese la oportunidad de perdonarlo si él se lo imploraba, cosa de la que ella estaba segura que sucedería porque conocía divinamente a su hermano...

—Yo también lo conocía divinamente, hija; pero me la ha dado con queso. Y te participo además que los paños calientes no me gustan: no son mi estilo.

—Pero a tu edad, mujer... No es que sea mucha, entiéndeme, pero para estas cosas...

—Aunque tuviera que hacerlo *in articulo mortis*, me separaría, Sole, bonita. No me va a pesar nunca. Quiero irme al otro barrio con la conciencia tranquila.

—Pero compréndeme... Esta ruptura tan de sopetón... Yo desde luego necesito hacerme cargo. Vuestro matrimonio era un ejemplo en Sevilla: tan unido, tan feliz, y así, sin preaviso ninguno...

—No me saques a relucir la legislación laboral, Sole. Tampoco a mí me preavisaron. Y no te hagas la tonta: mi matrimonio era una mierda. Si por lo menos hubiera continuado siendo una mierda respetable... No sé si has observado que en la vida casi todo resulta una pescadilla que se muerde la cola. Bueno, pues hay que romper de una vez la cola de la pescadilla. Y me ha tocado a mí. Ya no cabe el engaño. Tu hermano y yo hemos mantenido un paripé práctico, pero nada caliente ni entrañable. Para los extraños funcionaba bien: era la sagrada institución del matrimonio; pero teníamos que abrigarnos con mantas eléctricas, porque hacía más frío que en Siberia. No había corazón, sino normas sociales; no había fervor más que el del simple respeto mutuo, que es más bien gélido aunque exista, lo que no era el caso. Y todo eso debajo de la manta eléctrica. Pues ya ha llegado la hora de que yo tire de ella. Lo único que teníamos en común Willy y yo era el acuerdo tácito de mantener en pie un cadáver. Nuestra aparente felicidad era una pésima comedia representada ante los ojos envidiosos de los más sinceros. Hasta un determinado punto, me bastó: se trataba de una bancarrota que nadie conocía, y los viajes, las cenas, los compromisos sustituían a esas otras complicidades más emotivas y más cálidas en que ha de consistir un matrimonio... Sin embargo, tanta hipocresía ya empezaba a tocarme las narices. Escucha, hija: con tu hermano al lado, yo tenía que suplir la pobreza de mi realidad con la riqueza de mi imaginación. Y mira por dónde, él corta por lo sano, que soy yo, y se echa por lo menos una amante. Y lo que es eso, no: o jugamos todos o rompemos la baraja.

Después de una mínima pausa, la voz de Sole se afiló para decir:

—Pues juega tú también, Palmira, mujer. Según mis informaciones no estás tú muy lejos de jugar.

—No defiendas a tu hermano atacándome, porque no te va a dar el menor resultado. Yo no lo he engañado en mi vida, y te lo comunico ahora, precisamente ahora, cuando me gustaría poder comunicarte lo contrario y haberme anticipado en ponerle yo a él una cornamenta del tamaño de la Giralda.

—Por Dios, cuñada.

—Ni por Dios ni por su santa madre. Y no me llames cuñada, que me da mucho asco. Tú eres una soltera que no sabes de la misa la media, y a la que no puedo hablar con toda la claridad que me gustaría, porque no tienes ni zorra idea de lo que pasa entre una mujer y un hombre cuando va todo como debe ir, y en la náusea que se siente manteniendo un carnaval de felicidad cuando la cama y sus alrededores ya no funcionan.

—No sé, Palmira, si me estás insultando; pero no te lo tomo en cuenta porque estás fuera de ti.

—Bueno, pues fuera o dentro, mañana os mandaré las cosas de vuestro hermano. Mi abogado lo telefoneará a Madrid, donde contaba con estar una semana, para que no vuelva a poner en esta casa ni el dedo gordo de un pie.

—A propósito de la casa, Palmira, no es que me meta donde no me importa, pero ¿cómo vas a sacar la cantidad ingente de dinero que se necesita para mantenerla? Tú te metiste en esa aventura por cabezonería...

Palmira colgó el teléfono antes de que terminara la frase. Lo de la casa era una cuestión que no se había planteado. La invadió una rabia feroz al escuchar a la mema de su cuñada acertarle una vez más donde más le dolía.

4

EL ABOGADO GABRIEL ORTIZ era uno de los cuatro hijos del administrador que había llevado, desde muchos años atrás, los asuntos de la familia Gadea. Los otros tres, también abogados, ejercían otras especialidades; Gabriel era matrimonialista. Los cuatro regentaban un bufete bastante próspero en Sevilla.

Gabriel tenía un aspecto esmerado y agradable, un poquito untuoso: «mermelada», había dicho Palmira cuando lo conoció yendo a visitar a otro hermano por un asunto inmobiliario o hereditario, no recordaba bien. «Mermelada», volvió a decir ahora. Gabriel se pasaba de continuo la mano por la cabeza para disciplinar los cuatro largos pelos con los que trataba de encubrir su calva vergonzante. Luego, dejaba la mano un momento suspendida en el aire con la palma hacia arriba, lo que le confería una traza de dama antigua. Sin embargo, lo que más exacerbaba a Palmira era su manía de emplear adverbios terminados en mente. En la entrevista con Palmira empezó —pensó ella— equivocándose:

—Los cónyuges soportan abnegadamente muchas veces años y años de frialdad tan sólo por el interés de los hijos. Y es que, cualquiera que sea lo que determinen, la generación más joven lo observará con miradas rigurosamente muy críticas. Sus hijos por ejemplo, señora, estarán habituados a que usted no decida nada, y nunca habrán puesto en duda que su felicidad máxima (hablo de la de usted) sea estar a su servicio las veinticuatro horas del día.

—No sea usted halagador, Ortiz: mis hijos son mayores. Quizá en su bufete no se haya conocido un caso de separación a mis años. —El abogado se ruborizó ante la mención de la edad—. Y he dicho separación, no divorcio, que conste. Yo lo que quiero es que las fronteras entre mi marido y yo queden muy claras; pero no pretendo que se disuelva, ni siquiera en lo civil, el vínculo.

—El vínculo, como acertadamente lo ha llamado usted, señora Gadea, implica actualmente demasiadas cosas. Los cónyuges parece que han de ser los mejores amigos, los más íntimos compañeros, los cómplices y asociados sexuales con exclusión de otros, los cumplidores de una función laboralmente y profesionalmente fuera del hogar, los copartícipes activos en la educación y mantenimiento de la prole solidariamente...

—Sí, sí: demasiadamente —gimió mareada Palmira—. Perdón: demasiadas cosas, quiero decir. Pero eso sólo quizá el amor puede lograrlo. O ni él: no soy de la opinión de que se le haga responsable al amor del significado de la existencia entera. Espero que haya otros caminos por los que se manifiesten otros sentidos de la vida; si no, voy dada.

—De ahí que normalmente la ruptura de las parejas —continuó el abogado imperturbable— sea una experiencia traumática y desgarradora. Porque, por lo general, las personas se acercan al matrimonio, pensando razonablemente que es un paso decisivo para conseguir el bienestar recíproco y común. Por eso es tan complicado el papel de los abogados matrimonialistas (permítame que honradamente se lo advierta), siempre expuestos a las emociones de los separados: desorientación, culpabilidad, pesimismo, miedo al futuro, odio...

La mano se le había quedado de nuevo detenida en el aire. Palmira la observó unos segundos.

—Ninguna de tales emociones me embarga, Ortiz. No estoy frustrada; no estoy exasperada. Me hallo en un estado de serenidad del que pocas veces he gozado en mi vida. Lo que tenía que perder ya lo he perdido: es la serenidad final.

El abogado creyó intuir bajo esa fortaleza, unas grietas profundas.

—Yo deseo sinceramente ofrecerme, señora, como confesor, como siquiatra, y hasta como padre de usted si llega el caso. Le ruego rendidamente que me honre con su absoluta confianza. Yo la atenderé devotamente con lo mejor de mi corazón y con la objetividad que probablemente usted, en alguna ocasión, se encuentre al borde de perder.

—Se trata de una separación, no de unos ejercicios espirituales —lo contuvo Palmira—. Escúcheme, si puede: el amor se había transformado primero en rutina y luego en un mero artificio. Ahora ya no es nada. Nada, ¿me entiende?: ni envidia, ni celos, ni desgaste de la mutua atracción, ni un barquinazo en el equilibrio de poder, ni resentimiento.... Nada. No queda nada por mi parte. Y quiero que se sepa *oficialmente*, como diría usted.

—Pero el origen de una posición tan drásticamente exteriorizada....

—No hay un origen: hay muchos. Pero, si le conviene, refirámonos a un factor desencadenante, a una última gota que ha colmado el vaso: la infidelidad de mi marido. Si habla con él (yo no lo he hecho, ni pienso hacerlo), lo comprobará. Mi más ferviente anhelo es darle, con la separación, toda clase de facilidades para que se realice. Pero no para que vuelva a casarse, por supuesto.

Le temblaba, apenas, pero le temblaba, la mano que sostenía el cigarrillo que le encendió Gabriel Ortiz. El abogado, que sería quizá otra cosa pero no tonto, lo percibió.

—Crea, señora, que estoy completamente a su servicio. Mi familia, desde antes que la recuerde, lo ha estado al de la suya. Por favor, entiéndame... Las explicaciones sicológicas de la infidelidad son muy numerosas. Hay quien juzga que las aventuras forman parte inevitablemente de la naturaleza humana...

—La masculina quiere usted decir.

El abogado prefirió no escuchar a fin de que no se le fuese el hilo. La primera reunión con los clientes siempre era grave.

—El romance de los primeros tiempos —continuó— ha desaparecido. La curiosidad sexual, también. Se experimenta habitualmente e incoerciblemente una necesidad de novedades que introduzcan en la aburrida práctica una variedad...

—Todo eso lo sé —lo interrumpió Palmira—. Yo también lo he experimentado. ¿O es usted de los que creen que las mujeres somos de plástico? —Había levantado la barbilla y se enfrentaba al abogado casi con aspereza—. ¿Está usted casado, señor Ortiz?

—No, señora —susurró el interlocutor.

—Pues siga así.

Después de unos segundos, el abogado continuó en sus trece:

—Hay quien opina que la infidelidad es idónea para mejorar sesgadamente las relaciones conyugales: alivia tensiones, da salida a conflictos, incluso satisface temporalmente un ansia casi congénita de peligro, de riesgo, de aventura... Para muchos, señora, no es más que una última oportunidad: la de probarse que son todavía jóvenes. Quizá sea éste verosímilmente el caso de su esposo.

—Señor Ortiz: todo lo que dice es cierto. He tenido ocasión de comprobarlo por mí misma. Pero da la casualidad de que la infiel no he sido yo. Si esto no queda claro, entiendo que no deberíamos continuar esta entrevista. Yo no he aspirado, por lo menos desde hace veinte años, a la pareja perfecta e ideal. No he aspirado a la comprensión total, ni a ese camelo de ser dos en una misma carne, ni al mutuo apoyo incondicionado, ni a una satisfacción sexual sin fisuras, que me parece inasequible. He sido tolerante y hasta resignada. He compartido y me he entregado hasta el punto que creí imprescindible para que mi matrimonio, mi casa y mi familia siguiesen adelante. *Últimamente*, como usted diría, se me ha repetido en todos los tonos que no soy ya necesaria. Así las cosas, ¿para qué seguir tirando de un carro al que le falta una rueda? O, por lo menos, si sigo tirando, quiero que nadie dude que le falta una rueda. ¿Está claro o no?

—Muy claro, Palmira... Perdón, señora Gadea.

—No, no: llámeme Palmira. Es lo primero que le escucho que me hace creer que va en mi mismo barco.

Es decir, la entrevista con el abogado no fue un éxito. Quizá Palmira estaba decidida a que no lo fuese. O quizá se preguntó de pronto qué pintaba ella allí. Si ya por su cuenta había renunciado al divorcio y a la pensión que Willy le habría de pasar, ¿para qué un abogado? «Para cualquier asunto de cualquier ralea que tenga relación con Willy. *Sencillamente* —ya me ha contagiado el mariquita ese— no quiero volverlo a ver.»

Palmira continuó comiendo con sus hijos. Hablaba con ellos sin mencionar nunca a su padre. Trataba de organizar, mal que le pesara, la boda de Helena. Salía de vez en cuando, si bien bastante menos que antes, y se acostumbró a que, cuando ella irrumpía, se produjera un bache en las conversaciones que alguien amable procuraba rellenar. No supo a ciencia cierta quiénes se le habían anticipado en conocer la infidelidad de Willy, ni lo quiso saber. A pesar de todo, ninguno de sus amigos volvió a ser ya el mismo: la sospecha de que se hubiese mofado de ella a sus espaldas, o de que hubiese sentido por ella conmiseración, lo imposibilitaba. «Sin embargo, no estoy en situación de hacer discriminaciones. Aunque, mientras pueda, no me resignaré al tnargala.» Le favoreció, con todo, el hecho de que Willy fuese tan poco partidario de la vida social y tan aficionado a acostarse temprano: eso le permitió seguir contando con un grupo de gente a la que no fue necesario plantearle la toma de partido. Palmira tuvo el buen gusto de no tratar con ellos ni de su furia ni de su pena: comprendió, aunque sintiera alguna vez la tentación, que era un error del que antes o después se arrepentiría.

No obstante, lo que más cuesta arriba se le hacía era la llegada a casa, nunca muy tarde, después de cualquier fiesta. De ordinario, el ama la aguardaba sin acostarse.

—Eres tonta. No sé por qué no estás ya durmiendo. Y si viniera de madrugada, ¿saldrías también como Juba meneando la cola?

Palmira se cuidaba de no llegar a deshora por la noche, porque, aunque no lo reconociese, la consolaba una última charleta con el ama. Comenzaba a despojarse de los pendientes, de las pulseras, del collar.

—Fuera disfraces. —A través del espejo clavó, en una ocasión, sus ojos en el ama—. Te dije que quitaras todo lo que se refiriera a Willy, sinsorga. Esta noche encontré antes de irme una foto de los dos en Londres cuando se compró el piso. —Estaban delante de la casa, bajo unas frondosas acacias, en verano, del brazo, sonrientes. Palmira señalaba la planta baja con un aire de propietaria—. Que no la vuelva a ver.

—Qué revanchista eres, guapita de cara, y qué farruca. Déjalo en paz.

Palmira dio media vuelta y apoyó su cintura contra el lavabo.

—Hoy estaba con Isa Bustos tomando una copa, y me sorprendí odiando de tal manera a Willy que me pareció no estar en mi sano juicio. Le deseé la muerte más lenta de este mundo; que su amante le contagiara el sida; que viniera una glosopeda y se le llevase la ganadería; que lo atropellara un camión y lo dejara inválido, o tetrapléjico, o le saltaran los sesos hasta el segundo piso... Todo lo peor, todo.

—Demasiado malo para alguien que ya no significa nada.

El ama sin necesidad de que se lo pidiera, le cepillaba ante el tocador, despacio, el pelo, mientras Palmira se masajeaba la cara con una crema de noche.

—Todo el mundo sabe lo que hacer en una boda o en un funeral o en un bautizo. Pero ¿qué jodida conducta se tiene que observar después de una separación, ama?

El ama dejó en suspenso el peine, miró en el espejo los ojos de Palmira, y respondió:

—Quedarse tranquila de una puñetera vez, hija.

—Esta noche han tocado en casa de la Salazar un bolero de Nat King Cole: el que estábamos bailando cuando Willy me pretendió. Qué antiguos éramos: mira que un bolero en vez de un *twist*...

—Te pretendió porque tú se lo sugeriste.

—Por lo menos, en aquella época no tenía halitosis. —El ama cepillaba y cepillaba. Las miradas de ambas se tropezaban alguna vez en el espejo—. Entonces Willy era otra cosa. Nada que ver con el de ahora. El de ahora es un tío que huele que apesta; un hipopótamo gordo, blandorro, dormilón, siniestro y fétido. Claro, que siempre hay un roto para un descosido, porque mira que la Teresa de los huevos. —El ama seguía cepillando—. Según me han dicho, lleva la ganadería peor que nunca. Para la próxima temporada ha vendido poquísimas corridas. Está absolutamente desacreditado. Al faltar yo...

—Ni que tú fueras una vaca madre. —El ama dejó de cepillar—. Oye Palmira, no seas rencorosa. Tú nunca fuiste así. No tengas que arrepentirte algún día.

—Si tuviese tan segura la salvación de mi alma como que no voy a reconciliarme con ese cabrón...

—A fin de cuentas, es el padre de tus hijos.

—A fin de cuentas, no, asquerosa: desde el principio.

—Y los niños lo adoran.

—A ellos no les ha puesto los cuernos, y a mí, sí.

Palmira percibía el rechazo en sus hijos. Lo barruntaba. Se habían introvertido. Estimaban que se cometía con ellos una injusticia; que se les agraviaba sin motivo. Tenían la indignación a flor de piel. «No sé cómo reaccionarán cuando estén con su padre. Espero que sea igual que aquí, porque si no la injusticia la estarían cometiendo ellos conmigo.» En ocasiones, entablaban un diálogo que implicaba a su padre. Por ejemplo, Helena, si mencionaba su boda, daba por descontado que Willy sería el padrino, y que Palmira acompañaría al padre de Nacho Soler.

—Pero ¿quién es el padre de ese niño? ¿Qué es, virgen santa? ¿Cómo va a ir vestido?

—De calle, como tú, mamá. No habrá etiqueta. Y trabaja en la Renfe.

—Casaros entonces a las siete de la mañana en una ermita. O en un vagón restaurante.

—Yo había pensado casarme aquí, en la capilla; pero como tú no querrás que papá vuelva...

Palmira enmudecía. Y juzgaba que vivir con sus hijos no la eximía de la soledad. No se engañaba al respecto. Isa se lo había dicho:

—No te desconectes ahora de nadie. La amistad es una red: más o menos firme, pero una red que nos sostiene. No te hagas demasiado la fuerte. Yo te habría aconsejado perdonar; ya que tú no lo has hecho, cuenta conmigo. No para hablarte de tu pena, desde luego, sino para tomar copas. —Se llevó la suya a los labios—. Por cierto, ¿qué se hizo de aquel muchacho pintor?

—No lo he visto apenas. Y nunca a solas.

—Pues es el momento oportuno para hacerlo. No creo que con él llegue la sangre al río; pero se trata de que te entretenga.

Las últimas veces que Hugo había telefoneado, Palmira no se puso. Cierto día pensó en la posibilidad de devolver la afrenta. «Qué puerilidad; para que le vayan con el cuento a Willy... Eso, no; pero ¿por qué forzar el aislamiento? ¿Es que no puedo volver a enamorar y a enamorarme? Me gustaría probarlo. Son *relaciones de transición*, como dice Isa: nada serio, nada definitivo.»

Telefoneó ella a Hugo, y quedaron citados en su estudio.

—Como siempre —dijeron los dos al mismo tiempo. Y rieron los dos al mismo tiempo. Y se dijeron adiós al mismo tiempo. Palmira sonreía al colgar el teléfono.

Cuando aparcó al coche a la hora de la cita se preguntaba qué impresión le causaría: ella a él, y él a ella. Todo había dado un giro radical. Ella era, en cierta forma, libre; pero separada, «lo que socialmente es muy poco atractivo». Temía que la rechazara; temía carecer del morboso aliciente que ofrece la mujer con marido; temía que latiese en el aire una censura o un vejamen por su fracaso. «Mi cotización ha bajado: lo noto. Y, por si fuese poco, estoy nerviosa como una adolescente. Tampoco es necesario que hoy pase nada... Pero es que, en el fondo, tendría que pasar. Si antes no sucedió, fue por Willy, sólo por él... Hugo es un ave de paso, porque nada puede haber serio entre él y yo. Yo soy un desván lleno de recuerdos en la penumbra, de trastos viejos que sólo yo valoro, de colecciones descabaladas... Y no tengo ánimo para mostrar a nadie ese viejo desván. Precisaría demasiado tiempo, demasiada ilusión. Si esto va a ser aquí te pillo, aquí te mato...»

Sin embargo, Palmira se había arreglado igual que antes, con la misma pulcritud minuciosa. Y subió la escalera del estudio con la respiración muy agitada. «Nunca me pareció tan empinada esta escalera. ¿Habré envejecido?» No se confesaba a sí misma que, en sus relaciones anteriores, era ella quien había provocado al pintor como lo haría un peón de brega a un toro recién salido del toril: bien protegido desde un burladero, agitando el capote. Willy y su matrimonio eran el capote y el burladero. No se lo confesaba, pero algo le sugería que hoy se acercaba a Hugo a cuerpo limpio, con más riesgo que nunca. Y por eso temía.

Hugo abrió la puerta antes de que llamara.

—Te he oído subir. Eres tan puntual...

Ella lo notó también nervioso. Sobre la mesa, preparados, dos vasos con *su bebida*. Sonaba una sinfonía. «Es Brahms.» Palmira miró a su alrededor.

—Viendo tus cuadros y tu estudio es como si no hubiese pasado nada.

—Es que no ha pasado nada —repuso él. Ella soltó una risa de incredulidad, no bien interpretada por él—. ¿Ves? Te ríes. Ya está todo arreglado. —Encendió unas velas. Apagó las luces eléctricas. Por el ventanal, municipales y desvaídas, entraban las de la calle. Bajó un poco la música. «¿Qué es esto? ¿Qué pretende? ¿Qué debo hacer?»—. Sigues usando el mismo perfume que termina con un olor a nardos. —Palmira afirmó en silencio. Dio un sorbo de su vaso. Los dos se habían sentado sobre unos cojines. Parpadearon las velas casi todas a la vez, y la habitación entera se estremeció. Ella acusó el estremecimiento—. Te he echado mucho de menos —dijo despacio Hugo. Palmira volvió a aprobar con una pequeñísima sonrisa. Hugo bajó más la voz—. Tienes el alma transparente.

—Sí; de gutapercha —dijo ella con amargura. Se hizo una pausa violenta.

—Hoy he recibido carta de mi patria —comenzó Hugo—. Una larga carta de mis mejores amigos. Me cuentan una historia alucinante. Una querida compañera nuestra, aún estando yo allí, se casó con un veterinario. No tenían hijos. Vivían en un piso no muy grande, y siempre quisieron poseer una casa con un pequeño jardín. La edificaron con mucho sacrificio, bastante lejos, cerca de El Tigre, casi ladrillo por ladrillo. Estaban a punto de mudarse cuando yo me vine. De repente, el marido, Carlos Raúl, resbaló un día tontamente en el matadero, quizá con la sangre de alguna res, y se quedó prendido por la nuca en un gan-

cho. Muerto, ¿comprendes? Graciela se negó a mudarse de casa. No quería ya la que habían hecho juntos.
Durante un año íntegro se negó. Hasta que el grupo de
amigos, viéndola enferma de tristeza, creyó que la salvación se hallaba en esa casa. Urdieron entre todos
una trama y consiguieron que el casero no le renovase
el contrato del alquiler del piso, es decir, que la pusiese prácticamente en la calle. Graciela, por fin, obligada, se mudó a la casita que habían construido para vivir los dos.

—¿Y qué pasó? ¿Se ha consolado ella? ¿Se ha curado?

—Murió la primera noche que pasó allí. El grupo
de amigos no levanta cabeza. La carta que me han escrito es un testimonio conmovedor. Todos lo reconocen ahora: el olvido no existe. Tampoco para ellos. Ni
para mí...

—El olvido no existe. Qué historia más hermosa.

—Y tan triste.

—Quizá la hermosura sea siempre un poco triste.

—«Te estás poniendo cursi.» Se sentía la garganta
seca y las manos húmedas («Al revés de lo que debía
ser.»), y, sin que supiera por qué, notaba frío y calor a
un tiempo. Pudo el frío, que desembocó en una evidente tiritona—. ¿Me das esa colcha, por favor? —«El
temblor del deseo.» Se arropó con la colcha como lo
hizo cuando Hugo tomó el apunte colgado en la pared.
Habló tartamudeando todavía—. He jurado por Dios
que jamás me volvería a enamorar.

—Eso es una niñería —susurró Hugo convincente.

—¿Qué es una niñería: la decisión o el juramento?

—Las dos cosas.

Hugo, para que entrase en calor, le friccionaba con
fuerza los hombros y la espalda. Palmira se deslizó entre sus brazos. Se miraron tan cerca que Hugo desvió
los ojos.

—Hemos hecho lo que estaba en nuestras manos
—susurró otra vez.

—¿Para qué? —preguntó Palmira sin comprender.

—Para evitar precisamente esto.

La había tomado por los hombros y ahora sí la miraba decidido desde algo más arriba. Palmira tuvo una extraña reacción, y con un solo movimiento se zafó del abrazo de él, dejando caer la colcha sobre los cojines. «No es que quiera resistirme, por Dios: que lo entienda bien. No es que no lo desee. Es que creo que él no me desea con el apasionamiento y la ceguera que yo le exigiría... Bueno, no; no que yo le exigiría, sino que el momento requiere... Pero ¿por qué me detengo en estas majaderías?» Continuaba sosteniendo la mirada de Hugo, ahora a la misma altura que él, y frente a frente. En los ojos de ella brillaban, simultáneos, la resistencia y el estímulo. Hugo vaciló unos segundos, hasta persuadirse de que la endeble oposición desaparecía y de que se le invitaba a proseguir. «Le palpitan los labios y las aletas de la nariz, y tiene los ojos entrecerrados. Ahora sí.» Se dejó vencer por el peso de Hugo que la apoyaba lentamente sobre los grandes cojines orientales. Los labios de él buscaron los de ella y se entreabrió su boca. «No quiero pensar en lo que estoy haciendo. Quiero sólo hacerlo.» A pesar de su voluntad no podía impedir tener la conciencia de la lengua de Hugo sobre la suya, ni de cómo la suya se movía despacio en la boca de Hugo. Los movimientos del muchacho contra sus pechos la enardecían. Se incorporaba en parte, lo buscaba, balanceaba su cabeza bajo los besos que su garganta recibía, su escote, y más abajo aún... Estaba a punto de abandonarse y dejar de pensar.

—Hugo —musitó—, Hugo... —Alguna vela se había consumido. Estaba el estudio muy en la sombra. Un leve resplandor daba en la cara de Hugo, marcando los rasgos y acentuando subrepticiamente sus gotas de otras sangres—. Cuando cuentes esta escena, porque sé que la contarás, no la exageres y sálvame. —«¿De qué me suenan estas palabras?» «Calla y olvídate de ti de una cochina vez, cacho de idiota.»

El muchacho le acariciaba el pelo, le despejaba la

frente, le escrutaba los ojos con las cejas fruncidas y una angustia en los suyos. Palmira los cerró a la espera de una nueva aproximación, que tardó unos segundos más de lo previsible. «No sé qué pasa aquí. Hay algo que no marcha...» «Entrégate, Palmira, y calla si es que puedes.»

Volvieron a besarse; pero algo mágico, quizá la química de los cuerpos, había dejado de funcionar. Palmira esperó que se reanudaría la fusión: lo intentó incluso colaborando ella más activamente... No obstante, los labios de Hugo se cerraron. Palmira alzó la rodilla y rozó con su muslo el sexo del muchacho. «Aquí no hay lo que tendría que haber. Pero yo no puedo hacer más de lo que he hecho... No se me ocurre nada.»

—¿Estás bien? —le murmuró al oído.

—Sí; no sé... El respeto quizá, no lo sé. Yo quiero...

Palmira le besó en la mejilla y se zafó de él, recostándose más cómodamente sobre los cojines.

—Es lo mismo —le dijo casi sonriendo—. No te preocupes.

—No; no es lo mismo.

«Verdaderamente no lo es. Hemos fracasado haciendo el amor, y nuestra amistad no es lo bastante fuerte como para resistir el fracaso. Pobre Hugo.» «¿Y tú?» «Sí; también pobre Palmira, desganada, sin incentivo, torpe y llena de prejuicios.» «Naturalmente que sabías qué hacer: haberlo hecho.» «¿Y si ni así hubiese tenido éxito?» «Quizá no estarías más decepcionada de lo que estás ahora.»

Se oyó un chisporroteo, y se consumió otra vela. Se levantó Hugo y dio la luz eléctrica. «El telón se ha echado.»

—¿Puedo invitarte a cenar, a pesar de todo? —le preguntó Hugo. Tenía los ojos bajos; no la miraba a ella.

—Me encantaría. Pero, como no me lo advertiste, había quedado ya. —Se levantó. Se estiró la falda. Se atusó el pelo—. Debo de estar desgreñada y hecha una birria. —Hugo no hizo comentario alguno. Palmira se resistía a entrar en el baño. Usó un espejo marroquí, comprado (o eso suponía) en El Jueves por quinientas pesetas. Se retocó los labios—. Nos llamamos. Cuídate. Que te vaya muy bien.

—También a ti.

A Palmira le urgía irse de aquel campo de batalla sin batalla. Bajó las escaleras muy de prisa. Quería estar sola, sentada, y darse cuenta de la ruina que había provocado. «Quizá era demasiado pronto. Yo estaba insegura y él *es* un inseguro. Y lo peor fue que se me apareció Willy por un instante. El Willy de hace años, con su forma de golpearme con las caderas, con sus ojos ligeramente vueltos y sus mordisqueos en mi cuello y sus manos apretándome las clavículas... Qué espanto. Qué estropicio... ¿Será que la ruptura del matrimonio es un desastre que lleva a otros desastres? No; no estoy preparada todavía. Me he dejado llevar. La culpa es de Isa Bustos... No, no; es mía. Probablemente debí haber aceptado que Willy me pidiera perdón y que me jurase no volver con esa zurrupia. Hay demasiadas razones, unas sentimentales y otras prácticas, para continuar: no los niños sólo, sino la dependencia aunque no se la quiera reconocer, los amigos y los tributos sociales, el equilibrio económico también, por descontado, y el miedo a que pase siempre lo de esta noche, el miedo a quedarme sola para los restos, y el mal ejemplo, la opinión de todo el mundo defraudada... Quizá he cometido una barbaridad... Pero a lo mejor tiene aún remedio.»

Cuando llegó a Santo Tirso —la cena comprometida era una invención— siguió reflexionando con bruscos altibajos en los que, consciente o inconscientemente, no reparaba.

—«He extraviado el mundo que conocía y que era el mío. Por este de ahora avanzo a tientas. Es demasiado tarde para aprender a andar por él. ¿Y dónde encontrar el apoyo y la comprensión? Todo está en contra mía; todos están en contra mía, porque soy yo quien se aleja de ellos en definitiva. No puedo ahora pedirles limosna: que me llamen, que me inviten, que no me dejen sola...»

—«Es sólo hoy. Es lo que ha sucedido hoy lo que me trastorna. Mañana tendré las energías suficientes para esta vida nueva, más libre, más limpia. Contaré con quienes cuento, pocos o muchos, y saldré adelante. Aún me quedan arrestos... Yo ya sabía que Hugo era un episodio sin importancia. Ni tuve que precipitarme, ni darle ahora a toro pasado la importancia que no tiene. Casi mejor que haya salido mal: era un callejón sin salida, y yo no estaba poniendo mi corazón en el juego... Quizá la música de Brahms, esa *Tercera Sinfonía*, influyó también: la he oído tantas veces con Willy. Él siempre creía que era Schumann, qué bruto. Precisamente Brahms le birló a Clara, su mujer... Yo tenía la confianza de casi treinta años para llamarle bruto. El argentinito es un sabelotodo... Estoy convencida de que me acostumbraré a la soledad. Quizá al principio tenga un regusto a vinagre, pero luego mejora. Te acomodas en ella como en un sillón confortable... Tengo que cambiarle la tapicería al sillón de Willy.»

—«No; quien razona así no soy yo. Estas cosas no me ocurren a mí. Todavía me acuerdo a la perfección de la noche en que me quejaba de que nada real me acontecía. Esto es un castigo: una película más irreal aún que mi vida anterior. Hay una actriz en ella que interpreta a Palmira... Un mal sueño; despertaré. Una broma pesada; pasará, pasará.»

La primera vez en su vida que estaba tomándose un whisky doble a solas. Bebía como si tuviera mucha sed. «Terminaré por alcoholizarme... Como la tía abuela Remedios Argüeso, que tomaba ajos crudos en ayunas después de comulgar, y se quitaba el olor con un par de copitas de fino. Acabó por beber durante todo el día, y dejó las comuniones y los ajos... Despertaría al ama; pero ¿para qué? Está cansada, es vieja, no me iba a entender, y lleva muchas noches sin dormir lo que debe... Esto es irrevocable. No puedo ahora darme por vencida, y echarme a llorar como una niña que ha hecho mal sus tareas y teme ir al colegio por la mañana... Sí, y, sin embargo, así es, es eso lo que soy: una niña malcriada que ha roto sus juguetes y ahora no sabe a quién pedir que los componga... Al contrario, al contrario: soy demasiado mayor para este trance. Me encuentro fuera de lugar en esta comedia mal representada del amor y del desamor, de sus golpes y sus caricias... Acabaré como las mujeres viejas de Pineda: me explotarán los jóvenes, me pedirán dinero; cuando me ilusione haber enamorado a alguien, él me pasará una factura riéndose de mí... Se casará Helena; se morirá el ama; Álex se irá alejando cada día más... Y me quedaré en esta casa enorme, donde mi voz se pierde, que ni siquiera puedo costear, y en la que retumban mis propios pasos por los pasillos sin que nadie los oiga. Sola con los fantasmas que vivieron aquí y que me reprochan también lo que he hecho... Soy igual que una de mis gordas andaluzas en Hamburgo, en un país extraño cuya habla desconozco, emigrante, añorando lo que dejé detrás. Es imposible avanzar con la cabeza vuelta; me voy a convertir en una estatua de sal como la mujer de Lot que era una meticona... Soy una desterrada que carece de tiempo para aprender las costumbres de esta tierra que me es ajena. ¿Cómo seguir fingiendo que no ha pasado nada, que todo está bien, que soy autosuficiente? Toda mi vida he sido incapaz de tomar las decisiones graves. Me apoyaba en Willy en todo lo referente al dinero, a los chicos, a esta casa: él fue en definitiva quien me alentó a quedarme con ella. Y ahora estoy muriéndome dentro, como un gusano en su capullo, como una araña, definitivamente sola...»

—Estoy sola —dijo en voz alta.

«Nadando como un náufrago sin salvación en un helado mar de soledad. Y por mi culpa; porque no puse remedio cuando era tiempo; porque no traté de reflotar mi matrimonio ni de reconquistar a Willy... No lo intenté. No lo hice. Me quedé quieta, frígida, aparte. Y ahora pago las consecuencias de no haber querido siquiera escuchar, recomenzar, resignarme, perdonar, tomar el engaño como un justo castigo. O engañar yo también si me placía, y hacer la vista gorda... Porque la soledad es lo peor de todo: peor que una compañía averiada; peor que las noches polares cohabitadas; peor que una relación sujeta sólo por los alfileres del deber social en común, de los amigos comunes, de los hijos y los asuntos comunes... ¿Cómo *sólo por eso*? ¿Es que no era bastante? ¿Cuál es el verdadero significado de esta vida? ¿Por qué razón debo yo sufrir hoy hasta este punto? No comprendo nada, no sé nada. Ignoro los motivos últimos —ni creo que los haya— de este martirio que quizá no habría sido necesario... ¿Cuál es la meta? ¿Dónde está la luz en que se resuelva tanta oscuridad? ¿Cuál es el fin de todo? ¿Por qué tolerar más este vacío? A nadie le hago maldita la falta. Podría terminar de una vez, lo mismo que papá. Si él por lo menos viviera, si él estuviera aquí... Podría terminarse todo ahora. Tengo los somníferos míos y los de Willy. Tengo una botella de whisky. Con un poco de audacia...»

Había bebido su segundo vaso, y cerrado los ojos, de los que se desprendían algunas lágrimas sin que se tomase el trabajo de secarlas. Escuchó un ruido tenue. Supo quién era antes de abrir los ojos.

—Vi luz —dijo el ama.

Y allí estaba, con sus zapatillas de paño y su bata gruesa y gris sobre el camisoncito portugués de franela. Se acercó, y sus manos arrugadas y un poco encallecidas le limpiaron a Palmira las mejillas.

Palmira escondió entre aquellas manos la cara y se abandonó por fin al llanto con desesperación.

5

Iba, de cuando en cuando, a cenar a casa de sus hermanos. De los dos menores. A Gonzalo, el primogénito, le había sentado mal su separación: él era el único varón que continuaba casado con su primera mujer, aunque por otra parte no dejara de complacerle que «la santita de la casa hubiese resultado a la postre, cuando no se le ocurriría a nadie meter el cuezo, un ángel patudo»; sin que nadie se lo pidiera y sin enterarse bien de las circunstancias, había tomado el partido de Willy.

—Los hombres hemos de estar al lado de los hombres. Si no, ¿qué iba a ser esto?

Los otros dos hermanos de Palmira, Artemio y Carlos, la querían, a su manera, con verdadera devoción. Pero sus mujeres no dejaban de arrugar el ceño, al cabo de la calle de que a Palmira, aunque las defendiera frente a los extraños, le habían parecido una tropelía las anulaciones de los primeros matrimonios. La prueba es que ella, aun ahora, no se divorciaba, sino que se separaba, respetando así las normas eclesiásticas. Sus maridos se dedicaban, después de las primeras atenciones a Palmira, a los negocios multimillonarios por los que eran tan conocidos como criticados en Sevilla. La ruptura de su hermana les preocupó mucho inicialmente —ellos sentían por Willy una gran simpatía desde el colegio y no pensaban enfrentarse a él—, pero pronto se hicieron a la idea con la certeza de que Palmira habría medido sus fuerzas antes de decidirse y de que habría actuado, como una genuina Gadea, para su beneficio. Se referían, claro, al beneficio de ella, pero también al de ellos. Y por lo que hace a los Gadea genuinos, nunca tuvieron una opinión muy clara sobre quiénes serían. Por lo pronto, ellos como tal se consideraban.

El tiempo de manifestarle su inquietud y su solidaridad a Palmira ya había transcurrido. Le ofrecieron cruceros, viajes, caprichos y compañía. Que Palmira hubiera rechazado sus ofertas confirmaba el cómodo criterio de ellos de que se encontraba perfectamente. Además no dejaba de halagarlos, con una ligera sensación de triunfo, que uno de los matrimonios mejor avenidos de Sevilla «hubiera pegado el petardazo», lo cual quería decir que, como una genuina Gadea, Palmira no había estado nunca profundamente enamorada. Por supuesto que haberse decidido a una edad tan tardía la perjudicaba, pero ya sabría ella cómo arreglarlo todo. Entre otras cosas, habían oído hablar de un pintor joven que, desde hace meses, recibía la ayuda de su hermana. Ellos mismos le compraron algún cuadro. No tardaría Palmira en consolarse: no había por qué temer. Rebasar los límites en el ofrecimiento de apoyo o de ternura, incluso de dinero, no era muy diplomático, y hasta puede que fuera contraproducente. Palmira era más bien arisca, ensimismada, y no le hacían gracia los entrometimientos.

O sea, que a causa de su carácter acreditado por los años, Palmira dejaba de recibir —y más cuanto mejor fuese la voluntad de quienes la rodeaban— las pruebas de solicitud y de cariño que necesitaba ahora aún más que respirar.

Precisamente fue cenando en casa de su hermano Artemio cuando la llamó Álex por teléfono. El mozo de comedor, desconcertado, advirtió a la señora que el señorito había insistido en que se lo comunicara porque era urgente. Palmira pidió perdón a los comensales —¿qué querrá ahora este niño?— y se levantó de la mesa.

El ama había tenido un dolor repentino y muy agudo. A pesar de que aminoró, Álex resolvió llamar —reconocía que un tanto fuera de sí, pero no se arrepentía de ello— al primer médico que se le ocurrió, que era al que más recientemente había oído nombrar: Álvaro Larra. Por fortuna, dio con él y le transmitió los síntomas: palidez, sudor, náuseas, un dolor hacia el hombro izquierdo... Cuando llegó a casa, ya había diagnosticado un infarto de libro; así que, al repetirse el dolor, que al parecer era espantoso, le había inyectado morfina. Larra era partidario de llevar al ama a una clínica, salvo que pudiera tener junto a ella, durante cuarenta y ocho horas, las atenciones imprescindibles. Él mismo había telefoneado desde allí a un especialista que organizó todo lo mejor posible.

—¿Qué puedo hacer ahora? —concluyó Álex.

—Debiste avisarme desde el primer momento. Voy ahora mismo.

—El ama está tranquila, y me prohibió llamarte.

—He dicho que ahora mismo voy, querido. Lo has hecho muy bien. No puedo decir cuánto te lo agradezco.

Se despidió de quienes seguían cenando; dio las gracias a su hermano por ponerse a su disposición; piropeó sin ningún entusiasmo a su cuñada; se negó a que nadie la acompañase: no era preciso, estaba muy tranquila; y se fue a Santo Tirso.

Se sentía responsable del infarto del ama: por la tensión sobreañadida a su edad, por la ausencia de descanso, por tenerla siempre pendiente de sus melancolías y de sus malos humores.

Condujo velozmente. Cuando llegó, corrió al cuarto del ama. La cortina que separaba el dormitorio de la salita estaba descorrida. Sentado junto a la cama, vio a Álex. Debía de ser una bomba de oxígeno lo que adivinó cerca de la cabecera, y una mascarilla transparente sobre la almohada. Se acercó de puntillas y puso, para evitar que hablara, un dedo sobre los labios del ama. Se inclinó y la besó. Luego pasó la mano por su pelo blanco y muy rizado de negrita de *La cabaña del tío Tom*. Notaba en la garganta el picor de un nudo que ascendía a sus ojos. Sabía que le temblaba la barbilla y que tenía la obligación de ser más fuerte que nunca: el ama la necesitaba. Era su turno. Por fin alguien claramente exigía algo de ella. «No es posible que semejante cosa me produzca un poco de alegría. Soy una desalmada.» Acercó los labios a la oreja derecha del ama. La besó de nuevo y murmuró:

—Gracias, ama, gracias. Sé que lo has hecho por mí, como todo. Pero esta vez te has pasado. —Volvió a besar la oreja traslúcida en el lóbulo, descolgado por la vejez. Giró la cabeza hacia su hijo—. Álex, querido, puedes irte a dormir. Ya estoy yo aquí. —Levantó la mano y acarició con ella la mejilla de su hijo, que se echó silenciosamente a llorar. Se incorporó para besarlo con dulzura, como si fuese un niño—. No llores, bobo. No pasará nada. Ya estoy yo aquí. Te has portado muy bien. Vete a dormir en paz, y llévate contigo a Juba. Búscalo en mi vestidor y que duerma contigo hoy. Ronca un poquito, pero quizá eso te acompañe. —Cuando Álex iba a cerrar la puerta de la sala al pasillo, lo llamó en voz baja—. ¿Y Helena?

—No ha venido, estará con Ignacio.

—Que duermas bien.

Cerró la puerta y fue de nuevo junto al ama. Cogió una de las manos que estaban, como dos cosas sin amo, abandonadas encima de la colcha blanca, y la besó.

—Ya estamos por fin solas, qué ganitas tenía. —Acarició las frías manos entre las suyas—. Qué desconsiderada has sido siempre, camaleona. Mira que el susto que le has pegado al niño... ¿No podías haber esperado a que llegara yo?

El ama, sin abrir los ojos, hizo con los labios el remedo de una sonrisa.

6

Atravesó un patinillo empedrado con un alto y frondoso laurel en el centro, una adelfa roja y un naranjo casi en flor en un ángulo. Sobre uno de los muros blancos, había un azulejo con la virgen de los Reyes. La hermana la introdujo en la Clavería, un locutorio reducido, con un suelo de mazarí y dos sillones fraileros. Detrás de ellos, en un cuadro, una Soledad torpemente pintada; delante, una reja con una cortina que, al descorrerse, dejó ver en la habitación contigua otro sillón ante un nacimiento napolitano dentro de un gran fanal; a la derecha de la reja, un torno para poder dar o recibir —«más bien dar, qué monjas estas»— los objetos que no cupieran entre los barrotes de la reja.

Palmira conocía bien el convento donde había profesado su tía Montecarmelo, a la que ella continuaba llamando tía Monte. Era ahora, y ya llevaba tiempo siéndolo, vicaria de la comunidad. Una vez acomodada ante la reja, Palmira giró y vio un escaparate con los dulces que fabricaban y elaboraban las hermanas. Del patinillo venía un aura muy suave y perfumada.

Apareció la vicaria con una sonrisa que no podía ser clasificada más que de monjil, y con las manos ocultas en las mangas. Se saludaron. Palmira ignoraba si su tía se había enterado de su separación. Si era así, la habría acongojado mucho porque sentía un afecto muy especial por Willy, que le bailaba el agua

273

con mucha habilidad y con mucha paciencia. Por eso Palmira prefirió adelantarse:

—Tía Monte, vengo *exclusivamente* —subrayó de un modo exagerado la palabra— para pedirte la iglesia del convento. La necesito para algo felicísimo: la boda de mi hija Helena.

—¿Con quién se casa? —preguntó la vicaria arrastrando las palabras. Era muy dada a nombres y apellidos sevillanos y a hablar de *gente bien*, *gente como nosotros*—. No sabía nada. Me tenéis olvidada.

De su tono de voz, Palmira dedujo que lo sabía todo.

—Se casa con un chico muy formal, de una familia estupenda.

—Pero ¿conocida?

—Tía Monte, esos requilorios no se llevan ya por el mundo. Helena lo conoce y basta. Se casa por amor y va a ser muy dichosa.

—Dios lo haga. Aunque todos debemos ayudarle.

—¿A quién: a Dios o a Helena?

—A ambos: a Dios rogando y con el mazo dando.

—Pues tú ayúdales ofreciéndome la iglesia. Te confirmaré el día; pero no creo que tardemos más de dos semanas.

—Qué precipitación —la monja manifestaba una gran alarma—. ¿Qué necesidad hay?

—Ninguna, tía Monte, no te tortures. Lo que ocurre es que la niña quiere una ceremonia sencilla y totalmente íntima. Tú es que no sabes cómo son los chicos de hoy.

—Me lo figuro. Menos mal que tu madre tuvo suerte con todos vosotros. Bueno, con casi todos... —Palmira siempre supo que la vicaria hablaba con recámara. Le sorprendió el tañido de una esquila, que parecía un morse. La monja se rió de su sorpresa—. Ahora tenemos interfono: es eso que oyes. Mi número es el tres y el uno: tres toques, una pausa y uno más. La priora tiene el uno a secas. —Volvió a reírse.

—¿Cuántos años llevas de vicaria, tía Monte?

—Ya ni lo sé: muchos. Se elige por trienios; cabe la reelección pero para el cuarto trienio hay que pedir consentimiento a Roma. El arzobispo dijo, cuando me votaron las hermanas por quinta vez, que el consentimiento había que pedirlo para el cuarto trienio, pero que las reglas no dicen nada de los siguientes. Y aquí estoy, de vicaria perenne. —Se reía de un modo marrullero y falso—. Por cierto, hemos tenido un legado en el norte, por León: una finca para fundar en un pueblo pequeño. Me gustaría que Willy me asesorase. —«Ésta lo sabe. No se lo voy a decir, pero lo sabe»—. Claro, que las fincas del norte no son fincas: la difunta señora que quiere que fundemos tenía más de trescientas, y entre todas no son nada. No se parecen a las nuestras... —Cogía la carrerilla en el tema que le interesaba—. Ha dejado también algo de dinero y unos cuantos corales muy bonitos, tengo entendido. Ah, y una buena colección de porcelanas. ¿Tú crees que podrían tener salida aquí? Ya me lo dirás... —Se volcaba hablando, para contrarrestar el silencio de la regla—. No te imaginas lo que me ha ocurrido. La otra noche intenté, como cuando era joven, en vez de irme a la celda, empalmar la oración con los maitines permaneciendo en la capilla de nueve y media a doce y media. Y me quedé dormida: ya no puedo hacer excesos... Me acordé cuando me contaste que Helenita, un primer día de feria, empalmó desde las tres de la tarde hasta las ocho de la mañana siguiente. Tú la castigaste, naturalmente. Hiciste muy requetebién, porque luego pasa lo que pasa.

—Helena ya no es una niña, tía Monte: tiene veintitrés años...

Palmira, harta de reservas mentales, miraba extasiada el juego de luces y de sombras que se abría a espaldas de la monja. Su figura se silueteaba al contraluz de un patio abierto tras un arco y, tras el patio, un pasaje ancho en penumbra, y luego, por fin, la luz cruda y viva de otro patio mayor. La monja continuaba su perorata:

—Las lindes de la finca es lo que he pedido para que Willy les eche un vistazo, ¿crees tú que nos hará el favor?

—¿Por qué no? De muy buen grado, como siempre.

—¿Estás segura de que como siempre? Es prodigioso Willy. Qué hombre tan bueno. Los dos habéis tenido suerte al encontraros. A mí me quita el sueño lo del aborto y la planificación familiar y todos esos contradioses... Vosotros, sin embargo: qué alegría de matrimonio... Fíjate, yo creí que Helenita tenía vocación: qué decepción tan grande. Claro, antes todo el mundo tenía una ráfaga de vocación. Una rafaguita, por lo menos: tú misma, acuérdate. Hoy en día, a ver quién le habla a una muchacha de sacrificio, de penitencia, de dirección espiritual o de oración. Te manda a paseo, ¿no es verdad?

—A tomar por culo es a lo que te manda —dijo Palmira sin que la monja la escuchara.

—Aquí, cuando cumplimos las bodas de oro, nos dan una corona de plata: chiquita, no creas; cuando la profesión, llevamos la de flores... Qué bonita fue la idea de celebrar tus bodas de plata con Willy, renovando los síes del sacramento del matrimonio... Aunque no lo creas, aquí meditamos muchísimo sobre el tema. Yo he llegado a la conclusión de que las uniones felices no se logran mediante la imposición de principios rígidos. Es cosa de dos: de saber comprender y perdonar; de abrir el corazón a la esperanza. Y para eso no hay más que el mutuo auxilio y la ayuda mutua y el mutuo interés, así como el conocimiento más hondo, el respeto y preferir el bienestar del otro al de uno mismo. Claro, que por encima de todo, como es natural, Dios, ¿no estás de acuerdo?

—Sí, tía Monte. Pero, si alguna pareja se rompe, eso no significa el fracaso del amor, ni del hogar, ni siquiera de Dios, sino una nueva posibilidad. Ha fallado un caso concreto, pero no la idea del matrimonio.

—No sé qué tratas de decirme, Palmira. —La voz de la monja se afilaba—. El matrimonio es indisoluble: hasta la muerte y más allá de la muerte. San Agustín insiste...

—Sí; como el de mis hermanos —la interrumpió tajante Palmira.

—Hija, la Iglesia, que es madre, sabe conceder excepciones, y obliga a que las formas sean cumplidas a rajatabla. Si se quebrantan, es que no había matrimonio. La Iglesia no anula: declara nulo, ¿sabes?

—Las cosas han cambiado mucho. Te convendría pasar unos días conmigo en Santo Tirso.

—Qué más quisiera yo: contigo, con Willy, con los niños tan angelicales... —Palmira no sabía si le tomaba el pelo—. Pero lo impiden las reglas. Y que, además, si todo está como dices, me volvería en seguida... A propósito, hoy ha regresado sor María Rosa de Cristo, tu ahijada en religión. Te trae un regalo de Kerala.

—¿Quién es Kerala? —La monja soltó una carcajada complacida.

—Hija, es una ciudad del sur de India. Donde predicó santo Tomás, ¿no te acuerdas?

—No, no me acuerdo, tía Monte: yo no estuve.

—Pues allí vive la familia de sor María Rosa. Con una casita, un poco de arroz y unas plataneras. Es una de las chicas a las que tú le pagas el viaje cada diez años. También tenemos africanas: aquí no somos racistas, tú lo sabes. Y como en España apenas hay vocaciones...

—¿Ves cómo han cambiado las cosas desde que tú estabas fuera? Y no sólo en lo de las vocaciones. Antes, por ejemplo, la menopausia no se notaba, porque las mujeres tenían muchos hijos y demasiados quehaceres como para ocuparse de ellas mismas. Y todo lo que hoy les pasa a los jovencitos, no les pasaba, porque tenían que trabajar desde muy chicos. Y lo de la liberación de la mujer era un sueño de hadas en que ninguna creía. Y las parejas se llevaban mejor, pero sólo en apariencia, porque la mujer estaba callada y subyugada. Y, como por otra parte, la vida no era tan larga como ahora, todas las pejigueras se aguantaban mejor.

—Pero, niña Palmira, ¿y la vida eterna? ¿Es que también ha cambiado la vida eterna?

—Ésa, no lo sé, tía Monte. —Soltó una breve carcajada—. Y me temo que tú tampoco.

—No digas blasfemias, que te está oyendo Nuestra Señora de la Soledad a la que tienes detrás de ti. —Al tono de admonición siguió otro blandengue—. Hija mía, si te puedo ayudar en algo, intervenir de mediadora en algo, quitarte algún peso de encima, yo de todo corazón...

—Vuestra iglesia es lo que necesito, tía Monte —la detuvo Palmira. También ella se apeó de su tono cortante a otro más dulzón—. Puede quedar tan bonita la ceremonia allí, con flores blancas de Santo Tirso sobre el ladrillo mudéjar, ¿no te parece? A la niña además le hace tanta ilusión. Para que tú la veas.

—Precioso, todo precioso. Y, si queréis Willy y tú —insistía en la pareja—, damos una copa en el patio de entrada. Es clausura, pero la abriremos para Helenita... Tendrás que dar una limosna con el fin de amortizar los gastos, porque estamos a dos velas. Y que Willy me traiga precios de las tierras por aquí, y que me mande unas buenas semillas que puedan aclimatarse en aquella finca, con aquellos fríos y aquellas nieves... —Miró a Palmira a través de los hierros y recogió los flecos de su queja para hacerle una pregunta contundente—: ¿De verdad no tienes nada más que decirme? —Palmira negó con la cabeza—. Pues pasa al irte por la Capilla de caminantes. Está saliendo a la izquierda. La usamos para renovar el sacramento de la eucaristía y para rezar así como de paso: igual que se hace todo hoy en día, según tú: un rezo *light*, un matrimonio *light*... —Echó una risita que acabó en tos—. Tiene unas tallas barrocas soberbias. Ora un poquito ante nuestra santo fundador y que Dios te bendiga.

Al salir, Palmira se detuvo frente un bellísimo calvario, dentro de una hornacina de cerámica sevillana. La formaban las alas de unos pequeños ángeles, ya con cálices para recoger la sangre del Señor, ya oferentes de los atributos de su pasión. Se santiguó ante la reja que lo defendía y salió por el patinillo de entrada dando un suspiro.

«Hay tardes en que este apartamiento me parece envidiable. Supongo que como mi vida a las que se hallan dentro de él. ¿Quién está siempre donde quiere estar?»

7

GABRIEL ORTIZ, el matrimonialista, iba resolviendo los problemas que se planteaban. Pero se había estancado con el piso de Londres. Lo compró Willy; sin embargo, estaba inscrito a nombre de Palmira. Palmira propuso renunciar a él. No obstante, a Ortiz le preocupaba cómo iba a sostenerse Santo Tirso sin ningún ingreso, puesto que la señora no aceptaba una pensión mensual de don Guillermo Guevara. La señora no tenía, a no ser que se enajenase parte del jardín —las antiguas caballerizas, verbigracia, donde ahora sólo existía una especie de tablao flamenco que llamaban *La Marimorena*, y que no se utilizaba desde la puesta de largo de Helenita, no, perdón, desde las bodas de plata, cuya fiesta ciertamente fue un ensueño...

—Digo que, si no se enajena parte del jardín, la señora no tendrá liquidez para mantener íntegramente Santo Tirso con la totalidad de sus habitantes, incluidos los hijos, que no aportan tampoco ganancia alguna, y el numeroso servicio, al que quizá habría, parcialmente al menos, que renunciar.

Por eso proponía el señor Ortiz (escucharlo le daba a Palmira dolores de cabeza: era como quien, circulando por una avenida, entra y sale de todas las bocacalles que se le presentan, y acaba por no saber de dónde viene ni por dónde va), proponía el señor Ortiz considerar, generosamente por parte de la señora, gananciales los bienes de Londres y vender bien el piso y repartir consecuentemente el importe.

—No es preciso —contestó casi mareada Palmira, a la que su conversación con la monja había iluminado—: se pueden vender cosas.

—¿Cómo cosas? —exclamó Gabriel Ortiz, con la mano hacia arriba en el aire, de vuelta de acariciar sus cuatro pelos—. ¿Qué cosas?

—Cuadros, joyas, mantones de Manila, marfiles, abanicos, cosas.

—Pero, señora, ése es el patrimonio familiar de los Santo Tirso. Y, por otra parte, la señora no querrá que en Sevilla se la tome por una chamarilera.

—Las cosas de que hablo no son trastos viejos, señor Ortiz.

—Perdón, perdón, excúseme, no era ésa mi intención... Aunque, en definitiva, verdaderamente, tales enajenaciones serían el chocolate del loro, Palmira, si me permite que la llame así...

—¿Loro o Palmira?

—Huy... Palmira.

—Ya se lo permití el otro día: así es como me llamo.

El abogado hizo de tripas corazón, tragó saliva y preguntó:

—¿Por qué no aceptar una pensión a la que el señor Guevara está jurídicamente obligado y a la que se avendrá seguramente de mil amores?

—Con que se hubiese avenido a un amor como debía, hubiera bastado.

—La señora es sumamente graciosa —rió Gabriel con risa de conejo—. ¿Usted me permite que haga una gestión ante don Guillermo?

«Qué hombre tan místico», pensó Palmira, y condescendió:

—Hágala, pero referida sólo a los niños. Después de todo, y también antes de todo, son hijos de los dos, y con la boda de Helena es de presumir que los gastos aumenten. La gestión sólo para ellos, que conste, ¿eh?

—Si yo me atreviera...

—Atrévase, hombre de Dios, atrévase. —Se levantaba ya, harta de esa calva ruborosa y medio tapada, de esos ojos de odalisca, de esa boquita fruncida y reidora, de ese manoteo por el aire, de esa actitud asustadiza. «Este hombre tendría que haber sido también monja.»

—Le propondría a usted formar parte de un grupo de personas divorciadas o separadas recientemente. Todos clientes míos. El intercambio de información, de consejos, de sugerencias, es grandemente enriquecedor. Se aprecia inmediatamente la mejoría de los compañeros; se comprueba cotidianamente que los problemas son idénticos y de todos...

Palmira asió su bolso con la misma fuerza que si lo fuese a esgrimir contra el pobre Ortiz. Sus ojos echaban rayos más que chispas.

—¿Me está proponiendo usted, señor abogado de secano, una especie de terapia de grupo?

—Los resultados son realmente, sorprendentemente...

—Métase usted en sus cosas, desgraciado.

Palmira salía mientras él, reverencioso y aterradísimo, iba detrás murmurando:

—Perdón, señora, perdone a este servidor: es que el sufrimiento de una ruptura representa también un signo de supervivencia, de crecimiento vital, señora mía, de un reto hecho sensiblemente a la desesperanza y al fatalismo humanos.

—Pues, si es así de bueno, cásese y sepárese usted mismo. ¿O ni siquiera sirve para eso?

Palmira salió por fin al vestíbulo común del bufete, dando a Gabriel Ortiz con la puerta en las narices.

8

Pasados unos meses desde su separación, Palmira se acostumbraba. No a estar sola, pero sí a la ausencia de Willy en la casa. «El ser humano se adapta a todo. ¿Quién, si no, podría habitar en Islandia? O en Burgos, sin llegar tan lejos. En la soledad también hay un cierto poso de placer.» Algunos días, en cuanto caía la tarde, se echaba en la cama con una televisión delante, o unos libros, o el ama. El ama había mejorado de su achuchón —«No fue un jamacuco, fue sólo un sopitipando», decía ella—, pero la obligaban a hacer mucho descanso. Con la televisión encendida sin voz y los libros desparramados sobre la colcha, charlaban las dos mujeres sin un tema concreto, yendo y viniendo, de lo divino a lo humano o viceversa, al filo de la propia charla.

—Somos dos vecindonas —decía Palmira—, pero tú más que yo.

—Vecindonas una de otra y sin nadie más —suspiraba el ama—: qué solitas nos estamos quedando.

Palmira tenía la impresión de que, en contradicción con la aparente parálisis de su vida, todo se apresuraba. Le sucedían cosas que nunca soñó que protagonizaría. (Por ejemplo, un amigo íntimo de Willy, y colega en lo de los toros, la pretendió sin mucho recato. «Y sin mucho éxito, por supuesto. No faltaba otra cosa.») Notaba el mundo más cerca; ignoraba cómo expresarlo: más al alcance de su mano. Recordaba la frase que un año y medio antes le había dicho Larra, el ginecólogo: «Te sientes débil y vacilante como el prisionero al que le han quitado las cadenas...» Era como si, en el espectáculo de catarineta que el mundo es, gozase de unas localidades mejores o más próximas, que le permitían contemplar los acontecimientos dentro de ellos mismos, o al menos desde una más ventajosa perspectiva. «Supongo que es porque me han pasado cosas tan gordas que ya me afectan en menor grado todas las demás. Y eso es lo que me autoriza a meterme en la selva como una turista que, pagado el *forfait*, va de safari ajena a los peligros.»

Paseaba con frecuencia por el jardín, que la rodeaba con mayor presencia que nunca. Lo reconocía ahora en primavera y, sin saber por qué, lo evocaba en otoño, pacífico y desentendido, alfombrado de hojas crujientes, con el verde pálido y el sonrosado y el rojo encendido de las parras vírgenes y la pasajera abdicación de las frondas, que en su jardín era siempre algo tardía. La ceñía una primavera casi furiosa, como si fuese la primera vez que llegaba al jardín, o la última, como si fuese la vez única... Y Palmira no deseaba abandonarse a ella. «La primavera subraya las carencias. Es igual que Sevilla: para andar por ella hay que ir acompañado.» Una mañana se detuvo ante una tela de araña primorosa, abrochada entre unos plumbagos. Estaba cuajada con las gotas del riego, y era igual que una joya. «No me extraña que los insectos se sientan atraídos por esta perfección. Aunque sea para morir.»

Ese mismo día, sin premeditación ninguna, telefoneó al doctor Larra para rogarle que le recetara aquellas hormonas y aquellos estrógenos de los que le había hablado.

—¿Ahora precisamente? —le preguntó el médico, aludiendo de un modo tácito a su separación.

—Precisamente ahora —le contestó Palmira riendo—. Hay que estar mejor preparada que nunca para cualquier contingencia. ¿No es lo que tú aconsejas?

«No sé por qué lo he hecho. ¿O sí lo sé? Sencillamente no quiero tomar una decisión mortuoria. Quiero estar dispuesta a lo que venga, sin impaciencias, pero sin repulsas. Quiero seguir siendo yo, con lo mejor que haya habido en cada una de mis etapas anteriores. O tratar por lo menos de que así sea...»

Reanudó su actividad de anfitriona de Sevilla, que unos viajeros recomendaban a otros dándoles su teléfono para que la llamaran de su parte y le dieran sus memorias. Esa semana recibió a un matrimonio, francés y estiradísimo, al que una mañana acompañó a las ruinas de Itálica. Se las mostró someramente. Era un día brillante, azul y dorado. A poca imaginación que se tuviera, los *mustios collados* se poblaban de ruidos vivos e inmortales presencias. El calor reblandecía el paisaje. Las adelfas rosas, inmóviles, se erguían en el metal de la mañana.

—Hay un poeta muy nuestro, cordobés, que ha escrito de estas ruinas:

> *Hoy en otra ciudad rememoro otra adelfa...*
> *Aquí, entre el calor de oro, se otorgó,*
> *desnuda y para siempre la belleza.*
> *Aquí, un día de agosto, de improviso*
> *se aprisionó a la vida con sonoros grilletes.*
> *Aquí un dios acechaba,*
> *vengativo, el otoño...*
> *Pero el otoño aquí no llegará jamás.*

Los franceses no entendieron nada. Como reacción frente a su indiferente y cargante cursilería, los llevó a comer a un matadero privado cerca de allí, que descubrió una tarde no hacía mucho.

El matadero tenía como anexo un mercado de todo aquello que producía, sin elaborar o elaborado. Destacaban la charcutería —la más variada, atendida y barata de Sevilla— y un restaurante modesto y excelente, con sus zócalos de azulejos, y limpio como los chorros del oro, desde el que se divisaba, a través de grandes cristaleras, los mostradores de la tienda y sus ajetreados dependientes. Allí almorzaban trabajadores de los campos vecinos, clientes al por mayor del matadero, sevillanitas que iban a comprar la carne o los productos preparados cada diez o doce días, y se llevaban con ella a sus niños pequeños, demasiado alborotadores, dejando a los mayorcitos en el colegio, para recogerlos después de sus compras. El matrimonio francés estaba entre seducido por lo típico que creía aquel ambiente, y espantado por su extremo populismo. «Estos aristócratas andaluces...», se decían.

Pronto salieron los empleados del matadero a comer también, vestidos de un blanco impoluto con grandes delantales plastificados. Palmira, con las gafas puestas, se fijó tras los cristales en un muchacho que despachaba en el mostrador. «Parece un príncipe. Parece un gitano.» Cuando tomaron el café, entró para hacer unas compras. Se dirigió hacia el muchacho charcutero que le sonrió al verla acercarse. Tenía la tez dorada y los ojos verdes; el pelo, castaño con vetas muy claras como el del que toma con descuido el sol, le caía lacio sobre el lado derecho de la frente; su figura era tan esbelta como la de un joven bailaor. «Será de la edad de Álex.» Sus manos, estropeadas de trabajar con ellas y lavarlas después con detergentes fuertes, se movían con soltura. «Pobres manos hermosas.» Llevaba un gorrito blanco, que favorecía muy poco a los demás, pero que en él resultaba un capricho voluntario y airoso.

Palmira le solicitó un solomillo, cabeza de lomo, salchichón «que tanto le gusta a Álex», un queso con buenísima cara...

—¿Nada más? —le preguntó el muchacho con una muequecilla y un desplante.

—Caña de lomo también y pinchitos ibéricos. Una paleta cocida y panceta, por favor. Y una garrafa de aceite de oliva... ¿Me lo sacará luego usted al coche?

—Habrá quien lo haga. Pero si usted me prefiere a mí, ya estoy volando.

El matrimonio francés tenía los ojos como platos a pesar de entender poco el español. Una aristócrata bromeando con un charcutero... Y se duplicó su asombro cuando se aproximó a ellos la encargada del matadero, teñida de rubio platino, y se ofreció a enseñarles las instalaciones a los señores.

—Trabajamos desde las cinco de la mañana a las cinco de la tarde. Después queda sólo el equipo de limpieza y este de la tienda... Un matadero parado sólo es hierros y acero inoxidable. Lo bonito es ver morir a los animales después de haberlos visto estar tan vivos. Porque yo creo que a la carne hay que acariciarla y quererla.

Palmira no sabía ni qué pensar ni de qué carne hablaba. Se volvió hacia el muchacho, al que le florecía en la boca una sonrisilla de complicidad y no de escasa admiración ante la importancia de aquella señora.

—Vengan —insistía la rubia—, se lo mostraré aunque sea desde fuera. —Los condujo por una puerta lateral al exterior—. En este negocio matamos vacuno, porcino y ovino: cada cual tiene su sistema. No somos muy grandes, aunque creceremos: unos cuarenta y cinco animales a la hora, de vacunos hablo, y hay días de trescientas terneras. —Flotaba, por donde avanzaban, un olor espeso, difuso y concentrado a la vez: un olor imborrable y nauseabundo a sangre y a excrementos mezclados. «¿Olerá así el muchacho? Qué tontería...»—. No es nada cruel, se lo juro. Al entrar de uno en uno en ese cajón, se les da un golpe con una pistola automática, igual que un puntillazo. Quedan inconscientes y se abre el compartimiento de abajo. Allí cuelgan de una pata en una argolla y se les desangra. Cuando van a empezar a enterarse de algo, ya están desangrados. Es una muerte dulce.

—Sí: la eutanasia —dijo Palmira sugestionada por aquel horror en medio de la blanca asepsia que el equipo de limpieza conseguía otra vez, chapoteando sobre el agua sanguinolenta.

La francesa se mareaba, y tuvieron que salir de prisa y corriendo.

—Tario —llamó la encargada al muchacho—, llévale su compra a la señora.

Al salir para recoger el coche, unos empleados cargaban carne por las traseras de un camión. Las reses venían partidas en dos horizontalmente.

—Todo mecanizado, ¿ve? —insistía la del pelo platino. Y una máquina de brazo descolgaba las piezas y las colgaba en el furgón.

Palmira pidió el teléfono, después de presentarse, («Ya la he reconocido, señora de Guevara», dijo la rubia.) con el fin de hacer cualquier día un pedido mayor. Pensaba en la boda de Helena, la próxima semana.

—Si fueses un poquito más bajo —bromeó Palmira con el muchacho—, podrías ser torero. Los mataderos siempre han tenido mucho que ver con los toros.

—Éste, no —dijo el chico buscándole los ojos—: sólo tiene que ver con la electricidad y con la ingeniería. Pura técnica, señorita.

Palmira agradeció el *señorita* y le recompensó con una magnífica propina.

—Viva el rumbo —exclamó el chico guapo, abriéndole la portezuela del coche con una grácil reverencia.

Lo cierto es que a la francesa, ante la garbosa estampa del muchacho, se le pasó el mareo.

—Oh, estos españoles, qué flamencos —exclamó mientras Palmira arrancaba.

La boda de Helena era por la tarde. Palmira se acercó por la mañana al convento para dirigir la decoración y disponer «el agasajo» como decía su tía Monte, en el patio principal. El patio era un gran espacio con césped, circundado por una esbeltez gótica con doble arquería, muy difícilmente superable.

Palmira se había llevado a Manuel el jardinero y a Ramona: confiaba en ellos después de haberles dado instrucciones muy concretas. La iglesia estaba cubierta de ramos blancos y amarillos.

—Lo hago por ser la bandera del Vaticano —le mintió a su tía.

La capilla comunicaba con el precioso patio que, a su vez, por un postigo daba a la calle. En aquel momento introducían las mesas, las sillas, los manteles, las bebidas y todo lo demás. Palmira, siempre algo heterodoxa, había conseguido que la empresa encargada del *agasajo* le permitiera aportar los fiambres, los embutidos y los quesos del matadero.

—Qué antojos tiene la señora de Santo Tirso.

En aquel momento, distribuía las mesas entre los macizos de rosas del patio y vio entrar a Tario. El muchacho fue directamente a ella. Fascinado por la majestuosa sobriedad del patio, cosa que predispuso a Palmira en favor suyo, comentó:

—Si mi novia supiera que me he colado en este convento... Con lo que a ella le gusta por fuera.

—¿Ya tienes novia? —Él afirmó un tanto cortado, como quien ha cometido un desliz—. ¿Y la quieres mucho?

—Lo normal, ¿qué vamos a hacer? —contestó el chico con una guasa que desconcertó a Palmira.

—¿Dónde vives?

—En la calle Castilla, frente por frente al Patrocinio.

—Buen sitio.

—Los Viernes Santo es desde donde mejor se ve el encierro del Cachorro.

—¿Con tus padres?

—¿Que si veo el encierro con mis padres? —la simpática guasa del muchacho se acentuaba.

—Que si vives con ellos.

—Sí, todavía... —Miró con impertinencia alrededor—. Esto, ¿qué es? ¿Una boda? —Palmira afirmó—. ¿De quién?

—De una amiga —contestó ella sin casi darse cuenta—. Estoy preparando la iglesia y la copa de después.

—Le rogó que la ayudara a trasladar unas mesas, y le preguntó luego, menos nerviosa—: ¿Por qué has venido tú?

—Porque le dije a Vitorita, como ya nos conocíamos... Vitorita es la rubia.

Habían comenzado a distribuir sillas entre los dos. «El muchacho es la mar de agradable en todos los sentidos. Pero, más que nada, es guapísimo.»

—Oye, Tario.

—Anda, ¿se acuerda de mi nombre?

—¿No has dicho que ya nos conocíamos? Es además precioso.

—Qué va. Viene de Trinitario, señorita. Tario Romero, para servirla.

—Yo me llamo Palmira.

Se estrecharon las manos. Palmira lo miraba incrédula: tan perfectos eran sus facciones, su apostura y el leve dejo de desgarro que le agraciaba la voz. Sentía una mezcla de admiración, de ternura, del rechazo que suscita la plena belleza, y de la atracción que suscita una provocadora inconsciencia. «De su inconsciencia no estoy tan convencida. Los muchachos de hoy —menos mis hijos, iba a decir, pero ni ésos ya— se las saben todas.»

—Dime, Tario: ¿trabajas todos los días?

—Menos los martes, que ni te cases ni te embarques.

—¿Y a qué hora das de mano?

—Según, porque hay jornadas en que trabajo con los del matadero y los de la limpieza, y salgo antes: hacia las cinco. Los que trabajo en la charcutería salgo a las ocho. No puede saberse hasta el mediodía... —Hizo una pausa corta; luego, alzó los ojos y los clavó en los de Palmira—. Pero puedo avisar.

Palmira notó que se le enrojecía la cara. Cohibida, observó al muchacho plantado frente a ella, con las piernas ligeramente abiertas embutidas en unos vaqueros muy oportunamente gastados, que le marcaban los muslos y todo lo demás como en una estudiada invitación. «No; inconsciente no es.»

—La semana que viene, el miércoles —balbuceó—, iré allí a comprar. A media tarde.

—El miércoles a media tarde. A las cinco o así, ¿no? Yo ya habré terminado.

Le volvió a dar una buena propina, y lo despachó, absolutamente convencida de que no iría el miércoles.

La boda fue lo que tenía que ser: un revoltijo. Menos mal que Palmira no invitó más que a la familia en estricto sentido. «La parentela de Nacho Soler es un horror. Si él se convierte en lo que es su padre (y qué facha haber ido del brazo de él); si los hijos de Helena salen a su suegra (y me alegro de que Willy haya tenido que darle el brazo a ella) el fracaso de la nueva generación de Gadea está asegurado.»

Lo más fructuoso de la ceremonia fue la poquísima importancia que Palmira, ante su propio pasmo, le dio a Willy. Actuó con la más irreprochable naturalidad. Estuvo a la vez correcta y distante. Entraron después, con el pelanas y Helena, a saludar a sor Micaela, que no quitaba ojo del sencillísimo vestido blanco, ceñido a las caderas, de la novia. Pero aún no se le notaba el embarazo.

El miércoles por la mañana estuvo Palmira muy nerviosa. El ama lo observó, pero lo atribuyó sin duda al encuentro con Willy en la boda. Decidida a no ir al matadero, apenas pudo tragar bocado. Pero nada más tomar café en el jardín con el ama y Álex, ya los únicos habitantes con ella de la casa, aparte del servicio, pretextó unas compras y, arrastrada casi en contra de su voluntad, se dirigió hacia el matadero.

Como tenía tiempo, pasó por la calle Castilla y se detuvo un instante frente a la que imaginó ser la casa del muchacho: blanca, modesta, de dos pisos, con unos balconcillos llenos de geranios de color rosa: la casa que pintaría en un papel un niño.

Cuando aparcó, divisó a Tario a la puerta del establecimiento, con las manos en los bolsillos, esperando. Se miraron. Él encendió un cigarrillo y echó el humo muy fuerte hacia arriba. Palmira hizo unas cuantas adquisiciones apresuradas. Cuando se las llevaron al coche, el muchacho había desaparecido. «Las cosas son así: me alegro. Estaría de Dios.» Cerró el portaequipajes y puso el coche en marcha. Entonces, por su ventanilla, asomó la cara morena y gachona del muchacho.

—Señorita, se me ha averiado la moto: ¿me puede usted acercar a una parada de autobús que hay más alante? O a la gasolinera, desde donde alguien me alargará a Sevilla.

Sin decir nada, Palmira abrió la portezuela contraria. Se introdujo el muchacho. Ella arrancó, temblándole las piernas. «Por Dios, si es que es un niño. ¿A qué viene esto?... Bueno, un niño que sabe mucho para su edad.» Veía un abismo delante de ella y se sentía llamada a gritos por él. En el cielo navegaban unas nubes rizadas, jubilosas, iluminadas por los bordes rosa y oro, sobre un fondo verdoso. «El cielo está aborregado... El cielo está entarabicuadriquinado, quién lo desentarabicuadriquinará... No sé ni lo que digo.» Antes de que cayera en lo peligroso y lo inoportuno, contra ella, de la pregunta, la hizo:

—Tario, ¿cuántos años tienes?

—¿Qué importa eso, señorita? Lo que importa es estar a gusto.

«Es más listo y más elegante que yo.»

—¿Quieres encenderme un pitillo? Es que, cuando voy conduciendo...

El muchacho la interrumpió:

—No me tiene que dar explicaciones: estoy a su disposición.

Encendió dos cigarrillos y le tendió uno.

—Gracias. Yo también a la tuya.

—A la mía, ¿qué? —rió Tario incitante.

—A tu disposición —replicó Palmira muy bajito.

El muchacho situó su brazo izquierdo sobre el

asiento de Palmira, de forma que le rozaba el pelo, y su mano, dejada caer, el hombro. «Es un modo prudente, aunque vulgar, de demostrar su presencia.» Palmira echó la cabeza hacia atrás y oprimió el brazo del muchacho. La mano de él, despacio, descendió y se posó sobre su hombro. A la vez abrió Tario los muslos y rozó con la rodilla izquierda el muslo derecho de Palmira. Ella, al desgaire, dejó unos segundos la mano sobre el muslo del muchacho. En seguida él dijo:

—Aquí, a veinte metros, hay un carrilito que lleva al portón de una finca vacía.

Se escuchaba la respiración de Palmira. El coche se introdujo en el carril hasta perder de vista la carretera. Frenó. Transcurrió un minuto eterno. La mano que había tomado posesión del hombro de Palmira la hizo girar, y, sin darle tiempo a arrepentirse, la boca del muchacho se volcó sobre la suya. Fue un asalto y una capitulación. Antes de olvidarse de todo, pensó Palmira que nunca la habían besado así. La fruición y la avidez de las dos bocas eran casi dolorosas. Se besaban como quien bebe después de haber sufrido un desierto de sed...

El muchacho le acariciaba los pechos y le condujo con suavidad la mano hacia su sexo, que abultaba exageradamente el pantalón. Sin dejar su boca en libertad, bajó él mismo la cremallera, y la mano de Palmira comprobó su abundancia. La presión hacia abajo de la mano izquierda del muchacho en su nuca hizo volver un poco en sí a Palmira. Negó con la cabeza, y vio entre brumas el grueso pene, del mismo color dorado de la cara, que su mano, sometida, estrechaba.

A Palmira la invadió una especie de locura. Esa misma noche soñó con el muchacho. Le hacía el amor en su propia cama, y se soñó a sí misma haciendo gestos que jamás había concebido que ella pudiese hacer. La realidad diaria pasó a un segundo plano. Sólo fue capaz de esperar unas horas sin llamar al matadero y preguntar por Tario. Quedaron en la gasolinera próxima al carril. La moto de Tario siguió al coche. Repitieron los abrumadores contactos. Las caricias, sin embargo, fueron más prolongadas e intensas, y él tuvo ocasión de explorar el cuerpo de Palmira.

—No hay derecho a que me dejes así, mi vida —susurraba. Luego golpeó los respaldos del asiento—. ¿Es que esto no se abate? Porque lo que es lo mío...

Palmira abatió los asientos, y se entregó, mientras fuera anochecía, a la posesión más honda y más cumplida de que nunca había sido objeto. Con la cabeza desmayada, adivinó por el cristal de atrás un día agonizante: las luces eran empujadas hacia el lado contrario del poniente, entre ráfagas de nubes violetas... Y acto seguido, aquellas luces las rasgaban, las amarilleaban, las ensombrecían. Como las nubes y en ellas se sintió Palmira. Aún tenía el cuerpo del muchacho, a medio desnudar, dentro y encima del suyo, apenas desnudo. Desfallecida, levantó la cara y lo besó.

Llegando ya a Sevilla, entró por Triana para dejar a Tario.

—Cachonda —dijo él riendo, mientras le golpeaba un muslo—, que eres una cachonda... ¿Me vas a dar un billetito de esos para que me tome un copazo a tu salud?

Palmira sintió que se le venía encima el parabrisas y el techo del coche y el mundo. Sintió la oscuridad creciente, y clavándosele las luces de la calle que empezaban a arder. Sintió que estaba sucia, engañada y triste. Dio un frenazo. Sacó del bolso un par de billetes. Se los dejó a él sobre el bulto de su sexo sin rozarlo e, inclinándose, le abrió la portezuela.

—¿Te has enfadado, mi vida?

—No soy tu vida. Vete.

El muchacho salió, cerró la puerta y se asomó por el cristal. Palmira arrancó con violencia.

«Pero ¿qué era lo que esperabas? Ahora un muchacho de veinte años va a enamorarse de ti perdidamente: él, que tendrá toda Triana embebida a sus pies... Estás loca: ¿qué querías? ¿Algo más de lo que te han dado? Déjate de novelerías. Y, si tienes que llamar a las cosas por su nombre, llámalas. Tario es un chulo. Y tú una cachonda: una vieja cachonda, te lo ha dicho. Os entendéis. Acuérdate lo que decía María Zamora cuando hablaba de la abuela de Setúbal: "Ay, niña, a cierta edad, que nos quieran, aunque sea pagando." ¿Que él no te quiere? Pero vamos a dejar las cosas claras: ¿qué es querer? ¿Te quiso Willy? El chico te da lo mejor que tiene: su cuerpo, su empuje, su portentosa juventud... Podía estar con su novia y está contigo: volcado y sin reservas, porque eso lo ha demostrado bien... ¿Te gusta o no, tía coñazo? Pues, si te gusta, no hagas la comedia de la vieja dama digna que mira al mundo por debajo de sus narices. Si te gusta, procura que te dure.»

Aquella noche telefoneó por tercera vez Hugo Lupino. «¿Cómo puede olvidarse tan pronto a una persona que nos atraía? El ser humano es un puro dislate.» Se ausentaba de Sevilla. Deseaba despedirse. Deseaba agradecerle personalmente, con el cuadro que más le había gustado a ella, y que se negó a vender, todo lo que por él había hecho.

—Me es de todo punto imposible ir a tu estudio. El ama ha estado muy enferma. No salgo nada... Claro que acepto el cuadro, no faltaba más. —No sabía ni de qué cuadro le hablaba—. Mandaré por él. ¿Cuándo te vas? ¿Mañana?... Sí, sí; me dieron tus recados; pero la boda de mi hija me trajo a mal traer... Te instalarás en Madrid, entonces. Puedes mandarme tu teléfono y tu dirección en cuanto lo hagas... Sí; yo voy bastante a menudo... Perdóname, Hugo, te deseo todo lo mejor: un gran éxito.

—Dile a Álex que me despido, a través de ti, también de él.

—¿A Álex? Ah, sí: se lo diré, descuida. Un abrazo.

Colgó aliviada. «Cuando alguien entra en el pasado es inútil intentar que renazca. Agua pasada no mueve molino. Afortunadamente. Él tuvo su momento.»

—«La ocasión de disfrutar a tu edad de un amor —o lo que sea, qué más da: llamamos amor a demasiadas pocas cosas— tienes que agradecérsela a la vida. Es como si una mano generosa coloreara un cuadro que fue dibujado en blanco y negro... No seas tonta: piensa en tu sentimiento, no en el suyo; piensa en el regalo que significa esta propina de juventud. ¿Cuándo se te iba a pasar a ti por la cabeza que harías el amor dentro de un coche, en pleno campo, casi a la intemperie, como en una aventura llena de gozo y riesgo? Así tiene que ser. Estás viviendo lo que no habías vivido. ¿Qué te importa que la palabra charcutero sea atroz, y él, inculto y plebeyo? ¿Te parece inculto cuando te abraza? Es un príncipe: lo pensaste nada más verlo. Mira al marido de tu hija, y comprenderás todo mucho mejor... Tu nuevo sentimiento te hará más comprensiva, y más humana...»

—«Y más pecadora.»

—«Bien; si a través del pecado se llega a la tolerancia, bendita sea... Él es como una rosa irreprochable que hubiese nacido en un estercolero. Huele la rosa, bésala, acaríciala. Nadie pide que te la comas, ni que te dure para siempre, ni que te mudes al estercolero. Enorgullécete de tu capacidad de amor.»

—«Pero ¿es amor lo que siento?»

—«Y dale: tú siéntelo. Lo que te hace vibrar, soñar, estremecerte, impacientarte, contar las horas de los días que faltan para reunirte con él, ¿no es amor? Si no tuvieras espejo ni memoria, ¿no creerías que te han poseído por primera vez? ¿Cómo llamar, por tanto, a semejante don?»

—«Después de lo de hoy, no querrá verse más conmigo...»

—«Pídele perdón si es que vuelves a verlo. Y da gracias a Dios: a Dios o a lo que sea, qué más da también.»

Esa noche fue a ver al ama. La encontró consumida: sólo los ojos seguían teniendo vida en aquel rostro extinguido. El ama a ella la encontró febril y desasosegada. Palmira temía que se le notara lo que quería ocultar. Estaba satisfecha y resuelta a seguir; pero no confiaba en ser comprendida ni siquiera por el ama. La anciana escudriñaba sus ojos, y ella la rehuía.

—¿Qué tienes, niña? Lo que te ha pasado, ¿es bueno? Sólo quiero saber eso.

—Sí, ama, es bueno —confesó—. No te tortures, bruja somormuja. ¿Has cenado? ¿Te apetece que venga luego a leerte el periódico? ¿Estás bien atendida?

Había mandado que le instalaran un timbre sobre la cama y otro sobre la mesa de la sala, para que los usase cuando necesitara cualquier cosa.

En el momento en que se disponía a salir, apareció Álex. Venía también a interesarse por el ama. Estaba serio y pálido. Al inclinarse para besar a la anciana se le llenaron los ojos de lágrimas, lo que no le pasó inadvertido a Palmira. «Qué bueno es y qué cariñoso.» Salieron juntos hacia el comedor chico: era donde, desde que se habían quedado solos, solían cenar.

—El ama está muy bien. Ha superado los primeros días de peligro. Es una mujer muy mayor, pero con una naturaleza magnífica: ya ves cómo ha reaccionado —animó Palmira a su hijo.

—Sí, mamá. Yo creo también que no hay por qué inquietarse.

«No levanta los ojos del plato. Esta actitud debe tener algo que ver con su padre. Álex no me perdona la separación. Tardará en entenderla. Ha sido un golpe emocional para él, pero el tiempo todo lo suaviza... El día de la boda intentó dejarnos solos, a Willy y a mí, camino del locutorio del convento. Se retrasó aposta, e hizo que se retrasasen Helena y su marido. Yo me volví y les ordené que se dieran prisa... Era violento para mí; pero, sobre todo, porque no tenía nada que decirle a Willy. ¿Cómo convencer a Álex de esto?... Es como un niño que sueña con la reconciliación de las dos partes que quiso juntas... También Tario es un niño. Conmigo no.... No le he preguntado a Álex cuándo ve a su padre, ni con qué frecuencia, ni si Willy vive con su amante; con sus hermanas, desde luego, no... Quizá piense que, si yo no me divorcié, fue para impedir que su padre se casara de nuevo, o sea, para facilitar un posible retorno. No era ésa mi intención: quizá debería decírselo. Claro, tampoco es mi intención que mis hijos olviden a su padre; al contrario...»

—Mamá, ¿has sabido algo de Hugo?

—Sí, querido, perdona. Olvidé decírtelo. Llamó para despedirse; se va mañana a Madrid. Se conoce que el éxito en Sevilla le ha abierto las puertas. Nos alegramos, ¿no?

Álex tardó un momento en hablar. Cuando lo hizo, le temblaba la barbilla. Palmira se reconoció en ese temblor.

—Yo estaba convencido de que tú lo querías.

—Naturalmente que sí, tonto. Y lo quiero. Por eso le deseo lo mejor.

«Las relaciones con los hijos, cuando crecen, no llenan plenamente nuestra vida. ¿Qué sabemos de ellos? ¿Qué da a entender Álex con eso de "creí que lo querías". ¿O es que sabe más de lo que me figuro? En realidad, ¿qué puede saber? Nada; no sucedió nada... Si fuese Tario... Cuando crecen, no precisan ya una dedicación total: grandes zonas del alma se nos quedan vacías; grandes salas sin amueblar, y la vida persiste y hasta crece como ellos. Hay que descorrer los cerrojos, descubrir las ventanas y asomarse. No podemos quedarnos sentados a la espera de que alguna voz, quizá un día, nos llame porque nos necesite. Pasar de los hijos a los nietos, qué horror... Yo soy tolerante: no me espanta que mis hijos coincidan con esa mujer, que almuercen con ella, que se rían juntos... Quizá antes sí: me daba un poco de rabia; pero ahora comprendo que, si lo suyo era amor, hizo muy bien poniéndose el mundo por montera...»

—«Por supuesto, qué magnanimidad. Eso te justifica a ti, vieja cachonda.»

—¿Tú crees que volverá?

Palmira tuvo un sobresalto.

—¿Quién, hijo? —preguntó.

—Hugo, mamá. Hablábamos de él.

—Ah, Hugo. Claro que volverá. Además va a mandarme su dirección en Madrid en cuanto esté instalado. Lo veremos allí.

«Qué manía con Hugo. Se ve que lo deslumbró. Los artistas deslumbran a los chiquillos. Sí; Álex es aún muy niño... También Tario, pero qué diferencia. La gente humilde madura más de prisa. La vida de los artistas, desordenada y transgresora, ilusiona a los niños, como una avanzadilla de sus recursos... Me habría encantado que Álex se hubiera dedicado al arte en lugar de a la Biología.»

—¿Por cierto, qué tal llevas el curso?

—No lo sé. Es todo tan complicado... —Lo había dicho con una expresión desfondada y abatida. Palmira reparó en él con mayor atención. Apenas había comido.

—¿Estás completamente bien, Álex? —Alargó la mano y estrechó con cariño la de su hijo. Él levantó los ojos. Los tenía otra vez empapados en lágrimas—. No te amilanes por nada, Álex. Eres joven; eres muy joven aún. Lo entenderás todo: la vida, quiero decir. Lo que hacemos los adultos. Lo entenderás dentro de poco.

Palmira hablaba de su ruptura. ¿Qué otra cosa podía angustiar a Álex de aquella manera? Se sentía responsable, pero no le cabía hacer más por su hijo.

—Eso espero, mamá. —Dejó la servilleta sobre la mesa. Se levantó—. Dispensa.

Salió precipitadamente del comedor. A Palmira le pareció que lloraba. «Más tarde iré a su cuarto: comentaré con él, le sonsacaré. Ahora no iba a servir de nada, incluso sería perjudicial... Estos chicos... Debí ocuparme de que Álex se endureciera un poquito más.»

Cuando, después de beberse un whisky doble fantaseando sobre Tario, fue al dormitorio de Álex, encontró que la luz estaba apagada. La del dormitorio del ama también lo estaba. El servicio había retirado ya la mesa. Se sirvió otro whisky doble con un poco de hielo, y se echó vestida sobre su cama, ante el televisor. No veía nada, no oía nada: sólo los muslos escurridos de Tario y su jadeo. Sólo su pecho liso y musculado ya, como el de un discóbolo; su pelo lacio sacudiéndole a ella en la cara mientras la poseía... Estaba demasiado colmada para poder dormir. Sólo la reacción de Tario mañana la desazonaba.

Pasado un tiempo en que trató de leer sin conseguirlo, tomó una dosis también doble de somnífero y aguardó el sueño pensando en aquel cuerpo, por el que se sentía tan complacida de arriba abajo; en aquel cuerpo, cuyos pies no había visto todavía y que ya amaba... De arriba abajo, en aquel cuerpo... Los ojos verdes, los dientes hábiles, las manos rudas y tan sabias... De arriba abajo, en aquel cuerpo entero, en su sexo fragante y predispuesto... En su ombligo.

Quedó citada con él en El Altozano. No pudo discernir si estaba o no enfadado, tan lacónico fue. Aparcó en doble fila y aguardó, cerca de *El Faro*, apoyada en el pretil del puente. Se oscurecía el agua bajo el cielo rabiosamente azul. Por el Aljarafe roseaba, y sobre la ciudad se adensaba una calima brumosa y gris.

Tario le puso, asustándola, una mano en el hombro. Al volverse, vio el cielo.

—He venido desde mi casa andando.

—Vamos —le urgió ella—, tengo ahí el coche.

Le había comprado una chupa de seda gruesa de color verde pistacho.

—Toma. Es muy ligera —le dijo poniéndola sobre sus rodillas cuando estuvieron ya sentados—. Y a juego con tus ojos.

Él la besó en la oreja muy científicamente. El beso escalofrió a Palmira.

Ella había tramado un modo de encontrarse a solas, con mayor bienestar y más holgura. En aquellas caballerizas que no servían para nada estarían libres y tranquilos. Si él llevaba la moto...

—Fíjate bien por dónde vamos. A lo mejor un día tienes que venir tú solo.

... podría dejarla oculta detrás de La Marimorena, y nadie la vería. Palmira había cogido aquella misma tarde la llave del clavero de oficios. No existía más que una. Distribuiría sobre el tablao las colchonetas de los asientos, y contarían así con un amplio campo de juegos. Recordaba que había velas en las mesitas de madera. No lo confirmó para no llamar la atención sobre el lugar; quizá Manuel andaría por el jardín.

Se acercaron a *La Marimorena* después de dejar el coche sin esconder. Cualquiera que lo viese deduciría —si deducía algo— que ella daba un paseo por el jardín. Le vino a las mientes que la única música que había en el local era flamenca. En todo caso, el volumen no sería nunca alto.

—¿Te gusta el flamenco?

—Yo cantiñeo un poquillo, casi nada. Por lo bajini.

Mientras él insinuaba un cantecito, Palmira bajó del coche las bebidas que había comprado. Las dejaría en el frigorífico del tablao para futuros días. Tario le quitó el paquete de las manos. Abrió ella la puerta con algo de dificultad y echó el pestillo después de cerrarla. Encendió varias velas, mientras el muchacho miraba sorprendido a su alrededor.

—Pero esto es un tablao... —Palmira afirmó, entre impaciente y halagada—. ¿Y este parque de fuera?

—Es un jardín.

—¿Y todo esto es tuyo?

—Ahora es para los dos.

Aunque ella era más aficionada a la ducha, se había bañado por la tarde minuciosamente con sales de pino. Se perfumó; se peinó con primor; se vistió con un alegre traje juvenil, y se echó alrededor del cuello una gasa que cubriese lo más posible los estragos. «Es la primera vez que él va a verme desnuda.»

—No mires —dijo, y le cubrió los ojos con la gasa atándosela en la nuca. Puso un compacto con música de guitarra sola. Mientras lo graduaba, las manos de él rodearon sus caderas. Se había quitado la gasa de los ojos.

—Quiero ser yo quien te desnude.

Así lo hizo, con lentitud y con destreza. Sabía cómo desabrochar los corchetes, bajar la cremallera, estirar lo justo los elásticos... Sobre las largas almohadillas unas junto a otras en el tablao, de rodillas primero, luego recostados, luego revolcándose sin pudor ni recato, entrelazando los miembros del doble cuerpo único, hicieron larga, ávida, abrasadoramente el amor.

Comenzaron a verse un día sí y otro no.

—Para que mi novia no sospeche, mi vida.

Por mucho que se esforzara, no era capaz Palmira de recordar una época más rebosante de dicha, de una dicha más elemental y profunda. Ni por asomo se le ocurrió veranear en Sanlúcar: pretextó la enfermedad del ama. El día en que no veía a su amante, deambulaba por el jardín más henchida que nunca, más amparada por él que nunca, en una comunión fervorosa con lo que el jardín representaba y con lo que les unía a los dos. Intuía en sí misma los procederes de la naturaleza, tan longánimes en lo que al amor se refiere.

Se detenía frente a las caballerizas con una sonrisa feliz e involuntaria en los labios. Nada le importaba el dinero que le metía en el bolsillo al muchacho. Había llegado a la conclusión de que hay cosas sin precio, intercambios imposibles de pagar, y ademanes que a ningún hombre le es dado hacer tan sólo por dinero.

«Una mujer puede fingir placer; un hombre, no.» Y se ufanaba ante el espejo en éxtasis, llena de gratitud porque ese cuerpo suyo enardecía al cuerpo más hermoso que ella habría podido tocar, besar, lamer, morder jamás. Vivía en una especie de nirvana en el que nada le rozaba la piel: la reservaba ella para las manos de su amante. El tiempo no contaba: era simplemente esperanza o fervor. Ahora creía en el prodigio del ruiseñor y san Virila...

Ahora se abandonaba por primera vez al amor con todas sus turbias y nítidas y multiplicadoras consecuencias. No a un amor bendecido por la sociedad y por la Iglesia y por las buenas costumbres, sino a un amor infractor y desobediente, antigregario, furtivo y prohibido, y eso multiplicaba su placer hasta extremos que nunca antes hubiese sospechado.

Le resultaba inverosímil que su cuerpo fuese durante tantos años una fuente cegada; durante tantos años vacíos, él, dispuesto y organizado para tanto goce. Todos los *deleites carnales*, de los que oyó hablar en el colegio y que había menospreciado por decepcionantes, no fueron más que nebulosos ensayos de los que ahora la traspasaban, la dominaban, la ultrajaban, la redimían... Después de los primeros encuentros, tras los que unas soportables agujetas le traían con evidencia al pensamiento el inusitado ejercicio físico del amor, se levantaba cada mañana desperezándose en medio de una regocijada laxitud y de una bienhechora desidia.

Fue en tal venturoso estado de ánimo, y precisamente con el cuerpo de su amante entre las piernas, cuando una noche oyó Palmira que la llamaban fuera, por el jardín. Quiso dejar pasar las voces, pero el coche estaba allí, como una prueba de su presencia: no dejarían de buscarla. Se apeó su enajenamiento; pidió al muchacho que aguardara; se vistió; atisbó a través de la puerta, y salió, llamando ella a quienes la llamaban.

A la primera que encontró fue a Ramona, que se echó a llorar sobre su pecho. «¿Qué confianzas son éstas?»

—Ay, señora, el ama... El ama. Fui a llevarle la cena y está muerta. Debió morirse después de irse la señora porque está blanca ya y fría como el mármol.

Se desasió del abrazo de la criada, pero en seguida fue Palmira la que se abrazó a ella. La sangre se le había caído al suelo; no podía mantenerse de pie. No pensó nada. No pensó en todos los años de su vida en común. En nada. No lloró. No podía llorar. Miraba con ojos espantados a Ramona. Sabía que la noticia era cierta, y no reaccionaba. Pasó tanto tiempo que aterrorizó a Ramona.

—Señora, señora —la sacudía.

—¿Está Álex? —preguntó por fin Palmira.

—Está con ella, sí, señora.

—Ve tú también. Ahora iré yo.

Entró en las caballerizas. Le contó en pocas frases a Tario lo que sucedía. Lo acompañó a su moto y lo despidió con un beso inerte. Luego se sentó en un banco de piedra.

En el alto cielo se movían soñolientas unas nubes muy claras. La luna creciente se enseñoreaba de la noche y no permitía distinguir ninguna estrella. Olían las madreselvas de las tapias del sur. El ruido de los grillos y un olor abigarrado se conjuraban en torno a Palmira, descalza, con los zapatos junto a ella en el banco.

«Ahora ya sabes, ama. No fui capaz de decírtelo, pero ahora ya lo sabes. Tú misma te has dado la autorización para irte, convencida de que no me eras precisa. No has hecho bien, te lo juro, no has hecho bien.»

Fue sólo entonces cuando rompió a llorar. Ignoraba el tiempo que había transcurrido. Oyó pasos y vio que, cerca de ella, sentado casi sobre sus zapatos, estaba Álex. Se abrazaron llorando. El llanto de su hijo era un llanto acongojado, estremecedor, terrible. Como si llorase por todas las penas de este mundo. Ella se creyó en el deber de consolarlo. Murmuraba palabras sueltas, sonidos inarticulados. Trataba de calmarlo como a un niño que solloza sin confesar la causa.

—Te quería tanto... Nos quería tanto... Calla, mi niño... A ella no le gustaría verte llorar así.

Pero el llanto de Álex continuaba, lo sacudía, mojaba el ligero traje juvenil de ella, su escote recién mordido. Palmira presintió que aquella manera de llorar era porque su hijo había retenido las lágrimas, remordido sus aflicciones y pesadumbres durante mucho tiempo, y ahora lloraba por todos a la vez, como quien levanta una esclusa por algún motivo concreto, y el agua asuela y embiste y atropella cuanto se le pone por delante, olvidada de aquel motivo que la desató.

El ama fue enterrada, con el consentimiento de todos los hermanos, en el panteón de los Gadea. Sólo sor Micaela de la Santa Faz opuso cierta resistencia. Se ablandó cuando le sugirieron que, al fin y al cabo, a ella la enterrarían en el convento y que, si bien el ama ocupaba el lugar que estaba designado para Montecarmelo Gadea, ella no se vería forzada a compartir sepultura con quien no era de su sangre y que tal sustitución le sería, además, económicamente compensada.

PALMIRA RECIBIÓ UNA CARTA de Tario. Su caligrafía y su ortografía eran muy personales; se conmovió ante ellas. La carta expresaba la necesidad de volver a verla; decía que la acompañaba en el sentimiento y que le comunicara, «sin falta ni excusa de ninguna clase», el día y la hora en que podrían entrevistarse. «Cuanto antes mejor.»

Ella olvidó la carta y al autor de la carta. Desde su vuelta del cementerio se había sumido en una extraña apatía, muy llamativa en ella que era ejemplo de actividad incesante y de inventiva. En su interior se alzaba la glacial certidumbre de que se habían secado aquellas fuentes que, durante unos meses, la inundaron. El servicio, preocupado por la ausencia de órdenes, incluso por la ausencia de cualquier reprimenda, comentó con el señorito Álex si no sería prudente ponerlo en conocimiento del «resto de la familia»: con circunspección aludían a Willy. Álex prometió que lo comentaría. Él mismo, sin embargo, también se mostraba impasible.

Palmira pasaba horas y horas en el jardín. Se iniciaba el otoño con un solapado progreso. Los álamos fueron los primeros en deshojarse; pero unos póstumos calores sostenían la fantasía del verano como diestros y poco juiciosos tramoyistas. El árbol del amor resistía —«Va a terminar por echar flor cuando aún tenga hojas»—, las tipuanas no rendían del todo sus racimos de color mostaza, y los jacarandás ostentaban, meciéndolos, los suyos morados. Las glicinas de las tapias se exhibían como en sus jornadas más gloriosas, y los jazmines y las damas de noche continuaban perfumando como si algo les avisara de que aprovechasen una póstuma y cálida adehala.

Palmira, con el firme propósito de leer, recogía un libro en la biblioteca, bajaba la escalera exterior y se sentaba, no lejos, en un banco. Nadie nunca la vio desde la casa fijar los ojos en el libro. Permanecía serena en apariencia, erguida, mirando a un punto indefinido, sin que la distrajera, como otras veces, el gorjeo de los mirlos; sin que las palomas, intrépidas ante su inmovilidad, consiguiesen ni una mirada suya.

Se olvidaba con frecuencia de que el ama había muerto. Se planteaba a veces consultarle tal o cual decisión sobre la casa o sobre su propia vida. Unos minutos bastaban para dejar caer ese propósito... De repente, recordaba la escena del entierro: a Álex, pálido y trémulo, a Willy enlutado, con ojos enrojecidos pero digno y altivo. Se había acercado a ella y la había abrazado fraternalmente. Ella musitó «gracias» como si se tratase de un extraño; pero ahora tenía la seguridad de que nunca estuvo tan cerca de la reconciliación. No obstante, luego, estos días, en el jardín, recapacitaba: no cabía reconciliación alguna edificada sobre la tristeza. Porque la tristeza no dura («¿No dura? ¿Qué es, pues, lo que me invade?»), y sí duran, por el contrario, las heridas que provocaron el rompimiento.

«También dura la tristeza. Es acaso lo único duradero. El ama se ha llevado la mejor parte de mi vida. Ella era el único testigo permanente, el único fidedigno: el que fue también cómplice de las acciones sobre las que testificaba. Salvo al final... Salvo al final, falso y añadido.»

No se acordaba apenas de Tario. Él había sido una sonoridad demasiado estridente en la melodía, si es que era una melodía, de su vida. Algo fuera de tono que la muerte del ama, como si se tratase de un trasplante mal hecho o poco idóneo, obligaba a rechazar a su organismo. ¿Qué significaba, qué podía significar para Palmira, ese frenesí físico, ese espasmo, ese delirio transeúnte? Volvía a tomar posesión de su alma el orden convencional, acobardado, impostor y ficticio por el que siempre se había regido su vida.

Una semana después de recibir la carta, la avisaron de que la llamaban por teléfono. Le llevaron al jardín el aparato que antes ella nunca dejaba de su mano. Era Tario de nuevo. La *conminaba* —ésa era la palabra, aunque mal pronunciada— a encontrarse con él. Él no iba a resignarse a ser apartado, como una cosa que estorba y ya no sirve, por una señora, movida por caprichos y vicios, que sólo lo usó, por lo visto, «para darse el gusto». El tono de esa queja despertó un eco en el alma de Palmira. «Tiene razón. Eso ha sido. Una vez más me he engañado convenciéndome de que, por mi parte, era amor. Quizá ahora es él quien ama. Se lamenta de haber sido usado como un objeto de placer.»

—Te telefonearé en cuanto pueda... No grites, no te enojes. En estos momentos no estoy para nada... No es desprecio; no es lo que tú imaginas. Te prometo que entraré en contacto contigo.

Estaba deseando colgar.

Pero también olvidó esa llamada. Se quedaba casi sin respirar durante mucho tiempo y, de pronto, ahogándose, respiraba muy hondo y exhalaba un suspiro. Juba, el perro, más torpe y más tembloroso por la vejez, la acompañaba vacilante al jardín y se aletargaba a sus pies. Eran dos figuras quietas, expropiadas, que podían estar allí o en cualquier otro sitio, se diría que esperando la muerte. De vez en cuando en voz alta, sin moverse, se escuchaba decir a Palmira:

—¿En dónde estás, cabrona? Contéstame, por Dios.

Un día la telefoneó Willy.

—Perdona que te moleste —comenzó—, pero Álex me cuenta que andas muy decaída. Creo que debes distraerte y viajar. Hiciste mal no yendo este verano a Sanlúcar, aunque quizá hubiese sido allí todo peor. Quiero que cuentes con lo que necesites, en todos los sentidos. En todos. Si, para moverte de Sevilla y dejar la casa en marcha, te hace falta dinero, te suplico que no tengas el menor inconveniente en decírmelo a través de Álex.

—Gracias —volvió ella a decir, igual que en el cementerio como si se tratase de un extraño—. Ya veré. Gracias de todos modos.

No necesitaba nada. No tenía intención, ahora precisamente, de abandonar su casa y su jardín. No era su propósito huir de los recuerdos, sino abarcarlos con las dos manos, y fijarlos, y apretarlos contra su corazón. Ante su vida desvencijada, ante aquellos restos maltratados del jardín de que habló un día, su compromiso era recoger los pedazos sueltos, como se recogen los añicos de un valioso tibor, para tratar de pegarlos con nimiedad y paciencia, y hacerse así la ilusión de que nada irreparable ha sucedido.

Alguna tarde aparecía Helena, ya con el embarazo muy notable. Tenía un aspecto radiante. «Ella empieza ahora. Sin embargo, no se parece a mí.» Tomaba la mano de su madre y la ponía sobre su vientre para que advirtiese el movimiento de su hijo.

—De mi hija, porque la ecografía ha dicho que es una niña. Yo he decidido que se llame Palmira, aunque Ignacio me sugirió que a su madre le haría ilusión que le pusiésemos Encarnación, como ella.

—Yo lo meditaría un poco más. Cuando te esperaba, tuve la tentación de ponerte Triana, suena bien: es bonito y original. Creo que la niña tiene derecho a inaugurar su vida sin ninguna hipoteca. El nombre de una tatarabuela loca como una cabra, y de una abuela que no ha obrado con excesiva cordura, no es buen pasaporte para una vida nueva.

Helena se echó a reír, y se interesó por el viejo columpio, y por la casita de la encina, y por el gran baúl de los juguetes del desván, y por las cajas de mimbre donde se guardaban las figuras del nacimiento.

—Todas esas cosas harán muy feliz a mi niña, ¿no? Y ahora, sin embargo, están ahí, pidiendo que alguien las utilice, pendientes de una mano chiquita. ¿No te inspiran un poco de pena?

—Todos somos como esas cosas medio rotas y viejas, a la expectativa de esa mano chiquita.

Helena, después de despedirse de su madre, ya montada en el coche, dijo:

—Veré lo que puedo hacer, pero sospecho que, si no te gusta que se llame Palmira, tendrá que llamarse Encarnación.

—En último extremo, ponle Palmira. Que a una nieta mía acaben por llamarla Encarni sería una de las peores puñaladas que la vida me pudiera asestar.

La referencia de Helena al desván le abrió una ventanita de luz. Subió a él sin prisa una mañana, echando al ama más de menos que nunca. Se introdujo en un mundo polvoriento, en un batiburrillo de objetos caducados, «como yo», e inservibles. Muebles desquiciados, pilas de pergaminos, menciones honoríficas mal enmarcadas, cajones con gastados libros de texto de remotos bachilleratos, figuras descompuestas, muebles preciosos y pasados de moda, cuadros ennegrecidos, esculturillas desportilladas, mundos llenos de los que, para familiares ya fallecidos, fueron recuerdos imperecederos que los habían sobrevivido.

Abrió unos baúles verticales rebosantes de ropas de abuelas y de tías. Pertenecían a épocas distintas. Como en un triste juego de niña envejecida, se probó por encima algunos trajes. Sintió un vértigo. Le pareció que se desdoblaba. Ante un tríptico de espejos al que le faltaba una pata y una luna, veía reflejarse mujeres de edades y de tiempos diferentes, alrededor de una mujer enjuta, ya arrugada, de ojos adustos y áspera expresión, no más real que ellas.

Lo dejó todo manga por hombro y huyó de allí. Mientras descendía la empinada escalera imaginó cuánto se habrían reído juntas el ama y ella, alegrando aquellos chismes familiares con los otros chismes con que la anciana sabía salpicar los recuerdos.

Nada la distraía, nada la recreaba. Permanecía, con su libro en la falda, sobre el banco en que se sentara, viendo la lejana ciudad cuyos edificios no reconocía ya, con el valetudinario perro a sus pies. «Como esos matrimonios medievales, que siguen eternamente enterrados con sus efigies en piedra, y los canes que los amaron bajo sus borceguíes en el monumento.» Todo tomaba, al avanzar el día, tintes brumosos. Las tardes eran como un extenso terciopelo de color ratón, y el otoño se entronizaba en el jardín. Palmira albergaba dentro de sí el sentimiento irrevocable de que se despedía del paisaje, y una mano helada le apretaba físicamente el corazón. Porque, mala o buena, la vida que vivió hasta ahora era la suya, más o menos impuesta o dirigida, y había acabado por transformarla en ella misma. Sin embargo, si a partir de ahora venía algo distinto de lo que había sido tal vida, la aterraría recibirlo. «Interpretar otra nueva farsa trivial me produce un enorme desaliento: para volver a comenzar es más necesaria la cobardía que el valor: el valor de alejarme de todo por mi propio pie, que es el que en verdad me falta.»

Cuando sus ojos por azar divisaban las caballerizas, no la asaltaban las ardientes evocaciones, el delirio que dentro de ellas volteó su cuerpo. Era como si se tratase de otra persona, quizá una antepasada de las que habían usado los trajes del desván. En ocasiones, por un instante, le remordía la conciencia imaginar que acaso la muerte del ama fuera un castigo a los pecados que ella había cometido; pero en seguida rechazaba tal desvarío. Aquello nada tenía que ver con la vida del ama, ni siquiera con su propia vida. Fue una locura transitoria que a nadie podía perjudicar. La relajación de sus sentidos, con las manos atadas entregados al gozo de la carne, sólo significaba eso: un frenesí que ni siquiera le era moralmente imputable, puesto que la había situado fuera de la libertad de elección. «Cuando queremos justificarnos, con cuánta desenvoltura hallamos una puerta a propósito para escaparnos de la responsabilidad.» No; no se engañaba. Todo en la vida era una concatenación generalmente incomprensible. Y se conformaba con sonreír, a través de una húmeda y borrosa tristeza. Una tristeza muy acorde con la que, velada e irresistiblemente, invadía el jardín.

Álex no estaba menos triste que Palmira. No lo percibía ella porque su dejadez la encerraba sin resquicio en sí misma. El muchacho había dejado de salir de noche, a pesar de que su madre, que calculaba mal los motivos de tal comportamiento, lo animaba a hacerlo, a divertirse con sus amigos, «y aprovechar su irreversible juventud».

—Que yo esté un poco apagada no quiere decir que tú te pases el día pendiente de mí. —Álex la miraba con ojos desvaídos—. Te lo agradezco, pero creo que nuestros puntos de vista no pueden ser iguales.

—Quizá la que mejor está de todos es el ama —bisbiseó Álex.

Palmira se fijó más en él. Había adelgazado; tenía mal color, y sus ojos, que nunca fueron de un azul muy intenso, se mostraban ahora mortecinos, inexpresivos y levemente estrábicos.

—Temo que tendrás que ir al médico para que te

haga una revisión, Álex. No me gusta que seas tan extremoso en tus reacciones. No te fijes en mí: a mí ya me quedan pocas cosas que hacer. Pero si tú no empiezas a cuidarte más, a entretenerte, a comer y salir, desde luego que acudirás al médico aunque tenga que llevarte de una oreja. —Los ojos de Álex se empañaron una vez más de lágrimas.

El otoño estaba ya avanzado. Atardecía de un modo monótono y cansino. Palmira, desde el jardín, vislumbraba a lo lejos la ciudad ajetreada bajo la bruma y un horizonte completamente recto. El rebrillo de los coches que iban y venían entre el Aljarafe y Sevilla cabrilleaba bajo los postreros rayos del sol. «Toda prisa es plebeya, pero quizá la plebeyez sea nuestro destino... He ahí a mi hija, cada vez más distinta de mí y más semejante a su marido; el amor sí cambia: si se trata de empeorar, sí cambia...» El paisaje era como un cuadro exánime. «Diluido, igual que los dos bodegones de Pancho Cossío que hay en el comedor de Artemio.» Desdibujado, turbio y un poco acuoso, como si se le hubiera pasado un paño con lejía por encima. «A la distancia todo queda mejor, el amor incluido...» La ciudad se exhibía a sus ojos ensoñada, y brotada de sí misma, o sea, próxima y lejana a la vez, inmóvil e inasequible a la vez... A su derecha una mancha verdinegra; los arbolados de Tablada en forma de media luna... La noche ganaba su terreno irreprochablemente. Escuchaba el rumor de los coches por las autopistas y los puentes. El barrio de Los Remedios ocultaba la Torre del Oro. Sólo se distinguían la Giralda, los remates de las torrecillas de la plaza de España, un indicio de la cúpula del Salvador, algún hórrido edificio. Y nada de Triana: cubiertos Santa Ana y San Jacinto, el resto era historia ultrajada por el presente... Sintió una opresión en el pecho y giró la cabeza hacia el jardín. «Así desaparecen las vidas, igual que las ciudades... La vida nos oculta a los vivos nuestro destino;

con el ruido que ella hace, no escuchamos nada; con el deslumbramiento de sus fuegos de artificio, no vemos nada.»

Fue entonces cuando le llegó el ruido de la moto que se aproximaba por la avenida de cipreses. Supo quién lo causaba antes de verlo. Salió en su busca. Tario, sin embargo, como otras noches más exultantes, condujo su vehículo hasta esconderlo tras las caballerizas. Palmira permaneció donde la moto la había sobrepasado. Allí retornó a él. Se quedaron uno frente a otro mirándose, tratando de descubrir el interior del adversario. Porque Palmira no dudó ni un momento que aquel muchacho era enemigo suyo. Habló él primero:

—No vamos a pasar ahí, ¿no? —Con un gesto de la cabeza indicó las caballerizas—. Eso es lo que quieres darme a entender. —Palmira negó con la cabeza muy despacio. Vestía un traje oscuro y un chal verdoso sobre los hombros—. Estás más guapa, mi vida, más fina... ¿No estaríamos para hablar mejor dentro, tomando una copita? —Palmira volvió a negar despacio—. En ese caso, como tú lo has querido, vamos a hablar muy claro. —Abrió las piernas y apoyó los pies con rudeza sobre el albero del jardín—. Una persona, cuando quiere a otra, le cuenta sus penas para que la consuele. Tú en los días en que tu cuerpo te pidió juerga, me llamabas, y en el momento en que dejó de pedírtela, me diste la patada en el culo... Pues tienes que saber que mi novia se ha enterado de todo, y me ha formado la mundial, y me ha dejado.

—Lo siento —musitó Palmira sin calibrar la credibilidad de lo que decía Tario—. No fue ésa mi intención.

—¿Y cuál fue tu intención? —Hubo un silencio. Palmira notó, hasta físicamente, que la oscuridad se adueñaba del jardín—. No contestas, ¿eh? Pues voy a decirte cuál es la mía... No te voy a pedir mucho, no creas. —El rostro de Tario adquiría, con el desgarro de una mueca en la boca, una belleza aún más perturbadora. Los ojos se le achinaron con la ira, y toda su expresión se mudó de súbito como si se hubiese colocado una máscara ante el rostro, o como si se hubiese quitado la máscara que llevaba hasta entonces—. Comparado con el daño que me has hecho, no voy a pedir mucho. Porque yo hablo de números contantes y sonantes, y tú me has humillado, señorita de mierda, como siempre lo han hecho los de tu calaña. —Otro silencio, como si Tario lo necesitara para envalentonarse y arrostrar el último empellón—. Necesito que me des un millón de pesetas. Por los servicios prestados. Si no me lo pones en estas manos que tanto te hicieron chillar, o en estos huevos que te dieron más de lo que tú pedías, cuento por toda Sevilla lo que has hecho. A tu familia, la primera. Sé quién eres: me he enterado de todo. Para la dueña de este pueblo —lo dijo moviendo la mano a su alrededor— no es nada un milloncito... Cuando se despide a alguien, bonita, hasta en el matadero lo indemnizan.

Fue por su moto y vino con ella. Altivo y poderoso. Palmira lo miraba como si nada de aquello sucediese en la realidad. Igual que en esos sueños en los que el soñador intenta convencerse, con un ápice de vigilia, de que son sueños y de que despertará y de que estará solo, acostado con placidez en su cama, y de que dará una voz y vendrá alguien amigo. De nuevo Tario estaba frente a ella, con las manos sobre el manillar.

—Así que ya lo sabes. Te doy una semana. Yo no tengo nada que perder... O voy al periódico a relatar cómo me sedujiste. Los periodistas siempre me creerán más a mí que a ti... Con dos mil pesetas he abierto una cuenta en un banco. Éste es el número. —Le tendía un papel que Palmira, mecánicamente, recogió—. Una semana. Siete días contados. —Se alejaba hacia la verja de la entrada. Se volvió—. Y que conste que no es mi estilo terminar así. La culpable eres tú. A mí no se me pisotea.

Montó en la moto, arrancó, metió la velocidad y echó a correr con mucho ruido, en dirección contraria

a la que trajo, por la imperturbable avenida de cipreses.

Palmira continuó también imperturbable. No obstante, advirtió que dentro de ella se encendía una pequeña llama: la que quizá se enciende en el que por fin
paga lo que debe, o en el que se entera por fin de un
precio o de un castigo cuya noticia restaña su desolación con un asomo de serenidad.

Pensó aceptar la oferta de Willy o pedir el dinero a
sus hermanos. Le era igual. Cumpliría. Miró otra vez
hacia la lejana ciudad ahora ya encendida también, y
se acercó con paso rápido a la casa. «No me vendrá
mal una taza de té.»

Tercera parte

1

Cuando abrió los ojos y miró al exterior, anochecía. Llevaba mucho tiempo ensimismada. Le sucedía con frecuencia, quizá con demasiada frecuencia. Su carácter extravertido había experimentado una radical transformación. Palmira se observaba desde fuera, y apenas era capaz de reconocerse. A solas y sin energía, se le pasaban las horas muertas, contemplando, desde el interior de la casa, el jardín en invierno. En él ya no quedaba otro perfume que el de las delicadas rosas tardías, el de los estramonios y los heridos jazmines, y el del azahar de los limones luneros, como un halo alrededor de sus copas verdes, de un verde menos profundo que el de los naranjos.

Recordaba con intermitencias su propia vida como si se tratase de algo que le había sido referido, o de la de otra persona con la que ni siquiera guardase numerosos puntos de contacto. Y era inútil que se recriminara tanto despego y tanta frialdad. No la invadía la emoción que ciertas evocaciones debieran producirle. Ya no tenía, por ejemplo, marido; era como si nunca lo hubiese tenido. Y, sin embargo, siempre lo había sabido: su principal papel había sido el de cónyuge, mucho más que el de madre. A fin de concentrarse en sus funciones matrimoniales y sociales, la educación de sus hijos la había encomendado a otras personas: ahora resultaba para ella más evidente que nunca. Ahora, que era con sus hijos con lo único que contaba, puesto que se le impedía descansar ni sobre un hombre, ni sobre una infancia no sabía ya si feliz o infeliz, pero que se negaba a abandonar a pesar de que el ama parecía habérsela llevado consigo.

Alguna vez alguien le comentó que en nuestra época, tan técnica y tan civilizada, los siquiatras consideran la descarga de culpas en la madre y la hostilidad hacia ella como una prueba de salud mental. «Si es cierto, Álex y Helena poseen una envidiable salud.» Palmira sospechaba que, de lo que les fuera mal, la harían responsable. Y ésta era una de las razones por la que su vida se le antojaba como usufructuada por otra persona. Porque a ella le anonadaba la certeza de que le había tocado tirar y empujar a la vez del mismo carro, y ahora nadie se lo agradecía. Tal fracaso, como un cáncer, le minaba las entretelas del corazón, y no tenía a nadie con quien desahogarse. Había tardes, a la hora indecisa del crepúsculo que tanto la atraía antes, en que proyectaba emprender un crucero donde hallar gente amable, a la que no volviera a ver nunca, dispuesta a soportar sus confidencias...

Se asombraba de haberse visto un día cumplida en sus hijos; orgullosa de ellos como de quienes recorrerían una misma carrera de relevos, de la que ella les transmitió el testigo. Hoy, por contra, la acosaba un presentimiento: los nombres de sus hijos aparecían en otras hojas del mismo libro que guardaba el de ella; no lejanos por tanto, pero imposible que coincidieran con el suyo. Su mundo se había trastornado; Palmira tomaba consciencia en su misma carne. «¿Qué hijo solicitará hoy consejo de su madre una vez cumplida por ella la cincuentena? ¿Qué hija mayor de edad tendrá en cuenta la opinión de su madre para educar a sus crías? Más bien avanzarían en el sentido contrario a aquel en que se desarrolló su educación.»

Palmira se interrogaba en qué momento había perdido de vista a sus hijos. «Quizá yo he querido que fuese así: los he preparado para su independencia. ¿Por qué ahora me sorprende?» Pero le dolía ese desinterés, esa distante falta de cariño. Lo hubiese dado todo por ellos, siempre que estuviesen de acuerdo con lo que ella pensara. «Es decir, exactamente lo que han hecho ellos conmigo: al primer desacuerdo han desaparecido de mi vista.» Comía o cenaba a menudo con Álex; pero sus relaciones eran tan frías que Palmira no se hubiese atrevido a pedirle que se sinceraran, que reanudaran su afecto, que se hicieran de viva voz los reproches que, por callados, los separaban más. «Los sentimientos no expresados se convierten en resentimientos.» Y percibía una batalla sorda y tensa por debajo de sus breves conversaciones, de sus saludos protocolarios y de sus besos baldíos.

¿Qué le quedaba al alcance de la mano? Sólo su personal historia, cuyo principio le parecía más suyo y más asequible que el resto, por muy actual que fuese. Todo se había transformado en un arca confusa, donde los datos se revolvían unos con otros, estuviese o no su corazón en juego entre ellos. De ahí que prefiriera mirar al pasado: el presente era una transición sombría e incomprensible; el futuro se le presentaba como una interminable —«¿Interminable? No, por fortuna»— serie de días iguales al de hoy, en los que transcurría sin fruto una tarde completa, mano sobre mano, con el fútil pretexto de una labor o de un libro o de los preparativos, iniciados cada vez con más tiempo y menos ilusión, de una salida.

Álvaro Larra se lo había anunciado:

—Los síntomas físicos te los puedo aliviar si te preocupan; para los otros, quizá te conviniera visitar a un sicólogo que te organice la cabeza y te levante el alma. Puede que el tontaina de Gabriel Ortiz tenga razón. De todas formas, tu separación ha venido a dislocarlo todo. Te enfrentas a tu problema de edad a palo seco, como el estudiante que quiere dejar de fumar en época de exámenes. Ole tus ovarios —agregó sonriente, palmeándole el hombro.

El anochecer teñía el jardín de un dorado muy pálido. Contra él destacaban los amarillos de los árboles que se resistían aún a perder las hojas. ¿Por qué no salir y pasear entre ellos? Manuel se quejaba de que la señora apenas le hacía ya visitas; echaba de menos su interés por todo y hasta sus discusiones. El jardín a Palmira se le había quedado demasiado grande. Como la casa, de la que sólo frecuentaba unas cuantas habitaciones, desentendida de las otras. La semana anterior estuvo en las del ama. Vio su palmatoria en la mesilla de noche, su cepillo de dientes en la repisa del lavabo, su imagen de la negra virgen de Regla sobre la cama. «Todo dura más que sus dueños.» Ordenó los objetos con pensativa parsimonia. Colgó la ropa en los armarios, o la guardó doblada en los cajones con unos membrillos como a ella le gustaba. No lloró. No sintió tampoco presencia alguna, que era acaso lo que iba a buscar. Acarició los macramés, que, con tanta abundancia hacía al final de su vida. Se sentó un momento en el sillón, cuyo asiento, algo hundido, conservaba la huella del cuerpo de la anciana; recostó la cabeza en las orejas donde lo hacía ella. «Traidora, traidora, qué putada me has hecho.» Comprendió que el ser humano no es gran cosa: que al morir desaparece sin dejar más que palmatorias y cepillos. Suspiró, y cerró con llave la puerta al salir. Con la llave que ahora precisamente se preguntaba dónde habría dejado...

«Si cada etapa de la vida tiene sus característicos gozos, ¿cuáles serán los gozos de los viejos? Tía María Egipcíaca decía, ya con ochenta años: "No me importa morirme, pero me gustaría que el día en que yo me muriera se terminase el mundo." Quizá en eso consista todo el placer de los ancianos solos... ¿Solos? ¿Qué viejo no lo está? ¿O es que al ama le serví yo al final de compañía? Quizá mi forma de acompañarla, como la de los perros con sus amos, era exigirle que ella me acompañase a mí... La sigilosa y feroz lucha por sobrevivir un día más, aunque luego se lo pase preguntándose para qué, es el gozo del viejo; la satisfacción de leer las calamidades y catástrofes que se cargan a gran número de hombres y mujeres más jóvenes; la lectura en los diarios de las esquelas de quienes fueron amigos suyos; el deseo de asesinar a quienes los contradicen, o los desprecian, o los ignoran...» El pálido dorado del jardín tomaba un tono de plata nacarada.

Palmira se reprochaba sus pensamientos negativos y lóbregos. «Es que he perdido cualquier razón seria para seguir viviendo. Estoy desengañada. Estoy vacía. Sé que la gente me mira con escarnio. Soy una mujer separada, a una hora incomprensible, de su marido, a la que sus hijos han dado por perdida, y cuyo útero se halla definitivamente seco... No hace ni quince días entré a tomar café en un local del centro. Un cliente cualquiera me reconoció no sé de qué, y murmuró a otro que estaba al lado suyo apoyado en la barra: "En su época fue una mujer muy atractiva." Yo, aunque tenía prisa, me había sentado a una mesa, por precaución, para no verme reflejada en el espejo que cubría todo el muro del fondo. Pero me reflejó la frase del cliente.»

—«¿Qué sentido tiene empezar un combate cuyo único final es la derrota? Ante mí sólo veo la noche, tan inexorable como la que está llegando ahora mismo al jardín. Se me ha ido el tiempo. Ya no me queda ninguno.»

—«Sí, sí te queda. Tu médico te ha asegurado, riendo pero en serio, que puedes vivir a la perfección cuarenta años más.»

—«Sí, y por poco le escupo: nunca me habían vaticinado un futuro más aciago. Esto de ahora, ¿es vivir?»

—«Pues haz cosas, haz cosas: continuamente te lo digo. Estoy hasta la coronilla de decírtelo.»

—«¿Para qué? ¿Para quién?»

—«Para quien sea, da igual. Para ti. Ocúpate del jardín y de la casa; crea intereses a tu alrededor; interésate tú.»

—«No puedo fingirlos; no puedo inventármelos. Cuando me salgan de dentro, los tendré; si no, no.»

—«Pues déjate morir entonces. O mejor, mátate...»

—«La última vez que salí fue a un mercado: me han chiflado tanto siempre... Vi a una mujer decrépita, pero de una edad indefinida. Llevaba un gran delantal gris sobre un traje de color burdeos con un estampadillo, y una bolsa de cuadros escoceses por la que asomaba el cantero de una barra de pan. Era evidente que vivía sola; que compraba para ella sola; que guisaría, reflexionando en lo que había sido su vida, para ella sola... Y pensé que, en efecto, preferiría morirme...»

—«¿Por qué no miras hacia adentro? ¿Por qué no indagas en ti? ¿Por qué no te serenas?»

—«Estoy serena.»

—«No; estás resignada, que es distinto, a tu herida, que has calificado además de incurable. Levántate: no pasa nada. Lo que te pasa a ti no es más de lo que le pasa a todas las mujeres. A todas, ¿oyes?, si es que llegan a tu edad. La historia está plagada de casos como el tuyo. No, peores que el tuyo. De mujeres que verdaderamente se gastaron sirviendo a su marido y a sus hijos.»

—«¿Y ha de terminar la historia de cada una cuando se termina la posibilidad de seguirlos sirviendo; cuando los hijos son mayores, y el marido no existe?»

—«No haberte separado, y te quedaría aún la impresión, alargando la mano por la noche, de tener a alguien, y de formar parte de una pareja.»

—«¿De tener a alguien que se divierte en otra cama?»

—«Tampoco te importó a ti mucho que fuese en la tuya donde se divirtiera...»

—«Déjame a mí de murgas. ¿Cuántos libros hay sobre las menopáusicas? ¿Cuántas menopáusicas se interesan por prevenir a otras, por acompañarlas, por aliviarlas, por respetarlas al menos? Cada una actúa disimulando, como si el climaterio no le hubiera llegado, como si todavía estuviese en pleno vigor y en pleno ardor sexual. ¿No es muy probable que la mayoría de mis amigas hayan sido ya desechadas como esposas, amantes, madres, y estén a punto de jubilarlas en sus respectivos trabajos? Pero se callan, ah, se callan...»

—«¿Y han sido también desechadas como amigas? Pues trátalas, háblales, cuéntales lo que sientes. Quizá ellas sientan lo mismo, y te comprendan, y os unáis.»

—«¿A las amigas de tanto tiempo? Jamás. No quiero que se rían. Preferiría las aves de paso de un crucero. Bastante preocupación tengo con lo mío como para cargar con lo ajeno.»

—«¿Ves? Eres igual que las que criticas... Está bien: pues preocúpate entonces de lo tuyo. Y lo tuyo no es tu menopausia, sino tu vida, tus asuntos, tu economía cuarteada, la niebla que crece entre tus hijos y tú, la relación con tus hermanos a los que has ido alejando poco a poco de ti... Preocúpate hasta de tu aspecto, más abandonado cada día. Si estuviese Willy a tu lado, seguro que te vestirías, te arreglarías para él...»

—«Pobre Willy. ¿Qué hará ahora mismo? Quizá no le vaya bien, porque después de la cantidad que le pasa a Helena y a Álex, no le debe quedar mucho para alegrías. Quizá por eso me ha pedido el divorcio. Pero jamás se lo concederé: yo soy católica. Que mis hermanos hagan lo que quieran —y lo que quieren hacen—, pero yo no me pienso volver a casar.»

—«¿Católica tú?»

—«Sí que lo soy, aunque no ejerza mucho. Si Willy quiere regular su posición ante la sociedad, que se separe de su furcia y se quede solo. O que se allane a ser un señor casado con querida, qué antigualla.»

—«Un marido, si se lleva bien, sirve por lo menos para que una no descuide su exterior. Mírate, si no, tú.»

—«Cuando somos muchachas todas tenemos muy claro lo que han de hacer las que no son ya jóvenes: no pueden teñirse el pelo, ni llevar minifalda, ni usar biquini, ni coquetear con un hombre. Eso es cosa de jóvenes... Lo que daría por seguir teniendo tan claras las ideas. Ni siquiera sé cómo debemos vestirnos las señoras mayores. No acierto ni con mis hijos: por una parte, ya no me tienen el respeto que yo tuve a mis padres; por otra, podría aparecer ante ellos vestida de manera informal, pero sé que no les haría ninguna gracia... Lo primero que me dijo el ginecólogo es que se tenía que seguir siendo atractiva; pero no añadió cómo.»

—«Quizá se refería a un atractivo más espiritual que la ropa; a la gracia, al ingenio, a la bondad...»

—«Olvida esas bobadas: una arpía no resultará jamás ni ingeniosa ni buena. ¿Y cómo no va a transformarse una en arpía si no sabe ni qué ropa ponerse? O te vistes de negro, como una madre terrible, o te vistes de claro, y te señalan con el dedo.»

—«No te vayas por las ramas; no te quedes en la superficie. Comprende a los demás; esfuérzate por aportar cosas a la vida; no compitas, entrégate.»

—«Muy bien, resabida, pero ¿cómo me visto? ¿Qué cambios introduzco en mi fachada, antes de cambiar el mobiliario? Cuando ingresamos en la *cofradía de la Regla*, se nos notaba: nos recogíamos la melena larga y nos soltábamos los bajos de la falda. Habíamos llegado a la edad de merecer: teníamos ciertos privilegios, se nos cuidaba más. A cambio de las molestias de la menstruación, sabíamos que irradiábamos un indecible *sex appeal*.»

—«Sí; como las perras. Olvida esas bobadas tú también.»

—«Sin embargo, ¿qué hay como compensación de estos trastornos, de esta desolación de ahora?»

—«Pues, hija, ni que tú hubieses cifrado tu vida entera, como Isa Bustos, en la cantidad de miradas y de suspiros masculinos que levantaras a tu paso. No seas lerda, Palmira.»

—«Nuestro tiempo es muy raro. Antes, la climatérica disimulaba el pelo en un moño severo, o incluso se lo cubría como las musulmanas, y se envolvía en tonos oscuros. Es decir, renunciaba a una clase de vida para iniciar otra. Era una abuela o una monja: alguien, en todo caso, fuera de la circulación.»

—«Tienes razón en eso. Ahora la sociedad de consumo no quiere que sea así: hay que gastar más, nadie puede ser tan estricto... Y otra vez se nos somete a una contradicción. Viejas, pero no rendidas; trajes sastre sencillos, pero lujosos. Cuanto menos brillen los ojos, más han de brillar las alhajas. Hay que vestirse a la manera de las jóvenes, pero velándolo todo para ocultar las arrugas, enriqueciéndolo todo para tapar los desconchones.»

—«A mí no me da la gana. Yo siento un aire frío cada vez que paso delante de un espejo; un estremecimiento cada vez que paso delante de un grupo de jóvenes.»

—«Si hablamos del interior, no te comprendo. Estás desperdiciando, por naderías, la etapa más sosegada y la más fértil, hasta en sentido estricto, de tu vida. Éste es el tiempo en que tendrías que ocuparte de ti misma, volcarte dentro de ti para sacar fuerzas de flaqueza, ser más tú que nunca. Pero no un tú obsesionado y cociéndose en su propio jugo como una centolla, sino un tú más amplio, más abierto; un tú que interrogue más a la vida, y que no se conforme con las respuestas heredadas; en una palabra, un tú más creador.»

—«Sí; a la vejez viruelas. ¿Lo que no he hecho antes lo voy a hacer ahora, con la desgana a cuestas? No tengo ánimo para eso. Me pasa una cosa tan grande que parece que no me pasa nada... Y, no obstante, nadie se acerca a consolarme, a ateclarme, a preguntarme cómo me siento. Me tendría que poner gravemente enferma para que los que me rodean me atendiesen. Ignoran que estoy pasando la peor enfermedad, y unos por desdén y otros por respeto o por lo que sea, nadie se acerca ni a ofrecerme un vasito de agua...»

—«¿Y el tema del amor?»

—«No seas sarcástica. El amor se ha convertido en un idioma que no aprendí nunca o que se me ha olvidado. Como esas nociones de latín o de griego que recibimos en el bachillerato. El atracón final no sirvió para nada... Hasta la casa y el jardín son para mí igual que esos vestidos que le cuelgan a una que ha adelgazado, y que la hieren cuando, por culpa de ellos, recuerda qué satinada fue su carne y cuánto orgullo sintió de ella.»

—«Todo lo que dices es razonable. Tanto que, si razonas un poco más, comprenderás que ha llegado tu tiempo de descanso, de recompensa; tu hora de libertad y de reposo. Puedes tomar el dulce sol de este invierno, tan pulcro y refinado, sin que nadie te altere; cortar las penúltimas rosas, saborear casi su olor y su perfume, que lucen sólo para ti. Puedes salir o entrar a tu albedrío; llenar tu invierno de chimeneas y de suaves lanas; abrigar tu frío de hoy con la cálida evocación de otros inviernos cariñosos. Puedes escribir lo que piensas que se va a perder como un agua inútil, o reflexionar para ser útil a los otros... Nadie te consulta ya; nadie te exige. Eres libre como has querido serlo siempre. Disfruta tu momento.»

—«Sí; soy libre. Pero ¿de qué? De renunciar a todo; de hacer balance y cerrar para siempre el negocio... No; no es mi etapa de descanso. He entrado de lleno en la del silencio. Ni alrededor mío, ni fuera, ni dentro de mí oigo alzarse una voz. Estoy sorda y muda. No tengo ni el menor aliciente ni para oír ni para hablar. Es el fin. Es el fin...»

La noche poblaba de sombras el jardín. Más allá de él, hacia poniente, unos pausados grises aún sugerían que las horas luminosas habían acabado de morir.

Oyó chirriar a su espalda una puerta. Llevaba varios días oyéndola chirriar, y no había encargado a nadie, ni ella se había propuesto, remediarlo. Sin que lo percibiese, cada día tomaba menos decisiones. Dejaba que el tiempo o los demás fuesen tomándolas por ella. Había comprendido, y se lo repetía, que nadie avanza si no es llevado, y que a ella ya no la impulsaba ninguna fuerza ajena. «En qué medida más corta depende de nosotros mismos cuanto nos sucede. Y cuánta pereza da enmendarle las planas a la vida.» La puerta chirrió de nuevo. «Alguien debería cerrarla, o mejor, engrasarla.» Se arrebujó en la manta de *mohair*, de cuadros marrones y blancos; fijó los ojos en el fuego saltarín de la chimenea. «Convendría echar otro leño. Dentro de un minuto llamaré a Damián. Quizá podría hacerlo yo...» Miró las tenazas, el atizador, el soplillo, y cerró una vez más los ojos. Así, confortablemente instalada, divagó: le habría gustado nacer en otra época, o en otro lugar, muchísimo menos avanzados. Allí donde la edad confirió o confiere a las mujeres mayores el honor de una tiara y un puesto de autoridad entre los suyos; donde las sitúa a la cabeza de la gran familia, y sucesivas satisfacciones las hacen olvidar los sinsabores de la época pasada de la fecundidad... Entonces seguiría siendo la madre de algún modo, entre sus hijos adultos, sus yernos y sus nueras, atenta al cuidado de los nietos mayores cuando las madres de la siguiente generación debieran de ocuparse de sus hijos más pequeños o de los recién nacidos, transmitiendo así sus conocimientos, su acumulada sabiduría y su carácter. Sería una manera humana de inmortalidad; una manera de rectificar los fracasos y ese posible rumbo equivocado que se marcó a la vida. Entonces le quedaría camino por andar, no habría llegado definitivamente al fin, ni sería tiempo de sentarse aún. ¿Qué mujer negra, a su edad, si es que una mujer negra llega a ella, se sentirá superflua, o autorizada a dedicarse a andar sola por las habitaciones de su casa, deshabitadas y sin ruido?

—«Aquí estoy yo, reprochándome lo que hice mal y lo que no hice; echándome en cara los pecados de omisión, el largo tiempo que dejé sin llenar, cuanto no aprendí, los días perdidos sin prepararme para estos otros días que estoy perdiendo ahora ya irremediablemente. Porque en mi situación no cabe más que un dilema: transformarme en una madura insatisfecha y gruñona que hable con voz rotunda y exija que se la atienda antes que a nadie, o transformarme en un ser gris y mediocre que trate de pasar inadvertido para que lo toleren los demás...

»¿De qué sirve la vejez? Podríamos morirnos sin

necesidad de agotarnos y erosionarnos. La muerte para hacer sitio, en la tarea biológica, sí que es útil y necesaria; la decrepitud, no. Haber muerto hace unos años en plena vigencia, no habría estado mal. Las hembras de los animales, y aun de los organismos inferiores, cumplen su función de transportar la vida, y después mueren. Pero ¿qué hago yo ya? ¿Intentaré crearme a estas alturas una vida propia, distinta de la que hasta ahora tuve? No tengo ganas ni fuerzas para acometer una empresa tan dura. Morir es, se comprenda o no, duela o no, prestar un servicio a los demás; pero envejecer no sirve a nadie. Sólo es la antesala de la última agonía, de la demencia, del abandono, de las arteriosclerosis familiares...

»Cada mañana me levanto presintiendo que ese día tiraré en la olla la pastilla de jabón de las Gadea. Poco a poco perderé la memoria, el ímpetu casi extinguido ya, la vista, la rapidez de reacción, los reflejos, la voluntad de moverme, hasta que una tarde empiece a dudar en dónde estoy, para qué llegué a tal sitio, quién me esperaba y quién me devolverá a esta casa de la que acabaré por no salir... Todavía cuando estoy con gente me sobrepongo, o al menos trato de fingirlo, y bromeo, aunque sea como quien ha perdido vista y avanza tanteando, y continúo siendo algo ocurrente; pero creo que se me nota, por debajo de las chispas artificiales, el hielo de la soledad que me congela y enrigidece. Porque la gente que está a mi alrededor me mira con indolencia, me sonríe con misericordia, se desentiende de la anécdota que cuento y acaba por marcharse a charlar a otro grupo.

»Tengo frío. Sé que en un momento dado, quizá no tarde mucho, se me olvidará algo que, cuanto más irrecordable, me parecerá más trascendental, y juzgaré que, si lo recuerdo, estaré una vez más por lo pronto salvada. Hasta que se me olvide no ya lo que debería recordar, sino incluso el hecho de querer recordarlo. Sé que en un momento dado la muerte será más real para mí que el amor, y la sabré más próxima que él lo ha estado jamás. Y entenderé vagamente —o no lo entenderé— que el amor siga siendo para los otros lo importante, y la vida lo importante; pero habrá dejado de serlo para mí... Y entonces nada merecerá la pena, aunque yo no lo reconozca. Y que no lo reconozca será también terrible, porque entonces no estaré ya viviendo sino sobreviviendo. Estaré comiéndome esas paseras, esas propinas que los vendedores de chucherías nos daban en el parque a los niños cuando les comprábamos, a hurtadillas de las niñeras, sus pobres mercancías; estaré comiéndome aquello que sobrepasaba la medida escueta de la vida con la que debería terminarme... Pero ¿no está acaso ya terminada la mujer que ni siente ni padece, que no palpita y no se hincha ante el amor que se anuncia, ni se desespera ante el amor que se hunde o traiciona? La mujer asordada ante la voz graciosa del amor y su música... ¿Qué consuelo hay por haber perdido tanto? ¿Que también lo hayan perdido otras mujeres, todas las mujeres que ingresaron y salieron de esta oscura hermandad? No; eso no me consuela: estoy segura de que seguir viajando hasta el obligatorio final del trayecto no es más que un burdo engaño. La tierra se ha quedado vacía de sus maravillas. Y si nunca las tuvo, peor aún: la que las vio sin que existiesen también se ha quedado vacía. Quien no lo espera todo es que no espera nada... ¿Qué desea un niño cuando tiende las manos? A la vez todo y un caramelo, o un juguete, o un beso... Todo y un beso. Yo ya no deseo nada. He ahí el primer síntoma fatal.»

Pensó en los altos y barrocos espejos del salón de baile y en el del rellano de la escalera principal casi de techo a suelo, que tanto se esforzaba en ignorar...

«Los hombres pretenden, de mayores, recuperar las energías de la juventud. Nosotras nos conformamos con la apariencia de la juventud. Ellos actúan en función de ellos mismos; nosotras actuamos también en función de ellos. Yo he perdido el principio de ese movimiento. Qué injusto es todo. Atraer, atraer: a eso es a lo único que se nos ha enseñado, como si la vida pudiese consistir sólo en eso... Pero ¿qué es además? No; no quiero ponerme en manos de un cirujano plástico que me revoque la fachada, que me estire las arrugas y me conceda el aire de haber descansado bien las noches últimas... ¿Quién me planchará las arrugas del corazón? ¿Por qué se me ha arrugado? No volverá a aparecer resplandeciente en ninguna fiesta más: ¿para quién iba a hacer el sacrificio? Debajo del maquillaje y del estuco que se cuartea, se traslucen los arañazos de los años. Están ahí como testigos incorruptibles. Aunque los escondamos. Las uñas de los pies deformadas y duras; las de las manos, estriadas y fibrosas bajo la capa del esmalte; las canas perdurables, por mucho que las camuflemos con los tintes; la oscilante papada, las rodillas callosas y sin gracia, los nudillos de las manos cada día más gruesos y notables, la piel reseca que se resiste a broncearse... Y los pechos y las nalgas flojos y sin caricias. Y la cintura ensanchada. Y el ensueño perdido que no retornará. Y el sueño, que tarda en llegar y que se va más pronto; que ni siquiera nos permite olvidar durante él. Olvidar... Olvidar...

»¿Será la muerte una solución para este vía crucis? Sí; sí la muerte, pero no la espera de la muerte. Aunque se muera al siguiente día, un niño no es nunca cosa de la muerte; un viejo, aunque tarde en morir, ya es cosa de ella. ¿A qué paso vendrá? No basta desearla. Si la deseara verdaderamente, iría en su busca... Antes estaba lejos, sólo de cuando en cuando se me aparecía; ahora no necesito que se me aparezca: está presente sin cesar, come en mi mesa, se mira en los espejos, sobre todo en los espejos que yo rehúyo, por detrás de mi hombro; me sostiene cuando tropiezo por el codo con una falsa sonrisa de connivencia. Lo mismo que el Verbo en el Angelus, se ha hecho carne; está dentro de mí como un último e indebido embarazo... Si tuviese la voluntad de mi padre...»

—«Estoy hasta la coronilla de ti, Palmira Gadea. Te lamentas como si fueses una fatua y jactanciosa reina de la belleza que sólo hubiera vivido para acicalarse y estar mona. No seas ridícula. No lo aguantaré ni un minuto más. Te veo desarmada y sin recursos. Nunca fuiste tú así. ¿Qué diría el ama? Sí; no lo repitas: también se murió el ama. Todos se morirán. Se morirá Willy, que estará abrazando ahora mismo como puede a un cuerpo más joven que el suyo, igual que el rey David implorando calor. Se morirá Juba, que está ahí dormitando sobre tus pies, y que en su rudimento de inteligencia echa también de menos al ama, a la que sin duda espera volver a ver un día como si retornara de algún viaje. Se morirán tus hijos, a los que tú diste la vida o trajiste a la vida... Todo se muere. Por eso hay que vivir. ¿Cuál fue el epitafio que pidió tu padre que se grabara en su losa? "Murió vivo." Murió completamente vivo. A los medio muertos ni la muerte los quiere... Despierta, Palmira: sufre. No te digo que te anestesies ni te escondas: sufre, grita, desgañítate, tírate de los pelos procurando no quedarte con todos en las manos, comprueba las arrebatadoras escabechinas del tiempo; pero luego ponte de pie y avanza como Lázaro. Sigue viva.»

—«Es que no soy yo la que se separa de la felicidad; es la felicidad la que no quiere nada conmigo. Estoy entre el cielo y la tierra, no viva ya, sino sólo viva a medias. Como en aquella antífona que cantábamos en el colegio: *media vita in morte summus*...»

—«Déjate de colegios. Vuelve en ti: estás en tu casa, en tu sala de estar, ante tu chimenea encendida. Acuérdate de todos los fuegos que en tu vida encendiste. De las fogatas de la noche de san Juan, bajo la luna clara, a la entrada al laberinto, quemando los deseos que habías escrito en tres papeles, porque si alguno se quedaba sin consumir no se cumpliría el deseo en él escrito; saltando sobre las hogueras alegres e inmortales, alegre tú e inmortal... ¿Qué ha sucedido? ¿Dónde está aquella hoguera, aquella noche, aquellos deseos, aquella muchacha que brincaba? ¿Es que no se cumplieron tus ilusiones? ¿Es que no se te concedieron las plegarias? Te casaste con el hombre que elegiste; te acostaste con él durante años; te dio, o le diste, dos hijos sanos y espléndidos; recuperaste tu infancia intacta al apoderarte del jardín infantil y de la casa; te otorgó su respeto y algo más esta ciudad que amabas... ¿Qué más querías? ¿Qué más esperabas?»

—«Que durase, que durase todo. O que el tiempo se detuviera, o que me detuviera yo en el tiempo. Si todo se ha cumplido, ¿por qué soy tan desdichada? Quizá todo fue una gran estafa. Quizá se me concedieron los deseos como los conceden algunos talismanes orientales, a través de mares de sangre, a través de agudas condiciones que ignoramos y que nos espeluznan... Aún guardo en la memoria el día en que le dije estupefacta al ama y acaso sonriendo: "Tengo cuarenta años. Hoy cumplo cuarenta años." Y antes de que hubiese salido de mi estupor, cumplí los cincuenta, y de esta ciénaga ni he salido ni saldré... Hay noches en que sueño que soy muy vieja y que cuando despierte seré joven. Al despertar, compruebo que estoy cerca del sueño; que la vigilia es el mismo sueño, pero sin esperanza. Y sin embargo, estoy en la vigilia: se ha cumplido la parte tenebrosa del sueño como se cumplieron mis floridos deseos. Alargo la mano y toco el frío. Tengo miedo: regresan los terrores de la infancia, cuando mi padre me mandaba después de cenar a por su arqueta de tabaco, y debía atravesar el patio y subir a oscuras la escalera pequeña, y oía caer la lluvia, o veía los relámpagos blanquear el surtidor lo mismo que un fantasma, y toda la casa era una fantasmagoría aliada en mi contra, y tocaba los interruptores de la luz, cierta de que iba a tropezar con la mano de un muerto que lo impediría, y cantaba para espantar el miedo... Ahora no tengo gana de cantar; pero sé que la mano del muerto sigue apostada en los interruptores. Prefiero no encender luces. Estoy sola y tengo miedo en lo oscuro, pero prefiero no rozar con mi mano la mano de la muerte... Y ya ni siquiera tengo ninguna arqueta que llevarle a mi padre que me compense de aquella peregrinación en el miedo; no tengo a quien obedecer, ni sé que el ama me estará esperando, animosa y contenta de mí, cuando acabe de bajar la escalera interior... Mi vida ha extraviado todo lo que le dio sentido. Y no escucho la voz de mi padre que me manda por su arqueta o me anima a escribir; ni siento la voz del ama pidiéndome que le cuente lo que ella ha adivinado que no quiero contarle. Estoy sola, y llevo mi infancia en brazos, como quien lleva el ataúd blanco de un niño muerto... Y busco a veces el rostro de mi madre para que imitarlo me tranquilice. Pero ella no fue ningún modelo para mí... Hay noches en que duerme en una cama muy próxima a la mía, y yo lloro y gimo y me quejo y sollozo, y mi madre me pregunta en el sueño: "Palmira, ¿qué te pasa?" Pero no viene a mí, no me consuela, no me acuna, no me cubre con el embozo de la sábana... "¿Qué te pasa, Palmira?" Y yo sólo le respondo llorando, rebujada en la congoja que me impide decir ni una sola palabra. "¿Qué te pasa?", desde su cama tan cercana, nada más. Y yo entonces sé que nadie en este mundo, ni mi madre, ni nadie, ni mis hijos, es capaz de hacer nada por mí...»

—«Te lo repito: vuelve en ti. Estás disparatando. Ahí tienes a tus hijos. Tu hija va a dar a luz; hablas de muerte, y Helena va a tener una hija: otra vida que tiene en ti su fuente. Y tu hijo, misteriosamente, te está llamando a voces en silencio. Se ha alejado de ti y te necesita. No es él quien tiene que volver a ti, sino que has de ir tú en su busca. Ayudarle te ayudará. Sal de ti misma y enfréntate contigo. Mírate con serenidad y con exigencia.»

—«Mis hijos son de una raza que cada vez me es más extraña. No los entiendo, ni ellos a mí. Tengo la impresión de estar en un escenario que compartimos, pero toda la acción de la comedia transcurre fuera de la escena. Estoy, en el fondo, ante el mismo decorado de siempre, pero ya nada que importe sucede en él. Vivo con la pasera, me sobrevivo a mí misma. Y tengo miedo y frío y estoy sola en la creciente oscuridad. Me he examinado de una asignatura perturbadora; me han suspendido; no he pasado el examen; no tengo quien me reconforte de mi descalabro, ni a quien temer por él, ni quien me riña siquiera por haber fracasado. Quizá podría hacerlo mejor en un segundo examen, en una segunda convocatoria; pero no la hay y yo lo sé. No la hay, lo sé... Por eso es preciso salir cuanto antes de la escena...»

La despertó Ramona. El fuego estaba apagado. Una rojez suave parpadeaba apenas entre las cenizas. Ramona había corrido las cortinas, y ahora se inclinaba sobre Palmira.

—Se quedó dormida la señora. ¿Le apetece que le sirva aquí mismo la cena? El señorito Álex llamó para decir que cenaría en casa de su hermana.

Álex se comportaba tan herméticamente ante ella que tenía la tentación de llamar a Willy para que tratara de hacer algo. La desechaba: Willy, si no era tonto, percibiría como ella el distanciamiento de su hijo, o quizá —lo que era aún peor—, ese distanciamiento se producía sólo con ella, en cuyo caso, ¿qué motivo había para humillarse ante Willy? Los varones suelen siempre entenderse mejor con sus madres. Por lo menos, hasta cierta edad. Ahora hasta esa falta de entendimiento es una carga demasiado onerosa. No sabía ni cómo impedir que Álex, que no fumaba antes, dejase de fumar en la forma incesante que lo hacía ahora.

—Mamá, me gustaría hablar contigo —le había dicho no hace mucho encendiendo un pitillo.

—Me encantará que lo hagas.

—Ya se lo comenté a papá; pero quiero que tú también lo sepas. Al fin y al cabo vivo contigo. —Después de una pausa en que se llevó la mano a la nariz y carraspeó, dijo—: Voy a dejar la carrera... Bueno, la he dejado ya. De hecho no me he matriculado en este curso.

Palmira se creyó en la obligación de reprenderlo;

no obstante, le llegó de muy lejos su propia voz al contestar.

—Pero, hijo, ¿qué vas a hacer con tu vida? Dejaste Periodismo; ahora dejas Biológicas. Es hora de que sepas qué es lo que más te gusta.

—No voy a empezar nada más. He llegado a un acuerdo con papá: le ayudaré en el campo.

—Tú no sirves para eso, Álex. Desde pequeño te pareció un horror. Decías: «No sé cómo papá puede andar lleno de polvo o de barro todo el día.» Tú eres más sensible, más delicado, no sé...

—Le ayudaré en el campo —repitió Álex como si no la hubiera escuchado.

Tenía una expresión consternada y a la vez inamovible. No iba a dejarse convencer, ni Palmira lo habría pretendido ante su obstinación. Pensó que enojarse no serviría de nada. Pensó que también había hablado con su padre antes que con ella. Pensó que ni siquiera enumeraba las causas que lo llevaban a tal resolución.

—Pero ¿qué te ha pasado? ¿Es que no aprobaste en septiembre?

—No me presenté, mamá. No pude. No me interesaba.

—¿Qué te interesa entonces?

—Nada, mamá.

Sostuvo la mirada de su madre durante un segundo; luego bajó los ojos. Las aletas de la nariz, delicadas y enrojecidas, le temblaron como le sucedía de niño cuando iba a echarse a llorar. Le tembló levemente la barbilla. Encendió otro pitillo. Hizo un gesto con las dos manos, abriéndolas, como si fuese a retomar la conversación, o a apagar una cerilla. Después sacudió sin ton ni son los brazos; los expuso en un gesto indefenso, y salió apresuradamente de la habitación.

Unos días más tarde, tomando café después de una comida en que apenas se habían hablado el uno al otro, y en la que su hijo comió, como se había hecho

337

corriente en él, gran cantidad de dulce en el postre, Álex, prendiendo un cigarrillo, le dijo que, si no le parecía mal a ella —y el tono de su voz era lo bastante taxativo como para que Palmira se abstuviese de que lo siguiente le pareciera mal—, se iría a pasar una semana en Madrid.

—¿No te vendría mejor pasarla en Londres?

—No, mamá. Me iré a Madrid. Unos días, no sé cuántos aún.

—Pero tu hermana está a punto de dar a luz. Quiere que tú seas el padrino de la niña.

—Para entonces volveré, pierde cuidado.

Palmira, después de observarlo, incapaz de diálogo con su hijo, tan débil y tozudo al mismo tiempo, dijo:

—¿No estás fumando demasiado, Álex?

—Sí, mamá: estoy fumando mucho. —Se levantó—. Perdona —agregó, y salió del gabinete.

Palmira, sirviéndose la segunda taza de café, se confesó a sí misma que su hijo se había transformado en un desconocido, y al terminar la taza se confesó que quizá lo había sido siempre.

2

ÁLEX NO HABÍA VUELTO de Madrid, y el parto de Helena se echaba encima. Palmira dormitaba y se aburría en Santo Tirso; pero su experiencia la había persuadido de que en el pequeño piso de su hija sus visitas no eran lo bien recibidas que sería deseable. Coincidió un par de veces con su consuegra, «ese retaco vestido con telas floreadas que habla alto y ríe de continuo a carcajadas». («Yo lo sé: no es que la prefiera; pero ha de tener un trato más exquisito con ella que conmigo: ella es la madre de su esposo, y yo no soy más que su madre.») Percibió el pavor de Helena a que cometiese cualquier incorrección o la tratase con ironía. Sin público, Palmira no habría osado reírse de aquella pobre Encarna; sin embargo, sí imaginaba qué bien lo habrían pasado, después de la visita, Willy y ella, incluso Helena y Álex, si las circunstancias hubieran sido otras.

No es que Palmira fuese una comadrona «ni falta que me hace», pero le habría hecho ilusión —y no se aclaraba muy bien el porqué— estar presente en el parto de su hija. Fue comprando prendas muy caras para la canastilla; hasta le llevó en coche un día —el penúltimo que estuvo de visita— un moisés forrado de blanco y amarillo.

—Como las flores del día de tu boda: el amarillo es el color de la vida. No comprendo por qué los toreros y los cómicos le tienen tanta tirria o tanto miedo.

Luego tropezó en el cuarto destinado a la niña, «no demasiado grande, por decirlo de una forma educada», con un capacho de pleita revestido de blanco y rosa. Lo había regalado su consuegra.

—Como va a ser niña —dijo entre risotadas—, pues rosa. El amarillo, ¿qué quiere decir? ¿Para qué es? Porque el azul ya sé que es de niños; pero lo que es el amarillo...

Palmira se dirigió a su hija:

—Haz con esto lo que te parezca. A tu hija no le vendrá mal tener un repuesto. Claro, que esta casa quizá no tenga capacidad bastante para tanto moisés.

—No es una casa: es sólo un piso, y diminuto. Pero no te preocupes.

Palmira ignoraba por qué cuanto ella dijese solía caerle mal a sus dos hijos. «¿Será el tono? ¿Será que entre nosotros se ha abierto una condenada distancia, y a través de ella casi ni nos vemos?» En ocasiones procuraba hablar con tanta humildad que resultaba risible para ella misma, y en esas ocasiones era peor: producía la bastarda impresión de pretender humillar a su suegra o a su yerno, o de tomar a sus hijos por bebés o por tontos.

De ahí que, cuando pidió a Helena algo que consideraba un derecho —estar presente durante su parto—, la hija se alarmó, se negó en redondo y, ante la insistencia de Palmira que ella misma creía cariñosa, la tachó de entrometida y de incordiante. Las relaciones entre madre e hija, sin una causa concreta ni visible, se habían envenenado, y Palmira advertía que su presencia no sólo no aligeraba la hostilidad de Helena sino que la exacerbaba.

—¿Qué sabes tú de partos, mamá? —remató con acidez—. ¿Para qué crees que serías provechosa? A mí me parece —añadió con una sonrisa aviesa— que no asististe ni al tuyo, y que en el de Álex y en el mío estabas porque no tenías más remedio, pero anestesiada. La anestesia a la reina, ¿no era así?

—No lo sé... En efecto, no soy una partera, si lo dices por eso; pero tampoco soy una pantera. Digo yo.

Después, ya en su casa reflexionó sobre algo que había leído respecto a las madres primitivas. Su auxilio consistía en un contacto físico, casi en un parto a dos. La madre sostenía a su hija parturienta con la espalda apoyada entre sus muslos. Apuntalaba de ese modo sus esfuerzos; limpiaba su cuerpo, humedecía su frente y su boca, masajeaba su vientre, la animaba rítmicamente en las contracciones, le hablaba en voz muy baja al oído; le cantaba canciones infantiles, hasta que quien iba a ser de la tercera generación, como si las hubiese oído, aparecía entre las ingles de quien ya era la segunda.

Palmira se resignó a no comparecer en el parto, a no colaborar en él, incluso a no preguntar demasiado por sus circunstancias ni su fecha, con tal de que entre su hija y ella no se produjese una ruptura. Encarnación o Encarna o como quiera que se llamase su consuegra, por el contrario, tenía una cierta vara alta en aquel piso, quizá por su carácter alegre y popular, por su carencia total de cumplimientos, y por su vocabulario de a pie, «arrabalero diría yo si pudiese». Palmira, desde el principio, había resuelto no escudriñar a qué se dedicaban su marido y ella («educada previsión que Helena también ha apuntado en mi debe»), por temor a enterarse que regentaban un puesto de verduras en el mercado de la Encarnación, y quizá por eso llevaba ella tal nombre. Respecto a cuanto afectaba a su hija, hubo de contentarse con actuar a través de personas interpuestas: en el caso del parto, Álvaro Larra, que la mantenía al corriente de todo.

Fue él quien le informó de la salida de Helena para la clínica, de un mínimo retraso posterior, del rompimiento de aguas, y del parto inminente.

En cuanto supo la noticia, que le barrió de un soplo el aburrimiento de hacía meses, se apresuró a conocer a su nieta. Durante el trayecto la embargaba el gozo de la continuidad de la vida. Comprendió qué tonta había sido («también Helena, ¿eh?») entablando discusiones en torno a lo único trascendental: la especie, para cuyo servicio el ser humano está configurado.

«A la naturaleza el individuo apenas le concierne, y no la afecta. Del individuo sólo se preocupa el propio individuo. Sus agobios, sus penas finas, sus descarríos, sus penurias o sus miserias se diluyen ante el hecho supremo de la vida siempre renaciente.»

Sonreía con franqueza, como llevaba mucho tiempo sin ocurrirle. Se miró en el espejo retrovisor, sin miedo esta vez, y se reconoció. Envejecida, marchita, con la piel seca, pero ella. Y subió las pretenciosas escaleras de granito del sanatorio.

Empujó la puerta giratoria de cristal, y preguntó en la recepción.

—Se nota que es usted abuela, señora —le comentó, sonriendo asimismo, la recepcionista. Y Palmira dio por bueno todo lo que la había atormentado.

El doctor Larra —le informaron— continuaba aún en la clínica aguardándola, cosa que Palmira le agradeció, conociendo como conocía su horario apretadísimo. Desde la habitación ocupada por Helena, a cuya puerta hacían guardia unos ramos de flores algo mustias, salió Larra a su encuentro.

—Palmira —le espetó sin saludarla apenas—, es imprescindible que le prestes a Helena toda la ayuda moral de que seas capaz. Contigo no quiero andarme por las ramas... Ella aún no lo sabe, pero su hija ha nacido con el síndrome de Down. Desconocemos todavía cuál es su grado: las valoraciones las haremos más tarde... Hoy en día hay paliativos, y la actitud de la sociedad es otra, claro; pero creo que debes tener, desde el primer momento, una información exacta de esta contrariedad.

En el interior de Palmira la información surtió un

doble efecto. Primero, una rebeldía que rechazaba con furia el hecho impuesto y azaroso; una rebeldía revestida de incredulidad ante algo que, en secreto y en contra de todos, se había estado gestando desde el primer momento nueve meses atrás una injusticia demasiado grande como para ser asimilada en un minuto. El segundo efecto fue la afloración de una inmensa ternura, como el manantial que brota en mitad de un secarral. Frente al egoísmo de la primera reacción, la largueza hacia quien era la verdaderamente damnificada; la solidaridad y la incondicionalidad hacia quien necesitaba verdaderamente su apoyo: su hija, sí, desde luego, pero sobre todo esa recién venida a un mundo para ella despiadado. Una personilla que nacía más desprovista aún que los demás niños, más inerme, más exigente de tiento y de custodia; que iba a prolongar su exceso de debilidad durante toda su vida; que necesitaría como nadie la atención, la entrega, la paciencia de quienes la rodeasen, puesto que, como para ningún otro ser humano, de ellos dependería su desdicha o su suerte.

—Todo ha ido bien, mamá. ¿Ves como no hacías falta? Todo ha ido estupendamente bien. —Palmira, disimulando sus ojos mojados, se inclinó y besó la frente de su hija—. Mira mi chinita. Mira cómo es esta cosita mona.

Dos lágrimas resbalaron por las mejillas de Palmira, que fingió apoyarse en el cabecero de la cama mientras miraba a la chinita. Encarna o Encarni o como fuera estiraba la colcha de la cama. Las dos mujeres mayores se miraron por encima de la parturienta. ¿Conocía Helena ya su desgracia? «Pero ¿es una desgracia? ¿Es solamente una desgracia?» Cuando salió Palmira al pasillo la acompañó su consuegra.

—En mi familia nunca ha habido de esto —le dijo como un afeamiento, tapándose la cara con las manos y echándose a llorar.

—Pues ya lo hay —le respondió con los ojos secos Palmira—. Tendrá que acostumbrarse.

Y se alejó, para poner al corriente a Willy, hacia un teléfono del mismo sanatorio. Había ocurrido algo que sobrepasaba con creces sus rencillas personales, su desamor y sus contiendas: acababa de llegar a este mundo una inocente indefensa que de ninguna manera podía pagar el pato de las tonterías cometidas por quienes, directa o indirectamente, la habían traído aquí. En torno a ella había que cerrar filas.

En el vestíbulo de la clínica se tropezó con Álex. Venía desmejorado y muy pálido, con un cigarrillo en la mano, que le pidió un portero que apagase, y grandes ojeras oscuras debajo de los ojos. Él no la vio al principio. Palmira tuvo que ponérsele delante.

—No he ido todavía a casa; vengo de la estación. Me telefoneó Nacho en cuanto trajo aquí a Helena. ¿Qué tal todo?

—Según como se mire —contestó Palmira, y puso sus manos sobre los hombros de su hijo. Él las tomó para bajarlas y luego las retuvo—. Es una niña Down, Álex. A Helena le vamos a hacer falta todos. Ella no lo sabe todavía, tengo entendido; ni quizá Ignacio.

—¿Crees que debo subir? —El aspecto de Álex empeoró aún más. Se dispuso a encender otro pitillo.

—Claro que sí... Te han dicho que no fumes. —Álex temblaba. Todo él temblaba. Comenzó a rascarse sin tino la cabeza. Palmira le puso una mano en el brazo—. Hay que ser fuerte, Álex. Tú lo eres, ¿verdad? Esto nos va a unir más. Tendremos que hacer un frente único en favor de la niña. —Él no dejaba de temblar, ni de rascarse la cabeza. Parecía un azogado. Palmira vio su nuca, traslúcida y delgada. Se alzó un poco sobre la punta de los pies y la besó—. Tranquilízate. Si no te encuentras seguro de ti mismo, no entres a ver a Helena.

En ese momento apareció Ignacio y se detuvo con ellos.

—Iba a la cafetería —dijo.

—Quizá un trago le venga bien a Álex —insinuó Palmira con naturalidad—: viene directamente de Madrid.

Álex respiró hondo y, haciendo un patente esfuerzo, afirmó con la cabeza. Palmira besó en una sien a su hijo. Los dos muchachos se perdieron detrás de unas puertas de cristal que, al abrirse, dejaron salir un denso rumor.

Ocurrió unas tres semanas después. Quien telefoneó fue su hermano Carlos. Álex había tenido un accidente grave. Inexplicable como casi todos. En la autovía de Cádiz.

Palmira sintió un vacío en el estómago y un hormigueo en la cabeza. Oyó la voz de su hermano alejarse. Tuvo una náusea. Miró a su alrededor por si había alguien que recogiese aquel negro recado en su lugar. No podía llamar: no tenía voz. Notó que el teléfono se escapaba de sus manos, y se encontró sentada en una silla próxima. Veía sus manos sobre la falda, ajenas, distantes, innecesarias. A partir de sus manos, en torno de ella todo fue niebla.

Damián la recogió del suelo.

—¿Qué ha pasado? —preguntó con la mano en la frente, acomodada ya en una butaca.

—La señora se desmayó.

—No digo a mí, digo a mi hijo: ¿qué le ha pasado?

—Ya vienen para acá los hermanos de la señora.

Palmira se levantó tambaleándose. Tuvo entonces la certidumbre de la muerte de Álex. Volvió a sentarse. Respiró tan hondo como lo haría un náufrago que aprovecha la caída de una ola. Se cubrió la cabeza bajo los brazos con el gesto del que esquiva una agresión. No lloraba; no decía nada; movía muy lentamente el cuerpo a un lado y a otro. Pensó, si es que por instinto se piensa, que sufría un dolor insoportable, y que ella también iba a morir, y que era lo mejor que podía sucederle. Entre los brazos, vio un zapato de Damián con una mota de barro en la pala: quizá había salido al jardín esa misma mañana... Supo que se estaba muriendo y que la muerte le aplacaba el dolor. Ahora le era imposible respirar: algo le quemaba en el pecho, en la garganta: un escozor, una herida... Volvió a ver la mota de barro sobre aquel zapato. Seguía moviendo su cuerpo con un ritmo lentísimo... Luego resbaló del sillón y se quedó encogida en el suelo, como un perro al que su dueño ha apaleado... Desde allí veía muy cerca la mancha del zapato de Damián que, arrodillado junto a ella, sollozaba... Pasó el tiempo, pero Palmira estaba fuera de él. Ahora daba con la cabeza en el suelo golpes suaves, golpes cadenciosos como quien lleva el ritmo de una salmodia religiosa y letárgica. A cada golpe se preguntaba sin voz por qué, por qué, por qué...

Así se la encontró su hermano Carlos. Se agachó hasta Palmira; la tomó en sus brazos, apartó los de ella, y la estrechó muy fuerte contra él. Entonces fue cuando Palmira lanzó un alarido ronco, irracional, y, agitando la cabeza, se deshizo materialmente en llanto. Y el llanto, como siempre, la salvó.

No quiso ver a nadie. No quiso saber nada de nadie. Se encerró en Santo Tirso, o más valdría decir que en tres habitaciones de Santo Tirso, con las persianas echadas y corridas las cortinas. No comía. No hablaba. Bebía, de cuando en cuando, un zumo que Ramona le rogaba que bebiese. No lloraba tampoco. Un pañuelo blanco, seco, yacía estrujado cerca de ella. Durante horas permanecía sentada en un sillón; durante horas, se apoyaba sobre una mesa y dejaba caer la cabeza sobre su brazo, como un niño que, muerto de sueño, se niega a ir a la cama y se queda dormido sobre la mesa del comedor. No recibía a nadie. En un principio, sus hermanos trataron de llevársela a sus casas, para que no se quedase, abatida y sin norte, en aquel caserón de Santo Tirso: fue en vano. Le hicieron toda clase de recomendaciones, bajo la luz eléctrica encendida en pleno día, animándola o incluso reprochándole un comportamiento tan dañino: también fue en vano. Willy entró un día, el primero que volvió a la casa después de su separación, pero le fue imposible decir nada animoso: se echó a llorar junto a Palmira, que ni siquiera lo miró.

—¿Qué hemos hecho? —repetía Willy una y otra vez—. ¿Qué hemos hecho?

Palmira no entendió el sentido de la pregunta, y cuando habló no era su intención contestarle.

—No debimos de habernos conocido —dijo.

Willy salió de la sala secándose los ojos.

Otro día subió Palmira a las habitaciones del ama. No vestía de luto. A través de los visillos del balcón se vislumbraba el jardín desolado. Palmira, antes de darse cuenta, separando de él los ojos, se dijo que era preciso empezar a podar y que quizá ese año convendría echar un poquito de estiércol. Entornó las contraventanas, pero tuvo tiempo de ver el cielo lóbrego, cerrado, bajo y tormentoso. Se sentó en el sillón de orejas y cerró inanimados los párpados...

Esta vez sí que percibió lo que buscaba. No era una voz, era casi un sentimiento: lo mismo que un venero que surgiese de lo más hondo de su ser, con un atisbo de luz, y que ascendiera hasta sus ojos, y que se derramase desde ellos con un murmullo transmisor de un sigiloso mensaje. Que ella sobreviviese a su hijo le parecía un inimaginable disparate. Y, sin embargo, esa agua en la que se estaba deshaciendo le susurraba: «Tú debías de haber adivinado que tu hijo no era una criatura duradera. No escuchaste su eco. No sentiste dentro de ti, en lo más hondo, cómo él no se hallaba a gusto, cómo lo inquietaba y acobardaba todo, a la manera de esas personas que no enraízan en ninguna parte porque sienten que van a ser trasladados de destino, y no se atreven a afincarse, y llevan una vida romera y agitada con la certeza de que no va a durarles, y producen la impresión de incuria o de superficialidad o de vacío; la impresión de un tedio, o de una inestabilidad, o de un desfallecimiento a los que la vida se les hace insostenible. Porque algo sabe dentro de ellos, saben su cuerpo y su espíritu, que la muerte los arrebatará antes de lo habitual... Y una madre debería de saberlo también. En el fondo, quizá sí lo habías sospechado...» Un llanto largo, largo, desahogó la tensión de Palmira. Coincidía con los primeros truenos del exterior y con el chaparrón que con fuerza se desplomaba sobre los árboles desnudos y las encharcadas calles del jardín.

3

Aquella noche durmió Palmira, por primera vez desde la tragedia, en su dormitorio. Durmió como alguien que vuelve muy cansado de un viaje que lo mantuvo demasiado tiempo fuera de su casa. Y soñó con la niñez de sus dos hijos, que aparecían en el sueño con idéntica edad, y ella los amamantaba a los dos a la vez como si fuesen gemelos, y los mecía en sus brazos, y les murmuraba frases incomprensibles al oído para hacerlos callar cuando lloraban, y enmudecían como si la estuviesen entendiendo, como si aquellas dos criaturas fuesen las únicas que pudiesen entenderla en el mundo. Y era entonces ella la que lloraba en ese sueño, al comprobar cómo el niño que una mira y lava y acaricia, que una alaba o riñe y educa, que una peina y cuyas uñitas corta, a la que una se siente incitada también a cortarle las pestañas para que después le crezcan más largas y más fuertes, que ese niño y esa niña están delante de una, más altos que una ya, y le sonríen de un modo inescrutable antes de volverle las espaldas, y giran todavía un momento la cara —serena y seria—, y por fin desaparecen definitivamente haciendo un gesto de despedida con la mano. Y lloraba en el sueño con una desolación indescriptible, con una quemante sensación de despilfarro, de haber malgastado toda la vida para nada, para llegar a esta soledad que el sueño materializaba en un humo frío y espeso, en unos densos velos que le impedían ver la alegre luz: una luz que intuía en torno suyo, pero en la que le estaba vedado complacerse.

Entre las cartas de pésame que le entregaron después del desayuno, se le deslizó de las manos una dirigida a Álex. Con el cuchillo de la mantequilla rasgó Palmira impaciente el sobre. La carta, escrita con una letra grande, redonda y firme, la firmaba Almudena y decía así:

> Querido Álex: hoy daría lo que fuera por tenerte conmigo. Hablaríamos de lo que nos ocupa y de lo que debería ocuparnos. Oiríamos el flamenco que a ti te gusta tanto o estaríamos en silencio. No, es igual: me bastaría con tenerte a mi lado.
> Hoy viernes he decidido no salir. Tengo mucho en qué pensar y hace frío en Madrid. Estoy escuchando a Mahler: su música es lejana y triste, pero me tranquiliza. Quizá de mi letra no se deduzca el relax que me produce, pero es cierto. Pienso en ti. La calefacción hace un ruido molesto; sin embargo, me calienta a la vez y me resigno. Añoro tus inquietudes, la forma de expresarlas y los discos flamencos que trajiste y que no he vuelto a poner. Oírlos sería como tenerte sin ser tú realmente el que estuviese aquí. ¿Amaré algún día el flamenco sin asociarte con él? No estoy segura.
> No sé si esta carta llegará a tus manos. Puede que no la eche: quizá sea demasiado sincera y demasiado afectuosa. Pero quiero que la leas. No sufras por mí, me encuentro bien. No te atormentes con lo que pasó. Ahora veo que a cada hombre lo reclama una mujer, y yo te reclamo a ti; pero aparte del amor físico hay mucho más: no te preocupes por eso. Aunque no te lo creas, estoy

llorando de alegría y nostalgia por lo que *no pasó*.
Ya sé que no te gustan mis muestras de cariño
por demasiado dulces. Sólo deseo que sepas cómo
estoy, hoy viernes, fin de semana, a las once de la
noche. Esta carta es, en definitiva, un sustituto de
tu presencia, o mejor, de tu ausencia.

Te quiero. Sé que me vas a contestar «muchas
gracias». No me importa, me gusta así: «de nada».
En parte necesitas que te lo digan; todos lo necesitamos, unos días más que otros.

Acaba de sonar el teléfono. Era María. Mañana me espera: no sé si acertaré yendo con ella.

Perdona este desahogo mío. Te imagino leyendo la carta y diciendo que no con la cabeza. No te
sientas comprometido. Yo necesito decir lo que
siento, lo digo y nada más. Por eso no quiero
que esta carta quede sin ir al correo, sino que llegue a tus manos y la leas. Y sepas que te comprendo, aunque disienta de alguna de tus movidas y de algunos amigos que no te quieren bien.

Te añoro a pesar de tus temores. Te quiero, te
beso y tocaría con mucho gusto tu pelo rubio, tus
párpados, tu boca... Sintonizo contigo de todo
corazón.

Palmira permaneció largo rato con los papeles de
la carta, húmedos de las lágrimas, sobre el embozo
de la sábana.

Después se levantó, se echó por encima una bata
larga de lana, y en zapatillas fue a la habitación de
Álex. No habría sabido responder a qué había ido allí,
ni si pensaba encontrar algo que la acercase a él. La última vez que entró en aquel dormitorio fue hace meses, cuando Álex pasó un catarro o algo así que lo retuvo en él.

Hacía esquina: dos grandes ventanas daban al este
y al mediodía del jardín. Era espacioso y muy claro.
Una gran mesa de trabajo, con unos cuantos libros y
un periódico y papeles desordenados, recibía la luz di-

rectamente. Sobre ella, un atril antiguo, que Willy había regalado a Álex en su penúltimo cumpleaños. Era el cuarto de una persona quizá de menos edad que la de Álex: fotografías y recortes pinchados en una gran superficie de corcho; una pizarra de la que nadie había borrado una fecha, que nada decía a Palmira, escrita con tiza de un verde claro; una biblioteca con los libros de estudio ya desechados.

Palmira abrió el armario, y acarició una chaqueta de pana que Álex llevaba a menudo. Allí, durmiendo en los cajones, yacían sin dueño y sin objeto, sus suéteres de lana, sus camisas, su ropa interior. Un suéter de color teja estaba en el cajón que decía azules. Palmira lo cambió de sitio antes de caer en la cuenta de la futilidad de su gesto. Luego sintió cómo una oleada de pena le subía a los ojos y respiró profundamente.

Se dirigió al bargueño que embellecía una de las paredes bajo un cuadro del siglo XVIII. Desde niño había sido propiedad de Álex: una virgen lectora, gordezuela y alegre, pintada en cristal. El cuadro colgaba ligeramente torcido. Palmira lo enderezó antes de tirar del cajón principal del bargueño. Estaba cerrado con llave. Miró en los cajoncillos laterales; en ellos había bolígrafos, gomas de borrar, clips, una o dos tarjetas de crédito, pero nada más. Con una plegadera de plata muy incómoda, porque su mango era un búho que se clavaba en la mano al usarla (era un regalo de ella), hizo saltar la vieja cerradura. Sacó el cajón entero y se lo llevó a la cama, no a la mesa. Sentada en ella, se entretuvo mirando los papeles escritos por Álex, escritos por la mano de Álex. Al comienzo los hojeó sin orden ni concierto, hasta que un singular impulso le movió a trasladar el cajón a la mesa y sentarse ante ella, como quien va a trabajar en serio mucho tiempo. Notó un repentino escalofrío. De la parte alta del armario sacó una manta y se envolvió en sus pliegues. Luego comenzó a leer un poco a saltos, sin saber cuál era exactamente el orden de los papeles que leía.

«Había pensado que no iba a tener necesidad de volver a verlo, y que él no trataría de verme en absoluto. Cuando se fue de aquí me dejó la vida llena de fetiches y símbolos. La corbata que me regaló y que usé, para que él se diera cuenta, al día siguiente, y que luego ha quedado como símbolo del suicidio en la horca. El libro sobre Fasbinder que le apetecía leer y que le compré, y que paseó por Sevilla varios días: no lo terminó nunca y me lo dejó al irse. Cuánta paranoia. Dejó también cosas que le había dado (el alfiler de corbata que me dio a mí mamá, por ejemplo) y que con tanto desprecio él aceptaba.

»Mi asesino ha preguntado hoy por mí. Conoce mi fracaso en Madrid. ¿Intenta revivir ahora conmigo? Sigue buscando no sabe qué, pero se basa exclusivamente en el terror. Quiere dominar como la mujer, que entregando el amor sabe de la muerte antes que el hombre, y que lo utiliza para engañarlo y aterrorizarlo con paranoias mortales. Entiende la vida como compartida al modo de un matrimonio, pero renunció a la sexualidad y a encontrar una mujer. Antes quiere matarme y emplearme, dominarme para realizarse, y después buscar a la mujer que satisfaga su sexualidad. Como hombre, la acepta por objeto sexual, pero necesita dominar y matar al hombre previamente. Usa el conocimiento que le dio la madre para asesinar al hombre. Al desconocerlo como dominador y como padre (el otro camino sería la homosexualidad, que él rechaza), tiene que reencontrarse como tal y aprender matando al hombre para asumir su papel.

»Posee el conocimiento que la madre le comunicó; pero, como hombre que es, necesita obtenerlo de un hombre y no de una mujer. Sin embargo, sólo le sirve un hombre más inocente que él para lograrlo. ¿Qué es lo que busca en mí? ¿Por qué quiere matarme? ¿Qué aspira a conseguir que yo tengo y él no?»

Palmira no comprendía; no estaba dispuesta a

comprender. Habría querido no seguir leyendo, pero le era imposible detenerse.

«Sin él todo habría sido diferente. Guardé dentro del libro de Fasbinder la cinta que usaba para sujetarse el pelo mientras pintaba, y allí se quedó al irme.»

El libro sobre Fasbinder se hallaba sobre la mesa. Lo tomó Palmira y se abrió solo. Allí estaba la vincha india con que se sostenía el pelo, cuando pintaba, Hugo Lupino.

«Es difícil controlarse y más difícil aún soportar la desazón de la disnea y del azogue, de respirar sin suspirar, de este deambular sin oriente ninguno. La noche va a ser muy larga, y él estará dormido. No he de escuchar sus paranoias. El hechizo de su partida está roto, desde que comprendió el drama de su frase maldita: "Quiero recoger mis cosas. Mientras me acompañe otra persona no quiero estar en tu presencia, ni que tú estés en la mía." Se refería a la mujer, sin duda.

»¿Cuándo me matará por última vez? ¿Cómo me podría deshacer de él sino matándole? Estoy agotado de su juego con la magia. Empiezo a no poder trabajar ni vivir. Se ha aprovechado de mi entrega para explotarme. Yo lo veo. Esto se transforma en una locura. Quizá la muerte sea la única posibilidad de liberarse, la única esperanza con la que se vive después de alcanzar el conocimiento del bien y del mal. No te olvides de Caín y Abel; con la muerte, todo se terminó: los dos; cuando se mata a Abel no queda ya Caín.

»Los azogues se acumulan, y son los otros quienes me los ocasionan cuando me exigen con sus vibraciones que colabore al vínculo que establecen. Eso me sucede con los policías, que siempre me producen azogue, y con la mujer, o sea, con la madre. Cuando les doy mi sentimiento permanecen tranquilos, pero si soy yo quien aprende el suyo, se incomodan. Quizá sea ése el camino para liberarse de los espíritus que incordian.»

¿A qué llamaba Álex *azogue*? ¿A qué llamaba *magia*, y sobre todo, Dios mío, ¿quién era esa *mujer* transformada en terrible y mortal enemiga? Palmira no entendía.

«Todo está perdido. Estoy, como supondrás, desesperado en mi sueño. Renuncié a todo. De vuelta a casa con la familia y las desazones que me abruman: sus absurdas neurosis por mi futuro, sus precauciones por el dinero que yo sé olfatear, su molesta obsesión por mi vida... La hija de Helena ha nacido mongólica, y supongo que la culpa es mía. Todo está ya perdido. Cuando intuí que es el pensamiento de los demás el que provoca la creatividad, sufrí un golpe demasiado duro: probé la fruta del árbol prohibido. Mi corazón ha muerto. El azogue es lo único que me acompaña, no tú. Ya sólo puedo esperar el final, y no hallo la forma de acortar su llegada. Los dolores en el cuerpo, reflejo del azogue, son una realidad desde que hace meses entregué mi amor (ya dos años) y osadamente fui a Sanlúcar. Me he aventurado más allá del bien y del mal para descubrir lo que el diálogo con el pensamiento significa: he pagado las consecuencias. Llevaba años obsesionado por mi inmadurez; ahora, ya maduro a golpes, lamento la pérdida de mi inocencia.

»La muerte próxima de la que tanto hablas es para mí un refugio. Nada es posible en el mundo de farsa que representamos para obtener el amor, conscientes de que es un juego de niños en el que se participa fingiendo proteger el honor. Yo acepto con orgullo la deslealtad de mi amor: lo seguí ciego, sin descanso ni odio; ya me he perdido en el camino... Qué fácil te resultó entrar en mi sueño cuando estaba dormido. El azogue no cesa; es un dolor agudo que no cesa. Al despertar comprendes mi fracaso. A ti te obsesiona la magia; la última gota de la botella: ¿para qué? Para mi azogue y tu conocimiento. Todos fracasamos una u otra vez. A mí la china me ha tocado siempre.»

Cambiaba, de pronto, el tipo de papel y también la letra de Álex, más apresurada ahora, más inquieta. Las líneas del escrito eran oblicuas hacia abajo.

«Lo comprendo ahora ya dimitido. Encerrado en

las paredes de la casa familiar desde que tú te fuiste, recibo las vibraciones que me hicieron crecer, y sé que estoy hundido y derrotado. Ya no soy nada. No sé pensar ni razonar. Se desvanecieron mis posibilidades. Se desvaneció el concepto de magia. El único camino que veo es el suicidio de los azogues. Lento e inexorable. No hay otra disyuntiva que morir o matar, y quizá las dos sean una sola cosa.

»Esos juegos del alma y del cuerpo que me enseñaste y que aún no acierto a entender... Esas falsas alucinaciones que son ciertas; esos sueños ciertos que son falsos... Ese conocimiento que me diste y me acerca a la muerte... Llegué a ser hombre por fin y me maldigo.

»Pasé la noche en una sauna. Según fuese la sexualidad, fálica o anal, que con el pensamiento incitase o recibiese, el azogue me dolía en el costado derecho o en el izquierdo. No me atreví a entregar nada que perteneciese al amor. Cuando lo encontré, no supe mantener el fuego y se extinguió. La excitación fálica, fácilmente correspondida, ocasiona dolor en el amor comprometido. Desahogarlo significa trasladar la sexualidad a otra persona, con lo cual perdía mi amor, así gastado en otro. La sexualidad es sólo un tono más de los varios catalogables, según el sentimiento se ponga en uno u otro, según el amor se relacione con la ciencia, o con la poesía, o con la maternidad. (Si yo pudiera...) Los azogues que determinadas actitudes y pensamientos desencadenan tras haberlos perdido, proceden acaso del inconsciente colectivo de nuestros progenitores y nuestros abuelos (en mi caso, casi todos locos). Otra interesante propiedad de la magia es que, si mantienes contacto con alguien (contigo, por ejemplo, amor) y te adivina el tono, puedes retenerlo mientras tú crees que contactas con otro: con lo cual, una parte tuya va donde tú vayas, pero otra parte permanece en aquel que piensa en ti. Si el pensamiento fuera mutuo (ojalá fuese así) se potenciaría la acción.

»Pero yo fui a ti, y volví, y me echaste. Te supliqué

que me dejaras quedarme, y no me dejaste. No te atreviste a echarme por tercera vez y encargaste a otro hacerlo. Y volví más veces; entonces era inocente. Y por no saber cómo acercarme a ti de nuevo empecé a investigar el bien y el mal. Tú sabías mis sueños, y esperaste al final hasta que conociese el mal y el bien, y me convertiste en un simple mortal. No te recrimino: únicamente desahogo mi pena. El fin hubiese sido el mismo, lo sé: nos matamos uno a otro. Ése es el maravilloso drama de la existencia: matar para vivir. Pero tenías que haberme enseñado tú, por eso fui a ti. No a través de tus pinturas sólo, sino también con ellas. Todo hubiera sido entonces más humano. Quizá no lo comprendas.»

«La mujer insiste. Lo compruebo por los picores de cabeza. Cuando quiere comunicar conmigo, o por una u otra razón piensa en mí o habla conmigo o de mí, me rasco la cabeza —me doy cuenta— de una manera especial. Con frecuencia mis labios se relamen y entonces ella me observa. Hoy he terminado de comer al mismo tiempo que ella; la siesta aquí es preceptiva. No sé qué ocurrirá: el dolor en mi costado derecho no se calma; lo asocio con sus deseos sexuales, que perjudican mi amor.

»Tengo un recuerdo del internado: un día al acostarme retocé unos instantes con un compañero. Comprobé que le atraía la sexualidad. Me levanté para no seguir, y desde ese día me llamaba por las noches. No tenía —no teníamos— experiencia. Nuestro objeto era una eyaculación rápida y fácil. Luego él aprendió a acariciar y a morder; pero se desesperaba ante su imposibilidad para excitarme. Me masturbaba bruscamente, sin conseguir mi erección, con rabia ya. A mí me extrañaba su forma de masturbarme, y también el orgasmo que el primer día sentí con él. Me dijo —sería cierto— que nunca había tenido que ver con ningún compañero; luego me prometió —no era cierto— que jamás se había masturbado. Fue por la excitación de pensar en eso por lo que yo lo induje a hacerlo por primera vez.

»¿Por qué no comprendéis? Sois vosotros los que me echáis; vosotros los que os negáis a estar conmigo. Siempre vuelvo y siempre me rehusáis el privilegio de ser de los vuestros. Qué orgullosa puedes estar: me transferiste todas tus represiones, tus neurosis, tus insatisfacciones. Pero pierde cuidado: conmigo se termina todo. Yo no seré capaz de pervivir. No haré como tú: en mí se concluye tu estirpe de altivez y falsa vida.»

¿A quién se dirigía? Sólo ante la posibilidad de que se refiriese a ella, se erizaban los vellos de Palmira.

«El alma frente al cuerpo es una realidad que me obsesiona desde que te encontré. Tú puedes trascender con la obra de arte; yo quizá hubiese podido con el amor, pero ya no es posible. ¿Todavía subyace la sexualidad? Ella marca los últimos estadios del devenir. Sólo siento no comunicar mis conocimientos sobre *las dos partes*: a nadie le interesan y quizá no sea bueno hacerlo. Que Dios, o el alma, o los demás como tú dices con desprecio, o las diversas sicologías, o la ameba como dicen los biólogos, no se den por ofendidos como entes superiores por hacerlo.

»Cuánto eslabón interminable e incoherente. La mujer que desea mi cuerpo cree que me ama; a quien le ofrezco mi amor cree que deseo su cuerpo. Y todo por jugar con la magia: en ella eres especialista: los fetiches, el tarot, los gestos apotropaicos, las actitudes como coacción, los materiales como condicionantes... No sólo tú, es verdad: todos jugamos de una forma o de otra. Pero sólo se alcanza el estado más fértil si se mata la magia. Eso es lo que habría que hacer. Sin embargo, ya es imposible para ti. Y para mí también.

»Escogí (?) a un asesino medroso que no fue capaz de matarme. No tuve la fortuna de dar el salto; no tuve la dicha de conocer *la otra parte*: la llevo dentro de mí pero no la conozco.

»No sólo es que él fuese lo más importante de mi

vida, que por haberle dado mi amor ya es cierto, sino que es también mi castigo por haberlo perdido... Desconozco cómo eliminar de mi pensamiento a la mujer que me lo arrebató. Desconozco cómo obrar para que no sea ella la que me domine.»

Sí; estaba claro: era a Palmira, a su madre, a quien Álex se refería. Qué confusión y qué penetrante dolor le habían sobrevivido.

«Empiezo a comprender, amiga mía, nuestras actitudes diferentes y lo que nos vincula. Lo comprendo y tiemblo por el drama que se avecina: porque fracasaré físicamente. La última relación que mantuve fue con mi asesino, que me arrebató gran parte de mi sentimiento. Ahora estoy adoptando yo contigo la posición que conmigo él tomaba. Trató de ser como el amor que me estaba robando: tal era el papel que él representaba y que no le permitía ser él mismo: si accedía era por su conveniencia. Sus paranoias resultaron complementarias de las mías y mutuamente las vivimos. Pero su yo verdadero, sólo en machismos se desdoblaba. Aunque, mientras se mantuvo la convivencia, fue más humanitario que después.

»Tu compañero actual dice que no *entiende*: me lo repitió demasiadas veces a lo largo de la conversación para que me quedara la más mínima duda de que sí. Yo no di señales de percibir el doble sentido. La *pluma* que tenemos todos no es fácil de eliminar. Pero aunque así fuese, él se encuentra tan identificado con el papel de compañero tuyo que no se realizará. La rapidez de que alardea para captar las señales ajenas que condicionan sus ingeniosas respuestas no es más que una pista de la inseguridad de su aprendizaje: la eficiencia de su maestro queda fuera de toda discusión. Pero le falta conocer la maravilla y el pánico de la vida, y no comprendo cómo no se lo has explicado científicamente. (Quizá porque para ello es preciso conocer el método científico.) Él sabe ya que se puede hacer cuanto se desee, y que ambos verbos son susceptibles de intercambiarse sin que varíe la afirmación. "Todo lo que se piensa puede ser cierto si se desea, mientras no se diga." Ésa es la regla máxima de la magia, ¿o no lo recuerdas ya? Dáselo a leer, pero no se lo digas, para que tú, como lector de magia, no lo pierdas. Yo te perdí por escribírtelo, y tú, quizá por miedo, no osarás decírselo a él... Me he muerto un poco más. He envejecido bastante. Quizá tú, cauto y taimado como buen descendiente de italianos y gallegos, esperes que te hagan la pregunta; que te den, antes de hablar, el sentimiento. Conozco tu lema: retener sin dar; tu obsesión, tu miedo, el de todos: la magia y la muerte. La pérdida de lo que es capaz de ser extraviado. Ya sé. Pero olvidas que, si das, recibes, porque es así la magia. Hasta que nos llegue la hora. De dar. O de morir.

»Matar al hermano gemelo, o sea, a la *otra parte*, lleva consigo deambular sin detenerse hacia el destino pero el camino es infinito. Me gusta recorrerlo; sin embargo, en él no se puede hacer sino caminar. ¿Dónde se aventaron mis sueños? Todo me avergüenza y no cesan los azogues. El último ídolo —la mujer quizá, la madre— se desmorona bajo las salpicaduras de aguas regias que corroen el chapado de oro que lo recubría. Me dio el desasosiego y el celo de mirar a los hombres aún con más rencor. Veía en él una senda para alcanzar el sueño, y ahora estoy detenido por el dolor de ser un juguete gastado.

»Es en la calle donde tienen lugar las comunicaciones y la ensoñación y los diálogos en tono directo. En cuanto entro en algún lugar público las vibraciones desaparecen. La comunicación es entonces parcial e indirecta, como si el lugar estuviese poseído por un espíritu que interfiere. Todo se convierte en un teléfono que alarga la distancia y no funciona, y que pone aún más de manifiesto la triste lejanía.

«Odiaré a los humanos hasta la muerte. A todos. Por su egoísmo. No quiero más vuestra compañía, abyectos. Sólo aspiro a morir para estar solo. He de buscar la forma. Al menos me consuela la certeza de no haberme malgastado en el sexo... Soñé en la creación amorosa, pero no encontré la materia del sueño. Para hacer algo, la magia exige el pensamiento de otro: es la suma de dos energías lo que potencia la acción. Cuando fui inocente, recibí con claridad los pensamientos: no es posible recibir los que se desconocen, y la energía se dilapidaba en direcciones no utilizables para la creación. Adquirir el conocimiento es subir escalones donde los pensamientos que se reciben son ya constantes. Cuando supe mi homosexualidad, no se me indujo a la creación, sino a fantasías sexuales. Hasta que llegaron los pensamientos comunes con mi asesino, a los que luego tuve que renunciar. Ahora, para crear, necesitaría la ayuda de otras mentes inocentes. Sólo las ideas de quienes están más arriba en la escala de las dos vibraciones se transforman directamente en creación. Pero ¿qué sucede cuando, alcanzado el conocimiento, se elige la soledad? Eso es dejar el mundo para siempre... El fin se aproxima y me intimida. Había que elegir un grupo, y no elegí ninguno: tan sólo una persona. Abominé del grupo familiar... Paranoias de muerte. Es sencillo: el padre transmite al hijo sus frustraciones, sus fracasos, sus ideales irrealizables, y así cree que continuará vivo en el alma del otro. Y quizá sea verdad: hasta que yo deje de vivir. Entre todos, con vuestras magias, habéis pulverizado mi existencia. Lo único cierto es lo siguiente: vivimos para matarnos. Y la *otra parte* no necesita de nosotros para nada. Sólo podría hacerme un poquito dichoso lo imposible. Por eso no pido más que rencor y odio, azogues y dolores que me amarguen y no me dejen olvidar hasta la muerte... Pero ignoro cómo se acelera la muerte.»

«Ahora me dices lo contrario de lo que yo creí. Me aseguras en Madrid que sólo estarás conmigo si sé mantenerme en el mundo sin dinero. Me reprochas ser rico, y no lo soy; pero intentaré obedecerte una vez más. Seré el portador de la locura que más te satisfaga entre las de mis distintos parientes, que las albergaron generación tras generación: una abuela morfinómana; otra, esquizofrénica; un tío abuelo, militar ajusticiado; un abuelo quizá suicida por lo que he averiguado... De ellos vengo. El ciclo se repite. Escogí los solitarios que no trascendieron en ningún aspecto: los que renunciaron a este mundo por sumisión a otra persona: por obediencia al corazón. ¿Te contraría mi orgullo? Bien, me lo comeré.»

Es decir, Álex había encontrado por fin la forma de acabar con su odio, o sea, la forma de acelerar su muerte... Era un peldaño más en la lúgubre escalera de locos familiares, y él así lo entendía.

«Descansé durante una hora en una hemeroteca. Me abruman los efectos que con la magia puedes conseguir. Hoy, día de la Inmaculada, me desperté al amanecer y fui a desayunar al albergue de pobres cuyas señas me dio el que vive contigo. Me molestó el azogue. A las doce fui al comedor público de Martínez Campos. Menú especial. Ya venían hablando de la sorpresa gastronómica que nos esperaba. De postre, una pequeña participación en la lotería de Navidad. Éramos tantos que nos distribuyeron en cuatro turnos. La llovizna me retrajo de la cola, y aguardé en el soportal hasta el último: una secuela de pequeño burgués, ¿la entiendes? A primera hora de la tarde estuve en la estación de Atocha dormitando en la sala de espera. A las seis, me acerqué al comedor de la congregación de Teresa de Calcuta. Había tres turnos. Preferí irme hasta La Corredera: los frailes dieron allí una sopa espesa de verduras con un huevo cocido y una manzana. Al terminar, cansado, me recogí en la estación de Chamartín. De nuevo dos policías nacionales... Pierdo tu protección, trago saliva, me piden la documentación y van hacia su coche. Yo saco un papel y escribo. Ellos confirman mi filiación en la Seguridad. Uno es panzudo, con barba de tres días, desaseado, alto y fuerte. Me da azogue pensar que estoy escribiendo esto de él: la pistola caída, el anorak sucio y gastado, las manos resecas y asquerosas. Su compañero es un cromo: de punta en blanco, yo creo que *entendido*: una buena pareja, bien avenida y complementaria. Me devuelven el carné y me largo. No hay nada como parecer pobre.

»Han pasado tres días. Dos vigilantes jurados me detienen. Me niego a identificarme. Sólo lo hago ante la Policía Nacional o los Cuerpos de Seguridad del Estado (burgués al fin), a los otros no los reconozco, con tal variedad de uniformes y abalorios que llevan y los empingorotan. Tú me ponías a prueba. Ellos me tomaron la filiación. "¿Qué haces aquí?" "Espero a un pasajero." "Tienes un aspecto muy raro." "Es que me gusta ir así." Tragué saliva, y pensé en ti y en lo que de mí estás haciendo. Por segunda vez en unas horas, en la plaza de Lima me atropella la policía. Tengo cara de drogadicto. Un cabo primera, al que no le basta con el carné, me pregunta cuantas impertinencias se le ocurren. Me niego a contestar, cosa que le enfurece. Va a la furgoneta. Mi tristeza, mis movidas, las pruebas de mi amor no le importan a nadie. "Voy a pasear por aquí estos días. No quiero verte más. Si te veo, te llevaré a comisaría y allí sí vas a tener que contestar." Hace gestos de golpearme por todas partes. Aparecen tres números, me rodean, y me hacen circular a patadas.

»Hay un coche abandonado en el aparcamiento de la estación: sin puerta trasera, ni faros, roñoso y enmohecido. Dormí en él tres noches. Los transeúntes que vuelven a recoger sus coches —sobre todo, las vísperas de fiesta, en que van a la discoteca o al bingo de la estación— pasan por mi lado haciendo comentarios. Duermo en el asiento trasero bien encogido por el frío. Hasta hoy no tuve dificultades. Hoy entró un nuevo encargado del aparcamiento en ese turno. Lo vi dentro de la cabina controlando las salidas y el cobro. Vino a despertarme a media noche, y, minutos después, la policía. "No puede estar ahí: es propiedad privada." Me tuve que reír: nadie se haría cargo de pagar la factura de la estancia de aquel trasto. "¿Tiene billete para viajar?" Todos preguntan eso. Si no funciona la maldad, que sí funciona con los pusilánimes, pasan a mayores agresividades. Me volví a reír, ahora ya sin querer: "Estoy dentro de un coche, eso es viajar." "Aquí no puede estar." Alzaron la voz muy sulfurados. Señalé la estación: "Y allí, ¿sí?" "Déjese de protestas y vamos a la comisaría." "Protesto porque estaba dormido y ustedes han venido a declarar la guerra. ¿Saben lo maravillosa que es la vida sin ustedes?" Creo que se cortaron. "¿Ha estado detenido alguna vez?" Sin decir nada, negué con la cabeza: pensaba en que tú me habías asesinado y tampoco tú estabas detenido... Quizá creyeron que era un loco y se contentaron con echarme de la estación. Fuera hacía mucho frío. Probablemente en ese momento tú estabas riéndote de mí. Fui a paso rápido, para no congelarme, hasta tu casa. Al verla sentí un cosquilleo anal: el último piso, el tuyo, se hallaba encendido. Estarías pintando, oyendo música o haciendo el amor con el que me enviaste. Sentí también un cosquilleo en el pene. Qué crueldad. ¿Qué será de mí cuando me arrebates lo que me queda de amor? Ya no existe ni tu rostro en mi mente; casi no queda nada tuyo en mí. Ando desharrapado y hambriento porque tú decidiste ponerme a prueba. Estoy enfermo y afligido. Lo que deseo es adentrarme en el vacío y en la nada. Yo te creí, te ofrecí mi desazón de cada hora. Ya ni recapacitar puedo. Mañana iré a casa de Almudena. La mujer me mató hace meses; sólo quedaba el hombre, y también lo ha hecho ya. No me es posible dominar la magia ni el azogue; me vence la *otra parte*. No sé dónde mirar. Pero, si no creo en las pruebas a las que me sometes por amor o por odio, ¿en qué puedo creer? Si no recibo tus latigazos, ¿qué otra cosa me queda? Robé, pedí limosna, ayuné; renuncié a los estudios; renuncié a mi fortuna porque el poder corrompe; renuncié a la vida, al sexo —al tuyo— y al amor... En Sevilla me espera la mujer como director espiritual: pasaré a integrarme en el matriarcado de los perdedores silenciosos, incapaces de superar su sinrazón. El alto Viaducto qué cerca queda de tu casa...»

El horror agrandaba los ojos de Palmira, sumergida en esta lectura de disparates y de angustias como quien recorre una oscura selva cuajada de peligros y asechanzas. En su corazón repercutía el horror de su hijo, la impotencia y la miseria y la infinita incomunicación que había sufrido su hijo.

«Necesito que estés dormido para poder dormir yo. Traté de hacerlo en un tren abandonado en medio de unas vías. Al despertar, pedí en tres sitios algo de desayuno y me lo negaron. Resolví, muerto de hambre, ir por dinero a un cajero. Compré discos de ópera y saturé de pasteles a dos muchachos con los que me encontré. Dormí en un hotel durante horas. Desaparecerás de mi pensamiento consciente y te sustituiré por la cotidianeidad familiar. He perdido la apuesta: no te hice caso a lo que me decías, lo sé. Nada fue fácil: todo es un caos; el azogue me ahoga. Por seguirte adquirí el conocimiento y perdí la inocencia: ya soy mortal. Espero que, por lo menos, esto sea cierto. ¿Qué, si no? Renunciar a la magia; renunciar a instintos y paranoias, a deseos y aficiones; a olvidar a quienes compartieron el camino conmigo... Acabar encerrado en la cárcel confortable de Santo Tirso, con unos carceleros familiares separados ahora, pero que aun así están felices de serlo —familiares y carceleros—, y ávidos a la vez de verme en libertad (en la suya, claro), sin comprender que son ellos, su falta de comunicación y su ufanía, lo que me impide *ser*.»

Ante la acusación directa, Palmira, para reponerse, levantó los ojos de los papeles un instante. Reflexionó, mientras tras el cristal de las ventanas el cielo sobre el jardín abría de par en par su gloria. No se sentía responsable de aquello. Pero ¿no sería aquella sensación de irresponsabilidad la responsabilidad máxima? ¿Cómo eludir la responsabilidad de que su hijo sí la hubiese sentido responsable? A contestarse, prefirió seguir leyendo, a pesar de la zozobra que la lectura le causaba. Era, sin embargo, el único puente que aún la unía a su hijo.

«Llegué, y otra noticia sobrecogió mi corazón: la hija de Helena es mongólica. Y yo seré su padrino: vaya una pareja. La *otra parte* no existe. He de dejarlos en la ignorancia: será mucho mejor.

»Me repito sin cesar tus palabras: "Después de todo, es fácil. Dan igual unas cosas que otras: lo importante es encontrar la ficha que falta en este puzzle." Sueño con esa ficha todas las noches desde que llegué. Me despierto soñando, a pesar de que apago con agua la chimenea de mi dormitorio. Sé que todo es mentira; que sólo fui uno más para ti; que no debo creer en las paranoias ni en la magia; que los pensamientos no son nunca comunes; que es sólo la mente la que juega malas pasadas. Lo sé, pero todo sigue igual... ¿Y cómo sincretizar mis utopías íntegras en esta simple ficha?

»Ella, la mujer, sabe todo sobre mí, lo cual me produce una enorme tensión. Porque no habla una palabra sobre ello; no hace una sola pregunta. Y sobre lo que no me atañe me niego a dialogar: o sobre ti, o sobre nada. Recuerdo un día en tu exposición. Ella me observaba, acaso con amor: yo lo notaba sin verlo. También yo la miré de hito en hito. "¿Qué pasa, mamá?" Sus pupilas cambiaron de tamaño para enfocar los cuadros situados a mi espalda. "Nada —dijo—; miraba los cuadros. Es para eso para lo que se viene a una exposición, ¿o no?" No comprende que *siento* cuando me mira. Sin embargo, esa noche algo molestó a mi *otra parte*; se sucedieron paranoias y azogues; no respiraba bien. Tenía que habérselo dicho a grito herido: "Perdí el amor. Nada me interesa ya. Siento mucho que no te lo hayas quedado tú. Mi deseo fue retenerlo para mí, pero si mi Karma era perderlo, no me importa quien se lo lleve." Sin embargo, sí me importa. Maduré un poco más... Cuánto os desprecio a todos.»

¿Cómo era posible que el mismo hombre, bastante

vulgar, que llamó la atención de ella de una forma totalmente vulgar, fuese el de estos papeles, del que su hijo dependía, del que dependía su luz y su vida y su equilibrio y sus suplicios, y del que, sin duda, dependió su muerte? Sólo pensar que había representado un papel de adversaria en la lid amorosa de su hijo era para Palmira un desconcierto, semejante en dimensiones al desconcierto que estos papeles transmitían.

«Las muelas no han dejado de dolerme desde antes de llegar. "Mal de amores", me hubiera dicho el ama. Y lo creo, lo creo. Aumenta mi dolor si como dulces, porque la glucosa pasa inmediatamente a circular en sangre y el metabolismo de los microorganismos se dispara por el efecto Pasteur, y proliferan y molestan; pero a la vez el dulce calma mi desazón. Necesito el dolor. No me cabe duda de que tú estás implicado en él. Gracias por tu colaboración: como maestro, no me resuelves los enigmas, sino que me los multiplicas; como asesino, no acabas de matarme; como objeto de mi amor, lo que más te preocupa es herir al sujeto...

»He estado con mi padre. ¿Es él también la causa de mi desazón? Me había invitado a comer; yo fumaba sin parar y él me lo afeaba. He vuelto de Madrid con tan poca inocencia... La magia me ha castigado por someterme a tu prueba y querer vivir sin dinero teniéndolo: ahora la comida es otro azogue. Necesito comer sin parar para calmarlo; dulces más que nada. Durante la comida, mi padre jugaba con la magia: en el momento en que se daba cuenta de que pensaba lo que él pensaba, corregía su pensamiento. Llegó Helena con su marido y su hija, y yo me eché a llorar. Mi padre me consoló, porque se vuelca en el dominio no aparente de sus hijos para asegurar su descendencia y su vida a la vez. Él sabe que he matado a mi madre, pero no a él, porque no sé cómo hacerlo, salvo que me mate a mí mismo. Su dominio y su arte, contra lo que mi madre cree, son más sutiles que los míos: él no habla absolutamente de ningún tema que no sea trivial en mi presencia; yo tampoco lo hago. Por saber de mí desde siempre, ignoro el conocimiento que tendrá sobre mí y en función de qué fragmento de él me controla. ¿Quiere sacarme lo que sé? ¿De su separación? ¿De mi sexualidad? Estoy convencido de que lo sabe todo; creo que ya desistió del tema, pero sigue jugando conmigo. Sobre mi homosexualidad le di toda clase de rastros, y no supo utilizarlos. O no le dio la gana: es más cómodo ignorar.»

Palmira se planteaba si debía mandar estos papeles a Willy. Él tendría que saber cómo fueron de tenebrosos y atormentados los últimos meses de Álex. Incluso tendría que saber que a él también lo acusaba, y de qué lo acusaba: las cargas han de ser compartidas... Pero ¿no era quizá eso sólo una forma de aliviar la suya? Y, por otra parte, después de todo, ¿qué se remediaría?

«Hace un rato hablé con el ama: ésa es también *otra parte*. Los muertos sólo pueden contestar sobre la abstracción y la esencia. Le pregunté sobre la obsesión de mi madre respecto a mi muerte y mi asesinato. Yo podría escribir las paranoias de mi madre, pero no tengo tiempo. Ahora reflexiono sobre si será ella la que me domina y me estudia con la magia a cada instante. En Nochevieja estábamos los dos solos, y fue su pensamiento el que, durante las desgarradoras doce campanadas, se introdujo en mí para adivinar mi deseo. Tú estabas minutos antes en mi pensamiento; pero luego sólo estaba la muerte. Quizá la mujer lo captó y me alargó la mano a través de la pequeña mesa que nos separaba (nos separaba todo), y un fuerte azogue comenzó a agitarse en mi pecho. Es la prohibición impuesta: todo me está prohibido ya, también la vida. Durante los últimos días ella había insistido mucho sobre el desarrollo de esa Nochevieja, sobre el tiempo que duraría nuestra tertulia, sobre las esperanzas del año nuevo... Sigue jugando con la magia: sabe que no hay nada que hacer y, a pesar de todo, trata de dominarme. ¿Por qué no hablamos, ni esa noche ni nunca, de lo único que vale la pena hablar? Tú y la muerte.»

Los reproches se hundían como puñaladas en el corazón de Palmira, y el afán de dar a cada movimiento, a cada palabra, a cada proposición un análisis enfrentado y homicida. No; ella no podía aceptar tales inculpaciones: nada más lejos de su cabeza y de su corazón que dañar a su hijo. Esta querella postrera, este careo torturador, carecía de significado. Pero cuánto dolía.

«Aunque te escribo cartas, la *otra parte* me impide enviártelas. Mi *otra parte* anda cada día más en mí. No sé cómo la sociedad no acepta la existencia del diálogo con el pensamiento y cuanto ella implica, ni la existencia de la *otra parte*, que no se menciona ni se tiene como la realidad más que evidente que es. Tú dices que la *otra parte* son las paranoias de otros seres existentes o existidos. ¿Cómo fui tan ingenuo (era inocente) que seguí tus invitaciones? Quise saborear la fruta del árbol prohibido, o era mi destino que la saboreara, y eso mi *otra parte* no me lo ha perdonado...

»Tenía gana de hablar. "Al menos, con las plantas", me dije. He bajado al jardín, y está de luto. Me duele el corazón. ¿Por qué juegan conmigo? Estoy metido en un laberinto del que no sé salir, y la espiral que me arrastra me sume en un frío inacabable, que ni abarco ni entiendo. Me he perdido en la esencia de la ameba. Se cumplió tu sueño dorado: no volveremos a vincularnos más. Ya todo es tuyo. Sólo con tu beneplácito me es dado escucharte; te alejas para siempre; ya eres tú mismo de nuevo... Ya te liberé de mi carga. Ya no consigo, aunque lo intente, reclamar tu pensamiento. Ya no consigo, aunque lo quiera, gozar tu sensibilidad. Ya has regresado con los tuyos... Sólo hay puertas cerradas.

»"Déjate poseer por Jesucristo", me recomendó un cura en el colegio. ¿Te das cuenta del significado real? Eso era el amor. Querías que hiciese lo mismo contigo, y yo llevaba meses haciéndolo, y te negabas a recibirme cuando iba a ti, y yo estaba poseído por ti en la ausencia, y sólo quería que me enseñaras a estar poseído en la presencia...

»Fue aquel día que te dije antes. Sólo me quedaba la sexualidad. Y ella puede satisfacerse hasta con la masturbación; pero ¿a quién erigir en el otro extremo del deseo? De ti, estaba huyendo; había bajado tantos escalones en los días anteriores que no aparecía nadie deseable, por mucho que trataba de evocarlo, para que en mi pensamiento me excitara. Hasta la masturbación estaba en contra. Fui a casa de una amiga... Lo que sucedió todavía me duele el alma al recordarlo. Al fracaso del alma, igual que un perro, siguió el del cuerpo.

»Es *la otra parte* lo que con la droga se persigue: el interés de penetrarla, de acercarse lo más posible a la frontera. *La otra parte* llama: si eres valiente, vas; si no te atreves, queda el sistema. Ayer de madrugada, tras terminar para nadie estas hojas, pedí a *la otra parte* que me despertara temprano para poder hacer todo lo necesario. Dormí como si tuviera dentro un reloj: acabo de despertar. Tu azogue apareció nada más abrir los ojos: sabía que estaba despierto en cuanto pensé en ti. Los picores en la cabeza que la mujer me provoca han desaparecido. No así el dolor en el corazón. Hoy, el último día, es la mujer su causa: hasta en esto me vence. Es mi castigo por mi atrevimiento al matarte y no seguir tus consejos. Hacia allá va el destino; en ti permanece mi anhelo. Todo yo fui naufragio. En mi corazón te ha sustituido la mujer.»

¿Cuál era el sentido secreto de esta última frase? ¿Quizá una reconciliación en el momento en que todo se cerraba? Así lo deseó Palmira con una ardiente y acerada vehemencia. Palmira, que había leído, de sorpresa en sorpresa, de temblor en temblor, aquel cúmulo de estremecimientos que le llegaba hoy de la *otra parte*. ¿Estaba su hijo loco cuando escribió estas páginas? Quizá todos estaban locos. Porque, si no, ¿cómo es incapaz un ser humano de descubrir que, a su lado, otro ser humano está viviendo en el infierno? «Y ese ser era mi hijo.» La consternación le impedía llorar; el desmesurado asombro la escudaba hasta contra la expresión del dolor. Era como si se tratase de alguien desconocido que llevásemos dentro: el personaje de una siniestra novela que se lee.

En aquel cajón todo andaba revuelto, como en aquella vida. Quiso apartar de él los ojos, pero no lo logró. Había cartas dirigidas a profesores, borradores de versos, bocetos, amenazas entre exclamaciones dobles y triples. Palmira pasaba su mirada por renglones sin sentido, pero con sangre...

«La caracterización de las adhesinas debemos realizarlas no sólo con los aislados nosocomiales seleccionados, sino también con las cepas manipuladas, ya que conjuntamente darían una valiosa información sobre la localización genética, cromosómica o plasmídica, de las propiedades y factores que influyen en la adherencia e infectividad microbiana...»

¿Qué era aquello? Palmira no sabía. No sabía nada ya. Se encontraba en el colmo del terror, como la mujer de Barba Azul al abrir el cuarto prohibido. No respiraba sino muy débilmente, como si temiese despertar al fantasma.

«Mamá, mamá —leyó en una nota apaisada—, temo caer porque no sé nadar.»

¿Y dónde había estado ella? ¿Dónde miraba para no ver a su hijo ahogándose? No le cabía la menor duda de que Álex había encontrado por fin la vía más corta.

«La caracterización de las cepas, según el factor de hemaglutinación...»

Dio la vuelta al papel. Detrás, sólo tres líneas:

«Os lo digo a vosotros, porque conozco vuestra inquietud: no ceséis en la búsqueda.

»Esperad, no desesperéis:

»La vida está muy cerca.»

Y luego:

«Hasta el siglo XIX era posible para un ilustrado sobresalir en distintas y variadas áreas del conocimiento; pero cada día fue haciéndose más necesario limitarse a una parte del saber si se deseaba profundizar en él. Se impuso la especialización como la vía más correcta para acercarse a la ciencia. Durante este siglo, el aumento de los conocimientos científicos de los distintos campos de la biología obligó a la institución de la microbiología como...»

Entre una colección de sueños de amigos, alguno de cuyos nombres Palmira conocía, saltó una carta breve, cuya letra le era conocida también:

«Álex: no quiero saber nada más de ti. Lo sucedido entre nosotros no volverá a repetirse. Ahora vivo con un compatriota con el que me iré a Madrid la próxima semana. No intervengas en nuestra relación. Bastante daño me has hecho ya. Hugo Lupino.»

Había estado ciega. ¿O había preferido estar ciega? Álex lo intuyó bien. Ahora, descorridas las cortinas, aparecían el mal y el amor y el odio y la soledad de una criatura con una claridad que la cegaba...

Alguien había apagado el radiador de aquella habitación. Palmira sintió más frío que antes. Fue hacia la sencilla chimenea de mármol blanco. En cuclillas, con la manta arrastrando, comenzó a encenderla. Siempre se había dado maña para eso. Sus gestos eran maquinales: hasta que no brotó la llama entre los leños, no se dio cuenta de lo que estaba haciendo. Acto seguido tomó, también maquinalmente, los folios y las cartas de Álex, y los fue echando al fuego. Que el fuego de tanto padecimiento alimentase éste de ahora, purificador. Al ir ardiendo con llamas azuladas el martirizado testamento de Álex, le parecía a Palmira que, de una manera incomprensible liberaba a su hijo y lo recuperaba. Como si la *otra parte* estuviese al alcance de su mano, y ella y su hijo habitasen allí en donde les era dado fundirse al uno con el otro, y en donde no hace falta dar explicaciones.

Sentada en el suelo, ante las llamas, recapacitó. Había estado subiendo una agobiante escalera de caracol, cuyos peldaños eran sucesivos y cada vez más agudos pesares; previendo siempre el fin de la agonía, y la agonía no cesaba. Y vislumbró que acababa de llegar al ápice de su calvario, a su personal Gólgota. Tenía los ojos secos de tal forma que le escocían; ni la proximidad del fuego, al que miraba fijamente, lograba humedecérselos.

«Hay quienes opinan que las emociones de la mujer sólo tienen por fin producir una respuesta en los demás. Quizá lleven razón. Quizá una mujer solitaria, que carece de quien la consuele, no llorará.»

Ahora comprendía qué baladí era toda aquella caroca del desvanecimiento de su juventud; qué vano el peso del declive de su vida que se había echado encima, contemplándose siempre a través de los ojos ajenos. «La vida está muy cerca.» Sus circunstancias eran sencillas y extraordinariamente favorables: tenía que estar, en el fondo, muy agradecida. Lo único que le quedaba por hacer era una especie de limpieza de otoño, como la que se realizaba en Santo Tirso después de los veranos en Sanlúcar: quitar el polvo con sosiego para no provocar ningún estropicio; destapar cuadros, espejos, muebles; dar cera a los que se hubiesen resecado; barrer las telarañas de los altos techos, arrastrar las de los rincones; revisar las puertas, las grandes cerraduras, los pequeños pestillos; aprestar las chimeneas y los calentadores... En una palabra, disponer la casa de siempre para una estación nueva, que no deparará grandes sorpresas. Y eso, tan simple, la había llevado a apartar la mirada del calvario de Álex.

Se sorprendió hablándole a su hijo con una voz muy suave. Le pedía perdón:

—La vida está muy cerca; pero yo no lo estuve.

Ahora sí que confirmaba que el nido se había vaciado. Todas las madres de la naturaleza enseñan a volar o a trepar y a valerse a sus hijos antes de que abandonen el nido o el cubil. «Todas menos yo.» Mucho antes de que fueran jóvenes ya de hecho, Palmira había visto jóvenes a sus hijos, incluso se había despedido de ellos con la imaginación. Luego, cuando vino la realidad, no supo estar con ellos. O no acertó. Se sentía culpable, y al mismo tiempo la inundaba una última serenidad, como si la vida lo asumiese todo: la injusticia, el desacierto, la negligencia, la imprevisión, todo, y también la muerte... No existen los culpables verdaderos. Mientras exista el mal, o no será Dios omnipotente o no será misericordioso. Ni el bien ni el mal se hallan del todo en nuestras manos. Nadie es bueno ni malo en absoluto. Ahí estaba, como prueba, ella, la Palmira falleciente, que había pecado por omisión contra su propia sangre sin saberlo. Ahí estaba la Palmira recién nacida, a la que por fin le habían puesto tan doloroso nombre, acaso porque la familia de su padre prefirió comprometerse menos: ¿qué pecado y de quién, venía a sancionar aquella vida inútil, aquella imposibilidad de no significar nada para nadie?

Todas las madres lloran sobre la juventud perdida de sus hijos; pero sólo las más desdichadas lloran por la muerte del hijo. Aquel taladrante martillo era tan excesivo e insufrible, la dejaba de tal manera en carne viva, que, por una indescifrable contradicción, la pacificaba. Como quien pierde el sentido y se libera. Al rebosarla, la congraciaba consigo misma: con tal dolor había pagado todas sus deudas. Su duelo había sido aceptado, o ésa era la impresión que tenía...

Quizá llegó conducida por alguien de la *otra parte* al cajón del bargueño para recibir al mismo tiempo su absolución y su condena. Ahora estaba dispuesta a encararse con lo que el futuro, que suplicaba corto, le deparara. Era su instante más definitivo: tenía la persuasión de que una penitencia se le impondría, pero, más que por sus responsabilidades, por el error de haber sobrevivido a su hijo: un error que ella repudiaba y del que se hacía la ilusión de no ser la causante. Su sangre se había metido en un callejón sin salida. Percibía, como una auténtica muerte, el final de la vida que hasta ahora llevó. Pero también percibía, sin ningún raciocinio, que la muerte es parte de la vida, y que nada la autorizaba a compadecerse ni a llorar sobre sí misma.

—No —dijo en voz alta ante una ventana—. No; el jardín no está de luto: está tramando una nueva primavera. Somos nosotros los únicos que no lo presentimos.

«Ahora estoy sola. Soy responsable de mí misma, de nadie más. Por fin. No podré acusar a nadie de nada en adelante; tampoco me haré cargo de los yerros ajenos... Tengo un cuenquito de sabiduría con el que iniciar otra vida, otra primavera después de tanto falso verano. Una vida que intentaré hacer más rica, más generosa, más impenetrable también, y más caótica y más precisa que la que acabo de vivir.»

Era igual que si hubiera muerto con su hijo, y hubiera resucitado en ella su hijo. Aquello le daba el empujón que siempre es preciso para asir el último influjo de la vida, la última primavera. Morir cada día, renacer cada día: sin albergar pretensiones más prolongadas. «Hay que aprender a perder una cosa minúscula cada mañana o cada tarde: el número de un teléfono que se extravía o que no se recuerda, un guante, alguna llave, la hora de la cita con el electricista... Luego se aprenderá a perder algo que importa más, o que nos lo parece. Así me iré acostumbrando, poco a poco, a perder todo hasta perderme a mí... Y no pasará nada; no hay que hacer aspavientos. Porque lo malo, ahora lo sé, no es tanto perder como el temor a perder. Es eso lo que nos amarga, día tras día, la vida, que una vez que se da no se nos quita...»

Casi escuchó una voz o un estremecimiento dentro de ella, que le sugería: «Hay que atravesar el jardín. Hay que ir, más allá del jardín, entrando suavemente en la sombra.»

En el jardín atardecía. No había comido. A nadie se le había ocurrido buscarla en el cuarto de su hijo. Palmira entrecerró los ojos y suspiró. Tuvo la certidumbre de que ya no deseaba que nadie se fijara en ella, sino fijarse ella en todo lo que no había visto hasta ahora: la difícil hermosura y la pesadumbre del mundo, el júbilo y la aflicción de sus criaturas. ¿Cómo echar al olvido la sangrante mortificación de su hijo, y la recién estrenada tribulación de su hija? En adelante saldría de Santo Tirso con la seguridad de que nadie iba a volver la cabeza a su paso; de que empezaría la gente —ya empezaba— a no reconocerla; de que llegaría a convertirse en alguien invisible que lo presencia todo... Y agradecía este flamante e inopinado don de no tener que ser esto o lo otro, sino ella misma, Palmira, madura por fin —tan tarde—, sola, abstraída y presente.

A paletadas, las sombras expulsaban a la luz del jardín. Ante esa lucha, evocaba Palmira, con ternura y pudor, a aquellas mujeres que se dejaban la piel por seguir pareciendo jóvenes hasta el fin; a aquellas que, por no haber sido preparadas, tropezaban con los fantasmas de cuyos largos brazos ella había conseguido escapar. Y evocaba a las que, obligadas a un trabajo incesante, no encontraron el tiempo de sentarse a llorar un poco, o a echar de menos lo que nunca tuvieron, la víspera de perder la última oportunidad de conseguirlo. Y evocaba también, con solidaridad, a las muy mayores, que sólo aspiran a vivir una migaja más, hasta el anochecer del mismo día, con una mano al alcance de la suya y alguien que ría cerca. Y a los amantes, tan sumidos uno en el otro, que no advierten la abrumadora presencia del mundo...

El lubricán se llevaba en su bolsa las finales luces delicadas. Palmira se oía a sí misma, libre de uno y otro extremo, entre la juventud que sólo ansía, y la vejez que ha renunciado; entre la juventud que ignora cuanto no sea ella misma, y la vejez, que envidia casi todo; entre el todavía no y el ya no. Y se veía con la posibilidad de tender sus manos a un lado y a otro lado, y de distinguir, con muchas probabilidades de acierto, lo verdadero de lo falso.

4

Hacía un sol tibio y lleno de esperanza. Algunos insectos se mecían en él. La tarde era preciosa y quebradiza, como de porcelana. La niña de Helena dormía de lado en su cochecito; junto a él, dormía también el viejo Juba. Se deslizaban los minutos sin que Palmira y su hija recuperasen una conversación entrecortada, que las unía y las desunía desde antes de almorzar. «¿Qué ha pasado entre nosotras? Helena me imputa cuantas desgracias han ocurrido en esta casa y son ya tantas... He de tener con ella una enorme templanza.» Palmira, desde niña, era partidaria de afrontar con valor las situaciones esquinadas, y derogar la oscuridad dejando entrar la luz; pero vacilaba ante su hija. Temía razonablemente que si no obraba con delicadeza, acaso se rompiesen los lazos que aún subsistían, muy precarios, entre las dos.

Se inclinó y acarició con un dedo la mejilla rosada de la niña.

—No la despiertes, mamá. Ya tendremos tiempo de aguantarla después. De noche es imposible, pobrecilla.

—¿Qué sabes de tu padre? —preguntó Palmira, más que nada por no dejar estancarse otra vez el silencio.

—Bien, está bien. Ha envejecido: tiene las sienes llenas, llenas de canas. Pero bien. Tan simpático como siempre. —Hizo una pausa, que Palmira temió que se alargase como las anteriores—. Si no fueras como eres, te diría que creo que bebe un poco. Un poco sólo, ¿eh?, pero se le nota; yo por lo menos se lo noto.

—Lo siento de verdad —murmuró Palmira, y refugió su mirada en los redondeados mioporos de hojas brillantes y apretadas. Tras ellos, los almeces, cuyos menudos frutos disparaban de niños con una cerbatana...

—Va con frecuencia a ver a la niña. —Helena se interpuso en el recuerdo de su madre—. Cada día con más frecuencia. Supongo que ve en mi casa lo único que le queda de familia.

—Así será. —Palmira no quería caer en ninguno de los motivos de discusión ni de contradicción que su hija le suministraba—. Quizá se encuentre solo. —Hubo un silencio muy breve esta vez—. Como todos.

—Yo no, mamá. No te empeñes en contagiarnos a todos. Yo estoy con la niña y con Nacho, que es un marido perfecto.

Palmira estuvo a punto de repetir el villancico del ama.

El niño Jesús
nació en un pesebre:
donde menos se espera
salta la liebre.

Pero se contuvo a tiempo. En cambio, dijo:

—Me alegro tanto por ti.

—¿Por mí sólo mamá?

Palmira no acertó con lo que había dicho para merecer esta nueva amonestación; tardó unos segundos en hilar una respuesta.

—Por ti y por todos, Helena. Está claro que ni tu padre ni yo podemos desear más otra cosa que la mayor felicidad para ti. Y cuanto más compartida sea, mejor. El hecho de que tu padre y yo estemos separados no significa que no coincidamos en lo esencial, que sois vosotros. —Se le estremeció un segundo, al corregirse, la voz—. Que eres tú y todo lo tuyo.

Se hizo otra pausa prolongada. Helena fingió abstraerse en la labor de punto rosa en la que se entretenía. Palmira se sintió envuelta en la tarde como en una toquilla hecha a su cuerpo: cruzó los brazos y se apretó con ellos.

—¿Tienes frío? —preguntó Helena—. ¿Crees que empieza a refrescar para la niña?

—Todavía no. Mientras haga sol se estará bien. Éste es el rincón más resguardado del jardín. Cuando yo era niña, en las vacaciones de Navidad, jugábamos aquí. —Por encima de las cúpulas de los mioporos, sobresalían impávidos los cipreses. Se presentía, se olfateaba todo el jardín alrededor dispuesto a emprender la gran aventura de la primavera. Palmira, cosa muy rara en ella, no lo anhelaba con la misma fuerza de otros años. Se le antojaba suficiente este clima sosegante y templado. Los fervorosos envites de abril y mayo le provocaban hoy una leve aprensión. Las fiestas de la ciudad tan insolentes, el gozo superficial y colectivo que pondría tan al descubierto sus carencias...—. Jugábamos aquí, a la espera de las voces del ama llamándonos para la merienda...

Las oía ahora mismo. Se veía ahora mismo con los lindos trajes livianos aun en invierno, con las cintas desatadas, y los zapatos de charol llenos de tierra. Alguno de los chicos, quizá Artemio, acababa de tirarle del pelo, y ella le había respondido con una bofetada tragándose las lágrimas, y Carlos, el hermano menor, cerca de Eulogio, que iba a morir tan pronto... Pero ¿por qué no recordaba nunca qué hacían sus hermanas? Porque estaban allí. Se había dicho *jugábamos* y se refería a ellas; pero no las *veía*... Se obligó a volver a la realidad, y continuó:

—Un día, tu tío Gonzalo, jugando al escondite, eligió el laberinto. Y como es tan patoso, cuando nos llamó el ama...

Se dio cuenta de que Helena no la escuchaba. Se

interrumpió un momento para ver si levantaba los ojos de la labor, pidiéndole con ellos que siguiera. No fue así, y persistió en silencio. Dejó pasar dos minutos, que se le hicieron interminables. Le daban ganas de meterse en la casa y dejar a su hija fuera con sus agujas. Ésta fue la causa de que lo dijese sin pensarlo, sin preverlo, porque ella misma se turbó cuando escuchó su voz al decirlo:

—Estoy considerando la posibilidad de vender el jardín y la casa. —Por fin los ojos de Helena dejaron la labor y la miraron—. Representan un lujo demasiado grande para una mujer sola. Los gastos son muy altos... —Dio una leve marcha atrás—. Yo podía irme a vivir a Sanlúcar. O tomar un pisito en Sevilla, como el tuyo... Tú serías la que vendieras, por supuesto. Todo esto es tuyo ya.

—Vayamos por puntos, mamá. A mí no me parece mal que se venda esta barbaridad: es mastodóntica, y sospecho que te encuentras más sola aquí que en otro cualquier sitio. Y no me parece mal que lo hagas tú, desde luego: tú fuiste quien se dio el capricho de tenerlo, y creo que has de ser tú la que lo venda. No seré yo quien cargue con el mochuelo de deshacerme del *patrimonio familiar*. —Lo dijo con un retintín que hirió a Palmira—. En cuanto a tu situación económica, es lo de menos. Supongo que la clave no está ahí: puedes vender algún cuadro, o parte de la plata. O hasta hacer lo contrario: vender la casa de Sanlúcar, si es que ésta te es imprescindible o te va a causar una gran pena salir de ella... Lo que sí quiero dejar claro es que, si lo que me dices de tus escaseces me lo dices para que yo traslade el mensaje a papá, te equivocas de medio a medio. No voy a hablarle nunca de este tema. Él es, *por ese lado*, muy amable conmigo. Aunque yo no lo necesito, porque Nacho tiene un buen sueldo y gastamos muy poco. Pero papá es muy gentil, y no quiero echarle otro muerto en lo alto. Bastante está pasando con estos años de sequía.

Palmira la miró intensamente, con curiosidad más que con ojeriza, antes de contestarle:

—La que te equivocas, como casi siempre, eres tú, Helena. Si quisiera algo de tu padre (oye bien lo que te digo: algo, cualquier cosa, lo que fuese), me bastaría llamarlo por teléfono. Supongo que ya sabes que, entre dos personas que han convivido maritalmente, puede decirse todo cara a cara. Por mal que haya ido el matrimonio, no necesitan recaderos...

—Quizá, si os hubieseis dicho todo cara a cara, no estaríais separados.

—Eso se lo dices a tu padre mañana, cuando vaya a verte, tan gentil. Precisamente fue por su falta de lealtad por lo que me separé de él... Y no me gusta el cariz que está tomando esta conversación. —De repente, se afirmó en lo que de improviso había arriesgado sin saber todavía por qué—. Lo que deseaba decirte te lo he dicho: es probable que deban venderse el jardín y la casa. Espero que los cuadros y los retratos familiares tengas algún interés en quedártelos tú.

—¿Para colgarlos en mi *pisito*, como tú acabas de decir?

—Lo siento, Helena. —Miró hacia abajo. Recorría el albero una interminable procesión de hormigas—. Tienes la virtud de sacarme de quicio. Agarras siempre el cazo por donde quema... Si se vende el jardín, con el importe podrás comprarte otro *pisito* muchísimo mayor.

La ironía se quedó temblando, como una saeta, en el aire. La tarde se había echado a perder: ya no era una toquilla confortable. El cielo tomaba en el poniente un tono sonrosado. No había ni una nube. Por la parte de Sevilla, una falsa bruma velaba la lontananza, hasta fundirse con el horizonte. Se oía apenas, como un difuso sonsonete, un coro de niñas que cantaba lejos. «Lejos, como todas las niñas.» Palmira se puso en pie y se dirigió al cochecito.

—Voy a pedir que nos sirvan el té. Dentro, si te parece.

—Deja, yo llevaré a la niña.

Palmira volvió a acariciarla sonriendo. Luego dio

un grito a Juba. El perro, como siempre, la miró entusiasmado y sorprendido, igual que alguien que ha dado una cabezadita y teme haberse perdido el meollo de la conversación. Se incorporó moviendo el rabo, como si hubiesen sido sus amas las que hubiesen salido y volviesen ahora. Palmira puso su mano sobre su cabeza, y avanzó por la no muy ancha calle de moreras que conducía a través de esa parte del jardín, a la casa.

Cuando se fue su hija —«No he avisado a papá y suele aparecer de siete a ocho»—, Palmira suspiró como quien escapa con salud de un mal paso. Luego movió la cabeza, chasqueó los labios, cogió a Juba por el collar y entró con él en la biblioteca.

Quizá la biblioteca y el jardín serían lo que echase más de menos cuando todo se le escurriese de las manos... Sonrió al constatar cómo ella misma se había creído ese disparate de vender el jardín. Sólo lo había dicho para espolear a Helena y ver su reacción. Y su reacción no podía ser más favorable a la venta. «Esta niña está falta de raíces. No le interesa nada.» Ni a nadie, reconoció en seguida. Todo esto era, seguía siendo, una tozudez suya.

Se sentó cómodamente bajo una gran pantalla de pergamino. «En último término, puede que no fuese ninguna tontería.» Casi se asustó al notar que hasta ella aceptaba la idea como factible. «Has perdido ya tanto, que una cosa más...» Pero no se trataba de una cosa más: era toda su vida. Palmira ensayó ponerse trágica, darle mucha importancia a ese razonamiento. Y no lo conseguía.

«No pasará nada. No te pasará nada por vender el jardín. Más que otra cosa, es un símbolo.»

—«Claro, de ahí que tenga el valor de los símbolos.»

—«La época no está para simbologías. No lo estaba cuando la hacienda de olivar se vendió, y mucho menos hoy.»

—«Mientras yo viva...»

—«Qué afición a las grandes palabras.»

Juba, de improviso, interrumpió su diálogo consigo misma. Palmira dedujo que quería hacer pis.

—Si acabas de entrar, Juba.

No; no era eso. Vacilaron sus patas al incorporarse. Depositó con una confianza indescriptible la cabeza sobre sus rodillas; la miró con los ojos azulosos, velados e inocentes.

—¿Cómo me estarás viendo tú, perrillo bueno, a través de tus cataratas? —Juba meneó con solemnidad el rabo. Palmira acarició aquella gran cabeza anciana y negra—. Tú y yo somos los que más echaremos de menos el jardín.

Volvió a su contienda. ¿Rendirse? No había derecho. Era preciso no darse por vencida. Al fin y al cabo, nadie más que ella había hablado de vender. Quizá incluso ahora a sus hermanos forrados de millones no muy limpios, les vendría bien conservar Santo Tirso como una especie de consigna de familia. Los ricos siempre se aficionan a escudos, hidalguías y árboles genealógicos, aunque los hayan tenido de verdad antes de enriquecerse.

Juba había salido de la habitación por la puerta entreabierta. Palmira se levantó para elegir un libro, pero le dio pereza leer. Tras los cristales acechaba la aterciopelada noche del jardín. «Quizá no hay mejor forma de conocerte, jardín mío, que volver a soñar lo que soñaron quienes te tuvieron y te amaban en los mejores momentos de tu historia. No te traicionaré.»

Se sentó de nuevo y entornó los ojos. Cuando se quedaba sola le gustaba recordar a Álex y al ama. Los imaginaba juntos, sabiéndolo ya todo y perdonándolo, sin que fuesen precisas más palabras, más escriños, más confidencias, más tergiversaciones. Álex tendría su cabeza ya en orden, tranquilizada e indulgente como casi siempre la tuvo. Quizá la comprendiera, la exculpase, la sostuviese desde arriba. «Porque es arriba, tiene que ser arriba, donde están.» Y el ama, igual:

pacífica, sabia y animosa. «Estoy convencida de que lo mejor que tengo que hacer, de que todo lo que me falta por hacer, me será dictado.» Quizá su error más grande había sido el de no abandonarse: razonar, razonar, no abandonarse. Lo que se decide en la pura vigilia, con pura lucidez, suele ser una equivocación: más que lo que se decide por instinto. La parte animal del hombre es más sagaz que la racional, precisamente porque no se enreda sino que se deja llevar. «Me dejaré llevar, distinguiré las voces más queridas en medio de esta bullanga. Las distinguiré y las obedeceré.»

Le sucedía ahora casi todos lo anocheceres. Se quedaba bajo la apacible luz de la pantalla, recogida en sí misma, en un estado neutral entre el sueño y la vigilia —«traspuesta», como habría dicho el ama— meditando pero sin insistir, permitiendo que su mente fuese y viniese, no mente pura ya, sino una pequeña luz apenas encendida... O en la oscuridad de la sala, cuando la gran luz de fuera desaparecía en el crepúsculo. Sola y acompañada. Con sus recuerdos, con sus queridos muertos que, sin saber por qué, dejaron de estar a su lado y, sin saber por qué tampoco, volvían ahora. Después no estaba segura de haber hablado con ellos, ni de qué le habían dicho, ni si le hacían alguna sugerencia. Quizá al día siguiente brotase dentro de ella como una idea personal... Pero ahora Palmira estaba en paz, casi dichosa y casi triste, con una respiración menuda y una vida latente, hasta que algo, tampoco sabía qué, la despertaba, la traía de nuevo a la biblioteca o a la sala, y ella respiraba hondo, se pasaba la mano por la frente y el pelo, se encogía de hombros, y recuperaba el ritmo de las cosas ordinarias.

A la hora de cenar, le preguntó a Ramona por Juba: el perro era ya el único que le hacía compañía en la mesa. «Al final, lo estoy maleducando.» Alargaba la mano y le daba porciones de comida: picos de pan, cuyo ruido al masticarlos le encantaba; los bordes de un filete; un canapé: algo de lo que ella comía puesto sobre una rebanada de pan...

—Juba, tu canapé —le gritaba, y el perro lo comía todo como si advirtiese que a su agradecimiento correspondía su dueña con el suyo.

—Desde que se fue la señorita Helena, no lo hemos visto.

Palmira, sin prisa, retiró de la mesa el sillón. Depositó en ella la servilleta. Fue hacia su vestidor. En un rincón vio a Juba tendido sin abujar. Un perro hermoso, esbelto, grande...

Supo que estaba muerto. Supo que en la biblioteca se había despedido de ella. «Como siempre, he llegado demasiado tarde.» Se arrodilló. Aún no estaba del todo frío. Se sentó en el suelo y puso en su regazo la cabeza de Juba. «Todo se va. Todo se me está yendo.» Pensó que el ama y Álex eran unos egoístas y que tiraban también de Juba hacia ellos. Pero ¿es que existían el cielo o el infierno? Qué le importaba a ella. Juba estaba ya con Álex, con el ama, con todos los demás... «¿Cómo los ojos que me han mirado hace nada con tanta devoción podían morir para siempre? Los ojos y la devoción no mueren nunca.» Acariciaba una y otra vez la cabeza, la ancha frente, el entrecejo de Juba. No había sufrido; había pasado desde un sueño a otro sueño; pero algo le previno de que iba a sucederle algo muy grande, y él se retiró a solas, sin miedo, para esperar tranquilo.

«Juba, niño pequeño. Ahora vas a correr, ya estás corriendo, por otro césped y por otro jardín, joven ya para siempre, sin toses, sin achaques... Yo seguiré escuchando tu ladrido que revolucionó tantas mañanas de mi vida. Te quiero, Juba, amigo mío, secretario mío.»

Sentía Palmira su garganta apretada: cosas de mujer tonta. Juba estaba perfectamente ahora, sin sus fatigas ya, sin su sordera, sin sus cataratas. «Más feliz que conmigo. Tendrás a la pesada del ama y al querido Álex, diles que no me olviden; que me han dejado sola; que me habéis dejado tan sola cuando más falta me hacíais...» Acariciaba la cabeza, los párpados cerrados, las orejas rendidas. «No podré reñirte más cuando te sacudas a mi lado, ya vestida, mojado por la lluvia. Vocearé tu nombre en vano, porque no vendrá nadie. No escucharé tus pezuñas sobre la madera, ni te veré más resbalar sobre el mármol encerado, llevándote las alfombras, eso que me daba tanta risa aunque tú me miraras con cara de reproche... No dura nada, Juba, ni la alegría, ni el miedo, ni la vida. Si nada dura, ¿por qué va a durar la muerte? Te repito lo mismo que a Álex, díselo tú: te quiero, Juba, mucho más de lo que he sabido expresar. Nadie te sustituirá. Hasta pronto. Hasta muy pronto.»

Tocó un timbre. Entró Damián, y se hizo cargo en seguida de lo que ocurría. Con la voz empapada, se lamentó:

—Señora, ay, señora.

Palmira le dio con la mano abierta unos golpecitos en la cara. El criado rompió a llorar.

—Vamos a enterrarlo, Damián. Debajo de la mesa grande del laberinto: allí estará tranquilo. —Pensaba en los posibles futuros dueños del jardín—. Bien hondo, ¿sabes? Por lo que pueda suceder.

—¿Después de la cena, señora?

—No cenaré, Damián. —Los ojos de Palmira se llenaron de lágrimas—. Avísame cuando la fosa esté cavada. Manuel conoce el laberinto casi mejor que yo.

Se dio cuenta de que había tuteado al mozo: «Está bien. Así tendría que ser.»

La temperatura había caído con la noche. Palmira cogió del vestidor, cuando la avisaron, un chal grueso de lana y una linterna. Sentada en la silla baja de anea estuvo entretanto velando a Juba.

Todo el servicio de la casa acudió al entierro. Palmira iba delante. Avanzaron entre las altas paredes vegetales del laberinto. Ni la noche podía extraviarla. Cuántas cosas habían sucedido allí. Cuántas risas perdidas, cuántos pasos que no dejaron huella. Entre Damián y Manuel transportaban el cadáver de Juba en una sábana. Magdalena y Ramona llevaban unas velas en las manos. Los mochuelos, en los escasos olivos que aún quedaban, se llamaban y se requerían. La noche estaba quieta y no demasiado fría. La luna, menguante, alta y con halo. Unas pocas nubes navegaban a su alrededor sin acercársele. La hija de Manuel sollozó y se cubrió la cara con la mano derecha; en la izquierda oscilaba la llama de su vela. Palmira los miró a todos, de uno en uno, y consideró que la gente era buena en aquel jardín.

Habían cavado la fosa a uno de los lados de la mesa; entre ella y la fuente del Este. «Por fin por las dos fuentes corre el agua.» Las paletadas de tierra cayeron sordamente, una tras otra. Cuando allanaron la tierra, habló Palmira:

—Descansa en paz. Juba, te lo mereces. Sé que no nos olvidarás. Tampoco nosotros te olvidaremos.

Una nube, más temeraria, galopó alegremente en ese momento delante de la luna.

5

LA LUZ ERA RADIANTE. Palmira veía el jardín con una precisión y una perspectiva insólitas. Como si estuviera lejos de él, o quizá como si formara parte de él. Lo veía entero, más allá de lo que sus ojos contemplaban: los rosales en flor, los gruesos racimos de las glicinas y los jacarandás, las tipuanas engalanadas, las trompetas rosas y doradas y blancas de las daturas, la indecisa flor de las damas de noche, tan modestas y tan llamativas como ruiseñores de la botánica, el albero de los caminos, los bambúes estremecidos por una brisa tenue, las policromas dalias, las albahacas redondas, todo a un tiempo, como si lo más bello de cada estación estuviese presente. Álex corría riendo a carcajadas, seguido por Juba, engañándolo, dando fintas y jugueteando con él igual que dos cachorros...

Pero ¿dónde estaba ella? No estaba, no: lo presenciaba todo con una íntima alegría porque ella era el jardín y era Juba y su hijo y la risa de su hijo y el sutil y completo entendimiento con el perro, que trotaba rompiendo el aire bienoliente, y era también la luz y la alegría...

Se despertó llorando. Había recibido una orden en sueños. No, no la había recibido; también era la orden. Lo que había disfrutado a manos llenas, para continuar disfrutándolo a pesar de haber sido privada de ello, debía transmitirlo a manos llenas. No sabía cómo; no sabía a quién; no sabía con qué fin; pero estaba segura de que tenía que ponerse a la disposición del mundo. ¿A la disposición del mundo? ¿Qué era eso?

Fue al cuarto de baño. Se miró en el espejo. El pelo alborotado y sin teñir, los labios pálidos y con menudas grietas, ajadas las mejillas, los ojos contraídos... Se echó a reír. Vio el jardín real, a través de los cristales, casi como lo había visto en su sueño, pero callado y solo, pero vivo y abandonado como ella. No experimentaba en su interior ninguna llamada religiosa, o al menos según la religión que desde el principio le habían enseñado. Experimentaba sólo una gran compasión, una honda misericordia. Imaginó, en torno a su jardín, seres humanos desprovistos de todo lo que no fuese la vida, y acogió la llamada de la vida, el fulgor y el aparente desorden de la vida. La arrastraban no sabía hacia dónde ni por dónde. Y se supo capaz de amar con una morosa ternura que había ejercitado, sin percibirla, mucho tiempo. Una ternura sin nostalgia previa, sin añorar amor ninguno, y sin el temor de pérdida ninguna. No huyendo de nada, sino en busca de todo: de lo que restaba aún de la vida y era la vida entera, inmortal y cándida, desprovista de complicaciones accesorias, imperiosa e improbable a la vez.

Miraba, a través de los cristales, cuanto tenía que abandonar. Ante el espejo se erguía aún una mujer arrugada y estricta, capaz de atender a los mermados acontecimientos sin importancia día tras día, desentendida de sus consecuencias; obediente a unos dictados que hasta ahora no había oído, silenciosa y pendiente de cualquier sonido que fuese significativo, y todos lo eran; aislada y rodeada a la vez, con una compañía que era imposible de perder de ahora en adelante; más libre cuanto más propensa a ofrecer su libertad; osada y sumisa, lo mismo que una niña que descansa cumpliendo un mandato que no entiende del todo; obligatoria como el sueño que acababa de tener y también sin apremios, como el sueño.

Se pasó el peine mojado por el pelo. Todavía era rebelde, no bastaba: con las manos se llevó el agua a él y luego se lo peinó con prisa.

Antes de terminar, le vino un nombre a la cabeza: Mauricio Castro. Era un médico joven. Lo había conocido en la clínica donde dio a luz Helena. No trabajaba allí; había ido a ver a Álvaro Larra, que se lo presentó.

—Pertenece a una organización internacional, que se dedica a hacer el bien. Lo admiro y lo envidio —dijo el ginecólogo, con ese acento concesivo de quien no está dispuesto a dar un paso más allá de la envidia admirativa.

Palmira lo había observado de pasada. Ojos oscuros, piel morena, pelo negro: un andaluz corriente. ¿Le sonrió a ella? No; sonreía. Ahora recordaba la sonrisa. Era como la de su jardín en el sueño: una generosa compenetración, un ofrecerse sin urgencias, o mejor, una disponibilidad abierta y familiar a todo. En aquella sonrisa podía descansarse.

—Desayunaré dentro de un momento —le había dicho a Ramona.

Fue al teléfono. Interrogó a Larra sobre la forma de localizar a Mauricio Castro. Larra, después de buscarlo, le dio el número de un dispensario donde lo encontraría durante las mañanas.

No estaba allí. Castro iba por las tardes. Tomarían su recado. El doctor, durante las mañanas, pasaba su consulta en las chabolas. Palmira, sin analizar el porqué, supo que lo único que tenía que hacer era aguardar la llamada de aquel médico. Y no hizo más. Ni siquiera se desayunó.

La llamó tres horas más tarde. En ellas le dio tiempo a aclarar sus ideas. Aunque no del todo: era a él a quien le correspondía el dictamen final. Así se lo dijo.

—Supongo que usted quiere ayudarnos, señora Gadea. Por una parte es difícil: no es cosa de broma; por otra parte es fácil: hay siempre muchísimo que hacer. Lo hay hasta para quien tema que se le caigan los anillos. No sé qué es lo que usted busca ni hasta qué punto quiere comprometerse.

—Quiero comprometerme yo, doctor. Por entero.

—¿Tiene conocimientos clínicos?

—Soy una tonta. De tal calibre, que calculo que puedo aprender. Antes de casarme estuve en la Cruz Roja. No se ría de mí: fui dama enfermera. Pero no aspiro más que a fregar y a barrer: eso que se necesita en todas partes. No sé cómo persuadirlo... Debe creerme bajo palabra. Sé que es difícil; pero le hablo completamente en serio. No sólo es usted quien va a ponerme a prueba, también yo. Y no soy mujer inclinada a claudicar. No me diga que no de momento, se lo ruego. Antes de darme el no, deme dos meses, por favor. Por favor.

Palmira nunca comprendió de dónde le brotaba la fuerza. Tampoco se lo preguntaba. Se conformó con trabajar minuto por minuto. A veces, con la seguridad de que se rendiría al minuto siguiente. Las prórrogas que se daba eran muy cortas; los plazos para renunciar, al principio no pasaban de una misma mañana. La asaltaba el desánimo de pronto, no tanto por su inutilidad personal, cuanto por la ingente labor que siempre quedaba por hacer, por la labor que nadie podría cumplir nunca.

Se hallaba desorientada y sin respuestas ante aquella población marginada a expensas del racismo, de la injusticia más estremecedora, de la inhumana insolidaridad. Allí estaba, enfrente de aquel otro espejo negro de una de las ciudades más alegres y confiadas de la Tierra, famosa por sus fiestas, por su bullicio, por su color y el gozo de vivir. Allí estaba, donde no había proyectos, ni campañas políticas, ni lucimiento de ediles; había hambre, miseria y ratas que mordían de noche a los niños un poco antes de que, por hambre, se comieran los niños a las ratas. Había chabolas inhabitables levantadas con materiales de derribo, con trozos de madera o cartón metalizado, sobre la tierra húmeda e insalubre, abiertos sus intersticios a cualquier intemperie. Había suciedad y hacinamiento, que originaban enfermedades infecciosas. Había animales costrosos y famélicos, que se empecinaban en compartir la mala vida con sus amos. Había un obstinado deseo de vivir, a pesar de la desdicha, de la desnudez, del tráfico de drogas, del infierno...

Los seres que malvivían delante de Palmira sólo eran ciudadanos para ser golpeados, apresados, sometidos al irreal orden impuesto por una sociedad que se avergüenza de ellos y que los aborrece. Muchachas casi niñas que abortaban, bodas de sangre y luto, viejos sombríos, vidas hechas astillas para el fuego, tragedias cotidianas rezumantes de una incurable pena... Y todo apartado de pronto de un manotazo, y puesta en pie la vida entre palmas de bulerías en medio del innumerable, del profundísimo, del contumaz deseo de ser feliz y de estar vivo.

Palmira se llevó a su casa unos libros usados, que le prestó Mauricio Castro, sobre elementales técnicas sanitarias. Tan grande era su interés que recuperaba, por no se sabe qué vías, conocimientos olvidados. Fue siendo, poco a poco, más provechosa al lado del doctor que limpiando escupideras. Atendían a los gitanos de las chabolas en una chabola más en medio de las otras. En ella trabajaba Palmira codo con codo con un par de enfermeras tituladas que dedicaban unas horas a aquella pobre gente, y con un muchacho, que ella creyó médico, y era el párroco de una iglesia cercana.

Los inacabables primeros días llegaba agotada a Santo Tirso, con dolores de espalda y agujetas por todas partes. Se acordaba, con un cierto rubor, de aquellas otras de La Marimorena. Apenas descansaba, se descubría deseando que llegase el día siguiente.

Habló con Castro cierta mañana: quería abastecer aquel local con lo que fuese más preciso al local y a su clientela. De repente, se dijo que quizá habría sido más natural hablar con el cura, llamado Aurelio; pero en seguida se convenció de que no erraba el tiro. Le suplicó al médico que no se le ocurriese decir de dónde procedían los fondos. Nadie la conocía allí sino por su nombre, y aun así muchas mujeres de aquel barrio extremo la llamaban Palmera, en lugar de Palmira. Con toda su alma deseaba seguir pasando inadvertida.

—No sea usted vanidosa —la tranquilizó el médico—. Como no sean las dos enfermeras, no creo que en este barrio nadie sepa quiénes son los Santo Tirso.

—Tampoco lo sé yo —se echó a reír Palmira—; pero usted me comprende.

Trató de pagar los costes de una campaña de desinfección y desinsectación. El ayuntamiento le indicó que eso era cosa de él, y que si no la emprendía por su cuenta es porque resultaba inútil: no tardarían las aguas en volver a su cauce, y era imposible luchar contra corriente.

Palmira perdió el sueño, que tan preciso le era para reponer fuerzas, obsesionada por las circunstancias despiadadas y brutales del barrio. Cuando conseguía conciliarlo, se lo amargaban oscuras pesadillas.

Una noche habló con sus hermanos. En su situación, tal como los acontecimientos se habían encadenado, lo mejor sería vender Santo Tirso. Carlos y Artemio Gadea entendieron que les estaba echando en cara su falta de ayuda desde su separación. Palmira debería comprender que estaban muy cogidos, que pasaban en Sevilla no demasiado tiempo, que habían corrido los meses sin que tomaran tierra; pero, a pesar de los pesares, se ponían completamente a sus órdenes. Ahora el dinero no era tan necesario ni tan escaso como cuando vendieron la Hacienda. Ahora podía contar con ellos casi sin límites.

—Lo estoy haciendo —les respondió Palmira—. Sólo quiero que sepáis cuál es mi intención. No paso apuros, de veras: me avergonzaría que alguien lo pensara. Sólo, si acaso, me gustaría que me compraseis los retratos familiares. Helena no tiene sitio para ellos, y a mí me vendría bien. Los retratos y acaso unas cosillas más.

Sus cuñadas recordaron las soperas de plata firmada, la antigua vajilla de Sargadelos, el interminable servicio de bandejas, las cuberterías de veinticuatro cubiertos que quizá Palmira no usara...

—Como te quedaste con todo el ajuar de la casa en la distribución... —sugirió la más reciente.

—Ésas fueron las condiciones. A cambio renuncié a todo lo demás. En aquel momento (vosotras dos habéis llegado después) vuestros maridos no estaban para comidas de veinticuatro cubiertos.

Ellas no pedían nada, por Dios; que no las malinterpretase. Por descontado que esas cosillas no debían salir de la familia. Le agradecían muchísimo que se las hubiese ofrecido a ellos los primeros. Palmira profetizó lo pronto que empezarían a discutir aquellas dos mujeres; compadeció a sus hermanos; rechazó la ayuda desinteresada que le reiteraron, y calculó la de proyectos que se cumplirían con el importe de aquellos objetos que ahora reputaba tan superfluos.

De vuelta a su casa, que a cada noche se le hacía más distante, recordó la explicación que un grueso profesor de árabe, de pelo muy abundante y blanco, le dio en cierta ocasión de la palabra alhaja: lo superfluo que acaba por hacerse imprescindible. Había que iniciar un cambio radical de dirección: conseguir que hasta lo imprescindible acabase por ser superfluo.

La lección más contundente que aquellas semanas le enseñaron fue la veracidad de lo que, según su tía Montecarmelo, solía afirmar san Francisco de Asís: se necesitan, para vivir, muy pocas cosas, y esas poquitas se necesitan poco.

Una tarde de mayo fue a ver a su tía sin anunciarse. Atravesó el compás del convento y la hermana portera la condujo al locutorio. Todo continuaba como si lo hubiera visto ayer. «La identidad de los ambientes quita la idea del tiempo, lo que probablemente sea muy beneficioso para estas pobres mujeres... Pobres, ¿por qué?»

El olor de la primavera entraba a bocanadas desde los patios. Las luces y las sombras jugaban detrás de las rejas. Era lo único que evolucionaba allí; el resto permanecía inmutable: el nacimiento napolitano y las riquezas, quietas como las de su casa, tan indiferentes a cualquier rendimiento que no fuese el de ser contempladas.

Cuando apareció sor María Micaela de la Santa Faz, Palmira vio el horror en sus ojos: la miraba como quien mira un espectro.

—¿Tan estropeada estoy?

—No es eso, querida, qué va —trastabilló la monja—. Hace tanto que no nos vemos y han ocurrido tantas cosas terribles. Yo, por mí, hubiera ido a abrazarte, a atenderte, a sostenerte, no sé. Pero las reglas, ya las conoces. —Iba recuperando su versatilidad—. Ahora dejan salir a las hermanas por enfermedad de parientes directos. Ahora, fíjate; lo que es cuando entré yo... Tú sabes que no me dejaron ni velar a tu padre, pobrecito.

Mientras se interrogaba por la razón de haber ido, Palmira tuvo la tentación de contarle lo del suicidio de su padre. La resistió. La monja continuaba hablando:

—De todas formas, tienes que cuidarte. Tu hermana Gaby me dijo que apenas te echaban el ojo encima... Tienes obligaciones, Palmira. Has de estar en el mundo conservando tu puesto, que es lo que manda Dios, y arreglada como corresponde a tu clase. Es decir, has de servir de ejemplo. Cada criatura tiene que representar el papel que se le ha designado.

Palmira decidió cortar por lo sano:

—Tía Monte, voy a poner en venta Santo Tirso.

La monja hizo un gesto de pavor. Se santiguó antes de hablar.

—Lo dices de una forma... Así, de sopetón. ¿Es que andas mal económicamente? —Suspiró—. Ya preví yo que la separación traería consecuencias. Dios es muy bueno, hija, pero no tonto. No se puede jugar con sus preceptos... Sea cual fuere la situación en que estés, opino que no debes precipitarte. Yo puedo escribirle una letrita a Willy y otra a tus hermanos, que me han comunicado que son muy poderosos. Por supuesto, no todas las noticias que me llegan traen buenas intenciones...

Palmira, sin haberlo previsto, dio un viraje a la conversación.

—Me contaste que, aparte de las indias, teníais unas monjas de Kenia.

—Sí; unas de Kenia. No estoy persuadida de que tengan vocación verdadera. Para ellas esto es el Paraíso Terrenal: no renuncian a nada, ¿sabes?, porque no tienen nada a lo que renunciar, y ascienden en su estatus una enormidad. Son como reinas para sus familiares, ¿qué le vamos a hacer?... Ahora tenemos hasta una de Ruanda. Ya ves tú: contemplativa, con lo que habrá que hacer en su país, que es uno de los más superpoblados y más pobres del mundo.

—Ruanda —repitió Palmira—. No sabemos nada, tía Monte. Claro, vivimos pendientes de nuestro jardín. Como si la lluvia, que tanta falta hace, cayera sólo para regar nuestras macetas.

La monja retomó el tema que le interesaba:

—Lo del jardín de los Santo Tirso tienes que recapacitarlo. Mucho te alabé cuando te enfrentaste, por mor de los bienes patrimoniales heredados, a tus hermanos. Sin embargo, ahora...

—¿Es que tenéis relaciones con Ruanda? —la interrumpió Palmira.

—Qué disparate. La hermana nos la mandó una orden activa belga: la de la Ascensión. ¿Quieres apadrinarla tú también?

—Quizá habría que prohijar a otros que necesiten más ayuda.

—Bueno, bueno; pero la caridad bien entendida, hija mía, empieza por uno mismo. Lo primero, reponerte tú, que estás muy desmejorada; después, sopesar todos los argumentos que afecten a esa venta. Y si la haces, no te olvides de este convento. En definitiva, aquí estoy yo, que soy una Gadea.

—¿Podrías ponerme en contacto con esa orden belga de que me hablas?

—Sí, hija; es nueva, tiene apenas un siglo. Es de aquellas cuyas hermanas tienen aire de mujeres de pueblo. Te haré llegar una revista que editan en francés... Pero tú no mires para otro lado, hija, Palmira. Aquí hay mucha gente, como tú has dicho, en la mayor indigencia: nosotras, sin ir más lejos. No obstante, yo rogaré al Señor y a nuestro santo fundador para que se te pase el arrebato que te ha dado.

—¿Te importaría darle a la portera la revista ahora mismo, tía Monte? Mientras tanto yo me quedaré sentada en el compás, que cada primavera se pone más bonito.

Cuando salió del convento, Palmira llevaba la revista en el bolso.

—Han pasado tres meses y pico —le dijo Mauricio Castro cierta mañana.

—¿Qué me quieres decir? —le preguntó Palmira entristecida—. Si no te sirvo de nada, o sea, si no le sirvo de nada a esta pobre gente, puedes seguir contando con mi apoyo económico. No quiero imponer aquí mi presencia.

Mauricio Castro se echó a reír:

—Qué humildad. Al contrario: sólo te recuerdo el plazo que pusiste tú misma. Ya ha transcurrido con exceso. Si no he dicho antes nada, fue por temor a que dieses la prueba por concluida y te largaras. Eres muy útil aquí: no sólo por lo que haces, sino por cómo estás, por tu forma de estar... Nos animas a todos. No te oculto que, al principio, me pareciste una persona demasiado habituada a una forma de vida como para prescindir de ella —rió de nuevo—, aunque fuese sólo por las mañanas. Ahora me doy la enhorabuena por tu incorporación. Eres, además de desprendida con tu dinero, aplicada y eficiente. En tres meses, con lo que sabías y lo aprendido, te has transformado en una magnífica ayudante. El barrio te considera insustituible. ¿Te acuerdas que hace quince días no pudiste venir una mañana? Pues los enfermos, las enfermeras, Aurelio y yo te echamos de menos a rabiar.

—Gracias —musitó Palmira. Y se le esponjó el alma, mientras tomaba las tijeras para cortar la gasa con que vendaba a un niño.

Palmira se enteró por las hermanas de Willy de que Ciro había llegado con Connie, a pasar en Sevilla su luna de miel. Se acababan de casar en Los Ángeles. Palmira sonrió para sí: «Connie se salió con la suya. Ha hecho bien.»

Se puso Ciro al teléfono y le rogó que los invitara a su casa: Connie recordaba su jardín como una de las cosas notables de la ciudad.

—¿Por lo grande? —preguntó Palmira en broma.

—Por lo acogedor, por lo *cosy*, me ha dicho.

Se presentaron a media tarde. Cuando Palmira salió a su encuentro, paseaban los recién casados del brazo en medio del esplendor y la espesa fragancia del jardín. Los vio de espaldas. Hacían buena pareja, no se podía negar: altos los dos, esbeltos aún, y con una edad que garantizaría la supervivencia del matrimonio. «En él, el mutuo auxilio contará más que el remedio contra la concupiscencia. Yo, como casi siempre, he actuado al revés: a mis años, en lugar de unirme, me he separado.»

Mandó instalar la mesa en el jardín blanco, que estaba todo florido y cautivador. El resto del jardín, ligeramente más descuidado que antes, había adquirido también un encanto nuevo: el que presta una apenas iniciada decadencia, el abandono de lo hermoso antes de que llegue el principio de su descomposición. «El jardín está ahora como tendría que estar yo: en una plenitud de madurez. Pero los seres humanos difícilmente nos dejamos guiar por la naturaleza.» Había tardes en que aún se extasiaba largamente ante él. «Me gusta más que nunca, ¿quizá porque va a dejar de ser mío? Se ha liberado de la estrechez de las normas, de los moldes demasiado visibles, de la mano del jardinero que se presentía antes por doquiera... La libertad de ahora lo hermosea: es como debía ser.» Ese mediodía pensó que, sin embargo, quizá a la americana le atrajera más la rectitud aún mantenida, la belleza administrada todavía, del jardín blanco.

Era un milagro. Entre los arriates bordeados de arrayán, ostentaban su impoluta perfección las margaritas, las nevadas gerberas, las calas, las mosquetas, los últimos lirios inmaculados, los alhelíes blancos, y los rosales, cuyas rosas ruborizaban su albor hasta ese tono del nácar que se refugia en el interior de las caracolas. Daban entrada a él un par de arcos decorados con jazmines de Madagascar, y unas tinas con las matas que Manuel llamaba malas madres lo enriquecían, cayendo sus brotes y sus cintas listadas de blanco hasta el suelo. Dos aromos, dos choricias y dos catalpas custodiaban el espacio, casi un *ortus clausus*, que parecía sacado de una fantasía de *Las mil y una noches*. Connie se quedó fascinada. Cuando recuperó el habla, dijo:

—Comprendo mejor que nunca que te negases a desprenderte del jardín.

Palmira rió, y en su risa había un viso de disgusto.

—Cuando me dijeron que habíais vuelto —respondió después de un instante—, pensé que algo empezaba a salirme bien; que algo empezada a decirme que sí... —Ciro la miraba intrigado—. Me explicaré mejor. Aquí han pasado muchas cosas: ni las mejores ni las peores, si es que hay alguna que sea una u otra cosa, son las más visibles. Mi vida ha dado un vuelco en todos los sentidos: el más evidente es que me he quedado a vivir sola aquí. Le he insinuado a mis hermanos la posibilidad de que se quedaran con todo este terreno, aun a costa de que acabasen convirtiéndolo en un hotel de lujo. Pero ellos, y no he vuelto a insistirles, deduzco que prefieren especular con su dinero aplicándolo a fines mucho menos concretos, mucho más inmediatos y muchísimo más lucrativos. —Volvió a reír—. No se lo reprocho... En una palabra —levantó la barbilla como quien desafía a una fuerza mayor—, no me importaría (recuerdo el ofrecimiento que me hiciste, Connie) hablar sobre la venta de esta finca urbana. Desprovista de sentimentalismos, llamémosla así de una vez.

Se hizo un silencio, en el que Connie y Ciro cruzaron sus miradas. Ciro intuyó que iba a intervenir su mujer, y aguardó que lo hiciera.

—Lo pones muy difícil, Palmira —comenzó a decir, por fin, Connie, con su inglés masticado—, y en el peor momento: cuando te he envidiado expresamente este jardín de todo corazón. Claro, que en él eres tú la que aplica el valor añadido más alto, la menos retribuida de las plusvalías: aquí se desarrolló buena parte de la historia de tu familia, y la tuya entera. Los demás sólo tendrán en cuenta el valor del mercado, que es sin duda muy grande. Y quienes lo conozcan sabrán, además, cuánto se pierde al arrasar este verdadero parque botánico. Pocas ciudades realmente civilizadas dejarían pasar la ocasión de que su ayuntamiento se quedara con él para el disfrute colectivo. Pero también comprendo que, en España, a fuerza de tener tanto arte dentro, existen pocas ciudades realmente civilizadas. Y que una de ellas no es Sevilla, que ya tiene bastante con descuidar los parques que posee como para añadir uno más.

—Perdona, Connie —intervino Ciro riendo—: como prólogo de una conferencia, este introito no ha estado nada mal. Pero, si te vas a transformar en compradora, aunque sea por delegación, ha sido pésimo. Ningún comprador alaba tanto la mercancía de un trato.

Connie no se tomó el trabajo de sonreír, ni siquiera de mirar a Ciro. Miró más bien el fulgor de la tarde de primavera plena; escuchó el rumor de las abejas libando en la blancura de las flores; se sintió transportada ante la densidad de los perfumes que la envolvían, inseparables de la luz y de los revoltosos mensajes de los pájaros. La vida entera se columpiaba en el aire limpísimo, sustentada en su propia armonía. No era preciso ningún conocimiento —al contrario, quizá sobrara— para percibirlo.

—Quiero decir —prosiguió luego, como si se hubiese despertado, Connie— que mi primer deseo sería conservar para mí esta *finca urbana* como tú la has clasificado. Pero me temo que eso no pueda ser, ¿verdad? —Se volvió sonriendo, esta vez sí, a Ciro—. Creo que cualquier persona sensible opinaría lo mismo. Si tú estás firmemente decidida a vender tu paraíso (y no soy quién para hacerte reflexionar y volver atrás de tu decisión), yo me comprometo a mediar con alguna sociedad inmobiliaria americana. Y te prometo que, en contra de lo que podría temerse, no entrará tan a saco aquí como lo haría una aborigen. Se conformará, supongo, con construir casas de un altísimo *standing*. Sin embargo, no nos hagamos ilusiones: el paraíso desaparecerá. No es posible trocearlo en sucursales adquiribles a cómodos plazos, ni hacer de él ediciones de bolsillo. La democracia, querida amiga, es beneficiosa para los más numerosos; los más privilegiados viven mejor sin ella.

Ciro reía:

—Lo que empezó en una loa ha concluido en un discurso político retrógrado. Eres incorregible, Connie. Parece mentira que hable así una norteamericana, súbdita al fin y al cabo del país que inventó la democracia.

—La moderna, querido; la antigua estaba ya inventada. Y precisamente por eso no soy súbdita, sino ciudadana. Y también precisamente por eso sé que la envidia fue el hada madrina de la democracia de Éfeso, y que en ella, en cuanto alguien puede, se aferra *democráticamente* al privilegio. Es algo congénito en la naturaleza humana.

A Palmira, en esta ocasión, le produjo Connie una impresión más favorable. Ignoraba si el matrimonio, o la sinceridad con la que se expresaba, la abonaban. Ciro, en cambio, habiendo abdicado de los supuestos poderes del hombre que se resiste, se le antojó bastante menos interesante y le hizo gracia pensar que se movía a remolque de su mujer. «Al fin y a la postre, un nuevo marido americano.»

Sólo cuarenta y ocho horas después, la telefoneó Connie para ratificar que la conversación del jardín blanco no fue, «por expresarlo en un lenguaje afín al tema», flor de un día, y para informarle de que había entablado las primeras negociaciones con una multinacional de su país, y que el asunto se presentaba con un viso muy productivo para todos. Creía —añadió— que, hasta que los delegados no inspeccionaran en persona el objeto de la compraventa, no debería hablarse de precio: con los datos de la extensión y de la localización bastaba por ahora. Había resuelto no anticiparles nada para que el deslumbramiento fuese mayor, cosa que beneficiaría claramente a Palmira.

En el mes de junio, sacó Palmira el título oficial de enfermería sin la menor dificultad. Los médicos amigos le echaron todos los cables posibles, «teniendo en cuenta que su proyecto no era vivir del título, sino dar de vivir con él». De todas formas, las recomendaciones no surtieron mayor efecto que su preparación. Había practicado un poco con varios de aquellos médicos, asistiendo a Castro en el dispensario al que iba por las mañanas y a un compañero de Larra en obstetricia. Castro, aunque no lo dijese, estaba entusiasmado con Palmira, a la que consideraba una adquisición suya, y tácitamente se reconvenía por haber tachado de «demasiado mayor» a la que era un ejemplo reconocido de actividad y resistencia.

Le sorprendió, a raíz de la obtención del título,

como al padre Aurelio y a las enfermeras del barrio de chabolas, que Palmira los invitase a una cena «muy informal» en su casa la siguiente semana.

A la cena, que se sirvió en torno a la viejísima araucaria, el árbol de la bienvenida, y sin la menor pretensión, asistieron, aparte de los mencionados colegas, la hija de Palmira, que vino sin el marido porque su suegra, que había de quedarse de canguro, se sintió indispuesta a última hora, todos los hermanos y hermanas de Palmira con sus cónyuges, Isa Bustos y Willy, también solo.

Los invitados más afines a la casa imaginaron, llenos de alegría, que acaso se trataba de una cena de reconciliación matrimonial. Los invitados de la rama médica imaginaron, con gran decepción, que Palmira los reunía para decirles adiós, probablemente cansada de la valiente aventura emprendida hace ya tanto y de su monotonía. Isa Bustos, que vestía de negro con unos bordados en cristal, y Willy no tenían ni idea de la finalidad de aquella cena. Quizá los dos preferían que la cena no tuviese finalidad ninguna, por si las moscas: creían ser los que mejor conocían a Palmira.

La noche era admirable, y se guarecía en el jardín como si se tratase de su casa natural. Ni un aura movía las flores ni las hojas. Los olores descendían y ascendían mezclándose perezosamente.

Fue después de pasados los dulces por el servicio de la casa, que asistía íntegro, justo cuando los que tomaban café se hacían con sus tazas, y con algún digestivo los demás, cuando Palmira, muy animada y con un sencillísimo traje de gasa gris, se dispuso a decir unas palabras, que fueron más o menos las siguientes:

—Vosotros sois, queridos míos, en uno u otro aspecto, lo mejor de mi vida. Por eso estáis aquí. Lo que voy a deciros estoy segura de que no os sorprenderá: antes o después, aunque no os dierais cuenta, todos os lo esperabais. Dentro de lo costoso que es hacer profecías, mi intención es advertiros de que esta cena es la última que yo daré en este jardín... No voy a insistir en lo que para mí significa: ha sido mi mundo entero durante muchos años, y digo muchos por no ser más explícita, ya que son exactamente los que tengo. O sea, que he aguardado demasiado tiempo para saltar las tapias del jardín. Ahora que me abordarán el reuma y la artritis, me dispongo a salir de él y a encararme con la barbaridad de fuera en carne viva. Si os dijera que no me duele, os mentiría. Lo que voy a hacer me afecta mucho más de lo que podría expresar; pero lo hago con la convicción de que, cuando se han perdido tantas cosas, se es capaz de seguir perdiendo hasta el final, y de que ése es el único modo de empezar la ganancia.

»Mi idea fue reuniros para daros las gracias de una vez a todos. A mis hermanos, por su cariño; más o menos próximo, no importa: ellos siempre han estado dispuestos a acudir a la brecha. A Willy, porque me aguantó tantos años, y también porque me dio ocasión de que yo ejercitase mi paciencia; he resuelto, en agradecimiento, concederle el divorcio. A Helena, que es ya mi única heredera en todos los sentidos, y que tiene en sus brazos mi esperanza. A los clínicos, porque en sus paritorios y en sus dispensarios han dado a luz a una Palmira que Palmira desconocía, y me han preparado para que pueda dedicarme a servir de algo fuera de este jardín. A Isa Bustos, porque me enseñó muchas cosas que yo no debería haber tenido necesidad de aprender. Y a los servidores que esta noche brindarán con nosotros, sin los que me hubiera perdido en esta casa muchísimo más de lo que me he perdido, y que permanecerán en ella (así me lo han prometido) hasta que cambie de manos, lo que parece que sucederá pronto... Siempre creí que, cuando se deshiciera Santo Tirso o yo me deshiciera de él, dejaría de latir mi corazón. Ya veis que, por el momento, eso no ha sucedido.

»Sin duda os preguntaréis dónde voy a vivir. Os

responderé en muy pocas palabras. Me voy a un país africano pequeñísimo, en contra de la idea que tenemos de los países africanos. A vosotros os sonará tan poco como a mí me sonaba. Se llama Ruanda. Colaboraré allí con la rama belga de las religiosas de la Ascensión. —Extendió las manos para acallar el murmullo que despertaron sus palabras—. No me mueve ninguna idea religiosa. No soy una histérica; no soy una abnegada; no soy una misionera; no soy un ejemplo de nada para nadie. Soy una mujer mayor que, casi de repente, cayó en la cuenta de que su oficio de florero había terminado. Una mujer mayor harta de discurrir cómo llenar su tiempo, y harta de lamentarse por la juventud y por otros muchísimos dones de los que definitivamente ha sido despojada. Es decir, no soy más que una egoísta que aspira a aprovechar lo mejor posible la vida que le quede y que, por si fuera poco, os ha convocado aquí para brindar con ella y pedir que se cumplan sus deseos. Con toda mi alma os doy las gracias por haber venido.

Los sollozos de las criadas resumieron, en la aromática placidez de la noche, la emoción de todos los presentes.

6

Nada más aterrizar en el aeropuerto de Nairobi, al descender por la escalerilla del avión, Palmira supo que había llegado a un mundo quizá en exceso diferente. Siempre sospechó de lo que ella llamaba «mi literatura»; pero en aquella ocasión no se equivocaba. El colorido de las instalaciones y de las ropas, la parsimonia de los empleados, el ritmo del movimiento y de los ademanes, una alegría incomprensible que lo impregnaba todo, cierta elasticidad que aminoraba el desentendimiento de los funcionarios, confirmaban tal opinión. Y también la ineficacia y la indiferencia ante problemas que para quien los sufría eran trascendentales, y que allí apenas se apreciaban como pequeños incidentes.

El problema de Palmira era que las monjas de la Ascensión de Birambo le habían enviado con validez el billete de Madrid a Nairobi, pero no el de la conexión con Kigali, la capital de Ruanda, con cargo a una compañía zaireña. Tal compañía no se hallaba por ninguna parte, ni nadie en aquel aeropuerto daba razón de ella. «Mal empieza la cosa. Tómatelo con calma: no estás aquí para hacer turismo.» Palmira no tenía ninguna experiencia en contratiempos burocráticos, y no descubría a quién recurrir. «Quizá sea como matar mosquitos a cañonazos, pero no se me ocurre nada mejor.» Consiguió en una oficina —en seguida captó que ser blanca le confería un grado de respeto— el teléfono de la embajada de España, y contó su caso al primer compatriota que se puso al teléfono.

—No tardaré en ir a recogerla —le dijo un secretario cuando se identificó—: haga el favor de permanecer donde se encuentra.

Durante la espera, mientras tomaba un café, se empapó del bullicioso, vociferante y gesticulante caleidoscopio que la rodeaba. Y con él se distrajo de la confusión de las monjitas —«Por algo prefiero a los seglares»— y de la desaprensión de la compañía aérea zaireña.

El secretario de embajada que la recogió era amigo de un sobrino de Willy. Sonriendo para sus adentros, Palmira calló que estaba separada. Fue muy atento con ella y, sobre la marcha, cambió su billete a otra compañía de mayor seriedad.

—Ha tenido mucha suerte: hay un vuelo hoy mismo. Si no, habría tenido que esperar en Nairobi varios días. No se preocupe: yo avisaré a las monjas de Kigali del cambio de su hora de llegada.

Palmira comprendió que se había ahogado en un vaso de agua, y que pidió socorro demasiado pronto; se lo recriminó con severidad. Luego se excusó con el joven secretario, que quería acompañarla hasta la salida del avión; lo despidió con la más amable de sus sonrisas, y se prometió a sí misma no hacer uso de su apellido, ni de la posición que dejó, al abandonar la pista en el aeropuerto de Sevilla, a los pies de su familia y de Isa Bustos.

El aeropuerto de Kigali era bastante más africano, en el sentido literario de Palmira, que el de Nairobi.

Dos monjas de la Ascensión nativas, la hermana Antoinette y la hermana Marie, la esperaban y le llevaron devotamente el equipaje a un todoterreno mal aparcado no lejos de la entrada. El crepúsculo lo enrojecía todo, con una omnipotencia que clavó en el suelo a Palmira: entre unos estratos dorados, se desangraba el cielo entero, más alto y más ancho de lo que jamás había visto. Los fucsias y los granas se amortiguaban en rosas fuertes, pálidos, blanquecinos, verdosos o azulados. «Nunca imaginé que un cielo pudiera ser tan wagneriano. Quizá no sea malo que su gloria se disipe tan pronto.» Estuvo a punto de dar las gracias en francés a sus acompañantes que la contemplaban, admiradas de que un poniente pudiese producir tal admiración.

—Ya verá, tendrá uno cada día —le previno la hermana Marie—. Ahora no podemos perder tiempo: nos esperan en la casa y es tarde.

—Ha llegado usted, señora Gadea —continuó la hermana Antoinette con un francés muy enrevesado y una aguda voz de niña pequeña—, al país de la eterna primavera.

La luz huyó velozmente. Palmira vislumbró, sin embargo, al llegar a la capital, que estaba construida sobre una cresta y descendía hasta el fondo de un valle cuyas dos laderas ocupaba. En las afueras, donde disminuía el número de farolas, se detuvo, tras un espacio oscuro, el coche de las monjas delante de una casa dedicada a reposo y a ejercicios espirituales de la orden.

Todo en ella era desnudo, blanco e inexpresivo. Le presentaron al resto de la comunidad, bastante copiosa, aunque la mayor parte de las hermanas, blancas y negras, estaba de paso en Kigali. Le ofrecieron una cena algo más ligera de lo que Palmira hubiese deseado, y la condujeron a una habitación hospitalaria, después de asegurarse, con abundante y mareante insistencia, de que había sido vacunada contra todas las enfermedades tropicales. Por la conversación y por los silencios llenos de sobrentendidos, Palmira juzgó que aquellas monjitas gozaban con la alarma que estaban sembrando en el ánimo de una laica. Al quedarse a solas en su cuarto, de no más de seis metros cuadrados, abrió la maleta sobre el suelo y suspiró. Se reconocía realmente cansada.

Supo que soñaba cuando columbró un Santo Tirso en medio de las colinas de Ruanda, cuyos vaivenes formaban parte del salón de baile de la casa, de las escaleras, de las alfombras sobre las que relucían las matas de tomates y habichuelas. Ruanda y Santo Tirso eran la misma cosa. Palmira lo divisaba todo desde lo alto, como desde un avión, y agitaba las manos despidiéndose entre lágrimas que eran presuntamente de alegría. Supo que estaba soñando, y dejó de soñar.

La despertó la luz. Eran las seis y pico de la mañana. Se lavó como pudo en un baño que la hermana Antoinette le había indicado la noche anterior con su voz de pito, y, buscando el refectorio, dio, perdida, con la entrada. En el refectorio le ofrecieron un estupendo desayuno de frutas y café. Por huir de la curiosidad de las monjas se encaminó hacia el exterior. Desde la puerta vio la ciudad florecida; vio el desnivel travieso y jugoso de las colinas colmadas de cultivos escalonados; las sucesivas montañas, más azuladas las lejanas, con sus terrazas verdes. Vio la increíble variedad de árboles en flor y los arbustos de buganvilla brotando, insólitos y lujosos, en medio de una población que no lo era... Instintivamente pensó si aquella riqueza vegetal podría aclimatarse en su jardín. Pero se corrigió de inmediato: ya no era su jardín. Miró sin pena hacia arriba, a un cielo alto, hondo y azul, con algunas nubes literalmente pintadas, blancas y de caprichosas formas cambiantes.

Exaltada, reconoció la hermosura de cuanto veía y, al bajar los ojos, tropezó con la hermana Marie que hacía girar alrededor de su índice derecho, con un gesto ufano, las llaves del todoterreno.

—Nos vamos cuanto antes. Nos quedan unos cien kilómetros de camino, no todos buenos, hasta Birambo.

Cuando regresó a la habitación a recoger sus cosas, estaba en ella la hermana Antoinette.

—Pensaba cerrar su maleta —dijo con su voz de pito, mientras acariciaba la seda del camisón con el que Palmira había dormido. «No debí traerlo: está rigurosamente fuera de lugar.»

Lo de que no todos los kilómetros hasta Birambo eran buenos resultó ser un eufemismo. Poco después de abandonar las proximidades de Kigali, la carretera se transformó en una pista envejecida y casi leprosa. Hasta que dio paso a una calzada de tierra por la que, contra cualquier prejuicio, se adelantaba más.

A las doce, las hermanitas detuvieron el coche, sacaron unos bocadillos y como dos niñas se pusieron a reír y a comer. Palmira, mientras comía también, no se cansaba de admirar el *jardin potager* en que el paisaje se resumía. Las plantaciones de bananos o de café, los bosquecillos de eucaliptos, los papayos, los aguacates y las pequeñas parcelas hortelanas le producían la sensación de que ese universo se esforzaba en darle una particular bienvenida. Respiró profundamente, mientras las monjas bromeaban y se golpeaban entre exclamaciones en un idioma ininteligible y gorjeante.

—¿Qué árbol es ése? —les preguntó, señalando uno alto y no muy grueso, de hojas semejantes al laurel de Indias, que sostenía, en algunas horquetas, una especie de colmenas fabricadas con hojas secas y barro, que le trajeron a la memoria su casita infantil de la gran encina.

—El *umuvuru* —le respondieron a la vez. Luego agregó la tiple—: Es un árbol sagrado. En torno a él se realizan algunos cultos animistas del antiguo paganismo ruandés.

—Afortunadamente superado casi del todo, gracias a Dios —completó la hermana Marie.

Ambas se santiguaron y siguieron comiendo. Palmira volvió a respirar de lleno y, sin saber por qué, perdió el temor que durante algunos instantes del viaje la había asaltado: el de estar arriesgándose en una decisión precipitada y en total desacuerdo con su edad.

Llegaron a Birambo en las primeras horas de la tarde. Impaciente, la aguardaba la comunidad de religiosas de la Ascensión. Birambo era un lugar aislado, si puede hablarse así de un país donde hay pocas ciudades en el sentido europeo de la palabra. A Palmira le recordó Galicia con sus parcelitas desperdigadas —«Se llaman *urugo*», le dijo la superiora— y sus pequeñas casas de adobe y techo de vegetación seca, que trepan por las faldas de las colinas. En cuanto a la comunidad, las ocho religiosas que la formaban eran ruandesas.

—La señora Gadea viene a sustituir a una enfermera belga que ha sido trasladada a otro lugar —comentó, con despego, la que parecía la mayor de todas las monjas.

Las instalaciones de Birambo consistían en un edificio no muy grande, con departamentos de maternidad, de consulta, de nutrición y de hospitalización, capaz éste para veinte camas. La limpieza, según pudo comprobar Palmira al día siguiente, no era impecable. Se interesó por las responsables de los distintos sectores del centro de salud. En la comunidad había dos enfermeras; el resto de las hermanas eran auxiliares. Cuando supo que una de esas dos enfermeras era la hermana Antoinette sintió un escalofrío.

Cerca del edificio del centro, situado en la cima de una colina, se hallaban la residencia de las monjas y un colegio de enseñanza secundaria mixto, a cargo de un matrimonio tutsi que subió en seguida para saludar a Palmira, ya que habitaban al pie de la ladera. Las monjas habían ofrecido a Palmira alojamiento; pero también se lo brindó el matrimonio Kanyagarana, y Palmira prefirió el segundo. Quizá fuese más sensato, si había de trabajar con las hermanas y por encima de ellas, que su vivienda fuese independiente. Sacrificaba así las vistas desde la altura, pero supuso que tampoco le quedaría mucho tiempo libre para dedicarlo a la contemplación. Y, por otra parte, el centro, suponía que por la ausencia de dirección, se encontraba bastante descuidado.

La primera cena con los Kanyagarana —ella se llamaba Louise y él Ferdinand— fue encantadora. Tenían tres hijos ya crecidos y muy bien educados. Los dos eran profesores de *kinyaruanda*, la lengua indígena que Palmira se proponía aprender, y en la que le rogó que se comunicaran, mechada en el francés, durante la cena. Para ella resultaba por supuesto incomprensible como si, aunque desconocido, no se tratase de un idioma normal.

—No lo es —comentó Louise, riendo—: se trata de una lengua endemoniada, llena de iteraciones aparentes, de eufonías y cacofonías, de onomatopeyas, de aliteraciones y de prefijos y sufijos que modifican los géneros, los números y los casos.

A la mañana siguiente subió con los Kanyagarana hasta el centro. Llenaba sus pulmones el fresco y verde olor del campo. Ya había un verdadero gentío ante la sala de consultas. El olor que emanaba de él, áspero y fuerte, muy diferente al del campo, la detuvo unos segundos. Se advirtió a sí misma que al día siguiente debería madrugar más, pasó con firmeza al consultorio, y le preguntó a la hermana Antoinette si podía proporcionarle una bata blanca. La hermana, en medio de un desbarajuste de recetarios, frascos, algodones y termómetros, con el estetoscopio alrededor del cuello, sin mirarla siquiera, le comunicó con su voz de pito:

—Es imposible que se haga cargo todavía del centro, señora Gadea. Sólo ha venido aquí para conocerlo y para conocernos a nosotras. Antes tiene que realizar, por precepto del Gobierno, un curso de adaptación. Es algo obligatorio, sin lo que a los extranjeros no se les autoriza a ejercer la medicina en Ruanda.

Palmira comprendió, más por el acento que por el contenido de la admonición, que a las monjas les había sentado mal que escogiese como anfitriones a los profesores. «Ha sido una metedura de pata mía. En cualquier caso, me vendrá bien practicar la humildad.»

—¿Y cómo y dónde he de hacer ese curso? —preguntó suavemente.

—Hemos determinado (la superiora, que es sor Martine, ha determinado) que podría hacerlo en Nemba, una localidad a unos sesenta kilómetros de Kigali. —El tono de la monja se había suavizado también.

—Pero habría sido más lógico haber ido allí directamente desde la capital.

El tono de sor Antoinette volvió a endurecerse:

—¿Es que le ha molestado pasar antes por Birambo, señora Gadea?

La cola, en la que la gente no dejaba de murmurar ni de escupir, estaba en manos de dos torpes auxiliares, vacilantes y demasiado interesadas en la conversación. Palmira decidió que era mejor cortarla:

—De ninguna manera, hermana. Estoy muy satisfecha. Sólo lamento no poderles ser útil por ahora.

—Salvo que quiera —la monja sonreía con malicia— desarrollar labores de auxiliar, para las que no se requiere tal curso.

En efecto, Palmira se quedó en Birambo desempeñando tales modestas labores, entre seis ruandesas no muy aplicadas ni esforzadas. Habló con la hermana Martine, que le recomendó, sin imponérselo, Nemba, porque había allí un hospital dirigido por una organización de médicos navarra. La duración del curso era de dos meses aproximadamente. Le habían comunicado que la recibirían con el mayor placer.

—El inconveniente es que hasta el domingo próximo no podrán venir a recogerla. No es nada recomendable que haga el viaje en autobuses o en *matatus*. Para su tranquilidad, y también para la nuestra, es mejor que alguien de Nemba se desplace. Siempre que a usted le parezca oportuno.

Palmira juzgó práctico empezar desde abajo. Fue conociendo el funcionamiento de las distintas salas, y descubriendo las carencias y el desaliño con que se llevaban en Birambo temas como los diagnósticos o la asepsia. Se propuso, a su vuelta, una vez *adaptada*, poner, si fuese necesario, pies en pared para remediar lo humanamente remediable ya que, por las monjas, divinamente no lo era.

Recordó lo que le había oído decir a tía Montecarmelo en su acomodado convento de Sevilla. Aquellas mujeres no tenían verdadera vocación de enfermería, ni verdadera vocación de nada. Estaban allí haciendo aquel trabajo porque lo consideraban su mejor salida. Ser monja, en un país como aquél, era ascender mucho de golpe en el escalafón social. «Aquí es como en España: para comer con los señores o relacionarse con las señoritas a pesar de ser hijo de la cocinera, hay que hacerse o cura o torero.» Aquellas monjas no eran profesionales; ni siquiera actuaban como aficionadas, o por pura devoción, o por ganar méritos para el cielo, sino como quien cumple a regañadientes las tareas propias del oficio que las mantiene, y está deseando dar de mano, e incluso, a ser posible, escurrir el bulto durante la jornada.

Cada uno de los días que pasó en Birambo (y así se lo confirmaron Louise y Ferdinand durante las sobremesas de la noche) comprobó que las hermanitas, sin excepción apenas, se escabullían de los rezos con los trabajos del centro, y de los trabajos del centro con los rezos. Aquella actitud no llegaba a indignarla, pero le producía abatimiento. Y comprendía a la perfección la causa de la huida de la enfermera belga, que ocasionó una decadencia aún mayor en el centro. Se imaginaba con espanto lo que iría a encontrar allí después de un par de meses durante los que las religiosas seguirían estando abandonadas a su propia negligencia.

El domingo siguiente, bastante temprano, llegaron a buscarla. Las monjas habían ofrecido un desayuno al sacerdote que ofició la misa. Era también un nativo, de raza hutu, y la misa le pareció a Palmira llena de sencillez y de misterio a un tiempo, a pesar de la luz que entraba a oleadas por las ventanas de la pequeña iglesia conventual. Se estaba acordando de la iglesita de Sanlúcar que visitó con el ama, cuando la hermana de guardia vino a advertirle que la esperaban en un coche. Recogió su maleta, y salió a la puerta del convento, si aquellas paredes de cemento a medio blanquear podían denominarse así.

Junto a un coche rojo, y de ninguna manera impoluto, la vio avanzar un hombre casi bajo, fuerte, de tez morena, ojos muy negros y un gran bigote. Se adelantó hacia Palmira, y, con una admirable economía de gestos, recogió con su mano izquierda la maleta mientras le tendía la derecha.

—Soy Bernardo Mayer, médico.

Hablaba un castellano cadencioso.

—¿Le molesta que fume, hermana? —le preguntó nada más arrancar.

Palmira no pudo evitar echarse a reír.

—Primero, no soy monja: soy completamente seglar. Y segundo, no sólo no me molesta, sino que le aceptaré un cigarrillo si me lo ofrece. Con la tensión de los primeros días me he fumado mis reservas, y no me he atrevido a pedirle a mis amigos de Birambo: ya he fumado bastante a su costa.

Encendió su cigarrillo con el ya encendido que le brindó Bernardo.

—Perdone, para el conductor es más seguro así.

—No se preocupe —replicó Palmira. Y, después de un momento en que aspiró con ansia el primer humo del día, preguntó—: ¿Es usted chileno?

—No; venezolano. ¿Y usted?

—Sevillana. Bueno, española, si quiere —se corrigió sonriendo.

Durante el viaje hasta Nemba, cuando la observación del paisaje, no por monótono menos atractivo, le permitía descender hasta su asiento a Palmira, se fueron conociendo.

Bernardo Mayer tenía cuarenta y dos años. Fue un dato que Palmira estuvo muy lejos de pedirle, considerando, por una parte, que le había parecido bastante mayor, y por otra, que no era ella la más apropiada para entrar en cuestiones de edad. No hacía mucho que llegó a Ruanda. Cumplía también el curso de adaptación en Nemba.

—En realidad, no se trata de un curso propiamente dicho, sino de cumplir las tareas hospitalarias normales y de adquirir práctica en la patología específica del país: la maternidad más que nada, que no es ninguna patología, la desnutrición, una cierta cirugía menor referida sobre todo a abscesos, punciones o incisiones, y antes que todo, lo referente a enfermedades típicas: malaria, asma, bronquitis, infecciones respiratorias, etcétera. Creo que al final de las épocas de lluvia (la larga y la corta, porque hay dos) los enfermos de esas patologías ascienden enormemente en número. Por el pésimo acondicionamiento de las casas, entre otras razones. Parece algo inevitable, y no cabe posible prevención.

Bernardo Mayer tenía una voz grave, envolvente y persuasiva. Tanto que, contemplando el paisaje a través de la ventanilla, había momentos en que Palmira se dejaba circundar por su voz sin enterarse de lo que le decía. Si volteaba la cabeza para mirarlo y poder atender mejor, ratificaba que el venezolano físicamente no estaba, ni mucho menos, al nivel de esa voz. De hecho, su perfil era tosco, romo y sin aristas, con una boca sensual de las que el ama llamaba «labios de lebrillo», y una frente no muy despejada bajo un pelo de rizos menudos y espesos. Palmira se preguntó qué porcentaje, «evidentemente muy alto», de sangre negra habría en aquel cuerpo. No era, desde luego, la dosis homeopática de Hugo Lupino.

Bernardo, como si hubiera oído la formulación

de la pregunta, lo cual hizo sonrojarse a Palmira, comentó:

—En mi país se dice que el que no tira flecha toca tambores. Entre indios y negros anda el asunto. De pura sangre blanca hay poca gente. Se oyen apellidos alemanes o italianos, y corresponden a mulatos magníficos. —Se reía con una explosiva e infantil naturalidad—. En mi casa, bueno, en la de mis padres, había desde siempre una vieja criada, ya impedida, que no hacía más que flagelar al resto del servicio. Un día hablábamos de la familia de la que luego fue mi mujer, y ella dijo: «Ésos sí que son blancos.» Porque le gustaba flagelarnos a nosotros también por nuestro mestizaje: ella, sin embargo, era una negra indudablemente pura. «Pero ¿blancos, blancos?» Le pregunté yo. «Sí, niño —me dijo— blancos, blancos.» «Pero ¿blancos, blancos, blancos?», insistí. «Ay, niño, esos tres golpes aquí no los aguanta nadie.»

Su risa le resbalaba desde los labios como un zumo de frutas, y con ella le temblaba el vientre y el pecho, que llevaba muy poco cubierto por una camisa descolorida y remangada, mostrando una gran mata de vello. Palmira no sabía a qué carta quedarse. Por un lado, le resultaba simpático; por otro, hacía gala de una excesiva llaneza y al mismo tiempo de una seguridad en sí mismo demasiado brusca. Resolvió no sacar consecuencias de momento. Después de un rato, preguntó algo que la intrigaba.

—¿Y cómo ha venido aquí desde Venezuela?

—Lo dice usted —siempre parecía adivinar sus pensamientos, cosa que intimidaba a Palmira: «¿Tan transparente soy, caramba?»— porque en mi país también hay muchas cosas que hacer. Tiene razón de sobra: basta levantar la vista en Caracas para toparla con miles y miles de ranchitos, sólo graciosos desde lejos. Uno tiende a recelar que, el día en que se harten sus menesterosos habitantes, bajarán a devorar el centro resplandeciente de la ciudad, como millones de hormigas.

—Ésa es precisamente la sensación que tuve.

Bernardo Mayer la miró con una nueva curiosidad.

—¿Conoce Venezuela?

—Sí; la visité con un matrimonio de arquitectos amigos de allá. Poseen una asombrosa casa en la Cota Mil.

Mencionó su nombre, y Bernardo los identificó. Charlaron después sobre lugares y relaciones comunes.

—Me enseñaron una especie de jardín botánico (a mí me interesan mucho los árboles y las plantas: creo que en los cementerios, en los mercados y en los parques es donde mejor se aprende cómo se cuidan los vivos en un país y cómo cuidan a sus muertos...), pero estaba muy descuidado. —«Como Birambo», pensó—. Vi la palma real y muchos otros árboles maravillosos. Recuerdo ahora su árbol nacional, el de las flores amarillas que crece en la sequía y no florece con el riego.

—Sí; el araguaney —murmuró, pensativo, Bernardo. Y agregó, como para sí—: El apamate es como el araguaney, pero de color de rosa.

—Claro, qué bien. La gente no suele conocer los nombres de su flora... Y lo que ustedes llaman amapolas, un arbusto tan bello, con flores de matices refinadísimos prendidas en la punta de las ramas, tan delicadas y tan resistentes a la vez... Pero, perdóneme, hablábamos de cómo había venido hasta aquí.

—Las razones no son muy optimistas —contestó Bernardo, y enmudeció durante largo tiempo.

Palmira comprendió que debió haberse mordido la lengua antes de insistir en la pregunta. Cuando la había olvidado ya, continuó Bernardo, y ahora su voz era aún más densa, más concentrada, más lenta, pero menos segura:

—Hubo una explosión de gas en mi casa; murieron mi mujer y mis dos hijos. Me apuñaló en pleno corazón la evidencia de la futilidad de nuestra vida... No sé cómo expresarlo: se hizo forzoso darle a la mía un nuevo contenido. Cuanto más lejos, mejor, ¿comprende? Como si un europeo ingresara en la legión extranjera. —Calló de nuevo—. Aquí en África todo es más encarnizado aún que en Suramérica, más bravo si cabe y más desnudo; más inhóspito y más penoso también. La existencia de cualquier ser vivo está siempre bajo una amenaza. El insecto es más mortífero que la fiera, y el microbio más que el insecto... No sé si me explico: era una forma de morir.

—Lo siento —musitó Palmira. Y repitió—: Lo siento.

—Tuve una conciencia muy clara de que había fracasado en todo. —Hizo otra pausa—. Sin embargo, creo que todavía la amo.

—¿A su mujer? —le insinuó dubitativa Palmira.

—A la vida. Hablaba de la vida.

Se abatió otro silencio sobre ellos. Bernardo lo interrumpió:

—¿Es usted católica?

—Creo que sí; pero no estoy segura.

—Excuse que le haga esa pregunta. De edad, de religión y de dinero me enseñaron cuando niño que no se habla nunca. Pero estamos en África... ¿No se le hace extraño a usted estar en África?... Y no hay tanta gente con quien hablar en castellano. Claro, que probablemente dentro de uno o dos meses tendré menos aún.

—¿Dónde irá usted después del curso?

—No sé; donde más me necesiten. Ya sabe que aquí la enfermera hace de médico, y al médico se le reserva para problemas graves o para cuestiones logísticas y de organización. Eso me ha desilusionado un poco.

—También yo estoy algo desilusionada. —Palmira sonreía—. Supongo que es el ardor de los neoconversos. No debería de decirlo, pero creo que las monjitas de Birambo no dan mucho de sí. Quizá sea la rutina, no lo sé. Es tan distinto llegar a un sitio porque se huye de algo a llegar porque se busca algo... —Puede que Bernardo entendiese que aludía a su caso y se arrepintió de haber opinado así.

—Es verdad, totalmente verdad —confirmó él, sin embargo—. Nunca puede decirse que un ser humano ha dejado de crecer. Nunca.

Palmira, aun ignorando por qué discurría así Bernardo, estuvo de acuerdo con él.

Casi llegando ya, el médico le puso en antecedentes de cómo era el hospital de Nemba.

—Está muy bien organizado y muy bien conducido. Hay a su cabeza un matrimonio navarro: él lleva la dirección, y ella el departamento de maternidad, en el que más trabajará usted si no me engaño. Hay otro matrimonio, vasco también, irreemplazable: ella, licenciada en economía, se ocupa de la administración; él es cirujano. Son Martín y Rosa por un lado, y Edurne e Iñaki por otro. Gente magnífica: unida, respetuosa, alentadora. Sólo por conocerlos me habría compensado venir desde tan lejos...

En efecto, los dos matrimonios se ganaron, desde el primer instante, las simpatías de Palmira. La recibieron en una casa amplia y sin el menor lujo, anexa al hospital. Los dos edificios, como todos los rurales, eran de una sola planta. A la puerta de la casa, mientras Bernardo bajaba su maleta, Palmira se quedó absorta ante un atardecer que sumergía el paisaje entero en un baño de oro: las espadas doradas del sol, resistiéndose a morir con humildad, desgarraban unas nubes incandescentes que resultaron oscuras ante un último estallido de luz. Una bandada de milanos trazaba círculos en la alta inmensidad del cielo.

—Ya se acerca la estación de las largas lluvias: esas nubes la anuncian —comentó en voz baja Rosa—. No me extraña que te sientas cautivada por los anocheceres; menos mal que duran poco. A mí me sigue pasando. Aunque quizá me inclino más por los amaneceres: quizá sean menos espectaculares, pero tan puros como si con cada uno de ellos se inaugurara el mundo: recién lavado, intacto, en estado de gracia.

Palmira la miró intrigada. «Qué mujer tan amable. Va a ser un buen regalo trabajar con ella.»

El sol acabó por hundirse en su propio esplendor de rey Midas desdeñoso y destronado.

Bernardo vivía también en la casa de los dos matrimonios —la llamaban la Dirección—, con quienes manifiestamente congeniaba.

—Hay una pequeñísima alcoba en el hospital —le expuso Edurne a Palmira—. Tendrías allí más independencia, pero también más riesgo de que no te dejen descansar a gusto. Y descansar importa mucho aquí, tenlo en cuenta. Si te resignas a compartir baño con Bernardo (esta casa tiene tres sólo, y él se ha ofrecido a compartir el suyo), puedes quedarte con nosotros. Te encontrarás, desde luego, menos sola.

—Gracias —contestó Palmira con alegría—. En realidad, a África he venido a compartir.

—¿A qué, si no, puede venirse? —dijo Edurne también con alegría.

Los días y luego las semanas transcurrieron repletos de trabajos, de desvelos, de aprendizaje. Palmira se enfrentaba con enfermedades distintas y con enfermos distintos. Había que interpretarlos y entender- los. En la *consultación*, como allí se denominaba, no siempre se exteriorizaban con claridad, o no decían sus síntomas precisos. Lo primero era tomarle la temperatura a los adultos y pesar a los niños. No fue difícil acostumbrarse a interpretar sus inconcreciones. Las mañanas transcurrían sin un minuto libre. Buena parte de ellas las pasaba con la ginecóloga navarra: la ayudaba en los partos y la escuchaba en el tratamiento de las madres. Muchas de ellas tenían su decimoquinto o decimosexto embarazo y aún no llegaban a los cuarenta años.

—¿Qué medio decente puede impedir una superpoblación tan terrible? —se quejaba Rosa—. Para limitar los nacimientos, estas mujeres no cuentan ni con la menor colaboración de los hombres. Estremece ver a unas madres tan pobres sonriendo embobadas con sus niñitos en brazos, y de la mano, y a la espalda, como gallinas con sus polluelos. Su instinto maternal es superior a todo, a ellas también. Para separar más los partos les proponemos una lactancia larga, y ellas creen que así sus críos están bien nutridos y no les dan otra cosa: no es verdad, están vacunados solamente... De ahí proceden los problemas de desnutrición infantil. Una no sabe cómo acertar... Y luego está la poligamia, con lo que el número de niños supera todo cálculo, ya que además se les concede aquí un gran valor: cuantos más, mejor... El padre, a menudo, ni siquiera sabe el nombre de ellos, ni cuántos son, ni de qué sexo. Quizá por eso la naturaleza, más sabia que nosotros, los diezma por tantos procedimientos. Y nosotros estamos aquí precisamente para evitarlo. —Un ala de tristeza ensombrecía la cara de Rosa—. Por mucho que les recomiendes que descansen, nunca lo harán, no lo olvides: tienen demasiados hijos y demasiados quehaceres. A pesar de que sus maridos vengan, a petición nuestra, a vernos y a escucharnos. A veces ellos beben su cerveza de plátano mientras ellas, como animales de carga, trabajan la tierra o venden en los mercados... Los embarazos aquí son sucesos cotidianos, sin el halo que nosotros les ponemos. Sólo en los casos anormales se nos acercan: las hipertensas, por ejemplo. Tú mándales reposo y una dieta adecuada: no harán nada. Hay que darles los medicamentos que se pueda y esperar en Dios. No obstante, la mortalidad de nuestra clientela es grande: la eclampsia, más frecuente en las jóvenes, o los numerosos accidentes en las multíparas... Una se encuentra sin recursos. No se sabe cómo acertar. Sólo la Providencia...

En la sala de partos trabajaban nativas, hábiles e impasibles. Palmira veía a las matronas traer niños al mundo como si fueran panaderas que estuvieran amasando en la artesa. Y comprendía que ésa era la mejor actitud.

—Hay casos difíciles de mujeres a las que sigues

durante meses, controlándoles la tensión una vez por semana. Y te enfrentas con el marido exigiéndole respeto. Luego, desde el centro de salud, si no hay hospitalización o no hay médico, como en el de Birambo, tienes que mandarlas a la maternidad más próxima, a las manos de sus médicos, a conciencia de que no hay específicos válidos y de que las estás mandando al matadero... Es terrible. Tendrás que acostumbrarte; yo no lo he conseguido... Algunas, sin embargo, volverán a darte las gracias con su niñito en brazos... —Rosa movía a un lado y otro la cabeza—. Ellas tienen pasión y ternura por los niños.

—No me sorprende —comentó Palmira—: los niños sonríen y resplandecen. Son luminosos bajo sus grandes ojos, tan inocentes como los de los perros. —«No sé si hice mal empleando esa comparación. Ojalá a Rosa le gusten los perros.»

—Sí —dijo Rosa—: como los de los perros. Como los de todos los seres sin maldad.

Cenaban los seis juntos después de sentarse un rato ante el breve atardecer. «Como ante una pantalla panorámica», decía Iñaki. El coloquio era distendido y ameno. Cada uno contaba cómo fue su día: sus anécdotas, sus proyectos, sus reflexiones personales. Todo era intercambiado y enriquecedor allí. «Un verdadero curso de adaptación.» De adaptación en todos los sentidos: también en el político y en el social.

—Las luchas tribales, por calificarlas de alguna manera —dijo Martín en una sobremesa—, empezaron a finales de los años cincuenta; nunca se han superado. Pero lo que sucede ahora es más arriesgado y más terrible. En la noche del 30 de septiembre al 1 de octubre de hace dos años, o sea, en el noventa, los guerrilleros tutsi del Frente Patriótico ruandés invadieron el país por el Norte, desde Uganda, cuyo jefe de Estado tiene relación con esa etnia. Ahí empezó el desastre. Porque el Frente Patriótico es un verdadero ejército, hasta con niños adoctrinados y adiestrados al estilo camboyano.

—¿El noventa? ¿Tan atrás? —se asombró Palmira.

—Tan atrás. Pero a la prensa internacional le interesaron más otros conflictos, la guerra del Golfo o la de la ex Yugoslavia. Esto está lejos y aquí no hay petróleo. Los occidentales nos contentamos con decir: «En África ya se sabe.» ¿Y qué hace Occidente aquí? Mirar, sólo mirar. En estas catástrofes de carácter político, lo humanitario no basta; se precisa una actuación preventiva, eficaz y valiente; una actuación que controle la verdad con toda nitidez. Si sólo actúa lo humanitario, el conflicto dura y se extiende, porque nadie le ataca en la raíz. Que lo humanitario sea imprescindible no quiere decir en absoluto que sea bastante... Ya en enero del 91 las matanzas de las guerrillas tutsi contra los hutu lograron que más de 350.000 abandonaran sus hogares, desplazados, nómadas, igual que animales perseguidos y acosados. Fueron acogidos en campos de refugiados espantosos.

—No os podéis imaginar —intervino Edurne dirigiéndose a Palmira y a Bernardo— cómo son esos campos. Nosotros visitamos el pasado diciembre tres de ellos. Las gentes, desprovistas de todo, literalmente de todo, se hacinan en tiendas de campaña fuera de uso por donde les entra el agua a chorros en la estación de las lluvias. Sobre una sola estera duerme toda una familia, y entre una y otra no hay espacio alguno. Los niños, absolutamente subalimentados, están sucísimos y padecen sarna y conjuntivitis y disentería. Hay un continuo peligro de cólera. No tienen agua: de cuando en cuando envía el Gobierno una cisterna que reparte veinte litros por familia. —La voz de Edurne se afilaba a punto de romperse.

—Pero una situación así —preguntó Palmira—, ¿cómo puede transformarse en normal?

—El alto el fuego que se firmó en el marzo siguiente al mes de enero del que hablaba —continuó Martín con los ojos bajos— fue de papel mojado. Los tutsi han seguido promoviendo la rebelión contra el Gobierno de Habyarimana. Yo no creo que la situación mejore, sino al contrario. En el pasado octubre, en el aniversario de la guerra, el presidente pronunció un discurso por radio invitando a todos a la unidad. Probablemente tiene buena fe, no lo dudo: encabeza un Gobierno moderado, desea el bien de su pueblo, y los organismos internacionales (si es que eso sirve para algo) confían en él. Pero el panorama es demasiado sombrío: hay una amenaza que se respira en el aire. Nosotros estamos a lo nuestro, a nuestro trabajo diario, y no nos enteramos de muchas cosas. Mejor es así, porque si no resultaría desalentador dedicarse a curar a unas cuantas personas mientras los ruandeses, tutsis o hutus, se dedican a matarse a millares...

Rosa le dio unas palmadas de ánimo en la mano. Martín sonrió con amargura e hizo un gesto de impotencia abriendo los brazos.

—Esta misma mañana —continuó después de un silencio— me han dado la noticia de que la reacción hutu ya ha empezado. En Buguesera, al sudoeste, se ha desencadenado una persecución seguida de matanzas, de expropiaciones violentas, de quema de casas tutsis. Miles de ellos están refugiados en las iglesias, a las que todavía se respeta, no sé por cuánto tiempo.

—¿Qué hacemos aquí entonces? —Bernardo se interrogaba a sí mismo.

—Esperar y ayudar, supongo —se contestó, también a sí misma, Palmira.

—Esperar contra toda esperanza —añadió él.

—La esperanza verdadera siempre es así, más ciega que la fe —dijo Palmira. Todos aprobaron con la cabeza; Bernardo le sonrió.

La actitud de Bernardo hacia Palmira no podía ser más educada: le había cedido la primacía en la utilización del baño, que Palmira procuraba dejar como una patena al salir de él.

—Palmira deja el baño tan limpio —comentó Bernardo durante una cena— que me hace sospechar que ella sospecha que la dejo entrar antes para que lo adecente en beneficio mío.

Habían empezado a tutearse sin proponérselo cuando, sin proponérselo tampoco, Palmira se tuteó con los cónyuges de los dos matrimonios, cuya edad era algo menor que la de Bernardo. Palmira agradeció ese tuteo: de otra forma, se hubiese sentido discriminada y mayor. Tan delicada era aquella gente que sin duda tal fue la razón de que la tutearan nada más llegar. Por otra parte (pensaba cuando se quedaba sola en su cuarto, escueto y pequeñísimo), a qué venía usar fórmulas convencionales de respeto en un trabajo común tan apasionante, tan desnudo y tan compensador.

«Creí que era perfecta —se decía riendo para sus adentros antes de dormirse, si es que le daba tiempo—. Creí que ser perfecta era parecerse a mí. En qué poquito tiempo he caído del burro. Ha bastado salirme del jardín para comprobar que la perfección no existe. Y que el jardín perfecto tampoco existe; ninguno lo es: ni el del Edén. Son nuestros ojos los que lo ensalzan o lo abaten. O ni siquiera nuestros ojos: sólo la forma o la intención con la que lo miramos.»

Agotada como concluía la jornada, llenos los ojos aún con la grandiosidad de alguna puesta de sol, después de cenar y de cepillarse los dientes y de cruzarse por última vez con Bernardo, que aguardaba con una cálida sonrisa su salida del baño y le daba las buenas noches inclinándose, Palmira reflexionaba: «Ahora no doy abasto a grandes esperanzas y, por consiguiente, tampoco tendré grandes desilusiones. En adelante aceptaré cuanto venga como acepto la sucesión de los días y de las noches: a cada uno le es suficiente con su propio afán, sin alterarse por el que va a venir: quizá consista en esto la serenidad.» Y ya a punto de dormirse, casi inmersa en el sueño: «Hay un orden oculto, que no había descubierto, por debajo incluso de lo que tiene una apariencia atroz: guerras, matanzas, terremotos, catástrofes. Un orden que no podemos percibir, porque lo contemplamos desde abajo y metidos de hoz y coz en la tragedia. Un orden incognoscible porque está más arriba y porque se desentiende del individuo: va mucho más allá de todos los jardines... Ahora comprendo que lo desordenado era el jardín, tan estricto, en que yo cifré mi vida. Porque lo contrario de un río no son las avenidas, ni las grandes riadas, ni los drásticos estiajes. Lo contrario de un río son las presas y los pantanos: las obras del hombre que, en su propio provecho, lo detienen, lo trasvasan, lo mutilan... El verdadero orden, invisible, está por encima de todo.»

Hacía casi un mes que había empezado la estación húmeda larga. De repente, el cielo se congestionaba y se diluía sobre el verdor de los campos, que parecían levantarse para recibir el agua.

Fue una sorpresa poco grata la que le dio una noche Martín, el navarro coloradote de una bondad que arrastraba tras de sí como una cola, y a la que se seguía viendo después de haber pasado él igual que si llevase una luz.

—La semana que viene podrás volver a Birambo, Palmira. Has hecho un buen curso, provechoso para ti y también para nosotros. Las religiosas de la Ascensión pueden estar contentas.

—No te desanimes al principio —añadió Edurne—. Has de hacer las cosas a tu modo; pero sin apresurarte, sin herir la susceptibilidad de los nativos. Tenemos cierta tendencia innata a creer que son tontos, o que obran con un retraso de siglos. Sólo cuando aprendemos en cuánto nos superan, sobre todo en su paciencia infinita que los aproxima tanto a la naturaleza, caemos en la cuenta de lo que tienen que enseñarnos.

—A nivel médico incluso, nos dan mil vueltas —medió Iñaki—. En nuestros países somos especialistas hasta un extremo estúpido; aquí hay que resolver todo tipo de problemas, y los resuelven. Ellos solitos han aprendido a hacer cesáreas; trabajan en quirófanos no estériles, tienen menos recursos, casi ninguno; no controlan el ritmo cardíaco, y, a pesar de todo, no se les muere más gente. Quizá porque gozan de una inmunidad adquirida, a pesar de la cantidad de gente que hay con inmunodeficiencia adquirida sin enterarse siquiera, o por el privilegio de una especie de asepsia natural.

Bernardo soltó una risotada al escuchar a Iñaki. Rosa, mientras trazaba rayas en el plástico que hacía de mantel, dijo despacio:

—Sin embargo, estamos llenos de prejuicios. Ellos son negros, es decir, malvados, vagos, retorcidos, ladrones y caníbales, y, por si fuera poco, se matan a gran escala unos a otros. Nosotros, por el contrario, hemos inventado las cámaras de gas y las bombas atómicas, que son mucho más higiénicas y expeditas... Siempre me ha asustado nuestra prepotencia. Ellos podrían decir: «Estos blancos, que vienen tan condescendientes y envanecidos de su generosidad, pasan un año o dos aquí, creen que resuelven algo, se enorgullecen de ellos mismos y se van.» Pero no lo dicen: nos reciben, por el contrario, con todo su optimismo... —Después de un segundo añadió—: Y fijaos que yo misma he empleado, sin querer, el ellos y el nosotros.

Palmira sintió un tirón dentro de sí: la desgarraba dejar a estos amigos. Con ellos había aprendido cuánto ata la aventura solidaria y colaborada; el ejemplo de quien admiras y a quien aspiras a emular; el sentido diferente del tiempo, no marcado por los relojes sino por la luz del sol; el sentido también diferente de la amistad, animosa y dirigida hacia algo común, que es lo que realmente une e identifica.

Todo lo había aprendido de ellos. Ya antes le habían explicado que ni las buenas intenciones de los países en desarrollo eran siempre fructíferas. Los proyectos de atención primaria, por ejemplo, tenían que ser sostenidos para ser válidos: formar al personal indígena, trabajar con él, dejar luego los asuntos en sus manos.

—La cooperación de emergencia —afirmaba Edurne— tiene sentido sólo a corto plazo, y es difícil que se administre bien. Con frecuencia los envíos humanitarios, o no llegan porque se pierden por el camino en manos codiciosas, o llegan falseados o disminuidos en cantidad y en calidad (aquí se han recibido toneladas de desperdicio de pollos enviadas como carne de vacuno). Y, si llegan, ¿qué? Los poderosos de los países subdesarrollados se aprovechan de esas ayudas; por las alimenticias han de pagar tasas los organismos internacionales; y, como nos pasó a nosotros, en el caso de dejar contenedores en un aeropuerto, tiene que pagarse tanto que el envío apenas vale la pena. Los más pesimistas opinan que esas ayudas son un parche: positivo, si se quiere, pero un parche.

Terció Rosa:

—A menudo hemos visto a la venta, en los puestos de los mercados, medicinas gratuitas enviadas por alguna organización. El hombre es Abel, pero también Caín. Todo corre el riesgo de malograrse. Y aun así... Por eso somos tan partidarios de lo que hacemos: cooperar con el desarrollo de un país y de un pueblo. Es lo más eficaz. La consabida metáfora: no darle de comer, sino enseñarle a cazar y a pescar.

—Por eso los países pobres —argumentó Martín— necesitan vender sus productos agrícolas y manufacturados en los mercados mundiales, y hacerlo aprovechando sus propias ventajas comparativas, entre ellas la de una mano de obra más barata.

Dos días antes de su partida, se suscitó una conversación sobre el estado político del país, del que Palmira todo lo ignoraba.

—Se habla en Ruanda de odios étnicos —comenzó Iñaki—. Es extraño, porque realmente no existen aquí más que dos etnias. En Ghana hay más de sesenta; en

Camerún más de cien. Y además estas de aquí tienen la misma lengua y la misma cultura. Y saben convivir: lo han demostrado. A mí me parece —Rosa y Edurne aprobaban— que se trata más de un problema de castas que de etnias. Los tutsis han estudiado, se han promovido, han recibido cargos en el poder; por el contrario, los hutus son quienes ganan las elecciones. Y ni unos ni otros quieren ceder: ¿quién es aquí el culpable?

Fue Martín quien respondió:

—Resumiendo, los occidentales. En Burundi y aquí los tutsis fueron la élite por decisión del misionero: eran más ágiles, más guapos, más altos, y los sucesivos colonos les dieron el grado de nobleza para entrar en el ejército. Sin embargo, los agricultores hutus fueron relegados por ser chatos, bajos y con pelo de alambre. Y eso, sin hablar de los batwas, parientes de los pigmeos, y hechos al parecer para las sombras de las selvas o de la noche.

Rosa miró a Palmira:

—Es cierto lo que te están diciendo. Forzar en esta situación la democracia es inútil. Será siempre de papel. Para mandar, sea quien fuere quien lo haga, hace falta preparación, educación y firmeza. Y el pueblo aquí no está en tales condiciones. La de la democracia es una importación inoportuna. No es que sus estructuras sean distintas de las nuestras, es que son opuestas. El feudalismo está todavía detrás de la puerta. El progreso interior de un pueblo no es susceptible de improvisarse ni de imponerse.

—Y no sólo eso —agregó Edurne—: aquí los medios de comunicación hacen un daño enorme. Son usados por los bandos para acicatear a la gente y enzarzarla una contra otra. Esta paz tensa no durará mucho. El Norte, es decir, Nemba, está muy en peligro. Y alguien apoya el conflicto: yo estoy convencida de que de estas tierras no se ha ausentado aún el dominio occidental. Un dominio que, a toda costa, está interesado, para su beneficio, en abolir y en destruir.

—Sí; pero aunque intentes integrarte y ser uno más —fue Bernardo quien terció entonces—, he observado que siempre eres un extranjero y sólo como extranjero te aceptan. Hay mañanas en que siento la tentación, dentro del baño que me deja Palmira tan aseado y tan blanco, de pintarme de negro (un poco más de negro sólo, ya lo sé) —añadió riendo—. Porque ya no te sientes ni de aquí ni de allí: vosotros lo tenéis que ver más claro todavía. Y pienso incluso que el pintarse de negro sería jugar con ventaja también: «Me pinto de negro, pero no lo soy.» Este luchar por la supervivencia día a día, tan cansino, tan terco, ¿sabría yo hacerlo? No; ni quizá podría. Y, sobre todo, no lo necesito... Tienen mucha razón considerándome extranjero.

Palmira observó a Bernardo y guardó silencio. Estaba casi a punto de llorar.

—¿Dónde irás tú después? —le preguntó por fin.

—Lo ignoro aún; pero no te preocupes, que te tendré al corriente: me va a ser imposible usar yo solo el baño. —Palmira se había vuelto a Martín:

—Me gustaría comprar un todoterreno para moverme con soltura, ¿qué opinas tú?

—Más tarde, cuando estés más metida en este mundo y conozcas mejor tus necesidades. Y las suyas... Más tarde: espera un poco. A Birambo puede devolverte cualquiera de nosotros. Procuraremos que sea un domingo para trastornar menos el hospital. No te preocupes. —Tomó una mano de Palmira y se la llevó a los labios. Todos sonrieron, pero a Palmira se le acentuaron las ganas de llorar—. No te preocupes, porque la preocupación te quitará arrestos para el trabajo. Y aquí el trabajo es lo que más importa.

Palmira rompió a reír mientras dos lágrimas resbalaban por sus mejillas.

La partida fue el domingo siguiente. La hizo en el coche de Bernardo Mayer que él se había ocupado de lavar. «¿Quién habría adivinado que, debajo del polvo, este coche era rojo?» El camino de vuelta fue muy triste para Palmira. El médico trataba de distraerla sin mucho éxito. El cielo estaba bajo, congestionado y torvo. De vez en cuando se desprendían de él cortinas de lluvia contra las que el limpiaparabrisas no servía. El único ruido que se oía era el golpear frenético y furioso del agua contra la chapa del capó, y fuera, contra la vegetación y contra la calzada, de puro barro en largos tramos.

De tarde en tarde se cruzaban con algunos personajes a los que Palmira ya no encontraba extraños. Nativos esbeltos o retacos, con pantalones cortos desgarrados y camisas pegadas al cuerpo, con algún bulto sobre la cabeza, caminando como quien acude, en medio de la tormenta y de los aguaceros, a una cita inaplazable. Unas mujeres con el golpe azul rabioso de un plástico cubriendo sus cabellos, y dos bidones amarillos para el agua. Un matrimonio en pie, con toda la indiferencia de este mundo, no haciendo autostop, sino sencillamente en pie, sobre el lodazal, a un lado de la carretera, con aire de llevar allí horas, envueltos en la luz quieta, tamizada y mate de la mañana...

Palmira, con la cara hacia el exterior, veía la vegetación purificada y brillante reflejando esa luz. Entretanto, las nubes, grávidas y oscuras, no se cansaban de verter su detergente riqueza sobre aquel universo, inmóvil como si también él descansara durante esa agobiante mañana de domingo.

Llevaban mucho tiempo en un silencio elocuente, con la convicción de que no les hacía falta hablar para sentirse cerca, a través de la proximidad del paisaje de alrededor, y a través asimismo de su propia lejanía de ese paisaje. Ambos procedían de otros mundos: de otros problemas, de otras tragedias personales, de otros desencantos, de otras formas de comunicación y de trabajo... «Qué distinto este silencio de ahora del del viaje anterior.»

Bernardo Mayer interrumpió el silencio por fin:

—En Birambo no es necesario un médico. Me he

informado: su centro de salud puede llevarlo una enfermera. Por supuesto, no tendrás tiempo para sentirte sola.

—Tampoco vine para sentirme acompañada —respondió Palmira con demasiada rapidez y quizá con dureza.

—Lo sé, perdona. Lo dije porque creo haberte visto un poco triste estos últimos días.

—Dejar a una gente tan buena como la de Nemba siempre cuesta trabajo. Pero es eso, el trabajo, lo que me guió hasta aquí.

El adiós, después de tomar un té juntos en casa de los Kanyagarana, fue muy melancólico. Se besaron en las mejillas Palmira y Bernardo con un auténtico cariño fraternal.

—Da muchos abrazos a todos, de uno en uno: a Rosa, a Edurne, a Iñaki y a Martín.

—Pues dame tú a mí uno que valga por los cinco —bromeó Bernardo—. Te prometo que pensaremos juntos en ti. Hasta que yo también me quede solo, y entonces pensaré sólo en ti... Sobre todo no perdamos el contacto. Apoyémonos, amiga mía, ¿querrás?

—Sí; apoyémonos.

Cuando arrancó el coche y dio la vuelta, Palmira sacudió, con anticipada añoranza, la mano en el aire. Había oscurecido mucho antes que otras tardes. Las luces del coche se alejaron con rapidez. «Para siempre.» Palmira notó que sus ojos se llenaban de lágrimas. «Estás llorona y blanda, como una niña a la que su familia deja a las puertas del internado. Como una niña, desesperada y sola, que se tendrá que hacer la fuerte de ahora en adelante.»

El día a día de Birambo la distrajo de lo que no fuese aquello en que consistía su tarea y llenaba sus horas: organizar la recogida de los pequeños ingresos, llevar la entrada y salida de hospitalizados, ordenar los turnos de consultas matutinas, controlar los medicamentos y las vacunaciones, y mantener listos para cualquier emergencia los servicios de maternidad. Palmira se convirtió, a pesar de las iniciales y tácitas protestas de alguna hermana, en el factótum del centro de salud. Procuró dejar claro, sin acritudes ni estridencias, que el convento de la orden era un campo en que ella no intervenía, pero el centro era otro campo a cuya cabeza se encontraba, que dirigiría lo mejor posible y en el que habría de integrarse y coordinarse la labor de las ocho monjas. La hermana Antoinette, meliflua y con su voz de pito, no perdía ocasión de poner de manifiesto el menor descuido de Palmira, hasta que ésta se le encaró:

—El tiempo que pierde usted, hermana Antoinette, vigilándome y supervisándome, lo ganaríamos todos si lo dedicase en exclusiva a cumplir con sus obligaciones. Una de ellas es la limpieza de todos los servicios. No es la primera vez que se lo digo. A pesar de todo, deja bastante que desear.

Tuvo, veinte días después de su llegada, noticias de Nemba: unas líneas de Martín en que le expresaba sus mejores augurios, y que firmaban todos los demás. Algunas palabras ambiguas dejaban traslucir ciertos temores de que la situación política empeorara. Palmira recibió con fervor los buenos deseos y los saludos, y se abstuvo de alarmarse con el resto: lo cierto es que, por lo que se refería a Birambo y sus alrededores, todo estaba tranquilo.

A mediados de mayo comenzó la larga estación seca. Los cielos se desvelaron y apareció el deslumbramiento de la luz. La bóveda azul y refulgente, las lentísimas nubes que daban ganas de jugar a los acertijos de formas y siluetas, los amaneceres y atardeceres fastuosos en los que el cielo era una infinita dádiva. Como nunca antes, percibió Palmira el fuerte olor de África y los rumores inidentificables de las noches. Cuando la jornada concluía, bajaba a pie la ladera verde de la colina, y, por regla general, se tropezaba con los hijos de los Kanyagarana, que habían cenado ya y jugaban por las proximidades de la casita, a la que solían acompañarla de la mano.

Louise, mirándola con efusiva intensidad, con sus grandes ojos de córnea tan blanca, le preguntó cierta noche si algo la había desencantado.

—Desde que volvió de Nemba no es la misma. ¿Es que ha perdido parte de su entusiasmo? Yo sé que Ruanda, para una mujer blanca que, no se me oculta, pertenece a una elevada clase social, no es un país muy grato. Quizá sólo los que, por una vocación o un compromiso religioso, se arriesgan a meterse bajo este alud de dificultades, salen medianamente bien librados... No me interprete mal, Palmira; respeto su intimidad, por descontado. Si me he atrevido a hablarle es sólo con la intención de ofrecerle mi apoyo, si le es útil.

Mientras le hablaba, con su gran mano negra, acariciaba las manos de Palmira y le sonreía de un modo familiar y simpático.

—Se lo agradezco mucho, Louise, pero no me sucede nada de particular. Vine decidida a trabajar en lo que el destino me deparase, y en ello continúo. Que haya altibajos de humor o de faena, no lo niego; que concluya cada jornada cansadísima, tampoco: no soy ninguna niña. Pero no pienso descargar de mis hombros ni un gramo de responsabilidad... Usted sabe, Louise —buscaba la complicidad de la profesora—, que este centro no es fácil, y que la colaboración flaquea en ocasiones. Eso es todo, de veras.

Pero ¿era eso todo? Palmira veía con un escalofrío acercarse el anochecer, avanzar sus sombras sobre la falda de la colina, ascendiendo por el ondulado declive, desde la parte inferior del terreno, tan verde y tan feraz. Una brisa procedente del Este, a la que escasísimos árboles peinaban, sopló y agitó con suavidad los arbustos. Era una brisa templada. Venía, al parecer, desde las nubes blancas que, sobre las colinas ya

desdibujadas, eran como un humo doméstico emana-
do por las próximas cenas... Sintió una fragilidad dentro de sí. Sintió el deseo de descansar la cabeza sobre
el hombro de alguien más fuerte, que le aumentase el
ánimo, debilitado un poco cada día. Intentó distraerse. «Qué pena que no haya grandes árboles.» Alguien
le había advertido que Ruanda ya estaba deforestada
antes de ser colonia, y que los belgas la reforestaron
para ser deforestada nuevamente, cuando se fueron,
por las necesidades de los nativos. Se empeñó en
recordar los más viejos árboles del jardín de Santo
Tirso: la esbeltísima araucaria, los corpulentos algarrobos, los cipreses, la gran noguera inabarcable...
«Deforestaron esta tierra para hacer sus casas, para
calentarlas luego y cocinar, para plantar aquello con
lo que se alimentan... Con toda la razón, pero da
pena.» Sin embargo, no logró distraerse. Se vio como
en Sanlúcar dijo que veía a Willy: una enredadera sin
asidero, sin tronco que embellecer, al que abrazarse,
sobre el que sostenerse. «No seas *femenina* —se reprochó, para excusarse inmediatamente—: No; es que
soy humana.»

Entre las ocho monjas, con la que mejor se llevaba
era con la más joven. Su nombre era Agnès. Tenía no
más de diecisiete años y la contemplaba siempre con
una muda admiración de cachorro. Cuando Palmira le
hablaba, tal era la concentración con la que se quedaba mirándola que ni siquiera la oía. La hermana Agnès
era un escape para la ternura de Palmira. Se dio cuenta de que, a los ojos de la muchacha, era el tronco del
que ella misma no disponía, la sujeción y la fortaleza que echaba ella de menos. Y en aquella docilidad de
la muchacha confiaba, para que la sucediera cuando
se ausentase —pero ¿cuándo se ausentaría?—, más
que en la dejadez y en la flojera del resto de las monjas
todas juntas.

Intentó algunas tardes rezar, elevar a Dios el cora-

zón, acompañar a las monjas en sus oraciones, o arrodillarse en su habitación y meditar unos minutos antes
de dormir. No le fue posible. No conseguía mantener la
mente en la oración más que unos segundos. O se le
evadía tras el trabajo del día siguiente, o remoloneaba
en lo hecho y en lo que se había quedado sin hacer; o se
lamentaba del desacierto de tal o cual hermana que por
fortuna no era percibido por los pobres necesitados; o
insistía en su soledad, que no osaba participar a Louise
a causa de un pudor quizá injustificado o de una vanidad más injustificada aún. Estaba convencida de que la
oración le habría servido de asistencia para fortalecer-
se, sosegarse y dar a cada acto su importancia relativa,
sin exagerarla ni trascenderla. Pero a Dios lo veía más
lejos que nunca, o mejor, no lo veía en absoluto. Ella no
estaba allí en su nombre, y eso lo tenía muy claro, sino
en nombre de los seres humanos. «No sé si el mono,
perfeccionándose, se hizo hombre algún día; sé que el
hombre, llevado hasta sus mejores y últimas consecuencias, se convertiría en dios. Un dios doméstico y modesto, cotidiano y feliz. Porque seguramente no es en la
omnipotencia ni en la omnisapiencia donde reside la
divinidad. Al menos, en la que yo creo hoy día.»

De una forma instintiva temía a los domingos. Se
le presentaban como un enorme salón deshabitado
donde ella debía de moverse a solas, sin una dirección
prevista y fija. Paseaba con un libro en la mano, «igual
que en Santo Tirso». Se alejaba por aquel *jardin potager*, donde la vegetación era tan compacta que a veces
le impedía dar un paso. Se movía con soltura entre la
luz ilesa y transparente; jugueteaba con los niños de
Louise, o charlaba con ellos... Era igual: el liso tiempo
vacío del domingo no se colmaba con nada. Ni propósitos, ni recuerdos lograban asirla y entretenerla. Sentía tal insatisfacción que alguna vez pensó si no sería
el principio de su renuncia y de su vuelta a Sevilla,
donde muy pocas cosas, ésa era la verdad, la reclamaban. «Sería confesar una derrota; pero ahora es una
cuestión que no me asusta.»

El primer domingo de junio se había alejado de la casa más de lo habitual. Terminó de bajar la colina por un camino bastante escarpado de tierra rojiza, que la condujo hasta el fondo del valle a través de terrenos sembrados de maíz, de habichuelas, de té (cuyas mayores plantaciones había visto en el norte), de sorgo, de bananos y de alguna que otra planta cuyas hojas desconocía. Pasó por delante de un mínimo mercado, soliviantando la curiosidad de compradores y vendedores. Las casas, de adobe y plástico ondulado, se agrupaban en muy pequeño número. Aquello debía de ser una comuna. Se detuvo en un recodo que conducía a otro sendero de profundos surcos y cubierto con una gruesa capa de polvo. Los que por él se acercaban al mercadillo traían los rostros casi grises del polvo. Se acercaban, hasta cruzarse con ella, dos mujeres batwas, cargadas con ollas de barro sus cabezas. Un niño, descalzo como todos y vestido de harapos, con una larga vara en la mano y la mirada de sus redondos ojos fija en ella, guardaba una par de vacas de alta y cerrada cornamenta. El sol, sin una vegetación de altura que lo cerniese, se enseñoreaba como un rey absoluto sobre cuanto abarcaban sus ojos. Pájaros indecibles retozaban en las ramas. Uno, del tamaño de una paloma, con vientre naranja, alas negras y un ancho pico rayado en blanco se deshacía en gorjeos haciendo sonreír a la mañana. Otros, más menudos, rojos y negros o azul eléctrico y rojos, triscaban por el aire dorado. Un perro con tiña se incorporó a su paso, y Palmira acarició la roñosa cabeza en el nombre de Juba. Por el aire diáfano dos mariposas grandes verdes se perseguían, huían una de otra, jugueteaban: una de ellas se detuvo un instante sobre la pobre cabeza de calvas sonrosadas del perrillo; un instante, y después continuó su enamorado vuelo.

Enfrente, al lado opuesto del valle, surgía otra colina, y otro sendero muy semejante a este por el que ella avanzaba, y por el que acaso se perdía, porque, abandonada, podría extraviarse en un paisaje mil veces repetido. Reflexionaba sobre su abandono y, de repente oyó su nombre. Se rasgó en dos la mañana, pero Palmira no se volvió siquiera. Era imposible. «La soledad, cuando se prolonga, finge voces que llaman. Como el amante que espera el mensaje de un teléfono oye su timbre en lo más hondo de su corazón.»

—Palmira —oyó esta otra vez muy cerca.

En seguida alguien la tomó de los hombros. Giró, y se encontró de manos a boca con Bernardo. La embargó una alegría tan grande que no supo balbucear ni una sola palabra. Se refugió en el pecho de él llorando. Él chasqueaba la lengua con dulzura, como se hace con un niño para calmarlo, o para adormecerlo si es que se ha despertado. Después pasó la mano por el pelo crespo y descuidado de Palmira.

—Discúlpame —murmuró ella retirándose. Por sobre el hombro de él vio los ojos de todo el mercadillo mirándolos con complacencia y con expectación, como quienes ven el fin de una película. Se retiró aún más.

—¿Disculpar? Es el mejor regalo que me han hecho desde hace mucho tiempo.

—¿Por qué estás aquí? —La pregunta le sonó a ella misma inquisitiva y cortante.

—En la casa me han dicho que te encontraría si bajaba por este lado.

—Pero ¿a qué has venido?

—A que me hicieras el regalo que me has hecho.

—¿Cómo están todos en Nemba? —Palmira cambió el sentido del diálogo con crudeza.

—Bien, todos bien. Parece que las invasiones de la guerrilla fronteriza han cesado. La vida sigue igual. Bueno, más aburrida desde que te viniste. Por eso ayer me dije: «Voy a darle un abrazo a esa descastada.»

—Te lo agradezco. —Lo miró con afecto y repitió—: Te lo agradezco. En el momento en que me has llamado por primera vez —agregó en un ataque repentino de sinceridad, que era el mejor homenaje de gratitud hacia Bernardo— me preguntaba qué sentido tiene la vida para una mujer de mi edad.

Bernardo soltó una carcajada:

—Pues yo he venido para responderte. «Su vida: ése es el sentido.» El único y del todo. La vida, lo entendamos o no, tiene siempre (o no tiene nunca, a ninguna edad) su sentido en sí misma. Creo que fue Paracelso el que escribió que quienes se imaginan que todos los frutos maduran a la vez que las fresas, no tienen ni idea del sabor de las uvas.

Habían comenzado a caminar del brazo sin saber hacia dónde.

—Tengo temor a desertar, Bernardo —dijo Palmira con la voz quebrada.

—Quizá donde mejor se esconda un desertor sea en un campo de batalla. Allí no irá nadie a buscarlo... Ojalá estuviera tan seguro de mí como lo estoy de ti. —Hizo una pausa, en la que Palmira saboreó el elogio—. Mira, en mi tierra se dice que, si Dios no nos hubiese querido trasquilados, no nos hubiera hecho corderos.

—Estoy aquí tan sola y tengo tanto miedo. —Habló como una niña.

—Miedo, ¿a qué?

—A fallar. A no cumplir. A fracasar.

—No seas vanidosa. —Palmira recordó que de la misma forma la había reprendido Mauricio Castro en Sevilla—. Aquí estamos para trabajar sólo: el resultado está en nuestras manos muy pocas veces. Cualquier campesino, si no tiene gallinas y un cochino, teme morirse de hambre; si los tiene, teme que se mueran de hambre el cochino y las gallinas. Y también teme que el verano sea demasiado caluroso y el invierno demasiado frío... Lo teme todo; le teme a todos. Nosotros sólo muertos, como el campesino, perderemos el miedo.

Palmira, acompasado su paso al de Bernardo, se sentía sostenida por fin. Le había bastado oír unas cuantas palabras de aquella voz, que dominaba y que acariciaba a la vez. Ignoró el paisaje y la hora; se redujo al paso de los dos, que ascendían paulatinamente la apacible y moderada ladera de la colina...

—Los buenos samaritanos de Nemba me han preparado en una cesta de hojas de banano un almuerzo para los dos. Podemos ir de picnic donde quieras —dijo Bernardo.

Volvió de nuevo el paisaje a los ojos de Palmira: cualquier sitio sería bueno para almorzar sobre la tierra roja. Recogieron la cesta en el coche de Bernardo y subieron hacia la cima de la colina, desviándose luego a la derecha. Había allí una pequeña explanada con unas piedras al pie de un conjunto de eucaliptos. La sombra que proyectaban éstos era liviana y vacilante. No hacía calor. En la cesta había hasta una botella de vino de Navarra, y algo semejante a una tortilla española y unos bocadillos de pollo: un banquete regio. «Me quedaré de nuevo sola, más sola todavía cuando Bernardo esta tarde se vaya.» Palmira alargó la mano y la puso sobre la de él, que sacaba en ese momento de la cesta un fajo de servilletas de papel.

—Gracias.

—Y dale: ¿es que no te das cuenta? Gracias a ti. Si yo te ablando, me voy ahora mismo. Quiero verte como sé que eres: valiente y recia... —Bajó la voz—. Necesito decírtelo: he venido porque yo mismo, yo, estaba a punto de desmoronarme. He venido para que tú me contagies de tu valentía.

Su voz se había concentrado. Continuaba con las servilletas en la mano.

—Gracias —repitió Palmira tomando las servilletas—. No pienso llorar otra vez, de manera que no me digas ni una palabra más. —Ya sonreía—. Entre otras razones, porque estoy muerta de hambre.

Comieron y se alegraron con el vino. Se contaron lo que había sido de ellos, como si se tratara de una cena en Nemba que hubiese seguido a un día muy largo, y a la que concurrieran los dos solos. Ninguno de ellos se atrevía a pensar en el fin de la comida. Lo rehuían incluso comiendo más de lo que en principio les apetecía. Masticaban despacio, en silencio, y sonreían con la boca llena cuando sus ojos se encontraban. Palmira gozaba de una sensación de dulzura desconocida. La atribuyó a la salida del túnel que, durante casi dos meses, la había atribulado. Ahora le hormigueaban los deseos de volver a empezar. «Más sola aún, pero con los amigos, aunque estén lejos.»

—Puedo venir a verte cada quince días —dijo Bernardo como si le respondiese—. Me haría mucho bien.

—¿Cómo está nuestro cuarto de baño? —le interrogó Palmira.

—Sucio. Y además ha cogido la tonta costumbre de preguntar por ti.

El tiempo no fue ya enemigo de Palmira. Se convirtió en una carga soportable. «Divide y vencerás.» Atendía con ilusión la visita de Bernardo, que la ligaba a un mundo personal, distinto de aquel al que se entregaba con pasión durante dos semanas; al que se entregaba con armas y bagajes, porque era su obligación y su devoción, y ahora también porque sería buen tema de charla cuando llegase Bernardo, y porque ya tenía a quien consultar sus dudas de trabajo, que adoptó la costumbre de anotar en una libretita al concluir cada jornada.

—Ha vuelto a sonreír —le indicó un día, sonriendo a su vez, Louise.

—Está más bonita y más joven —la piropeó la hermana Agnès mirándola con sus ojos de raso.

—La señora Gadea trabaja más que nosotras, pero es porque también tiene más que nosotras —rezongó solapada con su voz de pito la hermana Antoinette.

La tercera visita de Bernardo, «con su cestillo de Caperucita Roja para la abuelita», como decía Palmira riendo, fue un espléndido regalo. Palmira, ni cuando apagaba la luz de noche, reflexionaba sobre lo que le ocurría. «Es solamente un amigo, un cómplice bueno, alguien que tiene los mismos ideales y suda con los mismos sudores que yo. Nada más. *Nada más*.» No se toleraba pensar de otro modo. Pero la tercera visita introdujo un elemento de contraste nuevo.

—Por lo visto —le expuso, mientras comían, Bernardo—, los buenos samaritanos de Nemba tenían tramado en secreto un proyecto para mí. Es un proyecto amplio, que merece la pena. Hasta ahora yo he estado haciendo labores de monjita de la Ascensión como estas tuyas, y limpiando escupideras y letrinas. Va a crearse ahora un distrito de salud, que abarcará varios centros, concretamente cinco, y un buen hospital. Me piden que yo los coordine, que les dé un empujón de salida a los nuevos centros y que mejore el funcionamiento de los que ya hay.

—Enhorabuena, Bernardo. Qué alegría. —Palmira se alegró, en efecto, pero le brotaba un oscuro pavor inadmisible—. Un trabajo a tu altura. —Se agitaba su respiración—. ¿Y dónde es?

—En Gihara, a diecisiete kilómetros de Kigali.

—No está lejos, ¿verdad? —Palmira habló con la timidez de una niña que teme lo peor.

—¿De dónde?

—De aquí.

—¿Y qué nos importa si está lejos o no? —dijo con brusquedad Bernardo—. Escúchame. En Gihara hay un convento de monjas dominicas muy bien organizado, con un soberbio centro de salud. Ellas han recuperado ahora sus propósitos misioneros, y están dispuestas a dejar aquello si encuentran a alguien en quien puedan confiar. Los buenos samaritanos me han señalado con el dedo.

—Han hecho bien... Yo hago lo mismo. —Palmira extendió hacia Bernardo el dedo índice, que él le mordió.

—Escucha aún. Yo he pensado hacerte responsable del centro superior de la zona de Gihara. Ya he comprobado que manejas bien las riendas. No te oculto que para eso he venido estas tres veces. ¿Te querrías venir?

Después de una pequeña pausa, sin recapacitar, Palmira preguntó:

—¿Has venido para eso?

Bernardo, sonriendo, contestó con otra pregunta:

—¿Quieres venir conmigo?

Ante lo directo de la pregunta, Palmira miró hacia otro lado, carraspeó, fingió una tos.

—¿Qué es eso de la zona de Gihara?

—Ya lo sabes: aquí las casas están desperdigadas: se agrupan un poquito alrededor de una iglesia, de un hospital, de un centro de salud, de un mercado. Ésa es su conexión. Allí va a haber de todo, con los centros a unos cuantos kilómetros unos de otros... Total, la zona de Gihara. ¿Quieres venir o no?

—¿Para cuándo sería?

—Para principios de agosto, dentro de dos semanas. Pero dilo de una vez: ¿quieres venir o no?

—He aquí la esclava del señor. Hágase en mí según tu palabra.

Bernardo se echó a reír:

—¿Qué significa eso?

—Que iré donde el doctor me mande; que su pueblo será mi pueblo...

—¿Y que su hogar será tu hogar?

Se miraron con una desusada intensidad. Los dos, casi a la vez, distrajeron sus miradas.

Aquella misma noche se interrogó con seriedad Palmira sobre sus sentimientos hacia Bernardo. Una parte de ella reconoció que le agradaba su hombría de bien; la otra, le prohibió dar otro paso hacia una relación más personal. «Sólo tenemos en común la actividad humanitaria y el enriquecimiento que para ambos supone estar desplegándola y haciéndonos mutuamente espaldas frente a la soledad que supone el alejamiento de nuestros ambientes habituales y el desarraigo de los amigos anteriores.» Eso era todo. Palmira no deseaba ni pretendía más. Había dejado de aguardar aquel mensaje, que durante toda su vida creyó que vendría de fuera, y que sería quien le marcase una meta compartida a la que dirigirse. Ahora sabía con certeza que la llamada a la que respondió procedía de su interior y que en tal último tabernáculo no cabía a Bernardo arte ni parte. Sin embargo, le costó conciliar el sueño. «Sin duda es la emoción de saber que, dentro de poco, mi esfuerzo va a obtener el fruto codiciado.» Cuando se durmió —o quizá cuando estaba a punto de dormirse—, escuchó una voz irreconocible que la amonestaba: «Un huracán puede salvar a un pueblo de una plaga de langostas, pero arrasa también al mismo pueblo que libera.» Palmira, de una forma imprecisa, percibió que esa prevención misteriosa se refería al amor.

7

El centro de salud de la zona de Gihara estaba instalado, como casi todos, en la cumbre de una colina. En él las dominicas continuarían unos meses hasta que su relevo se verificase con toda garantía. Las madres y las hermanas eran nativas en su mayor parte, pero regidas por europeas que controlaban, con un gran impulso organizador, el desarrollo de las actividades.

A Palmira, que conocía, por ejemplo, la facilidad con que desaparecían los medicamentos —hurtados por auxiliares que, eso sí, se auxiliaban con el producto de su venta—, le satisfizo mucho el arreglo de la sección de farmacia. Las monjas habían instalado una reducida para el uso diario, y otra grande, a manera de almacén, bajo llave y con una rigurosa administración. Eso denotaba su gran experiencia y su firme voluntad de dar el mejor destino posible a los elementos, siempre escasos, con los que se contaba.

Por otra parte, habían elaborado, con paciencia y tiempo, un fichero en el que constaban las historias clínicas familiares de toda la población que acudía habitualmente al centro. En él, para la admisión de enfermos y las consultas, casi todos poseían ya su propia ficha. El que no, pagaba cuarenta francos —unas veinte pesetas—, y se le hacía inmediatamente una, con la que ya pasaba a la sala de espera en la que, como primera providencia, se le tomaba la temperatura para ahorrar tiempo. Palmira se sintió estimulada ante ese dispensario bien llevado, cuya más importante responsabilidad acabaría por recaer en ella, pero para hacerse cargo de la cual no tendría que partir de cero.

Esas mismas palabras —«no tendrán, hermanas, que partir de cero»— fueron las que ella les dijo a las religiosas de la Ascensión cuando las reunió para comunicarles que dejaba Birambo. Sucedió doce días antes de salir de allí definitivamente. En seguida la rodeó un coro de plañideras. Ahora que se ausentaba, la empezaron a echar de menos aun antes de la hora. Les propuso profundizar el trabajo en las fechas restantes; distribuirlo lo más detalladamente posible para que rindiesen con mayor eficacia; atenerse cada una a su cometido sin intervenir en el de las demás, a no ser que perjudicase la tarea común; e insistió en que, de no abandonarse en cuerpo y alma a la labor encargada, estarían cometiendo infracciones incompatibles con su propia religiosidad, de la que tendrían que acusarse en confesión.

—Aunque amonestarlas así excede de mis atribuciones —concluyó.

La hermana Agnès le besó la mano antes de que montara en el coche de Bernardo. Las otras monjas solicitaron su venia para besarla en las mejillas. Palmira estaba radiante sin saber por qué: quizá por el cariño que, al fin y al cabo, despertara; y por la firme promesa de cumplir sus sugerencias que le hicieron; y porque se evadía de un lugar donde no fue feliz... Y quizá, ¿por qué no?, también porque la aseguraba la fuerte personalidad de Bernardo que la asesoraría en adelante. Su mayor temor era ahora precisamente defraudarlo.

A Bernardo se le había destinado un pequeño despacho en el hospital donde tendría que desarrollar sus proyectos. Pero paraba poco en él: le era preciso visitar el resto de los centros, coordinar las secciones, calcular las distancias de los diseminados núcleos de población, hablar con el burgomaestre o alcalde de Runda, bajo cuya jurisdicción se hallaba no sólo Gihara, sino Kabuya, Masaka y otras zonas. A Bernardo lo sostenía la perspectiva de fundar unos instrumentos de auténtica eficacia y compartía ese sueño con Palmira, por la que era consultado con frecuencia y a la que él asimismo consultaba, dada su práctica en un entorno ingrato.

Con la mayor naturalidad aceptaron las monjas, antes de que la propia Palmira lo aceptara, que ambos vivirían juntos. No estaban en situación de ofrecerles, por el momento, más que una construcción que había funcionado como casita de herramientas para una obra concluida ya por un cura vasco. La obra era una iglesia —sucursal la llamaban— dependiente de la parroquia principal de Gihara. Los curas preferían ser ellos los que se movieran en busca de sus fieles, por lo que edificaban frágiles iglesias muy próximas entre sí. Sin embargo, la de Kabuga, tal era el nombre del lugar, la había construido el cura vasco con paredes de ladrillo visto y contrafuertes de piedra, muy a conciencia y tan robusta como él mismo. De forma que la casa de herramientas no era una bagatela.

Desde su llegada, llenos de optimismo, Palmira y Bernardo acordaron mejorar y ampliar su casita. Le tomaron cariño nada más verla, a pesar de que se alzaba cerca del lecho del Nyabarongo, lo que la convertía en objetivo fácil de la malaria; pero la rodeaban jugosas y fértiles colinas. Junto a ella crecía una torre de alta tensión sin utilidad alguna para ellos, porque la electricidad no llegaba sino a los núcleos de población más numerosa. También junto a la casita se había edificado otro centro de salud que sería atendido, cuando Bernardo pusiese en marcha el conjunto de su obra, por monjas nativas franciscanas.

La casita de las herramientas se encontraba a unos diez kilómetros del hospital, pero el camino hasta allí era tan pésimo que en el todoterreno recién estrenado por Palmira, que lo regaló al centro, no tardaban en hacerlo menos de una hora. De ahí que el coche de Bernardo durmiese ante el hospital la inmensa mayoría de las noches.

Bernardo propuso a Palmira, con la vista en el futuro, construir una casa de permanencia lo antes posible. Para ello entró en contacto con una especie de maestro de obras, que allí tenía la consideración de un arquitecto. Entretanto, contaban en la casa de las herramientas con dos camastros separados por un medio tabique. Se iluminaban con quinqués de petróleo, y se aseaban en una pileta a la que Bernardo llevaba cada mañana agua de una fuente cercana, que llegaba hasta allí a través de la canalización, desde un manantial en la cima de Gihara, realizada asimismo por el párroco. En todo caso, era preciso hervirla y filtrarla después.

—Ahora no sólo compartimos el baño, sino hasta el agua de la pila —comentó Bernardo riendo el primer día—; pronto tendremos que compartirlo todo.

Palmira no respondió, mientras se secaba con su toalla al aire libre, y oía los chapoteos de él, que se lavaba desnudo de medio cuerpo, mostrando su vello y su musculatura.

Transcurrieron unos meses propicios y difíciles. Llegaban tan rendidos a la casa que apenas les daba tiempo a desearse buenas noches. Almorzaban y cenaban en el centro con el resto de los trabajadores residentes. Los nativos comían una pasta hecha con habichuelas, patatas y boniatos; ellos, una mayor variedad de verduras procedentes del huerto de las monjas. A veces, Bernardo, de alguno de sus viajes, traía de la capital piñas, aguacates, maracuyás, o ciruelas del Japón, lo que prestaba un atractivo nuevo a las comidas, rabiosamente monótonas si no. Algún domingo que otro Palmira y Bernardo se alargaban a almorzar hasta Kigali, donde en realidad no había mucho que hacer, aparte de disfrutar de su magnífica situación que ya sorprendiera a Palmira en su primer tránsito, y de dar lentos paseos a pie, entre la gente: paseos en los que el silencio apenas roto los reunía más que las palabras. Solían comer en el restaurante de un hotel no muy bueno, en el que pedían tilapia (pescado) con patatas fritas, o carne de ternera con patatas y arroz, y una sabrosísima ensalada.

En la fiesta de Kamarampaca, en septiembre, decidieron almorzar cerca de la embajada de Uganda, en un restaurante italiano. Habían encargado espaguetis y un buen bistec. Contemplaban la acera llena de movimiento igual que toda la ciudad: el colorido insolente de la ropa de los transeúntes, las perpetuas sonrisas, la facilidad y cariño con el que se tocaban unos a otros entrelazando sus manos o golpeándose en broma. Era un pueblo feliz. Los tutsis y los hutus confraternizaban como si no los distinguiera ningún factor genético, ningún ideal contrapuesto y ningún amago de ruptura. Palmira y Bernardo, sin caer en la cuenta, contagiados, sonreían también.

—Somos como un matrimonio de hace ya muchos años que disfruta de un viaje turístico —terminó por apuntar Bernardo.

Palmira rompió a reír; no obstante, la observación la puso algo nerviosa.

—¿Quieres decir que te aburres conmigo?

—No se me ha pasado por la imaginación semejante desatino. ¿Crees tú que todos los matrimonios se aburren?

—Supongo que los que no se aburren son los que comprenden que, mucho mejor que mirarse mutuamente a los ojos hasta que les lloren, es mirar algo juntos.

—Esa calle, por ejemplo —dijo Bernardo.

—O un proyecto de centro de salud —añadió Palmira mientras enrollaba en su tenedor un espagueti.

Bernardo aguardó que se hubiese llevado el tenedor a la boca y luego dijo con una lenta concentración:

—Duda de todo: duda del sol, pero no de mí. —Después agregó con ligereza—: Es un consejo de Shakespeare.

Palmira, que desde que llegó a Gihara se sentía vigorosa, casi como si hubiese vuelto a nacer a una nueva vida, y ufana a sus propios ojos por haber transformado tanta derrota en victoria: una victoria sobre sí misma, murmuró con serenidad:

—El corazón, maese Shallow, el corazón: eso es lo único que importa... Shakespeare también.

—Mi corazón se siente renovado y seguro —afirmó Bernardo, como un eco de las cavilaciones de Palmira.

Pero Palmira, mientras volvía a llevarse el tenedor a los labios, se corrigió para sí con pena. «Mi boca ya no es apta para el beso; también la de Bernardo dejará de serlo. Mi cuerpo ya no sirve para ser codiciado ni abrazado ansiosamente... No; no es sólo el corazón lo que importa.» Enrolló otros espaguetis con desilusión. Bernardo seguía hablando. «Tendría él que estar ciego.» Luego le prestó atención. Él afirmaba:

—Nunca creí en la ceguera del amor. El enamorado ve más que nadie los motivos de su sentimiento. Donde los demás ven acaso una sonrisa mustia, el amante ve un amanecer. No hay viajes maravillosos, sino viajeros maravillosos. En el lugar en que la gente veía un establo, una mula, un buey, un viejo y una mujer vulgar con un recién nacido, los Reyes Magos vieron a Dios.

—No hay enfermedades, sino enfermos. —Palmira fijó sus ojos en los ojos de Bernardo.

—Tampoco hay salud, sino gente sana... Es fantástico, y a la vez tan real, el amor que no busca el conocimiento ya en ninguno de los sentidos, ni en el bíblico, sino que se satisface con la posesión de las miradas mudas... El amor que no busca la penetración, sino la compenetración: los claros gestos de la convivencia, el sentimiento del consentimiento...

—No sabía que eras poeta.

—Yo, tampoco. Te he dicho ya que mi corazón se ha renovado. —Hizo una pausa y pareció que seguía hablando—. No mira ya hacia atrás, hacia lo que ha perdido, ni tampoco proyecta. Está sentado hacia la luz, mirando pasar ante él el don del mundo, la explicación del mundo que la vida le debe a cada ser, el porqué de su historia.

—¿Y cuál es el porqué?

—Estar aquí, a tu lado, viendo transcurrir la fiesta, comiendo en platos de loza que tanto echo de menos, con servilletas de tela, bajo esta luz radiante de septiembre, con la seguridad de que él, mi corazón, es un *urugo* apenas vallado y muy pequeño pero que fructifica con el relevo de las estaciones... No; no me ha defraudado: estoy contento de él... —Su voz hizo otro alto—. Aunque el milagro no ha sido cosa suya.

—¿De quién, si no? —Antes de formular la pregunta se arrepintió de ella.

Bernardo le respondió en silencio con una larga mirada bondadosa.

En el regreso a Gihara, Palmira, que dejó conducir a Bernardo, se asombró de no haberse sentido nunca tan femenina. Tan independiente y personal, sí, tan autosuficiente si podía decirlo, pero también tan del todo femenina. Había una complacencia en cuanto realizaba dentro de la casita de las herramientas, una voluntaria y gustosa sumisión a las tareas de limpiar y coser, que jamás habían sido las suyas. Evocó ahora aquella mañana en que vio doblar a Bernardo una de sus escasas camisas.

—¿Qué vas a hacer con eso?

—Se me han caído dos botones: la llevo a que me los cosa la hermana guardiana.

—No digas bobadas, ¿para qué estoy yo aquí?

Quizá tendría que haber aprendido que amar no es afirmarse frente a otro, ni diluirse y desaparecer en otro: es ejercer sucesivamente todos los papeles con el convencimiento de que el *nosotros* subraya y multiplica el *yo* y el *tú*.

—Cuando tengamos la casa nueva —había comentado un anochecer que, como todos, le producía la impresión de ser más bello que ninguno— la orientaremos hacia Occidente.

—En el sitio en que había pensado levantarla, opino que la mejor orientación sería hacia el Este. Pero si tú propones otra cosa...

—¿Cómo no me has mostrado aún ese lugar?

Al día siguiente se lo enseñó. Calculaba que sería una casa grande: no había problemas con el terreno, cedido por la parroquia; en él cabría su propio huerto. Era una ladera, y sería más factible elevar con pilares el piso que allanarla.

—Si te parece bien —dijo Bernardo, y Palmira asintió.

Entrarían en el salón por unas graciosas escaleras. En cambio, por la parte de atrás, donde la cocina, no habría que salvar desnivel ninguno. Un porche, aunque vistoso, sería inservible por los mosquitos: el salón se contentaría con unos grandes ventanales.

—Hacia el poniente —afirmó Palmira.

Bernardo le tomó la cara y la hizo girar.

—Hacia allí.

Le señalaba el valle, con el río en medio, brillando bajo la luz como un reguero de plata. Era el Nyabarongo, del que se dice que surgen las fuentes del Nilo. Al fondo, bajo una diminuta luna, en el anochecer, entre dos colinas, se abría como un abanico Kigali, florecido y refulgente.

—Desde el salón, si lo orientamos hacia el Este, veremos levantarse la luna.

—¿Y el poniente entonces?

—El poniente lo veremos desde la ventana del baño. ¿No fue un baño lo primero que compartimos? Pues desde otro baño compartiremos los ponientes.

Palmira se echó a reír y le rozó con ternura una mejilla sin afeitar y áspera.

Ahora, en el breve viaje de retorno a Gihara, no cesaba Palmira de preguntarse qué le sucedía. Brotaba dentro de ella una sensación de cumplimiento que no había notado sino en los meses más cálidos de la maternidad; un cumplimiento que le proporcionaba una extraña alegría antes no sospechada. No era una alegría racional ni medida; no era una alegría placentera de las que suelen ser seguidas de resaca; no era una alegría burguesa, apoyada en un pedestal de bienes materiales; tampoco era una alegría romántica, traída por vagos sueños, por muy necesarios que se consideren éstos para vivir. No estaba exenta del gozo premonitorio, acaso utópico, de hallarse sembrando la simiente de un mundo nuevo de unidad humana, pero no coincidía exactamente con ese gozo, o, al menos ese gozo no la abarcaba por entero. Su alegría era un sentimiento más serio y más profundo de lo que habría sabido expresar. Era una alegría a pesar de todo. A pesar de absolutamente todo. Martín, el director de Nemba, habría juzgado, riéndose pero con un trasfondo de seriedad, que se trataba de una alegría ontológica, la que nace de la contemplación de la existencia tal como es, no como la querríamos, o como la presentíamos, o como nos la imaginábamos. La fusión —y la confusión— con la existencia produce una alegría esencial, derramada en múltiples alegrías ininterrumpidas, casi poliédricas, que oponen sus pequeños y resistentes escudos a todas las indeclinables tristezas de este mundo... Palmira, sin explicárselo, se daba cuenta de que no era la suya una alegría desentendida y ensimismada, sino al contrario: activa, generosa, en la que convergían el pensamiento y el corazón para volcarse extravertida y conjuntamente al exterior, como si de un modo inconsciente hubiera de ofrecer a los demás un pago ideal por haber sido elegida.

«Pero elegida, ¿para qué? ¿Por quién? ¿Por la vida?» Ante esta cuestión se detenía Palmira. No era capaz de contestarla. No obstante, ¿suponía tal ausencia de respuesta una sombra? No; porque en lo más recóndito de su ser una luz alumbraba la respuesta, de momento, en el viaje de vuelta a Gihara, eludida. Volvía ella, pues, la cara a las grandes tristezas de los otros, que no empañaban, sin embargo, aunque más que nunca las sufriese en sí misma, el brillo de su felicidad. Durante horas y horas se desenvolvía entre el dolor humano, la pobreza, la miseria, el robo, las traiciones, la cobardía; pero se movía en medio de ellos sin que la mancharan, como bajo una campana de cristal. Y los consideraba sombras, en efecto, mas unas sombras que resaltaban la luz, y que conformaban el esplendor rutilante del paisaje entero. «Quizá es que veo hoy una mayor extensión de paisaje, y lo entiendo mejor...»

Lo único que la preocupaba era la consabida certidumbre («¿Quién sabe qué es el cielo?», se demandaba junto al ama en Sanlúcar) de que sólo por un corto tiempo puede soportarse una desbordadora plenitud. Pero, como había dicho Bernardo, tampoco ella miraba al pasado, ni se refugiaba en el futuro: respiraba y vibraba en esta intensidad apasionante y calma, acaso inmerecida; en esta exaltación permanente que transformaba todo el aire en pájaro, y que no era posible que proviniese íntegra de la tranquilidad de conciencia, ni de la realización de un deber, por duro y exigente que éste fuera.

Palmira se negaba a reflexionar sobre su estado de ánimo: prefería sólo recrearse en él.

Sucedió unas semanas más tarde. La construcción de la nueva casa había comenzado. Al descender de sus complicadas tareas hospitalarias, Palmira se detenía siempre para echar una ojeada a los avances de la obra. Su ilusión era tan desmesurada que la hacía sonreír. Nunca nada, ni el caserío de Santo Tirso, ni su paradisíaco jardín, le había proporcionado tan estimulante esperanza. «Soy como una novia que ve crecer la casa que será el nido de su amor. Es bastante ridículo. Menos mal que no tengo testigos.» Veía tomar cuerpo los muros, la distribución esbozada y marcada con piedras, los cimientos de la escalera de la entrada, y saltaba dentro de su pecho una confirmación que ella no amordazaba, pero que tampoco se atrevía a escuchar.

Esa tarde bajó hasta la casita de las herramientas con más prisa que otras. Había decidido, dada la tardanza de Bernardo, hacer la cena en ella con una cocinilla de petróleo que se agenció a última hora. El sol se iba apagando, de rojo y oro como un gran manto de virgen sevillana. Se sentó frente a él, apoyada la espalda en la pared, y se quedó casi adormecida dejando a su imaginación volar y edificar casas algodonosas, casi natátiles, como las nubes que apenas empañaban la gloria del ocaso... La luz se llevó los pájaros, y la oscuridad trajo el silencio. Se hizo de noche. Refrescó la temperatura, pero Palmira continuó esperando a la puerta de la casita. Miró el reloj, cosa que en general ya no hacía porque la vida la normaba y la ritmaba el sol. Pasó el tiempo. Entró en la casa. Encendió uno de los quinqués. Intentó distraerse leyendo, pero no fue capaz: la imaginación que antes fue su aliada se transformó en hostil. Comenzó a alarmarse, a vaticinar accidentes, percances, heridas de los que el objeto era siempre Bernardo... Vio a Bernardo asaltado por una guerrilla tutsi de las que se hablaba, pero ella jamás había divisado... Vio a Bernardo bajo el coche volcado en una horrible carretera de polvo que circundaba una colina... Vio a Bernardo perdido, desorientado, aguardando el amanecer... Un desasosiego la impedía razonar. En ese momento no recordaba haber pasado una noche tan nefasta en su vida: el olvido y la esperanza son sin duda las dos muletas con las que se acompaña la cojera del hombre.

Tendida sobre su cama, no podía concentrarse para leer, ni desconcentrarse suficientemente para dormir. Se llamó con rigidez al orden y apagó el quinqué. Fue mucho peor: toda clase de fantasmas ceñudos la cercaron. Los hondos ruidos de la noche la ensordecían. Tuvo miedo, ella, que no lo había tenido desde que su padre la mandaba en busca de la arqueta de tabaco. Se encontró aislada, indefensa, al albur de cualquier enemigo, de cualquier fiera, que sabía inexistente, de cualquier imprevisto... Rezó por fin. La oración que hasta entonces no había conseguido alzar, brotó desde su corazón con una fuerza incontenible. Pidió a Dios, a un Dios demasiado grande para ser sólo católico, que Bernardo volviera indemne; que continuara todo como estaba hasta ahora. Que no huyese lejos de su pecho el ave canora de la felicidad... Fue con esa oración entre los labios, casi al amanecer, como se quedó dormida.

No tuvo sueños. Cuando despertó no eran aún las seis: miró una vez más al reloj. De pie, por sobre el bajo tabique, vio la cama sin deshacer. Se había dormido vestida. Se cubrió con una bata blanca; se humedeció el pelo y la cara, y subió hacia el centro. Una hora de traqueteos infernales a la luz de un sol no demasiado poderoso todavía y cuyo orto ni se le había ocurrido contemplar.

Al llegar al centro, a la entrada del hospital vio el coche rojo de Bernardo, y a Bernardo que en ese momento se apeaba. Gritó su nombre, y corrió hacia él, abrazándolo con una fuerza tal que hizo reírse y asfixiarse a la vez al médico. Luego, sin transición, se puso a insultarlo por la noche malísima que le hizo pasar sin advertirla.

—Estuve en Runda con el burgomaestre. Ya demasiado tarde, comenzamos a recorrer los distintos centros que yo quería que él viera para animarlo a colaborar con nosotros. Se hizo imposible llegar a tiempo, y ni yo tenía teléfono a mano ni tú tampoco. Esperé que te supusieses lo que ocurría... —Palmira le lanzaba puñetazos no muy suaves contra el pecho—. Esta mañana, antes de amanecer, desde el centro donde dormí, muy mal por cierto, vine directamente al hospital.

Palmira, sin creerlo del todo, miraba aquella cara roma y oscura como un sediento el agua. No quería saber más. Se contentaba con aquella avidez de quien ha estado a punto de no ver más lo que no querría nunca dejar de ver. No se cansaba de mirar aquel rostro. Cuando pasó un tiempo, calladamente, lo acarició con las dos manos.

—Vi ayer la casa nueva. No puede estar mejor orientada. —Y, sin cambiar el tono de su voz, agregó—. Que no se te vuelva a ocurrir hacerme la cochina jugarreta que me has hecho.

—Si llego a saber que te preocupabas tanto —dijo Bernardo, que no había dejado de sonreír—, te hubiera hecho la jugarreta mucho antes.

Después se separaron, yendo cada cual a su trabajo.

El de Palmira era muy regular. Una vez llegada al centro, abría su despacho, del que cada noche se llevaba la llave, y distribuía a los encargados de servicio, que acudían a buscarla allí, la llave de cada uno. El personal era bastante numeroso: casi veinte colaboradores, entre los que destacaban una enfermera y ocho auxiliares clínicos, unos titulados y otros no. Una labor de ella era precisamente ir formando nativos que pudieran trabajar allí; hasta entonces esa labor la habían cumplido las dominicas con notable eficiencia. Tras la entrega de las llaves, comenzaba la limpieza del centro. Tenía que hacerse en media hora: no sólo las diferentes salas, sino las camas del hospital, que con las de maternidad superaban las treinta, debían ser aseadas. También era preciso lavar a los enfermos y cambiarles las sábanas. A continuación empezaba el trabajo de enfermería propiamente dicho.

Ante la sala de curas se establecía la cola correspondiente. El número de asistencias dependía de la época: al final de las lluvias, la malaria y las infecciones respiratorias llevaban hasta quinientas personas; en las épocas secas no bajaban de ciento cincuenta. Pero, a pesar del gentío, no se oía apenas nada: los enfermos o no hablaban o hablaban musitando, lo que impresionó a Palmira desde el primer momento. Como el olor, áspero y fuerte. Como su incesante costumbre de escupir.

Cuando encontraba un rato en blanco, o cuando era solicitada por la gravedad de un caso, Palmira pasaba también consulta, y le agradaba, porque el verse relegada a tareas puramente administrativas le producía algo de tedio.

En la sala de inyectables se administraban las intervenciones programadas para cada semana, ya de antibióticos, ya las intramusculares de quinina si es que no se empleaban por vía oral o los sueros. En todo caso Palmira exigía que el trabajo se hiciese con guantes, como una precaución ante la elevada incidencia del sida. Por lo que hace al laboratorio, en él se preparaba la *gota gruesa* para el diagnóstico de la malaria; los exámenes de heces, imprescindibles para el descubrimiento de amebas, de gusanos y de otras infecciones, y los exámenes de orina y de sangre. La farmacia pequeña funcionaba de acuerdo con las necesidades manifestadas por las distintas salas. Y en la hospitalización se daban a los enfermos encamados las medicinas recetadas, se les tomaba la temperatura, se trazaban las respectivas curvas, y se redactaban los partes que fuesen pertinentes.

La sala de maternidad era la favorita de Palmira. A menudo, cuando entraba en ella, renovaba los momentos temidos y anhelados, «qué remotos los veo ahora», que cerraron su doble gravidez. Y evocaba, mientras cumplía sus obligaciones con las embarazadas, su propio vientre hinchado, la ferocidad con la que lo anteponía a todo lo demás, el ansia de mecer en sus brazos aquellos pequeños cuerpos que formaban parte todavía del suyo, la sorpresa de ver manar y renovarse su leche, inagotable bajo el mandato de las menudas bocas... Esos misterios físicos, esos subyugantes prodigios, no tendrían más lugar dentro de ella. Y por eso acariciaba con mayor solicitud los vientres negros, las mejillas negras, los pesados párpados que cubrían el asombro de los ojos de aquellas mujeres, expuestas a un rito sagrado con la humildad de quien conoce que es sólo un instrumento.

Al mediodía se interrumpía el trabajo para comer y reposar durante una hora u hora y media. Por la tarde se atendían las urgencias y las tareas administrativas. Así llamaba Palmira, entre otras, a la recogida del dinero ingresado por las diferentes salas, cada una de las cuales poseía su propia cajita, destinada a incrementar la caja grande. El propósito era que los centros llegasen a ser autosuficientes, «¿como yo ahora? No, qué disparate: más», aunque contasen con alguna ayuda. Y había para ello un argumento sicológico: los medicamentos y los cuidados clínicos, de no ser compensados con una pequeña cantidad, apenas se valorarían.

Por la mañana o por la tarde, según la aglomeración, tenía lugar los lunes, por un precio muy bajo, el reparto de víveres. Dependía de los envíos de algún organismo internacional o de las organizaciones no gubernamentales. La bolsa que se daba contenía harina de maíz o de sorgo, azúcar, aceite y leche en polvo. En vista de que, con harta frecuencia, los recipiendarios vendían a otra gente los víveres dejando a sus hijos mal nutridos, Palmira, para imposibilitar esas ventas, decidió mezclar todo menos el aceite. De esa forma se obtenía una papilla extraordinariamente alimenticia que aprovechaba sólo a los niños.

Cuando se retiraba el personal del centro, y Palmira era la última en hacerlo, permanecía un auxiliar de guardia, hembra o varón, nativo siempre, con la obligación de avisar a Palmira en caso de desgracia especial: un parto difícil, un enfermo en coma por malaria cerebral, un herido grave, o alguien en fase de sida terminal, aunque el sida era allí tan frecuente que no solían los familiares, sino por excepción, llevar al hospital a sus víctimas.

Fue en una urgencia de esta última cuando se enteró Palmira de que a los ladrones los linchaban. A los ladrones de cualquier cosa: de una cabra, de un enser, de unas habichuelas. La organización de la justicia no existía allí; si el robado acudía al alcalde, el alcalde metía al ladrón en la cárcel, y a las cuarenta y ocho horas estaba otra vez fuera. Era, por tanto, más seguro, más aleccionador y más contundente tomarse la justicia por su mano. Fue a un ladrón moribundo al que asistió Palmira, despertada por el guardia una noche. El hombre había llegado arrastrándose al hospital, desmayándose en la puerta, ya casi desangrado. Al caer, el golpe de su cuerpo, despertó al guardián. Salvarle la vida al ladrón constituyó uno de los mayores triunfos de Palmira: efímero, porque al mes de salir del hospital lo lincharon de nuevo.

Los días pasaban idénticos y a la vez inconfundibles, como un montón de monedas que la enriquecían. Lo monótono de los quehaceres y de los horarios hacía que el paso del tiempo no fuese verosímil y que la sorprendiera siempre la llegada —«¿Otra vez?»— de la estación seca o de la estación de las lluvias. Pero, por el contrario, los distintos incidentes que acaecían cada mañana o cada noche daban a cada jornada un perfil muy preciso, aunque quizá sólo para recordarlo después, cuando se hubiese incorporado al informe montón de los días. Entre los diferentes, destacaban aquellos en que Palmira consideraba sensato avisar a Bernardo para que, si era posible, echase una mano en la resolución de un diagnóstico dudoso, o en un accidente más grave, o en un parto violento. Palmira se resistía a molestar al doctor; pero siempre que decidió hacerlo sintió un extraño júbilo, ante la seguridad de que en seguida lo vería entrar, ancho y balanceante como un oso o como un bronceado lobo de mar, por la puerta de la sala, ocupándola toda y solventando con acierto el caso.

El 8 de febrero del 93, cuando daban ya los últimos retoques a la casa nueva, hubo en el norte un ataque tutsi. Por orden de la superiora dominica, que no admitió réplica, Palmira y Bernardo vivieron durante un mes en el centro de salud, junto a la residencia de las monjas.

—Muy bien —decía la superiora—: su casa está ya lista y comprendo que ardan en deseos de ocuparla. Pero habrá que darle tiempo para secar, pienso yo, y menos mal que la han concluido en la estación seca. Además, estoy mucho más tranquila teniéndolos a los dos con nosotras.

Fue ella misma la que les comunicó que en Nemba los tutsis habían bombardeado el hospital y que los cuatro buenos samaritanos habían sido evacuados.

—Sé que eran muy amigos de ustedes. Lo siento por muchísimas razones. Y me veo en la obligación de advertirles que ustedes tienen la posibilidad ahora, antes de que las cosas pasen a mayores, de abandonar Gihara e incluso de retornar a sus patrias respectivas. —Y añadió con un transigente tono de comprensión—: Al fin y al cabo, son seglares.

—¿Y cree usted que los seglares no nos sentimos forzados, como los religiosos, hasta las peores consecuencias? —A Bernardo le temblaba un poco la voz—. Quiero dejar muy claro, de una vez para siempre, que yo no me iré.

El dolor que había sentido Palmira ante la noticia del bombardeo de su querido hospital de Nemba y ante el riesgo de los dos matrimonios, fue paliado por la oportuna salida de la superiora dominica. Aproximándose a Bernardo, concluyó:

—No tengo que decir que yo tampoco.

La hábil superiora sonrió para su propio sayo: había conseguido, con su provocación, lo que se proponía.

Cuando empezaba la estación larga de lluvias, a mediados de marzo, se mudaron a la nueva casa. Durante el mes que habían vivido arriba lo anhelaron de todo corazón. Palmira se confesaba a sí misma que no era sólo por la casa, sino por la compañía de Bernardo, más abierta y más íntima cuando se hallaban solos. Es decir, cuando discutían sobre cualquier sandez, y se daban a gritos las buenas noches como si no se fuesen a hablar nunca más; o cuando permanecían en un largo mutismo del que salían, como desperezándose, para comprobar que habían estado pensando exactamente igual: «lo que ocurre con una desalentadora frecuencia. A mí me gustaría no ser tan previsible para este lagarto de Bernardo».

En unos cuantos rápidos viajes de compras a Kigali, Palmira consiguió darle un aspecto grato y habitable a la casa. No había ni un solo mueble excusable, ni un visillo de más, «más bien de menos». Se trataba de una vivienda austera, casi ascética: era igual que una celda.

Y como si no hubiesen cavilado y vuelto a cavilar sobre cada matiz, de repente se encontraron los dos, por vez primera para quedarse a vivir, sin saber lo que hacer ante la puerta de su casa. Palmira tenía la llave. Intentó abrir, pero la traicionaron las prisas. Bernardo la apartó; abrió con toda calma; empujó la puerta; tomó en brazos a Palmira, y atravesó el umbral con ella, depositándola luego con suavidad en medio del salón. Se miraron sin decir palabra. Después volvieron los ojos a las puertas de los dos dormitorios con un solo baño en el centro, a la de la cocina y a la del tercer dormitorio que incluía un minúsculo aseo.

Palmira fue feliz. ¿Por la casa? Sí; pero, sobre todo, porque la audacia y el coraje de Bernardo la lanzaban a acometer sin vacilación lo debido, con un ánimo que no se arredraba ante el peligro, sino que lo superaba por entero. Bernardo era quizá lo que un hombre debe ser: tranquilo, valiente, con un perpetuo y suave sentido del humor, en ocasiones silencioso, jamás fanfarrón, incapaz de quejarse salvo haciendo un chiste, comprensivo, inteligente, muy de vuelta y sin embargo con una actitud para el asombro casi infantil. Palmira, aquella primera noche, miraba la casa y miraba a Bernardo que la miraba a ella. «Esto es tener bastante. Esto es haber llegado.»

Cierto día Bernardo entró en la cocina y salió de ella con una botella de ginebra y un solo vaso. Se sirvió un trago largo, sentado ya junto a Palmira. Bebió despacio y dijo:

—¿Qué dirías si te advirtiese, porque no se trata más que de una advertencia, que estoy completamente enamorado de ti? —Palmira lo miró sin contestar—. ¿Qué dirías? —Palmira continuó callada y sin bajar los ojos—. No dirías nada, ¿eh? Me lo temía.

Palmira, por fin, pudo balbucear:

—Necesito una copa.

—Si quieres ésta, bébela. Pero la tuya ya te la había servido en la cocina.

Se levantó y la trajo. La emoción que le agarrotaba la garganta a Palmira se desanudó en una risa. Una vez más detestaba ser tan previsible. Pero, por encima de todo, por debajo de todo, alrededor de todo, sentía la seguridad de estar en su casa y de convivirla con el hombre que se le había destinado desde antes de nacer y con quien tanto le había costado tropezarse.

—Yo no creo en las medias naranjas —dijo contradiciéndose flagrantemente.

—Sí crees —afirmó Bernardo—. Y yo, también. —Seguían aún de pie delante de ella. Había dejado la segunda copa sobre la mesa. Alargó la mano, tomó la de ella, la levantó y la miró de frente—. No va a pasar absolutamente nada que tú no quieras: tienes mi palabra de honor.

—Lo sabía. Lo sé —murmuró Palmira.

Y fue ella quien se lanzó a sus brazos.

El emplazamiento de la casa era deslumbrador. Ver amanecer sobre el valle del Nyabarongo, mientras se apagaban a lo lejos las luces de la capital; ver el anochecer, muy juntos, llenando la ventana del baño compartido; escuchar el garipío que formaban los más de mil niños de la escuela primaria bastante próxima, en cuyo techo precisamente se hallaba su depósito de agua. Todo configuraba la impresión de estar en el mismo centro de la vida y formar parte ya imprescindible de ella, aunque sólo fuese para dar testimonio. En el solar que ocupaba la casa se previó construir una iglesia; pero por acercarse más a los feligreses, a los padres de aquellos niños, no se levantó por fin allí. Palmira daba por ello gracias todos los días. Los días de la casa que, a semejanza de los del centro, desfilaban ante ella como los militares de una parada: uniformados, pero con facciones muy distintas.

Anochecía de seis a seis y media. A las nueve solían acostarse y se levantaban con el sol. El centro de salud tenía unas placas de energía solar, pero se agotaban a las cuatro o cinco horas de utilizarse; su casa nueva no tuvo al principio ni agua ni luz eléctrica. De ahí que Bernardo, recién levantado, acarreara el agua desde fuera, y que se organizaran con los quinqués de la casita de las herramientas, a la que a veces añoraba Palmira: «Ella fue la primera nuestra, antes de todo.» Después de un poco de tiempo, instalaron su propia cisterna, que recogía el agua de la lluvia (la instalación de fontanería se había hecho con la obra) y también un generador; pero el motor era ruidoso y regresaron a los quinqués, salvo en las ocasiones que tenían visita, lo que no era corriente.

De vez en cuando, Palmira se sorprendía alegrándose y entristeciéndose a la vez por no tener que estar ya nunca más a expensas de la regla. Para su trabajo era una ventaja haber salido de ese ritmo, que la sometía y la descontrolaba. «Si mi memoria no me es infiel, porque parece que de eso hace ya un siglo.» Sin embargo, en lo más escondido, acariciaba, si es que puede acariciarse lo imposible, la posibilidad de un hijo de Bernardo. No era el momento, ni el lugar oportuno; pero ellos sí lo eran. No podía evitar, ni lo deseaba, tener presente la primera vez que Bernardo le hizo el amor. Aquella noche habían llegado especialmente exhaustos. Tomaron a medias una copa de ginebra, y se despidieron con un *hasta mañana, que descanses* y un beso afectuoso. Palmira se había metido en la cama, de sábanas algo húmedas y apagado el quinqué. Oyó entonces abrirse la puerta de su dormitorio. Entró Bernardo. Llevaba en la mano su quinqué encendido con la llama muy baja.

—Tengo miedo —murmuró—. ¿Puedo quedarme aquí a dormir contigo?

Palmira se movió hacia la pared en la estrecha cama, y dejó entrar en ella la corpulencia de oso de Bernardo. Luego cerró los ojos y oyó música.

La había cogido de la mano mientras bajaban a la casa dando un paseo. Palmira percibió una tensión especial en Bernardo, apretó su mano, y fue como si le preguntara el porqué.

—No quiero intranquilizarte; pero menos aún que haya ni un secreto ni una ocultación que nos separe. —Se detuvo un momento—. Temo que en Ruanda ocurra lo mismo que en Burundi: lo que ocurrió y lo que está ocurriendo en Burundi. No hace veinte años la minoría tutsi asesinó a más de 300 000 hutu. En el 88, los hutus, en una provincia del Sur, aplastaron a miles de tutsis. El Gobierno envió una tropa pacificadora, que se llevó por delante a más de 25 000 hutus. De aquella violencia viene, como por ósmosis, la violencia de aquí.

La condujo fuera del camino y se sentaron sobre

un montículo. Luego, Palmira prefirió sentarse a los pies de Bernardo, para observar mejor su rostro. Él prosiguió, con su flema habitual:

—En las elecciones de junio pasado (¿te acuerdas de que yo estuve muy pendiente de la radio?) llegaron en Burundi al Gobierno los hutus. Era de esperar que la minoría tutsi fuese domeñada por fin. No sucedió así; nunca ha sucedido. Cualquier intento de desafiar la hegemonía tutsi no sólo ha sido en vano, sino que ha acarreado brutales represalias y matanzas indiscriminadas sin más fin que acabar con los hutus... El otro día un sacerdote vasco en Kigali, que regresaba de visitar los campos de Burundi, me contó los desastres. Campos de refugiados ruandeses, que huyen de la guerra de aquí, no declarada pero viva; campos de desplazados de Burundi: los hutus que huyen de las persecuciones tutsis de sus comarcas; y campos de repatriados también de Burundi: los que huyeron acosados a Ruanda, y ahora retornan acosados a su tierra... Una tierra que es como un sollozo sin final.

Palmira besó la mano de Bernardo y se acarició con su dorso la mejilla.

—El día 21 de octubre, hace nada, Palmira, hubo un intento de derrocar al Gobierno que eligieron en junio. Desde entonces la furia se propaga como el fuego en un bosque. El ejército ha asesinado a los más altos cargos de la nación: la nación, y todo allí, ha perdido la cabeza... Fracasó el golpe de Estado, pero la sangre tiñe las calles. Casi un millón de personas se han exiliado a países vecinos, y medio millón (ya ves, Palmira, en unos días) se han visto obligadas a abandonar sus casas y sus tierras. —Bernardo guardó un silencio largo. Los dos miraron a la vez el atardecer: solemne, ostentoso, indiferente, también ensangrentado. Se apretaron las manos—. Temo que aquí no tarde en suceder lo mismo.

Durante la cena apenas hablaron. Estaban uno suspenso del otro como si en ello les fuese la vida. «Y es verdad que nos va.» Después de la cena se sentaron muy juntos, y Bernardo continuó en el mismo tono desalentado de antes:

—Uno no sabe si tomar partido.

—Sí; por los más desgraciados —apuntó muy despacio Palmira.

—Todos son los más desgraciados. Quiero decir que no sabe uno si dedicarse a hacer planes para cuando la paz llegue, si es que llega, o tratar de intervenir para que se acelere la llegada de esa paz.

—Quizá eso sea imposible. Creo que hay un tiempo en que los pueblos sienten dentro de sí la necesidad de una sangría. Supongo que eso fue lo que sucedió en la guerra de España, por ejemplo.

—¿Te acuerdas de la noche que no pude venir porque estuve con el burgomaestre?

La boca de Palmira dibujó una leve sonrisa; luego tomó con el suyo el brazo de Bernardo.

—¿Cómo no me voy a acordar de una de las peores noches de mi vida? En ella me di cuenta de que seguramente te quería.

—Te mentí un poco. Esa noche, una veintena de muchachos habían llegado a Runda para matar al alcalde. Levantaron barreras por todos los caminos: no se podía ni salir ni entrar. Un tipo de Kigali, enemigo suyo, los había revuelto contra él. Las venganzas personales se disfrazan a menudo de depuraciones políticas: como el odio puro suele disfrazarse de alguna forma de limpieza: religiosa o étnica o ideológica... Como quiera que sea, el de Kigali les dio a los muchachos sesenta litros de cerveza de plátano y allá que fueron, a matar, como el que va de caza, una vez bien bebidos. Al burgomaestre lo defendió la gente del pueblo, pero hubo varios muertos, y heridos que tuve que atender. Ahora ya lo sabes. A mí también me tienen enfilado, pero no te preocupes.

—¿Por qué no lo dijiste aquella mañana?

—Me ilusionó que tuvieras celos y que te inquietaras tanto por mí: fue lo único hermoso de esa terrible noche.

Palmira trató de distraerlo. Mientras le golpeaba, como la mencionada mañana, con el puño cerrado, le preguntó:

—¿Es que no eres capaz de confesar tus verdaderos y más profundos sentimientos, tío cerdo?

Bernardo, por fin, rió:

—Después de mucho reflexionar, he llegado a la conclusión de que los más profundos sentimientos donde mejor están es guardaditos. Salvo que haya alguien que sepa adivinarlos, en cuyo caso es innecesario sacarlos a la luz.

Palmira se cubrió la cara con las manos, y habló bajo ellas:

—No sé si viene a cuento o no lo que voy a decirte. Sospecho que no, y que además se trata de un verdadero y profundo sentimiento mío.

—¿Qué es? Dilo ya —urgió Bernardo con un punto de alarma.

—Que te quiero, Bernardo, que te quiero. Aunque tú sepas adivinarlo, creo que sí es preciso que mi amor, nuestro amor, salga a la luz de vez en cuando.

Todo el ser de Palmira estaba persuadido de que aquel nuevo, inesperado y no buscado sentimiento amoroso era distinto no sólo de los anteriores, sino de todos los que ella había presenciado o acaso imaginado.

De ahí que se quejara de que hubiese aparecido tan tarde, cuando no podía poner en sus manos más que un cuerpo desvencijado y ya estéril; cuando ni tan siquiera le era posible recurrir a ningún elemento que disimulara su vejez: una pantalla rosa, unas velas, unos tules que atenuaran tantos desperfectos, el tratamiento de un esteticista. En el fondo, buscaba algo con qué sustituir las nieblas que el deseo pone ante los ojos de quien ama. Le fue difícil entender desde el principio que, por la misma razón o por la misma falta de razón que ella llegó a ver atractivo a Bernardo, muy cosa suya ya, Bernardo la veía a ella como la mujer más hechicera del mundo para él. Pero muy poco a poco fue entendiéndolo...

Podía, por lo tanto, sin exhibicionismos perturbadores, andar desnuda por la casa, o abrirle desnuda el baño compartido. Ninguno de los dos tenía nada que tapar ante el otro: ningún engaño que hacerle, por leve que fuera; ningún descubrimiento que lo forzase a retroceder, o que amilanase su deseo. El amor era para ellos una forma de dialogar, más sigilosa y más íntima; una forma de comunicarse aquello que la palabra, tan inexpresiva en ocasiones, no es capaz de expresar; una comunión apacible, regalada, despaciosa, sin sobresalto alguno... Coincidían los dos en reconocerlo así, extasiados uno en otro: el amor más auténtico, el más digno de tal nombre, no consiste en una fosa que aísla del mundo a los enamorados, ni en la reducción del universo al tamaño de unos ojos, ni en la visión de él a través sólo de ellos.

—Eso sería —explicaba riendo Bernardo— como usar unos prismáticos por el extremo inadecuado. El amor no empequeñece, amplía. Igual que las bolsas mágicas de los cuentos, no se consume por mucho que se saque de él; al contrario, se acrecienta el caudal.

Palmira había llegado, después de todo, «y qué todo tan largo», a la conclusión de que se debe amar el mundo a través de a quien se ama; de que se debe aspirar a mejorarlo justamente porque a quien se ama lo habita. Sólo así entendido el amor es extensible y participativo.

—No un tirachinas de goma —le decía a Bernardo—, que si se estira se dispara, sino una luz. Y la luz está hecha para irradiar y llenarlo todo, para ensancharse y ser recibida.

«Los amantes que celebran el día de los enamorados intentan reducir el amor a una jofaina; tratan de hacer juegos malabares con la Osa Mayor. El amor no requiere días, ni límites, ni recordatorios; no requiere celebraciones ni conmemoraciones: está presente a todas horas del día y de la noche, hasta en el sueño, iluminando la vida igual que un faro.

»Yo he sentido, y sé lo que es, ese sentimiento estrecho de los que están colgados como de un hilo, con exclusión de todo lo demás, uno del otro; de los que se contentan con el egoísmo de buscarse recíprocamente en el espejo del otro... Es un amor de principiantes: rebaja el *nosotros* al pequeño nivel del *tú* y del *yo*; rebaja el anchísimo mundo a un vis a vis de asientos enfrentados; cree que la atmósfera inabarcable del amor es una miniatura en la que sólo caben dos almohadones y un juego de café con dos tacitas... Eso es avaricia, no amor. Por nada de este mundo ni del otro volverían a gustarme los amantes que se ensimisman y se retraen de la primavera que los reclama, o del otoño, o de los niños que cruzan, o de la enfermedad de los otros y de sus deseos de amor también... Es una fuerza que no cabe en la blanda burbuja irrespirable a la que solemos reducirla... ¿Qué amantes son esos que dejan escapar el entusiasmo y el rapto en que el amor consiste, y concluyen por comprarse dos botes de colonia, o un brillantito y un par de gemelos?... Yo vengo de ese amor: no podría regresar a él. Por eso me negaba a este nuevo tan grande. No sabía que la gran ola iba a tumbarme por mucho que me escondiese. Qué tonto es decir de esta agua no beberé: tanto como decir de esta agua beberé...

»Yo sí he bebido. No me cansaré nunca de beber de este río que no acaba. Me confundí con la fuentecilla que conocía: por eso me negaba. Me había prometido, sin decírmelo, que ya no habría manos, ni ojos, ni alma, ni cuerpo que me atasen. Ignoraba que, una vez puesta a beber, mi sed sería mayor, mi sed sería insaciable. Me repetía: no volveré a ser para nadie un guijarrillo sobado y amaestrado con el que se ejercita la puntería, o al que distraídamente se roza, o que se lanza en una playa sobre el mar para jugar al salto de la rana, o que se abandona a la intemperie para recogerlo al día siguiente, o que se arroja como un arma al pecho del contrario... Todo eso lo había sido ya, no me interesaba volver a serlo.

»Pero, cuando más desentendida estaba, se pone delante de mis ojos este proyecto común; este mirarse y a la vez mirar algo tan juntos; este universo nuevo, en el que entran todos sin que nadie se escabulla... Esta unión que me levanta por encima de mí porque es una afirmación de mí en Bernardo y viceversa; que no elimina ningún pronombre: ni el *vosotros*, ni el *ellos*... Puede que sólo me quede ya de la vida una breve noche —breve e inacabable, porque no se mide con el tiempo—; pero, en ella, este amor mío y suyo es un irreprimible impulso que no destituye la individualidad de ninguno, sino que la subraya, porque yo lo quiero a él exactamente como es, y él a mí exactamente como soy. Y los dos queremos también como son a los que cohabitan nuestro mundo... Sólo de este amor, de este inesperado y sorprendente amor, puede afirmarse que es el motor del universo, que es la causa que mueve el sol y las demás estrellas.

»Los espejismos que hasta ahora había tenido, desde ahora sé que sólo fueron descansillos de una escalera empinada. Después de ellos, alguien me empujó a seguir subiendo; cansada y desengañada, pero subí. Y seguiré mientras me quede vida, mientras haya escalera, tenga o no descansillos. Hasta el final... Hasta el final, donde es probable que se encuentre, visible ya y concreto, el verdadero último amor en el que estamos todos incluidos. Ese amor que, a lo largo de esta difícil escalera, quizá no hagamos otra cosa que ensayar, y la llegada al cual consista en ser ya uno con el que mueve el sol y las estrellas.»

Palmira y Bernardo se observaban y se buscaban uno a otro con ojos definitivamente limpios. Y se amaban en los instantes de abandono; en esos instantes cohabitados en los que ninguno de los dos actuaba quizá como esperaba el otro; en los instantes de los grandes cansancios en que yacían casi olvidados, apartados, como las dos manos de un mismo cuerpo, hasta que uno llamaba al otro y se le ofrecía para reposar. Bernardo entraba en Palmira como quien entra en una mar tibia sin levantar espuma: como quien entra por las puertas de su casa, autorizado a ser más él que nunca, y más agradecido porque la casa lo aguardaba encendida. No era raro que, entre los gestos del amor, Palmira se echase a llorar con un llanto pequeño y gozoso de emocionada gratitud, como la niña que no sabe qué hacer con un regalo demasiado grande y se reprocha su cortedad para inventar palabras de agradecimiento.

No sabía expresarlo, pero algo le advertía en voz baja que, por primera vez, era una mujer auténtica en su amor, con el vigor y la llaneza y la velada iniciativa que a una mujer le corresponde. Comparados con su actitud de ahora, los otros amores la habían masculinizado; la habían vuelto agresiva, exigente y sin gracia. «Quizá sea verdad, después de todo, que he rejuvenecido y me he feminizado. Para el amor no hay más maestro que el amor.» Y se entregaba a él con la misma impetuosa aplicación que se entregaba a su trabajo, porque no diferenciaba bien ni definía las fronteras entre el uno y el otro.

Las dominicas se habían ido hacía bastante tiempo. Bernardo y Palmira tenían a su exclusivo cargo la dirección del hospital y del centro anexo.

Bernardo, por su parte, coordinaba el resto de los centros, y, al principio, los visitó casi todos los días: después una vez por semana, salvo que surgieran dificultades no resolubles por teléfono, con el que ya contaban. De ahí que fuera Bernardo el que trajese las primeras alarmas concretas: las recíprocas amenazas y la inquietud general eran cada vez más notables.

La tarde de un domingo vino de Kigali a visitarlos

473

un matrimonio que trabajaba allí y con el que habían hecho amistad. La mujer era belga, y el marido, canario. Habían adoptado a dos hermosos niños ruandeses, evidentemente tutsis. Espigados, elegantes, de largos miembros, ostentaban una armonía de movimientos y una dulzura llenas de ángel. Contarían siete y ocho años, y sus padres adoptivos, que se manifestaban como muy unidos, los contemplaban y luego se miraban entre sí trasminando un jubiloso orgullo.

Estaba claro que los Romeu tomaban a Palmira y a Bernardo por un matrimonio tan excelentemente bien avenido como el suyo. Rafael Romeu conoció en Kigali a Bernardo, y le había prometido hacerle una visita para presentarle a su esposa y a sus hijos: lo mejor que tenía.

La tarde era rotunda y esplendorosa. Palmira había ofrecido a sus invitados un té muy bueno con un bizcocho «hecho por estas manos tan bellas como sabias», según dijo Bernardo.

—Y con la colaboración de un ruidoso motor eléctrico que ya hemos apagado para que nos permitiera entendernos —concluyó Palmira.

Sin embargo, apenas comenzó a oscurecer, el señor Romeu se desasosegó como si la falta de luz le aterrara.

—Nos tenemos que ir —dijo mirando al reloj y luego a Madeleine, su esposa—. Mis hijos, como habrán observado por su físico, son tutsis. Estamos pasando mucho miedo por ellos... Y no es sólo que nos tengamos que ir ahora mismo porque en diecisiete kilómetros y a oscuras puede suceder todo, sino que, como desgracia definitiva, nos tenemos que ir de Ruanda. Mi esposa y yo vivimos ya en un puro grito... Todo lo que he conseguido en la vida está aquí; lo que quiero está aquí; mis hijos, y Madeleine también, son de aquí. Y, a pesar de todo, no tengo otro remedio que emigrar. Padezco pesadillas horribles en las que veo...

Sacudió la cabeza y la ocultó entre sus manos. Se puso de pie y ayudó a levantarse a su esposa, que lloraba. Los niños habían salido fuera, al huertecillo, bajo el acecho intranquilo de los padres, que no cesaban de espiarlos por los ventanales y que se asomaban a la puerta cuando dejaban de estar a la vista.

—Si necesitan cualquier cosa, lo que sea, que podamos proporcionarles, téngannos a su disposición —les dijo, acongojada, Palmira.

—Saldremos de Ruanda dentro de cuatro días. No me ha sido posible liquidar antes mis negocios. Me atrevo a aconsejarles que nos imiten. Aunque espero que ustedes, por su trabajo, en el peor de los casos, fuesen respetados, yo no me fío de un pueblo africano cuando levanta su machete.

Unas fechas después, llegó al hospital una delegada de una organización internacional. Traía una misión exploratoria para averiguar cuál era la situación real del país. La delegada era joven y guapa. Proyectaba quedarse unos cuantos días. Los viajes los haría con Bernardo, en el que desde el primer momento depositó una gran confianza. A Palmira la trataba, «acaso por mi diferencia de edad», con manifiesta prevención.

Ella continuó cumpliendo sus deberes diarios. Le sorprendía no sentirse devorada por los celos. Le sorprendía la serenidad con que situaba, por importancia, sus obligaciones, que aumentaban casi por horas, porque cada una traía más heridos de lanza o de machete y más asaltados a palos o a pedradas. Palmira se preguntaba si eran heridos o eran mal rematados, y sentía una cólera impotente que la hacía temblar, mientras se lamentaba a media voz:

—No puede ser. Esto no es una guerra civil, es un genocidio: el asesinato masivo y metódico de un grupo humano, que a su vez tratara de extinguir al grupo que lo acosa.

Llegaban a pie, la mayor parte por la noche para que no los acabaran por el camino, a punto de desangrarse. Mujeres moribundas con sus hijos a la espalda;

hombres machacados de facciones irreconocibles, con los cráneos golpeados con saña. Era preciso afeitarles primero la cabeza y suturarles después. Pidió a los auxiliares que establecieran turnos para atender a quienes pedían socorro. Desde Kigali venían muchos de ellos. Algunos morían antes, a la orilla de la carretera; otros, se dejaban caer en silencio ante el hospital. No se daba abasto ni para limpiar la sangre.

Palmira, con el alma estrujada, sin quejarse, aguardaba la vuelta de Bernardo con Laura, que era el nombre de la delegada. Las noticias que traían eran cada vez más siniestras. Palmira había elegido amortiguar las suyas para no entristecer más a Bernardo.

—Es necesario —comentaba Laura con excitación— que la comunidad de las naciones tome conciencia de lo que está sucediendo; que los juristas internacionales abran un foro sobre esta cuestión, y que haya un tribunal que juzgue a los culpables de crímenes de guerra y crímenes contra la Humanidad, sea cual fuere el país donde se cometan. Aquí comenzarán a matarse entre sí los vecinos y no se opondrá nadie. Habrá una anarquía asesina no tardando: por todas partes se olfatea. —Se volvió a Bernardo—. Ya existe el precedente de Burundi, tienes razón de sobra. Ustedes dos debían salir de aquí mientras quede tiempo.

En ciertas zonas, el hambre comenzó a hacer estragos. Gihara, por estar más cerca de la capital, se mantenía mejor. Una mañana, antes de que Palmira abriera el dispensario, apareció una mujer esquelética, completamente desnutrida, que fue incapaz de llegar hasta la puerta; traía un niño muerto en brazos. Ese mismo día recibieron la mala nueva de que otra mujer con ocho hijos, cuatro de los cuales solían venir al centro a tratarse contra la malaria, había sido asesinada y mutilada terriblemente en medio de sus hijos. No lejos de allí se encontraron los nueve cadáveres.

En las zonas rurales, incluso en alguno de los centros que Bernardo coordinaba, la situación empeoró por momentos. El terror se incrementaba ascendiendo sobre sí mismo, y se movilizaban las gentes huyendo con lo poco que podían llevarse a algún país fronterizo: a Burundi, a Zaire, a Tanzania o a Uganda. La dispersión, como la de un rebaño de animales que presiente el peligro, precedía en unas horas a los hechos que la hubieran realmente provocado.

En la noche del jueves 7 de abril, el guardia nocturno, un tutsi, que para ayudarse a velar tenía a su disposición un transistor de pilas, tocó a la puerta de la casa de Palmira y Bernardo, donde también dormía la delegada internacional. Salió aquélla con una manta por encima. Su reloj marcaba las cinco. Calculó que se trataba de una urgencia. Al abrir se encontró con la cara demudada del guardia, que tiritaba de miedo.

—¿Qué sucede? ¿Qué ha pasado? —El guardia no era capaz de articular palabra. Palmira lo sacudió—. ¿Tan grave es? Dímelo de una vez.

—Han asesinado a nuestro presidente. —El hombre lloraba de miedo.

—Ve al centro y espera allí. Si temes algo, escóndete.

Palmira preparó con minuciosidad el desayuno. Estaba desconcertada y atónita. Luego despertó a Bernardo y a Laura. Cuando les comunicó los hechos, la delegada daba vueltas por el salón sin saber qué hacer. Su intención era salir inmediatamente de Ruanda. Suponía que, a partir de la muerte de Habyarimana, todo se sumiría en el caos. Bernardo miró a Palmira, seguro de que lo comprendería:

—Escucha, Laura, tranquilízate y haz tu equipaje. Te llevaré al aeropuerto de Kigali. Tomarás el primer avión que salga para cualquier sitio. Tu documentación internacional es aquí la mejor garantía. No te demores ni un minuto más de lo imprescindible.

Mientras se oía poner el coche en marcha, Laura abrazó con frialdad a Palmira.

—No debieran quedarse ni un momento más. Venga usted con nosotros.

—No nos ocurrirá nada. Y quizá sea ahora cuando esta gente más nos necesite.

Arrancó el coche por fin, y Palmira deseó con toda su alma que Bernardo estuviese de vuelta. Subió a pie al centro y lo abrió. Aguardó en su despacho que el personal comenzara a solicitar sus llaves respectivas. No vino nadie, aunque ella sospechó que no andarían muy lejos. Tampoco a la consulta vino nadie. El número de enfermos había comenzado bastante antes a disminuir. Preferían morirse en sus casas, lo que sin duda les ocurriría a los malnutridos y a los disentéricos, a ser objeto de la violencia generalizada. A los enfermos los sustituían los heridos.

Palmira fue al hospital y a la maternidad para hablar con los enfermos y sosegarlos. En el hospital se produjo un susurro de frases en kinyaruanda dichas de cama en cama; luego, un hombre mayor, con sida en fase terminal, sin familia, que se había internado tres días antes y quizá debía de haber muerto, le dijo en francés:

—Nos quedaremos, señora. Aquí estamos más protegidos que fuera. —Y añadió—: A no ser que vengan los hutus a degollarnos, en cuyo caso todo dará igual.

Bernardo no tardó más de lo previsible. Venía descompuesto.

—Está todo cerrado. La red de suministros no funciona. Estamos encerrados en una jaula y será peligroso salir de ella. —Sonrió con una mueca crispada mientras rozaba la mejilla de Palmira con una mano no muy firme—. Menos mal que tú y yo tenemos hecho en esa jaula nuestro nido.

Palmira no se dejó engañar: intuía algo más grave o más punzante. Le interrogó con los ojos. Bernardo no quería contar lo que le había sucedido, pero acabó contándolo. Había visto, no lejos del aeropuerto, al volver, a dos niños de unos siete años peleándose. La pelea era estremecedora porque uno de ellos, hutu, enarbolaba un gran machete. Bajó del coche; pero, mientras frenaba y descendía, el hutu había degollado al otro niño, un tutsi. Corrió hacia ellos, y comprendió que no cabía hacer ya nada: le había partido la yugular, y por rápidamente que lo trasladara a cualquier sitio, el pequeño se desangraría. Murió en seguida. Bernardo, con el alma en un puño, levantó los ojos hacia el niño, que arrogante ostentaba aún su machete.

—¿Qué has hecho? ¿Tú sabes lo que has hecho? Has matado a este niño.

—No era un niño —gritó irritado el pequeño asesino—: era un tutsi.

Un hombre, probablemente su padre, muy próximo a ellos, batía palmas y se reía a carcajadas.

Palmira, de pie, abrazó la cabeza de Bernardo, que había permanecido sentado durante su relato, y la apretó contra su vientre. Bernardo continuó:

—Los sectores radicales van a imponer su postura; la guerra va a cundir y se va a endurecer. No sólo ha muerto el presidente de Ruanda, sino el de Burundi, que viajaba en el mismo avión. Se disponían a aterrizar en el aeropuerto de Kigali. No sé si saldrá algún avión de allí, pero Laura se ha negado a volver. Está convencida, y yo también, de que va a desencadenarse una tempestad irreprimible de sangre.

Palmira llevaba aún en su bata el transistor del guardia. Lo conectó. La primera ministra había sido también asesinada por miembros de la guardia presidencial. Sin duda eran ellos los autores del magnicidio, al parecer con un misil antiaéreo de origen ruso. A la primera ministra la escoltaba una docena de cascos azules belgas que fueron desarmados, conducidos al campo militar de Kanombe, y allí masacrados. Numerosos políticos y altos cargos del Gobierno, también. La guardia presidencial no había disparado sólo contra esos objetivos personales concretos, sino contra sus familiares, incluidos los niños... Palmira apagó el transistor. Entre ella y Bernardo se hizo un largo silencio.

—El odio de las tribus, el odio de las castas —murmuró por fin Bernardo.

Palmira se agachó hasta poner su cara junto a la de él, que seguía sentado.

—El odio nada más, sin adjetivos —dijo, y besó la mejilla sin afeitar de Bernardo.

Algunos auxiliares clínicos permanecieron durante la mañana, llenos de pavor unos cuantos porque eran tutsis; otros, porque temían que los descubriesen atendiendo a los tutsis heridos y tomaran venganza. En la lucha abierta que había eclosionado ya no cabía neutralidad ninguna: o se estaba ferozmente de una parte o ferozmente de la otra. Incluso al hutu que no se comprometiera con encono en contra de la etnia enemiga lo asesinarían los mismos de la suya.

Todo el día fue una sucesión de víctimas. A primeras horas de la tarde, corriendo riesgos, trajeron a una mujer en unas parihuelas semejantes a lo que ellos llamaban ambulancias: una especie de cestos alargados hechos con juncos secos y largueros de madera guarnecidos con almohadillas de hojas de plátano para cargar sobre los hombros. Habían matado a su marido y a todos sus hijos, menos uno, que venía sobre ella y mostraba el cuerpo plagado de hematomas. La mujer agonizaba. Tras ella llevaron a una joven a la que habían dado por muerta, la cabeza machacada con piedras y una caña de bambú atravesada en la garganta; llegaba sin dar señales de vida. Ante la desesperación de Palmira, no tardaron en morir los tres. Una de sus asistentes, muy joven, cuando dejó de respirar el niño, se puso a lamentarse a grito abierto. Palmira ordenó que le dieran un calmante. «Quizá tendríamos que tomarlos todos.»

Bernardo estaba en contacto con el burgomaestre, que le rogó que mandara a cuantos tutsis localizase, si es que estaban más o menos viables, al ayuntamiento, donde ya había casi quinientos refugiados.

Al primero que enviaron fue a un hombre que se presentó con su hijo; a la esposa la habían descuartizado hacía tres semanas. Él hablaba por señas: había perdido la voz cuando intentaron estrangularlo, y no podía tragar. Se le inyectó cortisona. Al niño se le impuso una cura en la herida causada por el cercenamiento de la oreja izquierda. Cuando Bernardo los remitió al ayuntamiento, el hombre lo miró con una enorme desolación y se alejó del centro con su hijo en brazos como quien huye del mayor peligro. Bernardo supo con certeza que no iría al ayuntamiento. «Quizá antes de llegar le darían caza», pensó.

Pero, al venir la noche, se alegró de esa desobediencia: todos lo refugiados en el ayuntamiento habían recibido la muerte. Quizá les abrieron sus puertas para matarlos con más facilidad.

Un hombre curado de varios machetazos por la mañana regresó más tarde para pedir que le quitaran el vendaje. Ya él lo había intentado, y le colgaban las vendas sin orden alrededor de la cabeza. «Parece un Lázaro resucitado.» Pretendía huir, y para huir era preciso que pasara inadvertido. El vendaje era una petición de muerte a grandes voces. Contó que habían acabado con todos sus hijos y a él lo dieron por muerto. A la mujer, una hutu, la respetaron y la abandonaron en la casa rodeada de cadáveres.

Antes de oscurecer llegaron, en un sombrío silencio, cuatro mujeres aterrorizadas. No sabían ni por qué se presentaban allí; se negaron también a ir al ayuntamiento. Pedían asilo en lo que fue el convento de dominicas. Estaban resignadas a morir, pero preferían que las mataran allí los soldados a tiros, y no los civiles, que herían una y otra y otra vez, torpemente, con sus machetes.

La negrura de la noche aparecía iluminada, sobre las colinas fronteras, por el fuego que consumía las cabañas de los tutsi. Fue entonces cuando les trajeron la noticia de lo sucedido en la casa de los jesuitas de Kigali.

Habían reunido a todos los sacerdotes seculares o regulares que encontraron, a los religiosos y religiosas de toda raza y condición y a algunos alumnos. Una vez allí separaron a los tutsis y los introdujeron dentro de una sala. Lanzaron luego una granada de carga hueca al interior y, por el orificio que abrió en el muro, los ametrallaron. Fallecieron todos. El plasma candente y las balas desfiguraron tanto los cuerpos que los habían dejado irreconocibles.

Ya estaba claro lo que se proponían: el exterminio de toda la etnia tutsi, incluyendo a los ancianos, a las mujeres y a los niños. No cabía albergar la menor esperanza. Al ritmo que iba, en pocas semanas el número de sacrificados ascendería a cientos de miles.

Palmira decidió quedarse de guardia toda la noche. Algunos auxiliares, alentados por su ejemplo, se brindaron a acompañarla.

De madrugada trajeron a una joven muy malherida, con grandes convulsiones que impedían su cura: tan fuertes que ni tres personas lograban sujetarla. Le inyectaron calmantes, y ni aun así conseguían rematar la sutura. Le vendaron la cabeza y la hospitalizaron; las convulsiones la hacían caer de la cama donde la habían acostado. La pusieron en un colchón sobre el suelo, mientras los asistentes atendían a otros heridos que iban llegando. Sus convulsiones salpicaban de sangre las paredes. A esas horas, todo el hospital estaba invadido del olor a la sangre derramada por los muertos y los supervivientes.

—La sangre tutsi —repetía Palmira con los ojos llenos de lágrimas que no acababan de resbalar— no huele distinto de ninguna otra.

Se inició temprano un fragor de bombas que no caían muy lejos, pero cuyo punto de procedencia era confuso. Se estremecían las puertas, las ventanas y los cristales de todos los edificios, y aumentaba el número de antorchas de las cabañas incendiadas en las laderas de las colinas. Al parecer, en la capital todo el mundo andaba por medio de la calle, temerosos de que se les cayeran las casas encima, y mejor dispuestos así para echar a correr huyendo de lo que fuera.

En una breve pausa de la tarea apareció Bernardo. Palmira corrió, más debilitada ante la fuerza de él, a acogerse entre sus brazos.

—Sevillana valiente —le dijo él al oído.

—La sevillana ya sabe lo que es el infierno —murmuró Palmira besándole.

Bernardo venía a hablar por teléfono con el alcalde. Fuera, cada vez más cerca, se oía el grito de guerra de los hutus: un alarido penetrante interrumpido por el golpeteo de los dedos sobre la boca.

El teléfono comunicaba. Cuando logró hablar con el burgomaestre, Bernardo repetía:

—No me entiende usted... Si es que no me entiende: escúcheme... Lo sé, lo sé, no lo llamo por eso... Cuando usted termine... En todo caso, se lo comunicaré. —Colgó desalentado el auricular. Suspiró y se volvió hacia Palmira—. No se da a razones. Cree que lo llamo para pedirle protección para nosotros. «Han tenido tiempo de irse. Esto se veía venir. Usted lo comprobó el otro día en mi caso. Tengo demasiadas cosas que hacer...» Dice que está ocurriendo lo mismo en toda Ruanda, y que es inevitable porque no hay ejército disponible para desarmar a tanta gente. Ni al ejército le da la gana, claro está. Me ha ordenado que cogiéramos un coche y fuéramos allí. —Palmira lo miraba interrogadoramente—. Creo que no vamos a ir, ¿no te parece?

—Si hemos de morir, moriremos juntos —musitó Palmira descansando su cabeza sobre su pecho.

—¿Quién habla de morir? —Bernardo la besó para darle ánimos. Volvió a coger el teléfono—. Voy a llamar ahora a la gendarmería.

—¿Para qué?

—Para que retiren los cadáveres. A partir de ahora van a ser un problema.

—¿Crees que podemos esconder a alguien, o sería contraproducente? —preguntó ella.

—Todo es contraproducente aquí, Palmira. Todo, menos tú para mí.

Los enfermos habían dejado completamente de aparecer. No había transportes, y nadie se atrevía a acompañarlos. Preferían dejarse morir en su casa. También los heridos tenían miedo de dejarse ver. Quizá se había corrido la voz de que Palmira admitió a algunos tutsi que pidieron refugio, y los demás se aterraron ante las represalias de los hutu.

Por las carreteras había miles de desplazados que huían, sin saber hacia dónde, con sus míseras posesiones a las espaldas o sobre sus cabezas: hijos, cabras, colchones, ajuares o quizá sólo un par de zapatos. Se veían sus largas filas lentas, y parecía imposible que cupiera en ellas tanto dolor. El colorido de los desgarrados trapos con que se cubrían de la lluvia, sus pañuelos, sus ropas: rojos, turquesas, amarillos, estampados alegres, paraguas con gajos de colores y varillas saltadas, bajo el inmenso cielo que sólo en apariencia los cobijaba, ya en el anochecer, entre chaparrón y chaparrón, chapoteando en el barro del camino que con la estación de lluvia se encharcaba...

Desde la casa, cuando fue Palmira a mudarse de ropa y dejar allí la ensangrentada, se contemplaban los anchos meandros desbordados del río que había multiplicado su anchura anegando el valle, y las lontananzas de matizados colores, diluidos como en una acuarela, bajo la lluvia. Kigali, entre las bombas, era sólo una clara mancha borrosa e impasible.

Habían pasado unos días —ni Palmira ni Bernardo hubieran podido decir cuántos, porque el horror los había convertido en uno solo interminable— cuando se presentó el párroco ruandés de la iglesia cercana a la casita de las herramientas. Venía al oscurecer, con un grupo de unos treinta tutsis que no le cabían ya en su iglesia ni en los anejos.

—Yo creo, pero nadie sabe nada de cierto, que ustedes están a salvo: la gente aquí, unos y otros, los quieren por su abnegación. Por otra parte, lo que menos desearían mis compatriotas (y compatriotas míos son los dos bandos, si es que hay dos sólo) es enfrentarse con un escándalo internacional... A pesar de todo, si los reclaman de su país, casi es mejor que se vayan. Aunque, sin ustedes, nos vamos a sentir todos muy indefensos...

Palmira no tuvo más remedio que sonreír ante tantas dubitaciones.

—En definitiva, ¿qué consejo es el suyo, padre?

—He oído por radio que van a dar unos días a los extranjeros para abandonar el país. Entrevístense con el burgomaestre —se le aniñó la voz—: no dejen correr ese plazo.

—¿Y qué hacemos con los refugiados, los que tenemos ya y los que usted nos trae? —planteó Bernardo.

—Si creen los hutus que ustedes siguen aquí, puede que respeten el hospital.

Era bien visible que el buen hombre no sabía qué hacer ni en qué creer. La voz se le rompía en pedazos:

—Bandas de jóvenes descontrolados y con mil clases de armas han tomado las calles de Kigali. Nadie osa asomarse a ellas. Los morteros se dirigen a la sede del Frente Patriótico Ruandés que, como saben ustedes, está casi en el centro... —Las lágrimas empezaron a resbalar por la cara del sacerdote sin que él lo percibiera ni fuese capaz de evitarlo—. Estuve en el estadio esta mañana... —Respiró hondo para poder continuar—. Mis hermanos yacen allí, tirados sobre las gradas, entre el barro y la sangre que el agua no limpia del todo, no se sabe si vivos o muertos, entre sus aperos y sus cabras que balan y que mueren también, de hambre, o de sed, o de disentería, o a balazos, o ametrallados... Los cuervos sobrevuelan la trampa mortal en que se han convertido aquellas pistas de atletismo, Dios mío... No he podido hacer más que arrodillarme y rezar, no sé cómo, ni a quién... —Ahora sí sollozaba. Palmira le ofreció un vasito de ginebra que no quiso aceptar.

Cuando se recuperó un poco, relató lo sucedido en Butare, al Sur. Se habían llevado allí a más de quinientos niños de un orfelinato en la creencia de que estarían más seguros. Había mucha otra gente refugiada también.

—Es la capital del viejo reino, una ciudad universitaria, con gobernantes pacíficos, ¿quién iba a pensar?... De pronto, cambiaron al jefe de policía por un hutu, y aterrizaron varios aviones de la guardia presidencial. Aquella misma noche empezaron las matanzas. Hicieron pozos en la tierra, los llenaron de neumáticos prendidos con gasolina y arrojaron dentro a montones de personas. Vivas aún. Mujeres, hombres, niños... Lo único que se ha podido hacer es devolver a los pozos la tierra que sacaron de ellos, y enterrar los cadáveres.

El sacerdote, al que habían obligado a sentarse, parecía sufrir un ataque de nervios. Cuando se calmó algo, reanudó su rosario de desgracias, que, evidentemente, necesitaba compartir:

—En el hospital de Kigali, un compañero, casi moribundo, me ha contado lo que le sucedió en Gikoró, a cuarenta kilómetros al Este, donde está su parroquia. Anteanoche, muy tarde ya, los extremistas hutus (o no son extremistas, qué sé yo) juntaron a unos dos mil tutsis, y con palos, con machetes, con lanzas, con fusiles, con granadas, los acribillaron. Mi compañero se interpuso entre los asesinos y los asesinados para que lo mataran a él también. Lo dejaron inconsciente a golpes, y echaron luego su cuerpo sobre el amasijo de cadáveres. Cuando recuperó el sentido era de día. Se vio entre brazos sin cuerpo, cabezas deshechas, pies sin piernas, cuerpos decapitados, y moscas, y moscas, y aves carroñeras... Se debatió entre muertos, descendió sobre los bultos desmembrados, agarrándose a hombros, a cuellos, a caderas... Es un sacerdote croata. Yo creo que no ha recuperado del todo su sentido. Narra lo que ha visto delante de su iglesia... Dice que vio un grupo de muchachos sentados frente a la catástrofe, sonrientes, con las caras manchadas con las pinturas de guerra tribales y con mazas entre las piernas, que escupían al suelo jaleándole mientras él se debatía entre la podredumbre... Cuenta, sin poder parar, entrecortadamente, lo que ha visto: ¿qué puede hacer, de qué puede hablar más que de eso? Luego se echa a llorar, y recomienza su relato.

El párroco se echó a llorar también de nuevo. De pronto, con las mejillas mojadas, se bebió de un golpe el vaso de ginebra. Salió sin despedirse diciendo que volvía a su parroquia: que tenía que estar allí era el único convencimiento que le quedaba ya.

En Kigali aún se combatía, pero la suerte estaba echada. El Frente Patriótico Ruandés pretendía conquistar la capital para descender luego al Sur y extenderse al Oeste y lograr el pleno dominio del país entero. El pánico de los vivos cundía, y cundía la muerte. Palmira y Bernardo, junto a los escasos ayudantes que permanecían aún con ellos (a los demás se los habían llevado la defección o el asesinato), estaban hasta tal punto agotados que no conseguían ni dormir durante el poco tiempo que los turnos organizados se lo hubieran permitido.

Al día siguiente, una pareja de policías compareció en el hospital por la mañana, alentada quizá por una delación. Pidió registrar el centro y el hospital. Cuando ya Palmira se había enfrentado a ellos, compareció Bernardo.

—Sólo tenemos heridos —admitió.

—¿Tutsis? —preguntó el más gordo de los dos, paticorto y grasiento.

—Heridos —repitió Bernardo— y parturientas.

—Después se arriesgó despacio con una sonrisa cómplice—. También tenemos, en la farmacia, una garrafa de ginebra. Quizá les gustaría echar un trago. Parecen muy cansados.

—Hace tres días que no dormimos —rió el gordo—: hay mucha tarea, y matar cansa.

Palmira se hizo a un lado, los dejó pasar y los llevó al almacén de los medicamentos. Los dejó allí con Bernardo, y buscó en su despacho una botella de ginebra y otra de whisky que la semana anterior habían traído de Kigali para reanimar al personal. Los policías miraban con codicia las baldas atestadas de medicamentos. Palmira les ofreció las botellas.

—Esto valdrá mucho dinero —dijo el menos gordo señalando las estanterías—. Aquí hay muchos francos metidos.

—Son envíos de la Organización Mundial de la Salud y de algunas organizaciones internacionales —aseguró Bernardo para asegurar el carácter sagrado del local—. De todas formas, algunas bolsas de víveres sí que podremos darles. La verdad es que cada vez es menor nuestra clientela. —Palmira notó que le temblaba la voz muy sutilmente.

—Pueden darnos las gracias a nosotros —rió el más gordo.

Palmira, en silencio, salió de nuevo y regresó con una docena de bolsas. Una vez que se hubieron tomado dos vasos de whisky y uno de ginebra resolvieron irse.

—No guarde usted lejos esas botellas, no tardaremos en volver.

Montaron en su coche con las bolsas y se alejaron camino de Kigali. Palmira, muy pálida, se abrazó a Bernardo.

—Caraqueño valiente —le dijo.

—Sí, sí, valiente... Estaba temblando de la cabeza a los pies. —Sirvió ginebra en un tercer vaso—. No creo que esos dos pájaros se den cuenta de que nos hemos tomado una copita de sus botellas.

—¿Por qué les hablaste de una garrafa? —le preguntó Palmira cuando dio el segundo sorbo.

—Pensé que eso añadía una bonita nota de color. Por una botella, a lo mejor no habrían renunciado a inspeccionar la casa.

Media hora después descubrieron que uno de los asistentes tutsis, empavorecido por la presencia de los policías, se había ahorcado en el laboratorio.

El párroco de Kabuga regresó por la mañana. El Frente Patriótico Ruandés había entrado en la capital, con sus municiones sobre la cabeza y disparando sus armas. Habían publicado que tomarían del todo la capital cuando se evacuaran los extranjeros: daban veinticuatro horas. Ya nada tenía solución.

—La carretera de Kigali está llena de jóvenes que interrumpen la marcha de todo el mundo agitando machetes y granadas, jurando a gritos que matarán a todos los extranjeros... Los cadáveres se amontonan, como desperdicios putrefactos, por todas partes...

Esta vez contaba las atrocidades, como sus compatriotas las sufrían o las ejecutaban sin angustia en el rostro, con una especie de escepticismo irremediable y una aceptación de la fatalidad de los destinos por encima de cualquier otro sentimiento. No tenía aspecto de ser un creyente en el Dios del amor. En él no se advertía ni culpa ni vergüenza. Su expresión era idéntica a la de los asesinos y a la de los asesinados. A la de los que huían con su familia y su ajuar a cuestas, y a sus perseguidores.

A estas alturas parecía evidente que el genocidio había sido premeditado. Su planificación era meticulosa y lo ejecutaban a conciencia. La rapidez y la precisión con que se exterminaba era un índice de la deliberación con que se previó todo. La Radio de las Mil Colinas, dirigida por extremistas hutus, exhortaba a las turbas a concluir lo iniciado, «porque aún están medio vacías las tumbas y es preciso llenarlas».

Quizá la radio se refería a las fosas de Mugina, cerca y al Sur de Kigali, de donde no tardaron en llegar ecos espeluznantes. Numerosos tutsis de la capital y de Runda y de Nyamata y otros lugares habían corrido a refugiarse allí, ya en la iglesia ya en algunos edificios adyacentes. Presenciaron desde sus ventanas cómo excavaban cuatro fosas de cuatro metros de profundidad por otros cuatro de anchura y un centenar de longitud. Cuando las concluyeron, ya la iglesia y sus anexos estaban repletos de cadáveres. Demolieron lo muros para intentar cubrirlos, pero fue inútil. Entonces los transportaron a las tumbas, muchos vivos aún, con las palas de las máquinas excavadoras. Recolectaban muertos por las calles y por las aceras, y los llevaron a las grandes fosas. Trabajaban desde el amanecer hasta la medianoche. Cerca de las tumbas aún se leía un gran cartel —*Ruanda: egalité, paix et developpément*— y se veía un gran retrato de Juan Pablo II, que recientemente la había visitado. Era preciso cubrir cuanto antes a los muertos para evitar una epidemia.

—Cuentan ustedes con veinticuatro horas para irse —agregó con frialdad el sacerdote.

Ya muy avanzada la noche del siguiente día, el guardia nocturno llamó a Palmira, que apenas llevaba durmiendo una hora. Había llegado una tutsi arrastrándose y estaba a punto de dar a luz con muchas complicaciones. La acompañaba su marido, un maestro, pero había huido una vez entregada.

Palmira se dispuso a acudir a la maternidad. Llovía a cántaros. Los pacíficos y los geranios del jardincillo se balanceaban bajo el aguacero. Pensó que hasta junio no brotarían las primeras varas de nardos, y en lo diferentes que eran de los de Santo Tirso: las flores nacían agrupadas hacia la cabeza de la vara, y se doblaban hacia abajo nada más brotar de ella. Adivinó entre la oscuridad, cerca del bosquecillo de eucaliptos, unas sombras que se movían con agitación. Ya llegaba al soportal del edificio cuando escuchó un alarido de agonía. «El marido», pensó.

La cama de partos estaba iluminada por un quinqué de petróleo porque la energía de las placas solares se agotaba mucho antes. Una auxiliar, demudada, y sin saber qué partido tomar, le anunció un parto de nalgas. Palmira conocía bien lo dificultoso que era, y agradeció que la hubiesen despertado. Al volverse para abrocharse la bata, vio que entraba Bernardo, puntilloso hasta en los peores casos, poniéndose una mascarilla blanca. Sin duda se había despertado también y decidió ayudarla. A Palmira le pareció Bernardo, en contraste con el blanco de la mascarilla, más oscuro que nunca. Mientras se calzaban los guantes, se sonrieron uno a otro.

—Hay que hacer una episiotomía —la voz de Bernardo se dejaba oír confusa.

Palmira le preguntó a la parturienta si era su primer hijo. Le respondió que sí con la cabeza. Sudaba y se contraía. Era preciso cortar el perineo para facilitar la salida del niño, y había que hacerlo en seguida porque su cabeza estaba comprimiendo el cordón umbilical, y se asfixiaría en otro caso. La auxiliar se apoyó en la pared. Palmira, que contaba con Bernardo, le ordenó con un gesto que se retirara. Bernardo abrió lo suficiente para que salieran las nalgas del niño. El torso pasaría a través de la vagina, pero no la cabeza. La rapidez era vital: el cordón aplastado no dejaba circular el oxígeno. Era inminente facilitar la rotación del niño.

En ese momento regresó gritando la auxiliar que acababa de irse.

—¡Han matado a todos! ¡Han degollado a todos los del hospital!

Fue a salir de nuevo de la sala corriendo y dando aullidos. Con ella, en la puerta, se tropezó un hombre al que Palmira apenas tuvo tiempo de ver. Llevaba en alto un machete. Se acercó a la cabecera de la cama e hirió con él a la parturienta. Luego miró a Palmira, que en ese preciso instante introducía su mano en la vagina. La miró de pasada. Después se dirigió a Bernardo, inclinado sobre el cuerpo desnudo y negro, y le asestó dos machetazos en la nuca. Todo había durado unos segundos. El asesino no había abierto la boca. Escapó empapado en sangre como vino.

Palmira, con ojos desorbitados, cortada la respiración, continuó el movimiento de su mano. La introdujo lo más adentro que pudo. Tanteando, buscó la boca del niño, engarzó sus dedos en ella y, con un giro, tiró de la cabeza. Salió el cuerpo por fin. Palmira cortó y anudó el cordón. La madre, exhalando un ruido gorgoteante, había muerto. Palmira envolvió al niño, que ya lloraba, en su delantal y lo sostuvo con el brazo izquierdo, mientras se arrodillaba junto a Bernardo.

Alargó la mano derecha, y lo tocó. Estaba también muerto. Todo el suelo era un charco de sangre. La cabeza de Bernardo casi se había desprendido. Le cerró los ojos. Al hacerlo, le manchó de rojo la cara. Se la limpió con el vuelo de la bata. Palmira se encontraba enrojecida de arriba abajo: sangre de la tutsi, de su hijo, de Bernardo...

Pensó que tenía que ir al almacén a buscar leche en polvo para el niño: seguía llorando con gran fuerza; era bastante grande... Después bajaría a la casa. No; se quedaría allí a la espera de poder llamar al burgomaestre, o a la gendarmería, para que alguien retirara los cadáveres. A Bernardo lo enterraría ella. Eran aún las cinco y media en su reloj. Arreciaba el llanto del niño. Tenía que darse prisa.

Besó a Bernardo en los labios.

—Vuelvo en seguida —dijo.

Índice

Impreso en Litografía Rosés, S. A.
Progrés, 54-60. Polígono La Post
Gavá (Barcelona)